QUAND NOTRE TERRE TOUCHAIT LE CIEL

TSERING YANGZOM LAMA

QUAND NOTRE TERRE TOUCHAIT LE CIEL

Traduit de l'anglais (Canada)
par Claire-Marie Clévy

BUCHET • CHASTEL

Titre original : *We Measure the Earth With Our Bodies*
Éditeur original : Bloomsbury Publishing

Les citations du *Livre des morts tibétain*
sont extraites de *Padmasambhava :*
Le Livre des morts tibétain, préfacé par Matthieu Ricard,
traduit du tibétain, introduit et commenté par Philippe Cornu,
paru aux éditions Buchet-Chastel en octobre 2009.

ISBN : 978-2-283-03701-0

Pour ma mère et mon défunt père,
pour tous mes parents
à travers l'espace et le temps,
pour tous ceux qui ont connu,
perdu et cherché une patrie.

Dans tout le royaume du Tibet,
j'ai pratiqué à d'innombrables lieux.
Il n'existe pas une poignée ou parcelle de terre
que je n'aie bénie.

Tour à tour, à l'avenir, les signes de la vérité
seront révélés, exhumés un à un sous forme de trésors.
Dans un nombre incalculable de minuscules endroits,
couverts de mes empreintes de mains et de pieds sur la roche,
se trouvent des mantras, des syllabes semences et des statues,
déposés là pour servir de futur socle à la foi
dans l'espoir qu'ils profiteront à ceux qui me sont liés.

Prophétie de la yogini YESHE TSOGYAL,
VIIIe siècle

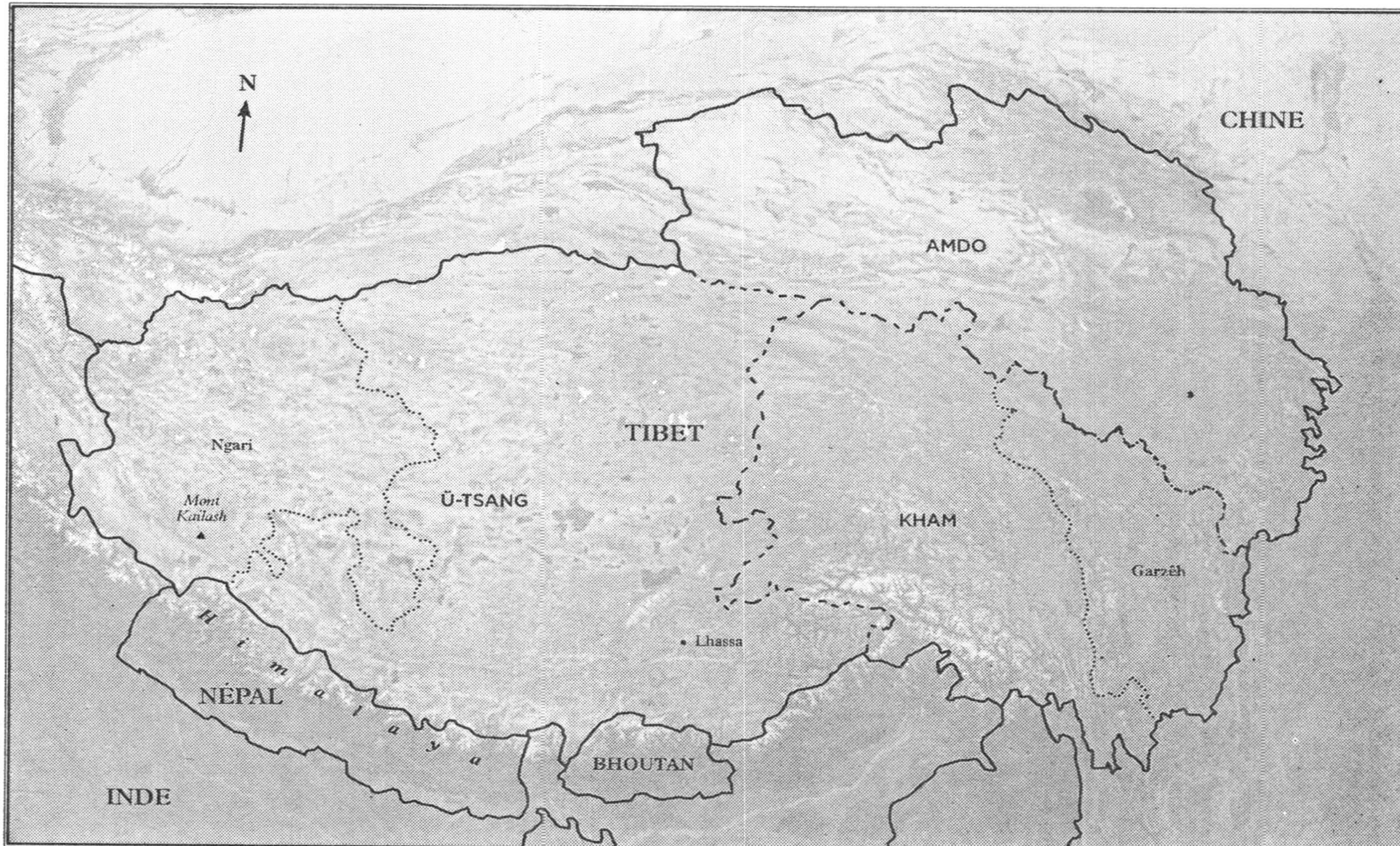
N
CHINE
AMDO
TIBET
Ngari
Mont Kailash
Ü-TSANG
KHAM
Garzêh
Lhassa
Himalaya
NÉPAL
BHOUTAN
INDE

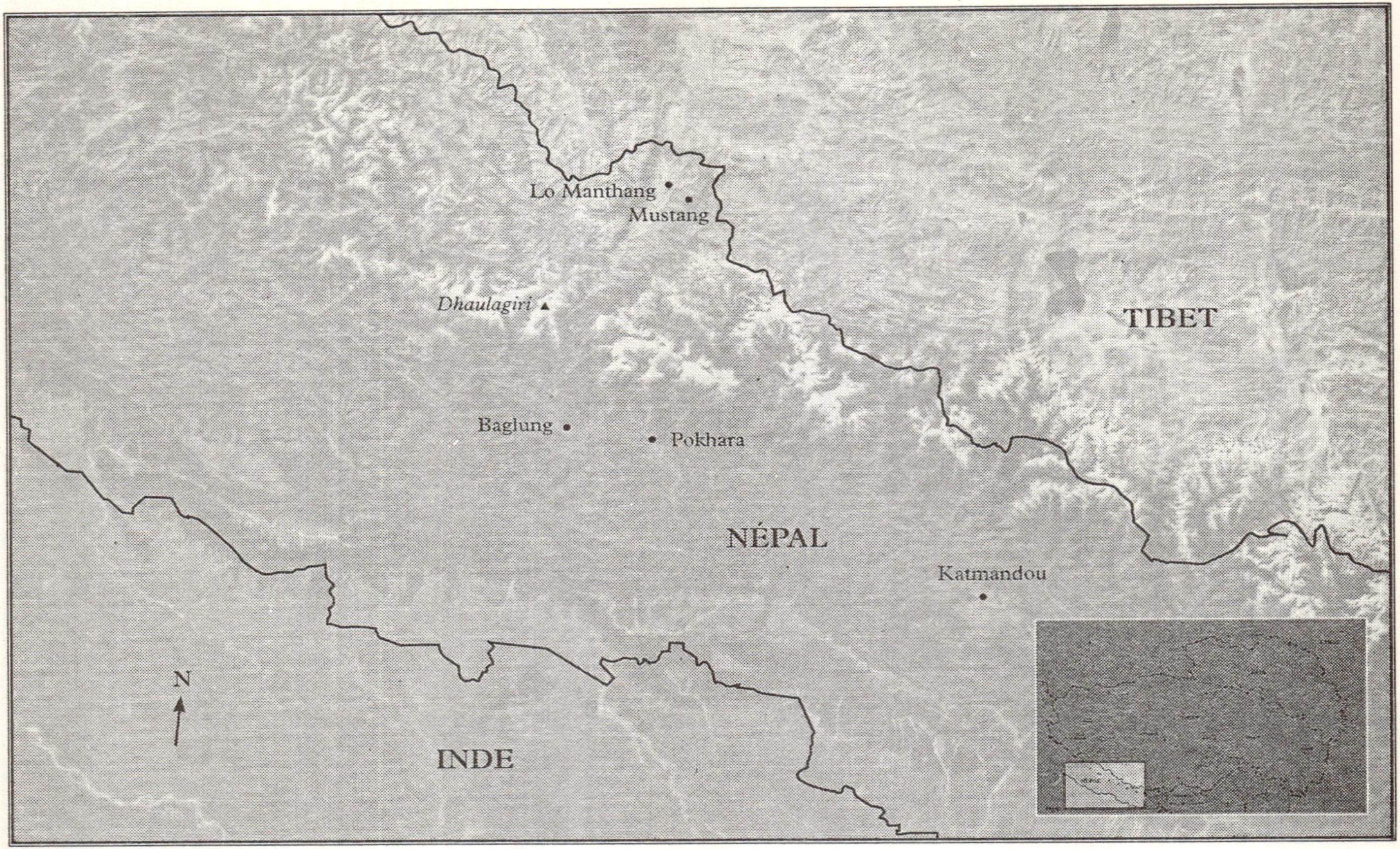

TIBET
Lo Manthang
Mustang
Dhaulagiri
Baglung
Pokhara
NÉPAL
Katmandou
N
INDE

PREMIÈRE PARTIE

Filles

LHAMO

1

Frontière entre le Tibet oriental et le Népal

Printemps 1960

Ama était une oracle. Ma mère en prit tardivement conscience, quand elle cessa de saigner tous les mois et qu'un autre phénomène s'éveilla en elle. Certains au village appelaient cela une maladie. Ils disaient que son esprit était fêlé, offrant un passage à des esprits prêts à la consumer. Ama soutenait pourtant que c'était une bénédiction de prêter son corps aux dieux pour leur permettre de s'exprimer à travers elle. Avec le temps, tout le monde finirait par l'écouter, et les paroles d'une femme relativement ordinaire nous guideraient pendant les troubles à venir.

Ma mère n'était pas la seule à avoir changé. Des meutes de loups et de rats déferlèrent dans notre vallée. Ensuite, un tremblement de terre laissa une fissure accidentée au cœur du monastère de notre village. Puis, alors que j'apprenais à parler, la nouvelle arriva que des envahisseurs avaient franchi la frontière, pénétrant sur nos terres comme deux énormes serpents. Dans la ville lointaine de Garzê, des gens les regardèrent traverser la rivière en longues colonnes et s'enfoncer au milieu des montagnes. Ils voulaient qu'on les appelle l'Armée populaire de libération, mais pour nous ils étaient le peuple gyami, des basses terres de l'Est.

Dans les années qui suivirent, des rumeurs planèrent comme des corbeaux, parvenant jusqu'à notre village, loin dans l'ouest. Même si je n'étais encore qu'une petite fille, je découvris ces récits avant tous les autres membres de ma famille. Ma source était Lhaksam, mon plus vieil ami, employé par un marchand ambulant qui colportait autant de commérages que de poêles et de casseroles en fonte. Quand nous avions un moment libre, Lhaksam et moi nous promenions dans les pâturages, pendant que ma petite sœur Tenkyi s'accrochait à mon dos ou gigotait dans l'herbe. Dans ces collines, Lhaksam me rapporta des histoires épouvantables. Des soldats gyamis s'étaient emparés de terres agricoles dans l'Est, et une grande partie des nôtres n'avait plus rien à manger. *Pas de céréales, pas de sel, pas de viande ni même de beurre.* Je restai hébétée un moment après avoir entendu cela, incapable d'imaginer une vie sans beurre. Lhaksam me raconta que même si le calme régnait chez nous, la résistance faisait rage à l'est, dans des endroits où des oiseaux de fer sillonnaient le ciel, où des balles énormes et minuscules pleuvaient sur des villes entières et aplatissaient les gens comme de simples effigies en pâte, et où des membres humains atterrissaient brusquement sur les toits, sans que l'on puisse dire si on avait retrouvé la main d'un proche ou d'un étranger. Malgré cela, je ne confiai pas toutes ces choses à ma famille. Je ne les répétai jamais à personne.

Puis, au printemps, notre village eut vent d'une ruse terrifiantc : un plan pour conduire le Très Précieux dans la tanière du dragon. Après avoir découvert ce piège, les nôtres se rassemblèrent par milliers devant le palais d'été à Lhassa, formant un rempart de leurs corps. Alors même que les soldats s'approchaient et qu'une odeur de poudre tourbillonnait dans l'air, ils refusèrent de bouger. Voulant empêcher un massacre, le Très Précieux se déguisa en homme du peuple et s'enfuit durant la nuit vers le sud, pour se réfugier dans un autre pays. Le grand oracle de Nenchung, qui avait prédit leur plan d'évasion dans les montagnes, partit lui aussi. Quand les troupes étrangères apprirent que le Très Précieux leur avait échappé, ils criblèrent la foule de balles, jonchant les rues de cadavres.

Après le départ du Très Précieux, le soleil disparut de notre ciel. Les fleurs refusèrent d'éclore, et nos yacks ne donnèrent plus de lait. Dans ces ténèbres, chaque famille du village se demanda s'il était temps de partir, de suivre notre guide dans les basses terres, jusqu'au jour où nous pourrions rentrer en toute sécurité. D'autres récitèrent une ancienne prophétie de mauvais augure : *Quand l'oiseau de fer volera et que les chevaux auront des roues, le Peuple des Neiges se dispersera comme des fourmis à la surface de la terre.*

Ce fut ce jour-là, près de dix ans après avoir révélé que les dieux lui avaient parlé, qu'Ama nous dit :

« Il est temps. Je dois livrer mon corps aux esprits. »

Assise par terre dans la cuisine à côté de ma sœur, j'observai le visage de mon père à la lueur du foyer. Pala resta immobile pendant que nous mâchonnions des bouts de viande qu'Ama avait fait sécher pendant l'hiver. J'avais l'impression qu'il se représentait clairement ce qui allait changer pour nous ; mais après un long silence, il fronça les sourcils, dévoilant toutes ses nouvelles rides à la fois, et acquiesça. Le lendemain matin, le village entier avait appris qu'Ama allait entreprendre les rites pour invoquer les dieux. Elle les appellerait enfin à elle.

Cela me paraissait logique que Tenkyi ne puisse pas assister à l'initiation ; elle avait à peine dix ans. Mais je fus stupéfaite quand Pala me chassa aussi de la pièce. Nous fûmes obligées d'attendre dans le couloir pendant qu'une bonne vingtaine d'habitants du village entraient dans la cuisine. Beaucoup nous tapotèrent les joues et la tête au passage, comme pour nous réconforter. Même Lhaksam parvint à se faufiler dans la pièce, non sans m'avoir adressé un grand sourire. Je restai là à me ronger les ongles, jusqu'à ce que les prières commencent. Je compris alors ce que j'avais à faire. J'emmenai Tenkyi dehors, et je lui ordonnai de rassembler nos moutons dans les collines et de les ramener au village, une corvée qui lui prendrait une bonne heure, même avec l'aide de notre chien Diksen. Heureusement, ma sœur se montra assez obéissante cette fois-là. Elle partit à la recherche des moutons, et je me dépêchai de rentrer épier la cérémonie à travers une fente dans la porte en bois de la cuisine.

Derrière un groupe compact de personnes, je vis Ama assise par terre, la tête baissée. Un moine précepteur se tenait debout près d'elle avec son jeune assistant, visiblement effrayé de devoir se charger d'une telle tâche, lui qui passait habituellement ses journées à monter du lait et de l'eau au monastère.

« Si tu es un dieu, prends ce tablier », déclara le vieux moine en se tournant vers ma mère.

L'assistant brandit un tablier, puis le noua autour de la taille d'Ama. Elle continua à fixer le sol, traversée de frissons.

« Si tu es un dieu, prends ce tambour et cette cloche. »

L'assistant posa ces instruments dans les mains d'Ama.

« Viens à cette femme, parle-nous ! Ne reste pas au sommet de la montagne, mais viens à nous. »

Ama se mit à trembler et chuchoter d'une voix d'oiseau. L'assistant plaça une lourde cape brodée sur ses épaules, puis une couronne à cinq pointes sur sa tête. Malgré le poids de cette parure, Ama se leva d'un bond et commença à se balancer. L'assistant recula, les yeux écarquillés de terreur, mais le moine le rappela.

« Prends cette boisson dorée », dit-il à Ama en lui tendant un bol de bière.

Posant ses instruments, ma mère prit le bol, le leva vers le ciel, et avala la bière d'un trait comme un homme. Puis elle dansa, tournoyant de gauche à droite, plongeant vers le sol et secouant la tête. Le moine précepteur se pencha vers elle, appuya sur ses épaules pour la tranquilliser, et lui parla à l'oreille. Elle tressaillit comme un cheval effarouché, et prononça des mots que je ne compris pas. Était-ce le langage des dieux ? Entendant les paroles de ma mère, le moine hocha la tête et plongea la main dans un bol de riz. D'un geste rapide et gracieux, il jeta une poignée de grains sur le tambour qui reposait sur sa paume. Le bruit, semblable à une averse, résonne encore dans ma mémoire.

« Appeler les dieux est un acte dangereux, dit le moine à l'assemblée. Nous devons nous assurer que nous n'avons pas invoqué d'esprit malin par erreur. »

Il expliqua que si un esprit maléfique s'emparait du corps d'Ama, le chaos s'abattrait sur elle et tous ceux qui solliciteraient son aide. D'un autre côté, si une partie de la conscience de ma mère demeurait dans son corps quand un esprit y pénétrait, elle se changerait en être mi-divin, mi-humain, et nous ne pourrions pas nous fier à ses paroles. À ces mots, je me mis à trembler. Si les dieux ne quittaient jamais le corps de ma mère, elle ne redeviendrait jamais elle-même. Pourquoi Pala avait-il accepté une chose pareille ? Il était cependant bien trop tard pour arrêter. Le moine déclara qu'il était temps de mettre Ama à l'épreuve. Elle devrait être capable de déterminer, sans les regarder, combien de grains de riz avaient atterri sur le tambour. Elle devrait aussi pouvoir dire ce que ce nombre signifiait. Ce qu'il prophétisait. Je pressai mon visage contre la porte, m'efforçant de déchiffrer le résultat.

J'eus ma réponse quand le vieux moine s'agenouilla lentement, et se prosterna devant ma mère. Une vague de prières s'éleva de la foule, et les villageois s'inclinèrent à leur tour. Je restai seule debout, essayant en vain d'apercevoir le visage de ma mère à travers la fente de la porte. Puis ma poitrine devint lourde comme de l'argile humide, et je me retrouvai face contre la boue gelée du sol, les mains jointes au-dessus de ma tête, les lèvres psalmodiant une prière à toute vitesse tandis qu'un souffle se répandait entre mes côtes.

La nouvelle se propagea dans les plaines de l'Ouest. Des visiteurs vinrent à la rencontre de ma mère. Un peu méfiants et curieux, ils se prosternaient et parlaient à voix basse comme au monastère. Même le vieil ami de mon père, Choesang, arriva chez nous avec son fils malade caché derrière ses jambes.

« Tout a changé, lui dit Pala. Mais pour moi, elle reste simplement ma Yangchen.

– Oui, c'est sûrement vrai aussi », répondit Choesang, lissant ses manches usées tandis qu'il s'installait pour patienter avant le tour de son fils.

Dans les jours qui suivirent, Pala recruta deux domestiques pour l'aider à accueillir les visiteurs. Tenkyi et moi-même les regardions papillonner dans la maison avec du thé, de la nourriture et des objets cérémoniels destinés aux divinations, tandis que des chevaux assoiffés et fatigués erraient dans la cour en attendant qu'on guérisse leurs maîtres. Combien de centaines de personnes défilèrent à cette époque étonnante, l'année avant que nous ne quittions les montagnes ? Combien vinrent frapper à notre porte en bois, apportant de la poussière accrochée à leurs longues tuniques étrangères, laissant un parfum qui continuait à planer jusque tard le soir ? Aujourd'hui encore, si loin de chez moi, il me suffit de fermer les yeux pour me rappeler les motifs singuliers du brocart sur leurs manches et leurs cols. Je revois la robe rouge arborée par l'épouse d'un seigneur de la guerre d'une région lointaine, cette femme mince aux cheveux blancs qui voulait savoir si le mariage de son enfant serait heureux. Le sien ne l'avait pas été ; et quoi qu'Ama lui ait répondu, la femme revint plus tard pour lui demander si elle pouvait entreprendre un pèlerinage à Lhassa, malgré sa mauvaise santé et la présence des envahisseurs. Alors que Tenkyi et moi avions commencé à nous habituer à ses visites, l'été et l'automne passèrent sans qu'elle donne signe de vie. Le bruit courut qu'elle était tombée au fond d'un puits – ou qu'elle y avait été entraînée par un esprit démoniaque. À présent, il me semble plus probable qu'elle ait été emprisonnée par les Gyamis.

Il y avait aussi les voyageurs qui venaient s'enquérir de la santé de leurs troupeaux, ou demander s'ils devaient chercher chez eux ou dans les collines une turquoise perdue. Certains venaient parce qu'ils souffraient d'affections comme la mélancolie ou la fébrilité. Ils disaient qu'Ama était la seule à pouvoir identifier la source de leurs angoisses. Qu'elle seule pouvait chasser le mal de leur corps. Voilà ce qu'ils disaient.

Le serpent pénétra dans notre village peu après l'initiation d'Ama ; une file de camions noirs, qui faisaient trembler la terre et soulevaient des nuages de poussière. Malgré tout, les étrangers n'étaient pas aussi terrifiants que je l'avais imaginé. Je m'attendais presque à ce qu'ils aient des cornes sur la tête, mais ce n'étaient que des jeunes hommes et jeunes femmes, qui affirmaient ne pas avoir l'intention de nous faire de mal. Ils voulaient seulement rassembler tout le monde, pour discuter. Tenkyi et moi rejoignîmes la place du village, suivies de près par Diksen. La foule était dense, mais nous parvînmes à nous faufiler jusqu'au premier rang.

« Nous avons entendu parler des oracles dans votre région », annonça le chef des soldats dans la langue de son pays, traduite par un ancien marchand de sel qui travaillait désormais pour les envahisseurs.

« Il est temps de faire la lumière sur ces rumeurs », proclama le marchand, même si nous avions du mal à comprendre son dialecte de Lhassa.

Le chef adressa un signe à ses troupes. Je remarquai qu'il était très beau, malgré ses mouvements de tête saccadés. Il ne devait pas avoir plus de vingt-cinq ans.

Deux soldats s'avancèrent dans le cercle, accompagnés de trois femmes. Ama se trouvait parmi elles. Je serrai aussitôt Tenkyi contre moi pour l'empêcher de crier. Nous regardâmes les femmes se diriger vers le centre de la place, où on leur ordonna de se placer côte à côte. Ama fixait les collines, tandis que ses compagnes scrutaient les spectateurs, comme si elles les appelaient silencieusement à l'aide. Des murmures et une vague d'agitation traversèrent l'assistance. Même Diksen se mit à gronder sous sa frange hirsute, et je lui donnai deux petits coups avec la jambe pour le faire taire.

« Si les pouvoirs de ces soi-disant oracles sont réels, si ces superstitions ont le moindre fondement, alors ces femmes réussiront sans aucun doute cette simple épreuve », déclara le marchand.

Un soldat se fraya un chemin dans la foule, muni d'un grand bol d'eau. Il fit le tour du cercle pour que tous puissent observer son contenu. Plusieurs petites pierres se trouvaient au fond de l'eau. Elles étaient toutes ordinaires, à l'exception d'une seule : un corail rouge vif.

« Rouge comme l'étoile sur ma casquette », remarqua le soldat, qui indiqua son couvre-chef en souriant.

Quelques personnes lâchèrent des sourires et des rires nerveux en réponse. Les deux soldats s'approchèrent de la première femme de la rangée, et lui bandèrent les yeux. Je me dis qu'il n'y avait rien à craindre. Cette épreuve n'était pas très différente de celle qu'Ama avait subie pendant son initiation. Elle trouverait sûrement le corail au milieu des cailloux.

Mais au moment où les soldats bandaient les yeux d'Ama, Pala arriva près de nous, prit Tenkyi dans ses bras, et m'attrapa par la main.

« Ne faites pas de bruit », dit-il.

Nous nous éclipsâmes discrètement, aidés par quelques personnes qui nous abritèrent des regards.

Une fois chez nous, Pala nous fit entrer dans la maison, mais resta à l'extérieur. Même s'il s'efforçait de paraître calme, sa voix était tendue, comme s'il essayait d'avaler des mouches coincées dans sa gorge.

« Lhamo, va coucher ta petite sœur », parvint-il à dire avant de reprendre le chemin de la place du village.

Quand le bruit de ses pas s'estompa, j'emmenai ma sœur dans notre lit, tirai les couvertures au-dessus de nos têtes, et lui racontai des histoires sur le héros farceur Aku Tonpa jusqu'à ce qu'elle s'endorme.

Tard le soir, les cloches des yacks annoncèrent le retour de mes parents. Secrètement soulagée, je regardai Ama ranger sa tenue d'apparat et ses instruments dans un coffre en bois. Pendant les jours suivants, j'appris ce qui s'était passé grâce à des bribes de conversations. Aucune des femmes n'avait réussi l'épreuve, et il leur était désormais interdit de pratiquer des divinations ou des guérisons. Durant plusieurs semaines, le calme régna à la maison, et personne ne vint solliciter ma mère. Mais petit à petit, des villageois commencèrent à se présenter chez nous la nuit, suivis de visiteurs arrivant de plus loin. Tout le monde semblait avoir décidé que l'exercice des soldats était truqué.

« Ils ont mis des gens à l'épreuve dans toute la région, disaient-ils.

– Il paraît que ces diables n'ont accepté aucun des médiums qu'ils ont trouvés.

– Nous avons des oracles depuis huit cents ans, ici.

– Depuis la nuit des temps ! Même avant que les enseignements du Bouddha ne parviennent dans ce pays.

– Rien ni personne ne peut empêcher nos dieux de nous parler. »

J'en avais assez, des divinations. J'avais vu le visage de mon Pala lorsqu'il nous avait éloignées de la place du village. J'avais imaginé les mains tranchées de ma mère retomber sur notre toit. Chaque fois qu'un rituel avait lieu au milieu de la nuit, je sortais de la maison avec Diksen, et nous vagabondions dans les collines sous la lune. Même pendant la journée, je me tenais à l'écart, préférant observer les étranges activités des soldats.

Un après-midi, j'entendis des coups sourds au-dessus de ma tête. Je montai sur le toit, et trouvai des soldats en train de fixer des boîtes sur les mâts où nous accrochions d'habitude nos drapeaux de prière. Les banderoles avaient été jetées pêle-mêle dans un coin, alors qu'elles comportaient des formules sacrées qui ne devaient jamais toucher terre. Je me dépêchai de les ramasser pour que nous puissions nous en séparer correctement, sur un bûcher cérémoniel. L'un des soldats s'approcha, et s'agenouilla à mes côtés. Il avait l'air jeune, guère plus âgé que moi. Je lui montrai les boîtes, et lui demandai à quoi elles servaient. Il me répondit dans une langue sèche et nasale. Voyant que je ne comprenais pas, il fit une nouvelle tentative, plaçant les mains autour de sa bouche et remuant les lèvres comme s'il criait. Je secouai la tête en riant. Le soldat recula d'un air écœuré, avant de se lever et de tourner les talons. Je n'oublierai jamais son visage. Un carré presque parfait. Ses cheveux retombaient en mèches souples sur ses sourcils, et étaient coupés ras sur les côtés, toute son apparence méticuleusement contrôlée.

Le lendemain matin, je crois, les boîtes commencèrent à brailler à longueur de journée une musique étrange et stridente, seulement interrompue par de longs discours. Ama faisait les cent pas dans la cuisine en se bouchant les oreilles, et Diksen n'arrêtait pas d'aboyer. Finalement, Tenkyi et moi l'emmenâmes à l'étable pour qu'il puisse cacher sa tête noire poilue dans le foin. Alors que nous étions assises là, les mains posées sur son dos tremblant, je repensai au jour où les soldats avaient fait passer leur épreuve à Ama. Je me demandai si elle nous avait aperçues dans la foule, si elle savait à quel point nous avions peur. Avait-elle gardé les yeux fixés sur les collines parce que c'était là que les dieux résidaient, ou parce qu'elle n'arrivait pas à nous regarder en face ?

Il devint bientôt trop dangereux de continuer les divinations, même en secret. Les soldats se montraient de plus en plus téméraires. Ils s'étaient autoproclamés dirigeants du village, et avaient réquisitionné un garçon de chaque famille pour venir grossir leurs rangs ou servir d'ouvrier à leur armée. Notre mode de vie était tout simplement barbare, affirmaient-ils.

Un soir, une voix sortie des boîtes tonitruantes sur nos toits nous ordonna de nous rendre au monastère. À notre arrivée, les moines se tenaient déjà alignés dehors. Il y avait même des nonnes qu'on avait dû faire descendre du couvent dans les collines. Une caisse remplie d'outils en fer, de faucilles et de marteaux était posée devant eux.

« Détruisez toutes les statues à l'intérieur », cria le chef des soldats.

Notre monastère renfermait des centaines d'effigies, certaines si petites qu'elles auraient tenu au creux de ma paume, tandis que la plus grande était une statue en or haute de deux étages représentant Guru Rinpoché, qui contenait des pierres précieuses.

« Ils vont changer les statues en munitions, me chuchota Lhaksam.

– Ne dis pas de bêtises, rétorquai-je. Comment ?

– Ils fondent les statues et se servent du métal pour fabriquer des balles, Lhamo. Et puis ils nous tuent avec nos propres dieux. »

Les nonnes et les moines s'avancèrent devant le monastère, et refusèrent d'obéir. Certains émirent des lamentations, tandis que d'autres s'agenouillaient, les mains jointes, et commençaient à psalmodier des prières pour la libération de tous les êtres. Le commandant de l'armée donna un signal, et un par un les soldats se mirent à frapper les moines et les nonnes avec leurs fusils. Chaque coup résonnait avec un craquement mouillé tandis que les défenseurs de notre monastère s'effondraient. Ils tombèrent si facilement. Je me demandai pourquoi notre peuple n'avait que des moines et des nonnes, et non une armée.

Le matin suivant, on nous convoqua de nouveau au monastère. Cette fois, les soldats avaient recruté des mendiants pour détruire les saintes reliques. L'un d'eux se porta volontaire pour s'attaquer à la statue de deux étages de Guru Rinpoché, non sans lui avoir d'abord recouvert le visage d'un drap. Puis, en silence, il abattit sa hache sur l'effigie à plusieurs reprises, sans que ses bras faibles parviennent à entamer profondément le métal. Il lui fallut près d'une semaine pour démolir la statue entière ; mais à la fin, le mendiant avait trouvé des centaines de billes précieuses de turquoise et de corail, et même de rares perles de Dzi entreposées à l'intérieur. Les soldats le sacrèrent héros du peuple, et lui offrirent la maison d'un propriétaire terrien. Il sombra rapidement dans la folie, riant et se frappant sans cesse la tête tandis qu'il errait dans notre vallée avec ses colliers de pierres précieuses.

Lhaksam me dit que les problèmes de notre village n'étaient pas uniques. Il avait entendu parler d'un hameau près de Shigatsé, dont tous les habitants avaient tenté de fuir ensemble. Deux mille soldats s'étaient lancés à la poursuite de cent personnes. Les villageois avaient abandonné tous leurs biens pour aller plus vite. Ils s'étaient cachés dans des grottes et avaient bu de l'eau de pluie. Malgré cela, ils avaient été capturés et emprisonnés.

« Essaierez-vous encore de vous échapper ? les avait-on questionnés.

– Non », avaient-ils répondu, avant de répéter la phrase qu'on leur avait ordonné de réciter : « Ce pays est le plus merveilleux du monde, et vous êtes nos généreux libérateurs.

– Bien. Vous devez rester ici, et témoigner de notre clémence.

– Nous resterons », avaient-ils promis.

Quelques mois plus tard, les villageois s'étaient enfuis de nouveau, sans rien emporter cette fois-ci. À l'exception de deux personnes, ils survécurent tous au voyage jusqu'en Inde.

Même notre ciel était en train de changer. Des feuilles couvertes de caractères inconnus en tombaient. Les pages étaient collées sur nos portes, accrochées sur d'immenses banderoles en travers des toits, distribuées sous la forme de petits livres rouges. Nous apprîmes que la langue des étrangers était faite de mots entiers, non de lettres. Chaque mot était constitué de lignes tranchantes superposées, dont les bords formaient une case invisible. C'était une écriture élaborée mais rapide, qui se lisait dans un sens différent de la nôtre, de haut en bas plutôt que de gauche à droite. Dans l'intimité de notre foyer, quand les domestiques étaient absents, Ama déchirait les feuilles volantes et les jetait dans le four. Je n'avais jamais vu personne traiter des textes comme cela. Nous n'aurions jamais osé enjamber une page écrite tombée à terre, encore moins la réduire en charpie. Jusqu'alors, tous les écrits étaient sacrés.

« Ils sont venus submerger nos sens, déclara Ama.

– Est-ce que ce n'est pas le moment d'arrêter les divinations ? demandai-je.

– Ce n'était qu'un jeu. Ils se moquaient de nous. Dans cinq ans, ils arrêteront et tueront les gens comme moi. Il restera moins de dix monastères dans le pays. Même le Jokhang sera pillé. Et les nôtres participeront à cette destruction.

– Comme le mendiant qui est devenu fou ? demandai-je, mais Ama ne devait pas m'avoir entendue.

– Ils ne se satisferont pas de notre terre. Ils veulent posséder nos esprits. »

Une émotion soudaine me submergea. Le corps crispé comme un poing, je m'avançai vers ma mère, et lui dis que je tuerais les soldats s'ils touchaient à notre famille. Je lui dis que je leur trancherais la gorge de mes propres mains.

« Non, répliqua Ama. Tu ne peux pas faire ça.

– Que dois-je faire, alors ?

– Redresse la tête, répondit-elle. Tends le cou. Montre-leur que tu n'as pas peur. »

Mes yeux s'emplirent de larmes pendant que j'imaginais mon sacrifice. Je craignais secrètement d'être lâche. J'avais aussi peur que mon sang soit de la couleur de leur drapeau, qui flottait désormais sur chaque maison, et même sur notre monastère. Faites que mon sang soit blanc, priai-je. Qu'il soit de la couleur des dieux, blanc comme les écharpes khata de notre peuple. Mais j'avais bien vu que nous avions tous le sang de la même couleur. Quand il s'écoulait, quand il se mélangeait, le sang n'avait pas d'identité.

Un jour arriva où le frère cadet d'Ama, Ashang Migmar, surgit soudain chez nous avec quelques-uns de ses moutons et de ses yacks. Cela devait faire quatre ou cinq ans que nous n'avions pas vu notre oncle. Il vivait avec nos grands-parents dans les prairies, à une semaine de cheval vers le nord-ouest. Nos retrouvailles étaient toujours des événements planifiés des mois à l'avance, à l'occasion de foires aux chevaux, du Nouvel An lunaire ou de grandes cérémonies religieuses. Même s'il n'était pas un riche nomade, Ashang s'assurait de nous accueillir avec du bon fromage, de la viande et des briques de thé. Nous savourions ces victuailles pendant qu'il nous divertissait avec des chansons et des histoires que nous rêvions depuis longtemps d'entendre.

Cependant, ce jour-là, Ashang Migmar pénétra dans notre cuisine sans un mot ni un sourire. Même pas une embrassade. Il se dirigea droit vers Ama, et entreprit de lui raconter ce qui était arrivé à nos grands-parents. Il lui expliqua qu'il avait accompagné Popo, notre grand-père, à la récolte du sel. Pendant leur excursion, les Gyamis avaient pris le contrôle de la région, s'étaient approprié tout le sel, et avaient bombardé la roche sacrée du gardien des lieux.

« Au milieu de la poussière et de la fumée, nous avons aperçu un scintillement. J'ai d'abord pensé que c'étaient des flammes. Mais la lumière s'est mise à bouger parmi les décombres, et un cheval doré a émergé à travers la poussière. Il galopait dans la plaine, plus vite que je n'avais jamais vu aucun cheval galoper.

– Dayay Tsakha, chuchota Ama.

– J'aurais cru à une hallucination, si nous n'avions pas vu tous les deux ce cheval doré filer à toute allure à l'horizon. Un instant plus tard, il a commencé à s'élever dans les airs au-dessus des ruines, et a rejoint le ciel. Même les soldats gyamis n'ont pas pu le rattraper. Puis il a disparu, et sous nos yeux, les plaines de sel se sont transformées en un éclair. Comme si leur force vitale les avait quittées, elles sont devenues grises, lugubres et mortes. Maintenant, il n'y a plus de sel. Dis-moi, ma sœur, qui sommes-nous sans notre sel ? »

Après le bombardement, Popo avait rapporté à quelques personnes de confiance ce qu'Ashang et lui avaient vu. Tous ceux qui avaient entendu l'histoire s'étaient mis à pleurer ; mais certains avaient dû verser de fausses larmes, car le jour suivant on était venu chercher mon grand-père. Pendant une semaine, Ashang et Momo, notre grand-mère, avaient attendu devant le poste de police local. Ils avaient supplié les responsables de pardonner ce vieux fou, qui avait seulement une mauvaise vue. Malgré cela, Popo n'était jamais revenu, et Momo était morte après avoir refusé de s'alimenter durant douze jours, tandis qu'elle implorait les autorités.

« Où sont Momo et Popo maintenant ? demanda Tenkyi.

– N'en dis pas plus, ordonna Ama à Ashang. Pas devant les enfants. »

Ashang se retourna, étonné de nous trouver là. L'expression sur son visage me fit penser à une coquille de noix vide.

« Les filles, emmenez les animaux d'Ashang dans les collines, dit Pala. Assurez-vous qu'ils aient bien mangé avant la nuit tombée.

– Je veux écouter la suite de l'histoire, protesta Tenkyi d'un ton boudeur.

– Tais-toi », dis-je sèchement.

Si seulement elle avait tenu sa langue, nous aurions pu tout entendre ; au lieu de quoi j'allais être obligée de sortir de la cuisine avec elle. Je me préparai aussi lentement que possible, m'attardant près de la porte pendant que je récupérais nos frondes, au cas où nous croiserions des loups. Ils se déplaçaient en plus grand nombre ces derniers temps.

Au moment où nous sortions, la voix de Pala s'éleva :

« Le serpent s'est enroulé autour de nos cous. Nous devrions partir. »

À notre retour, au crépuscule, une dizaine de villageois s'étaient rassemblés dans la cuisine. Plusieurs conversations se déroulaient à la fois.

« Nous devrions tous prendre la route du nord.

– Du nord, tu dis ?

– C'est ça. Il paraît que les soldats n'y sont pas allés.

– Mais le Très Précieux s'est réfugié au sud. C'est plus logique de le suivre, si nous partons.

– Ma famille ne partira pas. Ni maintenant, ni à aucun autre moment, décréta notre voisin Au Rignam, le maître de Lhaksam.

– Ce n'est que temporaire, en attendant qu'on nous envoie de l'aide.

– Personne ne nous aidera, répliqua Au Rignam. Vous ne l'avez donc pas compris ? Cela fait dix ans que ces envahisseurs impies dévorent notre pays. Ils l'ont grignoté à si petites bouchées que nous ne l'avons pas remarqué avant que la moitié de notre corps ait disparu.

– Tu veux rester jusqu'à ce qu'ils s'emparent de notre esprit aussi ?

– Prenons les armes ! Nous ne sommes pas des lâches !

– Nous ne pouvons pas tuer nos ennemis. Nous devrions imiter nos ancêtres : mettre nos biens à l'abri en les enterrant, et nous éloigner jusqu'à ce que cette folie soit terminée. Cette guerre, comme toutes les guerres, aura une fin. »

À ces mots, Ama se leva en silence. Elle resta debout, et je vis qu'elle se préparait à s'adresser à l'assistance. Un par un, les gens s'en aperçurent, et cessèrent de parler.

« Ce n'est pas une mince décision, partir, déclara-t-elle d'une voix ferme et familière. Nos foyers sont ici. Nos dieux sont ici, dans nos montagnes et nos rivières, que nous connaissons si bien. Nous sommes liés à cette terre, et elle est liée à nous, de toutes les manières possibles. Mais une chose me paraît désormais claire. Cette destruction ne connaîtra pas de trêve, pas avant des années. Pendant ce temps, les issues ne cesseront de s'amenuiser, jusqu'à ce que seule une poignée de personnes parviennent à franchir la frontière chaque année, comme les dernières gouttes de pluie après un orage. Pour cette raison, ma famille et moi partirons demain soir. Si vous voulez nous accompagner, rassemblez vos affaires immédiatement. Soyez prêts à vous mettre en route quand les nuages masqueront la lune. Les esprits m'ont indiqué le chemin. »

2

Mustang, Népal

Hiver 1961

Même si personne ne voudrait l'admettre, je crois que nous avons trouvé notre refuge temporaire. Après avoir vécu des mois dans des grottes et des congères, à nous nourrir de baies et boire l'eau des torrents, nous sommes descendus dans les terres basses désertiques. Ici, les gens possèdent une apparence et une langue proches de la nôtre, même s'ils se donnent d'autres noms. Ici, nous avons découvert une vallée peuplée de personnes ayant fui différentes régions du Ngari et de l'Ü-Tsang. Les dix-huit familles qui constituent notre groupe, près de la moitié de notre village, se sont rassemblées au bord d'une imposante rivière pour bâtir un nouveau hameau fait de tissu et de bouts de bois. Nous avons monté la tente en poil de yack d'Ashang, construit un foyer digne de ce nom. Nous trouvons parfois à nous employer dans les champs, avant que le gel n'arrive. Et jour après jour, nous attendons de retourner chez nous. Chez nous, c'est-à-dire au nord d'ici, juste derrière les montagnes que nous avons franchies. C'est cette direction qu'Ama fixe en silence, son regard me traversant comme si je n'étais que l'horizon. J'observe ma mère plus que jamais ces derniers temps, en me demandant à quoi elle pense. Guette-t-elle des signes qui nous diraient de repartir ? Se prépare-t-elle à une nouvelle divination ? Ou bien cherche-t-elle les réponses aux questions qui nous hantent tous : où sont nos dieux ? Ont-ils quitté leurs antiques demeures dans les montagnes et les lacs pour nous accompagner, ou sommes-nous réellement seuls dans ces nouvelles terres ?

C'est la fin de la matinée, et je viens de rentrer au campement avec une brassée de bois à brûler. Bientôt, des rideaux de sable frapperont ces lieux de mutisme, et il deviendra impossible ne serait-ce que d'ouvrir les yeux. Quand le vent se déchaîne de cette façon, quand il hurle tant qu'on ne peut ni se parler ni s'entendre, je pense à chez nous. Je pense à Lhaksam, resté là-bas avec les derniers membres de la famille de son maître. Je pense à Diksen, qui n'arrêtait pas d'aboyer. Craignant qu'il attire l'attention, Pala l'a attaché à un rocher et abandonné. Tenkyi dormait à ce moment-là. En apprenant ce qui s'était passé, elle a crié que les soldats gyamis avaient tué tous les chiens à Lhassa. Que cela aurait été plus charitable de l'abattre que de le laisser mourir de faim. Je partageais le chagrin de ma sœur, mais je n'arrivais pas à pleurer. Même maintenant, dans ce vent qui pourrait cacher le bruit de mes sanglots, mes larmes s'accumulent en moi, incapables de couler.

En entrant dans notre tente, je remarque une longue forme blottie par terre contre un pan de la toile. Tenkyi dort non loin de là. Elle passe la plupart de son temps alitée, parce qu'elle vomit tout ce qu'elle mange. Je m'approche de l'autre dormeur, et distingue le visage de Pala. Il a les yeux ouverts, fixés sur le plafond en pente. Des gens vont et viennent dehors, leurs pas faisant craquer la terre. Ama et Ashang sont sûrement partis en quête de nourriture. À cette heure Pala devrait lui aussi chercher des vivres. Il a tendance à vagabonder plus loin que nous tous quand il sort, revenant avec du bois, de l'eau, parfois des nouvelles. Il n'aime pas dépendre de rumeurs. Lorsque trop de jours s'écoulent sans informations, il remonte les crêtes pour rejoindre d'autres campements plus proches du plateau, et voir ce qu'il peut apprendre sur les batailles qui y font rage. Nos combattants résistent-ils aux envahisseurs ? Ont-ils faim comme nous ? De temps à autre, Pala nous rapporte des histoires sur les guerriers du Chushi Gangdruk et leurs pouvoirs. Il affirme que les armes des Gyamis ne peuvent pas tuer nos hommes. Les balles rebondissent simplement sur leurs corps, protégés par des amulettes bénites. Ces récits donnent le sourire à tout le monde, même si nous sourions de moins en moins au fil des mois. Mon père a-t-il reçu de mauvaises nouvelles ?

« Pala, qu'est-ce qui ne va pas ? » chuchoté-je.

N'obtenant pas de réponse, je répète ma question.

« Elle dort ? » demande-t-il.

Ma sœur a le souffle court et précipité, comme si elle était piégée dans un rêve où elle fuit. Cela fait un moment qu'elle a de la fièvre, et qu'elle souffre de cauchemars.

« Lhamo, aide-moi à retirer mes bottes », dit Pala.

En soi, cette requête ne m'aurait pas inquiétée d'ordinaire ; mais mon père a affiché une expression étrange après l'avoir émise, comme s'il avait échoué dans une tâche essentielle. J'hésite un instant avant de remonter sa couverture. La pointe en tissu de sa botte est élimée et douce au toucher. Je soulève son pied, m'attendant à le déchausser facilement ; mais sa botte ne bouge pas. Il faudra que j'y mette plus de force. Quand je tire, Pala ferme les yeux et tourne la tête avec une brusque inspiration, les dents serrées. Raffermissant ma prise, je tords le tissu, tire encore, et la botte cède enfin.

« À quoi est-ce que ça ressemble ? » demande-t-il.

Je suis incapable de répondre.

« La chair est noire ? »

Il est donc au courant. Je rabats la couverture pour dissimuler l'horreur. Pourquoi m'a-t-il forcée à regarder ? Il le fallait, évidemment. Courbant les épaules, je soulève de nouveau la couverture et jette un coup d'œil à l'intérieur. Les orteils de Pala forment la partie la plus foncée de son pied – violacés et noirs, comme calcinés – tandis que le milieu est marbré de jaune et de rouge, couvert de cloques boursouflées. La peau près de sa cheville est normale, d'un brun parfait. Pala se plaignait de ses bottes depuis des jours. Il affirmait que le tissu était troué, parce qu'il avait affreusement froid aux pieds, mais personne n'avait réussi à repérer la fuite.

« Ama, parvins-je à dire alors que ma bouche s'emplit d'un épais liquide salé. Je vais aller chercher Ama. »

Pala me retient par le poignet. Il le serre si doucement.

« Non. Regarde l'autre. »

Le pied droit est encore pire, presque entièrement noir. Le sang bat dans mes oreilles, comprime mes tempes. Je me frotte les mains, me préparant à réchauffer les pieds de mon père ; mais je m'arrête net à la vue d'un petit bout de peau noire qui se dresse au-dessus du gros orteil, séparé de la chair. Je l'effleure du bout du doigt. On croirait une feuille morte. Je le touche de nouveau, appuyant un peu plus.

« Est-ce que ça fait mal ? »

Pala ne répond pas, les yeux fermés. Je répète ma question.

« Qu'est-ce qui fait mal ? » demande-t-il.

Me courbant pour transformer mon corps en poche de chaleur, je prends les pieds de mon père par leurs talons encore bruns, les pose sur mes genoux, et commence à souffler dessus. Le vent se lève, la tente se gonfle puis se creuse, comme si elle essayait de s'envoler. Les esprits pourraient-ils nous emporter d'une simple bourrasque, et nous ramener dans les montagnes ?

« Vous voilà ! » s'exclame Ama en s'engouffrant dans la tente.

Elle s'est enveloppé la tête étroitement dans un châle, ne laissant qu'une mince fente pour les yeux, et elle tient un objet dans son tablier. Ôtant le châle, elle s'approche de Tenkyi, vérifie sa température, et pose une pomme par terre à côté d'elle.

« J'ai trouvé du travail dans un verger aujourd'hui ! annonce-t-elle avec un grand sourire, en me tendant une pomme. Mange-la, il y en aura d'autres. Maintenant que la saison est presque terminée, ils ont besoin de plus de main-d'œuvre. »

Je croque le fruit. Sa peau se perce avec un craquement. Après des mois à manger des feuilles de buissons, du petit gibier et le peu d'orge que l'on obtenait au troc, cette pomme fraîchement cueillie semble sortie d'une autre vie. Fermant la bouche, je mords dans la chair à pleines dents ; mais une douleur fulgurante me traverse, et je recrache le fruit. Le fragment de pomme mâchonné gît à côté des doigts de Pala, couvert de sang. Une petite chose dure est restée dans ma bouche. J'ouvre ma mâchoire en feu pour laisser tomber l'objet sur ma paume. Une dent brune y atterrit, suivie d'un filet de salive teinté de rouge.

Promenant ma langue dans ma bouche, je découvre un creux si sensible que je n'ose pas le toucher. Je récupère la dent, et la serre dans mon poing. Mon ventre continue à crier famine. Tandis que le jus de la pomme emplit la cavité douloureuse et enrobe ma langue, je me laisse aller à me rappeler le beurre, le fromage, les boulettes de pâte, tout ce que nous ne mangerons peut-être plus jamais. Dans mes mains, je tiens deux choses : une dent morte et une pomme que je ne peux pas croquer.

Sans plus y réfléchir, je jette la dent dans ma bouche et avale l'objet bosselé. Il disparaît dans ma gorge, me laissant un goût âcre de sang et de fruit mêlé à des grains de sable.

Quand je me retourne, Ama fixe les pieds de Pala, brièvement pétrifiée. Puis, comme réveillée en sursaut, elle m'écarte et prend ses pieds sur ses genoux.

« Lhamo, va chercher du genévrier et de la sauge, déclare-t-elle. Nous devons faire un feu. »

Fredonnant une prière, elle appuie sa joue contre les orteils de Pala. Mon père chuchote quelque chose. À mon grand soulagement, Ama lui adresse un doux sourire en répondant :

« Chut. Ça ira bientôt mieux. »

Ma mère semble tout à coup être redevenue elle-même : animée par une liste secrète de tâches et de prières qu'elle seule comprend, opérant des guérisons dont personne d'autre n'est capable.

Depuis six jours, Ama se consacre uniquement à Pala. Elle a appliqué des cataplasmes de pâte d'orge sur sa peau noircie, tracé des cercles d'encens autour de son corps, lui a donné nos dernières herbes bénites, et a passé le plus clair de son temps à prier, essayant d'invoquer les dieux. J'ai été occupée aussi. À l'aube, je pars en quête de gibier avec ma fronde. Je vagabonde dans les collines à la recherche de bois, de genévrier et de sauge. Je prends également soin de ma petite sœur, tâchant de faire tomber sa fièvre et d'apaiser ses frissons. Ashang Migmar a peur que je m'épuise, mais je ne peux pas m'arrêter. Quoi que le destin nous réserve, j'ai conscience qu'un fil nous relie tous les uns aux autres. Quand Tenkyi fait des cauchemars, quand Pala se tord de douleur, une force me tire vers la terre. Quand Ama est puissante, ma propre poitrine se dilate, mon regard se tourne vers l'extérieur. C'est pour ça que je ne peux pas m'arrêter. Pala a beau affirmer qu'il va mieux, qu'il se sent proche du rétablissement grâce aux efforts d'Ama, je ne peux pas m'arrêter, parce qu'il reste alité, incapable de marcher.

Ce matin, Ama a pris le couteau de Pala, s'est postée sous le soleil, et a coupé ses cheveux. Tenkyi s'est agrippée à son bras en la suppliant de changer d'avis, mais je savais qu'elle ne nous écouterait pas. Quand ses tresses sont tombées, des perles de turquoise et de corail tissées là depuis des années ont heurté le sol avec un bruit sec, telles des châtaignes. Ama m'a demandé de l'aider à les récupérer. Nous pourrions les échanger contre de la nourriture, m'a-t-elle expliqué. Alors que nous défaisions ses nattes, j'ai vu ma mère clairement pour la première fois, comme à travers les yeux d'un étranger. Son crâne était rêche et bosselé. Des cheveux coupés s'accrochaient à ses maigres épaules. À cet instant, je me suis rappelé une histoire de Lhaksam à propos d'une autre oracle, venue d'un village voisin du nôtre. Elle avait de longs cheveux gris qui lui descendaient jusqu'au ventre, et elle vivait seule dans une maison construite à l'intérieur d'une grotte, haut dans les montagnes. Lhaksam m'avait raconté que c'était une femme de mauvaise vie. Toutes sortes d'hommes lui rendaient visite quand ils en avaient assez de leurs épouses, marchant jusque chez elle avec une lanterne. Après avoir jeté un regard furtif aux alentours, Lhaksam s'était penché vers moi pour chuchoter que l'oracle acceptait n'importe qui dans son lit, même les fantômes et les démons. *Tu as déjà vu une étoile filer à l'est, au-delà du monastère ? C'est un fantôme qui se dirige avec une lanterne vers la maison de cette femme.* Maintenant, je me demande si ma mère ne s'est pas relâchée d'une autre façon, si elle n'a pas franchi une limite, s'engageant sur un chemin sans retour.

Une fois toutes les perles retirées, Ama s'est précipitée dans la tente avec ses cheveux dans les mains. Le remue-ménage a réveillé Pala. Fourrant les mèches dans ses bottes, ma mère a récité une prière avant de se tourner vers lui.

« Pour que tu puisses te réchauffer et guérir. »

En voyant le crâne chauve d'Ama, mon père n'a rien dit. Puis il s'est mis à pleurer. Enfin, il a avoué qu'il avait perdu toute sensation dans ses pieds, depuis des jours.

Ce soir, Po Dhondup est revenu dans notre tente pour aider Pala. Je me demande ce qu'il peut bien avoir à nous offrir, cet homme qui est arrivé seul ici il y a un mois. Le jour où il s'est joint à notre groupe, je l'ai même soupçonné d'être un fantôme. Il n'avait pas de famille, pas de yacks, pas de moutons. Rien à troquer ni à vendre en échange de nourriture. Qui aurait voyagé comme ça, à part un fantôme ?

Depuis que Pala est tombé malade et qu'Ama se consacre à ses soins, mon oncle et Po Dhondup se sont rapprochés comme des frères, en quêtant de menus travaux auprès des habitants de la région. C'est étrange de penser qu'il y a seulement un mois, Po Dhondup avait paru tellement pitoyable à mes parents qu'ils lui avaient proposé de camper avec nous. À présent, sans son aide, nous aurions peut-être encore moins à manger. Notre chance semble tourner de jour en jour.

« J'aurais dû vous apporter ça depuis longtemps », déclare Po Dhondup, debout devant nous, un objet enveloppé dans de la soie entre ses mains.

La dernière fois qu'il s'est exprimé sur ce ton, c'était pour nous raconter l'histoire de sa famille perdue. Même s'il ne veut plus prononcer leur nom, Po Dhondup avait trois enfants et une femme, qui sont morts de faim après que les

Gyamis ont forcé leur village à planter du riz au lieu d'orge. Ce soir-là, il avait parlé lentement, avec difficulté, comme si chaque mot lui ébréchait le cœur. Cependant, il semble avoir de nouvelles révélations à nous faire sur son passé.

« Après la disparition de ma famille, j'ai erré de village en village, à moitié mort. »

Il s'interrompt pour raffermir sa voix, regardant droit devant lui, comme s'il voyait à travers la toile de la tente.

« Continue, Dhondup », l'encourage Ashang Migmar.

Po Dhondup se redresse, s'immobilisant complètement avant de reprendre la parole. Dans le flot de lumière qui se déverse au centre de la tente, je remarque à quel point ses tresses sont longues quand elles ne sont pas attachées. Elles égalent presque celles d'Ashang Migmar.

« À la poursuite des fantômes de ma famille, j'ai chevauché à travers notre vaste pays, le long de trois rivières et de cinq chaînes de montagnes. J'ai chevauché durant deux ans, pendant lesquels j'ai vieilli de vingt ans. Mes cheveux ont blanchi, ma peau est devenue lâche sur mes os. Enfin, aux portes de la mort, je suis arrivé à un village en ruine. Les maisons avaient été pillées et le monastère réduit à un amas de décombres, les peintures murales détruites au marteau, les thangkas et les textes sacrés brûlés, les statues en terre cuite fracassées, celles en métal volées. Cherchant un endroit où m'allonger pour mourir, j'ai trouvé une cour où j'espérais rejoindre le bardo en priant. Dans une petite trouée, sous un ciel gris, j'ai attendu le dieu de la mort. C'est alors qu'un reflet de lumière a attiré mon attention, un objet scintillant sous un tas de piliers abattus. Avec mes dernières forces, j'ai écarté les débris en bois. Dans une parfaite poche d'air se cachait une statuette d'un Saint que je ne connaissais pas. Par miracle, ce *ku* était intact. Il fixait le ciel comme je l'avais fait un instant plus tôt. J'ai contemplé avec émerveillement l'unique rescapé de ce village. Au milieu de toute cette destruction, ce Saint en argile avait survécu. Tout n'était pas perdu, ai-je compris. Il m'a semblé que je devais poursuivre ma route, ne serait-ce que pour confier la statue à quelqu'un, la mettre à l'abri des étrangers. C'est ainsi que j'ai trouvé la force de rejoindre les basses terres. »

Tenkyi s'accroche à mon dos à présent, comme quand elle était plus petite, son ventre se dilatant puis s'aplatissant contre ma colonne vertébrale. Elle chuchote à mon oreille :

« Rapproche-toi, grande sœur, qu'on puisse regarder le *ku*.

– D'accord, mon trésor », dis-je, soulagée qu'elle ait l'énergie de réclamer quelque chose.

Nous nous collons contre l'épaule d'Ashang pour mieux voir. Po Dhondup s'agenouille devant Pala, plaçant le paquet de soie près de lui.

« Je n'ai plus de famille. J'ai accompli ma raison d'être, mais toi, tu dois survivre. C'est pour cela que je veux te confier ce Saint. Je pressens que sa place est ici. »

Lentement, Po Dhondup défait les épaisseurs de soie. Il tire sur les nœuds, devenus raides comme du bois. Une fois trois couches ôtées, une statuette apparaît, tandis que des prières quittent nos lèvres. C'est un personnage maigre, presque squelettique. À l'exception d'un pagne, il est nu ; même les pigments dorés sur son corps sont quasiment effacés. Assis, il lève un regard affligé vers le ciel.

« On dirait un fou, pas un saint », chuchote Tenkyi.

Je m'efforce de cacher ma déception. C'est vrai, ce personnage ne ressemble pas à une divinité. Il n'est ni beau ni exaltant. Son expression n'est pas sage, calme ou aimante. Au contraire, il paraît très proche de nous. Affamé, perdu.

« Ce *ku* a été façonné dans la terre de notre patrie, déclare Po Dhondup. Il y a de cela bien des vies, je crois. Le reste de son histoire m'est inconnue, perdue dans la poussière de nos troubles. J'ignore jusqu'à son nom. »

Ama s'approche de la statue. Alors qu'elle joint les mains en prière, ses yeux s'emplissent de larmes.

« Je connais ce *ku*, dit-elle. J'ai prié devant lui il y a de nombreuses années. J'avais à peu près l'âge de Tenkyi. C'était à l'époque où j'ai été séparée de mon esprit pour la première fois. Tu te rappelles, mon frère ? »

Ashang Migmar acquiesce.

« Nous pensions que tu allais mourir.

– Chaque nuit, j'étais ballottée dans une rivière de cauchemars et de visions que je ne comprenais pas. Durant le jour, je perdais le contrôle de mon corps et tachais de sang une robe après l'autre. Notre père avait remué ciel et terre à la recherche d'un guérisseur, mais personne ne parvenait à m'aider. Puis un jour, un moine supérieur est passé par notre vallée. Notre père a retrouvé sa trace à cheval, et l'a supplié de venir voir ce qui causait ma détresse. Le moine a compris aussitôt que les esprits m'appelaient. Il a affirmé que mes symptômes étaient un signe du mal divin, et que les esprits m'avaient choisie comme médium. Il pensait également que celui qui me parlait le plus était Targo, un dieu qui résidait dans une montagne au nord. Cela expliquait pourquoi j'essayais sans cesse de m'enfuir dans cette direction.

– Notre grand-mère aussi avait servi d'intermédiaire à Targo, explique Ashang. De même que sa mère avant elle, et ainsi de suite pendant des générations. Notre père n'avait jamais entendu l'appel des dieux, mais le lien était désormais restauré.

– Est-ce que nous aussi, nous serons séparées de notre esprit, grande sœur ? me chuchote Tenkyi.

– Non, non », dis-je, tout en me demandant pourquoi Ama n'a jamais évoqué cet épisode de son enfance. « Pas nous. Ce n'est qu'une histoire. »

En réalité, je n'ai aucun moyen de le savoir. Tenkyi souffre-t-elle du mal divin ? Et moi ? Nous sommes assaillies par assez de cauchemars, de douleurs et de visions lugubres. Il est vrai que nos corps et nos esprits nous tourmentent depuis des mois – mais nous sommes si loin des montagnes et des lacs sacrés de chez nous, et chaque pas que nous faisons nous en éloigne davantage.

« Malgré tout, j'ai lutté contre ce destin, reprend Ama. Même étant petite, je savais que servir de réceptacle aux dieux me rendrait la vie difficile. Je voulais me marier, avoir des enfants, mener l'existence d'une femme ordinaire. »

Il fallait que le moine supérieur trouve une solution pour guérir le mal divin de ma mère, sans quoi elle serait morte en quelques jours. C'était à ce moment-là qu'il avait sorti le *ku* du Saint, celui que Po Dhondup nous offre maintenant. Le moine avait expliqué à Ama qu'il ne s'agissait pas d'une banale statue. Peu de temps avant de lui venir en aide, il avait été visité en rêve par un Saint inconnu, qui lui avait ordonné de se rendre dans une grotte des environs, où un *ku* était caché. Le Saint avait ajouté que cette statue ne deviendrait pas la propriété du moine, ni de personne d'autre. Elle apparaîtrait et disparaîtrait selon les besoins de chacun, et le moine devrait respecter cela. En attendant, il serait chargé d'en prendre soin. Suivant les instructions du Saint, le moine avait récupéré le *ku*, et l'emportait avec lui chaque fois qu'il voyageait.

« Pendant trois jours et trois nuits, le moine a récité des prières tandis que je contemplais le *ku*. On me ligotait aux pires instants, on m'enfermait quand c'était nécessaire. Enfin, les esprits sont partis. »

Po Dhondup contemple ma mère, les yeux écarquillés et embués de larmes. Plaçant le *ku* dans ses mains, il parvient à dire :

« C'est donc pour ça que j'ai persévéré. »

Ama entame ses prières. Elle pose le Saint sur le front de Pala, ses deux épaules, puis son dos et sa poitrine.

« J'ai un seul regret, déclare-t-elle. Je n'ai jamais demandé au moine supérieur le nom du Saint. »

Pourquoi voudrions-nous savoir son nom, quand son histoire nous suffit ? me dis-je. L'important est qu'il soit ici, avec nous. Ce précieux *ku*, simplement fait de terre, pourtant capable de survivre tant d'années, face à tant de destruction. S'il apparaît à ceux qui en ont besoin, au moment où ils en ont besoin, aucune famille ne pourrait être plus chanceuse que la nôtre.

3

Dhaulagiri, Népal

Printemps 1961

À l'ouest, une faible lueur orangée annonce la fin de la journée. C'est un soulagement, car partout où nous allons, nous semblons avancer sans progresser, piégés dans une brume épaisse qui laisse nos vêtements et notre peau humides. En outre, nos pas ne sont plus guidés que par des rumeurs. Quelqu'un nous a dit que nous trouverions de la nourriture et des médicaments dans un lieu appelé Baglung. Est-ce vrai ? Cet endroit existe-t-il seulement ? Pour y parvenir, nous avons dû nous résoudre à suivre le cours d'une rivière qui nous accompagne depuis le district de Mustang – tout cela parce que Ama a décrété que les dieux ne lui parlaient plus. J'ai du mal à comprendre si elle n'arrive pas à les invoquer, ou si elle refuse simplement d'essayer. Je sais seulement que nous ne pouvons nous attarder nulle part, maintenant que nous sommes séparés du reste de notre village. Nous devons poursuivre notre route, surveillant sans cesse les alentours, dans la crainte perpétuelle des bandits qui pourraient nous détrousser à chaque instant.

Ama s'immobilise devant moi, scrutant les collines environnantes.

« Arrêtons-nous ici pour la nuit », déclare-t-elle.

Ashang Migmar hoche la tête, et lâche ses paquetages. Sans un mot, Po Dhondup et lui partent chercher du bois dans la forêt, pour nous tenir chaud pendant notre nuit au grand air. Pendant que Tenkyi se met en quête de baies, je prépare un feu avec des branchettes que j'ai trouvées non loin de là. Les instructions de Pala résonnent dans ma tête tandis que je prends une pincée de son amadou (*Commence par une plus petite quantité que tu ne le penses nécessaire*), entasse des brindilles et produis des étincelles avec son silex (*Garde le silex et l'amadou au sec*). Je range la pierre dans l'étui en cuir que Pala avait décoré de clous en argent et de fil bleu. C'étaient ses couleurs préférées, et cet étui est le dernier cadeau qu'il m'ait fait. J'actionne le soufflet en peau de mouton de mon père, le feu grandissant à chaque bouffée d'air.

Quelque chose doit avoir changé pour Ama après la mort de Pala. Elle a démantelé notre groupe, en disant aux gens qui s'étaient enfuis avec nous de continuer leur chemin seuls. Ils ont eu beau l'implorer, elle a refusé de sortir sa peau de panthère ou de se coiffer de sa couronne à cinq pointes. Elle ne voulait pas chanter pour les dieux. Elle a même fini par s'emporter quand un vieil homme appelé Po Damjor l'a suppliée de pratiquer une divination.

« Ne vois-tu pas que nous ne sommes plus chez nous ? l'a-t-elle réprimandé. N'est-ce pas suffisant que je vous aie guidés à travers les montagnes ?

– Tu es la médium la plus puissante de notre région, a-t-il protesté. Tu es capable de voler dans le ciel, de chevaucher des animaux sauvages, de manifester une force physique hors du commun. Comment peux-tu nous abandonner maintenant ?

– Notre foyer est loin. Les esprits sont loin », a-t-elle répondu, avant que sa voix s'éteigne.

En larmes, Po Damjor a invectivé ma mère, cherchant à lui faire honte de se détourner de son devoir. Cependant, la seule tâche qui préoccupait Ama était de trouver un endroit pur où enterrer Pala. Elle a gravi six collines et examiné une dizaine de cavernes avant de découvrir un lieu où personne d'autre ne reposait : une petite grotte sur une colline rouge, orientée dans la direction de notre village, de sorte que Pala pourrait y renaître.

Ashang et Po Dhondup ont porté le corps de mon père sur leurs épaules, remontant une pente escarpée derrière Ama. Tenkyi et moi sommes restées dans la vallée. Nous avons regardé leur procession rapetisser, pendant que le tambour et les prières de notre mère résonnaient sur les falaises. Même quand ils ont disparu de notre champ de vision, nous avons continué à écouter la voix d'Ama qui s'amenuisait. Nous l'avons écoutée jusqu'à ce qu'on n'entende plus que le vent.

L'air change, un calme gris s'installe autour de nous, et la neige commence à tomber.

« Venez ici, mes filles », nous appelle Ama, assise sur un rocher.

Le *ku* du Saint est posé devant elle. C'est le seul objet religieux qu'Ama sorte ces temps-ci. Sa couronne à cinq pointes, son miroir, jusqu'à sa peau de panthère demeurent invisibles.

« Une minute », dis-je, attisant le feu.

Lorsque les flammes crépitent seules, je rejoins Tenkyi et Ama. Prenant la main de ma petite sœur, j'observe ma mère, qui semble si différente à présent. Son crâne est rasé comme celui d'une nonne, mais de façon inégale et grossière. Quelques mèches retombent sur son visage, tandis qu'on aperçoit sa peau par endroits. Ses cheveux ont viré au gris depuis la mort de Pala. Même Tenkyi a remarqué le changement, la manière dont Ama fixe le ciel ou les cailloux, comme si elle se remémorait soigneusement l'agencement du monde. C'est ainsi qu'elle nous contemple à présent, ses yeux balayant nos visages. Une douleur aiguë me perce la poitrine.

« Ama, regarde-nous », dis-je.

Je voudrais la secouer, j'agrippe ses cuisses, presse mon visage contre ses jambes. Elle est si maigre.

Repoussant mes cheveux en arrière, Ama demande :

« Allons, à quoi bon être triste ? »

Je sens son souffle chaud sur mes joues. Tout est froid à part ma mère. Plongeant la main dans la poche de poitrine de sa robe, Ama en sort une petite plaque métallique : le miroir qu'elle utilise pour ses cérémonies de divination. Dans cette plaque ronde, ma mère a contemplé les dieux qui s'expriment à travers elle. Sur sa surface en métal, elle a décelé tant de visions. Des présages de mort ou de danger, comme une personne habillée d'un manteau rouge, ou en train de cueillir des fleurs rouges, ou de s'enfoncer dans le sol, ou de chevaucher un âne, dénudée. Le miroir lui a montré de bons présages aussi, comme une personne en train de boire de l'eau sucrée, ou de gravir un versant de montagne à dos de tigre, vêtu d'une armure de fer.

Elle me tend le miroir.

« Lhamo, prends-en soin.

– On ne sait pas s'en servir », dis-je, repoussant l'objet d'un geste.

Tenkyi le prend dans ses petites mains et le retourne, nous aveuglant avec sa lumière. Je récupère le miroir et le pose face contre mes genoux.

« Tu peux regarder, suggère Ama.

– Non. Dis-moi ce que tu vois, toi.

– Je vois le mont Targo et la rivière qui en coule. Je les vois toujours, même si je ne peux plus y aller.

– Est-ce que tu entends les dieux ?

– Je sens Targo. D'autres dieux aussi. Mais ils ne peuvent pas parler, et cela me fait mal. »

Je me rends compte que je n'ai jamais entendu ma mère exprimer sa peine si ouvertement.

« J'ai vu deux filles », intervient Tenkyi, en retournant de nouveau le miroir.

Deux étranges créatures nous contemplent, leurs visages battus par le sable noir, brûlé par le vent. Je me sens aussi détachée d'elles que de n'importe quel villageois qui croiserait notre route. Je repense aux jeux auxquels Tenkyi, Lhaksam et moi jouions chez nous. Je repense au jour, il y a deux étés, où nous avions fait semblant d'être des oracles. Nous avions tremblé, sangloté, nous avions imité la langue des dieux. Nous avions lu l'avenir et guéri les petites douleurs de chacun. Comme cela paraissait simple à l'époque.

« Range ça, dis-je à Tenkyi.

– Regardez ce bel endroit, déclare Ama en riant doucement. Ces montagnes familières, qui scintillent face au ciel bleu-noir. Cette rivière, qui sera toujours à vos côtés, et où toute l'humanité nage. Sous votre corps, des courants sacrés passent dans la terre. Vous les sentez ? »

Nous posons les paumes sur le rocher. J'appuie fort, et ne décèle que mon propre pouls, qui me semble maintenant être un fardeau. Comme il était facile, autrefois, de continuer à faire battre nos cœurs jour après jour. Nous croyions que nos vies seraient aussi éternelles que les collines de notre vallée, nos parents toujours dans notre champ de vision, veillant sur nous quoi qu'il arrive. Mais Pala n'est plus là, et Ama dépérit. Elle donne toute la nourriture qu'elle trouve à Tenkyi et moi. À travers son corps ravagé, ses cheveux massacrés, même ses années à servir de réceptacle aux dieux, elle s'est offerte comme un champ pour nourrir les autres ; mais au moment où elle en a le plus besoin, son corps l'abandonne, et je ne peux rien y faire.

Je rêve d'eau. Elle s'écoule dans les fissures entre les rochers, créant des ruisseaux qui nous ramènent petit à petit à notre village. L'instant d'après, je me réveille. Le ciel est d'un bleu profond, avec de légères marbrures roses. Sur le rocher où elle nous a donné le miroir, Ama se tient assise devant le *ku* du Saint, le dos droit, ses cheveux blancs rayonnants face à la neige et la lune. Avec son crâne rasé et sa silhouette émaciée, ma mère ne ressemble pas à une femme, ni à un homme. En fait, elle ressemble au Saint.

« Ama », dis-je, mais aucun son ne quitte mes lèvres.

Quand j'essaie de me lever, mon corps refuse de bouger. Un poids immense pèse sur mon dos. C'est ma sœur. Le visage de Tenkyi est enfoui contre mon flanc, son bras posé telle une branche d'arbre en travers de mon échine. Son souffle chaud se répand sur mes côtes, et son cœur semble battre au rythme du mien, comme si elle s'était emparée de mon corps. Je n'arrive même pas à tourner le cou. Ça n'a pas de sens. Ma petite sœur n'est pas plus lourde qu'un chevreau.

Ama me voit peiner. Soutenant mon regard, elle me parle sans paroles. Elle veut me transmettre un message. *Voilà ce que tu feras : tu porteras ta sœur sur ton dos, comme si elle faisait partie de ton corps. Tu la garderas en vie, comme si ta propre vie en dépendait. Elle voyagera plus loin qu'aucun d'entre nous. Et un jour, elle jettera une corde à travers les océans. Au prix de grands sacrifices, elle tirera tout ce qui reste de notre famille sur l'autre rive. Mais en attendant, tu devras la porter. Tu comprends ?*

Une corde à travers les océans ? Je ne comprends rien à ce que me dit ma mère. J'ouvre la bouche pour parler, mais je sais déjà qu'aucun son n'en sortira. Ama fixe à présent l'horizon, ses lèvres prononçant rapidement une prière. Sa peau, ses vêtements, ses cheveux – tout est devenu gris et blanc. Le monde lui-même est gris et blanc. Le vent se lève, effaçant tous les bruits, et c'est comme si nous avions été transportées au sommet d'une montagne. Soudain, le contour des membres d'Ama commence à s'estomper et s'effacer, à la façon d'un mandala en sable. C'est un rêve, me dis-je, mais sitôt cette pensée formulée, Ama disparaît. Comme si elle n'avait été qu'une idée. Comme si son corps, dont j'ai émergé, dont émanait une douce odeur d'orge grillée, et contre lequel je me suis blottie tant de nuits, n'avait été qu'un rêve bref et clair, qu'elle a fini par démanteler et dissiper.

À mon réveil le lendemain matin, j'entends un bruit de cailloux qui s'entrechoquent. Non loin de là, Ashang et Po Dhondup sont en train de déposer des pierres sur la berge. Je sais ce qui se trouve dessous. Je le sais avant même de me lever et de m'approcher d'eux. Ils ont dû travailler toute la nuit pour enterrer Ama. Le sol a gelé, les empêchant de creuser très profond, de sorte que des pans de sa robe dépassent. J'écarte deux pierres, et aperçois une partie de sa chevelure, un fragment de peau. Je me penche pour ôter une autre pierre. La main pâle d'Ama n'est pas aussi grise que dans mon rêve. On y voit des taches décolorées, des veines rouges, violettes et bleues. J'enlève encore deux pierres, et constate que ses cheveux gris sont également striés de noir, de rouge et de brun. Ma mère n'était pas qu'une idée. Elle était faite d'un corps, et un corps n'est pas simple ni banal. Il a sa propre volonté et ses propres mystères. Quand il cède, aucun chant, aucune prière ne peuvent le ramener.

4

Pokhara, Népal

Été 1962

Nous atteindrons notre sixième et dernier camp avant le coucher du soleil, nous dit-on. Cinq bus loués ont conduit notre groupe aussi loin que les routes et la berge de la rivière le permettaient. Nous cheminons maintenant dans une profonde gorge, nos pas et notre horizon circonscrits par une interminable succession de collines. Le sentier est étroit, si bien que nous avançons en une longue et lente file, quatre cents personnes récupérées dans diverses villes frontalières. Devant moi, Ashang Migmar et Po Dhondup portent nos affaires, leurs lourds manteaux en peau de mouton pendant à leur taille, tandis que je tiens Tenkyi sur mon dos. Comme tant d'autres membres de notre groupe, ma petite sœur est malade, trop faible pour marcher. Elle est encore parmi nous, au moins. À Baglung, nous avons appris que notre tante Shumo Yangsel et son mari avaient passé plusieurs semaines en ville avant notre arrivée. Ils avaient mendié de la nourriture au bord de la grande route, expliquant à tous ceux qu'ils croisaient que leurs enfants attendaient de l'aide dans les montagnes. Ashang ne pense pas que les fils de Shumo aient survécu au voyage. Il veut la retrouver, sa petite sœur, et il en parle sans cesse aux travailleurs humanitaires qui ont loué les bus. Cependant, ils n'ont aucune information à nous donner sur Shumo. Ils peuvent seulement nous dire que nous nous dirigeons vers un camp, notre « nouvelle maison », comme ils l'appellent. Le message passe lentement, par fragments, de leurs langues à la nôtre.

Où nous emmènent-ils, exactement ? Dans le Mustang, j'avais cru que nous avions atteint les basses terres ; mais ici, l'air est épais au point d'en devenir irrespirable. Cela m'effraie de penser que la terre pourrait continuer à dégringoler encore et encore. En même temps, le soleil devient de plus en plus chaud, comme s'il voulait nous brûler. Pourtant, derrière ces collines sombres, j'aperçois du coin de l'œil une rangée de montagnes blanches et argentées, encore plus lumineuses que le soleil. Tandis que j'avance, je pense à chez nous, où nous n'avons pas de routes. Où nous marchons où nous voulons, à travers les plaines herbeuses, le long des vastes et douces collines.

Une demi-journée s'est écoulée sans nourriture ni eau. Nous ne sommes plus qu'une ligne silencieuse de corps qui suivent la rivière sans fin à leur droite. Ma lèvre inférieure est gercée, et saigne sous l'effet de la soif. Je lèche sa surface rugueuse, tout en scrutant en contrebas de la falaise ces eaux qui me narguent. Si je descendais boire, je ne pense pas que je parviendrais à remonter la paroi.

Enfin, au coucher du soleil, nous entendons des bavardages en langue étrangère. Les travailleurs humanitaires gravissent une petite colline, et sortent des papiers. Puis ils lâchent leurs sacs, avant de disparaître.

« On doit y être ! » crie quelqu'un derrière moi.

En nous agrippant à des touffes d'herbe, nous escaladons la colline pour découvrir le terrain. Même Tenkyi s'est remise debout, et marche jusqu'à la crête. Alors que nous débouchons sur une petite clairière au sol dur et aux arbres épars, je lui serre la main.

Ashang s'agenouille, frotte la terre entre ses doigts.

« Rien ne poussera ici, affirme-t-il. Avec ce genre de sol, le lait sera maigre. Le beurre sera pâle. »

Comment parviendrons-nous à élever du bétail, ou à éprouver la moindre sensation d'espace sur cette étroite parcelle rocailleuse ? demande-t-il en chuchotant. Comment pourra-t-il se considérer comme un nomade digne de ce nom ? Un nomade ne monterait jamais sa tente sur une terre aussi aride.

Personne n'en dit mot aux étrangers. Nous apprenons qu'ils ont payé le gouvernement népalais pour avoir ce lopin de terre. Ils ont aussi promis des pompes à eau et d'autres choses aux habitants de la région afin que notre groupe d'environ quatre cents « réfugiés », comme on nous appelle maintenant, puisse s'y installer. Au sommet de cette colline, nous devons bâtir une nouvelle vie.

Notre première saison passe rapidement. Quatre enterrements de fortune au bord de la rivière, deux livraisons de céréales, un ravitaillement en médicaments, et la construction progressive de trente cabanes aux murs en chaume et aux toits en bambou. Dans les basses terres, chacun de nous assimile son nouveau rôle. Les enfants ramassent du bois pour le feu, puisent de l'eau à la rivière et cueillent des noix et des baies, pendant que les adultes apprennent à fabriquer des cabanes et labourer la terre. Cela ne nous empêche pas de chanter toute la journée. Tenkyi et moi découvrons de nombreux airs, que nous interprétons pour Ashang le soir. À la façon dont il sourit et nous applaudit, je comprends que c'est un homme bon, qui prendra soin de nous. Nos repas sont assurés grâce à une poignée de riz quotidienne, et des comprimés que les étrangers nous distribuent de temps à autre. C'est une bénédiction d'avoir à manger tous les jours. En échange de cette aide, on nous défend de mendier et de chercher du travail en dehors du camp.

Malgré cette séparation, nous avons eu à trois reprises des altercations tendues avec les villageois des environs – ces gens au nez pointu, vêtus de tenues pâles et vaporeuses, qui habitent dans des maisons aux portes si petites qu'il faut se plier en deux pour y entrer. Ils réclament davantage d'indemnités pour la carrière que nous avons creusée. Ils attendent toujours les pompes à eau qu'on leur a promises.

Je tiens le compte de ces événements, en sachant que nous devrons peut-être repartir, que la nourriture pourrait venir à manquer, que demain Tenkyi ou Ashang pourraient être les suivants à ne pas se réveiller. Je tiens le compte de nos cauchemars aussi. Au moins une fois par semaine, des gens du camp se mettent à crier au milieu de la nuit. Ils ont vu leurs enfants morts sur le pas de leur porte, ou ils ont entendu le grondement d'oiseaux de fer tournoyant dans le ciel. Certains aspirent seulement à un jour d'été insouciant dans les pâturages de notre pays. Quand Tenkyi commence à gémir et remuer à côté de moi, j'émerge du sommeil et scrute son visage à la lumière froide de la lune. Je regarde ses yeux bouger sous ses paupières, contemplant des images auxquelles je n'ai pas accès. Lorsque son visage se tord de douleur, à l'instant où son esprit s'éveille dans une déchirure, je l'attire vers moi. En larmes, elle me parle d'une femme au visage couvert d'un voile obscur. Une femme à la bouche close, qui serre les dents et tremble de rage.

Des cauchemars me tourmentent aussi, rôdant autour de mon corps comme des chiens monstrueux. Quand ils m'assaillent, ils me montrent Ama qui nous appelle depuis la frontière, encore en vie sous un lit de pierres, nous suppliant de venir la chercher. Ils me montrent la peau noircie de mon père qui s'étend vers l'extérieur, couvrant mes mains, mon visage, pour finalement envelopper le ciel.

Je dois apprendre à m'arracher au sommeil, à ravaler mes pleurs et devenir aussi immobile et muette que les rochers entourant notre cabane. Je dois me concentrer sur ces rochers, m'imaginer parmi eux, m'efforcer de leur ressembler. Ce n'est pas facile. J'ai parfois besoin de plaquer mes paumes sur ma bouche grande ouverte. J'ai parfois besoin d'enfoncer mes ongles si profondément dans ma peau que, au matin, mon visage est marqué de petites entailles que je masque avec de la boue ou cache sous mes cheveux.

Au conseil du camp, les anciens déclarent que d'autres personnes vont nous rejoindre. Tenkyi et moi nous blottissons au fond de la pièce pour écouter.

« Il y a encore une centaine de familles à la frontière, issues de tous les clans. Des Bhompas, des Bawas, même des Khampas venus de loin dans l'Ouest.

– Certains continueront à attendre de pouvoir rentrer au pays. Ils resteront là-bas tant que possible.

– Mais quand ils auront été obligés d'abattre leur dernier yack et leur dernier mouton, ils seront comme nous.

– Ils n'auront pas d'autre choix que de descendre dans le Sud. »

J'essaie d'imaginer comment nous trouverons la place d'accueillir une centaine de familles de plus dans cette étroite bande de terre, entre la rivière et la colline qui surplombe le camp. Nous pouvons à peine tendre les bras sans toucher quelqu'un d'autre.

« Et les combattants du Chushi Gangdruk, à la frontière ?

– Il paraît qu'ils n'ont même pas de balles, c'est vrai ?

– Quoi d'étonnant à ça, quand on sait qu'ils vivent dans des abris faits de branches de genévriers et qu'ils dorment avec des oreillers en pierre ?

– Il est important que nous priions pour eux.

– On ne vaincra pas les Gyamis avec des prières. Ce sont des balles et des bombes qu'il leur faut.

– Nous devrions demander de l'aide à la reine d'Angleterre. »

Tout le monde se tait. Nous attendons que l'homme qui a parlé, un dénommé Pema Lhakpa, en dise plus. Il a deux blessures causées par des balles à la jambe droite.

« Elle est venue ici il y a quelques mois. Son pays est très riche et important. Le roi du Népal a réuni trois cents éléphants pour l'accueillir. Elle est partie à la chasse avec, et a abattu un tigre et un énorme animal à cornes qui n'existe pas chez nous…

– Pauvre bête, pourquoi a-t-elle fait ça ?

– Pour passer le temps, sûrement. Les gens de son pays ne mangent pas ces animaux, et ne portent même pas leur peau. »

Les rires fusent.

« Elle ne doit pas avoir de religion.

– J'ai entendu dire qu'elle mettait des tenues très ordinaires. Un des villageois l'a vue vêtue d'une simple robe jaune en ville.

– C'est bien étrange, une reine qui tue des animaux et qui s'habille mal.

– Tu crois que quelqu'un a mangé la viande ? me demande Tenkyi, en grattant les plaies sur ses côtes.

– Est-ce que tu oserais manger de la viande de tigre ? dis-je en ricanant. Et si les autres tigres l'apprenaient et partaient à ta poursuite ? »

J'écarte sa main pour gratter sa peau à sa place, et éviter que ses blessures se remettent à saigner. Au moins, celles sur ses jambes commencent à guérir.

Pema Lhakpa secoue la tête, à bout de patience.

« Oubliez le tigre ! L'important, c'est qu'ils peuvent bien nous accorder quelques balles, non ? Pour le juste combat que nous menons, afin de reprendre notre pays et sauver notre peuple… J'y participerais moi-même, sans cette fichue jambe inutile !

– Arrêtez vos sottises, intervient Ashang Migmar. Nous vivons avec une tasse de riz par jour, et au lieu de chercher comment faire pousser quoi que ce soit sur ce sol aride, vous parlez de balles et de bombes. Nous sommes en train de nous égarer. C'est très clair. Nous avons besoin d'un maître spirituel. »

Ashang explique que les chefs du camp ont envoyé une requête urgente à Katmandou. Ils ont demandé à ce qu'un maître vienne vivre parmi nous, pour nous guider dans nos prières et ramener la paix dans nos âmes. Le problème, c'est que nous ne savons pas quels maîtres ont survécu à la destruction de leurs monastères et, parmi ces rescapés, lesquels ont réussi à prendre la route de l'exil. Nous ne savons pas non plus si l'un d'eux accepterait de s'installer avec nous sur cette colline isolée où les plantes refusent de pousser ; mais si c'était le cas, il pourrait effectuer les rites adéquats, et nos cultures prospéreraient peut-être enfin.

« Au moins, nous avons le Saint Sans Nom », dis-je tout bas à Tenkyi.

Elle s'appuie contre moi avec un soupir. C'est l'expression que les gens de notre camp ont choisie pour le désigner, ou peut-être s'est-elle simplement imposée au fil du temps. Quoi qu'il en soit, tout le monde ici a rendu visite à notre *ku*. Nous l'emmenons au chevet des malades, le sortons pour bénir notre eau, pour présider à nos prières. Avant chaque long voyage, nous demandons qu'on le pose sur notre tête et notre dos. Certains souhaitent seulement regarder le Saint, contempler le visage du protecteur de notre camp et passer du temps en sa présence. Tous ceux qui sont morts ici ont poussé leur ultime soupir près de lui, comme Ama l'a fait lors de sa dernière nuit.

La rumeur court qu'on trouve des bananes au fond de la vallée. Voulant donner quelque chose de sucré à Tenkyi, je m'éclipse un après-midi pour partir à leur recherche. Quand j'atteins les bananiers, je découvre avec stupéfaction que chacune de leurs feuilles est aussi grande qu'un homme. Marchant entre les troncs, caressant leur duvet rêche tandis que le vent soulève et secoue les feuilles, j'ai l'impression d'être entourée de personnes réincarnées. Certaines se penchent vers le sol d'un air endeuillé. D'autres se tendent loin au-dessus de moi, comme prêtes à s'envoler. Qu'est-ce qu'Ama et Pala diraient, s'ils pouvaient voir ces êtres étranges ! Et les fleurs rouge vif qui parsèment les collines, dépassant des buissons comme des visages enthousiastes… Chez nous, les fleurs demeuraient au ras du sol pour s'abriter du froid, timides et fragiles ; alors que celles-ci paraissent presque guillerettes, la tête levée vers les montagnes au-dessus des collines. Lorsqu'elles contemplent cette bande blanche et argentée à l'horizon, elles n'y voient pas un rappel constant d'une lointaine patrie. Elles ne souhaitent pas prendre leur envol comme ces feuilles de bananier.

J'examine chaque arbre, mais aucun ne porte de fruits. Je rentre bredouille à la fin de la journée, sans avoir utilisé la faucille accrochée à la ceinture de mon père. Ashang est assis devant notre cabane avec d'autres casseurs de pierres. De tous les hommes du camp, c'est mon oncle qui casse le plus de pierres chaque jour. Il se lève à l'aube, boit du vieux thé ou de l'eau s'il n'y en a pas, enroule ses tresses autour de sa tête et part pour la carrière. Quand il revient, au coucher du soleil, nous savons que nous devons respecter son silence jusqu'à ce qu'il soit reposé. Ce soir, il paraît de bonne humeur.

« Est-ce que vous connaissez l'histoire d'amour liée à la rivière qui coule près de ce camp ? » demande-t-il à ses compagnons poussiéreux.

Mon oncle a repris son ancien rôle de conteur.

« Ici, on l'appelle différemment, mais cette rivière prend sa source dans notre pays », poursuit-il.

Je m'assieds en tailleur. Mo Yutok, notre voisine, drape une partie de ses couvertures sur mes jambes. On croirait que mon oncle s'adresse à la rivière elle-même, qui semble devenir plus bruyante, l'encourageant à raconter son histoire. Les grillons et les grenouilles ont entamé leur chant nocturne aussi. Même les lucioles sont venues nous présenter leur danse de la foudre. Pendant ce temps, le soleil se glisse derrière la colline au sommet plat qui surplombe notre camp, nous inondant d'une lumière rose. Je croise les bras et me frictionne la peau pour me réchauffer. Je suis parfois capable de déceler la beauté de cet endroit – quand les rizières de la vallée se changent en miroir pour le ciel, ou quand un air de flûte résonne dans les collines.

« Il y a de cela très longtemps, vivaient une princesse et un pauvre. Ils s'étaient rencontrés en vagabondant dans les plaines, et étaient tombés amoureux au premier regard. Refusant d'accepter le garçon, la famille de la princesse envoya celle-ci dans la région la plus reculée du pays, si loin qu'il fallait chevaucher des mois pour y arriver, si loin qu'elle ne savait pas comment rentrer. La princesse et le pauvre passèrent les années suivantes séparés, à penser secrètement l'un à l'autre. Devenus vieux, ils moururent au même instant, en émettant le même souhait : échanger une étreinte dans leur prochaine vie. Une étreinte qu'aucun homme ne pourrait rompre. C'est ainsi que dans sa vie suivante, la princesse devint cette rivière sans fin, et le pauvre la chaîne de colline qui l'enserre. Leur vœu avait été exaucé.

– C'est triste, soupire quelqu'un en jetant des branchettes dans le feu.

– J'adore les histoires romantiques, pas toi ? » me demande Mo Yutok, qui rajuste ses couvertures sur mes genoux.

Ashang se lève, et continue à parler en tournant autour du feu :

« Mais bientôt, cet endroit aura des noms gyamis. Chaque montagne, lac et prairie de chez nous sera rebaptisé. »

Cela ne fait assurément pas partie du récit.

« Leur amour restera-t-il le même avec des noms étrangers ? Avec des mots qui ne signifient rien pour nous ? » s'interroge Ashang en secouant la tête.

Il devrait raconter les histoires correctement, au lieu de les changer selon son humeur. On dirait qu'il ne peut pas s'en empêcher. Il n'apprécie pas non plus le nom de la montagne ici, que les habitants de la région appellent Machapuchare, à cause de ses crêtes pointues en forme de queue de poisson. D'après Ashang, c'est un blasphème de donner à une montagne un autre nom que celui d'une divinité.

Il explique souvent à Tenkyi et moi que nous avons échoué dans un endroit que son cœur ne peut accepter. Néanmoins, il soutient que cette année est la dernière que nous passerons loin de chez nous. Une fois que les dirigeants de l'Amérique auront appris ce qui arrive à notre peuple, ils nous aideront. Nous récupérerons notre pays. Nous n'avons qu'à attendre quelques mois de plus. Lors des conseils du camp, il affirme qu'il ne sert à rien de construire une école. Inutile de planter des céréales qui ne produiront pas de récolte avant un an ; nous avons juste besoin de survivre pour l'instant.

Ashang n'a pas défait ses paquetages. Il compte les jours écoulés depuis notre départ. Et comme s'il dressait un inventaire, il parle à Tenkyi et moi des objets qui attendent notre retour, ceux que Pala et lui ont enfouis au pied d'une colline dans notre vallée. C'est notre héritage, mis à l'abri à une profondeur de deux hommes, entre trois rochers en forme de tête. Il nous promet que nous n'aurons aucun mal à trouver cet endroit, même si nous reprenons la route sans lui. Un beau jour, quand les choses seront rentrées dans l'ordre, nous repartirons, jure-t-il ; et tout ce que nous ne voulions pas risquer de perdre dans notre fuite nous attendra là, sous la terre. Les statues de divinités en or, les bols à offrandes en argent, les livres de prières, les thangkas, les peaux de bêtes : tous seront là, intacts, ignorant la folie qui s'est déchaînée à la surface. Un jour paisible, nous regagnerons la haute contrée qui est la nôtre, nous nous agenouillerons, et nous creuserons. Alors nos vies ressurgiront, vierges du sang versé et de la tristesse du monde ; et les Bhomis, le peuple des neiges, vivront de nouveau comme nous l'avons fait pendant des milliers d'années.

Pour ma part, j'en ai assez d'entendre les nouvelles histoires d'Ashang. Parcourir une fois de plus le chemin où reposent mes parents serait aussi terrible que de rester ici à jamais. Je me lève, accroche ma faucille sur un poteau, et regagne notre cabane.

Le lendemain matin, on me charge de fabriquer une barrière pour les chèvres. Après une énième mauvaise récolte, nous avons décidé de construire davantage d'enclos à bestiaux. Je suis occupée à attacher une rangée de pieux en bambou, quand j'entends quelqu'un crier mon nom.

« *Wai*, Lhamo ! m'appelle Bhu Tsering, soulevant de la poussière à son approche.

– *Wai !* Tu es rentré.

– Difficilement, s'amuse-t-il. J'ai dormi sur une colline hier soir, et j'ai failli passer directement à ma prochaine vie en dégringolant ! »

Nous rions tous les deux, mais je suis soulagée qu'il soit revenu sans encombre de son périple pour acheter du matériel médical à la capitale. Malgré sa gaieté, il a l'air épuisé, avec ses lèvres gercées et ses cheveux gras et emmêlés. Au moins deux habitants du camp ont péri pendant le long trajet vers Katmandou. Nyima Dolkar est morte de faim, n'ayant trouvé personne pour lui donner à manger en chemin, tandis que Mo Tenzom a succombé à la morsure d'un chien enragé.

« C'est pour ton oncle, déclare Bhu Tsering en me tendant unc petite enveloppe ornée d'une écriture élégante, que je suis incapable de déchiffrer.

– Qui l'a envoyée ?

– Yangsel. Ta parente. Donne-la à ton oncle, d'accord ? »

Je hoche la tête, puis glisse l'enveloppe dans la poche de poitrine de ma robe. J'ai rencontré Shumo Yangsel et sa famille un été il y a bien des années, à l'occasion d'une foire aux chevaux. Tenkyi était encore toute petite, de même qu'un des fils de Shumo. Les deux enfants avaient pleuré la moitié de la journée, s'encourageant l'un l'autre à hurler. N'y tenant plus, nous les avions emmaillotés dans des peaux de mouton, puis les avions fourrés dans des sacoches de chaque côté d'un yack et promenés dans les prés jusqu'à ce qu'ils finissent par s'endormir. Nous n'avons pas revu Shumo depuis. À quoi ressemble-t-elle aujourd'hui ? À ma mère ?

Derrière les latrines, j'ouvre l'enveloppe et fixe le texte un long moment, mais je ne parviens à identifier que quelques mots. Shumo Yangsel doit avoir demandé l'aidc d'une personne sachant lire et écrire au camp de Katmandou.

Toute la nuit, la lettre reste cachée contre ma poitrine, tandis que je m'interroge sur son contenu. D'autres membres de notre famille se sont-ils réfugiés dans ce pays ? Pouvons-nous rentrer chez nous maintenant ? J'ai besoin de le savoir avant de donner la lettre à Ashang, même s'il ne pourra pas la lire non plus. Seul le maître d'école Gen Lobsang en est capable. À l'aube, je me lave le visage, attache un ruban rouge dans mes cheveux, et me dirige vers sa cabane.

« Acha ! Acha Lhamo ! »

C'est ma sœur. Cette petite chouette doit m'avoir repérée depuis l'autre bout du champ. J'essaie de la renvoyer à la maison, mais elle me suit jusqu'au logement du maître. Nous nous approchons discrètement de la porte, puis restons debout sur le seuil, l'oreille collée contre le rideau, guettant des bruits à l'intérieur.

« Qui est-ce ? » demande le maître.

Je réponds à voix basse :

« Genla, c'est Lhamo. J'ai reçu une lettre de notre tante hier, mais je ne peux pas la lire… »

Gen Lobsang ouvre le rideau, et nous fait signe d'entrer. Lorsque mes yeux s'accoutument à l'obscurité, je remarque qu'il a aussi le visage très propre.

« C'est un grand jour, les filles. Un nouveau professeur va arriver d'Amérique.

– D'Amérique, hein ? » dit Tenkyi, comme si elle avait la moindre idée d'où c'était.

Je lève la lettre en expliquant :

« Notre oncle aimerait que tu nous lises ça, si tu as un peu de temps.

– Asseyez-vous, alors », répond-il.

Nous nous installons tous les trois par terre. Je remarque que Gen Lobsang est en train de construire un fourneau en argile dans un coin. Ayant été moine, il sait sûrement cuisiner. Tout le monde est tenu de participer à la préparation des repas dans un monastère. Les moines doivent aussi apprendre à lire, écrire de la poésie, jouer de la musique, danser le cham, faire leur propre lessive, et prier pour la libération de tous les êtres doués de sens. Voilà pourquoi Gen Lobsang est l'homme le plus instruit ici. Ashang m'a assuré qu'une fois que le camp serait en meilleur état, je pourrais assister à ses cours. Tenkyi arrive déjà à lire au moins dix mots grâce à ses leçons.

Gen tend la lettre devant lui, puis la déchiffre lentement, en répétant les termes les plus importants. Shumo Yangsel annonce qu'aucun de ses fils n'a survécu au voyage jusqu'au Népal. Elle a entendu dire que son frère Migmar élevait désormais les enfants de leur défunte sœur. Compte tenu de la difficulté qu'il doit avoir à le faire seul, ma tante voudrait savoir s'il accepterait d'envoyer une des filles vivre à la capitale avec son mari et elle.

« L'aînée doit pratiquement être une femme maintenant, alors nous pensons à la plus petite », lit Gen.

Je lui prends la lettre des mains avant qu'il poursuive. La voix tremblante, je lui demande de garder ces nouvelles entre nous, juste pour l'instant. Gen Lobsang hoche légèrement la tête, j'ignore si cela signifie qu'il gardera le silence. Je ne peux que l'espérer.

De son côté, Tenkyi interroge le maître d'école sur le camp à Katmandou : combien d'enfants y vivent, s'ils ont plus de livres que nous. Sans perdre une minute, j'entraîne ma sœur à l'extérieur.

« Ne parle pas non plus de la lettre à Ashang, lui dis-je.

– Pourquoi ? demande-t-elle en dégageant sa main de la mienne.

– Tiens, assieds-toi. »

J'arrache un trèfle et le mâchonne, le temps de réfléchir et de me calmer.

« Parce que Ashang ne sait pas lire. »

Tenkyi commence à fabriquer une couronne de trèfles blancs pour la placer sur ses cheveux tressés. Elle n'arrive pas à percer les tiges, avec ses ongles de pouce trop courts, alors je me charge de former un petit cercle de fleurs pour elle.

« Ashang sera gêné s'il ne réussit pas à lire la lettre devant nous. Je la lui donnerai plus tard », dis-je, contente de mon raisonnement.

Tenkyi me dévisage d'un air peu convaincu. Puis elle baisse les yeux vers son ventre.

« Qu'est-ce qui ne va pas ?

– Tu mens. Tu vas m'abandonner. »

Je la prends sur mes genoux et la serre contre moi, mais pas trop fort, pour éviter de l'inquiéter.

« Jamais. Même pas si je meurs. Maintenant, va parader avec ta couronne. Allez, il faut que je me mette au travail.

– Fais-toi une couronne aussi.

– D'accord », dis-je avec un sourire forcé.

Tenkyi s'élance vers la colline au sommet plat en criant :

« Et je veux un collier et des bracelets ! »

Allongée sur l'herbe, je fixe le ciel sans nuages, le collier inachevé de Tenkyi s'échappant de mes doigts. Non loin de là, un groupe de femmes chante tandis qu'elles creusent la terre. Elles sont à peine audibles au milieu du sifflement du vent, du bruit de la rivière et des cris tardifs des coqs ; mais des bribes de la vieille mélodie me parviennent de temps à autre. La présence d'Ama y flotte encore, si diffuse que je sens davantage les vibrations de son corps que je n'entends sa voix. Ces temps-ci, je ne la vois même plus clairement. Il ne me reste pas de visage avec des lignes et des ombres distinctes, mais seulement des fragments, semblables aux feuilles d'un arbre. Un arbre trop grand pour qu'on le discerne.

Une pluie de trèfles s'abat. Tenkyi éclate de rire, les paumes planant dans l'air. Je contemple la figure réjouie de ma sœur au-dessus de moi. Ses joues ont retrouvé leur rondeur, mais il lui manque trois dents de devant ; les autres sont noires et gâtées. Bien qu'elle ait onze ans cette année, elle n'a pas grandi du tout depuis que nous sommes partis de chez nous. Moi non plus, à vrai dire. À l'heure qu'il est, j'aurais dû commencer à saigner tous les mois. C'est ce que m'a expliqué l'infirmière qui est venue mesurer nos corps. Si Tenkyi et moi subissons une croissance étrange, retardée, je pourrai faire avec ; mais si nous devons affronter ce qu'Ama a vécu dans son enfance, quand les dieux l'ont appelée et que son corps et son esprit l'ont abandonnée, qui nous viendra en aide ici ? Nous sommes peut-être déjà en danger, avec les esprits qui rôdent autour de nous dans nos cauchemars. Seule Ama saurait nous dire quoi faire. Elle pourrait réciter les bonnes prières, nous bénir avec le Saint Sans Nom, nous libérer de notre mal. La lettre de Shumo Yangsel est plaquée contre ma poitrine, coupante et rigide. Ma tante arriverait-elle à nous aider ? Mais si Tenkyi va vivre avec Shumo, elle ne reviendra peut-être jamais. Et si j'y vais, ma sœur se retrouvera toute seule.

« Qu'est-ce que c'est que ça ? » demande Tenkyi, les yeux plissés.

Au loin, une mince ligne de poussière avance sur la berge. Je mets la main en visière, attendant que la forme se précise, puis m'écrie :

« Une voiture arrive ! »

Je me précipite vers la rivière.

Le temps que la jeep blanche atteigne le camp, nous sommes des dizaines à marcher à côté, scrutant l'intérieur. Quand le chauffeur s'arrête, la foule s'écarte pour laisser Gen Lobsang approcher. Ce doit être le professeur américain, me dis-je. C'est la première fois que je vois un Américain. L'homme qui émerge de la voiture a la peau aussi noire qu'un corbeau. J'en tombe presque à la renverse.

« Dites *Tashi Delek* au Professeur Mark ! » crie Gen Lobsang ; mais nous sommes devenus muets. « Professeur Mark », répète Gen Lobsang.

Le professeur se tient devant la croix rouge sur la portière de la voiture. Alors qu'il observe notre groupe et le camp, son expression se transforme. L'espace d'un instant, il nous dévisage comme si notre couleur de peau était plus étonnante que la sienne. Je me retourne pour voir ce qui le perturbe autant, mais je ne distingue que des enfants affublés de vêtements trop grands, des robes et des chemises héritées de nos parents et de nos proches. Ma propre robe me vient d'Ama. Ashang Migmar l'a raccourcie en la déchirant rapidement, puis l'a repliée verticalement le long de mon dos, avant de la serrer à ma taille avec la ceinture rouge de Pala. Revêtir les habits d'un parent mort porte chance. Professeur Mark ne le sait peut-être pas.

Avec un beau sourire spontané, il s'avance pour serrer la main de Gen Lobsang, puis celle d'Au Rinzin, qui aime être un des premiers à accueillir les visiteurs, puis celle de Mo Pelkyi, qui se trouvait simplement là, les bras ballants, parce que son moulin à prières grinçant ne fonctionne plus. Si étranges que nous puissions lui paraître, Professeur Mark nous salue un par un, les mains jointes devant lui. Puis il traverse la foule, en discutant avec les hommes qui l'escortent vers la cabane de l'administration. Pendant ce temps, les gens répètent à voix basse ce que Gen Lobsang a traduit de ses paroles : *Il dit qu'il n'avait pas conscience des conditions de vie dans le camp. Il dit qu'il n'a pas accompli sa mission. Il dit qu'il essaiera d'obtenir plus de fournitures pour nous.*

Tenkyi apparaît dans mon champ de vision. Ses yeux sont encore plus écarquillés que je ne le croyais possible, sa bouche ouverte en un large sourire édenté. On pourrait la prendre pour l'idiote du village, me dis-je. Elle fixe la nuque de Professeur Mark, épiant chacun de ses gestes, essayant d'entendre ce qu'il raconte, même si nous ne comprenons pas sa langue et qu'au moins une dizaine de personnes nous séparent de lui. Mais son expression, cette curiosité… J'imagine déjà les questions qu'elle posera à Gen Lobsang : combien de sortes de gens y a-t-il dans le monde ? Quelle taille fait le monde ? Et quand pourrai-je le voir ? La réalité m'apparaît clairement, à présent. Si je parle à Ashang de la lettre, Tenkyi s'en ira rejoindre Shumo, un sourire sur son petit visage. Elle quittera cette colline pour partir à la capitale, et peut-être plus loin encore. C'est dans sa nature. Malgré cela, je veux lui dire : dans notre prochaine vie, oui, nous pourrons toutes les deux aller où bon nous semble. Dans notre prochaine vie, nous serons libres, en sécurité et heureuses. Nous grandirons sous le regard de nos parents tels des arbrisseaux, jusqu'à devenir des femmes fortes, capables de décider de notre propre sort. Puis, quand nos parents seront vieux et fragiles, nous veillerons sur eux en attendant qu'ils parviennent au bardo ; alors nous allumerons un million de lampes à beurre pour éclairer leur traversée. Et lorsqu'ils atteindront les rives de leur destin, nous saurons que nous avons réalisé l'acte le plus important que l'on puisse réaliser pour ses proches : nous aurons pris soin de leur âme, avant de les laisser partir. Toutefois, ce chemin n'est pas celui qui nous a été donné dans cette vie. Posant la main sur ma poitrine, j'entends un froissement de papier. La lettre de Shumo est toujours là. Elle devra y rester, jusqu'à ce que je trouve une autre solution.

5

Pokhara, Népal

Camp de réfugiés tibétains de Tsemo Seymakar
Automne 1962

Sans que je sache comment, on est venu à me considérer comme la tresseuse de cordes la plus douée et rapide du camp. Mes œuvres ont permis de faire tenir toutes sortes de bâtiments ici, des nouvelles latrines à la cabane de l'administration, qui nous sert aussi de dispensaire. Aujourd'hui, on m'a chargée de fabriquer des cordes pour l'école où Tenkyi étudiera bientôt. Si la plupart des gens aiment travailler en groupe, je préfère me retrancher seule en bordure du camp, les jambes pendant au-dessus de la rivière. Laissée en paix, j'entre dans une transe délicieuse. Je ne remarque presque plus la difficulté du tressage, jetant seulement un coup d'œil à mes doigts de temps en temps pour rajouter un brin d'herbe ou resserrer un nœud récalcitrant.

Deux corbeaux sont apparus, qui tournoient au-dessus de ma tête en bavardant. Je me demande ce qu'ils disent. Quelle allure ai-je à leurs yeux, seule sur ce petit bout de colline aride ? Une gamine maigre et sale, aux cheveux si emmêlés qu'un peigne pourrait s'y casser. Il faut voir ma robe, aussi : effilochée en bas et toute trouée. Surtout, c'est ma nature solitaire qui me distingue. Même les habitants du camp s'en inquiètent. Je les entends d'ici : *Revoilà cette fille qui fixe la vallée, le corps dur comme le roc, marmonnant dans sa barbe.* Ils conseillent à Ashang Migmar de me surveiller, de m'emmener consulter quelqu'un, même s'ils ne savent jamais qui pourrait m'aider dans ces terres étrangères. De son côté, mon oncle me suggère d'aller m'installer plus loin, pour que la vue d'une fille assise seule ne perturbe pas les autres.

Cependant, je possède une chose qu'ils ignorent. Une lettre secrète. Le papier accompagne le mouvement de ma poitrine à chaque souffle, comme une carapace dure et cassante. Des mois ont passé depuis que le courrier de Shumo est tombé entre mes mains, et même s'il est vrai que les distractions n'ont pas manqué au camp, plus je garde le silence, plus l'enveloppe me pèse. Cela dit, je trouve étonnamment facile de continuer à me taire, sans rien faire de la lettre – ni la détruire ni la remettre à mon oncle. Un autre secret : je me surprends à penser à Shumo ces derniers temps. A-t-elle la voix de ma mère, ou son rire ? Cela vaudrait presque la peine d'aller à la capitale, pour en avoir le cœur net.

D'autres corbeaux dérivent dans le ciel, rejoignant le cercle au-dessus de ma tête. J'agite les bras pour tenter de les chasser. Les corbeaux se figent, puis plongent vers la rivière. Je connais bien ces oiseaux noirs. Ils vont chercher de la charogne sur les berges. Quand nous aurons terminé nos prières du matin, ils remonteront au camp pour picorer les offrandes éparpillées aux alentours. C'est leur liberté ordinaire. Pour des bipèdes comme nous, si arrimés au sol, aucun chemin n'est simple. Est-ce pour cela que nous attendons toujours l'arrivée d'un maître spirituel ?

J'entends Tenkyi dans le champ derrière moi, quelque part dans la rangée la plus récente de cabanes en chaume. Elle récite l'alphabet anglais, et j'ai beau ne pas connaître les lettres moi-même, je sens qu'elle les prononce avec clarté et assurance. À chaque syllabe, sa voix s'élève comme une cloche au-dessus du martèlement rythmé des ouvriers dans la carrière. Les enfants peuvent désormais suivre deux cours en plein air : un en tibétain, donné par Gen Lobsang, et un autre en anglais, donné par Professeur Mark et la dernière venue au camp, Professeur Amy, une femme pâle aux cheveux semblables à un champ d'orge. La plupart du temps, je saisis des fragments de leurs leçons au vol pendant que je travaille. Une fois, j'ai passé un après-midi à regarder les hommes installer de grandes plaques de bois rapportées de la ville. Ils les ont appuyées contre des rochers, puis les ont enduites couche par couche d'une peinture noire si profonde et pure qu'elle semblait ouvrir un portail sur la nuit. Le jour suivant, les professeurs ont utilisé des petits cylindres de poudre blanche pour inscrire des symboles anglais sur les plaques, toujours posées sur les rochers.

J'entends à présent Professeur Mark répondre à ma sœur en anglais. Je ne discerne que le mot « good », qu'il répète. Ma petite sœur doit être douée. Dès les premières leçons, elle a mis autant de concentration et de détermination à apprendre que les adultes en mettent à creuser des latrines, construire des cabanes et planter des céréales sur notre lopin de terre stérile.

« Ma fille aînée, dit souvent Ashang, car nous sommes ses enfants maintenant, travaille très dur. Mais Tenkyi est la plus intelligente. Elle a hérité de l'esprit de sa mère.

– Et moi, de quel genre d'esprit j'ai hérité ? » lui ai-je demandé une fois.

Il m'a dévisagée, puis a lâché un grand rire. Je n'ai pas pu m'empêcher de l'imiter. Avant cela, nous n'avions jamais ri ensemble, rien que tous les deux, et j'avais l'impression de partager un moment important avec lui. Quand nous avons fini par reprendre contenance, j'ai attendu de voir s'il répondrait à ma question. Mais non. Ashang est retourné au fossé qu'il creusait, me laissant m'occuper de rentrer la récolte.

Je continue malgré tout à m'interroger : qu'y a-t-il d'autre que ma mère ne m'a pas transmis ? Quelle autre particularité a joué à saute-mouton, atterrissant seulement sur ma sœur ? Certaines sont évidentes : Tenkyi a les joues pleines et roses d'Ama, moi le visage quelconque et étroit de Pala, qui me donne l'air peu raffiné et masculin. Il y a aussi des propriétés que ni Tenkyi ni moi ne possédons. La voix basse et rauque d'Ama. L'odeur de pain, sucrée et chaude, de sa peau. Son visage surgit soudain devant moi, si complet qu'Ama pourrait être là à l'instant, sur cette colline. Je ferme les yeux et me tiens parfaitement immobile, mais elle a déjà disparu. Cette vision fugace a à peine duré le temps d'une inspiration. Pourtant, je me sens plus proche d'Ama à présent que durant la fin de sa vie. Je pourrais même lui poser les questions que j'avais trop peur de formuler à l'époque. Comment avons-nous échoué ici, Ama ? Où sont nos dieux ? Dis-le-moi. *Parle !*

Ma corde inachevée vole vers la gorge. Je tremble, les poings serrés. La corde gît maintenant sur la berge rocailleuse, entortillée comme une mue de serpent abandonnée. Rentrant le bas déchiré de la robe de ma mère dans la ceinture de mon père, j'entame ma descente, en prenant garde à ne pas marcher sur des orties ou des rochers coupants. La plante de mes pieds ne s'est pas encore remise de la dernière fois où j'ai perdu l'équilibre, et glissé sur la falaise.

La rivière est plus animée qu'elle ne le semblait de haut. Des buffles se sont installés là, et plus loin, vers les collines, deux villageoises lavent du linge dans une petite fosse naturelle. Ashang nous a raconté que ce cours d'eau prenait sa source dans notre pays. Je m'arrête sur cette pensée, imaginant un long fil sinueux qui nous relierait à chez nous. Une rivière charrie toutes sortes de choses, surtout de petits objets. Si je tâtonnais dans la vase, y trouverais-je une de nos pièces ? Et si j'étais un poisson ? Je pourrais rentrer à la nage sans que les soldats gyamis me repèrent. Si tous les habitants du camp se changeaient en poissons, nous pourrions sauter dans la rivière ensemble, et battre des nageoires à l'unisson vers l'amont. Nous pourrions inverser le cours de la rivière elle-même.

Tant que je suis là, je décide de chercher de grandes herbes pour mes cordes. Alors que j'arrache une touffe encore intacte, quelque chose attire mon attention à l'horizon : les silhouettes de deux hommes qui cheminent sur la rive caillouteuse, en direction du camp. Ils sont trop loin pour que je distingue leurs visages, mais l'un est un garçon, et l'autre un adulte. Ils ne se tiennent pas par la main, ne marchent même pas côte à côte. Mon regard ne cesse de revenir au garçon. Tandis qu'il avance, une étrange sensation parcourt mon corps – une vague de bonheur inexplicable.

« *Wai !* »

Le vent emporte ma voix. Je devrai attendre qu'ils soient plus proches. La position du soleil m'indique qu'il est presque l'heure de rentrer pour notre tasse de riz quotidienne, mais je veux rester là, juste le temps de voir qui sont ces hommes. Je me remets à cueillir des herbes, accroupie, m'arrêtant de temps à autre afin de surveiller les deux silhouettes. Elles semblent progresser lentement. À certains moments, elles paraissent avoir grossi ; à d'autres, on les croirait immobiles.

Quand leurs visages se précisent, je reconnais l'homme adulte : Po Dhondup. Il est enfin rentré. Cela fait près d'un mois qu'il est parti pour Katmandou, ayant entendu dire que son beau-frère vivait dans un des camps là-bas. Mais qui est le garçon ?

« Lhamo, me salue Po Dhondup, quand il arrive près de moi en ahanant.

– *Tai' Delek.* »

J'appuie mon front contre le sien, puis incline le menton vers le garçon en demandant avec désinvolture :

« Qui est-ce ?

– Le fils de ma sœur, répond Po Dhondup. Il s'appelle Samphel. »

Je me penche pour toucher le front brillant du garçon, mais il ne me prête aucune attention, les yeux levés vers les cabanes de chaume à la lisière du camp. Il est plus vieux que je ne l'avais cru de loin. Nous pourrions même avoir le même âge, car nous nous tenons exactement nez à nez, comme un reflet l'un de l'autre, occupant le même espace et projetant la même ombre. Son périple doit avoir été aussi ardu que les nôtres. Il faudra laver et rapiécer ses vêtements. Sa peau est marquée de plaques rouges et noires. Son visage, en revanche, est peu commun. Il paraît légèrement déséquilibré, avec un œil relevé vers le haut et un sourcil qui suit le mouvement, tandis que l'autre œil ne présente aucune courbe. Ses lèvres bougent aussi de façon asymétrique, comme si une seule partie de lui voulait parler. Sous la poussière blanchâtre qui le recouvre, ses lèvres sont d'un rouge profond. Je suis sûre qu'il lui suffirait de les lécher pour qu'elles prennent vie, sur une toile de fond par ailleurs pâle. L'espace d'un instant, j'éprouve un sentiment de légèreté libérateur, puis un rapide frisson me parcourt – comme si quelqu'un m'avait agrippée par les épaules pour me réveiller.

« Est-ce qu'on s'est croisés dans le Mustang, à la frontière, avec ton oncle ? » demandé-je.

D'un ton las, Po Dhondup répond que c'est impossible. Le garçon vivait avec son père. Sa mère est restée dans son village au pays, avec son autre famille, un mari et quatre enfants.

« Son mari s'est allié aux Gyamis, explique Po Dhondup. C'est un chien galeux, qui porte sûrement une casquette à étoile rouge et tourmente son propre peuple à l'heure qu'il est. Le garçon est né hors mariage. »

Po Dhondup ramasse ses sacs, et se dirige vers sa cabane.

« J'ai besoin de me reposer. Occupe-toi un peu de lui, Lhamo.

– D'accord, Popo. Récupère bien ! »

Maintenant que Samphel et moi pouvons parler plus librement, je reprends mes questions en l'emmenant vers le camp.

« Quel âge as-tu ?

– Je ne sais pas. »

Sa voix, basse et légère, craquelle comme une plume pliée en deux.

« Quel est ton animal de naissance ?

– Une vache, je crois. »

J'étouffe un rire.

« Une vache ! Tu veux dire un bœuf. Alors ça te fait… treize ans. J'ai un an de plus que toi. »

J'attends sa réaction. Comme il ne bronche pas, j'ajoute :

« Les travailleurs humanitaires suisses n'arrivaient pas à croire que j'avais quatorze ans, vu comme je suis petite.

– Tu n'es pas si petite, rétorque-t-il en redressant le dos. Tous ces Enjis sont des géants. Ils doivent avoir beaucoup à manger.

– Est-ce qu'ils mangent comme des vaches ? »

Je pensais que nous partirions tous les deux d'un fou rire, mais il reste impassible. Je remarque un objet coincé sous son bras. On dirait un ballon dégonflé, comme ceux que nos maîtres d'école sortent les jours ensoleillés.

« Où vivais-tu avant ? demandé-je.

– Au camp de Jawalakhel, répond-il, avant d'ajouter : j'y retournerai bientôt. »

C'est le camp de Shumo, à la capitale.

« Tu as de la chance, tu sais. C'est un bon camp ici. On a une machine pour remettre de l'air dans ce ballon.

– Il est crevé », dit-il. Après un silence, il reprend : « Mon père le réparera quand je rentrerai. »

Je me tais. Si Po Dhondup a amené Samphel ici, c'est que son père est mort, ou qu'il l'a abandonné. En tout cas, inutile de m'attarder sur ce sujet.

« J'ai du fil pour le recoudre, dis-je. Ensuite, on pourra jouer avec dans ce champ. Tu vois, là où sont ces enfants ? »

Lorsque nous arrivons, la leçon du jour vient de s'achever. Certains enfants font la queue pour étreindre Professeur Mark, tandis que d'autres se mettent aussitôt au travail, emportant des pierres pour l'école en construction au milieu du camp. Je repère Tenkyi, occupée à ramasser des cailloux.

« Qui c'est ? demande-t-elle en souriant à Samphel.

– Le neveu de Po Dhondup, dis-je. Il habite dans le camp de Shumo.

– Tu es venu visiter ? »

Visiter un camp, comme si c'étaient des vacances... où ma sœur va-t-elle pêcher ces idées ?

« Tu veux entendre une histoire drôle ? demande Tenkyi. Un garçon de notre camp, Hring-Hring, raconte à tout le monde qu'il va bientôt prendre l'avion. »

J'explique à Samphel que Hring-Hring est le surnom que nous avons donné à un garçon qui aime courir en tous sens, les bras écartés, en faisant des bruits d'avion. Les anciens lui reprochent d'imiter les oiseaux de fer des envahisseurs, mais nous l'appelons comme ça seulement pour le taquiner.

Je ramasse deux grandes pierres, et demande à Samphel d'en poser une de plus dans mes bras. Il prend la plus petite qu'il trouve, puis la place doucement entre les deux autres. Je lui suggère en riant d'en choisir une un peu plus grosse ; l'école ne sera jamais terminée, sinon. Ayant rajouté une pierre à mon fardeau, il décrète qu'il veut en emporter aussi. Alors que Tenkyi et moi répliquons qu'il devrait se reposer après son long voyage, il sourit pour la première fois, et s'empare de la plus grosse pierre de la pile – c'est à peine s'il arrive à refermer les bras autour.

Pendant que nous nous dirigeons à pas lents vers le chantier de l'école, Samphel évoque ses meilleurs amis dans son camp, deux frères appelés Polo et Golok, dont le père grave des prières sur des pierres en échange d'argent. Je ne sais pas pourquoi il nous parle d'argent mais, au moins, il semble plus à l'aise maintenant. En chemin, nous croisons des enfants qui repartent en sens inverse. Certains s'arrêtent pour nous aider, et nous finissons par avancer de travers, les bras tendus pour partager notre charge. Comme c'est amusant ! s'écrie Tenkyi, alors que d'autres groupes se forment à notre suite.

6

Une semaine s'est écoulée depuis l'arrivée de Samphel, qui continue à nous accompagner dans nos tâches quotidiennes. Au crépuscule, quand tout le monde arrête de travailler et rentre chez soi pour prier, Samphel, Tenkyi et moi vagabondons dans le camp, en nous imaginant que nous sommes seuls sur terre. C'est une nuit sans lune, la plus chaude que nous ayons eue depuis des semaines ; les lucioles sont de sortie en nombre, filant comme des étoiles scintillantes, juste hors de notre portée. Nous marchons ensemble entre les silhouettes des clôtures et des cabanes. Des clochettes de chèvres tintent, des poulets caquettent, des pas résonnent aux alentours tandis que les gens se rassemblent dehors pour bavarder. Bhu Tsering annonce que les maîtres d'école sont en train de préparer un feu de joie près de la rivière, et que ceux qui veulent participer devraient ramasser un peu de bois. Nous décidons aussitôt de nous y rendre, emportant nos gamelles en métal au cas où quelqu'un aurait du lait à partager. Nous nous acheminons prudemment vers la gorge, les mains tendues devant nous, et récupérons des petites branches sèches en chemin. Une fois au bord de la falaise, je guide Samphel et Tenkyi sur un sentier sûr qui descend jusqu'à la berge.

Nous trouvons une dizaine d'habitants du camp déjà réunis autour du feu avec Gen Lobsang, Professeur Mark et Professeur Amy. Cette dernière accorde sa guitare. Je fais signe à Tenkyi et Samphel de s'asseoir sur une large pierre plate pendant que je m'accroupis à côté d'eux, de minuscules rigoles d'eau froide coulant entre mes pieds et sous mes hanches. Je m'avance un peu plus près des flammes, et tends les mains. Le monde au-delà de notre cercle est obscur et grouille d'insectes, mais les montagnes sont visibles à l'horizon. Leurs cimes semblent plus proches la nuit, quand les collines disparaissent. En craquant et bougeant, le bois libère un parfum doux et réconfortant qui masque l'odeur de nos corps épuisés.

Professeur Amy commence à jouer quelques accords.

« C'est une nouvelle chanson, déclare-t-elle dans son tibétain lent et assuré.

– *Wai !* » s'exclame Samphel, étonné qu'elle parle si bien.

Professeur Amy s'améliore de semaine en semaine. Bientôt, elle sera capable de lire plus de mots compliqués que la majorité d'entre nous.

« C'est la chanson la plus populaire du moment en Amérique, poursuit-elle. Elle demande quand le monde connaîtra enfin la paix.

– C'est vrai, c'est une bonne question », chuchotent quelques voix.

Je regarde les personnes assises autour du feu. Nous avons tous l'air si sales et fatigués. Comme de vieux drapeaux de prière accrochés à flanc de colline, nos corps ont perdu leurs couleurs après tant de jours difficiles. Quel effet la paix aurait-elle sur nous ? Nous remettrait-elle à neuf ? Nous raccommoderait-elle ?

Professeur Amy se met à chanter d'une voix basse et douce, fermant les yeux et dodelinant de la tête. Son pull rouge est le vêtement le plus vif aux alentours. Tous les regards sont rivés sur elle, et sur ses cheveux qui brillent à la lumière du feu. Professeur Mark la fixe aussi, bien qu'il ne sourie pas. Il la contemple comme s'il la connaissait. Comme s'il avait entendu les histoires qu'elle ne confie à personne d'autre. Est-ce à ça que l'amour ressemble, vu de l'extérieur ? À de l'adoration teintée d'une douleur secrète ?

Quand la mélodie se termine, Professeur Mark prend la guitare.

« Voici une chanson écrite par un homme noir aveugle. Elle parle de la nostalgie qu'on éprouve pour l'endroit d'où on vient », déclare-t-il.

L'eau froide me brûle les pieds, et ma tête me gratte. Je me déplace au sec, trouve une brindille pour fourrager entre mes tresses pendant que l'air répétitif et triste s'élève. La chanson progresse par phrases, hésite, revient en arrière et redémarre. Autour du feu, des gens baissent les yeux ; d'autres observent attentivement Professeur Mark, comme si cela pouvait les aider à comprendre les paroles. Je saisis quelques mots ici ou là, mais le sens général m'échappe. Je pense à l'endroit d'où vient Professeur Mark. De quoi a-t-il la nostalgie ? Quel genre de collines, de fleurs et de dieux trouve-t-on dans son pays ?

Samphel se penche vers moi.

« On dirait quelqu'un qui pleure.

– Leur musique est comme ça, lui dis-je.

– Ils ont un nombre infini de chansons », ajoute Tenkyi.

Alors que l'air s'achève, Ashang Migmar et Po Dhondup nous rejoignent près du feu. Tout le monde se décale pour leur faire de la place.

« Raconte-nous une histoire, Migmar, demande Bhu Tsering à mon oncle.

– Une histoire ? »

Ashang acquiesce. Ses tresses et ses épaules sont couvertes d'une fine pellicule de poussière de roche.

« Que diriez-vous de l'histoire du Saint de notre camp ?

– Oui, mon neveu ne la connaît pas, dit Po Dhondup. J'ai apporté le Saint Sans Nom ici pour cette raison. »

Assis de l'autre côté du bûcher, Po Dhondup semble étrangement frêle. Il ne s'est pas encore remis de son voyage. Il peine même à dénouer le petit paquet de soie sur ses genoux.

« Avez-vous déjà fait un rêve qui revient sans cesse vous hanter ? commence Ashang Migmar. Un rêve qui se répète au fil du temps, reliant des années de votre vie ? Il vous est peut-être arrivé de le décrire à un ami ou un voisin, de raconter en détail tout ce que vous avez vu, entendu et ressenti, et que l'autre personne s'écrie : “Je connais ce rêve ! J'ai fait le même !” C'est justement l'histoire de cette statue, façonnée dans la terre il y a de cela bien des vies. Un *ku* du Saint Sans Nom. »

Je n'ai jamais entendu Ashang entamer son récit de cette manière. M'installant à une place vacante, je jette un regard furtif à Samphel, qui l'écoute avec attention. Que pense-t-il de cette histoire ? L'émeut-elle autant que nous ? Il semble boire les paroles d'Ashang, mais son visage ne révèle pas ses réflexions. Je pourrais l'observer toute la nuit, sans rien apprendre à son sujet. Po Dhondup se lève, puis entreprend de faire le tour du feu, posant le socle du Saint sur une tête courbée après l'autre.

« Une grande partie de son histoire nous est inconnue. Ses fragments restent pour l'instant éparpillés, comme nous. Voici ce que nous savons : cette statue de Saint disparaît et réapparaît, semble-t-il de son propre gré. Au moment opportun, elle se révèle à ceux qui ont besoin de protection. Des hommes tels que notre Po Dhondup ici présent. Il a tellement souffert… »

La voix de mon oncle se fêle.

« Le Saint Sans Nom protège notre camp, chuchote Tenkyi à Samphel. Maintenant que tu es là, tu n'as plus à t'en faire. Dis-toi simplement ça : tout ira bien. Rappelle-t'en surtout la nuit, quand tes pensées dérivent vers des endroits terribles. Rappelle-toi que le Saint est ici, sur notre colline. »

Sans en avoir conscience, ma sœur me réconforte avec son sentiment de sécurité, de plénitude, d'ordre. Nous sommes ici ensemble. C'est peut-être ça, la paix à notre portée.

Toutefois, en écoutant parler de l'errance de Po Dhondup de village en village, à la recherche des fantômes de sa famille, je me dis que nous n'aurions assurément pas autant de mal à rentrer chez nous. Nous pourrions partir ce soir, regagner les montagnes. Nous sommes en assez bonne forme pour essayer. Nous pourrions nous nourrir d'oiseaux et d'herbes sauvages, nous cacher dans des grottes, continuer à marcher jusqu'à ce que nous retrouvions notre village et notre maison. Mais Pala et Ama n'y seraient pas. D'autres personnes habiteraient peut-être chez nous, des soldats gyamis ou des gens qui auraient fui leur village en quête d'un abri. Ou bien notre logement ne serait qu'un tas de ruines, comme le monastère où Po a exhumé le Saint. Nous pourrions tout recommencer à partir de ces ruines. Reconstruire notre maison pierre par pierre, avec une cuisine identique à celle de nos souvenirs, notre chambre située face au petit lac où vit un dieu des eaux, une chambre pour Ashang, et une autre pour nos parents, de l'autre côté du couloir, avec une fenêtre donnant sur le village. Les pierres ne seraient cependant pas au même endroit, la terre ne se tasserait pas de la même façon. Nous ne savons même pas si les fantômes de nos parents reviendraient vivre avec nous.

La maison de Professeur Mark et Professeur Amy, elle, est toujours intacte. Leur pays n'a pas été envahi. Un jour, tôt ou tard, ils retourneront là d'où ils sont venus. Leurs familles les attendront pour une longue et joyeuse étreinte. Pendant un temps, ils se souviendront de nous, et continueront peut-être même à vivre ici en esprit. Néanmoins, le courant de leurs anciennes vies les emportera de nouveau. Lentement mais sûrement, notre camp s'effacera de leurs pensées, et nous leur ferons l'effet d'un rêve lointain, nos noms sur le bout de leur langue. Mais nous serons encore ici. Oui, nous serons encore dans cette vallée, à chanter des airs de chez nous, à contempler les montagnes en essayant en vain de nous rappeler nos parents morts, leurs visages et leurs voix, tandis que le vent du temps les érodera un peu plus chaque jour.

Je plonge la main dans l'encolure de ma robe pour en sortir la lettre – cet affreux bout de papier plié, cette lame que je garde contre moi depuis deux mois, bien qu'elle cherche à trancher mon lien avec ma sœur. En réalité, j'ai peur. J'ai toujours été lâche. Je l'ai su dès l'instant où ma mère m'a demandé de tendre le cou face à nos ennemis : je suis un être minuscule, effrayé. Cependant, dans ce cas précis, je ne reculerai pas. C'est la seule chose qu'Ama a exigée de moi lors de sa dernière nuit. Je veillerai sur ma sœur. Je ne permettrai pas qu'on l'emmène.

Je me glisse discrètement sur un rocher, aussi près des flammes que je peux le supporter, sors la lettre de ma robe et la jette dans les flammes. Personne ne semble le remarquer. Avec la brindille dont je me suis servie pour me gratter la tête un peu plus tôt, je pousse le papier au cœur du brasier. L'enveloppe se recourbe sur elle-même comme une nouvelle lune, brûlant d'une lumière vive avant de disparaître. Le regret transperce ma poitrine, qui me paraît brusquement nue sans la lettre. Je me suis privée d'une chance de voir la sœur de ma mère, la dernière femme qui ressemble peut-être à Ama. Ce qui est fait est fait. Au moins, on ne me séparera pas de Tenkyi.

Les gens sont en train de discuter de quel air entonner. Quelqu'un propose un chant pour aplanir les toits, mais Bhu Tsering note qu'il serait impossible d'exécuter la danse qui l'accompagne sans le bâton surmonté d'une pierre. Ils pourraient avancer les uns à la suite des autres en tapant du pied, pendant des heures, s'ils voulaient – sans les bons outils, ce ne serait tout simplement pas pareil.

Je me lève pour repartir au camp. Tenkyi et Samphel m'emboîtent le pas. Je n'ai aucune envie d'entendre ces chants familiers. C'est déjà assez dur quand les travailleurs les reprennent toute la journée. À la lumière du soleil, je sais au moins où je suis ; mais la nuit, je pourrais me laisser berner, et oublier tout ce qui est arrivé. Je pourrais me croire revenue dans notre village. Passer des heures à chercher mes parents.

Sur le chemin du retour, Tenkyi me demande si Samphel peut dormir à la maison. Ce serait plus amusant pour lui que de rester avec son oncle, argue-t-elle, ce en quoi elle n'a pas tort. Il n'y a quasiment que des adultes dans la cabane de Po Dhondup.

« Oui, il devrait passer la nuit chez nous », dis-je.

Débarrassée de la lettre, je me sens presque euphorique. D'innombrables étoiles parsèment le ciel ; toutes me semblent bienveillantes ce soir.

« Tu sais, la statue du Saint Sans Nom appartient à ta famille, en fait, dis-je à Samphel.

– Est-ce qu'elle vaut cher ? »

Interloquée, je me demande comment répondre à cette étrange question.

« Non, elle n'est pas à lui ! Elle appartient au camp, intervient Tenkyi.

– Tais-toi. Son oncle la léguera à Samphel un jour. »

Plus tard, quand je prépare notre lit de camp, Tenkyi exige que Samphel s'allonge au milieu, pendant que nous nous couchons de chaque côté, face à lui.

« On a quelques fantômes ici. Il faut toujours rester vigilant », explique-t-elle.

Ma petite sœur est persuadée que lorsque deux personnes se tournent le dos, un fantôme peut se glisser subrepticement dans la faille. J'ai pris l'habitude de dormir du côté droit, face à Tenkyi ; et si jamais je change de sens, je peux m'attendre à ce qu'elle me réveille en me tirant de nouveau dans sa direction.

Samphel garde les bras serrés le long du corps. Il reste raide comme une bûche, même quand une souris effleure nos orteils. Je repousse le rongeur, et coince la couverture sous nos pieds.

« Tu peux te mettre un peu plus à l'aise, dis-je à Samphel.

– Je dors toujours comme ça. »

Il nous raconte qu'il préfère occuper la place la plus proche du mur dans le lit qu'il partage avec son père. Comme ça, quand celui-ci rentre tard le soir en empestant l'alcool, il peut se coller contre le chaume pour ne pas sentir son odeur.

« Je comprends tout à fait », commente Tenkyi.

Couchés côte à côte, nous écoutons la pluie, la peau frémissant à chaque goutte d'eau froide qui tombe du toit. Un peu plus loin dans la cabane, quelqu'un ronfle. C'est peut-être Gyurme, ou son père. Tenkyi tend le bras en travers de la poitrine de Samphel pour agripper le mien avec ses doigts glacés. Lâchant un soupir, elle commence à réciter des prières rudimentaires, qu'elle connaît par cœur. Je hume l'odeur de Samphel dans l'obscurité. Elle est si différente. Je tente de la définir : du vieux papier ? Est-ce Katmandou qui imprègne sa peau ? Fermant les yeux, je m'imagine arpenter les ruelles et les avenues de la capitale avec lui.

« *Wai*, dit Tenkyi en me poussant doucement. Ashang n'est pas rentré. »

Elle a raison. Son lit est vide, la couverture toujours soigneusement pliée au bout. Près de l'oreiller, je distingue la forme du moulin à prières de mon oncle, appuyé contre le mur. Cela fait un moment qu'aucun bruit ne nous parvient depuis le feu de joie, et personne ne casse plus de pierres. Je scrute la longue pièce : une dizaine de personnes endormies sur deux rangées.

« Reste ici. »

Je me lève, replace les couvertures sur ma sœur et Samphel. Alors que je me dirige vers la sortie, Tenkyi m'ordonne de ne pas m'aventurer seule dans la nuit.

« C'est la saison des fantômes, chuchote-t-elle.

– Tu dis ça à toutes les saisons. »

Je continue d'avancer, un peu inquiète, cherchant la porte à tâtons.

Une brume épaisse a envahi le camp. Je m'arrête, essayant de détecter des signes de la présence d'Ashang. Rien. Seul le vacarme constant des grillons et d'autres insectes s'élève au-dessus du grondement de la rivière. Je retiens mon souffle, attentive. Il y a un léger murmure, suivi de toussotements. Ils émanent de la cabane de Mo Yutok. Je m'y achemine les mains tendues dans l'obscurité totale, en marmonnant une prière à Guru Rinpoché pour ne pas rencontrer de fantômes. Je décide de fermer les yeux, au cas où. Quand mes doigts touchent le mur rugueux, je me fige, l'oreille aux aguets.

« Elle rêve de ses enfants morts. Elle trouve insupportable d'avoir survécu sans eux. »

C'est la voix d'Ashang.

« La pauvre, répond Mo Yutok.

– Comment pourrais-je refuser ? Il y a déjà une vraie école au camp de la capitale.

– Oui, j'ai entendu dire ça aussi. Les filles pleureront le jour de leur séparation, mais tu sais, elles sont jeunes. Elles peuvent oublier, contrairement à nous.

– Je suis allé voir Gen Lobsang pour qu'il me lise la lettre de ma sœur. Il m'a dit qu'il avait déjà lu le même courrier il y a plusieurs mois. À Lhamo et Tenkyi.

– Quoi, il a dit ça ? Ce n'est pas possible… »

La voix de Mo Yutok s'éteint.

« Elles ne m'ont jamais menti. »

Plaquant les mains sur ma bouche, je fais lentement demi-tour dans le noir. Shumo a renvoyé une lettre. Ashang est au courant. Il sait peut-être même que j'ai caché la précédente. Maintenant, Tenkyi va partir. Tout est de ma faute. Si j'avais donné l'enveloppe à Ashang sans attendre, il aurait peut-être refusé la demande de Shumo. Apparemment, sa deuxième lettre était plus désespérée que la première, qui n'évoquait pas ses cauchemars ni son intarissable chagrin.

Quand je regagne la cabane, Tenkyi s'est endormie avec un bras autour de Samphel, qui lui fait face. Ils semblent encore plus jeunes dans cette lumière. J'envie leur intimité. J'envie leur détachement. Réveille-toi, petite sœur, voudrais-je lui dire. Tu ne sais pas ce qui va se passer ? Réveille-toi, qu'on puisse pleurer ensemble.

Je m'allonge au bord du lit, les yeux levés vers notre toit de chaume. Une petite souris remue là-haut, faisant craquer l'herbe séchée. C'est peut-être la même que tout à l'heure. Le ciel semble s'être dégagé, car des taches de lune transpercent maintenant le toit. Je dois trouver une solution pour garder ma sœur avec moi. Sinon, notre famille restera brisée à jamais. Ama sous les rochers, Pala dans une grotte, moi sur cette colline, et Tenkyi en ville. Était-ce notre destin, de débuter par quelques années de bonheur ensemble, avant de tous voler en éclats ? Tendant de nouveau la main dans le noir, je serre le poignet de ma sœur. Ce poignet – un petit assemblage d'os et de peau – est issu de notre mère et de notre père, de leurs os, de leur peau. Quand je tiens le poignet de ma sœur, je tiens un écho des leurs. Ma main remonte sur le bras froid et humide de Tenkyi, sa chair emplissant ma paume et mes doigts. Tout cela est à eux aussi. Même si leurs visages m'échappent, je peux serrer ce bras à tout moment. Je peux embrasser ces joues. Je peux sentir ces cheveux. Et en prenant soin de ma sœur, je peux continuer à prendre soin de mes parents. Aucune force, aucun être ne m'en privera. C'est aussi simple que ça.

7

Au matin, je m'attends presque à voir Pala à l'autre bout de la pièce et Ama en train de vaquer à ses occupations dehors, fredonnant des prières pendant qu'elle s'occupe de nos yacks. Puis mes pensées vont plus loin. Toute notre famille pourrait se réincarner en oiseaux. Prendre un nouveau départ. Il est possible qu'Ama ait prévu tout ce qui allait se passer, et qu'elle ait secrètement déplacé la conscience de Pala dans le corps d'un pigeon, comme le grand guru Marpa l'a fait pour son fils.

Cette vieille histoire... Je m'en souviens encore. Le fils de Marpa s'est ouvert le crâne en tombant de cheval. Alors que son fils agonise, Marpa déplace son esprit dans le corps d'un pigeon qui vient de mourir non loin de là. L'oiseau traverse ensuite les montagnes à tire-d'aile jusqu'en Inde, où il trouve le corps d'un jeune garçon qu'on s'apprête à incinérer. Une fois de plus, Marpa déplace l'esprit de son fils, du pigeon au garçon indien. Celui-ci s'éveille sur son bûcher funéraire juste avant qu'on l'embrase. Il se lève et s'éloigne, entamant un périple à travers les montagnes à la recherche de son père. Avant, Ashang racontait souvent cette histoire. Avec quelle lenteur et quelle émotion il retraçait tous ces drames et résurrections… À présent, quand les gens du camp la lui réclament, il refuse, en affirmant que cela ne fera de bien à personne de l'entendre.

Lorsque je me retourne pour sortir du lit, Pala n'est pas là, et Ama n'est pas dehors. Tenkyi et Samphel non plus. Je noue la ceinture de mon père autour de ma taille et me dirige vers la citerne, où je rince mon visage et ma bouche. Des coqs battent des ailes par brusques intervalles, pendant qu'un homme crie : « Allez, allez ! » Puis Hring-Hring passe en courant devant la cabane, se dirigeant vers le centre du camp. Je ferme le robinet et emboîte le pas au petit fou, toujours dans les brumes de mon rêve, jusqu'à ce que je tombe sur un large rassemblement au milieu de la route principale.

« Po Dhondup est mort », m'explique Bhu Tsering, affaissé contre un mur en pierre. Trois enfants pleurent près de lui. « Je l'ai trouvé la tête dans un seau d'eau savonneuse.

– Quoi ? Qu'est-ce que tu dis ?

– Son cœur a peut-être lâché », répond-il en secouant la tête.

Hring-Hring me chuchote :

« Il paraît que son visage a tellement gonflé à cause de l'eau qu'on ne le reconnaît plus.

– Tais-toi, dis-je. Tu ne sais donc pas tenir ta langue ? »

Debout à l'écart de la foule, je peine à digérer ce que Bhu Tsering et Hring-Hring m'ont annoncé. Parle-t-on réellement de Po Dhondup ? Il vient de rentrer d'un long voyage.

Quand on a survécu à un périple pareil, on devrait pouvoir pousser un soupir de soulagement. C'est dans la logique des choses. De plus, il se portait encore bien quelques heures plus tôt, assis près du feu, quand il présentait le *ku* du Saint Sans Nom à une personne après l'autre. Il ne peut pas être mort.

J'aperçois Ashang Migmar qui s'adresse à la foule. Il me faut un moment pour comprendre que mon oncle est en train d'organiser les rites funéraires. C'est donc vrai. Po Dhondup nous a quittés. J'ai l'impression d'être aspirée dans un endroit humide et sans air.

Tendant l'oreille, j'apprends qu'Ashang emportera le corps à Katmandou, où habite le beau-frère de Po Dhondup. Il doit s'agir du père de Samphel. Plusieurs moines vivent dans le camp, et pourront effectuer les rituels adéquats. Cela ne m'étonne pas que mon oncle se porte volontaire pour cette tâche. Quelque part, je pense qu'il a besoin de s'en charger, non seulement pour son ami, mais aussi pour Pala et Ama.

Cela dit, comment accomplira-t-il cet exploit ? Quelqu'un est déjà en train de recueillir des dons pour les lampes à beurre et les prières, mais reste à savoir comment Ashang parviendra à acheminer la dépouille jusqu'à Katmandou. Des cars et des jeeps récupèrent des passagers sur la route principale du camp plusieurs fois par jour. Cependant, personne n'accepterait de transporter un cadavre. Ce ne serait pas bon pour les affaires.

« On pourrait faire passer le corps pour un vivant. Un parent souffrant, suggère Ashang.

– Mais comment le déplacera-t-on ? s'interroge Pema Lhakpa.

– Je le porterai sur mon dos. »

Un flot de prières s'échappe de nos bouches. Nous n'avons plus qu'à espérer trouver un chauffeur qui ne pose pas trop de questions. Ashang me repère dans la foule, et m'appelle :

« Lhamo, va chercher le garçon et ses affaires.

– Le garçon ?

– Celui que le défunt a ramené ici la semaine dernière… Samphel.

– Mais il vient d'arriver », dis-je, faute d'une meilleure réponse.

J'essaie de lui expliquer que Samphel est un bâtard et un orphelin, mais mon oncle refuse de m'écouter. Alors que je m'éloigne, il ajoute :

« Lhamo. Amène ta sœur aussi. Avec ses affaires. »

Quand j'atteins notre cabane, mes mains tremblent tellement que j'arrive à peine à attraper mes vêtements. Mo Yutok apparaît, occupée à balayer la cour.

« Momo, est-ce que tu as vu Tenkyi ? »

Mo Yutok vient essuyer les larmes sur mon visage.

« J'ai aperçu un groupe d'enfants couchés dans le champ près du chantier de l'école. Je parie que Tenkyi est avec eux, dit-elle, avant d'invoquer le vieil adage : Ne pleure pas. Cela blesse l'âme de tes parents. »

Elle ne doit pas avoir appris la mort de Po Dhondup. Inutile de l'attrister, me dis-je. La nouvelle finira par lui parvenir, et avec un peu de chance la dépouille aura disparu depuis longtemps à ce moment-là. Mo Yutok a perdu son mari et sa fille lors de la traversée des montagnes. Aujourd'hui, il ne lui reste plus que sa petite-fille.

Je me précipite vers le champ. Tenkyi se trouve effectivement sur le terrain en friche, à la tête d'un groupe compact d'enfants qui fixent le sol.

« Qu'est-ce que tu fais ? Je n'arrête pas de t'appeler !

– On compte les fourmilières. On en est à combien maintenant ?

– Douze, répond Pemba.

– Non, treize », le corrige Tenkyi.

J'agrippe la main de ma sœur, et l'entraîne vers un rocher chauffé par le soleil.

« Appuie ton visage là-dessus. Tes mains aussi.

– Quoi ? Pourquoi ?

– Ne discute pas. Dépêche-toi, ou on t'emmènera très loin. »

Tenkyi grimace, piquée au vif, car j'ai prononcé les mots que je ne dois jamais prononcer, à moins d'être sérieuse. Elle se couche sur le rocher, la joue et les paumes à plat sur la pierre brûlante. Elle se met bientôt à pleurer, ses larmes touchant brièvement la surface dure avant de disparaître. Je lui prends les mains, et appuie mon front contre le sien. La chaleur est cuisante ; je suis étonnée que ma sœur ait tenu si longtemps.

Sur la route principale, Ashang fait les cent pas au milieu de la foule. Samphel est accroupi, tenant son ballon de foot crevé et son sac à dos usé. Quelqu'un doit l'avoir trouvé.

« Ne dis rien, ordonné-je à Tenkyi. Laisse-moi parler. »

Au moment où nous nous avançons, deux hommes soulèvent le corps de Po Dhondup et le juchent sur le dos de mon oncle. Une autre personne passe un châle autour du torse d'Ashang pour empêcher le fardeau de glisser.

« Qu'est-ce que c'est, sur le dos d'Ashang ? demande Tenkyi avec un mouvement de recul. C'est Po Dhondup ?

– Ne prononce pas son nom, maintenant qu'il est mort », chuchoté-je. Comme Tenkyi ouvre des yeux effrayés, je lui serre la main en ajoutant doucement : « Appelle-le simplement le défunt, ou l'oncle de Samphel.

– Regarde la figure de ta fille ! s'exclame l'un des hommes.

– Venez voir, nous appelle Ashang. Pourquoi est-elle si rouge ?

– Elle est de nouveau malade », dis-je, d'une voix faible et tremblante.

Écrasé sous le poids du cadavre, mon oncle parvient à peine à bouger. Il nous fixe un long moment sans rien dire. Il sait ce que j'ai fait, j'en suis certaine. Je baisse les yeux, en priant pour ne pas me remettre à pleurer. Si une seule larme tombe sur mes orteils poussiéreux, nous sommes fichues.

« Ashang Migmar, ce plan ne marchera jamais ! intervient quelqu'un dans la foule.

– Nous devrions transporter le corps jusqu'à la gare routière en ville.

– Tu as raison. Migmar ne s'en sortira pas comme ça ! C'est impossible !

– Si nous y allons à pied, cela prendra une demi-journée ou plus.

– Le chemin descend la moitié du temps.

– C'est vrai, on a déjà emmené Dickyi à l'hôpital comme ça. Avec six hommes, on y arrivera.

– Dickyi était vivant, imbécile ! Pense à ce que deviendra ce cadavre sous le soleil.

– Et après, Migmar devra encore prendre le car jusqu'à la capitale.

– *Kunchok khen !* Que faire ? On pourrait attendre des jours avant qu'une jeep passe par là. »

Avachi contre un muret en pierre, Ashang plante son regard dans le mien.

« Lhamo, tu viendras avec moi. J'ai besoin de ton aide. »

Au même instant, un grondement s'élève en haut de la colline. Un car arrive cahin-caha sur la route en terre, entrailles en métal grinçantes. Je connais ce véhicule rose et bleu cabossé ; il traverse notre camp de temps à autre. Aujourd'hui, une éclaboussure de vomi séchée le décore d'un côté. Des villageois sont assis à l'intérieur, enveloppés dans des châles, tenant leurs sacs sur les genoux tout en s'accrochant aux barres en métal rouillé des sièges devant eux. Certains couvrent leur visage pour ne pas avoir à regarder la gorge en contrebas.

Tenkyi me serre dans ses bras, et je l'encourage à reculer derrière la foule. J'essaie de lui dire que tout ira bien. Que nous rentrerons bientôt. Elle crie contre ma poitrine, mais je me contente de lui tapoter la joue. J'ai serré son bras trop fort, cette fois. La pauvre a l'air plus mal en point que jamais. Ma gorge semble se remplir de sable.

« Vous montez, ou quoi ? » crie le chauffeur par l'ouverture sans porte, son mince corps rebondissant sur le siège au rythme du moteur, pendant qu'il s'efforce de garder sa sandale sur la pédale de frein.

Ashang, Samphel et moi grimpons à bord, et nous dirigeons vers deux rangées de sièges vides, juste derrière le conducteur. S'asseyant de travers, face au couloir, Ashang pousse le corps de Po Dhondup contre la vitre puis s'affaisse d'épuisement, les bras du cadavre toujours serrés autour de ses épaules. Samphel et moi prenons place dans la rangée suivante. Je drape mon châle sur Po Dhondup pour que personne, y compris Samphel, n'aperçoive son visage boursouflé.

Le chauffeur croise mon regard dans le petit rétroviseur au-dessus de sa tête.

« Je suis sûr qu'il se doute de quelque chose, chuchote Samphel.

– Tais-toi, lui lance Ashang. C'est juste parce qu'on est étrangers. »

Immobiles et silencieux, nous fixons le pare-brise, en respirant difficilement. Le chauffeur lâche le frein, et le car se remet en branle. Une bourrasque s'engouffre par les fenêtres, faisant glisser le châle de la tête du défunt. Je le couvre de nouveau, puis tente de caler sa nuque contre le dossier du siège, mais elle est trop raide. Je passe la main sous son visage pour le tirer vers moi ; son nez froid et ses lèvres appuient sur mon poignet. Je remarque que le défunt a la main droite posée sur l'épaule d'Ashang, comme s'il était encore en vie. Ses ongles sont extrêmement longs.

Quelque chose me chatouille le cou. Quand je me retourne, une rangée de petits doigts potelés s'agite devant mon nez. Deux bébés tendent les mains vers le cadavre, les yeux soulignés d'un épais trait de khôl destiné à éloigner les mauvais esprits, qui leur donne l'air un peu démoniaques. Ils sourient lorsque j'essaie de les repousser ; leurs mères ont trop la nausée pour s'intéresser à la scène.

« Chut », dis-je, en attirant l'attention des bébés vers la gorge.

Autour de nous, d'autres enfants peuplent le car. Leurs parents et grands-parents se cachent le visage ou dorment, tandis que les petits semblent tous scruter la tête du cadavre. Il suffirait que l'un d'eux s'agrippe à lui pour que le plan s'écroule. Je jette l'extrémité du châle sur mon épaule, couvrant le visage du défunt d'un autre angle.

Alors que le car descend la route en bringuebalant et opère un virage serré, je me rends compte que le camp est déjà hors de vue. Avec quelle facilité nos cabanes en chaume et notre petit groupe ont disparu derrière cette colline, comme s'ils n'avaient jamais existé.

Huit heures plus tard, nous atteignons un terrain poussiéreux à Katmandou, encombré de cars et de voyageurs. Ashang s'assied sous un arbre, la dépouille toujours attachée à son dos, pendant que Samphel et moi partons chercher de l'eau.

« Avant, on vivait dans un campement près d'ici, me raconte Samphel. Dans un grand champ où l'armée s'entraîne. On n'avait pas de tente au début, mais mon père a réussi à nous trouver une bâche. »

Se déplaçant avec aisance dans les rues de la ville, il nous guide jusqu'à une vieille fontaine en pierre.

« Tu connais la capitale par cœur ?

– En partie. Par là-bas, c'est le palais royal. Le roi habite là. C'est le descendant d'un dieu. C'est pour ça qu'il nous a pris en pitié et qu'il nous permet de vivre dans son pays.

– Longue vie à lui. Quel dieu ? »

Samphel hausse les épaules.

« Un des dieux d'ici.

– Celui à la tête d'éléphant ? »

Il rit.

« Peut-être. Je n'ai pas vu le visage du roi. »

Samphel m'entraîne à l'avant de la queue, où nous buvons à même le robinet. Quand des gens essaient de nous déloger, nous ripostons à coups de coude et remplissons rapidement une gourde avant de la rapporter à Ashang. Mon oncle la vide d'un trait, en silence. Le cadavre répand une odeur putride à présent. Des mouches dansent autour de nous, nous chatouillant les genoux et le visage, comme si nous étions de vulgaires morceaux de viande sur l'étal d'un boucher. Qui acceptera de nous emmener au camp de Samphel, avec cette puanteur qui nous suit à la trace ?

À ma surprise, dès que Samphel hèle un rickshaw, plusieurs conducteurs se précipitent vers nous, chacun proposant un meilleur prix que les autres, nous tapant sur l'épaule, nous tirant par le bras. Puisqu'il parle mieux népalais que nous, Samphel se charge de marchander, et finit par choisir un vieil homme si maigre que notre chauffeur de car paraîtrait grassouillet en comparaison. Quand Ashang se lève en prenant appui sur un tronc d'arbre, le conducteur jette un coup d'œil à notre chargement, sans rien dire. Le front du cadavre est la seule partie exposée de son visage, mais elle semble bien étrange – si pâle, ses nombreuses rides effacées, comme si le défunt s'était changé en bébé.

Ashang et le cadavre s'installent sur la banquette, assez large pour qu'ils puissent y tenir côte à côte. Samphel et moi nous asseyons sur le plancher, les pieds pendant au-dessus de la route. Le véhicule démarre, et les mouches disparaissent aussitôt derrière nous. Quel soulagement d'en être débarrassés ! Les jambes poilues du chauffeur qui pédale nous chatouillent le dos. Lorsque l'homme se lève pour grimper une colline et que son derrière frôle nos têtes, Samphel me regarde, incapable de contenir son hilarité.

Le camp se situe à la périphérie de la ville. Comme le nôtre, il ne possède qu'une route poussiéreuse pour tout accès. C'est cependant leur seul point commun : si notre camp évoque un buffle qui se prélasse au soleil sur une colline, se révélant entièrement, le camp de Samphel ressemble à une forêt. On ne peut le découvrir qu'en y pénétrant et en parcourant ses innombrables ruelles. À chaque porte devant laquelle nous passons, je me dis qu'il s'agit peut-être de celle de Shumo Yangsel.

« C'est ici », annonce Samphel.

Il s'arrête devant un bâtiment trapu avec une rangée de portes vertes identiques, toutes numérotées. Il frappe en criant :

« Pala ! »

La maison est cadenassée de l'extérieur, les rideaux tirés.

« Pala ! » répète Samphel, avant de se précipiter à l'arrière du bâtiment.

Ashang, le cadavre et moi nous asseyons par terre. Des passants s'attroupent peu à peu autour de nous, de même que les mouches du camp, qui semblent plus grosses et plus nombreuses qu'en ville, à cause de tous les caniveaux stagnants aux environs.

« Au Tsepa n'est pas rentré depuis des mois, déclare un homme coiffé d'un chapeau de paille.

– Il est parti en Inde, ajoute une femme âgée portant une pile de vieux journaux. C'était son fils ?

– Pauvre petit, marmonne quelqu'un d'autre.

– Nous sommes venus de loin pour remettre ce corps à sa famille », explique Ashang à l'assemblée, pendant que deux mouches se promènent sur son front. « Il semble maintenant que son frère soit parti. Et moi, je porte la dépouille de son parent sur mon dos. Tel est notre destin dans ce pays... »

Des prières s'échappent d'une dizaine de bouches.

« *Kunchok khen !*

– *Jowo Rinpoché...* »

Ashang commence à se tortiller à côté de moi. Il essaie de se lever, mais le poids du corps sur son dos l'en empêche. Soudain, plusieurs mains se tendent à son secours. Les bras et les jambes du cadavre enserrent mon oncle dans un véritable étau ; je préfère m'écarter pour laisser de la place aux gens qui l'aident.

« Hmm, fait le cadavre.

– Qu'est-ce que c'était ? demande un des hommes, pétrifié.

– Il a gémi », s'étonne un autre.

Tout le monde se fige, attendant de voir si Po Dhondup gémira de nouveau.

« Son corps doit relâcher de l'air, déclare Ashang. Il est mort, croyez-moi. »

Enfin délivré de son fardeau, mon oncle s'affaisse contre le bâtiment, les vêtements trempés de sueur. Nous pouvons de nouveau observer Po Dhondup, dont le visage est méconnaissable, sans ses rides. Il a perdu au moins vingt ans. Est-ce à cela qu'il ressemblait étant plus jeune, avant d'entamer son errance solitaire dans notre pays ? Soudain, je me fais la réflexion que mon oncle n'a pas apporté le *ku* du Saint ici. Est-ce un simple oubli, ou cela signifie-t-il que Samphel retournera dans notre camp ?

« Ses pieds ! » crie quelqu'un.

Les pieds de Po Dhondup sont d'un profond rouge violacé. Ses mains aussi. Tout son sang doit s'être concentré dans ses extrémités. Une image des pieds noircis de mon père me traverse l'esprit, et mes paupières s'alourdissent ; mais nous n'avons pas de temps à perdre. Nous devons trouver un endroit où déposer le corps.

Tous les habitants du camp semblent vouloir nous aider. Une foule transporte Po Dhondup jusqu'à l'atelier d'artisanat, et le place dans une cuve métallique au milieu de la pièce froide où on teint et lave la laine. Un moine surgit bientôt au pas de course, manquant de perdre ses sandales qui claquent sur le sol. Pendant qu'Ashang se rend en ville afin d'acheter du beurre et des mèches de bougie, et emprunter les objets que nous ne pouvons pas nous permettre d'acquérir pour la cérémonie, Samphel et moi restons avec la dépouille et le moine. On nous a chargés de l'interminable corvée consistant à nettoyer, remplir et remplacer les lampes à beurre qui doivent brûler jour et nuit pour éclairer le chemin de Po Dhondup dans le monde intermédiaire.

Tandis que nous nous attelons à cette tâche, le moine entreprend de réciter des passages du *Livre des morts* afin de guider l'âme de Po Dhondup, qui endure à cet instant les épreuves du bardo. Alors qu'il déchiffre son recueil usé, sa voix me fait penser à celle de mon Pala. Je ferme les yeux, apaisée.

« Kyé ! Fils de noble famille ! À présent, ce qu'on appelle la mort est arrivé. Tu quittes ce monde et tu n'es pas le seul, cela arrive à tout le monde. Ne conçois ni désir ni attachement pour cette vie, car, quand bien même tu le ferais, tu n'as pas le pouvoir de demeurer. »

En écoutant la mélopée du moine, je songe aux paroles que mon oncle a répétées tant de fois pendant notre traversée des montagnes : *Nous n'avons même pas pu allumer de bougie pour eux.* Maintenant que j'assiste aux rites que l'on aurait dû effectuer pour mes parents, je comprends ce qu'il voulait dire. Ama et Pala auraient eu besoin de quelqu'un qui prenne soin d'eux comme ce moine, qui les aide à emprunter le chemin sombre et déroutant de l'au-delà, qui s'assure qu'ils atteignent l'autre rive de leur destin. Cependant, à l'heure de leur mort, nous n'avions rien à leur offrir – pas même la lumière d'une seule bougie.

Une autre réflexion me vient : si ce moine peut accompagner Po Dhondup dans son voyage, il connaît sûrement le sort d'autres défunts. Saurait-il me dire où mes parents sont allés ? Sont-ils de retour dans notre village, ou bien se sont-ils réincarnés près de nous, dans ce nouveau pays ? J'attendrai le bon moment pour le lui demander.

La maison de Samphel reste fermée, et Shumo Yangsel n'est pas là non plus. Ashang, Samphel et moi devons donc loger dans un dortoir plein de courants d'air, qui abrite des orphelins et d'autres voyageurs. Chaque jour, nous nous mettons au travail avant l'aube et terminons tard le soir, dormant seulement autant que dure la plus grande bougie. Je n'ai pas le temps de poser mes questions au moine, ni même de laver correctement mon visage et mes mains, noircis par les lampes à beurre.

Le troisième jour du rituel, alors que j'apporte une nouvelle lampe dans la réserve, je trouve enfin le courage d'aborder le moine. Po Dhondup repose sur le côté droit, dans la position adoptée par le Bouddha au moment de quitter le monde terrestre. Une couverture le dissimule entièrement, à l'exception du haut de son crâne. Assis à côté de la dépouille, le moine psalmodie en se balançant d'avant en arrière.

« Kyé ! Fils de noble famille ! Écoute sans distraction ! Au troisième jour, l'élément terre tout entier surgit comme une lumière jaune parfaitement pure. À ce moment précis, du champ pur *Glorieux* jaune, situé au sud, le Vainqueur Ratnasambhava apparaît, le Corps de couleur jaune, tenant en main un précieux joyau, siégeant sur un trône soutenu par d'excellents chevaux. »

Je remplace une des lampes à beurre agonisantes sur la table près du moine, remontant le bas de ma robe devant ma bouche pour que mon souffle ne la profane pas. Pendant ce temps, le religieux récupère un peu de beurre sur une assiette, et en applique au sommet du crâne de Po. La porte grince derrière moi. C'est Samphel, qui arrive avec du thé. Le moine tourne une page du livre de prières, avant de poursuivre sa récitation. Son index et son majeur sont beaucoup plus courts que le reste de ses doigts. On raconte que des soldats gyamis les lui ont tranchés.

« Sous l'influence de l'orgueil, tu cèdes à la panique, terrifié par cette brillante lumière jaune et pleine d'énergie, et tu t'en écartes. Tu sens une attirance pour la douce lumière bleue des royaumes humains et tu t'en approches. »

Le moine s'interrompt pour boire son thé. M'attardant sous prétexte d'essuyer la table, je demande :

« Est-ce que le défunt atteindra la libération ? »

Le moine avale une gorgée, puis secoue la tête.

« S'il a des défauts comme la colère ou l'attachement, ou s'il prend peur et n'écoute pas, il ne trouvera pas la libération.

– Alors il restera coincé dans le bardo ? l'interroge Samphel, qui s'avance dans la pièce.

– Il renaîtra. Dans une terre pure, avec un peu de chance. Mais il est trop tôt pour le savoir. »

Je me demande si Po se réincarnera en buffle. Il passait plus de temps à se baigner dans la rivière que n'importe qui d'autre au camp.

« Et les parents de Lhamo ? continue Samphel en m'indiquant.

– Ils sont malades ? » demande le moine, avant de jeter une poignée de riz cru sur la dépouille.

Je détourne les yeux de Samphel, et réponds :

« Ils sont morts.

– Pauvre petite. Beaucoup sont morts…, déclare le moine, sans terminer sa phrase.

– Alors vous ne pouvez pas nous dire s'ils se sont réincarnés, ou quoi ? »

Le moine fait non de la tête, et tourne une nouvelle page.

« Mon père a perdu ses pieds, dis-je en tordant mon chiffon. Ma mère est morte au bord d'une rivière. »

Le moine poursuit sa prière.

« Allez, insiste Samphel. Vous ne pourriez pas trouver la réponse ? Est-ce qu'elle est dans ce texte ?

– Arrête, lui dis-je.

– Où est votre oncle ? demande finalement le moine. Je n'ai pas le temps de parler à des enfants. »

Je décide de quitter la pièce. Dehors, le soleil s'est déjà couché, et quelques étoiles se détachent sur le ciel violet. Chaque jour semble passer plus vite que le précédent.

Deux ans se sont déjà écoulés depuis la mort d'Ama, et pourtant, à des instants comme celui-ci, j'ai l'impression d'être encore couchée sur cette berge. Je m'agenouille, et enfouis mon visage dans mes mains, souhaitant que les larmes me libèrent. Puis quelqu'un m'entoure de ses bras. C'est Samphel. Je suis surprise par la façon dont il me serre contre lui. Pas comme Tenkyi, qui se cramponne à moi en réclamant attention, nourriture, sécurité. Non, il m'étreint comme s'il n'avait besoin de rien en échange. Je baisse la tête, pose mon menton au creux frais de son bras. Cela fait des années que personne ne m'a réconfortée comme cela. Là où nos corps se pressent l'un contre l'autre, je perçois les échos de mes battements de cœur. Puis, sans un mot, Samphel se lève et s'enfuit, disparaissant aussi facilement qu'il est arrivé. Sans son poids sur moi, je me sens partir à la dérive.

8

Il reste cinq jours de prières ; Samphel et moi ne trouvons que de brefs instants de répit entre deux lampes à beurre à remplir et nettoyer. Par un matin humide, je profite d'une de ces merveilleuses accalmies pour faire une sieste sur la terrasse, quand Samphel déboule du couloir en criant mon nom :

« Lhamo, Lhamo ! Regarde ! »

Un trésor rose brillant miroite entre ses doigts. Un billet de cinq roupies.

« Le vent l'a poussé droit vers moi, comme un oiseau sautillant sur la route ! »

Je reste sans voix.

« Allons le dépenser en ville, me propose-t-il avec un sourire. On pourra s'empiffrer ! »

Je me lève sans hésiter.

« Oui, on a assez de lampes propres pour le moment. »

Samphel prend ma main huileuse, et nous partons sur la route sans prévenir personne. C'est une sensation formidable, de lui dire oui. Je veux qu'il me pose d'autres questions pour pouvoir répondre oui à chacune, pour pouvoir passer ma vie à lui dire oui. Tandis que nous courons main dans la main, quittant le camp pour la première fois depuis notre arrivée, la ville se déploie comme un nuage d'orage autour de nous. Nous empruntons une ruelle animée, qui donne sur un vaste marché en plein air au sol fait de briques. En y pénétrant, nous dépassons une longue procession funéraire menée par des joueurs de trompe. Alors que nous examinons les étals, nous nous retrouvons au milieu d'un cortège de mariage, dont les membres dansent au son de gros tambours. Nous nous faufilons sous un auvent, découvrons un escalier vide, grimpons deux étages sans bruit et débouchons sur un toit jonché de piments qui sèchent au soleil.

De là, Samphel m'emmène voir des avenues pavées pleines de voitures importées, des monuments blanchis à la chaux, des bâtiments officiels qui s'élèvent tels des géants courbés dans la vallée. Tandis que nous parcourons les rues, les proclamations du roi résonnent depuis des camions parés comme des mariées de guirlandes rouges et dorées. La Bagmati dessine des méandres dans la ville, si claire que personne ne pourrait douter de son lien sacré avec le Gange. Quand le vent souffle dans le bon sens, je perçois l'odeur des rizières aux alentours. Lorsqu'il s'apaise, nous entendons le bruit des vaches et des chèvres qui s'aventurent sans crainte dans la capitale.

Samphel me guide ensuite le long de sentiers ombragés et d'escaliers pentus jusqu'au stupa de Swayambhunath. Au sommet de la colline, nous nous postons sous le grand dôme blanc, et observons avec émerveillement les nombreux temples qui l'encerclent. Marchant autour du stupa, nous recevons des biscuits consacrés offerts par des pèlerins, avant de nous asseoir pour un repas servi par de riches donateurs du temple qui cherchent à accumuler des mérites. Le ventre plein, nous redescendons par la forêt, où des milliers de singes se balancent de branche en branche. Nous nous couchons sur un lit d'aiguilles de pin, les yeux levés vers la voûte des arbres qui se découpe sur le ciel, avant de nous endormir, tournés l'un vers l'autre.

À mon réveil, j'ai momentanément tout oublié – mon nom, mon visage, ma sœur, mon village, mes parents. Mes membres ne pèsent plus rien, mon sang est léger comme l'air.

« Est-ce qu'on est au paradis ? dis-je.

– Peut-être, répond Samphel, posant sa main sur la mienne. Je crois que oui. »

Un sourire naît sur mon visage, tandis que le ciel réarrange ses nuages. La pensée me vient qu'il opère ces changements jour et nuit, qu'on le remarque ou pas. La terre aussi se réarrange, et nous tous avec. Pourquoi ne la laissons-nous pas faire ? Pourquoi ne pouvons-nous pas suivre le mouvement en flottant, aussi facilement que les nuages ? Je ferme les yeux, et contemple le monde sous mes paupières. Les arbres oscillent dans le vent. Les fourmis sillonnent la terre. Samphel est allongé à côté de moi. Le monde n'a pas changé, pourtant il m'appartient à présent. Je suis devenue son nombril. De la chaleur monte en mon centre, et je suis vidée de tout ce que j'ai oublié. Seule la chaleur reste. Le soleil croît entre mes jambes, gagnant en force tandis que je le tiens dans le creux de mes mains. C'est un puits tiède sans fond, battant à un rythme si familier que je me rends compte que mon cœur doit avoir migré vers le bas. La chaleur s'accentue encore. Mon corps quitte le sol. Des aiguilles de pin se redressent en dessous, collées à mes vêtements. Tout a disparu. Disparu au-delà de tout. Une envie de rire me prend. Qui aurait cru que tout cela pouvait émaner de moi ? Je me vois clairement, dieu et démon à la fois. Je comprends peut-être enfin ce que c'était d'être Ama.

Quand le soleil finit par se coucher, Samphel et moi retournons au camp. Nous traversons les ruelles en discutant des remontrances qui nous attendent à coup sûr. Pourtant, quand nous apercevons Ashang dans la cour, il égrène un chapelet en souriant, assis sur un tabouret en osier. Face à lui, une femme âgée tourne un lourd moulin à prières, dont la base en bois fendillée repose sur sa cuisse. La vieille femme se lève lentement de son siège, puis nous attend. Alors que nous nous approchons d'elle, je m'enfonce dans le sol un peu plus à chaque pas, prenant conscience que je regarde ma mère.

« Elle lui ressemble tellement. Une copie conforme », soupire Shumo Yangsel, comme si elle avait lu dans mes pensées.

Elle me tend ses mains osseuses. Je les prends, et appuie mon front contre le sien. Sa peau est sèche et fragile. Je ferme les yeux. Je viens de revoir les lèvres minces et le nez de ma mère. Shumo me garde dans ses bras un instant, en récitant une prière de longue vie. Je l'étreins en retour ;

j'aimerais qu'elle me serre plus fort. Elle m'évoque du pain et du vieux bois.

« Tu te souviens de moi ? » demande-t-elle en reculant.

Je hoche la tête, avant de jeter un coup d'œil à Samphel, qui n'a pas entendu parler des lettres de ma tante. Je ne veux pas qu'il se fasse une mauvaise image de moi.

« Menteuse, réplique Shumo avec un rire. Mais très jolie. Exactement comme ma sœur. Allez, venez. »

Shumo et Ashang doivent savoir que j'ai caché sa première lettre. Je n'arrête pas de regarder Samphel, dans l'espoir qu'il s'en aille et ne les voie pas me réprimander. Cependant, Ashang ne dit rien. Il range simplement les tabourets, va chercher ses affaires et nous annonce que nous partons chez Shumo. Nous marchons en silence un long moment, empruntant de nouvelles ruelles qui nous mènent de plus en plus loin dans le camp. Jusqu'où cet endroit s'étend-il ? Tandis que nous franchissons un passage voûté, le monde s'assombrit, le ciel se réduisant à un filet de lumière. Je voudrais que Samphel me prenne par la main pour me ramener dans les avenues éclairées et animées de la ville ; mais il affiche désormais un air impassible, tout en regardant furtivement autour de lui. Alors que je commence à ne plus pouvoir distinguer une porte verte d'une autre, Shumo Yangsel nous indique sa maison.

« Bhuchung est parti chercher du travail. Il reviendra dans une semaine environ », déclare-t-elle, parlant de son mari.

Elle nous invite à entrer dans une pièce sans âme, où deux lits se font face. Dans un coin, des valises en métal et de vieux journaux s'entassent jusqu'au plafond ; dans un autre, on trouve une pile de boîtes de conserve, certaines découpées et repliées en forme de chien ou de moulin à vent. Shumo nous explique que son mari fabrique ces jouets pour les vendre en ville.

« Près de Bodnath, il peut en tirer deux roupies pièce. »

Elle ajoute qu'il envisage de se lancer dans le commerce du musc. Comme il est devenu risqué de transporter les poches jusqu'au Népal, les gens les cachent dans des galettes de bouse séchée, qu'ils identifient par une empreinte du pouce.

« À combien se vend une poche à musc ? demande Samphel, tout ouïe. Où vivent les chevrotains ? Qui achète le musc ? »

Maintenant qu'il a eu cinq roupies en main, il a pris goût à l'argent.

Shumo se lève, en s'appuyant sur une table pour garder l'équilibre.

« Que diriez-vous de thé au beurre ? Je vais en acheter.

– De l'eau ou du thé noir nous ira très bien, ma sœur, répond Ashang. Pas besoin de beurre. »

Shumo ne veut rien entendre. Elle sort un petit portefeuille de son autel à prières, et fourre quelques pièces dans son poing. Juste avant de sortir, elle s'arrête pour ouvrir une boîte en bois à côté de son lit.

« Ah, les voilà ! » s'exclame-t-elle.

Elle se tourne vers Samphel et moi, deux bonbons serrés entre son pouce et son index. Les bonbons tremblent légèrement. Nous tendons la main pour les recevoir, puis les déballons et ouvrons la bouche presque à l'unisson. Ai-je jamais dégusté quelque chose d'aussi parfaitement sucré, salé et crémeux à la fois ? C'est un genre de torture. Shumo nous observe en souriant. Tandis que le délicieux nectar fond sur ma langue, les mots *J'ai brûlé ta lettre* emplissent ma bouche, et manquent de m'échapper. Mais je garde le silence.

Shumo rentre avec une petite motte de beurre enveloppée dans une page déchirée de journal. Le thé qu'elle nous prépare est épais et mousseux. Tandis que les derniers rayons du soleil s'infiltrent à travers les rideaux jaunes, une belle lueur éclaire la pièce. Un foyer paraît si différent quand une mère s'en occupe – même un foyer vide. Tenkyi pourrait être heureuse ici. Elle arrêterait peut-être de faire des cauchemars. Sans Ashang et moi pour lui rappeler sans cesse le passé, elle parviendrait peut-être à prendre un nouveau départ.

« Petit, cours voir où en sont les lampes à beurre, dit Ashang à Samphel. Ça doit être l'heure d'en allumer de nouvelles.

– Je reviens tout de suite », déclare Samphel en me fixant.

Je lui adresse un faible sourire, puis le regarde partir. Ashang et Shumo passent un long moment à discuter à voix basse à l'autre bout de la pièce. De temps à autre, ils se taisent, fixant les ombres qui changent sur le sol à mesure que le soleil se couche.

« Je vais te dire une chose, décrète Shumo, un peu plus fort. J'aurais dû rester… mourir dans notre village… des restes de viande en chemin. » Elle secoue la tête, et se tourne vers moi. « Tu me rappelles vraiment ta mère au même âge. Nous avons tous souffert à cause de sa maladie.

– Oui », dis-je, sans bien savoir ce qu'elle entend par là.

Je jette un coup d'œil dehors, en me demandant quand Samphel reviendra.

« J'étais déjà mariée et partie de la maison quand elle a fini par se remettre.

– Les gens de notre village cherchaient de l'aide auprès de notre sœur plutôt qu'au monastère, intervient Ashang. C'est incroyable, non ? »

Shumo acquiesce.

« Hmm… J'ai entendu dire qu'on la tenait en haute estime. Je n'ai jamais consulté de médium. Pour tout t'avouer, mon Bhuchung pense que ces vieilles traditions ne sont que des superstitions.

– Près de la moitié de notre village s'est enfuie par le chemin qu'elle avait prédit.

– Dis-moi, mon frère, les deux filles ont-elles le moindre point commun avec notre sœur, en dehors de leur ressemblance physique ?

– La plus jeune est très intelligente. Elle fait parfois des cauchemars, répond Ashang. Mais non, elles n'ont pas eu de problèmes.

– On dit que ces choses se transmettent de parent en enfant. Notre mère doit y avoir échappé, mais elle avait ses humeurs, non ? Enfin, je ne sais pas trop quoi penser de tout ça. » Shumo hésite, puis se penche vers Ashang pour murmurer : « On raconte que les enfants d'un oracle mort peuvent être possédés par leurs parents.

– Vraiment ? répond Ashang, qui ne semble pas perturbé.

– Ouvre l'œil, mon frère. J'ai entendu des rumeurs à propos de notre grand-mère aussi. Qui sait jusqu'où ça remonte ? »

J'en reste abasourdie. C'est comme si, d'un geste désinvolte, Shumo avait soulevé un tapis pour révéler un tunnel caché, tortueux et sans fin ; et tout aussi facilement, elle le laisse retomber quand la conversation se porte sur l'état de santé de son mari.

Il fait nuit depuis longtemps lorsque Ashang et moi rentrons enfin à l'orphelinat. Samphel nous attend dans la cour, avachi contre un mur, les yeux rivés sur ses genoux. Je suis tellement soulagée de le voir que je remarque à peine le remue-ménage aux portes du dortoir. Un jeune homme s'y engouffre en courant, puis des sanglots s'élèvent. Une crainte familière m'envahit ; une chose horrible se rapproche à chaque pas que nous faisons.

« Le cuisinier a trouvé un enfant mort dans le dortoir, dit Samphel. Personne ne s'en est aperçu avant midi. »

Le cadavre de la fillette refroidit à présent dans la cuve où l'on avait placé le corps de Po Dhondup. Son matelas a été lavé et mis à sécher contre un mur dehors. Non loin de là, des gens regardent leurs pieds en discutant à voix basse des rites et rituels à préparer pour l'orpheline.

Tandis que Samphel s'endort, son nez sifflant légèrement, je fixe le texte des journaux qui couvrent le plafond – un océan de gribouillis noirs, dont le sens m'échappe. Dans un coin de la pièce, un petit garçon installé sur une des couchettes du haut est secoué de quintes de toux. Je le vois se contorsionner et se frapper la poitrine pour essayer de les réprimer. S'il est terrible de se battre contre quelqu'un d'autre, il est encore pire de lutter contre son propre corps. Après avoir regardé ma mère trembler et sursauter pendant ses transes, je lui avais demandé bien des fois : *Qu'est-ce que tu ressens dans ces moments-là ?* Un jour, elle avait fini par me répondre.

Je vois les dieux dans le miroir. Je vois des couleurs, comme un arc-en-ciel. Le miroir grossit de plus en plus. Le monde devient éclatant. Un feu grandit. Il pénètre dans mon corps. Toutes les personnes dans la pièce se brouillent et rapetissent. Leurs yeux brillent comme des étoiles la nuit. Leurs voix, elles, s'affaiblissent peu à peu, tandis que le miroir s'élargit jusqu'à occuper l'espace entier. Puis tout sombre dans le noir. Et je ne suis plus là.

Shumo craint que Tenkyi et moi soyons comme notre mère. Elle ignore que nous luttons déjà contre nous-mêmes. Si elle s'en aperçoit, si elle se rend compte de nos difficultés, cela l'effraiera peut-être, et elle ne voudra plus de nous. Je pourrais m'asseoir sur ce lit, imaginer une couronne à cinq pointes sur ma tête puis me mettre à psalmodier, siffler et trembler comme une folle. Je pourrais faire et dire ce que je veux, jusqu'à disparaître de la vue de tous. Alors, peut-être, je serais libre de vivre comme je le souhaite.

9

Six hommes portent le cadavre de Po Dhondup le long d'un sentier marécageux jusqu'au ruisseau en lisière du camp, où un garçon népalais attend près du bûcher funéraire qu'il a construit avec du bois de récupération et des branchettes. Une vache se tient à côté de lui, délivrée de son fardeau ; tous deux s'écartent à notre approche. Les hommes déposent le cadavre enveloppé d'un tissu sur le bûcher, des centaines de brindilles craquant sous son poids. Puis ils repartent au camp, sans assister à la cérémonie.

Il ne reste plus qu'Ashang, Samphel, le garçon qui a érigé le bûcher, sa vache docile et moi. De l'autre côté du ruisseau, un vieux Népalais nous regarde, debout, une chèvre broutant près de lui.

Ashang embrase un morceau de bois, et le donne à Samphel.

« Un membre de sa famille devrait allumer le bûcher », explique-t-il.

Samphel se tourne vers moi.

« Je ne peux pas.

– Fais le tour du bûcher trois fois, puis allume-le », dis-je en posant la main sur son épaule.

Il secoue la tête, grimaçant de douleur. Samphel n'a jamais vu sa mère qu'à travers le visage de Po Dhondup. J'essaie de l'imaginer – une femme aux yeux de biche et aux joues émaciées –, mais je m'arrête, par crainte que cette image remplace celle de ma propre mère.

« Viens. »

Je prends Samphel par la main pour l'emmener au bûcher. Nous tournons lentement autour du cadavre de Po Dhondup. Le fin tissu blanc laisse entrevoir la couleur de sa peau et les contours diffus de son visage.

« Ta mère ressemble à ton oncle ? dis-je. Alors nous devons nous souvenir de lui. Regarde, ton oncle avait des yeux enfoncés. Son nez était large et plat, comme un oiseau aux ailes déployées. Son menton était petit. Ses lèvres étaient minces. Il adorait nager dans la rivière qui borde notre camp, au milieu des buffles. Quelqu'un m'a dit un jour qu'il avait fait partie d'une troupe d'opéra ambulant. Je n'y ai pas cru, parce qu'il parlait à peine. Mais en regardant sa poitrine maintenant, je pense qu'il savait vraiment chanter. Ses mains étaient celles d'un artiste. Le bout de ses doigts était quasiment transparent. On voyait la lumière à travers quand il tressait des cordes. Ton oncle n'était pas un fermier ni un nomade, comme les gens de ma famille. Nous travaillions avec la terre, avec les animaux. Lui était apparenté à des marchands, ce qui signifie que ta mère aussi. C'est à elle que tu dois ton sourcil droit, celui qui n'en fait qu'à sa tête et qui donne sa lumière à ton visage. Ton oncle avait un peu de ça aussi. Tu vois ? »

Samphel me regarde. Il y a quelque chose d'indéfinissable chez lui, dans l'atmosphère qui l'entoure, dans ses expressions, dans tous les détails indescriptibles de son visage. J'ai l'impression d'être un arbre qui plonge ses racines dans la terre et les tourne vers l'intérieur, sachant qu'il restera à cet endroit pendant mille ans. Ensemble, nous plongeons la flamme dans une faille entre les branches, et la gardons là jusqu'à ce qu'une épaisse colonne de fumée s'élève.

Après la cérémonie, nous trouvons Shumo assise devant chez elle dans une mince bande de soleil. Elle plisse les yeux, essayant de passer un fil dans le chas d'une aiguille. Un tas de vieux vêtements qu'elle rapièce pour le tailleur du quartier est posé à ses pieds. Dès qu'elle nous aperçoit, elle remise son ouvrage et entreprend de nous servir le thé et le pak qu'elle a déjà préparés.

Une fois le déjeuner terminé, j'insiste pour que Shumo se repose et me laisse débarrasser la vaisselle sale. Tenant les assiettes, les casseroles et les tasses en équilibre dans mes bras, je sors dans la fraîcheur de l'après-midi. À la pompe à eau, je m'accroupis pour remplir une bassine, récupère une poignée de savon en poudre granuleux, et frotte. C'est une heure paisible. Des nuages flottent en bordure du ciel. Une brise traverse le camp, emportant les cendres de Po vers les collines. Tout ira bien pour lui maintenant. Les moines ont récité leurs prières avec application. Nous nous sommes assurés que les lampes à beurre continuent à brûler et que l'huile soit aussi propre que possible, sans poussière ni insectes. Nous avons pris soin de Po autant que nous aurions voulu prendre soin d'Ama ou Pala. Nous pourrons repartir en sachant cela, au moins. Shumo n'a pas évoqué la possibilité que je reste ici, à Katmandou ; et puisque le père de Samphel n'est pas là, il rentrera forcément avec nous, non ? Je souris en pensant à ce que nous ferions, de retour au camp. Samphel et moi raconterions à Tenkyi notre journée passée à vagabonder en ville, avec cinq roupies en poche. Je vagabonderais avec lui de la même façon dans les collines derrière le camp. Je lui dirais *oui* chaque fois qu'il voudrait aller quelque part. Il me prendrait la main chaque fois qu'il en aurait envie.

Lorsque j'arrive chez ma tante, un silence s'installe dès que je m'approche de la porte. Quelque chose s'est produit pendant mon absence. Ashang lève les yeux depuis son siège, et me fait signe de le rejoindre. Shumo se détourne pour farfouiller sur l'étagère de sa cuisine. De son côté, Samphel dort dans un coin.

« Qu'est-ce qu'il y a ? » demandé-je sans quitter le seuil, de l'eau gouttant de la vaisselle sur mes jambes. « Je ne veux pas mettre de boue dans la maison.

– Ta tante est seule en ce moment, déclare Ashang. Tu resteras ici avec elle.

– Et Tenkyi ? »

Je l'imagine abandonnée au camp, en train d'attendre mon retour.

« Tu la reverras. N'est-ce pas, ma sœur ?

– Bien sûr. Tu devrais lui rendre visite au Nouvel An.

– Losar aura lieu dans huit mois », dis-je.

Ils ne me répondent pas.

Ashang et Samphel rentrent passer la nuit au dortoir. À l'aube, ils repartiront à pied au centre-ville, et prendront le bus pour Pokhara. Je dois rester ici.

Plus tard ce soir-là, je me couche dans le lit du mari de Shumo, collé à la fenêtre qui donne sur la ruelle. Shumo dort de l'autre côté de la pièce, le dos tourné, en émettant de légers ronflements. Dehors, des chiens errants commencent à aboyer. Le bruit porte si bien dans la vallée que d'autres chiens leur répondent au loin, jusqu'à ce qu'un homme leur crie de se taire. J'écoute les créatures de la ville – les chiens, les grillons et les grenouilles qui s'emparent des lieux la nuit. Je pense à Tenkyi. Pressent-elle ce qui s'est passé ? Fait-elle des cauchemars ? Qui l'aidera, à présent qu'une telle distance nous sépare ?

Brusquement, ma gorge se contracte, et je me mets à haleter. J'appelle Shumo, mais elle continue à dormir. J'ai beau essayer, elle ne m'entend pas du tout. J'ai l'impression qu'un démon est tombé sur ma poitrine. Est-ce vraiment ma tante sur ce lit ? Les chiens aboient si fort que le bruit se répercute dans la pièce. Le coassement d'une centaine de grenouilles s'infiltre à travers les murs. Quel est ce poids qui pèse sur ma poitrine ? Est-ce la ville ? Ou la nuit même ? Je souhaite de toutes mes forces que le jour revienne. Je ferme les yeux, évoque le Saint Sans Nom. Je tente de prier comme ma mère me l'a enseigné ; au moins, cela étoufferait les bruits aux alentours. Cependant, je ne parviens pas à inspirer assez d'air pour terminer une seule phrase. Quelque chose veut que je meure. Pourquoi ne le ferais-je pas ? Une pointe de lumière jaillit dans le noir, mais quand j'ouvre les yeux, elle a disparu. Je ferme les paupières, repère le minuscule germe de lumière, et l'attire à moi.

Ama se trouve à l'intérieur. Ma mère est là, de la taille d'une goutte de pluie. J'essaie de la rapprocher de moi, mais elle reste petite. Une vision miniature, parfaitement nette. Comme le jour de sa mort, elle a des cheveux courts et gris. Ses membres sont rachitiques. Elle ne porte aucune parure. Pas de peau de panthère, pas une seule perle de corail autour du cou.

« Bonjour, ma fleur », dit-elle.

Je suis aspirée dans un tunnel. Je suis une enfant à nouveau.

« Ama, où es-tu partie ? Pourquoi m'as-tu quittée ?

– Je suis là. »

Ma mère ne bouge pas. Elle se tient debout, me laissant la regarder aussi longtemps que nécessaire.

« Je ne sais pas comment vivre sans toi. »

Ama sourit.

« Avant, tu t'accrochais à ma robe et me suivais de pièce en pièce, dit-elle. Quand ton père était absent, tu comblais ma vie. Tu me rappelais mes propres parents, et tu m'as permis de réapprendre à les connaître. Même si nous sommes séparées, ne perds pas courage. Notre amour n'est pas moindre que celui que d'autres parents partagent avec leurs enfants après cinquante ans ensemble. »

Mais ce n'est pas assez long. Pas du tout.

« Reste ici, Ama. Laisse-moi te montrer à Tenkyi. Je te promets de trouver comment faire. Reste ici, et si tu as besoin d'une maison, remplis le blanc de mes yeux. Je t'y garderai à l'abri. »

Je tends tous les muscles de mon corps, m'efforçant d'imiter les fibres serrées d'une corde solide. Mes oreilles bourdonnent, puis la surface entière de ma peau se met à vibrer. J'ai de plus en plus besoin d'air. Mes pieds veulent frapper quelque chose. J'ai besoin de me laisser aller.

Pourquoi ne pas donner de coups de pied ? Pourquoi ne pas faire ce dont j'ai envie ?

Comme une folle, je lâcherai mes cheveux.

Je tremblerai, sifflerai et danserai.

J'effraierai les gens avec ce que je contiens, tout ce que j'ai caché. Et personne n'aura son mot à dire. Ils se contenteront de me regarder avec ébahissement, pendant que je ferai ce que je voudrai.

Un spasme me traverse, une seule fois. Un instant de plaisir, comme si ma peau s'était débarrassée de quelque chose. Puis la pulsion revient, et un nouveau spasme me saisit. Je laisse mon corps faire ce qu'il a à faire. Ma mère n'est plus là. J'ouvre les yeux, espérant en avoir terminé, mais les convulsions ne cessent pas. Je distingue un autre point de lumière à présent. Il y a une petite fille à l'intérieur. Elle me ressemble, pourtant ce n'est pas moi. Je voudrais lui parler, apprendre son nom, mais quelqu'un me crie dans les oreilles.

C'est Shumo, qui se penche vers moi d'un air affolé. Alors que ses lèvres remuent, sa voix s'affaiblit, comme si elle se tenait à une grande distance. Puis elle disparaît. La porte d'entrée est ouverte. Je ne parviens pas à arrêter les spasmes. Des vagues de nausée me parcourent. Mon heure est-elle venue ? Les dieux me parlent-ils ? L'un après l'autre, ils tentent de me réveiller en me secouant. Es-tu là, Ama ? Sous mes paupières, comme tu l'as toujours été ?

J'entends une fois de plus les prières de Shumo. Des pas résonnent, puis le visage d'Ashang surgit au-dessus du mien.

« On va la ramener à la maison, dit mon oncle. Aidez-moi à la porter. »

Samphel se précipite vers moi.

« Elle n'arrive pas à respirer ! » crie-t-il.

Je suis si heureuse de sentir ses mains sous mes épaules. La petite fille dans le trou de lumière… Elle lui ressemble comme deux gouttes d'eau. La voit-il aussi ? C'est la nôtre, ai-je envie de lui dire, et elle choisit d'exister. Si je pouvais parler, je lui expliquerais ce que signifie cette petite fille : qu'une vie nous attend. Une vie dont naîtront d'autres vies. J'essaie de sourire, mais un nouveau tressaillement m'arrête. Une couverture prend son envol. Puis un poids immense retombe sur mes membres.

DOLMA

1

Toronto, Canada

2012

Le réverbère émet une lueur jaune maladive qui s'insinue comme tous les soirs par la fenêtre de notre appartement en sous-sol – juste assez vive pour que je trouve une chemise propre sans réveiller ma tante dans la pièce d'à côté. Elle s'est assoupie à la table de la cuisine, la tête dodelinant au-dessus de son assiette, la bouche entrouverte. Elle doit encore avoir enchaîné les heures supplémentaires, et être rentrée pendant que je faisais la sieste. Dans l'ombre, le visage de Shumo Tenkyi se compose entièrement d'arêtes et de versants. Elle est si immobile et maigre. Je lui dois tout, et pourtant je ne supporte pas la vue de sa fragilité, l'épuisement qu'elle affiche si crûment sur sa figure.

Ma tante m'a amenée ici – ou devrais-je dire *tirée* ici, car ce serait le terme le plus proche du nôtre – avec mon premier billet d'avion et mon premier passeport. « Ne fais pas la maligne quand on vérifiera tes papiers. Ne parle pas, à moins qu'on t'interroge », m'avait-elle conseillé au téléphone avant mon départ pour l'aéroport de Tribhuvan. Pendant les deux jours qu'avait duré le trajet, je m'étais préparée à une arrivée désastreuse à Toronto. J'avais imaginé qu'on m'arrêterait juste après l'atterrissage (c'était ce qu'avait vécu le cousin d'une amie) et qu'on me flanquerait dans une cellule, où j'attendrais qu'on me renvoie au Népal. Même une fois mon passeport tamponné par la police aux frontières et ma valise récupérée, je m'étais attendue à ce qu'on me refuse l'entrée du pays. Ce n'était qu'après avoir atteint cet appartement que j'avais desserré les dents, et permis à mes yeux de relâcher leur vigilance.

Puis une nouvelle tristesse s'était installée, une prise de conscience qui me hante toujours, après cinq ans dans ce pays. Ma tante souffrait, et elle était affreusement seule. Ma famille ignorait son état ; personne ne s'en était préoccupé depuis des années. Parfois, Shumo pleure à chaudes larmes, sans pouvoir m'expliquer pourquoi. Parfois, elle se fige sur le trottoir, et éclate d'un rire si tonitruant que tous les passants se retournent sur elle. La plupart de ses difficultés, de ses étranges comportements, restent entre nous. Une gazinière laissée allumée. Des journées entières où elle boit seulement de l'eau, ou bien éteint toutes les lampes et tire les rideaux parce que la lumière lui donne la migraine, lui fait mal aux articulations. Elle me dit que certains jours, même ses yeux la trahissent.

Ce pays en est-il la cause ? Je me l'étais souvent demandé les premiers temps, quand j'errais dans mon nouveau quartier, parcourant des rues appelées King et Queen qui étaient pourtant bordées d'immeubles à loyer modéré où vivaient de nombreux étrangers aux cheveux noirs comme nous. Ma tante guérirait-elle si je parvenais à faire de nous des femmes riches, aisées ? Ou si nous devenions de vraies Canadiennes, avec des passeports bleu marine gaufrés ? Je n'avais pas tardé à me rendre compte qu'aucune démarche administrative ne suffirait à nous donner l'impression d'être à notre place ici. Notre différence se lisait dans nos corps, pas seulement dans nos cheveux noirs et notre peau brune, mais aussi dans notre posture, le rythme lent et inhabituel de nos pas. Au milieu des petits magasins en briques de Parkdale, Shumo Tenkyi et moi marchions le cou ployé sous l'effet d'une force invisible, notre horizon limité par l'entrelacs infini des câbles de tramway au-dessus de nos têtes. Dans les rues transversales, nous retrouvions nos voisins oubliés du Népal. Ils habitaient désormais dans des maisons divisées en appartements qui avaient été des centres de réinsertion sociale, et avant cela les résidences d'été des nantis. Non loin de là, juste derrière l'autoroute Gardiner, l'étendue grise du lac Ontario nous envoyait un vent d'hiver dont nous n'arrivions pas à nous débarrasser. Partout dans l'air planait le sentiment distinct que notre coin de la ville ne faisait pas partie du monde occidental – pas celui que nous avions imaginé autrefois, ni celui que nous décririons à nos parents dans le camp. Certains désignent cet endroit sous le nom triomphant de « Little Tibet ». Pour moi, c'est le camp reconstruit. Une copie d'une copie de notre patrie. Une halte temporaire de plus, dans un voyage qui n'en finit jamais.

La dernière fois que j'ai vu ma mère, à la porte d'embarquement de l'aéroport de Katmandou, elle m'a dit : « Cette vie t'appartient. Tu dois prendre ton bonheur en main à présent. » Pourtant, aujourd'hui encore, j'ai le sentiment que ma vie n'a pas commencé – pas plus que celle de ma tante, de ma mère ou de quiconque dans notre camp. Ce qui nous entoure est provisoire, ne servant qu'à occuper la place de ce qui viendra un jour. Ce qui doit venir. Voilà pourquoi, contrairement aux autres filles de mon âge, je ne tiens pas de journal intime et ne collectionne pas de photos. Je ne veux conserver aucune trace de cette période.

J'ai prévu de déménager. Malgré la douleur que cela causera à ma tante, à ma mère et à Po Migmar, je dois quitter cet endroit. J'ai au moins compris cela. Cependant, j'ai beau gagner cinq cents dollars par semaine en travaillant dans une sandwicherie entre les cours, aucune de mes demandes d'appartement n'a été acceptée. J'ai donc conçu un nouveau plan. Ce soir, je me rendrai à une fête où le professeur Wallace m'a invitée. Elle est organisée par des amis à lui, m'a-t-il expliqué. Là, je lui montrerai à quel point je prends mes études au sérieux, et avec ses conseils et son soutien je décrocherai une place en doctorat. Une bourse suivra, et j'entamerai une nouvelle vie, une vraie. Une vie de l'esprit.

Debout devant le miroir entre notre chambre commune et la cuisine, je vérifie soigneusement qu'il n'y a pas de taches ni de trous dans ma chemise et mon jean. C'est alors que je remarque une file de fourmis qui se déplace au-dessus du plan de travail. Elles se dirigent vers l'évier, à la recherche de vieux déchets alimentaires. Cela fait des semaines que je contourne ces fourmis, remplissant prudemment ma tasse puis fermant le robinet aussitôt, lavant ma vaisselle avec un filet d'eau dans la partie de l'évier où elles ne se sont pas rassemblées, en les regardant détaler de l'autre côté. Il y a peu, après en avoir fait disparaître accidentellement une dizaine par la bonde, je me suis décidée à aller à la quincaillerie.

Le gérant était un musulman pratiquant qui fermait sa porte plusieurs fois par jour pour effectuer ses prières. J'ai attendu dehors qu'il ait remballé son petit tapis joliment décoré. À l'intérieur du magasin, on trouvait une vitrine remplie d'insecticide et de pièges pour cafards, punaises de lit, souris et autres animaux nuisibles. L'homme a secoué la tête quand je l'ai interrogé au sujet des fourmis. Il ne voyait pas de raison d'avoir recours au poison. Leur présence était tout au plus légèrement dérangeante, a-t-il déclaré. J'ai hoché la tête, sensible au fait qu'il venait de prier, et ne souhaitait probablement pas m'aider à tuer des bêtes inoffensives. Je n'avais pas envie de les tuer non plus. Si cela avait été mon but, j'aurais ouvert le robinet à fond. Je souhaitais simplement éloigner les fourmis de mon évier, les inciter à partir de chez moi, ne plus les avoir à ma merci. Savais-je d'où elles venaient ? m'a demandé le gérant. Je n'avais pas étudié leur trajectoire, mais je supposais qu'elles entraient par le carrelage de la crédence. L'homme est sorti de derrière le comptoir pour m'emmener dans un des étroits rayons. Il m'a tendu un tube de pâte servant à colmater les petits trous. Elle coûtait 1,99 dollar, résistait à l'eau, et résoudrait mon problème de fourmis une bonne fois pour toutes, m'a-t-il assuré.

À présent, je cherche le tube encore intact sous l'évier. Après l'avoir localisé, je souffle doucement sur les fourmis pour qu'elles se dispersent, dégageant le trou dans la crédence. Je sors de la pâte blanche du tube, puis l'applique avec l'index. En attendant qu'elle sèche, je prends soudain conscience que les fourmis devant moi vont devoir rester dans l'appartement. Elles seront séparées, probablement pour toujours, du reste du groupe qui se déplace maintenant à l'intérieur des murs. J'ai rompu leur lien d'un claquement de doigts – un acte à la fois insignifiant pour moi et bouleversant pour elles. Je reste figée un long moment, à me demander si je devrais gratter la pâte encore humide, déboucher le trou, et recommencer quand il y aura moins de fourmis dans la pièce. C'est le genre de projet que mon Ama n'hésiterait pas à abandonner en cours de route. À la place, elle emporterait les insectes dans le jardin sur une feuille de papier, petit groupe par petit groupe.

Néanmoins, j'ai à peine terminé de poser la pâte qu'un minuscule trou apparaît au milieu. Les fourmis sont en train de faire une percée. Comme si elle n'avait attendu que ça, l'une d'elles s'extirpe du trou et file sur le plan de travail en direction de la bonde, où des fragments de vieux grains de riz ont échoué. J'ai presque envie d'en rire.

« Où est-ce que tu vas ? »

Les yeux noirs de Shumo Tenkyi clignent lentement.

« À la fac, je bredouille.

– À cette heure ? Il fait déjà nuit. »

Elle me scrute, l'air de se demander si je lui dis la vérité. J'aurais dû partir quand elle dormait, au lieu de m'occuper des fourmis. Enfilant mon manteau, je réponds :

« Je dois aller chercher un livre à la bibliothèque. Tiens, ton dîner est froid. Est-ce que tu veux que je le réchauffe au…

– Non, réplique-t-elle brusquement. Mais fais attention dehors. Il pleut, et il y a des réverbères qui ne marchent pas.

– Je serai de retour dans quelques heures », dis-je en sortant.

Après avoir verrouillé la porte derrière moi, je grimpe l'escalier quatre à quatre pour rejoindre la rue. Malgré la pluie, je suis soulagée de quitter ma tante, m'éloignant d'elle à chaque pas. Je monte dans le tram sur Queen Street, et m'assieds dans la direction du centre-ville, face à l'est. Tandis que les bars et les restaurants se succèdent en un flot lumineux, un nœud de regret me comprime la poitrine. Quoi qu'en pense ma tante, mentir à ma famille m'emplit encore de honte. Cela dit, ce sont les mensonges qui m'ont donné accès à ce pays. Deux inventions très simples ont établi ma vie au Canada : l'affirmation que j'avais dix-sept ans à mon arrivée à l'aéroport international Pearson, et que Shumo Tenkyi était ma mère. Shumo me fait souvent remarquer qu'il ne s'agissait pas vraiment de mensonges, mais d'informations approximatives – ne m'avait-elle pas élevée depuis mon déménagement à Katmandou ? Elle ajoute que pour vivre dans un pays aussi remarquable que celui-ci, il faut avoir de la chance, ou bien une bonne histoire ; or tout le monde sait qu'on ne peut pas raconter une bonne histoire sans improviser quelques détails.

Avec le temps, ces histoires se sont accumulées, jusqu'à ce que la jeune fille que j'étais au Népal se détache de moi sans un bruit, telle une mue abandonnée. Même mon nom a changé. Butant sur les nôtres, les langues canadiennes nous en attribuent de nouveaux. Cela arrive souvent à notre arrivée sur le territoire, quand un policier parcourt rapidement nos étranges papiers d'identité plastifiés, et nous renomme par son choix de prononciation. À partir de cet instant, je n'étais plus *Doh-ma*, un nom court et doux, venu du plus profond de la gorge et terminé par le son que nous émettons tous dès notre premier souffle : *ma*. J'étais devenue *Dol-mah*, un nom qui titube à chaque syllabe et s'achève comme s'il demandait : est-ce bien toi ?

J'ai atteint le lieu de la fête, une demeure en briques rouges à Rosedale. Qui aurai-je besoin de devenir ici ? Je pousse le portail en fer en y mettant toutes mes forces, puis me dirige vers les haies qui bordent l'allée incurvée. Une bonne vingtaine de voitures sont attroupées sur le chemin, et tandis que j'avance entre elles, mes pieds commencent à dégeler pour la première fois depuis une heure. L'allée doit être chauffée. Des centaines de voix s'échappent des anfractuosités de la maison, s'élevant dans le ciel d'automne nuageux depuis les cheminées. Le professeur Wallace se trouve à l'intérieur, me dis-je. Il m'a invitée. Je n'ai plus qu'à trouver le courage d'entrer.

Mon crâne me picote. Des gouttes de pluie tombent autour de moi. J'ai envie de me gratter la tête, mais je ne me permettrais jamais de le faire ailleurs qu'à la maison – même pas ici. Sans me l'avouer, je suis convaincue que si j'effectue ce geste, les poux de mon enfance ressurgiront aussitôt. Au camp, les poux n'étaient pas un secret, ni une source de honte. Une fois par semaine, les autres enfants et moi nous asseyions au soleil, la tête enduite d'huile, pour attendre que nos aînées passent un peigne métallique dans nos cheveux. On pensait que plus longtemps on patientait sous le soleil, plus le processus était efficace, si bien que je tenais toujours à être la dernière à me faire peigner. J'adorais sentir les dents métalliques me racler le crâne encore et encore, retirant les poux et leurs œufs. Les femmes inspectaient ensuite nos cheveux lentement, à la recherche des petites lentes blanches qui auraient échappé au peigne. Ma mère et les autres femmes âgées trouvaient cette tâche difficile, à cause de leurs mains rendues épaisses et raides par des années de labeur. Les plus jeunes se chargeaient donc d'écraser les lentes avec leurs doigts minces et agiles, faisant basculer nos têtes en avant à chaque prise. Je me délectais secrètement de ces petits claquements aigus, alors même que les femmes marmonnaient des prières pour les poux morts.

Quand j'avais déménagé à la capitale à l'âge de onze ans pour intégrer la British School, je m'étais installée chez Shumo Tenkyi, qui venait d'obtenir un poste d'enseignante dans une école tibétaine. Elle s'adonnait à cette charge avec plaisir, et avait rarement le temps de s'occuper de mes poux. Mes camarades à la British School étaient toujours impeccables. Ils se grattaient rarement en classe et ne portaient jamais les mêmes vêtements deux jours d'affilée. Comprenant que j'allais devoir prendre les choses en main, j'avais imaginé plusieurs remèdes. J'avais tenté de badigeonner mes cheveux d'essence ; de porter du shampoing anti-poux toute la journée, jusqu'à en avoir mal au crâne ; d'étouffer les poux en enveloppant ma tête dans un sac plastique. Faute de résultats, je m'étais astreinte à ne pas me gratter plus d'une fois par heure, même si la douleur était intolérable, même si les poux me mordaient la peau.

Un après-midi, je me suis rendue à un cours de *square dance* après l'école. Je manifestais beaucoup d'enthousiasme pour ces programmes gratuits, m'inscrivant souvent à une activité après l'autre - harmonica, karaté, ping-pong, gymnastique. J'en redemandais toujours, même si je ne manifestais de don particulier pour aucune discipline. Le cours de danse était populaire auprès des filles, et j'espérais me faire des amies. Je suivais joyeusement les instructions de la professeure, postée au milieu du cercle pour nous indiquer les pas et les changements de direction - on croise vers la gauche ! on croise vers la droite ! C'était si agréable de savoir exactement quoi faire, et de savoir que j'aurais toujours un partenaire.

Au milieu d'un morceau de country, j'ai ressenti des picotements familiers. Ils sont très vite devenus plus intenses, comme si un minuscule piolet s'enfonçait dans mon crâne. Emportée par la liberté de la pièce bruyante, le chaos des corps tournoyants, je me suis gratté la tête, rapidement, juste une fois. En un seul passage, j'ai attrapé quelque chose. Ce n'était jamais arrivé. Le corps étranger était coincé sous l'ongle de mon majeur, et j'ai compris immédiatement de quoi il s'agissait. J'ai baissé la main. La créature noire était là, agitant les pattes. L'idée d'avoir une bête encastrée sous l'ongle m'a semblé à la fois horrifiante et incroyable. Surtout, j'avais honte. C'étaient là mes véritables racines, le camp où j'étais née, l'histoire de ma vie. Frétillant entre mon ongle et le bout charnu de mon doigt, la créature m'observait. Une pensée encore plus terrifiante m'est venue : quelqu'un l'avait-il aperçue ? Quand j'ai regardé autour de moi, tout le monde dansait encore. Je devais m'être arrêtée à peine quelques secondes. J'ai jeté le pou en l'air d'une pichenette et rejoint le mouvement, abasourdie.

Le jour suivant, le principal m'a convoquée après la classe. Je me suis dirigée vers son bureau, certaine que quelqu'un m'avait vue avec le pou et en avait informé les plus hautes autorités de ma nouvelle école. Allait-on me punir à coups de règle ? Me priver de la bourse que ma tante avait obtenue après des années d'efforts ? J'ai prié pour qu'on me frappe une ou deux fois, et qu'on me laisse filer. Le pardon était-il seulement envisageable, pour une personne si clairement indigne de cette institution ? Une fois dans la pièce, j'ai attendu ma sentence en retenant mes larmes ; mais le principal s'est contenté d'inspecter ses lunettes, avant de déclarer qu'on m'avait choisie pour suivre des cours particuliers auprès d'un spécialiste. J'ai éclaté en sanglots. C'était encore pire que ce que je craignais. Ma plus grande peur, à savoir que les gens de ma nouvelle école remarquent mon retard, s'était réalisée. J'avais vainement espéré que si j'évitais d'ouvrir la bouche, si je restais discrète, si je passais mon temps libre à répéter chaque leçon à voix haute, je finirais par en intégrer le sens et paraître à la hauteur de mes riches camarades étrangers. Le principal m'a expliqué que mon nouveau tuteur s'appelait Henri Giroux, et que ses honoraires avaient été réglés. C'était un cadeau que je devrais apprécier, et prendre au sérieux.

Henri vivait en bordure de la ville ; il faudrait que je change de bus plusieurs fois pour me rendre chez lui. L'extérieur de la maison que Mariana et lui louaient semblait modeste, mais en pénétrant dans son bureau j'ai découvert avec stupéfaction que les murs étaient couverts de livres. Je n'avais jamais imaginé qu'on puisse acquérir des milliers d'ouvrages – et encore moins les lire – en une seule vie. Au début, Henri farfouillait simplement dans sa bibliothèque, en sortait un livre, puis m'invitait à le déchiffrer dans un fauteuil en osier face à son bureau, qui avait vue sur les contreforts des montagnes. Je m'exécutais en suivant les lignes du doigt, le plus silencieusement possible. À l'école du camp, on m'avait appris à assimiler un texte en prononçant chaque syllabe ; mais mes camarades de la British School lisaient dans leur tête, à moins qu'on leur demande le contraire. Je gardais donc les lèvres serrées, mais c'était parfois plus fort que moi : un mot m'échappait et, en entendant ma prononciation maladroite, Henri me reprenait avant de retourner à son travail. À la fin de chaque séance, il levait les yeux de son bureau pour me demander ce que j'avais appris. Je récapitulais le peu d'informations que j'avais saisies, inventant le reste, et Henri hochait la tête sans me corriger. Parfois, il lui arrivait même de me complimenter.

Je me suis mise presque immédiatement à parler comme lui. J'ai adopté son accent, me forgeant une langue aux inflexions britanniques, népalaises et françaises. Cela m'a d'abord valu des moqueries de la part de mes camarades, et même de quelques enseignants ; mais au bout d'un ou deux ans, tout le monde a paru oublier. Les gens semblaient me respecter davantage, en fait. J'avais appris à lire en silence, et quand je m'exprimais à voix haute, on aurait cru entendre Henri.

À présent que je me tiens devant une porte noire et lisse, prête à m'entretenir avec certaines des personnes les plus sophistiquées et fortunées de la ville, je ne peux qu'espérer me montrer digne de mon tuteur. Je frappe, attends un moment, puis tourne l'énorme poignée en cuivre ; la porte n'est pas verrouillée. Je m'avance dans une salle en chêne richement décorée, couverte de gravures hexagonales en tous sens. Devant moi, un immense escalier incurvé vers le bas dissimule presque entièrement un homme penché sur un piano. Il joue une mélodie douce et allègre, qui s'accorde bien avec son expression.

Une femme s'approche sur ma droite, pour me proposer de prendre mes affaires. C'est une Asiatique à la peau mate, comme moi. Je lui tends mon manteau en laine usé. Elle disparaît dans un vestiaire, puis en émerge en souriant, et me demande si je suis la nouvelle baby-sitter.

La question me déroute et me surprend à la fois. Je lui réponds que je ne suis pas une baby-sitter ; je suis invitée à la fête. Son sourire disparaît, et elle m'indique le couloir d'un geste du menton, en me disant d'entrer. Je me demande si je devrais ajouter quelque chose, d'un ton plus conciliant cette fois, mais elle préfère manifestement que je passe mon chemin.

Je m'exécute, avançant un peu plus dans l'aura d'argent, tandis que la chaleur qui monte du sol gagne mon corps. Au fond du couloir, une autre mélodie légère émane de nulle part. Ce doit être le genre de maison qui se retrouve soudain décorée la veille de Noël, puis débarrassée de ses ornements le lendemain – sans que personne ne semble être intervenu, ni avoir fourni d'effort.

Par chance, la pièce suivante est vide. Je me poste discrètement près d'un grand miroir pour jauger mon reflet. Quel triste spectacle. Mon visage est empourpré, mes cheveux trempés de pluie, mais le problème va au-delà de ces détails. Je n'ai jamais été une grande beauté, comme ma mère l'était dans sa jeunesse. Même mon père avait ses admiratrices. Pour compenser, j'ai suivi le conseil que celui-ci m'a donné il y a longtemps : accepter mon physique ordinaire, et apprendre l'anglais. *Apprends-le si parfaitement que même les blancs n'en reviendront pas.* Et après, papa ?

Le salon grouille de monde, chaque centimètre carré du sol et des meubles est occupé. Au centre, des canapés bleu pastel et des fauteuils blancs sont encombrés d'invités, tandis que le parquet pépie doucement sous leurs pieds. Cela me rappelle une description que j'ai lue du palais impérial de Kyoto. On y appelait ce genre de parquet les « planchers rossignols ». Les gardes les arpentaient selon un rythme particulier ; un changement de mélodie signalait la présence d'un intrus. Quel bruit alerterait les gardes ici ? Est-il déjà évident que je ne suis pas à ma place ? Tous les membres de cette foule pâle ont plus de cinquante ans, et affichent une assurance qui témoigne de leur richesse et de leur pouvoir ;

ou bien ce sont de jeunes et beaux artistes d'une vingtaine d'années, parés d'espoir et d'avidité. Je cherche mon professeur parmi ces visages, sans succès. Puis mon regard se pose sur une statue en bronze d'un Bouddha – thaïlandais, semble-t-il, d'après sa chevelure en pointe et son corps lisse. Il a quelque chose de comique, debout dans un coin de cette pièce, oublié de tous, la main droite levée en une mudra symbolisant la protection.

Un plateau en argent chargé de boissons s'arrête devant moi juste assez longtemps pour que j'y récupère un verre de vin rouge. Boisson à la main, je retourne dans le couloir, découvrant lentement la maison, ses nombreux tapis persans et ses vitrines remplies d'objets en céramique. Une bibliothèque haute d'un étage apparaît à ma droite, garnie de rayonnages en chêne d'une couleur chaude et de rideaux en velours vert attachés près du sol. Je ne peux pas m'empêcher d'entrer dans la pièce, parcourant du regard les colonnes de livres. *Peintures hopi traditionnelles. Quatre mille ans d'art nigérian. Les joies du collectionneur d'art précolombien. Objets des derniers nomades d'Asie. Voyage dans l'art populaire roumain.*

Je me rappelle une remarque que le professeur Wallace m'a faite sur les organisateurs de cette soirée : « Les Cabrini sont de grands admirateurs de la culture asiatique. » Je ne lui ai pas demandé ce qu'il entendait par « culture asiatique », ni par « admirateurs », d'ailleurs. C'était il y a une semaine, lors de mon premier entretien individuel avec le professeur – ou tout autre professeur au Canada –, et j'étais nerveuse. Il m'avait écrit pendant les vacances d'été, après avoir reçu ma dissertation de fin de semestre sur les conséquences de la longue guerre civile entre les rebelles maoïstes et les royalistes au Népal.

Au cours de notre discussion, il m'a expliqué avoir voyagé au Népal et au Tibet. Sans chercher à dissimuler mon enthousiasme, je lui ai demandé de m'en dire plus. Pendant qu'il évoquait sa circumambulation du mont Kailash, je me suis rendu compte qu'il devait avoir deviné mes origines grâce à mon nom. Par ailleurs, il était en train de me parler du lieu de naissance de ma mère et de ma tante, à l'extrême ouest d'un pays que je n'ai jamais vu. Je ne lui ai pas révélé ce détail ; je l'ai interrogé sur son expérience à la montagne sacrée. Le professeur Wallace se souvenait de vents violents, d'un paysage sans arbres, de milliers de drapeaux de prières accrochés les uns aux autres en travers du col. Il m'a décrit le givre sur les buissons ras couverts de fleurs jaunes et rouges, la lumière dorée qui baignait la montagne à l'aube quand les pèlerins entamaient leurs prosternations, s'allongeant sur le sol pour expier leurs péchés. Il m'a raconté comment ils tendaient les bras, marquaient la terre avec leurs doigts, se relevaient, s'avançaient jusqu'à la marque, puis s'allongeaient de nouveau. Pendant des semaines, ils se déplaçaient autour de la montagne de cette manière, jusqu'à l'achèvement d'un cycle symbolique de mort et de renaissance.

Évidemment, je savais ce qu'étaient les prosternations. Elles faisaient partie des rituels que nous accomplissions tous les jours chez nous, le matin puis au coucher du soleil. Au camp, nous entendions souvent parler de gens qui avaient effectué de longs périples en se prosternant. Je me rappelle l'histoire d'un pèlerin qui avait réussi à traverser le Tibet d'est en ouest, s'allongeant et se relevant encore et encore, jusqu'à atteindre l'Inde pour les prières annuelles de Kalachakra. Ma mère et ma tante avaient écouté ce récit avec émerveillement, et commenté en soupirant que ce pèlerin avait beaucoup de chance d'avoir réalisé cet acte de dévotion et accumulé tant de mérites. J'étais émerveillée aussi, mais d'une façon différente. Cette seule idée me sidérait : mesurer la terre avec mon corps, connaître notre pays avec ma propre peau. Cela semblait être la seule façon d'appréhender un lieu pareil. Toutefois, j'ignorais si j'apercevrais le moindre mètre du Tibet un jour. Pendant que le professeur me décrivait le mont Kailash, j'ai donc gardé le silence. Je voulais tout entendre. Je voulais savoir s'il avait vu un village au bord d'un petit lac, près de deux vastes collines pentues. C'étaient les seules informations que ma mère m'avait fournies, quand je lui avais demandé où elle était née.

Néanmoins, le professeur s'est mis à me questionner à son tour, et j'ai laissé la conversation se poursuivre naturellement. Il souhaitait savoir si je projetais de me rendre au Tibet à l'avenir, et ce que je comptais étudier à l'université. J'ai déclaré que je n'en savais rien, même si en tant que Tibétaine exilée, j'aurais assurément bien plus de mal que lui à obtenir un visa pour mon pays. J'avais aussi une réponse à la deuxième question, mais je n'ai pas eu le courage de l'avouer. Seul Henri connaît mon désir singulier et brûlant de devenir chercheuse.

Assis à son bureau, ses traits juvéniles assombris par le ciel lumineux derrière lui, le professeur Wallace donnait l'impression d'être une personne posée et maussade. Après avoir consacré tant d'années à atteindre le plus haut niveau possible d'études, il paraissait un peu déçu par son poste d'enseignant, le bureau qu'il partageait avec un économiste de quatre-vingts ans. J'ai répondu à toutes ses questions sur ma famille, sans évoquer mon père égaré et brisé, ni l'histoire compliquée de mon installation au Canada. Le professeur a ensuite fait l'éloge de ma dissertation, et déclaré que j'avais du potentiel. C'était le genre d'encouragements auxquels je pouvais croire, à la fois prudents et ouverts.

Ce soir-là, après notre rencontre, j'ai rêvé que je franchissais les cols de montagne qu'il m'avait décrits. Entre le ciel étoilé et moi, le mont Kailash brillait, comme illuminé de l'intérieur. Pour tant de personnes, c'était le nombril du monde, demeure du divin, une pyramide qu'on ne pouvait escalader, au flanc marqué d'une cicatrice mythique. À son pied, je distinguais les veines de l'Indus, le puissant Yarlung, et même la rivière qui coule devant notre camp à Pokhara. Dans le crépuscule, tandis que je foulais cet antique sentier si souvent arpenté, j'ai pris conscience qu'on m'avait transmis tout le savoir de la montagne et de la terre. Je connaissais l'histoire de chaque saint, chaque pèlerin et mendiant qui s'était allongé sur le chemin rocailleux entourant la montagne. Je connaissais le nom de toutes les fleurs qu'ils avaient admirées, le chant des oiseaux solitaires qui avaient vécu dans cette vallée au fil des âges, la trajectoire immuable du souffle du ciel à chaque saison, et l'éternel chagrin des rivières qui se scindaient en torrents autour de moi. Je comprenais parfaitement cet endroit, comme si j'avais toujours été là. Comme si je n'avais jamais été ailleurs.

À mon réveil, une résolution s'est affermie en moi. J'ai écrit au professeur Wallace sur-le-champ, et lui ai confié mon intention d'étudier l'histoire et la littérature de mon pays. Tapant à toute vitesse, je lui ai demandé conseil pour mener une carrière universitaire comme lui. Sentant que je risquais de perdre courage, j'ai envoyé le mail sans attendre. Le professeur m'a répondu deux jours plus tard, m'invitant à cette fête et proposant de me présenter à des gens. Pourtant, je ne le vois nulle part ce soir.

Quand je regagne le couloir, un large groupe passe devant moi tel un paquebot. À la barre, une femme âgée et incroyablement mince, avec de longs cheveux gris. Les autres, pour la plupart assez jeunes, la suivent vers une pièce éclairée au fond du couloir. La femme aux cheveux gris était-elle une Cabrini ? Je leur emboîte le pas, et pénètre dans une vaste cuisine à un étage, bordée de portes-fenêtres donnant sur le jardin. Des gens sont accoudés à un énorme îlot, des casseroles en cuir pendant juste au-dessus de leur tête. D'autres sont rassemblés dans une véranda baignée d'une étrange lumière rose. Ici et là, des cerfs-volants d'un blanc soyeux pendent du plafond à caissons en noyer, frémissant comme des voiles de bateau. Cette maison est-elle censée évoquer un paysage onirique ? Est-ce ce que les riches préfèrent ?

À l'autre bout de la pièce, je repère une autre femme asiatique au teint mat. Elle est assise devant une cheminée éteinte si gigantesque qu'on y pourrait entrer sans se pencher. Les mains jointes sur les genoux, elle écoute en souriant un homme blanc plus âgé, doté d'épais cheveux blanc neige. Avec ses pommettes hautes et sa peau couleur terre cuite, elle pourrait presque être tibétaine. Elle me paraît belle, et familière d'une façon difficile à expliquer, comme un souvenir perdu.

« C'est une de nos nouvelles acquisitions, déclare une jeune femme blonde à ma droite.

– Pardon ? »

Elle m'indique d'un signe de tête un grand tableau tout près de là.

« Il vous plaît ? »

La toile représente un jeune couple sévère, encadrant un petit garçon. Les trois personnages sont peints en noir, blanc et gris. Une mince ligne rouge, interrompue par endroits, monte et descend en travers de leur poitrine. Le trio est placé sur un fond moucheté, le genre qu'on utilise pour les portraits de famille.

« Il est très beau, dois-je reconnaître, en contemplant les immenses visages mélancoliques.

– Elise Sandberg, dit la jeune femme avant de me tendre la main. Je gère la collection de Martha.

– Tenzin Dolma. »

Je me demande quel âge elle a. Avec ses joues de chérubin et sa frange bien coupée, on lui donnerait la vingtaine ; mais elle est habillée comme une bonne sœur – col roulé noir, longue jupe et collants. Le seul élément distinctif de sa tenue est un collier agrémenté d'une pierre plate de la taille et de la couleur d'un citron, qui repose sur sa clavicule.

On dirait un des colliers que ma mère vend aux touristes au lac Phewa, en cinq ou six fois plus gros.

Essayant de me cerner, Elise me demande si je suis une artiste. Quand je secoue la tête, elle émet un rire.

« Vous n'avez parlé à personne, même pas à Martha. L'espace d'un instant, j'ai pensé que vous étiez une conservatrice en herbe, à regarder tout fixement comme ça. »

Je lui explique que le professeur Wallace m'a invitée. Elle fronce brièvement les sourcils, puis répond qu'elle ne le connaît pas. Une jolie femme à la peau brune nous rejoint, étreint Elise et l'embrasse sur les deux joues. Elle se présente sous le nom de Dia. Son accent typique de la classe supérieure indienne me rappelle mes camarades de la British School. C'est la voix d'une personne qui a beaucoup voyagé, doublée d'un alto profond, assuré.

Elise pivote de nouveau vers la famille morose, et entreprend de nous donner son point de vue sur l'œuvre. Avec une éloquence travaillée, elle déclare que le tableau offre un contrepoint au réalisme cynique d'autres artistes chinois. Elle le qualifie de convergence parfaite entre l'art, la famille et la sphère relationnelle sino-occidentale. Dia ne dit rien, mais observe la toile en rajustant le pashmina aux motifs chargés qui couvre sa poitrine et cascade jusqu'au sol. Un autre homme s'approche de nous, pour interroger Elise au sujet d'un triptyque de calligraphies chinoises fragmentées près de la cuisine. Tous trois se dirigent vers les tableaux, sans m'inviter à les suivre.

Ça vaut aussi bien. Mon portable vibre. Je le sors de ma poche arrière ; c'est ma mère qui m'appelle. J'envisage de ne pas décrocher, mais il s'agit d'un horaire inhabituel pour elle. Ama me téléphone généralement en milieu de matinée ici, ce qui correspond à ses soirées. Il est vingt heures maintenant, soit près de six heures du matin au camp – une heure occupée par les prières, le petit déjeuner et les préparatifs pour la journée de travail. Ma paranoïa m'oblige donc à répondre. Et s'il était arrivé malheur à Ama, ou à Po Migmar ?

Je me détourne vers un coin de la pièce.

« Allô ? Ama ?

– Dolma. Dolma. C'est toi ? »

Des klaxons s'élèvent en fond sonore.

« Oui, c'est moi. Où es-tu ? Il y a beaucoup de bruit.

– Qu'est-ce que tu dis ? Où es-tu ? » demande Ama.

La connexion s'interrompt brièvement. Quand elle se rétablit, Ama me demande de nouveau : où es-tu ? Une question à propos de cet instant précis, tout ce qu'il y a de plus simple. Elle ne l'est pourtant pas. Nos vies nécessitent un travail de traduction dont nous sommes incapables. Comment expliquer à ma mère que je me trouve dans une maison pareille ?

Cependant, cette question est un point de départ immuable. Nous avons besoin de nous situer l'une l'autre, de concevoir ou d'imaginer l'endroit où chacune se tient debout, couchée ou assise. Si je suis en train de manger, Ama veut savoir ce que je mange, et si c'est bon. Si je ne l'ai pas encore fait, elle me demande ce que je vais manger. Ce sont les sujets que nous pouvons exprimer, les choses dont nous pouvons discuter : banales, simples, quotidiennes. Le reste ne peut être formulé – les moments de la journée qui constituent nos vies séparées, nos minuscules déceptions, frustrations, espoirs, souvenirs et chagrins. Chaque passage de livre qu'il me faut recopier à la main, car il éveille en moi des émotions si démesurées que je dois le réciter comme une prière. Chaque motif tissé par ma mère dans un bracelet, qui rend exactement comme elle l'espérait. Le passé auquel ma mère retourne quand elle se tait, celui que je ne pourrai jamais connaître. Les nouvelles rues où je marche, qu'elle n'aura peut-être jamais l'occasion de voir.

« Je suis chez des amis, Ama. Et toi ?

– Au bord du lac, près de la boutique de Raja. »

J'imagine ma mère en train de longer la vieille boutique d'appareils photo de Raja, un sac rempli de bracelets en tissu sur le dos, des colliers en fausses pierres passés autour de ses poignets et pendant dans ses mains rêches, abîmées par le travail. Comme tant de Tibétains et de Népalais qui écoulent leurs marchandises sur les routes du lac Phewa, ma mère aborde les touristes en douceur, à l'aide de phrases anglaises toutes faites. Le bruit court qu'il y a des années, quand elle était jeune et belle, des étrangers ont même essayé de la séduire. Aujourd'hui, ils la considéreraient comme une vieille femme. Un visage brun parmi tant d'autres, qui rôdent près des restaurants et cafés en plein air, dans l'espoir de vendre quelques objets avant qu'on ne les chasse parce qu'ils dérangent les clients.

« Comment vont les affaires ? dis-je.

– Les têtes jaunes sont rentrées dans leurs pays pour l'hiver, mais hier j'ai vendu des boucles d'oreilles en os de yack à un garçon israélien. Il cherchait un cadeau pour sa mère. »

Elle soupire. Je sais qu'elle pense au fait que ce garçon et sa mère seront bientôt réunis.

Comme j'aimerais que nous ayons encore notre boutique, celle qu'elle avait ouverte pendant « les années fastes », un local qu'elle louait entre une librairie anglaise et un magasin de souvenirs. C'était la seule femme du camp à gérer son propre commerce. Je me vantais auprès des enfants et des adultes que ma mère passait désormais ses journées assise sur son tabouret à l'ombre d'un toit, derrière une vitrine remplie de marchandises. Depuis le comptoir, nous avions vue sur le lac Phewa, avec son îlot couronné d'un temple, et les montagnes au loin. Nous adorions regarder la brume monter à la surface du lac dans les heures calmes du matin, quand les touristes dormaient et que les seuls bruits émanaient des cloches du temple. Mais cette boutique n'avait été qu'un rêve fugace. L'insurrection de la fin des années 1990 avait fait fuir la majorité des étrangers, et au bout d'un moment nous n'avions plus été capables de payer le loyer. Même à présent que la paix est revenue, les rives du lac Phewa sont souvent désertes.

« Tu as dîné ?

– Oui, dis-je. Est-ce que tu as pu obtenir le renouvellement de ta CR ?

– Ça ne tardera pas. Il faut que j'aille déposer ma demande à Katmandou. »

Chaque année, à cette époque, ma mère doit faire renouveler sa Carte de Réfugiée pour douze mois. Bien qu'elle vive au Népal depuis cinquante ans, cette carte est la seule chose qui lui permette d'y rester. Les changements incessants de réglementation et les allers-retours à la capitale font de ces démarches une source constante d'angoisse. Pourtant, mieux vaut encore avoir une carte que de ne pas avoir de papiers du tout – ce qui est le lot des Tibétains nés au Népal après 1989. Notre camp abrite des dizaines d'enfants de ce genre. N'ayant été reconnus par aucun pays, ils sont considérés comme inexistants, alors qu'ils ont toute leur vie devant eux. Il ne leur reste plus qu'à chercher un moyen de faire des études, travailler, et rejoindre l'Occident, où ils parviendront peut-être un jour à devenir des citoyens de plein droit. Même avec la CR, il a été impossible de faire venir ma mère au Canada. Par deux fois, nous avons déposé une demande de visa pour elle. Par deux fois, elle a effectué le trajet de trois jours jusqu'au consulat canadien à Delhi, tout ça pour rentrer bredouille.

« Comment va ta tante ? m'interroge Ama. Elle a l'air en forme ? »

Je ne sais pas quoi répondre.

« Est-ce qu'il faut que je demande des prières au monastère ? »

L'autre jour, Phurbu, du centre social, m'a appelée alors que j'étais en cours pour m'avertir que ma tante sanglotait en plein milieu de Queen Street, et que je devais aller la chercher. Quand je lui ai demandé comment il avait obtenu mon numéro, il a déclaré d'un ton mélancolique que ma tante était devenue la risée de la communauté, qu'elle avait changé depuis son arrivée au Canada. Je lui ai répondu que d'autres personnes affirmaient qu'elle avait changé bien avant Toronto ; qu'elle n'était plus la même depuis son installation à Delhi. « Pourquoi ne l'aides-tu pas ? C'est ton rôle », a-t-il répliqué de but en blanc. Je lui ai assuré que je m'en occuperais. Ce que j'aurais voulu dire à Phurbu, et à tout le monde à Parkdale, c'était que cette situation n'avait rien de nouveau. Je n'ai jamais connu ma tante autrement que comme une femme dont l'esprit danse et s'embrase par brusques intervalles, une femme qui se meut et réfléchit de façon aussi imprévisible qu'un feu follet.

« Alors ? » insiste ma mère.

Ma tante me ronge à petit feu, ai-je envie de répondre. Il faut que je m'en aille.

« Dolma, tu es là ?

– Oui, peut-être des prières », finis-je par admettre.

Il y a un silence.

« Ama ?

– J'irai au monastère demain », dit-elle, d'une voix rendue presque inaudible par les bruits de la rue.

Ma mère et moi terminons notre appel par les requêtes et promesses habituelles – de bien manger, de s'habiller chaudement, de ne pas s'inquiéter pour l'autre. Je suis soulagée que la conversation s'achève de cette manière. La dernière fois, ce rituel a été perturbé. Au moment des adieux, la voix d'Ama est devenue aussi fluette que celle d'un oiseau, et elle s'est mise à pleurer. Enrouée à mon tour, je l'ai suppliée d'arrêter. Elle a répondu : « C'est pire que la mort, cette séparation. » Quand elle a raccroché, j'ai gardé le téléphone en main un long moment sans pouvoir bouger, repensant aux paroles de ma mère. Entendre sa douleur m'avait choquée. J'ai mis des jours à m'en remettre.

D'aussi loin que je me souvienne, nous avons toujours été soudées, ne concédant d'air à personne d'autre, même pas à mon père. Le matin, nous nous préparions ensemble ; j'enfilais mon uniforme scolaire pendant qu'Ama se revêtait de sa longue chuba. Elle huilait mes cheveux et les séparait en deux tresses, avant de se coiffer de la même façon. Puis nous partions pour le lac Phewa, munies de deux Thermos, deux déjeuners, deux sacs à dos – l'un contenant des livres, l'autre des bracelets en tissu et des bijoux en fausses pierres. À la fin de la journée, nous nous installions autour d'une lampe à pétrole pour qu'Ama fabrique de nouveaux bijoux, tandis que je faisais mes devoirs. L'heure du coucher venue, Ama soulevait sa couverture, et je me faufilais au creux tiède de ses bras. Alors qu'elle récitait ses prières, je me blottissais contre sa poitrine et suçais mon pouce, m'enfonçant dans un rêve.

À l'époque, nous nous promettions tour à tour de ne jamais rester éloignées l'une de l'autre trop longtemps.

Au bout du compte, ma mère avait pourtant décidé de m'envoyer étudier à la British School à Katmandou, puis plus loin encore, au Canada. Tout cela a laissé notre famille disloquée, et endettée pour des décennies à venir. Au nom de quoi ? Une promesse d'avenir que je n'ai pas encore tenue.

2

Ting ting ting !

La femme aux longs cheveux gris, qui est effectivement Martha Cabrini, lève son verre à l'îlot de la cuisine. Elle a du rouge à lèvres foncé sur ses lèvres fines, du khôl mal appliqué autour des yeux. Sa peau irisée paraît lâche sur son ossature fragile. Des bagues et des bracelets épais s'entrechoquent au fil de ses gesticulations, qui ponctuent presque chaque mot de son discours.

« Beaucoup d'entre vous savent que j'ai toujours été une collectionneuse, que ce soit d'art ou d'expériences. C'est mon dada. Rob préfère l'immobilier, mais pour ma part, j'investis dans l'art et la démocratie. Il faut dire que Rob est un tantinet plus jeune que moi. »

Des gens rient à cette plaisanterie, qui n'est probablement pas neuve. Un tressaillement parcourt le visage de Martha.

« Enfin, ces choses deviennent plus évidentes avec l'âge. Quoi qu'il en soit, à travers notre fondation, Rob et moi souhaitons rendre l'art accessible à tous, car en définitive il ne s'agit pas d'un problème… d'argent, mais bien d'accès. Réellement, c'est tout ce qui compte. »

Elle poursuit son soliloque en expliquant que, cette année, sa famille a apporté son soutien à une artiste birmane dissidente, la belle femme près de la cheminée. Celle-ci passera six mois à Toronto, « à s'adonner à sa pratique artistique », avant d'enchaîner sur des résidences à New York et en Belgique. Le cercle des invités semble se resserrer autour de Martha et de l'artiste birmane, qui échangent des sourires béats. Martha renverse du vin en parlant. Elle rit, et tout le monde rit avec elle. J'ai comme l'impression qu'elle ne fait que rabâcher ses petites phrases les mieux rodées. La pièce se réchauffe, les visages s'empourprent. Derrière la foule, de l'autre côté des hautes fenêtres, des branches s'agitent dans le vent d'hiver, et j'aperçois un interminable labyrinthe végétal dans le jardin. Comment décrirais-je cet endroit en tibétain ? Les mots « résidence artistique » ou « collectionneur d'art » existent-ils seulement dans notre langue ?

« Dolma ! Par ici ! »

Le professeur Wallace me fait signe depuis la salle à manger.

Il me présente à ses compagnons, tous professeurs à l'université : le sanskritiste Dave Fleming, l'économiste Lena Kingsley, et à côté d'elle l'anthropologue Aaron Horowitz. Quand il me serre la main, je reconnais Horowitz. Son nom et sa photo apparaissent de temps à autre sur des affichettes annonçant une conférence sur le campus – les siennes concernent généralement la préservation des langues de l'Himalaya et les communautés nomades.

« Nous étions justement en train de parler de Lhassa, me dit le professeur Wallace. Il y a un magasin de musique dans le Barkhor, tenu par un dénommé Lhundup Dorjee...

– Disparu, réplique Horowitz en secouant la tête. J'en suis sûr. Si ce n'est pas le cas, il sera rasé d'un jour à l'autre, comme le reste du vieux Lhassa. »

Je me rappelle avoir souvent vu le nom d'Horowitz dans la bibliothèque d'Henri. C'est un spécialiste de tout ce qui touche à l'Asie centrale, une niche qu'il s'est creusée il y a de nombreuses décennies. Il doit posséder quelque part une photo de lui-même en jeune Européen blond, debout au sommet d'une montagne, un carnet à la main et le bout du nez rouge. Avec son visage cireux et ridé, sans grand attrait, et le verre de whisky entre ses doigts, Horowitz présente un aspect grincheux foncièrement sympathique.

La nouvelle sur le magasin de musique a bouleversé le professeur Wallace. Sans paraître s'en apercevoir, Horowitz continue :

« L'État fait de la place pour de nouveaux bâtiments, qui seront construits à l'image des vieux. Cela fait simplement partie d'un projet visant à nettoyer le vieux Lhassa, tout en conservant les qualités soi-disant traditionnelles de la culture minoritaire. Les touristes chinois ne veulent pas de la réalité crue. Ils veulent quelque chose d'agréable, un endroit dont ils ont entendu parler, mais sous une forme facile, romantique, simple. Figée et morte – comme un musée.

– Comme le palais du Potala aujourd'hui », dis-je.

Tout le monde m'observe avec attention.

« Les jours d'affluence, cinq mille touristes chinois visitent la résidence d'hiver du Dalaï-Lama, qu'on a vidée de ses objets anciens et de la plupart de ses moines, à part quelques-uns qui nettoient et entretiennent les lieux. Le trône du Dalaï-Lama se trouve encore là-bas, mais on y a installé une couverture dont la forme évoque vaguement un être humain. C'est une image d'une tristesse indicible pour mon peuple.

– Eh oui, dit Horowitz avec un haussement d'épaules. C'est comme ça maintenant. Et les habitants de la région rejouent les scénarios écrits par d'autres, que ce soient les Chinois ou les Occidentaux. Il n'y a qu'à regarder la ville baptisée "Shangri-La", dans la préfecture de Diqing. C'est une destination de vacances qui correspond à l'idée fantasmée que les Chinois se font du Tibet. Sauf qu'elle porte le nom d'une utopie littéralement inventée par un type de Lancaster qui n'a jamais quitté l'Angleterre de sa vie.

– Ah, *Les Horizons perdus* ! s'écrie le professeur Wallace en secouant la tête. Je ne suis pas fier d'avouer que j'ai lu ce roman une dizaine de fois. Le dos a fini par céder, et se désosser complètement.

– Le Tibet est devenu mimétique de lui-même », soupire Horowitz.

Cette remarque me déplaît, mais je me retiens d'intervenir. Le mythe et le nom de Shangri-La ont beau avoir été occidentalisés, l'idée d'un havre de paix caché dans une vallée – qu'il s'agisse de Shambhala ou des beyuls – est profondément enracinée dans la culture tibétaine.

« En parlant du Potala, est-ce que vous avez entendu parler du marchand qui y a apporté assez de statues pour remplir une pièce entière ? demande Fleming, le sanskritiste d'âge mûr. C'était un vendeur d'antiquités. Après une longue carrière passée à "collecter" des objets dans tout le Tibet et à accumuler une fortune indécente, il a un jour été frappé par un profond et handicapant sentiment de culpabilité. Il s'est rendu compte qu'il avait vendu les trésors de son pays pour se remplir les poches. Afin de se racheter, il a fermé son entreprise, et donné des dizaines et des dizaines de statues en or et en argent au Potala. »

Fleming a effectué ce récit avec un plaisir inattendu, le faisant durer pendant cinq longues minutes, les yeux écarquillés, en guettant l'excitation de son auditoire comme un animateur à une fête pour enfants. Je dois reconnaître que j'étais captivée, mais à présent qu'il a terminé, je me sens honteuse. L'histoire de ce marchand d'antiquités contenait tant de drames personnels et nationaux, tant de pertes, et pourtant je m'en suis délectée comme d'une histoire de fantômes.

« C'est peut-être lui qui a vendu à Martha sa nouvelle acquisition tibétaine, remarque Horowitz.

– Tu l'as vue ? demande Fleming en se penchant vers lui. Il paraît que la statue est absolument superbe. »

Je m'apprête à les interroger à ce sujet, quand le professeur Wallace intervient :

« Dolma a écrit une dissertation à propos de la guerre civile au Népal pour mon cours. Un excellent papier.

– Formidable ! dit Kingsley. La guerre civile a eu un effet dramatique sur le pays, en particulier pour les habitants les plus pauvres. Enfin, je suis sûre que vous auriez beaucoup de choses à m'apprendre là-dessus.

– C'est l'une de mes meilleures plumes, déclare le professeur Wallace avec un grand sourire.

– Merveilleux ! s'exclame Fleming en riant. Ce serait bien que vous veniez apprendre à mes étudiants à formuler une phrase, Dolma. En fait, je ne dirais pas non à une leçon moi-même ! »

Ces louanges empressées affluent et refluent en l'espace de quelques secondes. J'ai fini par identifier ce phénomène comme une sorte de coutume locale : on exprime l'enthousiasme et l'assentiment sans véritable intérêt. C'est un genre de distance polie mais inflexible, qui imprègne tant d'interactions ici. Néanmoins, les sourcils haussés et les sourires sans joie des professeurs m'emplissent d'une tristesse inédite, car ils révèlent mon statut à leurs yeux. Leurs regards ne sont pas ceux de tuteurs face à leur élève ; ils reflètent un déséquilibre établi. Ils m'observent comme une enfant qu'on tolère à la table, tant qu'elle sait rester à sa place. Cela fait des années que je perçois cette vérité brutale mais cachée – le fait que les sourires de bienvenue de ce pays dissimulent une immense et impénétrable muraille : l'idée mythique que la nation se fait de sa propre bonté. C'est un pays qui ne cesse de donner aux moins fortunés, sans rien demander en retour. Rien, si ce n'est qu'on se conforme avec gratitude à ses attentes tacites.

Je dois parler. C'est tout ce que je peux faire. Je dois parler maintenant, et tracer ma propre voie avec mes mots. Je me racle la gorge, avant de trouver une phrase d'amorce.

« J'ai quitté le Népal en 2006, juste à la fin de la guerre civile, alors c'est un sujet que je connais personnellement ; mais mes recherches portent essentiellement sur l'histoire ancienne.

– Dites-nous-en plus, exige Horowitz.

– Elle envisage de faire une thèse, à terme », remarque le professeur Wallace avec un sourire d'encouragement.

J'hésite, cherchant mes mots.

« Oui, cela fait un moment que je travaille sous la direction d'Henri Giroux au Népal. Vous le connaissez peut-être ? Nous nous concentrons principalement sur les autobiographies de femmes de l'Himalaya. Des saintes et des nonnes.

– Giroux… »

Fleming plisse les yeux, et secoue la tête.

« Oui, je connais Henri, répond Horowitz, dont j'ai piqué l'intérêt.

– Il a beaucoup écrit sur les termas, dis-je avec fierté.

– Des textes-trésors, explique Horowitz. On raconte qu'ils ont été cachés au Tibet il y a environ mille ans par Guru Padmasambhava, le maître légendaire qui a introduit le bouddhisme dans le pays depuis l'Inde.

– Sauf que c'est Yeshé Tsogyal, sa compagne tibétaine, qui s'est chargée d'en cacher la majorité. On lui accorde rarement ce mérite, dis-je, corrigeant Horowitz avec autant de délicatesse qu'Henri le ferait. Par ailleurs, les termas ne sont pas forcément de vrais textes. Il peut s'agir de termas spirituels, ce qui signifie qu'ils sont comme des trésors psychiques. Dissimulés dans des grottes, des lacs, des temples, des arbres et des rochers, ou même dans l'esprit d'une personne, ces enseignements attendent simplement de refaire surface quand on a besoin d'eux.

– C'est une si belle idée, commente le professeur Wallace en souriant.

– C'est vrai, mais elle est aussi frustrante, dis-je, adoptant deux points de vue à la fois, selon l'habitude d'Henri. Cela donne l'impression que le temps s'est arrêté depuis longtemps au Tibet. Les nouveaux textes ne sont que des textes anciens redécouverts. Nos maîtres sont sans cesse réincarnés. Tout est rattaché et ramené à l'Inde – où ont germé certaines des plus importantes philosophies du Tibet...

– Les termas ont été un instrument utile pour l'empire bouddhique, répond Horowitz. Chaque fois qu'un nouveau texte précieux est "découvert", le pratiquant affirme qu'il lui vient directement de Guru Padmasambhava, le qualifie de texte-trésor, et hop ! Il devient légitime – une transmission en droite ligne. Le canon peut continuer à se développer. »

En écoutant Horowitz parler, je m'aperçois qu'il ne ressemble pas du tout à Henri. Si mon tuteur était là, il évoquerait les termas de la même façon que les réincarnations – sans scepticisme ni conviction, occupant simplement un espace entre ces deux pôles. Pour Henri, il n'y a pas de hiérarchie, aucun besoin de comparer la vision du monde occidental à celle du Tibet. Pas de choix à faire. D'aussi loin que je me souvienne, j'ai toujours eu envie d'évoluer dans le monde de la même façon que ce vieil érudit bienveillant. Étant enfant, je rêvais même que sa femme Maria et lui me proposent de m'installer chez eux et d'intégrer leur famille. Je donnerais n'importe quoi pour être de retour dans son bureau, installée face aux contreforts qui bordent la vallée, en train de lire les livres qu'il aurait choisis pour moi, pour le développement de mon esprit. Comme j'aimerais l'entendre s'esclaffer ! Essayer de l'enchanter avec mes raisonnements me manque énormément. Les colis qu'il m'envoyait du Népal aussi. Avant d'ouvrir une de ses lettres, je portais l'enveloppe à mon nez, et constatais que même une mince liasse de feuillets abîmés par des semaines de transport pouvait miraculeusement conserver l'odeur de mon pays, des briques fraîchement cuites, des soucis fanés par le soleil, des chiens errants avec des puces en orbite. Et surtout, l'odeur de la bibliothèque d'Henri. Rien ne sent comme ça ici.

Toutefois, cela fait longtemps que je n'ai pas reçu de lettre de sa part. Henri a eu une année difficile, avec son inflammation du pancréas et le divorce de sa fille. Il aurait pourtant encore au moins un livre à écrire, s'il pouvait rester en bonne santé ne serait-ce qu'une saison. Aujourd'hui, quand je pense à Henri, mon esprit se tourne vers la prière du moine à son maître. *Ah Lama khyenno ; ah Lama khyenno* : « Ô maître, pense à moi ; maître, pense à moi. » Perdre son professeur, être séparé de lui est un véritable traumatisme. Cette seule idée ferait pleurer un moine.

Ma mère n'a jamais compris ma relation avec Henri en ces termes. Elle n'a peut-être pas compris grand-chose à mon sujet, d'ailleurs. Henri et moi sommes affligés d'un même besoin pour le passé. Nous lisons pour nous remplir le ventre. Chaque ouvrage nous révèle davantage de jours que nous avons manqués, davantage de spectacles d'une éblouissante beauté que nous pouvons seulement imaginer, davantage d'histoires qui nous déchirent le cœur, et vident le monde actuel de bruit et de couleur. Malgré tout, lorsque je m'assieds pour travailler, envahie d'une joie silencieuse, d'un calme que je n'atteins qu'à ces instants, j'entends invariablement ma mère demander : pourquoi lis-tu ces vies de saints un crayon à la main ? Ces récits sont censés t'inspirer, t'aider à comprendre ta propre souffrance et te guider en te montrant l'exemple. Pourquoi passes-tu tes journées à décortiquer ces textes, à chercher l'humain dans les dieux ?

Mais je ne cherche pas l'humain dans les dieux. Je ne veux pas rattacher ces saints au monde matériel. Au contraire, je veux me rapprocher d'eux, encore plus que la prière ne me le permet. Je veux être près d'eux à leur époque, dans leur monde. Ma mère ne parle jamais de son passé, de sa vie au Tibet. Moi, je suis amoureuse du passé – tout le passé. Je veux être dans la vallée du Yarlung il y a mille ans, pour regarder des gens placer un roi mort sur un trône en cuivre puis le sceller dans sa tombe tandis que des pleureurs se coupent les cheveux, se peignent le visage en rouge et se lacèrent le corps. Je veux être dans la vaste région du Tibet occidental nommée Ngari, d'où vient ma famille, à l'époque où elle ne faisait pas encore partie du pays et où on l'appelait le royaume de Zhangzhung. La langue et la culture des habitants y étaient différentes, plus proches de celles de la Perse. Lorsque Po Migmar m'a dit que notre langue était plus vieille que les gens ne le croyaient, était-ce ce à quoi il pensait ? Même une réponse de sa part ne me satisferait pas : je veux entendre cette langue originelle elle-même. Je veux vivre tout cela, voir des personnes mortes depuis une éternité revenir à la vie, que leurs mondes s'ouvrent à moi. Pour ma mère, en revanche, le passé a été anéanti il y a longtemps. Il en reste à peine l'ombre vacillante d'une flamme.

Reprenant une analogie d'Henri, je demande aux professeurs :

« Avez-vous déjà senti une poche d'air froid autour de vous ? Même si vous ignorez sa présence, elle n'en demeure pas moins là. Vous n'avez qu'à tendre la main pour la toucher. Recevoir un terma ressemble à ça. On pose la main sur un rocher, et on y décèle des versets de métaphysique. On broie une herbe au mortier, et on découvre un fragment de sagesse, qui libère des enseignements entiers. Ou bien on lève les yeux vers le ciel, et on distingue un symbole juste là, qui dévoile un message transmis il y a des milliers d'années. Imaginez ce que l'on ressent alors, en découvrant une chose aussi ancienne, laissée là à notre seule intention. Tous les termas exhumés au Tibet s'y trouvent encore, réenterrés pour la génération suivante, comme Guru Padmasambhava en a donné l'ordre. Il pourrait y en avoir des milliers d'autres qui n'ont jamais été mis au jour. Qui attendent simplement là-bas…

– Dave, nous devrions présenter Dolma à Tim, suggère Kingsley en regardant Fleming. Il faudrait qu'elle lui parle des sujets de recherche qui l'intéressent.

– Tim dirige le cursus d'études tibétaines », me chuchote le professeur Wallace à l'oreille.

Tout ce dont j'ai toujours rêvé surgit soudain devant moi, comme une planète lointaine, scintillante. Ce n'est qu'une possibilité, et je dois rester prudente. Mais elle est bien là. Je la vois.

« Ce serait formidable, dis-je. Merci.

– De quelle couleur est cette boisson ? demande Horowitz en levant son verre de whisky. Elle ne vous paraît pas un peu pâle ? »

La conversation se porte sur les couleurs et le codage perceptif. Le professeur Wallace nous parle d'un papier d'un professeur de Stanford qu'il a lu récemment, à propos de la façon dont les impératifs d'adaptation influent sur ce qui est visible pour chaque créature. Le fait que l'eau nous paraisse transparente est d'une certaine manière un genre de cécité, résultant de notre besoin de ne voir que ce qui est essentiel à notre survie. Lorsque nous regardons l'eau, nous ne distinguons ainsi que les poissons, tandis que d'autres créatures voient bien plus que cela. Horowitz se lance dans une série de questions sur les longueurs d'onde, auxquelles le professeur Wallace ne peut souvent pas répondre, n'ayant lu l'article que pour le plaisir.

Les professeurs continuent à parler, rire, et grignoter des canapés qu'on est venu nous proposer. Je me rends compte que je souris en les écoutant plaisanter et échanger des piques taquines. Je me tiens là, parmi eux. Henri sera heureux de l'apprendre. Je crains depuis longtemps de lui avoir donné une piètre image de moi, à mener de vaines études au Canada, sans donner l'impression que ses années d'enseignement aboutiront au moindre résultat tangible. À présent, il semble qu'il me reste de l'espoir.

Je suis aussi frappée par l'idée que nous avons besoin d'une sorte d'aveuglement pour discerner ce qui compte. Comment puis-je décider quels mystères laisser de côté, et lesquels chercher à percer ? Il n'y a qu'à regarder cette maison, remplie d'objets collectés aux quatre coins du monde. Une statue venue du Tibet se trouve là, quelque part. Quel trésor de mon pays Martha Cabrini a-t-elle acheté ?

J'aperçois Elise qui avance d'un pas déterminé dans le couloir. Si elle gère la collection d'art de la famille, elle doit avoir participé à l'acquisition de la statue tibétaine ; et si l'œuvre est « absolument superbe », comme Fleming l'a décrite, je dois au moins essayer de la voir. Je me penche vers le professeur Wallace pour prendre congé, avant de suivre la femme vers l'escalier. Arrivée en bas des marches, j'agrippe la rampe avec hésitation. Elise doit avoir perçu ma présence, car elle s'arrête et se retourne.

« Rebonjour.

– Pardon, dis-je en me dépêchant de la rejoindre. Je cherchais juste les toilettes…

– Pas de problème ! » répond-elle par réflexe. Puis elle penche la tête de côté, et me scrute d'un drôle d'air. « Attends, tu es birmane ?

– Non. »

Elle continue à me dévisager, titubante et souriante. Je comprends qu'elle attend que je précise mes origines. Elle semble aussi très soûle.

« Je suis tibétaine.

– Viens avec moi », dit-elle en me tirant par la main.

Nous grimpons l'escalier jusqu'au deuxième étage, puis franchissons la première porte devant nous. Elise m'explique que c'est là qu'elle s'occupe du patrimoine artistique de la famille : elle gère la comptabilité courante, s'entretient avec des conseillers en art, répond aux interrogations à peine déguisées des charognards de Sotheby's et Christie's sur la santé des Cabrini. Contrairement au rez-de-chaussée, cette pièce est un véritable capharnaüm. Deux grands bureaux en acajou disparaissent sous les factures, les catalogues et les tasses de café vides. Même la cheminée en marbre est encombrée de papiers froissés, et de vieilles cendres jonchent le sol.

Elise déclare qu'elle a un stagiaire, mais qu'il ne quitte pas Martha d'une semelle.

« Tu l'as sûrement vu lui tourner autour en bas. On l'a embauché pour m'aider avec ce bazar, mais il n'est pas monté ici depuis des semaines. »

Expédiant le sujet d'un rire, elle se glisse derrière le plus grand des bureaux. Je remarque une traînée de poudre blanche dessus.

« Tu en veux ? » demande Elise.

Je jette un coup d'œil aux alentours.

« On ne va pas nous voir ?

– Non, s'esclaffe-t-elle. Rob trouve les caméras… indiscrètes. On se demande bien pourquoi il n'en veut pas dans la maison ! »

Elle s'empare d'une carte de visite, forme une ligne avec le reste de la poudre, et m'invite à me servir. Un remontant ne me fera pas de mal.

« Merci », dis-je.

Quand je me relève, Elise m'observe avec un sourire réjoui, en sautillant sur place.

« Tu ne vas pas en revenir », dit-elle avant d'ouvrir un grand placard, qui révèle un imposant coffre-fort. « En fait, attends une minute. »

Elle se faufile à côté de moi, referme la porte du bureau, et retourne au pas de course vers le coffre-fort. Lentement, avec une grande concentration, elle compose un code à six chiffres, puis appuie sur la poignée. Elle est bloquée. Elise retente la manœuvre, sans succès. Je commence à me demander si elle ne m'a pas confondue avec quelqu'un d'autre.

« Cet enfoiré l'a changé », marmonne-t-elle. Elle ouvre un tiroir du bureau, où un post-it est collé sur une liasse de papiers. « Ah, voilà. »

Le post-it à la main, elle entre un nouveau code, actionne la poignée, et tire la lourde porte. Je ne distingue toujours pas l'intérieur du coffre, mais Elise est en train d'enfiler une paire de gants blancs.

« C'est notre dernière acquisition. »

Elle se glisse derrière la porte, puis ressurgit avec une boîte en bois, qu'elle place sur une pile de vieux journaux. Avec un soin extrême, elle débloque le couvercle à l'aide d'un coupe-papier posé non loin de là, et en sort une boîte plus petite, enveloppée dans du papier bulle.

« Tu es née là-bas, au Tibet ? » demande-t-elle en ôtant lentement le plastique.

Mes yeux sont rivés sur ses mains.

« Non.

– Mais tu y es déjà allée, déclare-t-elle.

– Non, répété-je.

– Vraiment ? »

L'emballage en plastique est coincé, et elle doit le décrocher avec prudence. Sa main droite tremble visiblement lorsqu'elle soulève la boîte. Alors qu'elle se débat avec la dernière couche, nous retenons toutes les deux notre souffle. Elise pousse un soupir, s'arrête pour sniffer un peu de poudre, puis reprend sa tâche.

« J'irai peut-être un jour », dis-je d'un ton aussi aimable que possible.

En fin de compte, je parais plus optimiste que je n'en avais l'intention. Elise hoche la tête.

« Mon petit ami Harvey a visité Lhassa il y a deux ans. Il a fait le Potala, Jokhang, tout le toutim. J'espère m'y rendre bientôt avec Martha, d'ailleurs. Tu sais, elle a rencontré le Dalaï-Lama.

– C'est formidable. J'espère que vous pourrez y aller.

– Merci ! On devrait tous déjeuner ensemble un de ces jours. »

Elise ôte le couvercle. Une cavité en velours noir s'ouvre devant moi.

« Du Tibet central. Quinzième siècle. »

Je m'avance, et distingue dans la pénombre un minuscule visage brun, tourné vers le haut. Elise plonge ses mains gantées de blanc dans la boîte, puis dépose doucement la statue sur le bureau. C'est un petit homme nu et émacié, agenouillé sur une fleur de lotus. Il scrute le ciel, les yeux plissés, la bouche ouverte. Je n'ai jamais vu une statue pareille. Elle est dénuée d'ornements, à l'exception d'une couche estompée de dorure. Son expression me déconcerte aussi. Il ne s'agit pas du sourire calme et effacé de la plupart des divinités bouddhiques, ni de la grimace effrayante d'un dieu vengeur. Non : elle est totalement singulière, voire délibérément opaque. Cet être est en proie à un chagrin bouleversant, ou à une confusion extrême, ou peut-être encore à une révélation extatique.

« Tu es sûre que cette statue vient du Tibet ?

– Oh, absolument. Nous pensons que c'est un Mahasiddha. »

Les Mahasiddha. Des saints vivant en marge de la société. Des mystiques à moitié fous, capables de rapetisser jusqu'à la taille d'un atome, de converser avec les animaux, de partager leur lit avec des lépreux. Lequel est-ce ? Naropa, Tilopa ? Un personnage qui ne fait pas partie des quatre-vingt-quatre figures légendaires ? Je n'en sais rien. Le bureau craque sous mon poids. J'ai peur de trop m'approcher, mais je ne peux tolérer aucune distance entre nous. Je me sens curieusement attirée vers le sol, comme s'il fallait que je me prosterne. Ce réflexe ne m'est jamais venu auparavant. Je me demande si cette statue dirait quelque chose à Ama, ou à Po Migmar. Celui-ci connaît la vie d'une centaine de saints.

Il apparaît différemment à chacun. La voix de Po Migmar résonne dans ma tête.

Continue, lui dis-je. Ma phrase préférée étant enfant.

C'est son expression. Elle est impossible à décrire ou à imaginer. Il faut la voir soi-même. D'une certaine façon, il ressemble à n'importe lequel d'entre nous. Un saint fait de terre, qui arbore un visage humain.

Tous les poils de ma nuque se hérissent. Un saint doté d'un visage humain. Pas le visage serein et magnifique d'un dieu, mais un visage comme celui de Po Migmar, de tant d'hommes dans notre camp.

« Dis-m'en plus sur lui, demandé-je à Elise en avançant encore d'un pas, pressant la taille contre le bureau.

– Eh bien, il a au moins six cents ans. Il mesure douze centimètres de haut, cinq de large, trois de profondeur. »

Elle éloigne légèrement la statue du bord de la table.

« Il est si petit…, chuchoté-je. En quelle matière est-il fait ?

– En argile. Ce sont de simples pigments dorés dessus. »

De la terre. Les larmes me montent aux yeux. C'est exactement ce que m'avait dit Po Migmar. Je n'avais pas cru ses histoires sur le Saint. Je pensais qu'elles ressemblaient à tous ses autres contes, à propos des amours entre une montagne et une rivière, de fantômes et de dieux serpents : les inventions d'un vieil homme qui continue de se tresser les cheveux et d'attendre le jour où il pourra regagner les pâturages de sa jeunesse. Cependant, aujourd'hui encore, Po Migmar évoque le retour du Saint Sans Nom. Évidemment qu'il est réel. *Un jour, quand il se révélera à nous de nouveau, nous apprendrons toute son histoire.*

Et le voilà. Le Saint perdu de notre camp. Si humble, si précieux. Il regarde le ciel avec des yeux écarquillés, montrant les dents, comme s'il peinait à parler. J'en éclaterais presque de rire, car là, sur ce bureau en chêne encombré, se trouve un objet qui contient notre histoire entière, l'intégralité de notre civilisation. Saint Sans Nom, tu as jadis connu le soleil du temps de mes ancêtres. Tu as entendu la pluie dans le village de ma mère. Tu as résisté aux tremblements de terre, aux guerres, et à tous les petits drames du quotidien. Tu as écouté des chansons désormais oubliées, contemplé des rois dont les corps sont maintenant des fleurs. Jamais je n'ai été si proche de tout cela.

Comment as-tu survécu si longtemps, avec ce corps fait de terre ? Ont-elles été dures pour toi aussi, ces soixante dernières années en exil ? Regrettes-tu cette terre qui a créé ton corps ? En parles-tu à qui veut l'entendre ? Ou t'aperçois-tu également – comme tant de mes connaissances – que c'est une perte trop immense pour être évoquée à voix haute ?

« Où l'avez-vous trouvé ? » demandé-je, battant des cils pour refouler mes émotions.

Elise a déjà préparé sa réponse.

« Je ne peux pas te donner trop de détails, bien sûr, mais c'était un cas vraiment à part. En fait, nous avons acquis cette œuvre directement auprès du vendeur au Népal. Tu n'as pas idée d'à quel point les négociations ont été difficiles, avec les pannes de courant et les grèves. Tout a pris deux fois plus de temps. Mais ça en valait vraiment la peine. Si peu d'objets sortent du Tibet ces temps-ci. »

Je repense à l'histoire de Fleming sur le marchand d'antiquités repenti, et la nausée me gagne.

« D'où le vendeur la tenait-il ? »

Elise hausse les épaules.

« Regarde un peu comme ses côtes sont détaillées. On voit chaque relief de sa cage thoracique. Ça a attiré l'attention de Martha immédiatement.

– Vous ne savez pas comment le vendeur l'a obtenue ?

– Nous avons vérifié sa provenance, mais je ne peux pas t'en dire plus.

– Est-ce qu'elle a été acquise légalement ? Par le marchand, je veux dire. »

Elise lève la tête, et plante son regard dans le mien.

« Je pensais que ça te ferait plaisir de la voir », soupire-t-elle.

Ses yeux sont d'un vert intense, comme deux tourbillons profonds dans une rivière. Elle veut que je la remercie, me dis-je soudain.

« Merci de me l'avoir montrée.

– Je peux te révéler un détail spécial, une sorte de légende populaire. Apparemment, certaines personnes pensent que cette statue apparaît et disparaît toute seule. Comme par magie. C'est fascinant, non ? Martha adore.

– C'est une histoire intéressante. Je me demande comment le vendeur a mis la main sur un objet aussi important pour sa communauté.

– La statue sera prêtée au Musée des beaux-arts du Canada. On envisage même de la faire partir en tournée en Occident.

– Les musées ne voudront pas savoir son histoire ? »

Avec un sourire pincé, Elise commence à remballer la statue.

« Tu ne connais pas encore bien ce monde, Dolma. Les institutions culturelles existent grâce à des gens comme

Martha. Les collectionneurs de son genre soutiennent les artistes et les musées, et le public en bénéficie aussi. Tu vois comment ça marche ? Tu devrais t'estimer heureuse qu'on ait trouvé cette statue en premier, franchement. »

Je reporte mon attention sur le coffre-fort.

« Je peux prendre une photo ?

– Non, je regrette. Absolument pas.

– D'accord, désolée. »

Elise tient le Saint du camp entre ses mains, et moi, je me retrouve une fois de plus à m'excuser, comme si elle pouvait m'expulser de ce pays.

« Non, c'est moi qui suis désolée, répond-elle, du ton qu'on emploierait pour apaiser un enfant qu'on n'aime pas particulièrement.

– C'est une très belle acquisition, dis-je, en reprenant son terme. Combien a-t-elle coûté ?

– Tu sais que je ne peux pas te le dire.

– Cinquante mille ? Cent ? »

Je lance ces sommes comme si j'étais capable de les débourser moi-même.

Elise hausse un sourcil avec un sourire en coin. Elle termine d'emballer la petite boîte, et la range dans la plus grande. Puis elle glisse le tout dans le coffre-fort. La porte métallique se referme, le code est composé une fois de plus, la poignée actionnée, et voilà. Il a disparu. Je baisse les yeux vers le fouillis qui couvre le bureau et le sol. Comment peut-elle laisser un tel désordre, alors qu'une statue de Saint vieille de six cents ans se trouve entre ces murs ? Derrière le bureau, je remarque une caisse en bois ouverte, une feuille de papier froissée posée dessus. Des mots que je ne distingue pas de loin figurent sur la feuille, ainsi qu'en filigrane, un symbole bouddhique familier : le nœud sans fin. Celui-ci représente, entre autres choses, l'interdépendance de tous les phénomènes. C'est le bordereau d'expédition de l'entreprise népalaise qui a volé et vendu notre Saint Sans Nom.

3

Je suis Elise au rez-de-chaussée, mais je n'ai plus le cœur à la fête. Pendant qu'elle rejoint le groupe le plus proche et se met à babiller, je vais chercher mes affaires au vestiaire. Arrivée au portail, j'aperçois la jeune femme au pashmina qui marche un peu plus loin sur la route, une fine pellicule de givre nimbant sa silhouette d'un éclat sombre.

« Dia ! »

Elle se retourne à mon appel, et attend que je la rattrape avant de me demander où je vais.

« Parkdale. »

Sitôt ces mots prononcés, je me rends compte que je n'ai aucune envie de rejoindre ma tante tout de suite. La prochaine fois que je verrai Shumo, je devrai choisir entre lui parler du Saint ou me taire.

Dia me propose de boire un dernier verre dans le quartier ; elle connaît un bon endroit. J'accepte, ne serait-ce que pour reporter la décision. Nous nous dirigeons vers le sud, interrompant parfois notre silence par des remarques superficielles, tandis que nous avançons rapidement dans le froid. Bloor Street West est déserte à cette heure. Les grands magasins sont fermés, personne ne met le nez dehors. Nous longeons le Musée royal de l'Ontario, en observant les énormes pointes en verre et en aluminium qui se détachent de la façade en pierre originelle. Dia me dit que comme beaucoup d'autres personnes, elle a d'abord détesté cette extension, avant de prendre goût à son style audacieux ; elle aimerait voir plus de constructions de ce genre en ville. Je regarde nos reflets surgir par intermittence sur le verre, pendant que Dia me révèle des bribes d'informations sur elle-même. Elle est née à Delhi, mais n'a jamais reçu d'éducation formelle en hindi – quelque chose à voir avec sa scolarité dans un établissement international. L'Agence des Nations unies pour les réfugiés a ensuite envoyé son père travailler près de la frontière entre la Thaïlande et la Birmanie, où sa famille vit toujours. Le passé de Dia me paraît avoir été exotique mais raffiné, jalonné de belles maisons nichées dans des jardins luxuriants.

Cependant, je ne l'écoute que d'une oreille. Je reste obnubilée par le Saint Sans Nom. Je pourrais passer un coup de fil à ma mère ; et puis quoi ? À part lui annoncer la réapparition du *ku*, il n'y a pas grand-chose que je puisse faire.

Nous descendons Devonshire Place en traversant l'université. Sur le terrain de foot illuminé, je remarque un groupe de filles qui s'entraînent face au ciel noir, avec une allure de gamines espiègles, même dans leur tenue de sport hivernale. Trois d'entre elles font des allers-retours à toute vitesse pendant que le reste les applaudit et les encourage, leurs voix résonnant au loin. Dépassant le terrain, nous nous enfonçons dans l'obscurité tandis qu'une poignée d'étoiles s'allume au-dessus de nos têtes. Le chemin est bordé de bâtiments en brique rouge majestueux, chacun accueillant une discipline différente.

« Je vais à la fac ici », dis-je à voix basse, momentanément sidérée par ce fait.

Dia me demande ce que j'étudie. Une heure plus tôt, je croyais le savoir.

« Je suis juste quelques cours », dis-je.

Je me rappelle l'histoire du trafiquant que Fleming nous a racontée, nous buvions ses paroles comme s'il s'agissait de ragots. Je me repasse mentalement l'anecdote d'Elise à propos du Saint, « une légende populaire », selon ses propres termes. Une anecdote charmante mais ridicule, qui vient agrémenter leur achat. N'ai-je pas été ridicule aussi, à la regarder bêtement ranger notre *ku* dans le coffre-fort ?

Maintenant que j'y pense, je ne sais pas trop comment Henri aurait réagi. Il aurait peut-être vu la statue de la même façon qu'eux – un objet culturel dont la place se trouve dans un musée, où des experts peuvent l'étudier. Il aurait peut-être disséqué les qualités esthétiques du Saint avec les autres professeurs. Malgré tout, je n'arrive pas à me défaire de l'idée que cette conversation futile entre spécialistes du Tibet importe peu. Le monde nous a oubliés. Pour la plupart des gens, nous ne comptons pas. Comment, sinon, pourraient-ils s'échanger nos dieux à la manière de possessions, les exposer dans l'enceinte stérile de musées et de collections privées, comme si nous avions disparu depuis longtemps ?

Dia et moi tournons sur Queen's Park Crescent au moment où la tour CN se profile à l'horizon, pointe éclairée en rouge. Tandis que nous traversons un petit pont routier derrière l'édifice de l'Assemblée législative de l'Ontario, Dia répond à un appel d'un collègue qui a perdu son porte-monnaie dans le jardin des Cabrini. Un taxi passe, emplissant la rue silencieuse d'une vieille mélodie hindie. Je connais cette chanson. « Un miroir, un cœur, tout finit par se briser », chante la voix. Fredonnant doucement, je me souviens d'une cabane en tôle au bord du lac Phewa, où j'allais voir des films indiens à la sortie de l'école. Après avoir déboursé quelques pièces, je me trouvais une place sur un des bancs en bois, et laissais mes sandales s'enfoncer dans la terre battue. Là, dans cette pièce chaude et sans air, j'entonnais des centaines de chansons d'amour en hindi. Avec quelle rapidité j'ai abandonné tout cela en m'installant au Canada. Quand je longe les magasins indiens à Parkdale, je ne suis plus capable d'identifier les dernières affiches de film, ni même la majorité des acteurs. Je suis souvent étonnée de voir à quel point j'ai changé. C'est peut-être ça, la liberté.

Nous nous engouffrons dans le premier bar qui n'est pas rempli de télévisions. Nous nous asseyons sur une banquette, où je sirote ma bière pendant que Dia passe la moitié de son temps à parcourir ses mails professionnels. De temps à autre, elle écarquille les yeux avant de taper de brèves réponses avec vigueur. Elle paraît fascinante, absorbée par cette tâche urgente. Dia m'explique qu'elle travaille pour un groupe international prodémocratie, dirigé par une famille fortunée. Elle vit pour défendre les autres, pour se partager entre de nombreux combats. Quand le lancement d'un projet de microcrédit au Kenya a capoté, elle a décidé de concentrer son attention sur la culture et l'art engagés d'Asie du Sud-Est. Dans quelques années, j'imagine qu'elle jettera son dévolu sur une autre cause. Même si je l'admire, j'ai un peu envie de la secouer.

« Elise m'a emmenée dans son bureau tout à l'heure, dis-je.

– Pour quoi faire ? réplique Dia en riant.

– Elle m'a montré la statue qu'ils viennent d'acheter. Elle est très vieille. Elle date du quinzième siècle. »

Je m'interromps, en me demandant pourquoi je lui raconte ça. Ai-je envie que Dia, cette militante professionnelle soutenue par des institutions, me délivre un jugement clair et vertueux, qu'elle m'exhorte à me dresser contre l'injustice, à réclamer ce qui me revient de droit ? Je pressens qu'elle possède assez de courage pour nous deux.

« D'accord, et elle ressemble à quoi ? m'interroge Dia, qui se balance au rythme de la musique.

– C'était un petit personnage. Un mystique tibétain sans nom. » Je m'arrête, parce que je ne veux pas lui confier ce qu'on en dit au camp. Je ne suis pas encore certaine qu'elle m'écouterait sans rire. « Elise n'a pas voulu me décrire son histoire.

– Qu'est-ce qui t'inquiète ?

– Juste qu'elle m'ait donné si peu d'informations sur la statue, à qui elle appartenait, comment le marchand d'antiquités l'a obtenue. Je crois bien avoir vu le logo de l'entreprise, par contre.

– Oh, les Cabrini ne se fourniraient pas auprès d'une source illégitime, si c'est où tu veux en venir, répond Dia. Ce sont des gens bien. Ils aiment vraiment... bon, ça a l'air idiot à dire, mais ils aiment vraiment la culture asiatique. Ils soutiennent toutes sortes d'initiatives démocratiques et culturelles.

– Mais comment peut-on acheter quoi que ce soit de manière légitime au Tibet ? Les gens n'ont aucun contrôle sur les politiques mises en place, et encore moins sur les objets inestimables qui leur appartiennent.

– Je comprends bien.

– Cette statue ne retournera jamais là-bas. »

Brusquement, je ne sais plus trop si je parle du Tibet ou de notre camp.

« Dolma, je comprends. Je partage ton avis, affirme Dia en se penchant vers moi. Mais franchement, comment crois-tu que le British Museum a acquis ses trésors ? Ils ont été volés. On a littéralement scié des bouts du Parthénon pour les emporter en Angleterre. Au moins, cette statue est intacte. »

Elle fait signe à la serveuse.

« Si je parvenais à prouver que la statue appartient à quelqu'un d'autre, ou à un groupe de personnes, tu crois qu'ils la rendraient ?

– Reprenons un verre, d'accord ? C'est moi qui offre, cette fois. Oh, attends... » Elle pianote sur son téléphone. « Elise dit qu'elle est à un after.

– Allons-y. »

L'appartement se trouve au bord du lac Ontario. Le propriétaire est l'homme aux cheveux blancs qui a accompagné l'artiste birmane chez les Cabrini, même s'il n'est apparemment pas là. Quelques personnes sont éparpillées en petits groupes dans la cuisine et le couloir, discutant à voix basse, la tête penchée, le regard trouble. Le plan de travail et les tables sont couverts de verres à moitié vides et de plateaux de nourriture ravagés. J'ai l'impression que la fête a été réussie.

Un homme svelte et bien habillé vient faire la bise à Dia.

« Je te présente Friedrich, m'annonce celle-ci. Il travaille dans la distribution de l'aide humanitaire, du côté logistique. Friedrich, voici Dolma, ma nouvelle amie.

– Enchantée, dis-je.

– Tout le plaisir est pour moi », répond-il avec un léger accent allemand.

À côté de cet homme en chemise et chaussures cirées, Dia paraît franchement bohémienne, avec ses longs cheveux bouclés, son châle coloré et ses bijoux ethniques.

Après un bref échange poli, Dia et Friedrich s'éclipsent en direction de la cuisine. Je gagne lentement le salon, et m'assieds sur un canapé vide, face à un mur de verre qui donne sur le lac. Devant moi, un ciel gris-noir se confond presque entièrement avec l'eau sombre. Quelque part au loin, derrière une grappe de lumières vacillantes, se trouvent les chutes du Niagara et l'Amérique, ou *Ari*, comme Shumo Tenkyi l'appelle avec mélancolie. Ari, Ari, Ari. Au camp, nous parlions de ce pays comme s'il se situait juste au-delà des collines. Comme si c'était la réponse à toutes les questions. Puis, quand une amie de Shumo Tenkyi l'a aidée à constituer un dossier pour s'installer ici, un pays appelé Canada a fait son apparition dans nos rêves. La distance que nous avons parcourue. La distance dont nous rêvons. Pour ceux d'entre nous qui ne peuvent pas rentrer chez eux, le monde entier est un rêve.

Balayant les lieux du regard, je ne vois aucun signe d'Elise, du professeur Wallace ou de ses amis parmi les invités dispersés. Sur un mur à l'autre bout de la pièce, un projecteur diffuse un montage vidéo : des écoliers japonais qui dansent ; des anges assis sur des nuages au paradis ; une vulve qui s'ouvre et se referme ; Krishna qui révèle le monde tournoyant dans sa gorge ; une bonne sœur tirant de toutes ses forces sur la corde d'une cloche ; une vue aérienne d'antilopes fuyant un prédateur ; des enfants fascinés par une planche de Ouija ; des Juifs orthodoxes priant devant le mur des Lamentations ; des machines qui tournent dans une énorme usine ; Charlie Chaplin qui fait danser des pommes de terre avec deux fourchettes.

Derrière moi, un groupe cancane à propos d'une organisation qui a subrepticement mis la main sur la liste de donateurs d'une autre.

« Un vrai coup d'État ! » s'esclaffe un homme.

Ses compagnons hurlent de rire.

Je me lève pour rejoindre le balcon, qui encercle l'immeuble. La partie est de la ville s'étend sous mes pieds ; l'autoroute vrombit quarante étages plus bas, tandis que des milliers de lumières traversent ses artères noires.

Levant les yeux, j'aperçois Horowitz qui fume non loin de là. Il me sourit d'un air un peu fatigué, et je lui demande s'il a vu le professeur Wallace. Il secoue la tête, avant de se retourner vers le lac.

« Il ne reste jamais longtemps à ce genre de soirées. »

Il prend une nouvelle cigarette, puis me tend le paquet. Je décline l'offre d'un geste, déçue d'avoir raté l'occasion de parler au professeur Wallace. Je pourrais essayer d'aller le voir demain, trouver un moyen d'aborder le sujet de la statue.

« Est-ce que vous connaissez *Le Narcisse noir* ? me demande Horowitz.

– Le vieux film ? »

Henri m'avait montré la cassette vidéo un après-midi, en affirmant qu'il s'agissait d'un chef-d'œuvre du cinéma occidental.

« Un extrait passait dans le salon, répond Horowitz avec un hochement de tête. La séquence où la bonne sœur sonne la cloche, juste pour rompre le silence des montagnes. » Baissant les yeux vers l'autoroute, il ajoute : « Ça peut avoir un drôle d'effet sur les gens, ce genre d'altitude. Être si loin de la terre.

– J'ai des souvenirs très nets de la scène d'ouverture, avec ce village imaginaire dans l'Himalaya.

– Oui, dit Horowitz en riant doucement. Ça ne vaut pas tellement mieux que *Les Horizons perdus*. »

Je souris.

« En fait, *Le Narcisse noir* m'a impressionnée au début. Les maisons et les costumes me paraissaient si familiers.

Je n'avais pas l'habitude d'en voir dans des films occidentaux. Mais non, vous avez raison… Tous les acteurs étaient des blancs grimés pour avoir l'air basanés ou asiatiques, qui jouaient des autochtones muets et ignares. Les rares fois où ils parlaient, c'était dans une langue affreuse, pleine de borborygmes inventés. »

Assise dans le fauteuil d'Henri, j'avais été submergée de honte, en pensant que c'était l'idée qu'on se faisait de nous en Occident. Tout cela semblait être un terrible malentendu – comme si très loin de là, quelqu'un avait rassemblé une dizaine de caractéristiques piochées au hasard dans plusieurs siècles d'histoire indienne, népalaise, chinoise et tibétaine, et les avait mélangées dans une boîte pour voir ce qui en ressortirait. Pourtant, l'absurdité des images qui défilaient devant moi ne semblait même pas affecter le film, car les indigènes servaient seulement de toile de fond. L'histoire se concentrait sur un groupe de bonnes sœurs anglicanes installées dans un palais abandonné, un ancien harem. Au cours du film, les religieuses exposées à l'influence autochtone devenaient la proie de pulsions érotiques.

« Mais vous préférez ce film aux *Horizons perdus*, affirme Horowitz.

– Eh bien, je trouve intéressant que les religieuses anglicanes ne considèrent pas leur nouveau foyer comme une échappatoire utopique. Elles éprouvent un sentiment d'aliénation dans ce pays étranger, et cela me semble plus authentique, même s'il s'agit d'une description raciste. En fin de compte, leur projet colonialiste échoue, et elles prennent la fuite. Alors, qu'est-ce qui a changé entre ces deux œuvres ?

– Les effets de deux guerres mondiales et le déclin de l'Empire britannique, répond Horowitz. Où êtes-vous allée à l'école au Népal ?

– À la British School. Vous connaissez ?

– Très bien. Que font vos parents ? Ils sont dans le commerce de tapis ? »

Je prends une gorgée. Horowitz essaie de découvrir si j'appartiens à l'une des grandes familles d'entrepreneurs tibétains de Katmandou.

« Ma mère fabrique des colifichets pour les vendre aux touristes. Mon père cuisine des repas qu'il livre dans les bureaux.

– Comment ont-ils payé les frais de scolarité ?

– Ils n'ont pas pu. J'arrivais et je repartais en douce tous les jours. »

Horowitz est clairement dérouté ; mais pourquoi devrais-je rendre ma vie plus compréhensible pour lui ? Je ne lui ai pas demandé où vivaient ses parents, comment ils l'ont élevé, comment ils ont payé ses manuels et ses frais de scolarité.

« En fait, j'ai une question à vous poser, dis-je. Est-ce que vous connaissez bien le marché des antiquités tibétaines ?

– Il va falloir être plus précise, répond-il en souriant.

– Y a-t-il une procédure à suivre pour récupérer des objets qui ont été obtenus illégalement ?

– Comment ça, obtenus illégalement ?

– Eh bien, si le propriétaire de l'objet ne s'en est pas séparé librement.

– Se sépare-t-on jamais d'un objet librement ?

– Vous voyez ce que je veux dire.

– Savez-vous combien d'objets d'art indigènes ont été vendus aux musées de ce pays dans les années 1960 et 1970 ? Des masques, des tenues d'apparat, des bols... Tous ont été vendus librement. Parce que le mode de vie de leurs propriétaires était en voie d'extinction, ou parce qu'ils voulaient simplement de l'argent. Quelque chose me dit que cette idée ne vous plairait pas non plus. »

Il me croit complètement naïve, peu au fait de la marche du monde. Je reformule ma question.

« Et s'il s'agissait d'un vol, purement et simplement ?

– Effectivement, des États ont déjà tenté de récupérer des objets volés. L'Inde, la Grèce, l'Égypte, même des pays d'Afrique de l'Ouest se sont efforcés de rapatrier des œuvres emportées il y a des siècles. Mais vous savez, c'est la même histoire partout. Les plus beaux exemples de mobilier royal français se trouvent dans des musées britanniques. Et c'est tant mieux, à mon avis, parce qu'ils auraient peut-être fini sur un bûcher à la révolution.

– On pourrait justifier bien des crimes a posteriori, avec ce raisonnement. Y a-t-il eu des réclamations faites par des groupes moins importants ? »

Après un silence, Horowitz répond :

« J'ai récemment entendu parler d'une affaire ouverte au sujet d'une statue de Bouddha censée avoir mille ans. Des villageois de l'est de la Chine l'avaient protégée pendant des décennies, la déplaçant de maison en maison, allant jusqu'à l'enterrer pendant la Révolution culturelle. Apparemment, la momie de leur maître spirituel se trouvait à l'intérieur.

En 1995, la statue a brusquement disparu. Vous verrez : un jour, elle ressurgira dans un musée.

– Et s'il n'y a pas de gouvernement pour porter plainte ? Si c'est un groupe de réfugiés, par exemple ?

– J'ai comme l'impression que les réfugiés ont d'autres chats à fouetter », s'esclaffe-t-il.

J'ai un mouvement de recul. Cet homme ne comprend que ce qui cadre à sa vision des choses. Pouvoir, survie, domination – voilà les briques de son esprit. Je me demande ce qu'il penserait s'il tombait sur une des cérémonies de prières aquatiques de notre camp, lorsque nous nous alignons deux par deux sur la berge de la rivière, et bénissons des poignées d'eau pour le bien de tous les êtres doués de sens. Nous jugerait-il pleins de bonnes intentions, mais stupides ? Peu importe. Il m'a apporté une lueur d'espoir. Il existe un précédent sur lequel nous pouvons nous baser pour récupérer la statue du Saint.

Je prends une dernière gorgée de ma boisson. Au loin, des avions éclairent les nuages de façon diffuse, leurs lumières clignotantes créant l'illusion d'un orage. C'est peut-être une bonne chose, et même la meilleure chose possible, qu'Horowitz ne comprenne pas les habitants de mon camp, car cet homme traite le savoir comme une acquisition, la compréhension comme un moyen de contrôle.

« Pas une étoile dans le ciel. Quel gâchis, décrète-t-il, en continuant à scruter l'horizon comme s'il pouvait encore en repérer une.

– Qu'est-ce qui vous a amené à étudier le Tibet ? demandé-je.

– À la fin des années 1970, j'ai effectué un séjour d'études en Inde, à Varanasi. Une série de hasards m'a conduit jusqu'à Lhassa, qui était en train de s'ouvrir à l'époque. En voyageant dans le pays, je me suis rendu compte que la conception occidentale du Tibet était fondamentalement incorrecte.

– Comment ça ?

– En ce qui concerne notre idée du pays avant l'occupation. Nous envisageons le Tibet sous un angle romantique, plutôt que d'affronter la réalité d'une théocratie féodale, ou de la vie noble mais ardue des nomades.

– Est-ce mieux aujourd'hui ? Des millions de nomades ont été chassés de leurs pâturages traditionnels et forcés à s'installer dans des camps, où ils mènent des vies sédentaires, déprimantes et appauvries. Cela ressemble beaucoup à ce qui est arrivé aux peuples indigènes ici.

– Ma foi, il ne fait aucun doute que la domination chinoise est problématique par certains aspects, mais il faut aussi rester réaliste sur le passé. Ces histoires sur un Tibet paisible, humain et indépendant aident-elles la cause ? On ne peut pas nier que beaucoup de monastères levaient de lourds impôts.

– Est-ce que cela justifie une occupation brutale ?

– Dolma, j'ai vécu au Tibet plusieurs années pour étudier la vie des nomades. C'est une existence extrêmement difficile.

– Mes parents et mes grands-parents étaient nomades. Ils ont fui sans rien emporter. Ils...

– Je ne cherche pas à minimiser les souffrances de vos parents. Mais je suis un historien. Je m'intéresse à l'ensemble du Tibet.

– L'ensemble du Tibet n'était pas une théocratie féodale, répliqué-je, les oreilles écarlates. C'est un fait établi, et cette féodalité divergeait du système européen. Les gens disposaient d'une certaine liberté, même ceux qui étaient attachés à la terre. De toute façon, ce n'est pas la question : si d'autres pays ont pu se moderniser seuls, n'était-ce pas notre droit aussi ? Vous parliez tout à l'heure des Tibétains qui singent ce que les Chinois et les Occidentaux attendent de nous, mais je pense que vous sous-estimez la capacité d'autodétermination de six millions de personnes. Ce n'est pas parce que vous avez l'impression que quelqu'un met en scène une identité définie par les Occidentaux ou les Chinois, ou que vous croisez un restaurant appelé Shangri-La à Toronto, qu'il s'agit forcément d'une représentation donnée pour vous plaire, ou que cela évoque la même chose pour nous, d'ailleurs. On peut utiliser la langue de son oppresseur pour d'autres raisons…

– Pas la peine de vous emporter, répond Horowitz d'une voix plus grave. Je peux exprimer une opinion avec laquelle vous êtes en désaccord, et vice versa.

– Mais vous êtes un spécialiste, qui parle d'un pays colonisé. Vous vous rendez bien compte que vous avez le pouvoir d'orienter le discours dominant, non ? Bien plus que n'importe quel Tibétain. Aux yeux du monde universitaire, aux yeux du public extérieur à ma communauté, vous êtes l'arbitre de la vérité, objectif et éclairé. »

Horowitz se penche vers moi, demande doucement :

« Dolma, quel pouvoir croyez-vous que j'aie ? On ne m'a pas accordé de visa pour le Tibet depuis 2007 ; tous les universitaires que vous avez rencontrés ce soir sont dans le même cas. Nous ne sommes pas une bande de monstres unis pour vous opprimer. Nous ne sommes pas non plus des résistants. Nous sommes des chercheurs. Si vous avez un autre point de vue, il est le bienvenu. Vous devrez faire valoir vos arguments comme tout le monde, quelles que soient vos origines. »

Cela paraît si simple, à l'entendre ; comme si tout le monde pouvait bénéficier de la même tribune, en choisissant simplement de s'exprimer.

« Professeur Horowitz, je veux devenir chercheuse. Depuis toujours, je souhaite étudier mon peuple : notre histoire, nos idées, notre littérature. Mais je n'ai jamais su comment m'y prendre. Comment étudier le Tibet sans y avoir accès ? Il ne me reste qu'une piste étriquée : je dois trouver un moyen de le faire en Occident, depuis votre monde.

– Et j'espère que vous y arriverez.

– Je sais que certains chercheurs se soumettent davantage que d'autres à l'État chinois mais, au bout du compte, vos collègues et vous pouvez choisir de garder le silence sur beaucoup de choses. Vous pouvez jeter un voile sur l'aspect politique, appeler l'occupation par un autre nom ou ne pas en tenir compte du tout, en étudiant seulement les parties de notre peuple qui ne présentent aucun risque pour vous. Simplement, l'occupation n'est pas cantonnée aux frontières de mon pays. Elle existe dans les mots que vous choisissez quand vous écrivez à notre sujet. Le seul fait que vous puissiez prendre ce genre de décisions révèle la distance qui vous sépare des Tibétains. Parce que votre destin n'est pas lié aux nôtres. Notre histoire ne subsiste pas dans votre famille. Tout cela ne vous fait pas souffrir de la même façon… »

Je m'interromps, essayant de reprendre contenance. Qu'est-ce qui m'arrive ? Ma faiblesse m'humilie. Horowitz pose la main sur mon épaule. Battant des paupières pour chasser mes larmes, je me dégage et m'écarte d'un pas.

« Dolma, je ne peux pas savoir ce que vous ressentez. Mais vous ne pouvez pas connaître le fond de mon cœur non plus. J'ai consacré ma vie entière à ce travail. »

Je ne réponds pas. Il s'accoude à la rambarde, faisant pendouiller sa veste en velours côtelé, informe et boulochée. C'est la première fois que je remarque ses vêtements, tous trop grands – comme si la personne qu'il était avant avait rapetissé. Sous ses cheveux clairsemés et hirsutes, Horowitz fronce les sourcils en silence. Il fixe le verre vide dans sa main, sans paraître conscient de mon regard.

Je me retourne vers l'étendue noire. C'est déjà le matin au camp. Le soleil est levé depuis des heures. À l'heure qu'il est, les gens doivent avoir terminé leurs rituels matinaux, s'être occupés de leurs autels et avoir fait leur toilette aux robinets de la citerne. Je les imagine s'affairer au sommet de la petite colline. Les femmes alignent leurs marchandises au bord de la route principale du camp, attendant les touristes qui se succèdent au fil de la journée pour voir à quoi ressemble un camp de réfugiés tibétains. Les jeunes garçons travaillent dans une modeste usine de jus de fruits, établie par un couple américain pour créer des emplois. Les jeunes filles préparent le déjeuner qu'elles vendront depuis leurs cuisines – pommes de terre épicées, vermicelles froids, riz aplati. À l'école primaire, les enfants récitent l'alphabet tibétain à pleins poumons, assis sur de longs bancs en bois devenus lisses et brillants avec les années. Popo Migmar se trouve au centre pour personnes âgées, où il égrène un chapelet en discutant avec ses amis des réparations à effectuer au camp, même s'il ne peut plus s'en charger lui-même. Ma mère, elle, arpente la grande route au lac Phewa, une casquette protégeant son visage du soleil, ses cheveux séparés comme toujours en deux tresses. Je distingue presque le tabouret où Ama aime se reposer, le mur en béton au bord de l'eau où elle s'arrête pour déjeuner.

Personne ne connaît le sort du Saint. Personne, sauf moi.

4

Le jour où la panthère affamée est venue dans notre camp, j'étais restée à la maison à cause d'un accès de fièvre, tandis qu'Ama était partie pour notre boutique longtemps avant le lever du soleil. Je dormais à poings fermés quand notre voisine Mo Yutok m'a réveillée, l'air grave, et m'a entraînée dehors le plus vite possible. Nous avons dévalé les ruelles jusque chez elle, puis elle m'a hissée sur son toit, avec plusieurs autres enfants dont les parents étaient allés travailler. Debout sur la plaque de tôle, j'ai découvert un spectacle étonnant. Tous les habitants du camp étaient juchés sur leurs toits, en train d'observer le sol avec crainte. Mo Yutok m'a expliqué que Bhu Tsering avait été le premier à repérer la bête, à l'aube, alors qu'elle s'abreuvait à une flaque sous le robinet de la citerne ; mais c'était Gen Lobsang qui avait donné l'alerte après s'être retrouvé à quelques mètres de la panthère, juste devant l'école. À présent, il semblait que la bête se cachait au milieu des maisons.

Lorsque la panthère a fini par apparaître sur la route, je l'ai étudiée avec la plus grande attention pendant qu'elle parcourait le chemin de terre. Des pas feutrés et silencieux. Une queue qui laissait entrevoir ses pensées, se tendant pour caresser une plante suspendue, puis se repliant de nouveau avant de planer en l'air, comme une inhalation. Et son ventre – voluptueux et vide. Elle cherchait quelque chose, les billes claires de ses yeux furetant en tous sens. Sa peau était de l'or tacheté, sa gueule entrouverte et frangée de moustaches argentées. Ai-je contemplé quelque chose d'aussi beau depuis ? Pourquoi ne voue-t-on pas un culte aux panthères ?

Elle a tourné au coin d'une rue, et s'est approchée de notre maison. Ralentissant le pas, elle s'est mise à aller et venir sur place. Perchée sur la pointe des pieds, je tendais tous les muscles de mon corps pour la voir. Elle s'est attardée à la fenêtre de notre cuisine, quasiment immobile. On aurait dit qu'elle reniflait nos murs, guettait des voix. Elle est venue à nous, ai-je chuchoté. Elle est venue nous voir. Ma grand-mère n'était-elle pas née l'année du Tigre ? Sans que je sache pourquoi, ce détail que m'avait confié Po Migmar un jour était resté collé aux parois de mon esprit.

Alertée par un bruit sur le chemin, la panthère s'est remise en marche, disparaissant de notre champ de vision au moment où un homme à la peau claire grimpait sur le toit de Mo. Il portait une chemise en soie et un pantalon bien repassé. Ses mains étaient lisses et potelées, et non râpeuses et ridées comme celles des gens du camp. Ses chaussures cirées étaient aussi noires que ses cheveux. J'ai compris aussitôt qu'il s'agissait de la personne la plus riche que j'avais jamais vue, en dehors des films indiens.

« Qui c'est, Momo ? ai-je demandé.

– Il s'appelle Samphel la. C'est l'ami de ton Amala. »

À huit ans, il me semblait inconcevable que ma mère connaisse quelqu'un d'aussi fortuné.

« Ils étaient amoureux étant plus jeunes, a ajouté Mo Yutok en souriant. Mais c'est de l'histoire ancienne. »

Une sorte de halo s'est formé autour de l'homme. Ses cheveux éclairés par le soleil dansaient doucement dans l'air. Sa chemise en soie se soulevait et retombait au gré du vent. Je me suis approchée pour mieux l'observer. M'asseyant sur un seau rempli de terre, je me suis absorbée dans une douce rêverie, où ma mère était une héroïne de film indien. Une fille d'une famille pauvre qui avait attiré l'attention d'un garçon riche.

L'homme a dû finir par s'apercevoir que je l'examinais d'un air béat, car il m'a adressé un regard interloqué. Éclatant de rire malgré moi, je lui ai annoncé avec un grand sourire que j'étais la fille de son amoureuse. Au lieu de manifester une surprise ravie, il a tourné les talons et s'est dirigé vers l'autre bout du toit, apparemment perturbé. C'était très clair : il ne voulait pas me parler parce que j'étais pauvre.

Un grondement a retenti dans la vallée. C'était une jeep de la police, qui remontait pesamment la route. Oubliant ma déception, je me suis jointe aux vivats et aux applaudissements qui éclataient sur les autres toits. Nous avons même entendu quelques villageois pousser des cris de joie depuis la colline au-dessus du camp. La jeep s'est arrêtée dans une secousse, et quatre policiers équipés de casques de moto ont bondi hors du véhicule. Sur le toit de Po Rithar, quelqu'un a montré en ricanant un policier chaussé de claquettes. Il s'agissait du chef du commissariat, avons-nous découvert. Il a extirpé de la jeep un rétroviseur cassé monté sur une longue tige, qui semblait avoir été arraché à un vieux camion.

« Que tout le monde garde son calme ! a-t-il crié. J'ai la situation en main. Indiquez-moi où est la bête.

– Près du champ ! a crié quelqu'un depuis la crête.

– Là-bas ! Là-bas ! »

La panthère traversait le camp en courant. Elle semblait si affaiblie de loin, comme un chien errant mal nourri. Tout le monde s'est mis à hurler : « Vite, vite ! Là-bas, là-bas ! » Pourtant, les policiers sont restés à l'extérieur du champ, derrière le portail. Leur chef a glissé le miroir dans une étroite ouverture, faisant pivoter l'outil encombrant dans un sens puis dans l'autre. Au bout d'un temps, il a hoché la tête. Les policiers ont ouvert d'un coup le portail rouillé et se sont mis à tirer dans le champ, brisant plusieurs fenêtres de l'atelier d'artisanat. Puis le silence s'est installé.

La panthère était venue nous voir, gémissais-je derrière Mo Yutok. Elle ne devait pas m'entendre, car elle n'arrêtait pas de me dire de me calmer. Elle m'a offert le bas de sa robe en laine pour que je me mouche. Nous sommes tous restés dehors un long moment, dans l'espoir de revoir la panthère. Le soleil m'a brûlé le visage, laissant mes joues endolories pendant des jours. Finalement, nous sommes descendus des toits pour nous rassembler dans l'étroit espace constitué par l'unique route du camp. Même si la confusion régnait, nous formions un groupe aussi dense et soudé que les mailles d'un tapis.

C'est alors qu'elle est apparue, portée comme une reine par les policiers, son corps inerte lové entre les bras de deux hommes.

« Allez-y, touchez-la, a déclaré le chef en souriant de toutes ses dents. Cette bête ne peut plus vous faire de mal. »

Des dizaines de mains se sont tendues. Certaines ont réussi à toucher la peau de la panthère, d'autres se sont retirées au dernier instant. Alors que l'animal passait devant moi, j'ai décroisé les bras et les ai tendus le plus loin possible, cherchant désespérément à effleurer ne serait-ce qu'un seul de ses poils. J'étais convaincue que si je la touchais, la panthère me reconnaîtrait, et n'aurait plus peur. Tout endormie qu'elle était, elle saurait que nous nous étions rencontrées. Mais je n'ai rien vu, rien agrippé du bout de mes doigts. Tandis que la foule se refermait autour de moi, j'ai eu peur d'avoir raté ma chance. Puis Mo Yutok m'a soulevée, et j'ai de nouveau tendu les mains, rencontrant cette fois la panthère. Elle était rêche et chaude. Quand je me suis rendu compte que son cœur battait encore, des larmes ont roulé sur mes joues, atterrissant dans la terre.

Deux ans plus tard, pendant ma pause déjeuner habituelle à la bibliothèque de la British School, je l'ai retrouvée. Penchée sur la table, le nez presque collé à l'encyclopédie, j'ai étudié attentivement les images. *Ma vieille amie.* Ce n'était pas une panthère ordinaire, dont les taches auraient été de petits cercles réguliers. Les siens étaient grands et changeants, comme des nuages noirs ou des frontières tracées sur une carte. Sa queue, aussi longue que son torse, se recourbait tandis que sa tête plongeait vers le sol. C'était une panthère nébuleuse, une espèce qu'on croyait éteinte depuis plus d'un siècle au Népal. Pourtant, elle avait vécu en secret dans les collines de notre camp.

Ce jour-là, nous ignorions à quel point elle était rare. Bien qu'on ait emporté son corps, tout le monde est resté cloîtré chez soi. Mo Yutok a préparé du thé au beurre et du pain pour l'homme riche et moi. Elle scrutait régulièrement ses fenêtres, en priant pour que la bête ne revienne pas. Nous avons même fait l'impasse sur les rituels du soir. Cependant, juste avant la tombée de la nuit, nous sommes sortis pour rejoindre la jeep bleu foncé de l'homme. Si son extérieur était aussi boueux que celui des autres véhicules que l'on croisait au camp, l'intérieur était immaculé, dégageant une odeur presque sucrée. Mo Yutok s'est installée du côté passager, émerveillée par les housses des sièges, faites de billes de bois montées sur une armature métallique. Elle passait sans arrêt la main dessus, dans un tintement de bracelets de jade, en proclamant que cela lui faisait un bien fou au dos. Lorsque nous avons démarré, l'homme riche a baissé toutes les vitres en même temps. Je me suis agenouillée sur la banquette pour sortir la tête et les bras par la fenêtre. Les bras écartés tel un oiseau, les cheveux claquant au vent, j'ai regardé les collines et la rivière devenir floues.

Je m'étais dit que l'homme nous emmènerait peut-être manger dans une échoppe en bord de route, mais il a roulé jusqu'au centre-ville de Pokhara. Arrivé dans une rue animée, bordée de grands magasins et d'hôtels sécurisés, il s'est garé devant un restaurant majestueux, puis nous a escortées à l'intérieur. Bien que je n'y aie jamais remis les pieds depuis et que je n'aie pas la moindre idée de son nom, je me rappelle avoir été subjuguée par ce restaurant. La salle à manger était dotée de hauts plafonds, de colonnes d'un blanc pur et de deux éléphants en terre cuite qui encadraient la cuisine. Des serveurs élégamment vêtus se tenaient au garde-à-vous, volant vers notre table dès que l'homme riche levait le doigt. Je ne me souviens pas des nombreux plats que nous avons dégustés, mais je sais que c'est là-bas que j'ai goûté mon premier jus de pastèque. Je n'arrivais pas à croire que quelqu'un ait réussi à presser une vraie pastèque jusqu'à la dernière goutte, et à la faire tenir dans un grand verre. Cela me semblait inimaginable.

Après le dîner, je suis sortie dans la rue, très fière qu'on me voie quitter ce restaurant. J'avais beau avoir l'estomac bien rempli, je me sentais légère comme une plume quand la voiture est repartie. Comme nous n'étions pas loin du lac Phewa, l'homme m'a déposée à la boutique d'Ama avant de ramener Mo Yutok au camp. Alors que je descendais de la jeep en le saluant de la main, j'ai remarqué qu'il avait les yeux rivés sur la devanture du magasin.

« Vous voulez entrer ? » ai-je demandé, imaginant de joyeuses retrouvailles.

Il a paru réfléchir, puis a secoué la tête.

« Il vaut mieux que j'y aille.

– Pas un mot de tout ça à ta mère, m'a avertie Mo Yutok au moment où la voiture redémarrait. Dis-lui simplement que je t'ai amenée ici, d'accord ?

– Je le jure sur ma vie ! » ai-je crié au milieu du bruit du moteur ; mais sitôt entrée dans la boutique, j'ai oublié ma promesse.

Ma mère se trouvait dans la réserve, où nous gardions un matelas et un réchaud pour les fois où nous passions la nuit là. Elle était en train de découper le gras d'un morceau de bœuf, pendant qu'un bouillon mijotait sur le brûleur. Je me suis précipitée vers elle, et ai agrippé le bas de sa robe, m'enroulant dans le tissu jusqu'à me retrouver collée contre son corps. Hors d'haleine, je lui ai parlé de la redoutable panthère qui avait fait le tour de notre maison, peut-être à deux reprises, avant que la police ne l'abatte. Puis je lui ai décrit l'homme riche, ses housses de sièges en bois et le restaurant avec le jus de pastèque. Ma mère a posé son hachoir, et n'a plus bougé.

« Imagine, si tu l'avais épousé », ai-je soupiré.

Ama a proféré un violent juron. Je suis restée pétrifiée dans sa robe. Au bout d'un moment, elle s'est remise à découper la viande.

« Ne lui adresse plus la parole, m'a-t-elle ordonné.

– Plus jamais », ai-je promis, serrée contre la seule personne au monde dont j'aurais besoin toute ma vie.

Je n'ai pourtant pas réussi à oublier l'homme, et puisque nous n'en parlions pas directement, il a fini par acquérir une importance immense à mes yeux. Comme de la fumée qui ne se serait jamais dissipée, sa présence nous entourait. Chaque fois que quelqu'un mentionnait la panthère, il était là. Chaque fois que Mo Yutok nous rendait visite, j'avais envie de l'interroger à son sujet. Chaque fois qu'une personne évoquait l'enfance de ma mère, je me représentais son amoureux perdu. Ama avait tracé une ligne de démarcation entre nous et, en raison de son silence, celle-ci s'était transformée en fossé. Aujourd'hui encore, j'ai peur que nous ne parvenions jamais à le combler.

5

À l'aube, j'ouvre le robinet de la baignoire. Je me glisse dans l'eau chaude jusqu'au cou, et me laisse flotter. Mes lèvres, mon nez et mes yeux s'enfoncent sous la surface. Lorsque je me redresse, je sens chaque muscle de mon corps. M'habillant lentement dans le noir, je ne distingue qu'une petite partie de la scène devant moi, comme si je l'observais à travers un trou d'épingle. Sous cet angle, je vois mes vêtements usés par terre. Sous cet angle, je vois le Saint posé dans une boîte à l'autre bout de la ville. À seulement deux trajets en tramway d'ici, ou à deux heures si je marchais. Et si je me prosternais ? Je pourrais m'agenouiller, me coucher à plat ventre sur le sol froid, poser mon front sur ce linoléum craquelé, me relever, puis avancer d'un pas. Progressant d'une longueur de corps à la fois, je pourrais traverser la ville, peau à peau avec ce pays. Parviendrais-je à connaître cet endroit, alors ? Parviendrais-je à m'en faire connaître en retour ?

Ma tante est réveillée. Je l'entends remuer sur le matelas. J'entre dans la pièce principale, et lui annonce :

« Shumo Tenkyi, j'ai quelque chose d'important à te dire. »

Elle marmonne pendant qu'elle termine de faire le lit. Elle est si petite, comme ma mère. Elle m'arrive à peine à l'épaule. Je la regarde plier sa couverture, et une grande tendresse m'envahit. Je veux tout lui expliquer.

« J'ai vu le Saint Sans Nom qui a disparu, dis-je. J'ai vu le *ku* de notre camp. »

Ma tante répète ces mots, essayant d'en discerner le sens.

Je m'agenouille sur son matelas, plante mes yeux dans les siens.

« Je sais que ça paraît incroyable, dis-je.

– Le *ku* a disparu il y a des années.

– J'ai eu du mal à y croire aussi.

– Tu n'es pas sérieuse. »

Je me mets à rire.

« Je te le jure. J'ai vu le *ku* chez des gens riches. Ils l'ont acheté à un marchand népalais, qui l'a sûrement volé il y a des années. Mais c'était bien le Saint. Il était exactement comme Po Migmar me l'a décrit : une simple statue en argile, avec une expression étrange, très forte. »

Shumo Tenkyi s'assied au bord du matelas, les yeux baissés sur ses genoux. Je m'agenouille, pose les mains sur ses petites rotules. Elles ne remplissent même pas mes paumes.

« Le Saint nous protégeait, marmonne-t-elle. Il faut que je prévienne ma mère. »

Je secoue la tête.

« Ma mère, tu veux dire ? S'il te plaît, Shumo. Qu'est-ce qu'on doit faire ? »

Après un silence, elle me regarde, puis hoche la tête.

« Nous devrions demander l'avis de quelqu'un d'important… Gyaltsen la. Il saura quoi faire. Je vais l'appeler, et l'inviter pour le petit déjeuner.

– D'accord », dis-je.

Il me semble peu probable qu'un ancien bureaucrate du gouvernement en exil puisse nous être utile sur ce sujet, ou pour quoi que ce soit d'autre, d'ailleurs. Cela dit, je dois admettre que je me suis si peu intéressée aux fréquentations de ma tante ici que mes doutes sont peut-être mal placés.

« Tu penses vraiment qu'il viendra ?

– Si on lui propose un repas fait maison ? réplique-t-elle avec un grand sourire. Le pauvre mange tout le temps chez McDonald's. »

Shumo téléphone à l'ancien ministre, qui déclare qu'il sera là dans un quart d'heure. Ma tante se montre au meilleur de sa forme quand elle est motivée par le devoir. Qu'elle participe à des réunions de quartier pour organiser une veillée aux chandelles, ou qu'elle travaille pour envoyer de l'argent à ma mère ou à Po Migmar, quand elle a un but clair en tête, elle est capable de se concentrer sur une tâche.

Nous nous attelons au repas qui nous attirera les bonnes grâces de l'ancien ministre. Je sors de la pâte du frigo et commence à la réchauffer et la pétrir, pendant que Shumo met des pommes de terre à bouillir. Sur un autre brûleur, elle entame la préparation du thé au beurre. Je saupoudre le plan de travail de farine, arrache une petite motte de pâte, forme une boule lisse sur ma paume, puis l'aplatis au rouleau à pâtisserie. Après l'avoir déposé dans une poêle, je remue le disque, le retourne et appuie sur ses bords avec un torchon, jusqu'à ce que le pain gonfle comme un ballon. J'ouvre ensuite une boîte de pois chiches. Shumo a déjà battu des œufs dans un bol, et hache maintenant un oignon rouge et de la coriandre.

« On n'a pas cuisiné ensemble depuis longtemps, remarque-t-elle.

– L'odeur me fait penser au camp au lever du soleil.

– Des gens passaient sans arrêt chez nous. À l'improviste, comme la pluie. On ne mettait jamais le verrou. Parfois, juste avant d'ouvrir les yeux le matin, j'ai l'impression d'être encore là-bas. »

Elle ferme les yeux. Je l'imite. Le Saint Sans Nom surgit dans le noir, puis flotte au-dessus du camp, soutenu par des centaines de mains comme la panthère nébuleuse.

On frappe à la porte. Une fois, puis deux. Ma tante s'essuie les mains, et va ouvrir. Une douce voix d'homme la salue dans un tibétain soutenu. Je me recule à petits pas pour laisser notre invité entrer dans la cuisine et ôter ses lunettes, qui se sont aussitôt embuées. Pendant que ma tante l'accueille avec un flot de paroles polies, je tâche de lui ménager autant d'espace que possible sans battre en retraite dans la chambre. L'homme est petit, enrobé, et doit avoir une cinquantaine d'années. Il porte une parka grise fatiguée et des chaussures trop légères pour l'hiver. Shumo me le présente.

« C'est la fameuse nièce à l'accent français ? » demande Gyaltsen la, en ouvrant de grands yeux. Il me prend la main avec délicatesse. « J'étais tellement curieux d'entendre quelqu'un de chez nous parler comme un Français. »

J'ai du mal à savoir s'il se moque de moi ou pas. Il me serre la main d'une façon étrangement molle, comme j'imagine un monarque le faire avec ses sujets. J'ai aussi été frappée par sa réaction à l'évocation de mon nom, comme s'il attendait de faire ma connaissance depuis longtemps. Se comporte-t-il ainsi avec toutes les personnes qu'il rencontre ?

« Un petit cadeau, dit-il en tendant un sac plastique rempli d'oranges à ma tante.

– Il ne fallait pas, Gyaltsen la. Je suis gênée, répond Shumo Tenkyi en prenant les oranges. Je n'ai préparé qu'un modeste repas, la cuisine n'est vraiment pas mon fort.

– Tu devrais apprendre, Tenkyi ! Pas étonnant que tu ne sois pas mariée. J'ai toujours aimé cuisiner, pour ma part, mais c'est le temps qui me manque. Quoi qu'il en soit, il était impensable que je me présente les mains vides pour ma première visite chez toi. »

Je les suis dans l'autre pièce, apportant le pain et les omelettes. L'ancien ministre s'assied avec autorité sur mon matelas, juste devant la télévision, pendant que Shumo Tenkyi s'agenouille et lui verse une tasse du thé au beurre contenu dans une Thermos. J'essaie de croiser son regard, pour savoir s'il faut que j'aborde le sujet tout de suite, mais elle se dépêche de retourner chercher les pommes de terre et les pois chiches dans la cuisine. En servant le petit déjeuner à l'homme, je retrouve mes anciens réflexes – je me plie en deux, me fais toute petite, comme on me l'a appris.

« Ça suffit, déclare-t-il en zappant d'une chaîne à l'autre avec la télécommande.

– Juste un peu plus », dis-je d'une voix adoucie.

Je continue à remplir son assiette, ne m'arrêtant que lorsqu'il me le demande de nouveau, selon la coutume. Je m'installe par terre plutôt que sur le matelas, et attends que Gyaltsen la commence à manger pour me servir. Alors que le soleil levant éclaire la chambre à coucher, je remarque que l'homme a le teint terne, presque bistre.

Il s'avère que Gyaltsen la est à Toronto depuis deux mois seulement. Sa femme et son fils sont restés en Inde, le temps qu'il obtienne sa résidence permanente et puisse les aider à décrocher un visa. Je suis un peu abasourdie de l'entendre expliquer cela d'un ton si guilleret. A-t-il conscience que cette séparation pourrait durer des années ? Rien que dans cette rue, on doit trouver des centaines de personnes qui n'ont pas vu leur famille depuis plus d'une décennie. Malgré cela, Gyaltsen la ne semble pas éprouver la moindre inquiétude au sujet de l'avenir. Il nous raconte son arrivée.

« Figurez-vous que je n'ai pas fermé l'œil pendant la totalité du voyage de vingt-huit heures de Delhi à Toronto.

– Pourquoi, Gyaltsen la ? demande ma tante.

– Je ne voulais pas manquer une miette du vaste monde ! Ce n'est pas si souvent qu'on a l'occasion de filer au-dessus de la terre à une telle vitesse, et dans un tel confort ! Mais finalement, juste avant que l'avion atterrisse, quelque part au-dessus de la côte est du Canada, mon épuisement a fini par prendre le dessus. N'importe qui d'autre aurait succombé au sommeil bien plus tôt. Bref, ce n'est que lorsque les roues de l'avion ont heurté le tarmac, me ballottant sur mon siège, que je me suis réveillé. Vous vous rendez compte ? J'avais raté le plus important, la vue aérienne de mon nouveau pays ! »

Je l'imagine cligner des yeux en silence face au petit hublot, découvrant l'étendue grise formée par le ciel, la terre et les bâtiments – brusquement terrifié, comme je l'avais été moi-même, et ma tante avant moi.

« Ensuite, je suis descendu de l'avion, j'ai passé le contrôle des frontières après un interrogatoire de quelques heures, et je me suis dirigé droit vers la station de taxis, suivant les conseils de mon ami. J'avais gardé son adresse comme une prière dans la poche intérieure de ma veste, et je dois dire qu'elle était devenue un peu humide après mon expérience à l'immigration, mais je l'ai dépliée soigneusement pour la montrer au chauffeur. Je pensais que je pourrais enfin me détendre ; mais alors que le taxi dévalait les immenses autoroutes canadiennes, les chiffres du compteur n'arrêtaient pas de grimper. J'ai commencé à avoir des sueurs froides, en convertissant mentalement chaque dollar en roupies, et en voyant une semaine de salaire partir en fumée. J'ai failli demander qu'on me laisse au bord de la route pour terminer le trajet à pied. »

Cela nous fait rire, parce que Shumo et moi calculons encore le prix de nos achats en roupies.

« Gyaltsen la, dis-je avant de me racler la gorge. Compte tenu de votre expérience avec l'administration en exil, j'aurais aimé vous poser une question.

– Je t'écoute, dit-il en ouvrant la paume.

– Comme vous le savez, nos objets sacrés ont souvent été volés depuis le début de l'occupation, par des trafiquants ou d'autres États.

– Volés, brûlés, détruits, transformés en balles et en matériaux de construction. Les soldats gyamis ont même fabriqué des toilettes à partir de nos murs de prières.

– Pauvres imbéciles », commente Shumo avec un bruit désapprobateur.

L'ancien ministre croise les bras, opinant du chef.

« Un petit nombre de nos trésors, peut-être encore plus petit que le nombre d'habitants à s'être enfuis, a aussi quitté le pays, dis-je. Comme nous, ces objets ont été dispersés aux quatre coins du monde. Ils se trouvent désormais dans des universités, des musées et des collections privées – y compris ici, au Canada. »

Je lui explique que ce genre de vol a touché bien des pays, mais qu'aujourd'hui certains essaient de récupérer leurs trésors, quand bien même des centaines d'années se seraient écoulées depuis les faits. Les Grecs, par exemple, exigent que le British Museum leur rende les marbres du Parthénon, dérobés il y a plus de deux siècles. Les Égyptiens ont fait la même demande auprès de musées anglais et allemands. Des dizaines de pays les ont imités. Certains ont même obtenu gain de cause. En 2010, une université américaine a rendu des objets subtilisés il y a cent ans au Machu Picchu…

« Une université américaine, tu dis ? Les gens sont très généreux en Ari. Très généreux, déclare Gyaltsen la. Sans eux, il y a longtemps que nous autres, Tibétains, aurions sombré dans l'oubli, disparaissant dans les ténèbres, rayés des livres d'histoire. Évidemment, toutes les bonnes choses qui nous arrivent sont dues à sa Sainteté, le soleil de notre monde. Qui nous accorderait la moindre attention, sans sa Sainteté ? L'Inde, aussi... L'Inde a été très bonne avec nous. Aucun autre pays riche ne serait capable de faire la moitié de ce que les Indiens ont fait pour nous. Et maintenant, le Canada. Quel endroit ! Quand j'ouvre mon porte-monnaie, j'y trouve tout ce dont j'ai besoin : ma carte d'assurance maladie, ma carte de sécurité sociale, les numéros de téléphone de plusieurs services d'aide qui s'occuperont de moi comme si j'étais... l'un des leurs.

– Si les Tibétains décidaient de mener une campagne similaire..., dis-je.

– En portant l'affaire devant la Cour internationale de justice des Nations unies ? demande-t-il.

– Oui, comment nous y prendrions-nous ? En théorie, si nous voulions récupérer un objet ? »

Il se penche pour arracher un morceau de pain.

« Gyaltsen la, si vous pouviez m'indiquer le nom des personnes à contacter à Dharamsala, je me chargerais des démarches... »

Il fourre un petit tas de pois chiches dans son pain, le plonge dans la sauce piquante, et le mâche tout en hochant la tête.

« Je connais la personne à qui tu devrais t'adresser. C'est le ministre des Affaires étrangères. Si tu lui dis que tu viens de ma part, il t'accordera un entretien sans hésiter.

– Merveilleux ! m'exclamé-je, euphorique. Je ne sais pas comment vous remercier.

– Oh, mais il n'est pas à Dharamsala en ce moment. Il est en déplacement dans le sud de l'Inde pendant trois mois. De toute façon, il sera bientôt remplacé, et on ne sait pas par qui. Les élections prendront quelques mois, puis il faudra s'occuper d'établir le nouveau cabinet, le budget, le programme. Évidemment, s'assurer du bien-être de cent trente mille personnes exilées n'est pas une mince affaire non plus, sans parler de ceux au Tibet qui placent leurs espoirs en nous. Mais d'ici dix-huit à vingt mois, tu pourrais contacter les secrétaires pour solliciter un entretien. Est-ce que tu as un livre vert ? J'imagine que vous versez votre contribution annuelle à l'administration en exil ? »

Dix-huit à vingt mois. Je suis trop abasourdie pour répondre.

« Oui, Gyaltsen la, dit doucement Shumo. Nous ne sommes pas riches, mais nous payons tous les ans.

– D'ici dix-huit mois ? Il y a quand même quelqu'un à qui je pourrais parler plus tôt que ça, non ? Peut-être quelqu'un d'autre ?

– Tu me parles à moi ! » réplique Gyaltsen la en se tapant la cuisse. Avec un sourire, il ajoute : « Mais tu sais, tu devrais vraiment commencer par travailler ton tibétain. Il est très mauvais. C'est ton devoir, en tant que jeune personne. Si tu ne parles pas ta langue correctement, qui es-tu ? À quoi te servent ton éducation anglaise huppée et ton accent français ? »

La conversation se tourne ensuite vers la prochaine manifestation locale, à laquelle Gyaltsen la se fera un plaisir de parler de l'histoire du peuple tibétain et de notre juste cause.

Shumo Tenkyi participe régulièrement à ces rassemblements, préparant et distribuant du thé, aidant à transporter les pancartes, récitant même parfois ses propres poèmes. Gyaltsen la aimerait savoir pourquoi il ne m'a jamais vue devant le consulat chinois ou à Queen's Park.

« Je ne suis pas très portée sur les manifestations, dis-je.

– Quoi ? C'est la première fois que j'entends une chose pareille. Manifester est une identité ! C'est notre devoir le plus essentiel, en tant que Tibétains libres.

– Ma nièce partage son temps entre ses études et son travail. Elle assiste aux manifestations quand elle peut, déclare ma tante avec un sourire d'excuse.

– Cette histoire de partager son temps n'existait pas, dans notre jeunesse. Tout était à plein temps. On mendiait à plein temps, on luttait à plein temps. Rendez-vous compte, si on était restés là, à panser nos blessures, au lieu de remonter nos manches… Aurait-on construit la moitié des écoles et des monastères que nous avons aujourd'hui en exil ? Tu dois te secouer et agir maintenant, tant que tu le peux. Si j'avais eu la possibilité d'étudier ne serait-ce qu'une ou deux années… Tu imagines ? demande-t-il en regardant Shumo Tenkyi. Les ministres indiens m'assuraient toujours que j'étais le Tibétain le plus intelligent qu'ils avaient jamais rencontré. »

Sans grande conviction, je finis par lui promettre de participer au rassemblement suivant. Secouant la tête, l'ancien ministre engloutit une deuxième assiette et continue à jacasser, mais ses paroles ne m'atteignent plus.

Je suis bien trop inquiète. À l'évidence, ma vie a changé pour toujours. Le Saint Sans Nom m'est apparu, et a entremêlé son destin au mien. Que je trouve un moyen de le ramener au camp ou que je décide de ne rien faire, je ne parviendrai jamais à me détacher de lui. La colère enfle dans ma poitrine. Pourquoi a-t-il fallu que je voie la statue ? J'aurais dû rester au rez-de-chaussée avec les professeurs. Ma vie aurait suivi son juste cours. Mes préoccupations seraient restées les mêmes : obtenir une place en doctorat, devenir chercheuse, quitter cet appartement obscur. À présent, tout cela semble impossible. Le Saint ne veut pas me laisser en paix.

J'observe Gyaltsen la, qui continue à mastiquer et pérorer. Il rabâche le discours que j'ai entendu tant de fois à propos de notre communauté. C'est l'histoire d'un peuple droit et bon, en pleine traversée des ténèbres, un peuple qui doit lutter d'un seul bloc, aussi longtemps qu'il le faudra pour récupérer sa patrie. Cette histoire résonne dans la grotte de notre désespoir. Son écho se répercute encore et encore, noyant tous nos autres récits, excluant tout ce qui ne concerne pas notre nation. Un seul bruit, jour après jour. J'en ai assez.

Pour revenir à son second argument, en revanche – l'impératif d'agir, de faire quelque chose tant que je peux… et si ce pédant avait raison ? Combien de temps puis-je continuer à me laisser dériver, en me disant que tout ce qui m'entoure est sans importance, un mauvais moment à passer avant le début de ma vraie vie ? Si je mens aux autres, qu'en est-il des mensonges que je me raconte à moi-même ?

Le code se répète dans ma tête. Six chiffes simples. Il me paraît absurde qu'à cause d'eux le Saint Sans Nom reste enfermé loin de nous. À cet instant précis, il lève les yeux, piégé dans des boîtes gigognes en bois et en métal, rêvant de son ciel et de ceux qui racontent son antique histoire. Je l'entends aussi bien que j'entends les fourmis. Il m'appelle.

DEUXIÈME PARTIE

Sœurs

LHAMO

1

Pokhara, Népal

Camp de réfugiés tibétains de Tsemo Seymakar
1973

Voilà comment les bords de notre camp se solidifient. Nous commençons par le bâtiment de l'administration, abattant les murs en chaume moisis, creusant des tranchées droites pour établir une fondation rocheuse sous la terre, mélangeant et appliquant du mortier à la main avec de petites plaques métalliques. Grimpant sur le toit, je repère mes vieilles cordes, qui maintiennent encore les bambous en place. Je n'éprouve aucune joie à sectionner les tresses encore serrées avec ma faux, jeter les herbes sèches et effilochées dans la gorge, et les regarder atterrir là où les chèvres et les vaches pourront les grignoter. Depuis la colline au sommet plat qui surplombe notre camp, je vois les hommes installer de nouveaux toits en tôle ondulée, créant de petits lacs de métal qui brillent à la lumière. Le soleil se multiplie sous mes yeux, transformé à jamais. Quand arrive la mousson, la pluie a changé aussi. Elle ne tombe plus du ciel en tapotis mouillé, dégoulinant à tout moment sur notre peau. Elle est désormais faite de clous – violents, menaçants, mais qui ne nous atteignent jamais. Les gens affirment avec fierté : notre camp fait du bruit sous la pluie. Nous n'avons pas de pays, mais nous avons un son.

En même temps, nous nous demandons : pourquoi avons-nous survécu, et pas nos proches ? En quoi sommes-nous différents de ceux qui ont été capturés, qui sont morts de faim, qui se sont perdus dans les montagnes, qui n'ont pas survécu à ce dernier hiver, cette dernière saison de maladie ou de mélancolie ? Lorsque je regarde autour de moi, la vérité m'apparaît : rien ne nous en distingue. Nous ne sommes pas les plus forts, les plus intelligents, ni même ceux qui avaient le plus envie de vivre. L'explication ne peut résider que dans le Saint, l'antique *ku* qui, par une série de conséquences karmiques impénétrables, s'est établi dans notre camp, parmi notre troupe d'orphelins et de parents sans enfants. Cette petite figurine nous est précieuse à cause de tous ceux qui l'ont tenue, érodant sa dorure et son corps en terre. Sur sa silhouette, on décèle l'empreinte fervente de tant de personnes et de lieux désormais hors d'atteinte : l'empreinte de ma mère enveloppant le *ku* dans des écharpes en soie, des derniers soupirs ténus de mon père, des vents implacables de la frontière, des obus qui ont pulvérisé un village, de la tempe ridée de mon grand-père – et de combien d'autres avant eux, et de combien d'autres avant cela ? Ici, cela fait onze ans que nous transportons le Saint de maison en maison pour qu'il veille sur nos malades, nos nouveau-nés, nos fiancés : pour qu'il pénètre dans nos rêves, et que nous en émergions avec des souvenirs perdus et des prémonitions. Néanmoins, Ashang Migmar n'aime pas appeler le *ku* le Saint Sans Nom. Il soutient que nous devons découvrir son identité, l'emporter dans un lieu où des érudits pourront nous révéler son nom. Il nous faudra peut-être aller jusqu'à Dharamsala, le siège de l'administration en exil, demeure du Très Précieux.

Cependant, apprendre son nom ne suffira pas. Une fois que nous le connaîtrons, Ashang voudra offrir le *ku* à un monastère, plutôt que de le garder ici, dans de si mauvaises conditions. Certains se sont inquiétés à voix basse de ce projet, mais personne n'oserait contester la décision de mon oncle. Il est indéniable que la statue mérite un environnement plus prestigieux. Je n'arrive pourtant pas à accepter cette idée. Le Saint doit rester ici, où il a choisi d'être. Si sa place est ailleurs, c'est auprès de Samphel, dont l'oncle était le dernier gardien choisi par le *ku* ; et il se peut qu'il revienne un jour.

Je pense encore à lui de temps en temps. À l'extase mystérieuse qui a fleuri dans mon corps quand je l'ai vu pour la première fois au bord de la rivière. Au sentiment de liberté que j'éprouvais à ses côtés. À la façon dont je me sentais liée à lui, aussi. Des années plus tard, je peine encore à évoquer le moindre souvenir de la capitale où il ne figure pas. Je pense également à la petite fille, celle qui m'est apparue quand je suis tombée malade. Toutes ces images semblent cependant s'estomper à la lumière de l'aube. Le jour suivant ma séparation de Samphel, quand nous avons repris le car pour le camp, je n'étais qu'à moitié consciente. Pendant que mon Ashang priait, penché au-dessus de moi, la sueur inondait mes vêtements, et ma vue se brouillait à tel point que j'ai eu l'impression de devenir aveugle. Lorsque nous sommes arrivés, au crépuscule, Ashang m'a transportée jusqu'au camp dans ses bras, comme il avait emporté le cadavre de Po Dhondup en partant. Il m'a allongée, a étendu son manteau sur moi, et est parti en courant chercher de l'aide. La cabane était silencieuse, obscure, un trouble indéfinissable planait dans l'air. J'ai discerné une présence dans un coin, juste à l'extérieur de mon champ de vision.

« Qui est là ? » ai-je croassé, essayant en vain de redresser la tête.

La silhouette s'est approchée d'un pas, ses pieds nus raclant légèrement le sol en terre battue.

« Tu es la fille de ma vision ? ai-je demandé. Viens plus près.

– Acha Lhamo », a-t-elle dit.

C'était Tenkyi. Pour une fois dans ma vie, je l'avais complètement oubliée.

Au même instant, Mo Yutok a surgi avec un groupe de femmes. Elles se sont attroupées autour de mon lit, murmurant des prières, et ont envoyé Tenkyi vivre avec une autre famille du camp jusqu'à ce que je me rétablisse. Pendant six jours, ces femmes m'ont habillée, lavée avec des torchons frais et humides, nourrie de bouillon chargé de graisse de buffle. Psalmodiant des prières, elles ont fait monter des volutes de fumée de genévrier autour de mes membres, vers ma poitrine et mon dos – jusqu'à l'intérieur de ma gorge. Quand je devais faire mes besoins, elles me suspendaient au bord de la falaise sous la pluie, et chantonnaient des airs du pays. C'est en flottant dans leurs bras au-dessus de la rivière que j'ai saigné pour la première fois.

« Son heure est arrivée », ont-elles chuchoté, avant de m'essuyer avec des feuilles qui sont restées derrière nous sur le sol, d'un rouge si foncé que je ne distinguais plus le vert en dessous.

« Qu'est-ce que ce sang veut dire ? ai-je demandé. Est-ce que je vais mourir ?

– Cela signifie que tu peux donner la vie, a répondu Mo Yutok. Même si tu n'es encore qu'une enfant.

– Je vais avoir une fille, lui ai-je annoncé. J'ai vu mon avenir, comme ma mère avant moi.

– Écoute-moi bien, Lhamo, m'a dit Mo Yutok en me recouchant. Si tu entends les esprits t'appeler, ne réponds pas. C'est dangereux. Nous sommes trop loin de chez nous. Les maîtres qui ont aidé ta mère sont morts, ou hors d'atteinte. Nous n'avons aucun moyen de savoir quels esprits te parlent. Nous avons tiré un trait sur tout cela. Tu comprends ? »

La main de Mo Yutok ressemblait à du papier journal, tiède et froissé. J'aurais voulu qu'elle s'allonge près de moi et m'enveloppe dans ses bras. Si seulement elle avait été ma mère, j'aurais pu glisser ma main dans sa chemise, sentir sa peau douce et chaude palpiter sur son cœur. J'aurais pu tenir son téton lâche entre mes doigts, et m'endormir comme je le faisais étant petite. Cependant, Mo Yutok avait ses propres deuils et fantômes à gérer. Sa fille et son mari étaient morts, et elle élevait son unique petite-fille, qui portait le même nom que son enfant morte.

« Nous pourrions tous sombrer dans la folie, si nous nous laissions aller, m'a dit Mo. Mais tu as survécu, alors tu dois continuer à vivre. C'est tout ce qu'il y a à faire. »

2

Un nouvel homme a rejoint le camp, et la rumeur de son arrivée vole de maison en maison, comme un corbeau affamé. Pourtant, presque personne n'a vu son visage. À son apparition, il n'y avait que les coqs, les chèvres et Tenkyi dehors. Cette dernière rentrait de la rivière avec son linge, quand elle a repéré l'étranger de haute taille qui cheminait seul sur la route poussiéreuse du camp. Elle a couru tout droit à la fabrique de tapis, une bassine de vêtements mouillés dégoulinant sur sa hanche, pour nous annoncer ce coup de chance.

« Dis-moi exactement à quoi il ressemble, exige Dawa, en se retournant si vivement que je manque dégringoler des poutres où nous sommes installées, à deux mètres du sol.

– Il est tellement beau », répond Tenkyi.

Je rajuste ma position, et termine les nœuds de mon côté, avant d'enfoncer la laine à coups de marteau.

« Qu'est-ce que ça donne d'en bas ? » demandé-je à ma sœur.

Tenkyi est toujours obnubilée par l'étranger.

« Merde, j'ai oublié de lui demander son nom ! » s'exclame-t-elle en riant, les joues cramoisies.

Je voudrais la toucher, pour l'inciter à se calmer, mais la curiosité me démange aussi.

« Je me demande qui il va épouser », soupire Dawa.

Elle me prend le marteau, et écrase sans ménagements les nœuds que nous venons d'achever. Je détache la longue tige en métal du tapis, découpe la laine qui dépasse, puis m'attaque à la rangée suivante. Le métier à tisser se dresse juste devant notre nez, un mur composé de centaines de fils de chaîne tendus du sol au plafond. La main gauche agrippée à la laine, je replace la tige pour commencer une nouvelle rangée. Je passe le fil de trame plusieurs fois autour des fils de chaîne, terminant chaque boucle par un nœud. Ce tapis s'ornera des huit symboles de bon augure, le motif le plus compliqué que j'aie conçu à ce jour. Parmi la vingtaine de femmes qui tissent ici, la plupart fabriquent de petits tapis toutes seules ; mais Dawa et moi demandons généralement à collaborer sur les plus grands ouvrages, de manière à pouvoir tuer le temps en bavardant.

Les commandes n'ont pas manqué cette saison. Les cent roupies que me rapportera ce tapis serviront à payer l'examen des yeux et les nouvelles lunettes d'Ashang. Quand l'activité ralentira, je recommencerai à préparer des pickles et brasser du vin d'orge. J'ai appris depuis peu à confectionner des pickles de mangue épicés comme on le fait dans la région, ce qui m'assure au moins une dizaine de commandes par mois.

Tashi Tamding, lui, n'est pas du genre à travailler de ses mains, comme je le découvrirai bientôt. C'est un homme d'une espèce différente, dont la beauté, l'assurance et l'audace provoquent toutes sortes d'extase et de trouble chez l'ensemble des habitants du camp. *Pourquoi faut-il qu'il soit si beau !* Cette phrase revient si souvent que les enfants se mettent à la répéter en couinant. Selon la mode du moment, Tashi porte un pantalon brun serré aux genoux, qui s'évase au-dessus de ses bottes. Ses cheveux retombent sur ses épaules en boucles souples. Il a des sourcils épais, un nez large, des lèvres pleines. Et sa voix… Il s'exprime d'un ton grave et nonchalant, comme si les vibrations de son corps sortaient directement de sa bouche. L'impression qu'il donne (et pas seulement à Tenkyi) est celle d'une personne qui n'a à s'inquiéter de rien. Il appartient à une dimension supérieure, comme une montagne, ou même ce fichu ciel. En l'écoutant, j'éprouve malgré moi la sensation que les vibrations de son corps sont en réalité les miennes. Qu'a-t-il de si extraordinaire ? Le pouvoir de Tashi Tamding lorsqu'il sourit d'un air espiègle ou éclate d'un rire tonitruant – la tête rejetée en arrière, les yeux plissés, les pieds martelant le sol – apparaît presque aussitôt à tous les hommes, femmes et enfants du petit camp où il est venu s'établir.

À peine une semaine plus tard, dans un moment de calme avant de préparer le dîner, j'aperçois ma sœur qui descend tranquillement la colline, un grand sourire aux lèvres. Alors que j'aère nos couvertures et nos tapis en les battant contre un rocher, je remarque que Tashi est couché dans l'herbe, appuyé sur les coudes pour regarder les montagnes, comme un héros de film indien. Tenkyi pourrait être une héroïne, avec son chemisier rose vaporeux et sa robe décorée de fleurs jaunes. Ses longs cheveux sont drapés sur une de ses épaules, et le vent plaque ses vêtements sur son corps gracile. Je suis soudain éblouie par la beauté de ma sœur – sa silhouette éclairée par le soleil, sa chevelure d'un noir profond. Ama avait l'habitude de porter mes mains à ses joues, en s'émerveillant de leur douceur. Si elles sont devenues rugueuses, celles de Tenkyi ressemblent encore à des pétales de rose. Elle a les paumes et les doigts immaculés d'une étudiante.

Tashi reste couché dans l'herbe après avoir repéré ma sœur, mais lorsqu'elle arrive à sa hauteur, il attrape l'ourlet de sa robe en prononçant des mots inaudibles. Elle s'agenouille à côté de lui, et accepte une petite fleur qu'il fait tournoyer entre ses doigts. Ils contemplent la vallée, regardant les nuages dériver en contrebas.

Je termine de frapper un lourd tapis contre le rocher, soulevant un épais nuage de poussière. Toussant et agitant la main en l'air, je jette un nouveau coup d'œil à ma sœur et Tashi. Ils sont toujours là, assis dos à moi. J'ignore ce qu'ils se disent, les sentiments que ma sœur éprouve pour lui. Se sont-ils embrassés ? Ont-ils échangé une étreinte ? Est-ce encore un domaine dans lequel Tenkyi me devancera ? Je sais que d'autres personnes se le demandent au camp. J'aurai vingt-trois ans cette année, ce qui signifie que tout le monde a hâte de me voir avec un garçon. Quand trouverai-je un fiancé ? me demandent-ils. Si aucun ne me convient dans notre camp, il y en a d'autres dans le pays – deux à Pokhara maintenant, et celui de la capitale, évidemment.

Malgré cela, je ne me sens pas seule. Dans mes rêves, j'aperçois souvent la petite fille près de moi, juste à ma gauche. Quand je m'en approche, je constate qu'elle lit quelque chose. Ses yeux noirs parcourent un texte que je ne comprends pas, et elle semble profondément en paix. Son esprit est vivant, libéré du passé. Clair comme de l'eau de source. Elle n'a jamais vu ses grands-parents, notre village, nos montagnes, nos lacs. Elle ne sait pas tout ce que nous avons perdu, ce que cela signifie d'abandonner ses parents morts sur un chemin que l'on ne foulera plus jamais. J'ai décidé que c'était une bonne chose. Même s'il m'est impossible de lui parler, je sais que l'envie de vivre de cette petite fille est plus forte que la mienne ne l'a jamais été. Elle a envie de vivre, et elle m'encourage à agir, à lui donner naissance. Elle veut que je trouve un moyen de revoir mon bien-aimé.

C'est alors que j'entends une nouvelle voix dans l'obscurité. C'est ma mère. Elle chante une vieille mélodie. Les paroles ne me sont pas familières, prononcées dans une langue inconnue. Est-ce la langue des dieux, ou bien celle de mon enfant à naître ? Quoi qu'il en soit, j'entends ma mère, et je veux la rejoindre. Je sais pourtant que cela m'est interdit. Je dois suivre les conseils que Mo Yutok m'a donnés il y a toutes ces années, et rester sourde aux appels des esprits. Ses mots m'ont retenue dans ce monde. En larmes, je me détourne de la voix d'Ama, et force mes jambes à fuir ma mère, en direction de la fillette. Lorsque celle-ci s'enfonce dans les ténèbres, je fais ce que j'ai à faire : je continue à marcher, à sa recherche. Je marche jusqu'à ce que la voix de ma mère disparaisse.

Les rêves sont une chose, mais je perds courage à la lumière du jour. Dix ans se sont déjà écoulés, et je ne sais pas quels sentiments Samphel éprouve, ni même s'il se souvient de moi. Que pourrais-je lui dire, d'ailleurs ? Que je ne l'ai pas oublié, que je pense à lui tous les jours ? Devrais-je lui dire que j'ai l'habitude de me poster à l'endroit où nous nous sommes parlé pour la première fois, et de me remémorer ses moindres mots ?

Il y a un an, j'ai demandé à Tenkyi de rédiger une lettre pour moi. Écrire directement à Samphel me gênait, alors je me suis adressée à Shumo Yangsel, dans l'espoir qu'elle solliciterait son aide pour lire le courrier. Dans cette lettre, j'expliquais que je me sentais beaucoup mieux, et que les violents tremblements qui m'avaient saisie lors de ma dernière nuit chez ma tante, des années auparavant, n'étaient jamais revenus. Je proposais de rendre visite à Shumo pour les fêtes du Nouvel An, au cas où elle aurait besoin d'aide. Vers la fin, je demandais comment Samphel se portait, et si son père avait fini par rentrer d'Inde. Pendant soixante-cinq jours, la lettre terminée et prête à expédier est restée nichée dans une robe pliée au fond de mon tiroir, jusqu'à ce que j'entende dire que Pasang Gyari s'apprêtait à se rendre à la capitale pour voir sa sœur. Je me suis présentée chez lui avec deux paquets de viande séchée et de beurre, un pour sa sœur, l'autre pour ma tante. Ces cadeaux l'ont touché, et il a accepté de livrer ma lettre dès qu'il arriverait au camp, tout en m'avertissant qu'il ne reviendrait pas avant des mois. Shumo devrait trouver quelqu'un d'autre à qui confier sa réponse. Cela ne m'inquiétait pas. Samphel se débrouillerait, me suis-je dit. Il déciderait peut-être même de venir lui-même. Je suis restée chez Pasang jusqu'à ce qu'il range la lettre dans son sac, et se mette en marche sur le chemin en terre.

Néanmoins, le Nouvel An est arrivé puis passé sans que j'aie reçu de nouvelles. J'ai appris ensuite que Pasang avait décidé de poursuivre sa route jusqu'en Inde du Nord pour retrouver sa nièce, qui avait réapparu seule dans un orphelinat après avoir fui l'armée des Gyamis. Je ne suis pas certaine qu'il se soit arrêté au camp de Shumo, en fin de compte. Voilà donc où nous en sommes. Un caillou jeté dans la brume, sans un bruit. Moi, je reste échouée là.

Alors que je replie les couvertures et les tapis, Tashi et ma sœur commencent à marcher côte à côte, en échangeant des œillades timides. Quelques lucioles scintillent autour d'eux, et non loin de là des chèvres errantes broutent dans un carré de fleurs. Le soleil a entamé sa descente derrière les collines, inondant le paysage d'une lueur rosée. Je remarque à quel point Tenkyi et Tashi semblent à l'aise, avançant en silence tous les deux, leurs silhouettes se fondant en une seule ; mais je n'en éprouve aucune jalousie. Je me demande plutôt si Samphel et moi marcherions de la même façon. Dans un recoin secret et précieux de mon esprit, je nous imagine descendre cette colline à notre tour. Nous n'avons pas besoin de parler, car nous sommes encore si jeunes, et nous avons tout notre temps devant nous.

3

Les hommes doivent avoir des fourmis dans les jambes, cette saison. Gen Lobsang, qui se trouvait en Inde pour régler des affaires concernant le camp, vient de rentrer. Au lieu de se reposer, il s'est dirigé tout droit vers notre cabane, d'un air extrêmement pressé.

« Lhamo, où est ta sœur ? m'interroge-t-il.

– Qu'est-ce qui se passe, Genla ? » dis-je en me levant de mon tabouret.

Hors d'haleine, Gen Lobsang lâche ses paquetages par terre. Le bruit effraie les coqs à mes pieds, qui prennent brièvement leur envol. Mo Yutok se réveille en sursaut à côté de moi. Elle s'était assoupie contre sa maison, un chapelet pendouillant entre ses doigts. Je remarque que le visage de Genla est trempé de sueur, comme sa chemise. Posant la laine brute que je cardais entre deux peignes en bois, je lui offre mon tabouret.

« Tu dois être fatigué, dis-je. Je vais t'apporter du thé.

– Oui, mais où est ta sœur ? répète-t-il.

– Il y a encore une souris dans la charpente », annonce Tenkyi en sortant de la cabane, une louche de soupe aux lentilles à la main. « Goûte ça », me dit-elle.

Gen Lobsang sort une enveloppe de la poche de sa chemise. Il la tend à Tenkyi avec une expression profondément satisfaite, que je ne lui ai jamais vue. Même ses cheveux blancs semblent rayonner au soleil. Tenkyi me passe la louche, s'essuie les mains, et entreprend de lire le courrier.

« Qu'est-ce que ça dit ? demande Mo Yutok, qui se lève pour étudier la lettre, bien qu'elle ne sache pas lire.

– Tenkyi a obtenu une place pour étudier à Delhi, déclare Gen Lobsang. Où est Migmar ?

– Elle a déjà une place ? demandé-je. Quand a-t-elle postulé ?

– Oui, on a proposé à ta sœur d'intégrer la grande école, répond-il avec fierté. Seuls les élèves les plus doués et brillants y vont après leur certificat d'études.

– C'est fabuleux ! s'exclame Mo Yutok. Ils ne voudraient pas tous nous prendre, si ? »

Genla éclate de rire.

« C'est la première de notre camp à être reçue, mais ce ne sera pas la dernière. »

Tenkyi lève les yeux de la lettre.

« Je ne pensais pas que c'était possible », dit-elle, d'une voix presque dénuée d'émotion.

Avec un soupir, Gen Lobsang s'installe sur le tabouret.

« Lhamo, je veux bien mon thé maintenant. »

Mo Yutok s'assied aussi.

« Alors comme ça, nos filles vont nous quitter, dit-elle.

– Seulement la plus jeune. Lhamo restera ici.

– Je ne vois pas où j'irais d'autre, marmonné-je.

– C'est bien, répond Mo Yutok. Ton oncle a besoin de toi. »

Je me retourne vers ma sœur.

« Et ton idée d'enseigner à l'école du camp ? Ce n'était pas ce que tu avais prévu ? »

Tenkyi ne doit pas m'avoir entendue, occupée à discuter avec Gen Lobsang du problème des frais de scolarité.

« Ce ne sera pas facile, déclare-t-il. Rien ne l'est. Mais j'écrirai au gouvernement en exil pour demander conseil.

– Mais pourquoi partir si loin ? demandé-je. Il n'y a pas une université à Katmandou où elle pourrait étudier ?

– Pas pour nous. Pas sans avoir la nationalité, rétorque Tenkyi. Tu ne devais pas apporter du thé à Genla ? »

Je rentre dans la cabane pour préparer le thé. Je comprends bien pourquoi ma sœur ne m'a rien dit. Cela fait longtemps qu'elle imagine une vie au-delà de notre camp, un avenir dont je ne peux pas concevoir la forme. Alors que j'ai dû arrêter l'école au bout de trois ans pour travailler, Tenkyi a toujours été à part – choisie par notre mère, douée du même esprit, un esprit qui capture immédiatement tout ce qui compte. Pendant ce temps, nous vaquons à nos occupations comme des somnambules, en ne retenant presque rien. L'autre fois, elle a récité quatorze types de chants d'oiseaux qu'elle était en train d'apprendre. Même en plein jour, elle est capable de m'indiquer des dizaines de constellations cachées dans le ciel. Et quand des touristes arrivent au camp pour observer la vie des réfugiés, c'est à Tenkyi que nous confions la tâche de leur vendre notre artisanat. Son niveau d'anglais a dépassé celui de Gen Lobsang il y a des années et, faute de professeur, elle s'est résolue à mémoriser les émissions en anglais qui passent à la radio, puis à les répéter pour s'exercer.

Je ne pense pas que Tenkyi sache à quel point j'aime les moments où elle me fait la lecture – notre rituel personnel du soir. Avant de préparer le dîner, je m'assure qu'il y ait assez de pétrole dans la lampe ; puis Tenkyi s'assied à côté, et pendant que je cuisine, elle me lit un livre en anglais, en le traduisant ligne par ligne. Lentement, elle me raconte des histoires d'orphelins martyrisés et de populations entières massacrées par des envahisseurs. Nos larmes ne tardent jamais à couler, tandis que nous secouons la tête, ébahies et consternées par le monde.

Évidemment, ce n'est pas suffisant pour l'esprit remarquable de ma sœur. Elle veut pouvoir lire avec aisance cette langue étrangère, sans interruption, sans avoir besoin de ralentir pour moi. Comme un oiseau obligé à marcher dans la poussière, elle souhaite désespérément prendre son envol. Mon corps, lui, est formé pour la terre. À la fin de chaque journée, je pose la tête sur un oreiller et sens mes pieds vibrer de douleur. Mes doigts me font mal aussi, se rappelant les gestes que j'effectue en tissant et récurant, et mes yeux brûlants ne veulent rien regarder. Je n'ai pas le temps d'étudier, d'écouter les récits d'autres pays, d'apprendre de nouvelles idées sur les arbres, les animaux et l'histoire d'autres peuples. C'est seulement en dormant que je peux me reposer, ou laisser mon esprit s'envoler au-delà de cette colline.

Il y a deux ans, quand la nouvelle école du camp a été achevée, avant les prières inaugurales, j'ai balayé et épousseté les salles de classe. J'ai promené mon balai entre les rangées de bancs et de pupitres, le long des murs, dans les recoins du toit. Avec un chiffon, j'ai fait briller les tables, les sièges et les fenêtres. Incapable de contenir mon plaisir et ma nostalgie, je me suis assise sur un des petits bancs, et j'ai imaginé qu'un livre était ouvert devant moi, et que je le lisais sans effort, le monde se déployant avec clarté sous mes yeux. Si j'avais pu faire des études comme ma sœur, nous nous préparerions peut-être toutes les deux pour la grande école à l'heure qu'il est.

Peut-être lui ai-je simplement ménagé une place en m'écartant, comme un arbrisseau le ferait pour un arbre plus jeune – un arbre plus prometteur. Peut-être ai-je contribué au devenir de ma sœur. Cela dit, je suis aussi têtue qu'elle. Je suis décidée à prendre ma vie et mon bonheur en main. Comme Tenkyi, je dois au moins essayer.

Au crépuscule, quand le calme s'empare du camp pendant les préparatifs du dîner, je m'éclipse pour rejoindre la maison de Gen Lobsang avec une miche de pain chaude.

« Genla, chuchoté-je devant sa porte. C'est Lhamo. Je t'ai fait du balep. »

Genla vient tirer le rideau de la porte.

« Oh, c'est la version de l'Amdo. Ma préférée, dit-il en regardant le pain épais. J'ai préparé du thé. Entre. »

Ôtant rapidement mes sandales, je franchis le rideau pour m'asseoir sur un tabouret. Genla me verse une tasse, rajoute du thé dans la sienne, puis arrache un bout de pain. Je décide de poser ma question avant de flancher.

« Genla, est-ce que je pourrais aller à l'école aussi ? Avec ma sœur, je veux dire. »

Il garde le silence, m'observant d'un air déconcerté.

« Je ne suis pas aussi brillante que Tenkyi, je sais…

– J'ai toujours pensé que tu étais très intelligente, dit-il doucement.

– Si je pouvais étudier avec toi quelques mois…

– C'est trop tard pour ça, Lhamo. Bien trop tard.

– Bien sûr, dis-je en hochant la tête. Tu as raison. Je suis ignare. » Les larmes aux yeux, je me lève pour partir. « Oublie ces questions idiotes, s'il te plaît.

– Attends, Lhamo. Attends une minute. » Ses yeux cherchent quelque chose. « Tu es une jeune femme. C'est bien naturel que tu aies envie de découvrir le monde. Ma mère est âgée, et vit plus ou moins seule au camp de Katmandou. J'ai essayé de la faire venir ici, mais elle refuse. Voudrais-tu aller jeter un œil sur elle ? Je te donnerais de l'argent de poche, et tu pourrais explorer la capitale et rencontrer d'autres jeunes gens.

– Tu parles du camp de Jawalakhel, Genla ? Est-ce que je serais de retour avant le départ de Tenkyi ? »

Il me rend mon sourire, interloqué.

« Oui, bien sûr. Ce ne serait que pour un mois environ. Tu es d'accord ? »

C'est l'occasion rêvée de me rendre au camp de Samphel par mes propres moyens. Je joins les mains, et hoche la tête. Gen Lobsang déclare que je suis la jeune femme la plus responsable du camp, et qu'il ne doute pas que je prendrai soin de sa vieille mère. Celle-ci s'apprête à changer d'appartement, m'explique-t-il, alors si je pouvais partir immédiatement pour l'aider à organiser le déménagement, cela lui serait très utile. En revanche, il me recommande d'éviter son frère. C'est un « homme de mauvaise vie », dont une jeune femme comme moi ferait mieux de se méfier. Cela m'amuse. Je n'ai pas peur du frère de Gen Lobsang, ni de ses avances. Samphel sera là.

« Je peux même m'occuper de te trouver un vol, propose Genla.

– Le car m'irait très bien », dis-je, n'ayant aucun désir d'être catapultée dans les airs.

Genla m'explique que les billets d'avion sont bon marché. Les vols internes constituent encore une nouveauté aux yeux de la population locale, alors les compagnies aériennes ne peuvent pas fixer de tarifs trop élevés. Par ailleurs, un voyage qui prendrait une journée entière par la route ne durerait qu'une heure en avion. Je suis sur le point d'insister, quand une pensée me vient : qu'est-ce que ce serait de raconter à Samphel mon voyage à Katmandou ! De lui dire : j'ai flotté à travers le ciel pour te voir. Je me suis changée en oiseau pour te rejoindre.

« Je prendrai le billet d'avion », dis-je.

Je baisse entièrement le cache-hublot, et appuie ma tête contre la paroi froide de l'avion. Malgré cela, mes membres me disent que nous avons atteint une altitude insensée. Un instant plus tôt, les maisons des villages m'ont semblé si minuscules sur les collines. Notre camp aurait-il paru aussi petit ? Est-ce ainsi que les soldats gyamis nous voyaient depuis les airs ? L'avion pique brusquement du nez, et des prières s'élèvent des quatorze sièges dans ce tube en métal. J'adresse les miennes au Saint Sans Nom, avant Guru Rinpoché ou qui que ce soit d'autre. Son visage est le plus net à mes yeux. Son regard le plus proche.

« Ramène-moi à Samphel en un seul morceau, chuchoté-je, avec plus de ferveur que jamais. Et fais qu'il me trouve jolie. »

Quand l'avion atterrit enfin, heurtant violemment le tarmac, un concert d'applaudissements larmoyants retentit.

À l'extérieur de l'aéroport, des chauffeurs de taxi m'encerclent, en me promettant tous le meilleur tarif possible. Je m'extirpe de la masse, et descends la colline pour gagner la route principale, où Gen Lobsang m'a dit que je pourrais héler un rickshaw. Le conducteur zigzague avec brusquerie dans les rues, manquant plusieurs fois de me jeter par-dessus bord au milieu d'un virage. Une énergie chaotique et effrayante règne partout dans la ville, qui menace de déborder. Les routes fourmillent de voitures neuves, et de nouvelles maisons ont surgi de chaque parcelle de terrain disponible. Pour autant que j'en sache, une centaine d'autres maisons pourraient frémir sous la surface, prêtes à jaillir à l'air libre. Tout est en mouvement ici – les ouïes des poissons morts qu'on éventre, les rangées de femmes qui fument et grillent du maïs, les enfants qui jouent avec des cailloux et des élastiques, les cloches, les prières et les airs d'harmonium qui s'élèvent d'un millier de temples.

De temps à autre, on aperçoit des étrangers dégingandés et pâles qui vagabondent dans les rues, habillés comme des ascètes hindous, un appareil photo autour du cou. Pourtant, c'est moi l'étrangère. J'ai l'impression que toute la ville se ramasse sur elle-même, accaparée par une conversation que je ne peux pas encore comprendre. Pas avant que Samphel soit de retour à mes côtés.

Au coucher du soleil, j'atteins enfin la route en terre menant au camp de Jawalakhel, mais j'ai le ventre noué. À présent que quelques pas m'en séparent, je m'interroge : et si Samphel m'accueillait avec indifférence ? Après tout, il a toujours montré une certaine froideur. J'y ai fait face lors de notre rencontre, et quelque part j'ai le sentiment que sans la vague et inexplicable attirance que j'ai éprouvée pour lui ce jour-là, nous serions peut-être restés de relatifs étrangers, même en vivant côte à côte. Écartant des cheveux collés à mon visage, je me rends compte que ma peau est couverte de poussière. J'en ai même dans les dents. En haut de la colline, près d'un champ découpé en rizières, je repère des Népalais qui font la queue devant une pompe à eau, et je demande au conducteur de rickshaw de me déposer là. Je m'asperge d'eau, me frotte rapidement le visage et les bras. Puis je passe la tête sous le mince jet glacé, peigne mes cheveux en arrière, et les tresse soigneusement. Lorsque je m'engage sur la pente, je tremble tout entière, aussi euphorique qu'apeurée.

Le camp a grandi en même temps que la ville autour. Il y a davantage de maisons en pierre et en brique maintenant, même si certaines personnes vivent encore dans des abris en tôle qui s'appuient les uns aux autres pour ne pas s'écrouler. On trouve aussi une nouvelle enfilade de commerces offrant des céréales, des légumes et des articles de papeterie. Des gens sont assis devant les boutiques, en train de tourner leurs moulins à prières, de fumer des cigarettes ou de siroter du thé, et m'observent avec curiosité. Je leur rends leur regard, en me demandant si Samphel se tient parmi eux. Une file de petits enfants apparaît devant moi, marchant main dans la main, probablement de retour de l'école. En m'enfonçant dans le camp à leur suite, je me rends compte qu'ils sont assez jeunes pour être nés dans ce pays. Un à un, ils quittent le groupe pour s'engouffrer chez eux, ou s'arrêtent au dépotoir pour uriner.

La ruelle de Shumo Yangsel est rongée par la mousse, et j'ai du mal à discerner les chiffres au-dessus des portes. Au numéro quinze, une conduite d'eau goutte à un rythme régulier, et le mur en ciment est enduit d'une pellicule gluante, vert et marron. Près de l'entrée, une chienne grise efflanquée est couchée sous l'auvent avec cinq chiots nouveau-nés accrochés à ses mamelles, les yeux à peine ouverts. La porte de Shumo me paraît minuscule et abîmée, comme si elle avait subi les assauts d'une centaine d'orages.

« Qui est-ce que tu cherches ? »

Une femme se penche à sa fenêtre, au premier étage d'un appartement à quelques bâtiments de là.

« Shumo Yangsel, ma tante.

– Elle est allée à Dharamsala, en pèlerinage. Tu vois le cadenas ? »

J'ai réussi on ne sait comment à rater le cadenas en laiton.

« Quand reviendra-t-elle ?

– Tu n'es pas au courant de ce que fait ta propre tante ? Elle a pris la route il y a deux mois pour solliciter une audience auprès de Sa Sainteté avant de mourir. Elle a tellement de chance ! Ce n'est pas tout le monde qui peut partir comme ça, hein ?

– Et le garçon ? »

La femme est distraite par quelque chose à l'intérieur de l'appartement. Elle se détourne, puis disparaît. Je me recule dans l'allée, essayant de scruter la fenêtre du premier étage pour voir si elle reviendra.

Plus loin, un Tibétain de petite taille, bien habillé, se déplace de maison en maison avec un long registre à la main. Il ne frappe pas aux portes, ne parle à personne. Il observe simplement chaque bâtiment, griffonne sur le registre, puis se remet en marche. Approchant de la maison de Shumo, il garde les yeux rivés sur les murs, qu'il inspecte avec une concentration efficace. Son regard parcourt la porte d'entrée de Shumo, s'arrête brièvement sur les chiens, puis remonte vers l'auvent. Sans me prêter attention, il examine les fenêtres, mais les rideaux jaunes sont fermés et aplatis de l'intérieur, ne laissant rien deviner de la maison de Shumo. Malgré cela, l'homme fixe un long moment les volets et les vitres.

« Vous travaillez pour le camp ? » demandé-je.

Il continue à prendre des notes sans répondre.

« C'est la maison de ma tante. Savez-vous où elle est ? Ou Samphel ? Il doit avoir vingt-cinq ans maintenant. »

L'homme consulte une des premières pages du registre.

« Yangsel n'a pas de fils. Tous ses enfants sont décédés. »

Je me penche pour étudier le document. Surpris, l'homme recule d'un bond. Il me dévisage en fourrant le cahier dans son sac.

« Vous auriez intérêt à réfléchir avant de faire une chose pareille », déclare-t-il, puis il s'éclipse dans une autre ruelle.

« Le garçon est parti il y a des années, intervient la femme à l'étage. Samphel. Le petit que Yangsel a adopté, c'est ça ? Taiseux, mais étonnamment intelligent par certains côtés. C'est dommage, pour son père. Le pauvre. On l'entendait parfois appeler ses parents en pleurant le soir. On entend tout ce qui se passe dans ces petites bicoques. Je sais tellement de choses que j'en ai la migraine.

– Où est-il allé ?

– Il a intégré un nouveau monastère dans la jungle indienne.

– Vous êtes sûre ? »

Elle rétorque qu'elle a la mémoire la plus affûtée de sa famille, et qu'il faut qu'elle me laisse, maintenant. Elle n'est pas du genre à se mêler des affaires des autres, mais elle est certaine que le garçon a rejoint un monastère quelque part dans le sud de l'Inde.

« Va parler au gérant de la boutique au bout de la rue, si tu ne me crois pas, ajoute-t-elle. C'est lui qui a aidé à organiser tout ça, comme son cousin dirige le monastère. Ils se sont brouillés il y a des années, mais il lui a quand même envoyé le garçon – il avait le tempérament idéal pour une vie contemplative. Comme je le disais, je ne me mêle pas des affaires des autres. Va voir à la boutique toi-même. »

Je m'assieds sur un rebord de fenêtre face à la maison de Shumo. Au fond de moi, je m'attends encore à ce que Samphel ouvre la porte pour m'accueillir, même si je sais que c'est impossible. Pourtant, je n'arrive pas non plus à croire qu'il soit allé vivre dans un monastère. Le garçon que je connais n'aurait pas tenu une seconde dans un endroit pareil.

4

Comme promis, je prends en charge la mère de Gen Lobsang, Mo Sakya. Cependant, la situation n'est pas exactement celle qu'on m'a décrite. Mo Sakya n'a pas la moindre intention de déménager, et son fils cadet est parti travailler dans le commerce des pull-overs en Inde. Je suis aussi étonnée de découvrir qu'il s'agit d'une femme énergique et sociable, qui aime se promener dans le camp pour échanger des commérages, contribuer à de petites tâches et participer à toutes les séances de prières. Elle a quand même un œil qui ne voit plus rien et l'autre qui suit le même chemin, de sorte que ma venue n'a pas été totalement inutile.

« On forme une fine équipe ! » s'exclame-t-elle souvent, en tenant mon visage près du sien pour mieux me regarder.

Mo Sakya m'a confié que certains la pensaient atteinte d'une cécité des neiges définitive. Pendant sa fuite du Tibet, elle a été séparée de ses fils plusieurs jours, piégée dans une tempête de neige. Après ça, elle n'a jamais recouvré la vue. En même temps, je crois qu'elle a quatre-vingts ans bien sonnés, et que ses soucis reflètent tout simplement son âge. Les gens seraient prêts à dire n'importe quoi par gentillesse, surtout à une personne débordante de vie comme elle. Parfois, quand je la vois réciter des prières de mémoire ou astiquer vigoureusement ses bols chantants, j'arrive clairement à l'imaginer dans sa jeunesse.

Depuis mon arrivée, elle s'est détendue, et a même diversifié ses centres d'intérêt. Elle s'est mise à fumer et à boire en privé. Je ne vois pas d'inconvénient à ce que cette vieille femme s'adonne à de nouveaux plaisirs. Elle a la chance de vivre dans sa propre maison, alors qui l'en empêcherait ? Pour ma part, je m'assure qu'il y ait toujours un pichet de bière dans la cuisine, et une nouvelle jarre en train de fermenter dans un coin sombre et frais. Que Mo Sakya le sache ou non, j'explore moi aussi une nouvelle forme de liberté chez elle. Sans aucun membre de ma famille aux alentours, j'ai découvert une solitude inédite – une certaine indépendance, même.

Je reste malgré tout liée à Samphel. Alors que mes chances de le revoir s'amenuisent, mes sentiments pour lui ne cessent de grandir. C'est comme si je percevais la chaleur qu'il a laissée dans ce camp exigu et déroutant. À travers les murs humides des ruelles, le ciel nocturne étroitement encadré par les toits des maisons, j'éprouve le même désir d'évasion qu'il a dû éprouver. Par ailleurs, les instants que nous avons partagés ici des années auparavant semblent croître dans mon esprit. Ces souvenirs enflent, saupoudrés d'or scintillant par la nostalgie. Pourquoi courions-nous sans cesse d'un endroit à l'autre, à l'époque ? Pressentions-nous que nous aurions si peu de temps ensemble ?

La nuit, je rêve de la jungle indienne où il vit. Je rampe dans les fourrés, sous une voûte de feuilles de bananiers si dense que la lumière ne passe pas au travers. Il n'y a pas de montagnes là où habite Samphel, m'a-t-on dit. Rien que la terre fumante sous vos pieds, le soleil implacable au-dessus de votre tête. Je rêve aussi de notre passé – le jour où nous avons exploré la capitale, et où nous nous sommes reposés sur cette colline à Swayambhu. Dans mon rêve, Samphel est assis, plus grand et doté de larges épaules, tandis que je suis allongée dans l'herbe à côté de lui. Je ne distingue pas son visage, et une chose étrange commence à se produire. Il s'empare d'un rasoir, et entreprend de se raser le crâne, comme tout moine en a l'obligation. Des touffes de cheveux noirs pleuvent sur moi alors que je le supplie d'arrêter, mais il ne m'écoute pas, et continue à se raser la tête.

Un soir où je prépare le dîner, je me mets sans le vouloir à révéler tout ce que j'ai sur le cœur à Mo Sakya.

« Attends-le, me dit-elle.

– Il est devenu moine.

– Les moines ne le restent pas toujours. Mon fils en était un.

– Gen Lobsang ? J'ai entendu dire ça il y a longtemps, mais j'ai encore du mal à l'imaginer en moine.

– Ça lui a duré jusqu'à ses vingt ans. C'est pour ça qu'il sait cuisiner. Il peint aussi très bien les thangkas. »

Je suis heureuse de penser que Samphel deviendra comme Gen Lobsang, un homme bien élevé et cultivé.

« J'ai eu un amoureux dans le temps, ajoute Mo Sakya, en souriant au mur à ma droite. On n'y renonce pas si facilement. Les gens disent qu'on ne peut pas aimer profondément quand on est enfant, mais d'après ce que je vois autour de moi, ce sont plutôt les hommes et les femmes adultes qui sont incapables d'aimer. Attends un peu. Il reviendra. »

Un rire m'échappe. C'est tout ce que je voulais entendre.

« Viens plus près », me dit Mo Sakya.

J'arrête de couper mes pommes de terre pour la rejoindre, et la laisse approcher mon visage de ses yeux laiteux.

« Je vois ta mère en toi.

– Tu la connaissais ?

– J'ai appris qu'elle était morte brusquement. Quelque chose s'est tu cet hiver-là. J'ai emprunté un autre chemin, mais je suis allée consulter ta mère une fois, il y a longtemps. J'éprouvais une douleur terrible juste ici, dit-elle en posant ma main sur sa colonne vertébrale.

– Je ne savais pas…

– Elle a soigné mon dos. Tu lui ressembles tellement, poursuit Mo Sakya, en me scrutant de ses yeux humides et tremblotants.

– De quelle façon ?

– Je l'ai de nouveau face à moi, dit-elle, son regard volant à présent d'une partie à l'autre de mon visage. Nous devons cacher notre force, nous les femmes. Mais pas ta mère. Elle refusait de dissimuler son pouvoir. » Mo Sakya hésite, avant de reprendre : « Comme Thrinley Chodron, la jeune nonne qui a mené une révolte.

– Je ne la connais pas.

– Il y a trois ou quatre ans, sa bande a capturé et tué de nombreux soldats gyamis, avant qu'on finisse par l'exécuter. Comme ta mère, Thrinley Chodron servait de réceptacle aux dieux. Elle était possédée par Labja Gongmo, l'oiseau sacré de l'épopée de Ling Gesar. »

Je souris, éblouie.

« J'aimerais en savoir plus, Mo Sakya. Entendre d'autres histoires sur ce genre de femmes. »

Mo Sakya se met à rire.

« J'ai beau être à moitié aveugle, je me souviens de tant de choses. Mieux que la plupart des gens ici. C'est impressionnant, non ? Mais je serai bientôt morte, et quand le temps aura passé, tu ne me considéreras plus que comme un rêve. »

C'est ma troisième saison chez Mo Sakya, et Shumo Yangsel n'a toujours pas reparu ; mais un jour, un message arrive pour moi à l'administration du camp. Il émane de Gen Lobsang, qui a enfin trouvé des parrains pour payer les frais de scolarité de Tenkyi. Elle quittera le pays dans quelques mois, et Ashang Migmar veut que je rentre au camp. D'un seul coup, je me retrouve à organiser mon départ.

Lors de notre dernier jour ensemble, je laisse Mo Sakya toucher mon visage aussi longtemps qu'elle en éprouve le besoin, chacune ayant conscience sans le dire que nous ne nous reverrons plus jamais dans cette vie. Je la guide ensuite par la main vers le coin de la cuisine où la prochaine cuvée de bière fermente. Je lui montre la cachette où j'ai rangé un paquet de cigarettes neuf. La bière sera prête dans quatre semaines, lui dis-je.

« Une dernière chose, ajouté-je. Si Samphel revient, pourras-tu lui parler de moi ? Lui dire que je l'attendrai au camp ?

– Je lui dirai tout. »

Nous nous touchons le front. Mo Sakya drape une écharpe khata blanche autour de mon cou. Elle prononce une prière pour que je rentre sans encombre, et que je vive une longue et bonne vie. Puis elle fourre l'argent du billet de car dans mes mains. Contemplant une dernière fois le visage de Mo, j'allume une cigarette entre mes lèvres, et la place dans sa bouche. J'ai été heureuse ici, me dis-je. Elle m'a montré qu'une femme pouvait connaître le bonheur en vivant seule. Tandis que je m'éloigne sur la route poussiéreuse, je sens encore ses mains sur mes joues.

5

Les parrains de ma sœur sont un couple d'Américains de la côte ouest. Ils nous ont envoyé trois photos, pour que nous puissions identifier la source de notre bonne fortune. Sur l'une d'elles, Mr. et Mrs. Stanley posent avec leurs deux fils adultes, qui arborent un costume élégant et une expression harassée. En toile de fond, on aperçoit un grand arbre couvert de lumières et de décorations colorées, à l'intérieur d'une pièce. Tenkyi et moi étudions la photo de près. Les rideaux de la pièce présentent un motif identique à celui du canapé : des petites fleurs aux teintes roses et beiges. Une lampe faite en or pend au plafond. Posé contre un mur derrière la famille, on distingue un sac étroit à hauteur de taille, d'où dépassent des tiges métalliques. Gen Lobsang nous explique qu'on s'en sert pour pratiquer un sport sur un terrain plus vaste que notre camp. Il y a une deuxième photo, mais elle montre une plage vide parsemée de grands rochers solitaires. Nous ne comprenons pas bien pourquoi la famille a voulu nous l'envoyer. Sur le dernier cliché, Mrs. Stanley sourit, debout à côté d'autres femmes devant l'église de la famille.

« Pourquoi est-elle si simple ? demande Ashang Migmar en observant la structure carrée. Ça n'a rien à voir avec les monastères de chez nous. »

Tenkyi va chercher un cadre neuf qu'elle a acheté en ville. Elle s'empare du portrait de la famille Stanley, et le colle sur l'image de couple blond fournie avec le cadre. Ashang Migmar drape notre plus belle khata en soie autour. Priant pour la longévité de la famille, il dépose la photo sur notre autel, derrière le Saint Sans Nom, que nous gardons là depuis la mort de Po Dhondup.

Bientôt, les gens commencent à nous rendre visite pour voir les photos des bienfaiteurs de Tenkyi. Jeunes comme vieux viennent discuter avec ma sœur de l'existence qui l'attend. Ils l'interrogent sur l'Amérique, et la vie de la famille là-bas. Tenkyi répond par des suppositions animées, ou en enjolivant les détails de leurs lettres. Nous sommes si peu à savoir lire l'anglais que sa parole fait pratiquement loi.

« C'est à croire que les gens pensent que Tenkyi va partir en Amérique, plutôt qu'à Delhi, dis-je à mon oncle, en observant toute cette agitation.

– On ne sait jamais, rétorque Pema Dickyi, une adolescente qui idolâtre Tenkyi.

– Ce serait quelque chose », soupire mon oncle, ajoutant au nombre grandissant d'espoirs placés en ma sœur – des espoirs qui requièrent bien davantage que ce que les Stanley ont offert.

Dans notre esprit, Tenkyi pourrait aussi bien être leur fille. Nous nous attendons à moitié à ce qu'un prochain lot de photos montre ma sœur debout entre leurs deux fils dans leur salon américain.

« Est-ce que c'est ce que tu veux ? demandé-je à ma sœur. Vivre en Amérique ? »

Elle me regarde avec étonnement.

« Je veux tellement de choses. Je veux gagner beaucoup d'argent. Je veux nous sortir de la pauvreté. Je veux aider notre camp, pour que nous puissions être heureux et savoir que nos vies comptent.

– Est-ce que ça arrivera, si tu pars en Amérique ? Est-ce que nos vies compteront ?

– Peut-être, dit-elle d'un ton pensif. Mais d'abord, laisse-moi aller à Delhi. Et toi, grande sœur ?

– Ce que je veux n'a pas d'importance. Je dois cuisiner, tisser et laver des choses.

– Arrête. Qu'est-ce qui s'est passé à Katmandou ? Tu lui as parlé, au moins ? »

Je ne réponds pas. Je suis gênée d'avoir confié à Tenkyi que je voulais voir Samphel.

« Tu ne lui as rien dit, déclare-t-elle. Je parie que tu es juste restée assise en silence chez Shumo, en faisant mine de ne pas l'avoir remarqué. Aie un peu de courage, Acha. »

Sa remarque me blesse.

« Il faut que j'aille à l'atelier », dis-je.

Quand je sors de la maison, Pema relance les bavardages optimistes à propos des bienfaiteurs de ma sœur.

Depuis que le départ de Tenkyi a été annoncé, Tashi s'est mis à nous rendre visite à l'atelier de tissage. Parfois, il ne fait que passer, traversant la salle où l'on fait sécher la laine, aidant à peser et trier des sacs de laine brute, ou préparant les tapis à expédier. Aujourd'hui, il s'attarde du côté des métiers à tisser. C'est la deuxième fois cette semaine. Pendant que Dawa et moi travaillons, il se prélasse sur une pile de tapis terminés, écoutant nos discussions et nos chansons en interjetant un commentaire ici ou là. Quelque chose m'effraie chez lui. C'est peut-être parce que je me demande désormais ce qu'il pense de moi - comment il me trouve, comparée à ma sœur. Je le surprends à m'observer avec un petit sourire. Est-ce ainsi que les hommes fonctionnent ? Quand la femme qu'ils veulent vraiment décide de partir, se mettent-ils aussitôt à en chercher une autre ? Tenkyi n'a même pas fini de préparer ses bagages pour Delhi.

« Tu n'es pas censé travailler ? demandé-je.

- Pas tout de suite », dit-il en se redressant, étonné que je lui adresse enfin la parole. Il commence à resserrer une pelote de laine. « Je suis déjà allé chercher les teintures à Phewa Tal. Je me repose le reste de la journée. »

Se reposer toute la journée ! L'idée me fait sourire malgré moi. Encore pire, un rire menace de m'échapper. Secouant la tête, je fixe le tapis inachevé qui s'élève progressivement du sol, et décide de garder le silence. En réalité, Tashi travaille dur, se chargeant à toute heure de commissions pour le camp. En apprenant à conduire notre jeep, il est devenu l'un des hommes les plus utiles de la communauté. En dehors des trajets de ravitaillement habituels, les gens le sollicitent jour et nuit pour les emmener à l'hôpital, aller chercher des visiteurs importants, et récupérer des meubles que nous ne pouvions pas acheminer aisément ici autrefois, comme des armoires et des cadres de lit.

« Tashi, j'ai un service à te demander, lui dis-je en souriant. Est-ce que tu pourrais nous emmener chez le photographe, Tenkyi et moi ? »

Les photos sont la nouvelle mode du camp. Toutes les familles possèdent leur portrait, ou espèrent en obtenir un bientôt. Le jour dit, les gens se lavent le visage, se peignent soigneusement, et enfilent des vêtements neufs. Après avoir rejoint en car le studio de la ville, ils se plantent devant un décor peint, droits comme des arbres, certains refusant de sourire à un instant aussi solennel, alors que d'autres sont incapables de réfréner leur joie. La toile de fond compte tout autant. La famille de Karma Lhanzom a opté pour un paysage de montagnes, tandis que Po Nyima a fait poser la sienne devant un élégant salon de style occidental, doté d'un escalier courbe et d'un luminaire doré raffiné. Tenkyi et moi n'avons pas encore choisi de décor, mais nous irons assurément nous faire tirer le portrait avant son départ. Tashi, aussi serviable et suspect que toujours, accepte de nous conduire en ville.

Le lendemain matin, Tenkyi et moi nous dirigeons vers la route du camp, vêtues de nos plus beaux atours. Nous nous arrêtons de temps à autre, quand des amis nous hèlent depuis leurs clôtures ou le pas de leur porte pour discuter de nos projets concernant le portrait. Arrivées à la route, nous trouvons Tashi allongé sous un pipal, les bras croisés derrière la tête, pendant que deux garçons lavent consciencieusement la jeep du camp avec des chiffons.

« C'est gentil de vous être apprêtées pour moi », dit-il avec un sourire narquois.

Nous balayons cette remarque d'un rire, mais en montant dans la jeep je prends le temps d'admirer ma sœur. Elle a enfilé un nouveau chemisier rouge et noir sous sa chuba bleue. Ses longs cheveux, retenus par une barrette derrière sa tête, cascadent sur ses épaules. Voilà, me dis-je. Un oiseau noir. Elle traverse le monde, prête à s'envoler. Une dernière photo pour faire plaisir à sa sœur, et elle disparaîtra.

La photo elle-même ne prend pas plus de cinq minutes.

« C'est tout ? dis-je à l'homme chargé de la machine.

– Qu'est-ce que vous croyiez ? réplique-t-il en faisant signe au groupe suivant d'avancer. Les tirages seront prêts dans une semaine. »

Nous récupérons un ticket numéroté, et rentrons chez nous, un peu déçues qu'il ne suffise pas d'attendre quelques heures pour obtenir la photo. Tenkyi et moi avions espéré aller manger de la viande grillée de l'autre côté du lac Phewa. J'avais même économisé une partie de mon salaire pour que nous puissions nous gaver allégrement. Mais il faudra des jours pour développer le cliché, et il s'avère que Tashi doit se rendre à Mugling pour une course.

Sur le chemin du retour, la jeep restée au soleil est étouffante. Tandis que le véhicule avance en bringuebalant sur la route de montagne, comme un vieil animal en fer, Tenkyi et moi discutons de notre choix de décor.

« Le salon ressemblait à celui des photos de tes parrains », dis-je avec regret.

C'est l'arrière-plan que j'aurais voulu utiliser, plutôt que le paysage de collines et de montagnes que Tenkyi lui a préféré.

« Ça n'allait pas, répète-t-elle en lissant ses cheveux ébouriffés par le vent. Je veux une photo qui nous ressemble. »

Comme ses cheveux paraissent clairs sous le soleil, pointes dansant dans l'air pendant que nous traversons cahin-caha la partie sèche du lit de la rivière. La prochaine fois que je verrai Tenkyi, elle sera devenue quelqu'un d'autre, peut-être le genre de personne qui aurait l'air à sa place dans un décor de salon – tandis que moi, je n'aurai pas bougé de cette photo de montagne, n'est-ce pas ? Je prends la main d'étudiante de Tenkyi, portant son dos lisse à ma joue. Tenkyi se retourne, et me sourit. Je n'arrive pas à l'imiter. À la place, je songe : *Je t'ai regardée toute ma vie, et maintenant je dois te regarder partir.*

À l'approche du départ de Tenkyi pour Delhi, je m'absorbe dans une interminable liste de préparatifs. Chaque jour, nous récitons des prières pour que son voyage se déroule sans heurt, pour écarter les obstacles de sa route. Le soir, nous assistons à des dîners d'adieu chez les uns et les autres. Pendant qu'Ashang réunit de l'argent, des fournitures scolaires et du linge de lit pour Tenkyi, j'aide ma sœur à acheter et empaqueter ses vêtements, en essayant de comprendre ce qu'elle pourra porter dans un endroit où il fait chaud comme dans un four et où les sandales en caoutchouc des gens fondent sous leurs pieds. Un endroit sans une montagne à l'horizon. Il y a une rivière là-bas, nous a promis Gen Lobsang, même si elle ne ressemble pas à la nôtre. Ce n'est pas un lieu tranquille où l'on va se reposer ou barboter en été. Savoir cela me soulage secrètement. La rivière et les montagnes l'inciteront peut-être à rentrer.

Le matin du départ de ma sœur, je me lève à l'aube, récite mes prières, et prépare les plats qui m'ont manqué quand j'étais à Katmandou : du pain sans levain, une Thermos de thé au beurre, du poulet dans une sauce au curry, des pommes de terre sautées.

« Tâche de te lier d'amitié avec un groupe de femmes dans le car, dis-je à Tenkyi pendant qu'elle s'habille. S'il y en a qui nous ressemblent, tant mieux, mais même les Népalaises t'aideront. Garde ton sac dans tes bras, surtout si tu t'endors. Essaie de ne pas t'endormir, cela dit. On ne peut vraiment se fier à personne, et cela inclut les gens de chez nous. »

Des tapotements résonnent sur le toit. Un corbeau y sautille, bientôt rejoint par un deuxième oiseau. *Mes vieux amis.* Je lève les yeux vers la tôle ondulée, en me demandant ce qu'ils pensent de tout ce remue-ménage. Ils doivent voir comme ce camp a changé au fil des années, et comme nous avons changé aussi, à tel point que cette colline nous semble trop petite. *Bientôt, ma sœur s'envolera. Aussi libre que vous.*

« Je t'écrirai quand je serai installée », me dit Tenkyi, les yeux injectés de sang.

Je m'aperçois qu'elle n'a pas dormi non plus. Jusqu'alors, je n'avais pas eu l'impression que ma sœur éprouvait autre chose qu'une immense joie. À présent, elle me paraît éreintée et effrayée, comme la petite fille que j'ai portée sur mon dos après la mort de nos parents.

« Tu vas voir tant de choses, dis-je en souriant. À ton retour, nous aurons tous l'air d'enfants à tes yeux. »

Tenkyi enfouit son visage dans ses mains. Avant que je puisse la réconforter, elle secoue la tête et récupère une chemise dans la pile d'habits qu'elle n'a pas prévu d'emporter.

« Je vais prendre celle-là aussi, dit-elle.

– Bonne idée. »

Je plie le vêtement rose pâle. C'est une couleur facile à porter, qui mettra en valeur les joues roses de ma sœur. Aura-t-elle encore ces joues rondes de jeune fille, à son retour ?

« Je parie que tu taperas dans l'œil d'un garçon très intelligent en portant ça…

– Je ne pars pas aussi loin pour trouver un garçon.

– Évidemment, dis-je en riant. Je sais que tu accompliras bien plus que ça. Tu travailleras dur tous les jours. Peu importe les défis que le monde te présentera, tu persisteras. Et un jour, en repensant à cette période de ta vie, tu penseras : j'ai fait quelque chose, je suis devenue quelqu'un. Cette idée me rend si heureuse.

– Si j'en avais seulement eu après un garçon, j'aurais pu épouser Tashi.

– Tu as raison. Ne te fâche pas contre ta grande sœur. Mon imagination s'arrête aux frontières de cet endroit. Ne te fâche pas contre moi, d'accord ? »

« Tenkyi ! » crie une voix dehors.

Ashang s'engouffre dans la cabane.

« Tashi arrive avec la jeep », dit-il. Se tournant vers moi, il ajoute : « Tu es sûre que tu ne veux pas nous accompagner à la gare routière ? »

Je secoue la tête.

« À quoi bon ? »

Il m'observe avec inquiétude, puis passe à autre chose. Je sais que mon oncle partage mon chagrin, mais il ne peut pas encore s'accorder le temps de l'éprouver. Quand nous sortons de chez nous, Tashi me prend le sac, et l'emporte à la jeep. Une foule s'est rassemblée dans notre cour, khatas en main. Un par un, les gens s'approchent de Tenkyi, prient pour sa réussite et son bonheur, et drapent les écharpes en soie autour de son cou.

« Reviens nous voir, disent-ils. Nous prierons pour toi. Tu es l'orgueil de notre camp. »

Lorsque Tenkyi me rejoint, je la serre dans mes bras.

« Je t'ai mis du pain, des pommes de terre et une Thermos de thé dans le sac noir, dis-je lentement, pour que ma voix reste aussi grave et ferme que possible. Chaque fois que tu auras peur, adresse des prières au Saint Sans Nom. Il nous protège. Je demanderai à ce qu'on fasse d'autres prières pour ton voyage. Tu n'as aucune inquiétude à avoir. »

Je sors une khata, la passe autour du cou de Tenkyi, puis noue ses extrémités pour éviter qu'elle s'envole.

« Bon, c'est bien, tu peux y aller », dis-je avant de rentrer dans la cabane.

Depuis mon lit, j'entends le moteur démarrer et les enfants crier « bye-bye ». Le sol tremble alors que ma sœur s'éloigne.

6

Une semaine après le départ de Tenkyi, le camp a peu à peu repris son rythme familier, mais ma vie tarde à se remettre en place. Même Ashang a remarqué que je négligeais mes corvées, laissant la lessive et la vaisselle s'accumuler dans un coin. Ce matin, j'ai enfin décidé d'emporter une bassine débordant de vêtements à la rivière. J'y reste jusqu'à une heure avancée de l'après-midi, occupée à frotter, battre et essorer une quantité infinie de linge.

Quand je finis par remonter la falaise avec une lourde bassine de vêtements mouillés, Dawa m'adresse des signes frénétiques depuis la citerne.

« Lhamo, viens ici ! m'appelle-t-elle, tout en gardant un œil sur sa marmite qui se remplit lentement d'eau. Ton oncle est en train de discuter avec un homme chez toi. Il a l'air important. »

Je pose brièvement la bassine sur un mur en brique, la hanche en feu.

« Pourquoi quelqu'un d'important viendrait-il chez nous ?

– Tu crois que c'est un prétendant ? demande-t-elle avec un grand sourire.

– Je ferais mieux d'y aller. »

Une scène ordinaire m'accueille à la cabane. Mo Yutok est assise comme à son habitude sur une natte en herbe, plissant les yeux pour essayer d'ôter les insectes d'un plateau de riz devant elle.

« Laisse-moi m'en occuper, lui dis-je, avant de chuchoter : qui est avec Ashang ?

– Aucune idée, ma belle. » Mo Yutok se relève lentement en s'appuyant au mur, puis jette un coup d'œil à ma lessive. « Tu as besoin d'aide pour sécher ça ? »

Je pose la bassine avec un hochement de tête. Quand j'entre dans la cabane, mon oncle est assis à côté d'un jeune homme en chemise et pantalon en toile repassé. Le Saint Sans Nom leur fait face, installé sur la table basse.

« Tu es déjà rentrée ? s'étonne Ashang.

– Ça fait des heures que je suis partie, dis-je, avant de saluer l'inconnu. *Tashi Delek*.

– Eh bien, je te présente Kesang la, de Dharamsala. Sers-lui du thé, Lhamo. Je n'ai pas trouvé les feuilles. »

Je m'accroupis près de la cuve en terre cuite, y puise quelques tasses d'eau que je transvase lentement dans la casserole, avant d'allumer le brûleur à gaz. Je m'affaire le plus silencieusement possible, pour écouter la conversation des deux hommes.

« Ce *ku* pourrait être très vieux, déclare Kesang. Une centaine d'années, voire plus.

– Vous croyez ? demande Ashang. Quel miracle.

– Voulez-vous déjeuner avec nous ? dis-je doucement. Nous avons du mouton.

– Oh non, il faut que j'y aille bientôt.

– Elle cuisinera de toute façon. Restez manger », insiste Ashang.

Une fois que l'eau bout, j'y jette des feuilles de thé. Je verse du riz dans une autre casserole, et commence à tamiser les grains avec mes doigts. Il y a beaucoup d'insectes morts à l'intérieur, et même quelques gros cailloux. J'ai bien envie d'aller rendre ce sac et celui de Mo Yutok au magasin.

« Vous savez, Migmar la… », dit Kesang d'un ton mesuré, comme s'il venait d'avoir une idée prometteuse. « Ma tante vit à la capitale. Elle a un ami que le *ku* pourrait intéresser. »

Je jette un coup d'œil derrière moi. Mon oncle hoche la tête en regardant le Saint, mais il ne dit rien.

« C'est un homme pieux, continue Kesang. Très éduqué, riche et généreux. La pièce où il garde son autel est remplie du sol au plafond de textes sacrés. Une statue comme celle-ci le passionnerait. »

Ashang arrête de hocher la tête, et choisit soigneusement ses mots.

« Je suis un homme simple, Kesang la. J'étais marchand de sel autrefois. Je ne connais pas grand-chose aux passions des gens riches.

– Bien sûr », répond Kesang, faisant prudemment marche arrière.

Je le vois chercher un autre angle d'approche. Cependant, Ashang ne se soucie pas des projets de Kesang.

« Mon rêve a toujours été de découvrir le véritable nom du *ku*. Il est important que nous sachions quel Saint nous vénérons depuis toutes ces années. Quand cela sera fait, nous devrions offrir le *ku* à un monastère. Si vous pouviez m'aider, je vous en serais reconnaissant. J'ai entendu dire que vous aviez des contacts dans des monastères importants.

– Bien sûr, je me renseignerai, réplique Kesang en se levant brusquement. Il faut vraiment que j'y aille. »

L'eau du thé s'est changée en épais bouillon noir. J'y ajoute du lait, et demande à Kesang la s'il préfère son thé avec du sucre ou du beurre. Il me rétorque qu'il ne restera pas. Après les suppliques d'usage, mon oncle finit par céder, et raccompagne l'homme dehors. Je jette deux gousses d'ail épluchées dans un mortier, et m'empare du pilon. Une douleur vive transperce mon poignet. La pierre semble plus lourde que d'habitude. Je repose le pilon, et fixe les casseroles devant moi. Une tasse de thé presque terminée, du riz à laver et égoutter, du mouton mis à tremper dans de l'eau. Mes corvées viennent seulement de commencer, et il y en aura d'autres. Jour après jour, pendant des années à venir, j'écraserai de l'ail, je préparerai du thé, j'ôterai des insectes de grains de riz, je laverai le linge. Pendant ce temps, les hommes feront des projets. Ils observeront nos Saints comme ils observent nos corps, et ils choisiront quoi déplacer où, qui s'approprier, qui envoyer loin. Ils choisiront qui devra s'instruire, et qui devra rester ignare. Je me rapproche du Saint Sans Nom. Les mains jointes, je le contemple, scrutant chaque détail de sa silhouette. Son ventre creux, le dessin de ses côtes, les reliefs saillants de ses épaules, de ses coudes, et même de ses cuisses sous les replis d'un mince pagne. Son expression crispée face au ciel, comme s'il attendait désespérément une réponse. Comme s'il suppliait les esprits de lui parler, de la même façon que ma mère l'avait fait à la frontière.

Je me penche pour regarder sous le lit d'Ashang. Des boîtes et des valises poussiéreuses s'entassent sous le sommier. Tout au fond, une valise en métal contient les affaires de mes parents. Ashang les a gardées à l'abri toutes ces années, mais je ne les ai pas examinées une seule fois. Je tire les boîtes vers moi une par une, soulevant un nuage de poussière et provoquant la fuite d'araignées. La valise en métal glisse sans peine, plus légère que je ne le pensais. De la rouille tache les bords, là où de l'eau de pluie doit s'être infiltrée.

« *Wai !* s'exclame Dawa, debout sur le seuil. Où est passé le visiteur ? Tu l'as déjà éconduit ?

– Entre, dépêche-toi.

– Attends une minute, dit-elle avec un grand sourire. Tu prépares tes valises ? Je me doutais bien que tu te caserais à la première occasion. » Dawa s'agenouille à côté de moi et évente son chemisier, imbibé d'eau de vaisselle. « Tu ne voudrais pas lui demander s'il a un frère ? Mon père ne s'arrêtera jamais de boire assez longtemps pour me trouver quelqu'un. Je devrais peut-être juste mettre une pancarte à ma fenêtre : une fille obéissante et dégourdie habite ici, prière de frapper. Qu'est-ce que tu en penses ?

– Arrête, Dawa. Cet homme n'était pas là pour moi. Ashang l'a fait venir pour examiner le *ku*.

– Oh, la barbe. Pourquoi ton oncle ne laisse-t-il pas tomber cette histoire ?

– Lhamo ! m'appelle Mo Yutok, passant la tête par l'encadrement de la porte. Bhu Tsering a terminé sa clôture, et il lui reste de la peinture. Il demande si quelqu'un en veut.

– De quelle couleur ? s'enquiert Dawa.

– On n'a pas besoin de peinture, Momo, dis-je. Viens prendre le thé tout à l'heure. Il est presque prêt.

– Entre tout de suite, dit Dawa en se tournant vers le fourneau. Je m'occupe du thé. Continue ce que tu étais en train de faire, Lhamo. »

Pendant que Dawa commence à s'affairer avec le sel et le beurre, Mo Yutok pénètre dans la pièce à pas lents, et s'assied sur mon lit.

« Je crois que c'était de la peinture bleue ou blanche, déclare-t-elle, avant de scruter la valise devant moi. Qu'est-ce qu'il y a là-dedans ?

– Les affaires de mes parents, dis-je en posant la main sur la surface froide.

– Ça alors ! s'exclame Dawa, occupée à baratter le thé au beurre. Tu as de la chance. Il ne me reste plus rien de ma mère. »

Mo Yutok me lance un coup d'œil inquiet, puis commence à égrener son chapelet en murmurant une prière. Je débloque les fermoirs de la valise, et soulève le couvercle. Les charnières rouillées grincent. La valise est remplie de vêtements que mes parents n'ont jamais remis après avoir quitté notre village. Ils étaient trop précieux pour être portés pendant notre fuite. En farfouillant, j'aperçois un tissu qui brille à la lumière. C'est une chuba en soie chatoyante, d'un marron si foncé qu'il paraît presque noir.

« C'était ma préférée de toutes les robes d'Ama, dis-je. Elle la portait pour les mariages. »

Un jour, je lui avais demandé de me la donner quand je serais plus grande. Ma mère m'avait répondu que la robe était vieille et élimée. Elle m'avait dit : *J'en ferai faire une plus belle pour toi.* À l'époque, j'étais incapable d'imaginer une robe plus élégante. Même aujourd'hui, où trouverait-on un tissu de cette qualité ? Qui pourrait se le payer ? Je me demande si cette robe m'irait. Quand je la sors de la valise, je me rends compte qu'elle ne pèse quasiment rien. En la dépliant, je ne trouve qu'un petit carré d'étoffe.

« Où est le reste ? » s'étonne Dawa.

Je continue à fouiller. Tous les tissus ne sont que des fragments des habits d'origine. Mo Yutok avance une explication : Ashang doit les avoir vendus en échange de nourriture, ou peut-être les a-t-il simplement abandonnés pour alléger son fardeau. C'est ce qu'elle a fait avec les vêtements de son mari et de sa fille. Dawa déclare que son père a brûlé les biens de sa mère avec son cadavre, parce qu'il ne voulait pas qu'un soldat mette la main dessus.

J'imagine les vêtements de mes parents éparpillés à travers les forêts et les montagnes, emportés par le vent comme de vulgaires haillons. Je presse le tissu sur mes joues et mes paupières. Les broderies en soie sont froides et rêches au toucher. Si seulement les robes pouvaient pousser comme les pissenlits dehors.

« Tiens, bois ça », me dit doucement Dawa, en me tendant une tasse de thé.

Je refuse d'un geste, et poursuis mon exploration de la valise. Mes doigts repliés effleurent une matière duveteuse. Je pense d'abord à une souris morte ; elles restent cachées dans les recoins, oubliées jusqu'à ce que leur odeur putride envahisse la pièce. En soulevant les étoffes, je découvre de quoi il s'agit vraiment : la peau de panthère d'Ama. Mo Yutok et Dawa lâchent un flot de prières, mais la stupeur m'empêche de parler. J'ai déjà du mal à tenir la peau, tant elle est lourde. Comment Ama a-t-elle réussi à la porter ? Comment a-t-elle pu danser avec ça sur ses épaules ? Je l'étends sur le sol.

L'intérieur est abîmé, si sec qu'il risque de craquer si je n'y prends pas garde. La peau dégage l'odeur d'un objet vieux de mille ans, une odeur de laine, de beurre et de pièce sans porte, scellée depuis longtemps. Un léger tintement emplit mes oreilles. Le murmure d'une prière que seule ma mère pouvait chanter, dans une langue que nous ne connaissions pas. Des battements de tambour accompagnent le hululement aigu d'une trompe en os de jambe, tandis qu'autour de moi le sol tremble.

« Il faut que je trouve son miroir », dis-je en attrapant de nouveau la valise ; mais elle est vide.

Je m'affaisse contre le lit, contemple les loques qui m'entourent. Rien n'a de sens.

« Et là-dedans ? demande Dawa en ouvrant d'autres sacs. On va le retrouver, Lhamo. Ne t'en fais pas. »

Cela fait quinze ans que la peur me retient de regarder le miroir d'Ama, de voir ce qu'il révélera sur moi, ce qu'il annoncera de mon avenir. Malgré cela, j'ai toujours eu la conviction qu'il était juste là, sous le lit, à attendre que je rassemble mon courage. La terrible réalité me frappe à présent : comme ma mère et ses vêtements, le miroir a disparu il y a longtemps. Il ne peut pas prédire l'avenir. Il ne peut pas me dire quoi faire. Quelle que soit la direction que je donnerai à ma vie, je devrai la choisir seule.

Je suis troublée depuis quelques jours. Je me retrouve à errer sans but, à oublier des choses simples. Nous n'avons pas reçu de nouvelles commandes de tapis, de sorte que je ne peux même pas me changer les idées en tissant. À la sortie de l'atelier d'artisanat, je me dirige vers l'arrière du camp, pour gravir la colline. En chemin, je remarque que la porte de la maison de Tashi est grande ouverte. L'intérieur est sombre. Je m'arrête près du seuil, en me demandant si je devrais refermer le battant pour lui.

« La voilà ! »

Jetant un coup d'œil par la porte, je découvre Tashi couché sur son lit. Il est torse nu, la tête appuyée contre une petite fenêtre recouverte de papier journal. Dans un coin, un abat-jour en papier tourne autour d'une bougie, projetant l'ombre mouvante de textes sacrés autour de la pièce.

« Tu devrais fermer la porte, dis-je. Les mouches vont entrer.

– Vraiment, ma très chère Lhamo la ? »

Je retiens un sourire. Tashi porte une bouteille presque vide à ses lèvres, et prend une longue gorgée.

« Alors, dis-moi tout, exige-t-il. Raconte-moi ce qui se passe au camp. La vie ne peut pas y être aussi ennuyeuse qu'elle en a l'air.

– Mon oncle essaie d'apprendre l'identité du Saint Sans Nom. Des gens de Dharamsala lui sont venus en aide…

– Et après ? Est-ce que savoir son nom équipera nos toilettes de chasses d'eau ? »

J'éclate de rire.

« Tu n'as vraiment pas honte ! »

Tashi vide la bouteille, en faisant tomber les dernières gouttes dans sa bouche ouverte. Il se lève du lit pour en attraper une autre sur une étagère près de moi. Passant le bras devant mon visage, il referme la porte. Ce geste est si fluide, la chaleur de son bras si proche de ma peau, que j'en ai le souffle coupé.

« Tiens, bois, dit-il en me tendant la bouteille. Ça fait passer le temps plus vite. »

Quand je refuse, il continue d'une voix plus douce :

« Prends-en un peu, Lhamo. Franchement, qu'est-ce qui nous reste d'autre ? Tu vois, tu as déjà cet air…

– Quel air ? »

Il affiche un rictus.

« Ta sœur est partie faire des études. Et nous ? Je ne veux pas croupir ici pour le restant de ma vie, bon sang. »

Je récupère la bouteille. Son poids me surprend. Plaçant une main en dessous, j'inhale un relent aussi puissant que celui du pétrole. La boisson a la couleur du lait, mais elle est amère, et me brûle la gorge.

« Viens, assieds-toi avec moi, dit Tashi. Je ne supporterais pas d'être seul maintenant. »

Il pose une main légère sur ma taille, et m'attire vers le lit. Je sens son odeur à présent : essence et sueur. Quand nous atterrissons sur le matelas, il m'agrippe plus fort. Ce serait si facile de céder. Je pourrais simplement rester assise, et oublier la journée. Personne n'aurait l'idée de venir me chercher ici. Portant la bouteille à mes lèvres, j'avale une nouvelle gorgée, plus longue cette fois. Tandis que l'alcool prend place dans mes membres, nous commençons à bavarder de tout et de rien. Tashi me raconte les foires aux chevaux dans la ville de sa mère, loin à l'est de Lhassa.

« Tous les ans, les gens viennent de très loin pour assister à ces foires, prêts à participer aux courses et parader dans leurs plus beaux vêtements et bijoux. Mais les jeunes gens s'y rendent pour une autre raison. Tu imagines laquelle ?

– Arrête tes bêtises.

– Pour trouver l'amour. Dans un premier temps, les garçons et les filles se promènent pour voir qui est bien fait de sa personne, qui est élégant. Quand un garçon voit une fille qui lui plaît, il lui chante une chanson. Si elle n'est pas intéressée, il doit passer son chemin.

– Le pauvre, dis-je.

– Si elle est intéressée, par contre…

– Qu'est-ce qui se passe ?

– Ils font l'amour dans les prés, dans un champ de fleurs. Ils font l'amour dans leurs tentes. Ils font l'amour dans les rivières. Sous le soleil d'été brûlant et le ciel nocturne, clair et sans nuages.

– Espèce d'animal ! dis-je en lui donnant une tape.

– Tu sais comment un garçon s'infiltre dans la tente d'une fille ? Avec un morceau de viande bien gras et juteux, qu'il jette au chien de garde. Pendant que la bête est occupée, il pénètre dans la tente sans que les parents de la fille s'en aperçoivent, et ils font l'amour.

– Et ensuite ?

– Ensuite, il s'éclipse avant l'aube. Si les deux sont toujours amoureux, ils se marient.

– Tu crois que des foires comme ça ont encore lieu ?

– Plus maintenant, évidemment. Les gens de chez nous passent sûrement leurs journées à assister à des rassemblements et à réciter les préceptes de Mao. »

Je prends une nouvelle gorgée, et rends la bouteille à Tashi. Ses yeux sont clairs et brillants, même dans la faible lueur de la lanterne.

« Qu'est-ce que tu penses faire ? demandé-je. De ta vie ? »

Il se met à rire.

« Qu'est-ce qu'il y a de drôle ?

– Non, c'est juste que j'ai un nouveau grand projet. J'avais oublié ! Je vais monter une agence de trek avec Suraj. Nous emmènerons les cheveux-jaunes au camp de base de l'Everest, nous monterons leurs tentes, nous engagerons des porteurs et un cuisinier. Il y a tellement d'argent à se faire dans le trekking.

– Tu seras tout le temps dans les montagnes.

– Pendant l'automne, oui, mais une fois l'hiver arrivé, les Enjis rentrent dans leurs pays, et je pourrai me reposer jusqu'à la saison chaude. Je construirai une maison en ville, et je louerai le rez-de-chaussée. Ça me procurera un revenu à l'année.

– Ça donne envie, admets-je.

– Regarde-moi. »

Je me tourne vers lui, et il m'observe à son tour. Il est si beau que son visage me déconcerte. Il paraît inquiet, cependant.

« Qu'est-ce qu'il y a ? » dis-je.

Il hésite, puis répond :

« Rien. »

Il se penche lentement en avant, et ses lèvres se posent sur le côté de mon cou, puis descendent vers le col ouvert de mon chemisier. Il se peut qu'il ait fait exactement la même chose avec le cou de ma sœur. Malgré tout, je le laisse continuer. Je veux voir comment un homme procède. Il extirpe mon chemisier de ma robe, puis passe les mains sur mes épaules, en travers de ma poitrine. S'agenouillant sur le lit, il soulève ma robe et pétrit mes cuisses. À la façon dont il agrippe mes bras et ma taille, dont il serre mon corps, on croirait que j'ai la capacité de remplir un vide en lui. C'est un pouvoir que j'ignorais posséder.

Un mois plus tard, la première lettre de Tenkyi arrive. Elle est si petite qu'elle disparaît complètement entre mes paumes. Le papier est mince, presque transparent, et sent les fruits fermentés. J'ouvre l'enveloppe avec précaution, parcours l'écriture de ma sœur. Ses caractères sont si élégants maintenant. Une partie de la lettre m'échappe ; il y a des termes que je ne reconnais pas. Petit à petit, en rattachant les mots les uns aux autres, je parviens tout de même à la déchiffrer.

Ma chère sœur,

J'ai pris mes marques dans ma nouvelle vie. Il a fallu un moment avant que ma tête... Les villes transforment les gens comme toi et moi en fourmis. J'ai passé bien des jours et des nuits ici à me sentir... Je me suis fait une amie. Elle s'appelle Palzom, et elle vient d'un camp comme le nôtre... Inde. Elle est si bonne avec moi, et m'emmène voir tous les sites où j'espère t'emmener un jour. Elle m'a montré... vieux de quatre cents ans et des arbres... projettent de l'eau dans le ciel. Tous les grands bâtiments de cette ville sont illuminés la nuit. Delhi est... ville... moderne et qui avance à toute vitesse vers... On pourrait mettre cinq voitures côte à côte sur les routes ici, et il n'y a jamais... vide. Savais-tu qu'il n'y a plus eu de famine depuis la Révolution verte ? Les Indiens sont remarquables. Ils ont conquis leur liberté après deux cents ans de domination étrangère... grâce à... et aujourd'hui, ils bâtissent un pays capable de rivaliser avec le reste du monde. Cela... espoir pour notre triste sort.

Comment vont les yeux de notre oncle ?... guérir en un clin d'œil à l'hôpital ici. Quand je serai riche... t'acheter des vêtements occidentaux, et puis Palzom et moi t'emmènerons danser. Il y a tant de choses que je voudrais te montrer. Dis-moi, comment va la vie au camp ?

Mange bien et sois gentille avec notre oncle,

Tenzin Kyinzom

Je ne sais pas quoi penser de cette lettre. Je n'arrive pas à imaginer que ma sœur puisse avoir l'impression d'être un insecte. La Révolution verte me paraît effrayante, et j'espère que Tenkyi ne participera pas aux manifestations. Même si je suis heureuse qu'elle ait trouvé une amie tibétaine, je crains que Palzom ne l'entraîne encore plus dans ce monde.

Lorsque je réfléchis à ma réponse, le problème devient évident. Je veux parler à Tenkyi de Tashi, mais les mots me manquent. Je ne comprends même pas mes propres actions.

Je m'interroge aussi sur les actions de Tashi. Juste avant de m'embrasser dans le cou, il s'était arrêté pour me dévisager, comme si j'étais une parfaite étrangère. Comme s'il avait oublié qui se tenait devant lui. Depuis, son comportement a toutefois été franc et simple. Il a exprimé ses attentes sans détour. Je lui suis destinée ; je suis à lui. Au début, son désir m'a touchée. Je n'avais jamais reçu ce genre d'attention. Malgré cela, j'ai conscience qu'il ne m'offre pas d'amour, mais une chose plus élémentaire. Il m'offre le vide en lui, la possibilité d'être importante, de le combler. Quand il m'étreint dans l'obscurité de sa maison, je sens le creux de sa poitrine – comme si un tunnel s'était ouvert à travers ses côtes pour atteindre ma propre poitrine. Quand il soupire contre mon dos, humant mon odeur et caressant ma peau, j'imagine que je suis faite d'air froid, que je peux glisser entre ses doigts.

7

Ashang Migmar, Mo Yutok et moi sommes assis sous un ciel nuageux si bas qu'il me semble que je pourrais le toucher en grimpant sur une des collines des alentours. Ce soir, j'irai peut-être me promener seule. Pour l'instant, je prépare le dîner dans la cour, pendant qu'Ashang peigne de la laine entre deux brosses carrées en métal et que Mo Yutok la file au rouet.

« Le monastère va enfin nous envoyer du monde, déclare Ashang. Six moines. »

Quand ces derniers arriveront, nous organiserons une semaine de prières pour bénir le site de notre futur monastère, et écarter les éventuels obstacles. Tous les habitants du camp participeront aux prières, assis pendant quatre jours sous une vaste tente que l'on est en train d'acheminer depuis la capitale. Nous prierons pour la libération de tous les êtres, nous nous repentirons de nos péchés, et nous accumulerons des mérites pour notre prochaine vie. Les moines accepteront ensuite nos précieuses offrandes, et nous empaquetterons le Saint Sans Nom avec soin, afin qu'ils puissent le transporter en Inde. Là, les plus grands érudits qui ont survécu à la route de l'exil découvriront sa véritable identité. Le moment venu, il cessera d'être le Saint Sans Nom.

« C'est pour ça que la statue n'était pas sur notre autel ce matin ? demandé-je.

– C'est ça, le *ku* a été mis en sécurité à l'administration du camp, acquiesce Ashang.

– Alors c'est décidé, déclare Mo Yutok d'une petite voix chagrinée.

– Pourquoi le Saint ne peut-il pas rester ici après la cérémonie ? dis-je.

– Oui, nous l'avons protégé toutes ces années, renchérit Mo Yutok, qui fait tourner le rouet d'une main, en tirant la laine brute de l'autre.

– Ce n'est plus de notre ressort, répond mon oncle.

– Je ne sais pas pourquoi il a fallu que tu parles à cet homme, ce Kesang, dis-je, en tranchant des oignons sur un couteau en forme de faucille, que je tiens debout entre mes orteils.

– Si on envoie le *ku* aussi loin, Migmar… nous n'aurons peut-être plus jamais l'occasion de prier devant lui, ajoute Mo Yutok.

– Kesang a fait du bon travail », rétorque Ashang, comme s'il essayait de se convaincre lui-même.

Il détache une touffe de laine lissée de la brosse, la tend à Mo, et continue à peigner les fibres rêches.

« Et Samphel ? dis-je finalement. Le *ku* devrait lui revenir. Il appartenait à son défunt oncle.

– Oui, nous devrions le garder ici jusqu'à ce que Samphel revienne, s'enthousiasme Mo Yutok. Ce pauvre petit... Il n'a plus aucune famille.

– Pas la peine d'avoir pitié de lui. Il est moine, maintenant, dit Ashang. Offrir le *ku* à un monastère revient au même que s'il l'avait gardé. C'est encore mieux, même.

– Il ne restera peut-être pas toujours moine, dis-je.

– Quelle effrontée ! On ne dit pas des choses pareilles », s'amuse Mo Yutok en me donnant une tape.

Tashi arrive, et se couche sur la natte en herbe à côté de moi, posant sa tête lourde sur mes genoux.

« De quoi parlez-vous ?

– Peu importe », dis-je.

Je lève un genou pour le forcer à se redresser, et commence à couper des pommes de terre, en les passant encore et encore sur la lame.

« Elle est si cruelle avec moi, se plaint Tashi. Ashang, tu ferais mieux de m'accorder sa main tout de suite.

– J'ai déjà vérifié les dates, répond mon oncle. L'astrologue dit que vous n'êtes pas bien accordés, alors nous devrons faire faire des prières. Ensuite, nous pourrons trouver un jour favorable pour votre mariage.

– Tu es contente ? me demande doucement Tashi.

– Évidemment, commente Mo en riant. Regarde-la, elle ne sait plus où se mettre.

– Il faut que je retourne chercher du chou », dis-je en me levant.

Je rejoins le champ derrière notre cour. Accroupie au milieu des choux et des fanes de carottes, je lève les yeux vers le ciel assombri, où quelques étoiles brillent faiblement. Les créatures de la nuit ont déjà entonné leur chant. Je voudrais que le silence se fasse. Je voudrais museler les grillons et les grenouilles, retenir les moines qui arrivent d'Inde, figer la lune, pour créer une éternité entre cet instant et le jour favorable. Je voudrais tenir le monde entre mes mains et le manipuler comme mon oncle et Tashi le font, comme ma sœur le fait aussi à présent. Cependant, j'entends Ashang qui m'appelle, me ramenant sous son toit, jusqu'à ce qu'il puisse me donner à un autre homme.

Comme Tashi a lui aussi perdu ses parents depuis longtemps, son oncle a fait le voyage depuis l'Inde du Sud pour solliciter ma main. Il se présente chez nous vêtu de ses plus beaux habits, afin de nous offrir du beurre, de l'orge, des briques de thé et du mouton. N'étant pas censée assister à la cérémonie, je dois me faire discrète. Je me cache derrière la maison, d'où j'écoute l'interminable enchaînement de chants de fiançailles, tandis que les femmes préparent des boulettes de pâte et du thé pour les repas du jour.

Je me rappelle l'histoire qu'Ama nous racontait souvent au sujet de ses propres fiançailles. Elle avait quinze ans quand ses parents l'avaient envoyée rendre visite à des cousins éloignés, à deux jours de cheval. À son retour, ils lui avaient annoncé que son mariage aurait lieu le lendemain. Ils lui avaient remis une robe rouge brodée de fil d'or et des bijoux de cheveux en turquoise – de somptueux cadeaux offerts par sa nouvelle famille. Une femme dont l'animal de naissance correspondait au sien se chargerait de lui laver les cheveux, comme le voulait le rituel. Néanmoins, Ama avait refusé d'épouser le garçon : elle avait déjà trouvé un fiancé. La veille de la cérémonie, elle s'était enfuie pour attendre son bien-aimé dans une grotte. Elle ne nous avait jamais expliqué si notre père était ce bien-aimé, ou le mari que nos grands-parents avaient choisi pour elle.

À présent, je me demande : et si Samphel arrivait juste avant mon mariage ? Cette pensée me taraude, comme le chant des grenouilles qui emplit cette vallée nuit après nuit.

Arrivé le jour de mes noces, Ashang a décoré notre maison d'écharpes cérémonielles et de fleurs, et des drapeaux de prière flambant neufs flottent sur notre toit. On sert des bols de fruits, de blé et de riz, accompagnés d'intarissables quantités de thé et de vin d'orge. Des voisins passent la tête par les fenêtres et la porte, pendant que le maître de cérémonie déclame des chants à propos du soleil levant, du coucou bleu, du dégel des lacs. Le mât traditionnel glissé dans le dos de ma robe, tout contre ma colonne vertébrale, m'oblige à courber les épaules et vivre cette étrange journée dans l'isolement, condamnée à regarder mes genoux. Ma nuque ploie également sous le poids grandissant d'écharpes en soie. Tandis que chaque invité drape une khata autour de mon cou et murmure une prière pour mon bonheur, je m'efforce d'identifier leurs voix. Et pendant tout ce temps, je chuchote le nom de Samphel. Viendras-tu ce soir ? Au lever du soleil, ou le jour suivant ? Même s'il est trop tard, viens.

J'emménage dans la maison de Tashi, attenante à la colline qui surplombe notre camp. Il a reconstruit les murs avec de nouvelles briques, et posé du lino sur le sol. L'odeur du mortier plane encore dans l'air à mon installation. Alors que j'organise la cuisine et accroche mes cadres photo, je m'aperçois que les briques sont couvertes de minuscules fils bleus arrachés à la bâche de la fabrique. Tashi et moi ôtons ces fils qui dansent sur les murs, et les plaçons dans un bol d'eau pour éviter qu'ils ne s'échappent.

« Pourquoi ta sœur n'est-elle pas venue à notre mariage ? me demande-t-il.

– C'était trop loin. Trop compliqué.

– D'assister aux noces de sa sœur aînée ? C'est normal qu'elle soit un peu jalouse, mais elle aurait dû venir quand même. »

Une fois la date du mariage fixée, j'avais appelé Tenkyi au dortoir où elle vivait. Quand je lui avais annoncé la nouvelle, il y avait eu un long silence ; puis elle avait fini par déclarer qu'elle ne savait pas que j'avais des sentiments pour Tashi. J'avais répliqué que les sentiments entraient peu en ligne de compte dans l'affaire. Tenkyi m'avait alors posé une question inattendue. Elle m'avait demandé si j'étais sûre de moi. Que pouvais-je répondre ? Dis-moi ce que tu ressens, avait rétorqué Tenkyi d'un ton brusque. La date du mariage a été décidée, avais-je déclaré. Nous avons choisi le jour le plus favorable, selon l'astrologue. J'aurais aimé que ma sœur me dise : viens ici. Tu n'es pas obligée de rester au camp. Le monde est vaste. Viens vivre avec moi à Delhi.

Mais elle ne l'avait pas fait. Elle s'était contentée de m'interroger sur la santé d'Ashang.

Il existe de nombreuses histoires au sujet de couples mal assortis. Si leurs signes astrologiques ne s'accordent pas, c'est une chose ; les prières peuvent y remédier. Cependant, il y a aussi le cas d'unions impures, qui n'auraient pas dû avoir lieu – entre cousins, entre parents. Au pays, ce genre de personnes auraient été punies. Cousues ensemble dans une peau d'animal, et jetées à la rivière. Enterrées vivantes. Ou simplement bannies.

Tashi et moi ne sommes pas mal assortis de cette manière. Nous ne formons cependant pas un bon couple, parce que nous n'avons rien à faire ensemble, et que nous le savons. Comment nous punira-t-on ? Est-ce seulement moi qu'on punira ? Pour autant que je sache, Tashi éprouve une affection réelle à mon égard. Il a l'intention d'être le meilleur époux qu'il puisse être.

Dehors, il a presque cessé de pleuvoir. Tandis que les brèves inspirations de mon mari s'élèvent dans le noir, je me glisse hors du lit. Mes tétons sont endoloris, mon entrejambe a servi. Cette nuit n'était pas la première que nous avons passée ensemble – c'est la coutume des gens d'ici, pas la nôtre. Cela dit, Tashi s'est comporté de façon différente cette fois. Il m'a postée devant un petit miroir, a défait ma robe, et a embrassé mes seins pendant que je le regardais. J'ai pensé alors que ce désir, cet optimisme étaient la conséquence de nos noces. Avec le temps, son intérêt s'amenuisera jusqu'à refléter mes propres sentiments, ou bien ceux-ci me conduiront à une sorte d'amour. Les deux me vont. Je ne m'attends pas à une grande passion digne des films indiens. J'ai renoncé à ces illusions depuis des années.

Cependant, je ne renoncerai pas à tout. Il y a encore une chose qui m'appartient.

Je sors de mon coffre la peau de panthère d'Ama, la drape sur mes épaules, et redresse le dos sous sa masse écrasante. La lampe à pétrole émet un léger raclement sur la table quand je m'en empare. Dehors, dans l'obscurité, je remonte la mèche, craque une allumette, et me dirige lentement vers le terrain de football. Des grenouilles échangent des coassements sur mon chemin. Quelques clochettes de chèvres tintent dans le noir. Les arbres agitent leurs branches feuillues sur les collines de l'autre côté de la gorge. Je suis la seule source de lumière dans cette vallée. Même la lune dort. Je repense à l'oracle dont Lhaksam m'avait parlé, celle qui vivait seule dans les montagnes. Je repense aux lanternes que les hommes et les démons emportaient jusqu'à sa grotte. Étaient-ce vraiment des démons, comme Lhaksam le disait ? Ou s'agissait-il simplement de l'oracle, qui marchait la nuit ? Les femmes ont-elles seulement le droit de marcher sans escorte dans le noir ? Ont-elles le droit de prendre ce qu'elles veulent ? Ce soir, je le ferai.

Au son d'un millier de grenouilles et de clochettes de chèvres, je parcours les chemins du camp. Munie d'une lampe à pétrole, j'avance tel un fantôme, une lumière flottant parmi les collines. Je suis l'oracle redoutée et moquée. Je suis l'un de ses amants. Aucun homme ne peut me priver de ce qui m'appartient. Ni mon nouvel époux ni je ne sais quels moines. J'atteins l'étroit bâtiment de l'administration.

J'avance prudemment sur la pente herbue, de fenêtre en fenêtre, jusqu'à apercevoir le Saint Sans Nom.

Je me réveille tôt le lendemain pour aller débarrasser mon corps de ses peaux mortes et sa pellicule de sueur. Avec un grand linge noué à hauteur de poitrine, je me dirige vers la citerne. Je frotte mes bras et mon dos, laissant le savon et l'eau imbiber le tissu, avant de me pencher pour savonner mes cuisses. Je détache ensuite le linge, l'ouvre entièrement, et me poste sous le robinet pour rincer la mousse sur mon corps. Quand j'ai terminé, je resserre le tissu autour de mon torse, et dénoue mes cheveux pour les laver.

Tout ce processus me prend une bonne demi-heure, notamment parce que je dois souvent céder le robinet à ceux qui en ont pour moins longtemps que moi. Ça ne me dérange pas. Faire ma toilette est un de mes plus grands plaisirs, mais uniquement à la saison chaude. En hiver, l'eau qui s'écoule de la montagne est assez froide pour provoquer une douleur cuisante en quelques instants. Je dois alors mettre une bassine d'eau à chauffer sur le feu, la mélanger à de l'eau froide dans un seau, et m'asperger avec parcimonie, tasse par tasse. C'est une méthode tellement laborieuse que je préfère éviter de me laver, jusqu'à ce que mon cuir chevelu me démange sous l'effet de la crasse et de la transpiration.

Dawa m'a sûrement aperçue par sa fenêtre, car elle pousse son portail avec une bassine à moitié remplie de lessive. Pendant qu'elle savonne son linge, j'entortille mes cheveux mouillés, les relève en chignon sur ma tête, et entreprends de me frotter les épaules. Nous nous affairons d'abord en silence, chacune plongée dans ses pensées. Puis Dawa me donne un petit coup sur la jambe, hausse les sourcils, et demande :

« Alors ?

– Alors, quoi ? dis-je. Rien de fracassant à raconter, même si c'est le héros du camp.

– Hoo hoo ! s'esclaffe-t-elle. Mais est-ce que tu as appris la nouvelle ? La statue du Saint Sans Nom a disparu.

– De quoi parles-tu ?

– Nyima est allé ouvrir le bureau il y a quelques heures, et le *ku* n'était plus là. Les gens le cherchent partout. C'est à croire que le Saint s'est tout simplement… volatilisé.

– Il est peut-être reparti, dis-je.

– Quoi, comme dans l'histoire ? En tout cas, on va organiser des prières au camp tous les jours pendant un mois, dans l'espoir de retrouver la statue. Je parie que Kesang l'a simplement égarée. Il ne m'avait pas l'air d'être l'homme le plus attentif du monde, entre nous.

– Tu as peut-être raison », dis-je avec un haussement d'épaules, avant de recommencer à me frotter le dos.

Pendant un temps, Tashi se rend régulièrement au centre-ville de Pokhara pour se renseigner auprès d'agences de voyages et de trek, discutant avec de potentiels associés des itinéraires et des forfaits qu'ils pourraient proposer. Quand il rentre, à deux ou trois heures du matin, l'odeur d'autres femmes marque clairement sa peau. Une nuit, il se déshabille et tente de m'étreindre. Je me raidis, repousse sa main. Ce rejet le rend fou de rage.

Il se met à hurler, me traitant de sorcière frigide. Je lui rétorque d'aller se trouver une autre femme. Dans sa fureur, il me gifle violemment, une seule fois. Ses larmes coulent presque aussitôt, mais je refuse de pleurer. Je le hais tellement. Pressentant qu'il ne me frappera plus, je lève les yeux vers mon mari. J'ai envie de lui sourire, parce qu'il est faible, parce qu'en me frappant, il m'a libérée. Avant que je puisse faire quoi que ce soit, il sort de la maison et disparaît dans le camp.

Mo Pema le retrouve le lendemain matin, écroulé dans un fossé à côté d'une vache ornée de soucis. Elle le relève comme un enfant, et me le ramène. Nous reprenons le cours de notre vie. Bientôt, Tashi cesse d'évoquer son agence de trek. Je suis la seule à rapporter de l'argent au foyer. Les habitants du camp s'en aperçoivent fatalement, et les commérages vont bon train. Tashi est un raté, affirment-ils. Comment peut-il laisser sa nouvelle épouse travailler, pendant qu'il gaspille son argent au tripot ? Lorsque Po Tsering organise une partie de cartes chez lui un soir, Tashi s'y rend en emportant mon salaire, et le perd en une heure. Cependant, il n'accepte pas sa défaite. Il affirme que Hring-Hring a changé les règles. Les deux hommes commencent à se quereller, et tout le monde adopte le parti de Hring-Hring, car Tashi n'est encore qu'un nouveau venu, en comparaison. Les gens l'abreuvent d'injures. Dawa les regarde le traiter de sangsue, de parasite, d'ivrogne. Tashi renverse la petite table, et s'en va à pas furieux, en jurant qu'il ne remettra plus jamais les pieds dans ce camp minable.

Un mois après sa disparition, je sépare nos lits. Je repousse le sien dans un coin, à la perpendiculaire du mien. En dessous, je range une boîte contenant des photos de notre mariage, ainsi que ses vêtements et ses chaussures.

Cherchant à me réconforter, Dawa m'assure que cette séparation est temporaire. Tashi reviendra, soutient-elle. Mon amie s'imagine que ce jour-là, je ressortirai simplement ses affaires, rapprocherai nos lits, et reprendrai ma vie avec lui. Je la laisse dire. À quoi bon lui expliquer ? Ce qui compte maintenant, c'est que je sais comment les choses se passeront. À présent que Tashi est parti, je n'ai à m'occuper d'aucun homme. Je n'ai rien d'autre que du temps, et il m'appartient entièrement. La maison m'appartient, l'argent que je gagne m'appartient, les nuits silencieuses et les longues journées m'appartiennent.

Ces derniers temps, je repense souvent au pigeon mort de l'histoire de Marpa – l'oiseau que celui-ci a utilisé pour déplacer l'esprit de son fils dans le corps d'un autre garçon. Je suis ce pigeon. J'ai porté Tashi dans mon corps – son désir, sa soif, sa rage. Comme ma mère, je n'étais qu'une enveloppe, un jouet. Mais plus maintenant. Si les livres ont fait l'éducation de ma petite sœur, ces dernières années ont fait la mienne. Je veux devenir indépendante comme elle, vivre à ma guise, sans que quiconque n'ose émettre la moindre objection. Chaque jour, je souris en imaginant Tenkyi en train de lire des livres et d'accumuler les connaissances, quelque part dans ce lointain pays que je n'ai jamais vu. Va mener ta vie, petite sœur. J'en ferai autant. Ce que tu souhaites pour toi-même, efforce-toi de l'obtenir sans hésiter, sans douter. Ne laisse aucun être, aucune force t'en empêcher. C'est pour cette liberté que nos parents ont laissé leur corps sur les sentiers de montagne.

TENKYI

1

Toronto, Canada

2012

Toute ma vie, j'ai voulu te raconter cette histoire. Une histoire doit cependant avoir un début, et je n'ai quasiment rien conservé du début de ma vie. Ni ton visage ni celui de Pala ; à peine un ou deux détails de notre maison abandonnée. J'ai effacé le reste sans le vouloir. Je l'ai laissé s'évaporer par mon inaction. Je suis affligée d'un millier de souvenirs inaccessibles. Ma sœur se rappelle sûrement ton apparence, mais Acha Lhamo ne répond jamais à mes questions sur le passé. Si seulement je pouvais ouvrir son esprit comme un bocal – si seulement je pouvais regarder à l'intérieur et te voir une fois… Comme tu deviendrais réelle. Comme tu t'efforces de devenir réelle, même aujourd'hui, à cinquante ans de distance.

La dernière fois que je t'ai vue, tu partais chercher du bois pour le feu. Dans les ultimes instants du jour, j'ai regardé ton dos disparaître entre les arbres. À chaque battement de paupières, tu t'estompais davantage, jusqu'à ce que je ne distingue plus aucune forme semblable à la tienne. Puis le matin est arrivé, et Acha Lhamo m'a dit que tu étais morte pendant la nuit. *Où où ?* ai-je demandé en tendant le cou pour scruter la rive saupoudrée de neige, avant de te chercher dans les yeux d'Acha. *Partie partie*, a-t-elle dit. Je n'entendais que l'eau qui se déversait des montagnes, le long de la berge de la rivière que nous suivions depuis des mois. Je lui ai dit qu'elle se trompait, que tu ramassais juste des branches. *Partie partie*, a répété Acha, les yeux rouges et écarquillés. *Plus partie que partie.*

Il y a eu tant d'événements depuis. Des aubes et des aubes que tes yeux n'ont pas vues. Des villes et des collines que tes pieds n'ont pas arpentées. Ma découverte d'une chose nommée « océan », que tu n'as jamais contemplée. Je veux tout te montrer. Je veux te raconter tout ce que tu as manqué – de ma vie, de ce que j'ai fait et de ce que j'ai subi, moi ta cadette, l'espoir du camp, celle dont plus personne ne parle. Même si cette histoire est fragmentée, je veux que tu la connaisses. Dis-moi seulement que tu m'entends.

Mes yeux s'ouvrent brusquement dans le noir. Je suis seule ici. Même ma nièce est partie, son lit vide face au mien. Où est-elle passée ?

Qu'y a-t-il au-dessus de la télévision, aussi ? Deux minces lignes se découpent en dents de scie sur le mur. De nouvelles fissures dans cette vieille maison ? Je cherche à tâtons le bouton en plastique, appuie dessus, et la lampe s'allume. Les lignes tremblent. Des centaines de fourmis effectuent une longue traversée de la salle de bains à la cuisine, puis rebroussent chemin. Deux fils ténus en mouvement. Cela pourrait-il être l'événement le plus important qui se déroule à Parkdale ?

Le réveil émet un clic et se met à sonner à l'heure habituelle, m'ordonnant de me préparer pour le travail. J'attrape mon téléphone le temps que ma vue s'éclaircisse. J'ai un message de Dolma. *Lis le message*, me dis-je. *Reste présente pour elle. Elle commence à te regarder comme les autres le faisaient.*

« Il faut que je te parle », a-t-elle écrit à deux heures du matin. « Je rentre bientôt. »

Repoussant les couvertures, je me redresse et enfonce les orteils dans la moquette rêche, assez mince pour que je sente le ciment froid en dessous. C'est presque la fin du semestre ; Dolma a peut-être reçu ses notes. Elle a de la chance, d'aller à l'université dans ce pays, dans cette ville tranquille avec ses règles et ses possibilités exposées de la même façon que ses routes – en lignes droites et claires, visibles aux yeux de tous. Oui, elle doit bien s'en sortir à l'école.

Pourtant, je connais ma nièce. Elle ne m'écrirait pas pour discuter de ses notes. Elle me les révélerait seulement si je les lui demandais, après beaucoup d'encouragements et d'insistance. En fait, j'ai le sentiment qu'elle me cache le monde de son éducation – comme si je risquais d'éprouver de l'embarras ou du chagrin en entendant parler des livres qu'elle lit et des cours qu'elle suit. Peut-être pense-t-elle que cela me rappellerait ma vie d'autrefois ? Qu'en l'écoutant décrire ses études, je trouverais mon travail actuel indigne et avilissant ? *Non*, ai-je envie de lui dire. *Je suis celle qui paie le loyer, qui assure ta sécurité. Par conséquent, mon travail – qu'il s'agisse de nettoyer des chambres ou de trier des déchets à recycler – accomplit ce que tout travail devrait accomplir : il rend d'autres vies possibles. À chaque lit que je fais, chaque serviette que je plie, je rends notre vie possible, ainsi que celle de ta mère et de Po Migmar. N'as-tu pas conscience aussi que tous les matins où tu pars à l'université, et tous les soirs où tu en reviens avec ton sac débordant de livres, l'esprit vif et curieux, tu rends ma vie possible ?*

Non, ma nièce ne comprend pas cela. Plusieurs hypothèses me traversent l'esprit, toutes plus absurdes les unes que les autres. Elle veut me parler d'un petit ami, quelqu'un qu'elle a caché à sa famille jusqu'à présent, peut-être ; elle veut que je le rencontre, ce qui signifie qu'elle veut que j'apprenne à mieux la connaître, elle. Ou bien elle veut partir en vacances aux chutes du Niagara, comme je l'ai toujours suggéré : rien que nous deux, debout dans la brume, dormant dans un bel hôtel avec vue sur les chutes. Une autre possibilité : son message concerne le Saint, ou du moins la statue qu'elle pense être le Saint Sans Nom. Notre entretien avec l'ancien ministre ne l'a probablement pas satisfaite, et je devine qu'elle va maintenant s'efforcer d'alerter le gouvernement en exil à ce sujet. Je le sais, parce que je sais comment fonctionne l'esprit d'une jeune femme intelligente et pleine de rêves. Je tape ma réponse :

« D'accord. A + »

Dans la salle de bains, le robinet s'ouvre avec un couinement, et les canalisations émettent des bruits sourds, comme si un homme piégé à l'intérieur les martelait. Une rivière de plus en plus chaude s'écoule entre mes doigts. Ici, je peux émerger lentement de mon rêve. Je peux m'attarder parmi les arbres, la lune estompée à l'aube, la fine couche de neige. De l'eau se déverse toujours entre mes oreilles. Tout ça est le passé, cependant. Ce n'est pas l'instant présent. Encore une mauvaise nuit sans sommeil, et je me sens de nouveau fébrile.

Et le Saint Sans Nom, alors ? La première fois que je l'ai vu, il flottait loin au-dessus de moi dans les doigts d'Ama, une étrange lumière dansant sur son corps lustré, parsemé de pigments dorés. J'avais contemplé les pétales de lotus qui s'élevaient du socle de la statue, les fines arêtes de ses côtes, ses bras et ses genoux. Malgré ma fièvre, je m'étais rendu compte que la clarté qui baignait sa silhouette n'émanait pas de l'ouverture de la tente. Le Saint était illuminé de l'intérieur. Regardant autour de moi, j'avais constaté que toutes les personnes entre ces murs étaient nimbées du même éclat. Tous les visages semblaient transformés – peau scintillant comme du sable au soleil, yeux brillant comme des étoiles. On aurait dit que l'antique lune traversait notre tente. Ama nous avait expliqué que le Saint Sans Nom allait et venait, apparaissait et disparaissait, comme de son propre gré, pour se présenter à ceux qui en avaient besoin. Nous avions souri à travers nos larmes, reconnaissants et soulagés. Nous avions compris alors qu'Ama avait eu raison dès le début. Chaque pas qu'elle avait choisi, chaque tournant que nous avions pris – tout nous avait conduits au Saint.

J'avais ensuite pensé à mon père, toujours incapable de marcher, et à ses pieds, que je n'avais pas le droit de voir.

J'avais fermé les yeux, terrassée par d'immenses vagues de chagrin, et j'avais laissé ma tête retomber, se balançant de-ci de-là. Ma sœur m'avait agrippée par-derrière, pour me maintenir en place. Ama s'était agenouillée près de moi, et je l'avais regardée baisser lentement le socle du Saint, jusqu'à ce que sa surface rugueuse touche ma tempe, mon sternum, ma colonne vertébrale. Ma peau s'était mise à vibrer à ces trois endroits. Un sentiment de calme m'avait envahie, et j'avais perdu connaissance.

Je devais être restée évanouie longtemps, car lorsque j'avais réouvert les yeux, la tente était sombre et silencieuse. Je me trouvais seule avec Pala, endormi sous un tas de peaux de mouton. Le Saint était-il un rêve ? Mon esprit était-il capable de créer une illusion pareille ? J'avais observé mes mains et mes bras, qui ne scintillaient pas. J'avais observé les parois noires de la tente, qui s'usaient de plus en plus et risquaient de se déchirer de nouveau face au vent terrible de ce pays lugubre. La lune ne brillait pas dans notre tente, et Pala avait le visage exsangue, la peau flasque sur ses os, une expression éreintée jusque dans son sommeil. Soudain, j'avais aperçu un objet noir. C'était la statue du Saint, mais elle était maintenant terne et inerte, se confondant avec nos possessions ordinaires. Ce n'était plus qu'une statue de petit homme, faite en terre. Même les paillettes dorées qui adhéraient encore à ses flancs et son ventre ne semblaient pas si étincelantes.

Après ce jour, j'avais attendu de voir le Saint Sans Nom illuminé de nouveau, rayonnant de l'intérieur. Priant en secret, je l'avais supplié de se montrer, de m'éclairer et d'éclairer mon environnement comme lui seul pouvait le faire. Je lui parlais sans arrêt, jusque dans mes cauchemars. La vérité ne m'était apparue que bien plus tard : ce n'était pas ce pays qui avait étouffé la lumière du Saint, mais moi. Mon esprit n'est que ténèbres. Mon esprit dévore la lumière.

« Je serai là dans trente minutes », m'écrit Dolma.

« OK ma belle. »

Cela me laisse le temps d'aller au lac. Je dois partir immédiatement, sans perdre une minute de plus. Je dois me rendre au bord de l'eau.

À l'angle de Springhurst et King, je repère l'habituel groupe de personnes qui grelottent, pelotonnées dans l'obscurité du petit matin, en attendant la camionnette blanche qui les déposera à l'usine de pain. Les gens n'ont pas envie qu'on les regarde à cette heure. Mieux vaut baisser les yeux. Cela dit, je ne peux pas m'empêcher de les épier discrètement. Je connais peut-être quelqu'un parmi eux ; et si certains venaient de mon camp ? Ne regretteraient-ils pas de m'avoir ignorée ? Le Saint est ici à Toronto, et ils ne se doutent de rien. Ils se contentent de déambuler avec leurs sombres pensées, de travail en travail, leurs mouvements quadrillés comme les câbles des tramways.

Traversant King Street, je me dirige vers le pont routier. Des détritus et des mouettes sont ballottés par le vent imprévisible du lac. Les gratte-ciel du centre-ville apparaissent à ma gauche, tandis que des voitures filent de temps à autre sous mes pieds. Le lac et le ciel ont la couleur de la suie, mais le soleil se lève quelque part derrière les nuages. La nuit m'emplit d'angoisse. Les journées sont dangereuses. Cette heure-là est la seule où j'ai l'impression d'être moi-même. J'enfonce mes mains dans mes poches, et rentre mon visage dans le col de mon manteau.

Quelques oies passent en se dandinant sans bruit, déféquant sur la rive. Même dans la lumière grise, je distingue leurs têtes noires qui cachent leurs yeux noirs. Les gens à la télévision ont raison. La terre ne va pas bien. Je le sais, parce que les oiseaux sont moins nombreux qu'avant. Lors de mon premier été au Canada, il y a douze ans, les berges du lac étaient peuplées d'oies qui flottaient à la surface, le cou scintillant. Assise sur un rocher un après-midi, je les avais contemplées jusqu'à ce que l'une d'elles se fige, et se retourne vers moi. Immobile dans l'eau, elle m'avait fixée un long moment, m'obligeant à lui rendre son regard. Je m'étais levée, et avais chuchoté à l'ombre flottante : « Qui es-tu ? »

J'ai posé cette question bien des fois : à des étendues d'herbe parfaites, des tasses sur les étagères de l'Armée du salut, des livres à la bibliothèque de Parkdale. À l'espace entre mes yeux. À des gens d'autrefois, dans des instants logés en travers de ma gorge. Je pose cette question à cause de l'importance immense que ce pays accorde à la réponse, comme si on pouvait jauger quelqu'un de cette manière. Pourtant, cela ne veut pas dire que les gens apprécient mes réponses. Quand je déclare que je suis enseignante, ou que j'étudie la littérature anglaise à l'université, ils haussent les sourcils et secouent la tête, l'air de penser que je divague. Ils préfèrent m'entendre dire que je suis une réfugiée, une bonne personne qui a besoin de leur aide.

Je me glisse sous la rambarde de la passerelle en ciment, et atterris sur la rive rocailleuse. Un petit caillou, c'est tout ce qu'il me faut. Ma tâche devient cependant plus difficile à l'approche de la saison froide. Accroupie pour farfouiller dans les poches humides de roche et de sable, arrachant des blocs de sédiments, j'ai l'impression de chasser. Mes doigts commencent à me brûler, mais la douleur physique ne m'a jamais empêchée de faire ce que j'avais à faire. Je creuse, encore et encore. Là. Une jolie pierre plate prend place dans ma paume.

Un grand homme blanc s'arrête plus loin sur la rive. Son petit chien gris et lui me dévisagent. Je ne bouge pas d'un pouce, ne sachant pas comment réagir. L'homme et son chien restent pétrifiés aussi. Un instant plus tard, ils tournent les talons, repartant d'où ils sont venus. J'ai peut-être l'air bizarre, recroquevillée dans l'ombre de la passerelle. Cela dit, je me demande : que faisait cet homme plus tôt ? Qu'a-t-il fait cette nuit ? Comment le saurait-on ? N'importe quel quidam peut vous donner honte de vos instincts, si vous le laissez faire. Parfois, je me dis que c'est ça, la véritable religion de ce pays.

Pierre à la main, je me glisse dans mon renfoncement sous la passerelle en béton. Pendant un temps, j'ai tenté de construire mon cairn à l'air libre, mais les gens ne le laissaient jamais debout plus d'une journée. Maintenant que j'ai découvert cette petite grotte – et l'ai vidée de près d'une centaine de bouteilles de bière, d'emballages de plats à emporter et de mégots –, je peux bâtir cette tour jour après jour, une pierre à la fois, à la façon des voyageurs sur les cols de montagne. Le béton rugueux du plafond accroche mes cheveux, les tirant douloureusement. Je me plie en deux, comme Ama quand elle attisait les braises du four, et fredonne ses chansons, même si je ne me souviens pas des paroles. Je place avec précaution ma trouvaille au sommet de la pile. La pierre tremble dans le vent. Des filets d'eau coulent autour de mes pieds ; mais le cairn reste stable. Fermant les yeux, je demande à travers le temps et l'espace : « Es-tu là, Ama ? » Quelque chose vrombit au-dessus de ma tête, se dirigeant lentement vers l'est. De la chaleur se répand sur mes sourcils, et j'entends les clochettes des moutons tinter, pendant que mon cher Diksen lance des aboiements vers le ciel.

« Ama, chuchoté-je. Je crois que le Saint est revenu. »

Silence.

« Ama », répété-je.

Une nouvelle scène m'apparaît. Le lac est devenu turquoise, et des falaises rouges se détachent au loin. Une maison en terre à un étage se dresse sur ma droite : enfin, un aperçu de chez nous. Des nuages noirs filent au-dessus des falaises, déferlant sur notre vallée. Je reconnais cette journée.

C'était un matin d'hiver, et un calme étrange régnait à la maison. Pas de bruits d'animaux dans l'étable au rez-de-chaussée, pas de voix dans le couloir, pas de marches qui grinçaient. Oui, je me rappelle. J'aurais dû me trouver dans les pâturages avec Pala et Acha Lhamo, pour apprendre à m'occuper des animaux ; mais ils n'étaient pas là, et je tenais mes bottes à la main. J'avais ouvert les volets de la fenêtre. Une file de pèlerins avançaient lentement en contrebas, priant et se prosternant jusqu'au monastère au sommet de la colline. Les cloches s'étaient mises à sonner, tandis que les points rouges des moines s'agitaient, se préparant pour les prières du matin. Le soleil venait de se lever, et déjà des panaches de fumée de genévrier montaient de tous les toits du village.

Plus loin, du côté des pâturages, le ciel était bas et chargé. Je craignais qu'une nouvelle averse de grêle s'abatte ; il n'y avait rien de pire qu'être seule pendant un orage. Tout à coup, une voix m'est parvenue depuis la cuisine. C'était ma mère, qui psalmodiait une prière. Je suis partie la rejoindre, tout en me balançant au son de sa voix, qui m'évoquait la fibre d'un bois orange – lumineuse, lisse, légèrement ondulée. Arrivée à la cuisine, j'ai lâché mes bottes par terre pour attirer l'attention de ma mère.

Ama a levé les yeux.

« Viens », a-t-elle dit en tapotant sa cuisse.

Je me suis avancée, un sourire dissimulé derrière mes mains. Ama m'a installée au creux de ses jambes croisées. C'était si agréable d'être assise contre sa poitrine, au centre de son corps.

« Il va peut-être encore y avoir de l'orage », ai-je déclaré en levant la tête, tandis que ses cheveux retombaient sur mes yeux.

Pourquoi ne puis-je pas voir son visage clairement, même maintenant ?

« Ah oui ? a-t-elle répondu.

– On devrait verser l'impôt de la grêle à Ngakpa, ai-je décrété avec enthousiasme.

– On l'a bien assez payé comme ça pour chasser la grêle. Mais peu importe, mon trésor ; écoute-moi bien. Un orage beaucoup plus important arrive. Il faut te préparer. De la même façon que nous nous préparons pour l'hiver, tu devrais t'atteler à cette tâche dès maintenant.

– Mais toi et Pala serez là, non ?

– Nous mourrons un jour, comme tous les êtres. Tu dois apprendre à te débrouiller seule, tu comprends ? Dans ce but, je vais commencer à t'enseigner une technique de méditation particulière aujourd'hui. C'est une leçon importante, mais elle peut s'avérer dangereuse, si nous n'allons pas jusqu'au bout. T'engages-tu à suivre la leçon entière ?

– Est-ce que tu l'as déjà apprise à Acha ? ai-je demandé, soupçonnant ma sœur de m'avoir fait des cachotteries.

– Pas encore. Tu es la première, a-t-elle rétorqué avec un sourire. Alors, es-tu prête à t'engager pleinement ? »

C'était Acha Lhamo qui m'apprenait des choses, d'ordinaire : comment remplir les musettes à grain, comment aplatir et sécher les excréments des animaux pour alimenter le fourneau, comment tisser des couronnes et des bracelets en fleurs. À présent, ma mère m'invitait dans son monde secret. Elle allait m'apprendre à être comme elle.

« Promis, ai-je dit.

– Bien. Nous allons offrir ton corps à tous les êtres. »

Je ne comprenais pas pourquoi il fallait offrir nos corps.

« C'est pour nous libérer du désir. »

Je ne comprenais toujours rien, mais je m'en moquais. Je me suis calée contre Ama alors qu'elle commençait à psalmodier, son corps vibrant contre mon dos. Elle sentait si bon, de près. Une odeur de bois, de pain frais sucré et de cubes de fromage. Quand on aura terminé, je lui réclamerai un cube de fromage séché, ai-je pensé. Je le grignoterai pendant une semaine, ferai fondre le morceau dur dans ma bouche petit à petit, en savourant son goût salé quelques heures, avant de le mettre de côté pour plus tard.

Ama m'a demandé de me représenter une boule d'énergie lumineuse, vibrant à l'intérieur de mon corps. Elle m'a expliqué que c'était l'essence de mon esprit. Elle voulait que je me concentre sur cette boule, et que je l'imagine monter le long de ma colonne vertébrale, jusqu'à jaillir dans l'espace. À cet instant, mon esprit se détacherait de mon corps, et je me retrouverais à flotter au-dessus de moi-même, regardant ma chair et mes os abandonnés. Je devrais alors m'imaginer que je découpais mon corps.

« Représente-toi en train de découper tes membres, ouvrir ton ventre, sortir tes intestins, et oui, même ton cœur. Dépose tout soigneusement côte à côte, deux yeux, deux oreilles, deux lèvres, dix doigts, dix orteils, deux tétons, des côtes, une langue, des reins, des poumons, un estomac, un épais nid de cheveux, des tas et des tas de peau. Divise ton corps en d'innombrables morceaux, jusqu'à ce que tu n'y voies plus que des organes anonymes. »

Ama s'est penchée pour sortir de sous la table une trompe en os de jambe. Elle a pris une profonde inspiration, et soufflé avec force dans l'instrument. Le son qui en est sorti ne ressemblait à rien de ce que j'avais entendu auparavant – une sorte de mugissement de yack, en plus aigu et éthéré.

« Ce son peut être entendu à travers tout l'espace, dans chaque dimension, dont celles des êtres ayant atteint l'éveil, des mortels, des démons et des dieux. Maintenant, répète : n'ayez pas peur. Nous préparons le festin blanc. Dis : *peh, peh, peh.* »

J'ai dit aux esprits de venir, venir, venir à moi. Quand j'ai fermé les yeux, ils sont arrivés de l'autre bout du village, de l'autre côté des collines, de sous la terre et de haut dans le ciel. Mon corps dépecé a pris la forme qui correspondait à leurs souhaits. Pour Pasang, le domestique, mon corps était un nouveau cheval, ainsi qu'une centaine de boulettes de pâte et un plateau de fromage dur. Pour Pala, mon corps était une quantité suffisante de turquoise pour qu'il n'ait plus jamais à rester loin de la maison pendant des mois. Pour les soldats gyamis, mon corps était une immense nuée d'oiseaux qui les ramènerait dans leur pays, où leurs parents les attendaient. Toutefois, je n'ai pas tardé à voir qu'ils en voulaient encore, et j'ai pris peur.

« Je veux qu'ils arrêtent. Comment est-ce que je les arrête, Ama ?

– Claque des doigts trois fois, comme ça. »

Ama a bougé les mains en un enchaînement gracieux. D'abord, les bras en équerre devant sa poitrine – clac. Puis les bras croisés – clac. Puis de nouveau en équerre – clac.

J'ai imité ses gestes, et avec chaque bruit sec, le monde que je connaissais s'est rétabli.

« Ils sont partis.

– Oui, c'est de la magie.

– Le repas est terminé. Mon corps est fermé », ai-je déclaré, et Ama a hurlé de rire.

Oui, ma mère avait parfaitement raison. C'était bel et bien de la magie. Notre monde regorgeait d'enchantements, autrefois : quand Ama était en vie, quand nous parcourions librement nos pâturages et vivions près de lacs et de montagnes peuplés de dieux. Ensuite, nous avons traversé les montagnes, et la magie s'est accrochée sur les crêtes. Elle s'est échappée de nos corps, et nous avons perdu notre beauté.

Quelque chose a changé, cependant. Avec la résurgence de ce souvenir, j'ai découvert un chemin. Un ruisseau menant à un océan de souvenirs. Oui, un chemin m'apparaît maintenant ; et je sais qui a manié la hache pour ouvrir cette brèche. Ce ne peut être que le Saint Sans Nom : il a traversé les océans, et nous a retrouvés.

Je ne suis pourtant pas sereine, car ce souvenir a révélé la source de mes tourments. Un élément inachevé, longtemps caché au fond de moi. Notre fuite avait eu lieu peu après ce jour-là, de sorte qu'Ama et moi n'avions jamais terminé nos leçons. J'avais seulement appris à offrir mon corps, et regarder les autres me réduire en charpie. La vie m'a cependant enseigné autre chose : le monde n'est jamais rassasié, et se repaît de ceux qui font don d'eux-mêmes. Je dois apprendre à me protéger ; mais comment, Saint Sans Nom ?

2

Ma nièce attend devant la porte, serrant contre elle son sac en toile maculé de café et d'encre.

« Où étais-tu ? m'interroge-t-elle. Je n'ai pas arrêté de sonner à la porte. »

Dans ma maison d'enfance, petite. Sur les genoux de ma mère.

« Je suis allée me promener, dis-je. Tu as la clé.

– Depuis quand est-ce que tu te promènes à six heures du matin ?

– Tu as encore perdu ta clé ?

– J'ai dû la laisser ici. »

Dans la cuisine, nous nous débarrassons de nos manteaux et abandonnons nos bottes mouillées dans un coin. Il y a des courants d'air au sous-sol. Je passe un châle à Dolma, et en drape un autre autour de mes épaules. Je devrai bientôt prendre le tramway pour aller travailler.

« Assieds-toi, dis-je en attrapant la bouilloire. Je m'occupe du petit déjeuner.

– Qu'est-ce qui te fait sourire comme ça ? » demande-t-elle.

Dois-je lui dire ? Oserai-je le faire ? Si je lui explique ce que le Saint a accompli, elle ne me croira probablement même pas. Et si elle ne me croit pas, si elle s'écarte de moi, il ne me restera personne. Si elle me décoche ce regard – un regard que je connais très bien, même si les gens pensent le contraire –, j'aurai tout fichu en l'air, gâché toutes ces années où je me suis montrée si prudente. Je ne peux pas me retrouver dans la même situation qu'à Delhi ; cette période sans avenir, où tout le monde voyait exactement qui j'étais – rien qu'un insecte esseulé. Je ne peux pas me retrouver dans le même état qu'après être rentrée au camp, lorsque j'avais fait le tour du monastère cent huit fois, en priant pour mourir, en priant pour me réincarner, mes pieds saignant sur les pierres. Je dois rester prudente, parce que cette fois je ne me rétablirai peut-être pas. Je dois rester prudente. Je dois continuer à mettre mon réveil, continuer à aller travailler et assister aux réunions de quartier, continuer à économiser pour l'opération des yeux d'Ashang et le visa canadien d'Acha. Je dois prendre soin de ma nièce. C'est mon rôle. Je m'assurerai que Dolma soit en sécurité et heureuse, avec un avenir qu'elle ne passera pas à genoux, mais debout, forte et sans peur.

« Qu'est-ce qu'il y a, Shumo ? dit ma nièce.

– Hmm ? »

Je me rends compte que j'ai commencé à couper des oignons.

« Tu as dit quelque chose.

– Ce n'est rien, rétorqué-je en attrapant les œufs. Je nous prépare une omelette. »

Dolma se détourne. Elle est assise au bord de sa chaise, ses jambes tressautant sous un châle. Elle a tellement de points communs avec ma sœur. Souvent, son visage me ramène à notre enfance. Les nuits où je ne trouve pas le sommeil, je regarde son matelas, et découvre ma sœur allongée là. Nous avions à peu près cet âge, quand nos chemins se sont séparés ; quand je suis partie à Delhi et qu'elle a épousé Tashi. Après cela, nous avons toutes les deux rejoint des sphères plus personnelles. Je voudrais tellement rester proche de ma nièce.

Où était-elle hier soir ? Où va-t-elle réellement la nuit, et que fait-elle lorsqu'elle est loin de moi ? Pendant toutes ces heures passées à travailler dans une sandwicherie silencieuse, à quoi pense-t-elle ? Une fois, je me suis postée dehors, et j'ai observé ma nièce derrière le comptoir. Elle fixait le plan de travail – pas la caisse ou les plateaux de légumes et de viande prédécoupée, mais simplement la table en bois. Je me suis aperçue alors que son regard dansait sur la surface – comme si les fibres du bois bougeaient devant ses yeux, lui révélant un monde invisible aux autres. Parfois, je voudrais appuyer sur son ventre, juste pour lui faire cracher un mot.

Elle n'est vraiment pas dans son état normal aujourd'hui. Même assise, elle se comporte de manière fébrile. Ses jambes s'agitent sans cesse, elle a le souffle court. Je reconnais cette mauvaise énergie. J'espère que c'est temporaire. Je remarque qu'elle serre un objet dans ses bras : ce vieux sac en toile miteux, qu'elle refuse de jeter.

« Assieds-toi une minute, Shumo, dit-elle en tapotant la chaise vide.

– J'ai presque fini. »

L'omelette est terminée, mais je dois faire griller du pain de mie.

« Je... viens t'asseoir, Shumo. »

Je m'installe sur la chaise en face d'elle, pose l'omelette, et lui donne une fourchette.

« Mange », lui dis-je, contente de moi.

Dolma prend une bouchée, puis une autre. Le duvet à la naissance de ses cheveux rebique, formant un halo électrique autour de son visage. Ses yeux sont injectés de sang, et ses pupilles d'un noir profond, comme deux grottes béantes. Elles semblent s'élargir devant moi, m'attirant à elles. Je me recule, comprenant pourquoi ma nièce me paraît si étrange. Dans cette lumière, dans cet état, elle ressemble à Palzom, ma vieille amie, ma deuxième sœur. Celle qui m'a abritée, et m'a aussi précipitée dans le monde. Oui, c'est elle. Celle à qui je tenais, et que j'ai abandonnée. Palzom, qui est désormais moins que cendres.

Nous nous étions rencontrées à Delhi, une ville peuplée d'autant d'habitants que le ciel compte d'étoiles, lesquelles devenaient invisibles par ricochet. J'avais vingt-six ans à l'époque, et je pensais me trouver là pour accomplir ma destinée. Je n'avais pourtant pas tardé à me rendre compte que j'étais arrivée à Delhi comme une souris dans une forêt sombre, peuplée de chacals et de tigres. Un sentiment ancien et familier m'avait de nouveau assaillie : l'impression que j'occupais une place minuscule et insignifiante dans le monde. Que je n'étais peut-être même pas entière, mais une chose brisée, en miettes ; que sous ma peau, une partie de moi avait été sectionnée et perdue depuis longtemps. Cette sensation m'accablait de toutes parts, montant même du béton ramolli par la chaleur. Pour tenter de m'apaiser, j'avais recours au souvenir des éloges dont Gen Lobsang et Ashang m'avaient couverte. À l'évocation de la douce étreinte d'un beau et triste garçon appelé Tenshi. Aux histoires déroutantes et impénétrables des écrivains britanniques que j'étudiais à l'université : les orphelins de Dickens, les sœurs vieilles filles d'Austen, et Shakespeare, avec mon cher et morose Hamlet.

Le prince danois me venait brusquement à l'esprit quand je traversais le campus. Un enfant hanté par le fantôme de son père, en rupture avec le monde, cramponné aux restes d'un bouffon qu'il avait connu jadis. Il n'existait pas d'autre portrait semblable à celui-ci, rien qui exprime une solitude aussi violente. J'attendais avec impatience le jour où je pourrais raconter cette histoire à ma sœur, même si j'ignorais s'il était possible de traduire des répliques pareilles. *Qui est celui qui clame sa peine avec tant d'emphase, celui dont la plainte monte jusqu'aux étoiles errantes et les tient figées de stupeur ?* Je contemplais le ciel de Delhi, mais je ne parvenais plus à voir les étoiles. Ma mémoire me trahissait aussi. Je ne me souvenais pas des constellations, pas plus que je n'arrivais à assimiler les textes pour mes examens. Toute ma vie, je m'étais targuée de mon excellence. J'avais même laissé Gen Lobsang me tracer un chemin pour quitter le camp. Cependant, l'université et la ville m'avaient révélée sous mon véritable jour. Mon niveau d'instruction était bien inférieur à celui de mes camarades. Je percevais leur pitié et leur dérision dans les amphithéâtres, une centaine d'yeux témoins de mon imposture. Leur regard me suivait lorsque je m'enfuyais vers le dortoir, avec mes copies barrées au stylo rouge. Et pendant tout ce temps, je n'avais pas reçu une seule lettre de ma sœur, alors que je lui en avais envoyé plusieurs.

Durant des semaines, j'avais passé les longues heures solitaires après les cours à flâner dans les marchés de Kamla Nagar. N'ayant nulle part où aller ni argent à dépenser, je restais assise sur un banc à contempler le flot ininterrompu des passants, dont j'entrevoyais la joie : les couples parfaits qui se rendaient main dans la main au cinéma, les familles intactes qui s'entassaient à trois ou quatre sur leurs motos. Je suivais brièvement du regard une mère qui s'éloignait sur un scooter, sari flottant au vent. J'allais jusqu'à envier les ouvriers qui s'accroupissaient ensemble pour fumer, et dormaient côte à côte le long des routes. Souvent, je passais près de filles en âge d'aller à l'université, et m'attardais parmi elles alors que nous avancions ensemble dans la foule, comme à l'unisson. Même les enfants pouvaient servir d'amorce à une conversation, avais-je découvert. Quand ils me souriaient et que je leur rendais leur sourire, un parent leur demandait parfois de me dire bonjour.

C'est lors d'un de ces après-midi que j'ai rencontré Palzom. Le ciel venait de s'assombrir, et un bruit de bastonnade a résonné quelque part dans ses entrailles, avant qu'un océan ne s'en déverse et change les rues en torrents bruns. Je me suis abritée sous l'auvent d'une boutique, au coude à coude avec deux familles et un groupe de jeunes garçons.

À part moi, la seule personne seule était une jeune femme. Elle ressemblait vaguement à Pema Dickyi, une adolescente de mon camp qui était souvent venue m'interroger sur mes parrains avant mon départ à Delhi.

« Pousse-toi un peu, Bhaya », a-t-elle dit à un homme, parlant hindi avec un accent familier.

Lorsque l'homme s'est écarté, la fille a remarqué mon regard, et m'a souri comme si nous étions de vieilles amies qui nous étions donné rendez-vous là.

« Tu es une Bhopa ? » m'a-t-elle demandé, ce à quoi j'ai acquiescé, trop timide pour répondre. « Je m'appelle Palzom », a-t-elle ajouté, m'encourageant à poursuivre la conversation.

Comme la pluie ne semblait pas vouloir s'arrêter, nous avons décidé d'attendre dans une maison de thé animée non loin de là. Palzom était une élève infirmière qui avait grandi dans l'un des camps de Bylakuppe, dans le sud de l'Inde. Après deux années à Delhi, elle se considérait comme une citadine aguerrie. Elle avait même enchaîné en secret les amourettes avec de jeunes Indiens – ce qui expliquait son assurance, pensais-je. Elle les qualifiait de bohémiens ; des garçons insouciants, qui cherchaient des filles insouciantes.

« Mais ils ne sont pas pauvres. Ils ne me laissent même pas jeter un coup d'œil à l'addition. C'est moi qui paie, au fait. J'ai vu ta tête quand on est entrées. »

J'ai de nouveau acquiescé en silence, mortifiée qu'elle ait deviné mes soucis d'argent, mais incapable de refuser cette offre généreuse. Pendant qu'elle continuait à parler, j'ai étudié son visage, d'un brun prononcé. Elle avait des cheveux épais et rêches qui s'arrêtaient en bas de ses petites oreilles rondes et décollées, et des lèvres violet foncé, au pourtour presque noir. Sa voix était forte et monocorde. Elle ne passait pas inaperçue.

Au bout d'un moment, elle m'a pris la main, en demandant :

« Pourquoi est-ce que tu ne t'installerais pas dans mon dortoir ? Il y a bien assez de place dans ma chambre, et tu pourrais économiser de l'argent, arrêter d'angoisser pour chaque repas.

– À l'école d'infirmière ? C'est permis ? »

Elle a éclaté de rire, en secouant la tête.

« Qui s'en apercevra ? Tous les gens comme nous se ressemblent, aux yeux des surveillants. Ils nous prendront pour la même personne.

– J'y réfléchirai. »

J'étais déjà convaincue que Palzom avait été placée sur ma route par une force supérieure. L'averse était prédestinée, tout comme mon habitude d'arpenter ces rues l'après-midi. Il était écrit que nous allions nous rencontrer, et alléger notre solitude.

De retour à mon dortoir, j'ai trouvé un message de ma sœur, qui me demandait de la rappeler immédiatement. J'ai sorti mon porte-monnaie, et payé la communication.

« Je viens de rentrer. Qu'est-ce qui se passe ? C'est Ashang ?

– Il va bien. Tout le monde va bien, a répondu Acha Lhamo, d'une voix basse et hésitante. J'ai quelque chose à te dire. »

Relâchant mon souffle, j'ai glissé la main dans mon sac, la posant sur mon exemplaire d'*Hamlet*.

« Tu as reçu mes lettres ?

– Oui.

– Tu n'as pas répondu », ai-je dit.

Je devais en avoir envoyé trois ou quatre à ce moment-là.

« Je n'écris pas aussi bien que toi. Et puis, qu'est-ce que je te raconterais ? C'est toi qui es dans un nouvel endroit. La vie ici n'a pas changé. »

Cela n'avait jamais empêché ma sœur de solliciter quelqu'un pour écrire une lettre à sa place autrefois ; en tout cas pas quand elle avait voulu contacter Samphel. J'ai envisagé de répliquer que deux ou trois lignes auraient toujours mieux valu qu'un silence total. Au lieu de quoi j'ai repris :

« Qu'est-ce que tu voulais me dire, alors ?

– Tu te souviens de Tashi ? Son oncle est venu demander ma main. »

Je devais avoir gardé le silence un long moment, parce qu'elle s'est mise à répéter mon nom pour s'assurer que la ligne n'avait pas été coupée. J'avais envie de dire : *Mon Tashi ?* Mais j'ai répliqué d'un ton pince-sans-rire :

« Son oncle n'est pas un peu vieux pour toi ?

– C'est pour Tashi. Ma main », a-t-elle répondu.

J'ai observé la trotteuse de l'horloge.

« Je ne peux pas rester longtemps. Cet appel me coûte cher.

– Est-ce que tu rentreras pour le mariage ? a-t-elle demandé, d'une voix désespérée. Ils sont en train de fixer la date au moment où je te parle. »

J'ai passé le reste de la conversation à bredouiller, et fini par promettre que j'essaierais d'assister à la cérémonie – tout en sachant que le voyage engloutirait les subsides versés par la famille Stanley. Même si je parvenais à emprunter davantage d'argent, même si je parvenais à effacer ce que je ressentais encore pour Tashi, une chose bien plus importante me dissuadait de rentrer. À travers la ligne téléphonique brouillée, j'entendais le camp. Le petit monde des corvées, les lampes à pétrole grésillantes, les commérages sans fin, et surtout l'impossibilité de s'évader. J'entendais la colline entière, tout ce qu'elle contenait, et tout ce qu'elle ne pouvait pas contenir. Bien qu'ayant conservé le nom de « camp », l'endroit n'avait plus rien de temporaire – plus maintenant. Et j'avais beau éprouver au moins une fois par jour l'envie de voir ma sœur et mon oncle, je me répétais que j'avais réussi à m'échapper. J'étais libre, et je vivais dans une ville si infinie, si électrique, que j'aurais dû avoir l'impression qu'une lumière sans bornes m'irradiait. Comment aurais-je pu repartir si vite, dans ces circonstances ? J'avais décidé que lorsque je retournerais au camp, ce serait sous une identité très différente, celle d'une personne qui avait trouvé sa juste place dans le monde extérieur. Je n'y retournerais qu'en tant que visiteuse.

Sur une période de trois jours, j'ai déménagé progressivement et sans aide dans le dortoir de Palzom, transportant mes affaires dans des sacs plastique boursouflés, gardant les yeux baissés. La lenteur du processus n'a fait que renforcer mon désir de rejoindre l'univers de Palzom.

Mon nouveau foyer était une immense boîte en ciment. Une trentaine ou une quarantaine de lits superposés s'alignaient sur quatre rangées ; plusieurs étaient vides, à l'exception d'un mince matelas en mousse. Partout, des serviettes de bain pendaient aux barres et aux échelles, des valises s'entassaient sous les lits, et des cordes chargées de linge couraient entre les cadres métalliques. Certaines des filles m'ont souhaité la bienvenue, mais la plupart ne m'ont pas prêté attention, occupées à vivre leur vie. Quelques-unes ont remarqué que je maîtrisais mal l'hindi, sans prendre le temps d'en dire beaucoup plus. C'était une bonne chose. Personne ne se fatiguerait à alerter les surveillants à propos de la nouvelle venue, tant que je ne faisais pas de vagues et ne gênais personne, m'a assuré Palzom.

Le soir, quand on ne voyait plus que les infirmières en uniforme blanc se déplacer entre les bâtiments, Palzom se faisait belle. Elle soulignait ses yeux d'un trait de kajal et appliquait du rouge à lèvres foncé, tout en étudiant fréquemment son reflet dans un petit miroir rond pendu à son lit par une ficelle. Elle me demandait parfois comment je la trouvais, mais elle n'avait pas toujours le temps de discuter. Elle partait ensuite rejoindre son petit ami, s'éclipsant par les buissons à l'arrière du dortoir, et ne rentrait pas avant l'aube.

La semaine de mon arrivée, Palzom n'a pas passé une seule nuit au dortoir. J'avais pensé qu'elle resterait la troisième nuit, ou la quatrième, au moins. Au bout de sept jours, j'étais secrètement blessée. J'avais la vague impression qu'on s'était servi de moi, sans pouvoir expliquer comment.

Pourquoi étais-je venue là, au juste ? Pour remplacer Palzom dans le dortoir, combler le vide qu'elle créait ? Personne n'avait remarqué ma présence, ni ne s'en souciait – surtout pas ma nouvelle amie. Je m'étais bêtement imaginé que Palzom deviendrait pour moi le même genre de compagne qu'Acha Lhamo. Me retrouver privée de ce rêve, et de nouveau si seule à Delhi, me faisait l'effet d'une cruelle plaisanterie.

Finalement, à ma huitième nuit au dortoir, Palzom s'est tournée vers moi pour demander :

« Ça te dirait de venir ? »

« Shumo, Shumo Tenkyi. »

Lorsque j'ouvre les yeux, ma nièce m'observe, assise au-dessus de moi sur le lit.

« Ça fait longtemps que je suis là ? demandé-je.

– Quelques minutes. Depuis quand est-ce que tu n'as pas dormi ?

– Je... je devrais aller au travail.

– Attends une seconde, coupe-t-elle. Il faut que je te montre quelque chose. »

Les yeux de Dolma ne m'inquiètent plus. Nous sommes simplement deux femmes fatiguées.

« D'accord, montre-moi. »

Elle m'aide à m'adosser contre le mur. Elle récupère son cabas en toile, et en sort un grand paquet enveloppé dans un sac plastique de solderie. Après l'avoir déposé avec précaution sur la table, elle le fixe, comme pétrifiée.

« Qu'est-ce que c'est ? »

Dolma ne répond pas. J'entends seulement les bruissements du sac plastique qui se déplie peu à peu, et le ronronnement du frigo, donnant l'impression qu'une troisième personne respire près de nous. Une voiture fait marche arrière devant la fenêtre, et nous levons toutes les deux la tête quand la pièce s'obscurcit brièvement. Dolma dénoue le sac plastique, puis l'abaisse, révélant une boîte noire. Celle-ci se dresse sur la table comme un temple, chargé de pouvoirs latents.

L'atmosphère change.

« Tu as senti ça ? » dis-je, me retenant d'ajouter quoi que ce soit.

La maison craque autour de nous, et un bourdonnement sourd et guttural monte du sol, passant de mes pieds à mes côtes, jusqu'au sommet de mon crâne. On croirait que la maison elle-même est en train de se dilater, étirant sa peau pour accueillir ce que Dolma a apporté entre ses murs.

Ma nièce ne m'écoute pas, toute à sa concentration. Je déglutis avec une certaine difficulté quand elle ouvre enfin la boîte, et plonge les mains à l'intérieur. Elle s'empare d'une petite statue, qu'elle place sur la table. Mes paumes se joignent en prière avant mes lèvres.

Avez-vous déjà fait un rêve qui revient sans cesse vous hanter ? La voix d'Ashang est si claire dans ma tête qu'il pourrait se trouver dans la cuisine. *Un rêve qui se répète au fil du temps, reliant des années de votre vie ?*

Dolma frappe des mains, et lâche un petit rire.

« C'est le Saint Sans Nom, n'est-ce pas ? »

Je couvre ma bouche avec le bas de ma robe, pour ne pas profaner le *ku* sacré. Je contemple son visage comme s'il appartenait à un être cher. Son nez fin, ses yeux enfoncés, sa bouche grande ouverte. Doucement, je soulève la statue de ma main libre. Elle est bien plus légère que dans mes souvenirs. Je place le *ku* au-dessus de la tête de ma nièce, puis appuie le socle en lotus contre sa poitrine et son dos. Elle ne réagit pas, mais une émotion est peut-être en train de s'éveiller en elle. Je m'apprête à porter le socle à mon propre front, quand je m'arrête. Et si je ne ressentais rien ? Si la lumière scintillante ne se manifestait pas ? Je récite une prière, puis repose délicatement le Saint sur la table.

Ce visage éploré, insistant, moucheté d'or. Ce visage qui affiche sa lutte sans fard. A-t-on jamais vu une expression pareille chez un autre saint ? Pas au monastère de notre village, ni sur les autels dans nos cuisines. Il semble avoir enduré ces souffrances pour nous, pour notre époque. Lui aussi a traversé les montagnes, d'abord vers la frontière, dans les mains de Po Dhondup, puis dans les mains de ma mère, mon père, mon oncle, et maintenant ma nièce. Je comprends à présent qu'il nous apporte un message, qui est en réalité une question : *Votre douleur ressemble-t-elle à la mienne ? Vous sentez-vous seuls ?* Avant que nous puissions répondre, il déclare : *J'ai traversé la terre pour vous rejoindre, pour vous dire une chose : comme vous, je suis torturé. Comme vous, je sens mes entrailles se tordre et se débattre, tel un oiseau incapable de prendre son envol. Mon corps est usé comme le vôtre, et menace de céder à chaque instant. Mais je ne céderai pas, car je peux endurer bien plus que cela. Je peux prendre votre douleur, votre faim, vos cauchemars. Je peux supporter la détresse qui vous accable depuis votre naissance. À travers mon visage et mon corps, je refléterai vos tourments. Et vous saurez, enfin, que vous n'êtes pas seuls.*

« Va chercher une khata », dis-je.

Dolma sort du placard une écharpe en soie blanche destinée aux offrandes, je l'aide à la draper doucement autour du socle de la statue.

« Voilà, c'est bien, dis-je. Comment as-tu récupéré le Saint ? As-tu raconté notre histoire à la famille riche ? »

Dolma affiche un étrange sourire, avant que l'angoisse déforme son visage.

« Tu ne peux parler de cette statue à personne.

– Comment ça ? Tout le monde sera si heureux… »

Elle ne répond pas.

« Je ne dirai rien. Explique-moi.

– J'ai pris le *ku*. J'ai vu quelqu'un taper le code secret à une fête, alors je suis retournée chercher la statue hier soir. »

J'émets un rire, parce que ma nièce aime faire des plaisanteries, ou du moins c'était le cas quand elle était plus jeune. Une fois, elle était rentrée de la British School en refusant de parler autre chose qu'une langue constituée de mots anglais coupés en deux puis mélangés.

« Arrête un peu, dis-je, étudiant son expression.

– Je ne pouvais pas leur demander le *ku* si facilement. Tu sais combien les Enjis ont payé pour cette statue ? C'est ce que fait cette famille : ils envoient des gens parcourir le monde à la recherche d'objets anciens, qu'ils empochent et rapportent chez eux. »

Je commence à dire à Dolma qu'elle a commis une grave erreur, et que sa mère mourra d'inquiétude, parce que tout est perdu, maintenant. Je commence à lui dire que ma pire crainte a toujours été qu'elle soit pervertie par la drogue, les garçons ou des amis idiots qui vont danser dans des clubs et se tatouent des gribouillis frivoles sur la peau, mais pas comme ça, pas comme ça…

« Shumo, écoute-moi. J'ai vu les documents de l'entreprise qui leur a vendu la statue. C'est une société népalaise, qui utilise un nœud sans fin comme logo. Ce sont ces gens qui ont volé la statue au camp, Shumo. Nous n'avons plus qu'à découvrir quelle entrepr…

– Un nœud sans fin ?

– Oui, tu les connais ? »

Je pensais que ce scélérat avait fait faillite depuis des lustres. Comment Samphel a-t-il mis la main sur le Saint ? Il me le paiera cher. Si j'ai été généreuse avec lui tout ce temps, c'est uniquement pour ma sœur. Pauvre Acha Lhamo… Dès le jour de leur rencontre, un lien karmique les a attachés l'un à l'autre. Des années pouvaient se passer sans qu'elle prononce son nom, mais je n'étais pas dupe. Aujourd'hui encore, c'est une chose dont j'ai conscience à son sujet.

En revanche, je ne parlerai pas à Dolma de Samphel. Moins elle en sait, mieux elle se porte. Cela fait des années que je tiens cet homme à l'écart de ma sœur et d'elle. Une fois, j'avais failli lui permettre de les voir. J'étais allée jusqu'à organiser leur rencontre. J'avais rendu visite à Samphel dans sa boutique, l'avais informé de la façon dont les choses se passeraient, et lui avais indiqué le lieu et l'heure du rendez-vous. Ma nièce était si jeune à l'époque, avec toute sa vie devant elle. Il se trouvait qu'un unique facteur pouvait déterminer sa trajectoire, si elle serait instruite ou non, riche ou pauvre : Samphel. J'avais pensé qu'il serait capable d'accomplir au moins une bonne action, et qu'avec le temps il gagnerait peut-être même le droit de se rapprocher de Dolma et Lhamo. Cependant, il avait jeté cette possibilité aux orties en se lançant à la poursuite d'un fantôme, alors que les vivants avaient besoin de lui.

« Écoute-moi, Dolma. Écoute-moi bien. Nous devons remettre la statue à sa place. Aujourd'hui, avant que la famille s'aperçoive de sa disparition et que la police s'en mêle. » Je pousse un bloc-notes vers elle. « Écris-moi l'adresse de ces gens.

– Mais le *ku* ne leur appartient pas…

– Écris.

– Tu ne peux pas débarquer chez eux comme ça, Shumo. »

Articulant lentement, je réplique :

« Ne discute pas. »

Pour une fois, j'ai l'air autoritaire. Comme l'enseignante que j'ai été autrefois.

« Laisse-moi le *ku*, et oublie toute cette histoire. »

3

Je me dirige vers Queen Street, les tempes battantes, les membres chargés d'électricité. Même ma tête bourdonne, car je porte le Saint Sans Nom sur mon dos, tout contre ma colonne vertébrale. Son corps antique tressaute à chacun de mes pas, sa forme se réchauffe sur ma peau. Comment pourrais-je le rendre ? Pas maintenant. Pas tout de suite. J'irai voir les riches Enjis en sortant du travail. Cela me laissera le temps de réfléchir. Oui, j'attendrai quelques heures. Un peu plus de temps avec le Saint, pour pouvoir réfléchir.

Évidemment, la situation est plus complexe qu'elle n'en a l'air. Le Saint Sans Nom n'a pas simplement disparu du camp, comme tout le monde l'imagine ; du moins pas au début. Je le sais, parce que j'ai vu la statue dans les mains de ma sœur. Pendant des années, elle l'avait cachée à tout le monde, même à sa famille. Elle ne l'avait sortie que parce que j'agonisais. C'était juste après l'abandon de mes études à Delhi et mon retour au Népal. J'étais partie sans prévenir Palzom car, comme tout le monde, elle se moquait de mes échecs. Elle avait beau le nier, j'avais entendu ce qu'elle disait à son petit ami. Des paroles que je ne répéterai jamais.

À cette époque, mon esprit m'échappait sans cesse, glissant entre mes doigts comme un poisson. Honteuse de mon état, j'étais retournée au camp au milieu de la nuit, pour éviter qu'on ne me voie. Ma sœur m'attendait sur le pas de sa porte avec une couverture. Le jour suivant, la lumière avait commencé à me brûler la peau et troubler mon champ de vision, si bien que j'avais fermé toutes les fenêtres. Incapable de dormir, je passais la plupart de mes nuits assise au bord de mon lit. C'est alors que le fantôme de mon enfance était réapparu – la femme qui tentait en vain d'ouvrir la bouche, secouant la tête et serrant les dents de rage. Elle voulait parler, mais pas un mot ne sortait. Pourtant, des hurlements soudains me parvenaient. Delhi me collait encore à la peau, en une épaisse pellicule que ni ma sœur ni moi n'arrivions à laver. Lorsque je me sentais plus en forme, je me postais devant un miroir et me pinçais la peau, essayant de trouver le début de la pellicule. Je tirais et tirais jusqu'à ce que ma peau saigne. D'autres jours, je m'affaissais en une posture statique : mains sur les cuisses, dos courbé. Je respirais à peine. J'avais l'impression que mon avenir était sans espoir. Le présent, dénué de sens.

Heureusement, Tashi était déjà parti à cette période. Ma sœur pleurait beaucoup, mais j'avais mis longtemps à comprendre qu'elle pleurait à cause de moi. Elle me suppliait de lui expliquer ce qui s'était passé. Tu le sais bien, avais-je rétorqué. Tout le monde le sait. Ils le savent depuis le début, et c'est pour ça qu'ils m'observent jour et nuit.

C'est pour ça qu'ils parlent de moi en riant, et se taisent quand je passe. Que veux-tu dire ? Que savent les gens sur toi ? m'avait-elle demandé. Ils voient qui je suis. Une femme brisée, que tout le monde évite. Un fantôme immortel piégé dans le monde des vivants.

Puis une idée m'était venue. Une illumination qui me sauverait sûrement. J'allais faire le tour du monastère du camp, et me prosterner tout au long du chemin. En effectuant une circumambulation de ce lieu saint, je tuerais la personne que j'étais, et en ferais naître une nouvelle. Cent huit fois. Je me prosternerais autour du monastère cent huit fois. Un nombre sacré, le nombre de perles sur un chapelet. Au plus noir de la nuit, j'avais traversé le camp jusqu'au monastère. Serrant les mains à hauteur de poitrine, je les avais levées vers le ciel, puis ramenées devant moi. Je m'étais agenouillée, avant de m'allonger sur le sol. J'avais tendu les mains le plus loin possible, les avais de nouveau jointes en prière, et avais enfoncé le bout de mes doigts dans la terre. Je m'étais relevée, avais fait un pas jusqu'au creux laissé par mes doigts, et reproduit l'enchaînement.

La première circumambulation avait été rapide. J'y arriverai, m'étais-je dit. Je renaîtrai. En une seule nuit, je parviendrai à tout effacer. À redevenir un rayon de lumière pur, une idée dans le ventre de ma mère. Toutes les souffrances pourraient prendre fin grâce à mon labeur ! Des voix s'étaient élevées dans mon esprit, éclatant d'un rire joyeux, ébahies par mon génie. Tout autour de moi, elles tournoyaient encore et encore. La pluie s'était mise à tomber, et j'avais tournoyé à mon tour, bras tendus vers le monde, vers toutes les étoiles qui étaient venues assister à ma découverte. Dansez, leur avais-je crié. Dansons un instant. Les étoiles avaient dansé avec moi. Ce devait être l'année où Sa Sainteté avait reçu le prix Nobel, car le monastère venait d'être repeint. Il faudra que j'envoie un message à Sa Sainteté pour qu'il annonce ma découverte au comité Nobel, avais-je pensé. Même une femme ordinaire dans un camp de réfugiés népalais peut donc parvenir à une révélation aussi cruciale ! Quel message splendide. Un message incandescent qui libérera le monde entier, y compris Sa Sainteté, qui travaille sans relâche pour tous les êtres.

Quand je m'étais réveillée, nue et grelottante dans un lit, j'étais de retour dans la maison de ma sœur. Elle avait empilé toutes ses couvertures sur moi. Je ne pouvais pas bouger, et je n'avais pas la force d'essayer non plus. Dehors, les festivités avaient déjà commencé. J'avais l'impression qu'un immense mur d'eau ruisselante séparait mon monde de celui des participants. L'eau rugissait dans mes oreilles.

« J'aurais dû t'apporter ça depuis longtemps », avait déclaré Acha.

Debout au pied de mon lit, elle avait tendu les bras vers les poutres du toit, pour attraper une petite boîte en métal. Abasourdie, je l'avais regardée poser la boîte sur la table et en sortir le Saint Sans Nom. Alors que je lui demandais comment une chose pareille était possible, Acha Lhamo avait posé le socle du *ku* sur ma tête et récité une prière, de la même façon qu'Ama l'avait fait autrefois. Mon corps entier s'était détendu, lâchant prise.

« Tu as senti ça ? avais-je chuchoté.

– Quoi que ce soit, accepte-le », avait déclaré ma sœur.

Un frémissement s'était produit dans la lumière derrière Acha Lhamo. C'était le ciel, qui se transformait. Des nuages se rassemblaient dans l'embrasure de la porte, grondant pour moi.

« Un orage arrive », avais-je dit, contemplant l'extérieur en souriant.

Je sentais que ma mère était proche, et qu'elle allait m'apprendre quelque chose. Elle allait me montrer comment survivre à la tempête.

« Il n'y a pas d'orage », avait répondu Acha, sa voix résonnant faiblement de l'autre côté du mur d'eau.

Derrière ma sœur, une branche dorée se balançait dans le vent, chargée de feuilles éclatantes. Elle s'était abaissée pour me protéger de la pluie et de la grêle qui s'apprêtaient à tomber. N'ayant plus rien à craindre, plus rien qui nous accable, ma sœur et moi avions commencé à nous élever, en commençant par nos talons, puis nos hanches, décollant peu à peu du lit jusqu'à ce que nos orteils gigotent dans l'air. Observant les montagnes si lointaines, qui reflétaient la lumière du soleil en direction de chez nous, j'avais décidé de nous y emmener. J'avais agrippé la main de ma sœur, pour l'entraîner vers les crêtes argentées. Je l'avais conduite au nord, jusqu'à ce que les sommets apparaissent à nos pieds et que nous n'ayons plus qu'à les enjamber. De là, nous avions vu notre village, notre maison, nos parents. De là, nous avions pu apercevoir notre mère par la fenêtre de la cuisine.

« Enfin », avais-je chuchoté, avant de sombrer sans peine dans un profond sommeil

Pendant les deux mois suivants, je m'étais rétablie une fois de plus sous le regard du Saint Sans Nom. Quand j'en avais la force, ma sœur m'emmenait faire de courtes promenades dans le camp, où nous comptions les fourmilières comme j'adorais le faire étant petite. Nous nous asseyions dans les champs pour tisser des couronnes, des colliers et des bracelets de fleurs. Nous avions commencé par discuter avec une ou deux personnes, avant qu'Acha Lhamo me rapproche lentement d'Ashang Migmar, Gen Lobsang, Dawa, Mo Yutok, Hring-Hring et les autres. Ma maladie s'était dissipée, et j'étais peu à peu redevenue moi-même. Le Saint, lui, resterait notre secret.

À présent, je me demande : comment Dolma a-t-elle mené à bien une action aussi téméraire ? S'est-elle montrée prudente et minutieuse, ou a-t-elle semé ses empreintes partout dans la maison ?

J'attends le tramway un long moment avant de m'apercevoir qu'il est bloqué au loin, derrière une file de voitures. Rester les bras ballants comme ça me donne des idées, ce qui n'est pas toujours une bonne chose ; mais aujourd'hui, ça l'est. Je devrais appeler ma sœur. Je ne lui raconterai pas que Dolma a volé la statue. Elle se demanderait sûrement où le *ku* était passé toutes ces années, même si je n'aurais aucun mal à la détourner du sujet. « Un miracle ! » s'exclamerait-elle. Elle annoncerait la nouvelle à tout le camp. Il y aurait trois jours de prières, une fête endiablée avec de la bière fraîche et du curry de buffle. Cela attirerait peut-être même l'attention à Dharamsala. Mais non, Acha ne doit en parler à personne. Je le lui expliquerai. Je le lui expliquerai clairement et soigneusement. S'il y a une chose que ma sœur sait faire, c'est bien garder les secrets. Je vérifie l'heure. C'est la nuit au Népal, mais il n'est pas trop tard. De toute manière, il est possible qu'Acha Lhamo ait reçu le résultat de sa demande de visa, alors je devrais l'appeler pour en discuter. Son entretien au consulat canadien de Delhi le mois dernier s'est bien passé, mais nous avons décidé de ne pas en parler à Dolma. Les refus précédents ont été durs pour elle. Cette fois, ce sera différent. Tirant les leçons de nos échecs, nous avons méticuleusement préparé les documents et les justificatifs de ressources nécessaires. Il ne nous reste plus qu'à tomber sur un fonctionnaire bien disposé. Oui, c'est possible. Notre vie va peut-être se remettre sur les rails.

Je compose le numéro de ma sœur, et attends. La tonalité se fait écho à elle-même – une sonnerie étouffée, puis une autre plus forte, qui la recouvre. La distance que ce son doit parcourir… La distance que le Saint a parcourue. Ne pourrais-je pas trouver un moyen de le garder ? La tonalité retentit encore et encore, mais ma sœur ne décroche pas. À la place, j'obtiens un message automatique en népalais. « Le numéro appelé n'est pas disponible. Veuillez réessayer plus tard », déclare une femme, se répétant comme la sonnerie.

« La ferme », lui dis-je.

Je rappellerai ma sœur ce soir ; en attendant, c'est mon téléphone qui s'est mis à sonner. Un numéro local s'affiche, que je ne connais pas.

« Acha ?

– Gyaltsen la », dit-il.

Que me veut cet homme ? Sans Dolma, il ne me serait jamais venu à l'idée de l'inviter chez moi. Maintenant, je suis sûre qu'il débarquera régulièrement pour le petit déjeuner.

« Est-ce que tu as appris la nouvelle ? me demande-t-il.

– À propos du *ku* ?

– Quoi ? Non, Tenkyi, une nouvelle personne s'est immolée par le feu. Une nonne, cette fois. De seulement vingt-deux ans. »

Je me recule contre la vitre de l'abribus. Je ne sais plus à combien d'immolations nous en sommes.

« Où ça ?

– À Tawu, au Tibet oriental. C'est la troisième là-bas. Un couvre-feu a été instauré au village. Les routes sont barrées, l'armée a été envoyée sur place. Les lignes téléphoniques et Internet sont quasiment coupés.

– Qu'est-ce qu'on a fait de son corps ?

– Les autres nonnes ont réussi à l'emmener avant que les soldats arrivent. D'après mes dernières informations, l'armée a encerclé le couvent. »

Il y a eu tant d'auto-immolations que nous savons à quoi nous attendre, maintenant. Si les nonnes parviennent à résister, la jeune femme aura peut-être droit à des funérailles dignes de ce nom ; mais si les soldats s'emparent de sa dépouille, tout espoir est perdu. Même dans le cas où elles parviendraient à organiser la cérémonie, les nonnes seront punies ensuite. La famille de la victime aussi. Le village subira davantage de restrictions, de présence militaire, d'arrestations qui rendent la vie intenable. Une protestation par le feu de plus. Le cycle continue.

« Je prépare quelques mots pour la grève de la faim, reprend Gyaltsen la. Il y aura un micro ?

– Non… un porte-voix, je crois.

– Un porte-voix, ça n'ira pas.

– Nous en avons plusieurs, dis-je, perplexe.

– Quelle incurie. Même en Inde, nous ne manquions jamais d'apporter un micro aux manifestations. On pourrait croire que les nôtres seraient mieux équipés ici…

– Demande à Pasang, s'il te plaît. Je serai là après le travail.

– À quelle heure ?

– Seize heures », dis-je avant de raccrocher.

Je passe mon sac à dos devant moi, en le tenant avec précaution. Le Saint est à l'intérieur, en sécurité dans mes bras. J'entrouvre la fermeture Éclair, écarte les couches de plastique, et soulève le couvercle de la boîte.

« Bonjour, dis je doucement. Tu as entendu, pour la nonne ? Elle avait seulement vingt-deux ans. »

Elle était plus jeune que Dolma. Plus jeune même que je ne l'étais à mon départ pour Delhi.

Le Saint attire de nouveau mon regard vers lui. Il veut savoir : qui est la nonne ? Quelle est son histoire ? Je ressors mon portable, et cherche sur Internet. Une photo et une vidéo ont déjà filtré. Sur la photo, une belle jeune fille aux joues rouges est assise sur son lit, les mains sous les jambes, avec un sourire léger mais intelligent. Dans la vidéo, c'est une silhouette en proie aux flammes.

Elle était nonne depuis dix ans, et s'était récemment installée seule dans une cabane en terre. La vidéo montre des bâtiments trapus et gris, une colonne de feu qui contient la religieuse. Ses mains semblent couvrir son visage ; ou bien sont-elles levées en prière ? À quelques mètres de là, on distingue une femme plus âgée. Un témoin de son sacrifice. Son bras droit est brandi en l'air, une écharpe en soie blanche suspendue à ses doigts. C'est son offrande pour la nonne. De l'autre côté d'une grande route poussiéreuse, un homme est debout avec son enfant. Ils se tiennent la main. Leurs bouches sont ouvertes, leurs visages figés en plein cri. Dans un autre coin de l'image, on aperçoit deux mains désincarnées, jointes en prière, rendues floues par leur mouvement – comme si quelqu'un se prosternait devant la nonne.

Au cœur du brasier, la nonne a crié : « Je demande le retour du Dalaï-Lama. Je demande la liberté pour le Tibet. » Dans la sécurité des flammes, elle a pu prononcer les paroles logées dans sa gorge depuis tant d'années. Je l'entends si clairement. J'entends le village – tous les mots, cris et prières qui entourent cette colonne de feu. J'entends les flammes crépiter tandis qu'elles dévorent son corps. *Peh*, *peh*, *peh*. Je prie. Que son offrande libère tous les êtres. Que cela suffise, enfin.

Et la jeune nonne ? Si elle meurt bientôt, se réincarnera-t-elle en être humain ? Il le faut. Dans une vie sans danger, confortable, et libre. Une vie où elle pourra exister sans lutter, sans besoin ni désir de se révolter. Oui, il faut qu'elle se réincarne en ce genre de personne. Elle et tous ceux qui se sont auto-immolés cette année – une soixantaine d'individus à cette date.

Je repense à la parabole de la tortue aveugle. Imaginez que le monde entier est couvert d'eau. Dans cette eau, on trouve un collier en bois, ainsi qu'une tortue de mer aveugle, qui nage seule. Une fois tous les cent ans, la tortue sort la tête de l'eau, en espérant émerger au milieu du collier. Une naissance humaine est aussi rare que cela ; c'est dire à quel point cette forme est précieuse. Enseigne-t-on encore cette parabole aujourd'hui ? N'est-ce pas une leçon cruelle ? Affirmer qu'une vie, même malheureuse, est un extraordinaire hasard que l'on doit apprécier ? Des tortues de mer aveugles, c'est bien ce que nous sommes.

Le tramway arrive en bringuebalant et hurlant comme un animal blessé. Il est bondé, mais je parviens à monter à bord et m'agripper à une des barres. Je sors mon portable pour effectuer une capture d'écran des images de la nonne. Dans la galerie photo, un patchwork de flammes et de corps calcinés apparaît. Il arrive que les flammes surgissent au-dessus de ma tête, déferlant à travers le ciel canadien. Je regarde autour de moi pour voir si quelqu'un les a aperçues, mais personne ne semble rien remarquer. Un autre moine s'est immolé par le feu. Un autre nomade. Depuis trois ans, les flammes ne cessent d'éclore sur mon portable. Quand j'ouvre les journaux ou allume les informations, elles n'apparaissent pourtant pas. On ne parle presque jamais des immolations, ici.

Je jette un nouveau coup d'œil à l'intérieur de la boîte noire nichée dans mon sac. Le Saint me rend mon regard.

Miroir de mes sentiments les plus intimes, il arbore l'expression que je ne peux montrer. Il l'a toujours fait. Pendant ce temps, mon propre visage demeure placide, morne, aussi neutre que celui des passagers du tramway, aussi calme que celui de ma sœur et de mes parents. Est-ce une bonne chose ? me demandé-je à présent. Est-ce une bonne chose que ma famille, que notre camp entier, se soient consolés avec l'expression du Saint, alors que nous nous transmettions des silences ? Que nous ont-ils coûté, ces silences ? Je devrais refuser de corriger mon visage. Je devrais afficher le même air que le Saint. Enfouissant ma figure dans mon sac, je ferme les yeux, ouvre la bouche, et comprime mes joues et mes tempes. Oui. Tout vibre, et un torrent se déverse entre mes oreilles.

4

Je descends du tramway à la gare Union, et me dirige vers le sud. Mes heures de ménage me laisseront le temps de réfléchir. J'ai aussi besoin de ce travail – que je dois uniquement à ma binôme, Ruby, et à son amitié avec notre responsable. Qui aurait embauché une femme de soixante ans pour nettoyer des chambres d'hôtel, sinon ? Je traverse la route, malmenée par un vent cinglant. Mes pieds avancent de mémoire, me conduisant vers l'eau et l'immense établissement. Des hommes et des femmes de haute taille filent à ma gauche et à ma droite, vêtus de costumes, leur regard glissant sur moi. Comme les gens sont énormes dans ce pays… Que mangent-ils, et ont-ils toujours été aussi grands ? Est-ce pour cela qu'ils me rentrent dedans quand ils dévalent les rues, avec leurs talons cliquetants et leurs sacs pleins à craquer ? Je dois leur paraître toute petite, comme une boîte aux lettres ou une bouche d'incendie, qui ne méritent pas un coup d'œil. La différence étant que cette fois, je tiens mon sac à dos contre ma poitrine, la statue du Saint flottant entre mes bras. S'ils s'avisent ne serait-ce que de me bousculer, s'ils frôlent une seule bretelle de mon sac, je leur enverrai un coup de pied. Je les frapperai encore et encore, jusqu'à ce que tous ces géants tombent et que le trottoir n'appartienne plus qu'au Saint. Voilà que je pouffe toute seule, maintenant.

Je m'engouffre dans l'entrée du personnel et me dépêche de rejoindre mon casier, en évitant de croiser le regard de quiconque. Alors que je m'efforce de reprendre mon souffle, postée sous la rangée de fenêtres du sous-sol, je me rends compte de l'endroit où j'ai apporté le Saint. J'ai déplacé le précieux *ku* d'une pièce souterraine à une autre. C'est mon rituel quotidien. Jour et nuit, quand je veux voir le ciel, je dois tordre le cou.

« Est-ce que tu savais qu'il faut être riche pour voir le ciel, ici ? lui dis-je. Avant d'arriver dans ce pays, je l'ignorais aussi. Je ne savais même pas que les gens pouvaient vivre sous terre… »

Il lève les yeux vers moi. Bien des choses importantes vivent sous terre, enfouies là pour échapper aux dangers de la surface.

« Tu as raison, dis-je en hochant la tête. Ce qui est précieux est souvent caché. »

Je referme la boîte, remonte la fermeture Éclair de mon sac, et le coince au fond de mon casier.

À mon arrivée dans ce pays, j'avais été surprise d'apprendre que Palzom occupait un emploi de femme de ménage. Elle n'en avait pas parlé pendant nos appels, et j'avais supposé qu'elle était encore infirmière. Elle m'avait proposé de partager ses heures. Ce ne serait qu'une activité temporaire, avant que je trouve un poste d'enseignante, avais-je pensé. C'était une solution temporaire pour Palzom également. Nous avions donc commencé à effectuer ensemble les longs trajets jusqu'au nord de la ville, vers les banlieues vertes et tranquilles, avec des maisons en brique et en lierre et des trottoirs que personne n'empruntait. Les propriétaires étaient rarement là, ou bien ils ne faisaient que passer, en coup de vent. Cela dit, il y en avait aussi qui ne pouvaient pas du tout sortir de chez eux. Une femme d'environ quatre-vingts ans vivait dans un fauteuil électronique au rez-de-chaussée de sa maison. Cela faisait une décennie qu'elle n'avait pas vu les deux étages supérieurs, affirmait Palzom. Bien qu'imposante de l'extérieur, la maison était décrépite, remplie de vieux cartons et de tas de papier. La vieille femme nous demandait de nettoyer les toilettes et la cuisine ; nous n'avions pas le droit de toucher au reste.

Si mon amie avait honte de son nouveau gagne-pain, elle ne le montrait pas. En revanche, elle se moquait de ses employeurs. Dans notre langue privée, Palzom critiquait la petite taille de leurs salons, les vêtements miteux qui remplissaient leurs penderies et les pénis en plastique dur rangés dans les tiroirs de leurs tables de nuit. Parfois, la bonne ou le jardinier se joignaient à nous pour échanger des plaisanteries dans un anglais fragmentaire. J'avais même pris l'habitude de mémoriser les interminables listes d'instructions et de doléances des propriétaires, et de réciter ces tirades arrogantes et humiliantes pendant que les autres employés se tordaient de rire. Néanmoins, ces moments étaient rares. Nos heures de travail s'écoulaient principalement en silence – comme si elles ne méritaient pas d'être mentionnées à voix haute.

À la fin de la journée, nous regagnions l'appartement de Palzom, situé à l'angle d'un immeuble. Assises à la table de la cuisine avec une bouteille de vin rouge, nous contemplions le parking en nous demandant de quoi le reste de notre vie serait fait. Palzom affirmait qu'elle avait toujours eu la fibre artistique : elle envisageait de devenir hôtesse de l'air, ou décoratrice d'intérieur. Comme je n'avais pas réfléchi à d'autres possibilités de carrière, elle me rapportait des brochures et des catalogues de formations d'établissements publics. Ces prospectus envahissaient l'appartement, accumulant la poussière et les taches de thé sans jamais qu'on les jette.

L'avenir nous appartenait, soutenait Palzom : nous n'avions qu'à décider de passer à l'action, pour devenir qui nous étions vraiment. Cela arriverait un jour. En attendant, nous nous préparions, patientant comme des vers à soie dans leur cocon. Le fait que nous ayons la quarantaine révolue ne semblait pas poser de problème. C'était un nouveau pays, une nouvelle vie, m'assurait Palzom. Une fois de plus, j'étais subjuguée par sa capacité à fixer les paramètres de son propre monde.

Cependant, qui peut prédire ce qui brisera une femme ? Palzom et moi étions habituées aux insultes. On nous avait déjà reproché d'avoir volé chez les propriétaires, de lésiner sur l'aspirateur, de passer trop de temps dans une pièce, d'être paresseuses, d'être idiotes, d'être aveugles. Lorsqu'une réponse était attendue de notre part, nous réfutions les accusations, sans ajouter grand-chose. Je ne pensais pas qu'on puisse réussir à nous faire sortir de nos gonds ; jusqu'à ce qu'un jour la directrice de l'entreprise de nettoyage trébuche sur un balai.

« Tu l'as laissé traîner exprès ! avait-elle hurlé sur Palzom. Tu voulais que je me fasse mal. »

Il était vrai que mon amie détestait cette femme ; mais si elle avait gardé ses réflexions pour elle auparavant, cette fois-là, elle avait crié à son tour :

« La ferme ! Tu ne me parles pas comme ça, d'accord ? Je suis un être humain ! »

Au milieu d'un chapelet d'insultes, la directrice avait menacé de faire expulser mon amie du pays. Palzom était restée plantée là en silence, des larmes roulant sur son visage et son cou, certaines tombant même dans ses mains ouvertes. J'avais posé un manteau sur ses épaules, et nous étions reparties ensemble à l'arrêt de bus, en sachant que nous ne reviendrions plus.

Pendant un temps, Palzom avait été obnubilée par l'idée d'attaquer l'entreprise de nettoyage en justice.

« Comment pourrions-nous leur intenter un procès ? avais-je demandé. Nous n'avons pas d'argent.

– Et alors ? avait-elle répliqué. Il y a bien des lois dans ce pays, non ? Ils ne peuvent pas me maltraiter comme ça ! »

Palzom s'était rendue dans un endroit où des avocats aidaient les gens sans ressources, et en était revenue avec des notes griffonnées sur un carnet. Après cela, il n'y avait plus eu de nouvelles. Des mois avaient passé, et Palzom s'était mise à rester chez elle des journées entières, puis des semaines. Elle avait arrêté de se laver. Elle n'ouvrait plus les rideaux, mangeait ce que je laissais dans le frigo, ou rien du tout. Elle disait qu'elle avait du mal à se déplacer, parce que l'air était devenu épais comme de la colle. Une fois, j'avais réussi à la convaincre d'aller faire les courses avec moi ; mais elle s'était donnée en spectacle sitôt entrée dans le magasin, en hurlant comme si quelqu'un l'avait frappée. À bout de patience, je l'avais réprimandée, en déclarant qu'il valait mieux qu'elle reste à l'appartement la prochaine fois. Je me débrouillerais mieux toute seule.

« Tu te débrouilleras mieux toute seule ! » avait répété Palzom encore et encore, hilare.

Son visage m'avait paru hideux, tout à coup. Je la haïssais de tout mon cœur.

« Pourquoi dis-tu ça ? Arrête. Arrête de rire.

– Tu es venue dans ce pays toute seule ? C'est ça qui s'est passé ? »

J'avais gardé le silence, dans l'espoir qu'elle se tairait.

« J'ai fait un rêve étrange, où je t'aidais à obtenir un visa… vraiment très étrange, avait-elle continué. J'ai même rêvé que tu avais été recalée à tes examens, et que tu avais dû laisser tomber les études. Quel dommage.

– Je n'ai pas été recalée, avais-je répondu à voix basse. Il fallait que je parte.

– Évidemment, comment aurais-tu pu rater quoi que ce soit, alors que tu es si maligne, et capable de tout faire toute seule ? C'était sûrement un rêve. »

À l'époque, Palzom avait développé un aspect animal. Chaque fois que je m'asseyais en face d'elle à la table de la cuisine et que je la regardais débiter de nouvelles idées, les yeux dardant d'un coin à l'autre de la pièce pendant qu'elle monologuait à toute allure, j'avais l'impression de me tenir face à un loup, ou à un autre prédateur qui aurait pu me déchiqueter sans effort.

J'avais trouvé un nouvel emploi de femme de ménage, dans l'espace restauration d'un centre commercial. C'était un travail plutôt solitaire, et j'avais fini par m'habituer à ces longues heures où je me perdais dans mes pensées. Au lieu de rentrer dîner avec Palzom à la fin de la journée, comme nous en avions l'habitude, j'avais commencé à manger seule dans les restaurants de Queen Street, gardant les yeux baissés au cas où mon amie serait passée par là. J'avais malgré tout le sentiment qu'elle était sans cesse près de moi, aux aguets. Parfois, j'avais tellement peur de la croiser que j'enveloppais une écharpe autour de ma tête, ne laissant qu'une fente pour les yeux. Ce déguisement ne suffisait pourtant pas, car nous étions si proches, si irrévocablement liées que nous pouvions nous reconnaître au seul bruit de nos pas. Ce n'était qu'une fois la nuit tombée que je rentrais à l'appartement, et me précipitais dans ma chambre, tirant soigneusement et discrètement le verrou derrière moi.

Palzom frappait à ma porte, mais j'étais toujours au téléphone avec Acha Lhamo ou ma nièce, en train de préparer le futur déménagement au Canada de cette dernière.

« Je m'inquiète pour toi », avait déclaré Palzom une fois, derrière le battant.

Même s'il était vrai que je ne me confiais plus à elle avec autant de franchise qu'autrefois, je me rassurais en me disant que ce n'était pas moi qui perdais pied. Cependant, ses paroles continuaient à résonner dans mes oreilles, et je trouvais moi-même que mon esprit avait changé. C'était à croire qu'il ne contenait plus que de l'air, car je devenais idiote et distraite, et tout le monde s'en rendait compte. La petite fille qui avait impressionné son camp entier par son intelligence avait disparu depuis longtemps, remplacée par une vieille femme de ménage qui allait parfois jusqu'à oublier la rue où elle vivait. Se pouvait-il que j'aie imaginé les problèmes de Palzom ? Dans ce cas, il était aussi possible que ce soit moi qui me tienne à l'extérieur de cette chambre, en train de frapper doucement à la porte et d'exprimer mon inquiétude. Quoi qu'il en soit, je restais au téléphone à ces moments-là, parlant occasionnellement à une Acha Lhamo ou une Dolma imaginaire. Il m'arrivait de perdre de vue le fait que ces conversations avaient été fictives, et d'évoquer lors de mon appel suivant avec ma sœur ou ma nièce un sujet que je pensais avoir déjà abordé.

Palzom avait fini par retourner en Inde ; un membre de sa famille était venu de New York pour l'escorter à l'aéroport en taxi. Docile et frêle, elle était trop malade pour marcher, ou même lever la tête. Elle était rentrée chez elle – pas auprès de ses amoureux attentionnés, mais de sa vieille mère. Un an plus tard, j'avais appris que mon amie était morte quelques mois à peine après son arrivée à Delhi. On disait qu'elle avait été entraînée dans l'au-delà par le décès de sa mère.

Il y a quelque chose de pourri dans ma tête. Si je continue sur cette voie, jc risque de finir habitée par une mauvaise énergie. Ce n'est pas la faute de Palzom. Mon esprit s'est brisé quand j'étais enfant. Toutes les nuits, une femme enragée hurlait sur moi, et moi seule. Elle me terrifiait à tel point que la nausée me gagnait dès le coucher du soleil. J'avais fait pipi au lit pendant des mois. Des éclairs aveuglants surgissaient à la périphérie de mon champ de vision, et j'entendais un bruit de cloches qui semblait d'abord résonner de très loin, puis devenait de plus en plus proche et bruyant, comme un train s'apprêtant à rouler sur mon corps. Enfin, un jour, j'avais découvert à mon réveil que la douleur avait disparu. Levant les yeux, j'avais constaté que mon oncle avait réarrangé notre autel de sorte que le Saint Sans Nom puisse veiller sur moi à toute heure, et un calme durable m'avait envahie. À partir de cette époque, le *ku* du Saint était resté chez nous la plupart du temps. Des années plus tard, à Delhi, la douleur avait ressurgi, et avait failli m'achever. Ces démons pourraient encore me détruire, comme les démons de Palzom l'ont détruite. Est-ce pour cela que le *ku* est venu dans ce pays lointain ?

Vingt-huit chambres. Vidées, rangées, passées à l'aspirateur, époussetées, regarnies, parées. Sitôt mon travail terminé, je tire mon chariot dans l'ascenseur, et redescends au sous-sol. Jetant un coup d'œil aux étroites fenêtres au-dessus des casiers, je m'assure que personne ne puisse voir mon sac à dos. Le Saint se trouve toujours à l'intérieur, mais la tâche qui m'attend m'emplit d'appréhension. Je n'ai peut-être plus la force nécessaire. Dans ma jeunesse, rien ne pouvait me détourner des objectifs que j'avais à l'esprit. Aujourd'hui, mon propre esprit m'effraie. Je ne me fie pas entièrement à mes sens. Malgré cela, personne ne peut m'aider : c'est à moi de jouer. Prendre conscience de ce simple fait me rassérène. C'est comme si j'avais entrevu la personne que j'étais autrefois – seule, mais persévérante.

Je regarde mon portable, où s'affichent plusieurs nouveaux messages. Ils émanent de Gyaltsen la, de Sonam Phuntsok, l'infirmière bénévole, et de Pasang, le chauffeur bénévole. Tous trois se trouvent devant le consulat chinois, pour la grève de la faim que nous avons organisée. Ils veulent me parler du porte-voix, des tracts, du communiqué officiel de l'administration en exil au sujet de l'auto-immolation de la nonne. La police de Toronto et la Gendarmerie royale du Canada sont arrivées, et demandent à voir notre permis. Notre manifestation a commencé il y a trois semaines ; pourquoi les autorités nous réclament-elles un permis maintenant ? me demande Pasang.

Ils comptent sur moi. Ils me font encore confiance, me considèrent comme un membre utile et fiable de la communauté. En me voyant à travers leurs yeux, je discerne une possibilité de redevenir la personne que j'étais. Je tape un message, et leur envoie :

« OK, j'arrive tt de suite ».

Je me sens étrangement enjouée lorsque je remonte vers la sortie.

Un petit groupe de personnes est rassemblé devant le consulat chinois, brandissant des pancartes et psalmodiant des prières. Nos grévistes de la faim, un vieil homme de Montréal et un moine récemment arrivé d'Inde, sont assis au premier rang sur des chaises pliantes flanquées d'un drapeau canadien et d'un drapeau tibétain. Nous manifestons tous les jours, de huit heures du matin à six heures du soir, pendant que des demandeurs de visa entrent et sortent du bâtiment en briques à deux étages. Dans une heure environ, nos volontaires partiront poursuivre leur jeûne en privé, ne buvant que de l'eau. Ils en sont à leur vingt-deuxième jour de grève.

En m'approchant de l'attroupement, je remarque que les deux hommes sont ensevelis sous des piles de couvertures. Leurs organes sont déjà soumis à rude épreuve, et j'ai peur que toutes ces couches compriment leurs poumons. Seuls leurs visages émaciés et blêmes révèlent à quel point ils ont malmené leurs corps pour cette manifestation.

« Comment vont-ils ? demandé-je à Sonam Phuntsok, l'infirmière bénévole.

– Ils sont faibles, mais dans un état stable, répond-elle. Et toi ?

– Tout va très bien ! » dis-je avec un sourire.

Je sens la présence du Saint dans mon dos. Qu'est-ce que ce serait, si Sonam apprenait qu'il était là !

« Est-ce que tu as dormi ? demande-t-elle. Tu as l'air d'avoir besoin de sommeil. »

Il n'y a rien que je méprise plus que la pitié.

« Ils n'ont pas trop de couvertures sur eux ? demandé-je.

– Il faut qu'ils restent au chaud. Ils sont particulièrement sensibles au froid, en ce moment. »

Le portail du consulat s'entrouvre pour laisser sortir un employé. Sans nous prêter attention, celui-ci poursuit son chemin vers Bloor Street.

« Des soldats ont emporté le corps de la nonne, reprend Sonam. Ils refusent de laisser ses parents la voir. Ces foutus charognards…

– Ils la considèrent comme un de leurs biens, et un bien ne peut pas décider du moment où sa vie s'arrêtera », dis-je.

Nous observons le consulat inactif, protégé de nous par un portail en métal, une rangée de barricades et plusieurs policiers. Il y a quelques années, durant une manifestation organisée à l'approche des Jeux olympiques de Pékin, deux adolescents de notre communauté avaient décidé sur un coup de tête d'escalader le bâtiment. Pendant que près d'un millier d'entre nous scandions des slogans en contrebas, ils avaient grimpé sur le toit et, sous nos yeux ébahis et apeurés, ils avaient arraché le drapeau chinois de son mât. L'un des jeunes gens avait sorti un drapeau tibétain de sa veste, et l'avait agité triomphalement. Dans la foule, nous avions été nombreux à acclamer les garçons, abasourdis par ce spectacle, cette inversion des pouvoirs – toute temporaire qu'elle fût. Cependant, l'inquiétude avait rapidement pris le dessus. Les gens se demandaient quels risques les garçons couraient, dans ce bâtiment considéré comme une enclave du territoire chinois.

« Tenkyi la », me salue Pasang, qui vient m'offrir du thé chaud dans un gobelet jetable.

Pasang est l'un des bénévoles les plus dévoués de notre communauté, toujours à une manifestation ou une réunion de quartier le week-end. Quand il ne travaille pas à la soupe populaire, il accompagne des personnes âgées à l'hôpital, ou à un des monastères de la ville. Employé dans un entrepôt de légumes, il escamote régulièrement de vieux produits pour les habitants les plus pauvres de Parkdale. Je remarque que sa tenue n'est pas assez chaude aujourd'hui – une simple veste en jean sur un t-shirt. Il devrait peut-être rentrer chez lui. Nous devrions peut-être tous lever le camp.

« C'est bon pour le permis ? » dis-je.

Haussant les épaules, il se tourne vers la route, où Gyaltsen la discute avec une policière. Je ne sais toujours pas pourquoi les forces de l'ordre s'intéressent autant à nous cette fois-ci.

« Combien de temps devrait-on continuer ? Tu ne penses pas que ça devient dangereux ? demandé-je.

– Le vieil homme et le moine tiennent le coup mentalement, déclare Pasang. Ils y arriveront. »

À quoi arriveront-ils, exactement ? me demandé-je. Le premier jour de la grève de la faim, la députée de Parkdale nous a rendu visite pour nous annoncer qu'elle ferait une déclaration devant l'Assemblée législative de la province. C'était une victoire, comme les membres de notre association communautaire se sont accordés à le dire, mais est-ce tout ce que nous pouvons espérer ? Je rejoins les deux hommes, et me baisse pour compter le nombre de couvertures posées sur eux. Et s'ils mouraient là, sur cette pelouse ?

« Je ne t'avais pas reconnue, Tenkyi la », dit le moine d'une voix réduite à un souffle, un sourire fragile et bienveillant sur les lèvres.

« Comment vous sentez-vous ?

– Peu importe, peu importe. Mes souffrances sont insignifiantes.

– Et vous, grand-père ? »

Le vieil homme ne m'entend pas tout de suite. Je répète ma question, un peu plus fort. Il finit par me repérer à la périphérie de son champ de vision, et hoche faiblement la tête. C'est à ce moment-là que je comprends qu'il n'est plus totalement présent. Ses privations l'ont emmené très loin, au-delà de la faim. Quand un corbeau descend en piqué au-dessus de nous, il ne sourcille même pas. Les membres de sa famille se tiennent à quelques pas de là, une expression inquiète sur le visage. Ils sont venus de Montréal dans l'espoir de le convaincre d'interrompre sa grève de la faim. J'adresse un signe de tête à son épouse et ses filles, qui brandissent d'un air sombre des banderoles frappées des mots *Liberté au Tibet* et *Droits de l'homme au Tibet*.

Pendant ce temps, le consulat semble désert. Soudain, je remarque un unique rideau ouvert, au premier étage du bâtiment. Quelqu'un écarte le tissu d'une main, mais son visage est plongé dans l'ombre. Allez, me dis-je. Montrez-vous. Venez discuter. Nous exprimons nos demandes si gentiment, si patiemment. Pas avec des pierres ou des bombes, mais avec des mots sur du papier et du tissu, avec des corps étiolés et des corps embrasés.

Évidemment, ce n'est pas si simple. J'ai à peine entrevu cette main que le rideau retombe. Si vous saviez ce que j'ai dans mon sac à dos, me dis-je.

5

Le lourd portail en fer n'est pas verrouillé ; je l'ouvre juste assez pour avoir la place de me faufiler derrière. Descendant lentement l'allée incurvée, je balaie le terrain du regard à la recherche d'employés et de chiens de garde, mais il ne semble pas y en avoir. La maison apparaît soudain devant moi. Ses toitures pointues et son extérieur en brique me disent vaguement quelque chose. Il est possible que j'y aie fait le ménage il y a des années, mais j'aurais besoin de voir les salles de bains et la cuisine pour en avoir le cœur net. À mesure que j'avance, la porte d'entrée noire semble devenir plus imposante. Une mélodie agréable me parvient à présent, montant peut-être du jardin de derrière. Au milieu d'accords de guitare, une douce voix d'homme chante dans une langue étrangère, probablement européenne. Le vent se lève, et un arôme de pain sucré et de viande grillée flotte jusqu'à moi. Toutes les lampes de la maison sont allumées, les rideaux ouverts, pourtant je n'aperçois personne à l'intérieur. Malgré cela, mon assurance diminue à chacun de mes pas, qui raccourcissent et perdent de l'ampleur, jusqu'à ce que mes pieds décollent à peine du sol. Je me suis répété depuis ce matin que je retardais ma venue ici pour mieux me préparer ; or à présent, il devient évident que je n'ai pas de plan. Je ne parviendrai peut-être même pas à lâcher une seule explication.

D'où ma nièce connaît-elle une famille pareille ? Passe-t-elle ses journées parmi des gens de leur sorte, avant de redescendre le soir dans notre appartement en sous-sol, en regrettant de ne pas être ici, entourée d'un tel luxe ? C'est peut-être de ma faute. Je l'ai laissée se faire une image totalement différente de ce pays avant son arrivée. J'ai laissé ma sœur, mon oncle, et tout le camp se faire une image très différente de ma vie. Cette maison, cet endroit doivent mieux correspondre à leurs rêves.

Je devrais sonner à la porte, avouer l'erreur de ma nièce, raconter l'histoire entière de notre famille et implorer le pardon. Ma bouche se tient prête à débiter toutes les répliques de mon enfance, toutes les réponses à la question : « Qui êtes-vous ? » Nous sommes des réfugiés. Nous avons obtenu l'asile. L'État chinois s'est emparé de notre pays et a massacré notre peuple – 1,2 million de personnes. Nos preuves d'identité sont dérisoires – de simples bouts de papier plastifiés, pas des passeports en cuir gaufré comme les vôtres –, et la plupart des nations ne les acceptent pas. Nous vous prions de ne pas vous arrêter à notre déchéance actuelle. Vous auriez dû nous voir avant l'invasion, quand notre pays avait des rois, des dieux, et une histoire ininterrompue depuis des temps immémoriaux.

Évidemment, je n'ai aucun moyen de savoir comment ces Enjis réagiront si je sonne à la porte. Ils pourraient appeler la police, ou simplement me passer à tabac jusqu'à ce que tous mes os soient réduits en miettes. Je pourrais peut-être inventer un petit mensonge, raconter que j'ai trouvé la statue. La statue, c'est ce que je dirai, pas le Saint Sans Nom, pas le *ku* sacré qui a sauvé ma mère quand elle était petite, puis Po Dhondup, puis ma propre vie. Oui, je me contenterai de le rendre, tournerai les talons, et ne parlerai de sa réapparition à personne. Ni à Ashang, ni même à ma sœur. À partir d'aujourd'hui, Dolma et moi reprendrons le cours de notre vie comme si tout cela n'avait été qu'un rêve. Nous ne nous demanderons pas où le *ku* terminera ; ni qui prendra soin de lui, en lui offrant de l'eau fraîche et de l'encens tous les matins ; ni si les Enjis ont conscience de son incommensurable sainteté. Non, toutes ces questions s'effaceront avec le temps, ou peut-être nous accompagneront-elles dans nos vies suivantes. Une autre possibilité serait d'abandonner la statue ici, sur le seuil, ou dans les buissons, juste assez en évidence pour que le jardinier la remarque. J'observe l'entrée de la maison, parcourant du regard la façade en brique. C'est alors que j'aperçois la sphère noire, loin au-dessus de moi. Placée dans un renfoncement, elle me fixe d'un œil rouge incandescent. Quelqu'un doit être en train de m'observer.

Mes jambes se dérobent, et je m'agrippe à la rampe du perron pour garder l'équilibre. Je perçois un mouvement au-dessus de ma tête, mais lorsque je lève les yeux, je ne vois rien – ni corbeau qui passe ni branche. Juste un ciel gris, assombri par un présage de pluie. Je repère cependant un carré de lumière vive. Sans transpercer les nuages, le soleil reste présent. Même quand je ferme les yeux, ses rayons m'atteignent. Sa tiédeur se répand sur mes joues et mes paupières. Quelque chose entre en contact avec mon front. Une sensation rêche et chaude et, derrière, la chaleur de deux mains. Mon corps entier se met à vibrer.

Le monde se tait, et tout devient clair. Je n'entends plus que mes pas qui accélèrent. Chaque étape, chaque tournant, tout m'a ramenée au Saint. Mon cœur déborde de joie. Mon pouls se précipite. Je halète, transportée par mon courage.

J'avais couru exactement comme ça, une fois. Je suivais Palzom en riant dans la nuit, traversant le campus de l'école d'infirmières, seulement guidée par la lune et le bruit de ses pas. Trouvant un surveillant posté à la grille d'entrée, nous étions reparties en courant dans l'autre sens. J'avais l'impression que toute ma peur glissait de ma peau. Je me sentais aussi lumineuse et sans âge que la lune.

Nous avions escaladé le mur d'enceinte, puis avions attendu le petit ami de Palzom à l'ombre d'un arbre. Il s'appelait Raj, et il possédait des restaurants à Goa et Orissa. Celui de Goa se situait au bord de l'océan, m'avait expliqué Palzom. Cela signifiait que chaque année, l'établissement entier devait être démonté avant les pluies d'été, puis reconstruit à l'automne. À la façon dont elle racontait cela, on aurait pu croire que mon amie s'était rendue à Goa elle-même. J'apprendrais bien plus tard qu'elle n'avait jamais vu l'océan, comme moi ; mais en l'écoutant ce soir-là, debout au bord de la route, je m'étais efforcée d'imaginer une étendue d'eau infinie, sans terre autour, un bassin si insondable que rien, pas même la lumière, ne parvenait au fond.

Peu après, Raj s'était arrêté à notre hauteur dans une Ambassador noire, avec un autre homme installé du côté passager. Il s'appelait Kiran. Une fois les présentations faites, la voiture s'était élancée dans la nuit brûlante de la ville, nous transportant d'un dancing à l'autre. Kiran avait trente-huit ans. C'était un musicien qui, bien que se disant pauvre, vivait dans un grand appartement de l'époque coloniale près de la Porte de l'Inde. Ce serait aussi le premier homme avec lequel je coucherais. J'avais vingt-six ans à l'époque. Contrairement à ce qu'Acha Lhamo pensait, Tashi et moi ne nous étions même pas embrassés. J'avais enfoui mon visage au creux de son cou. Ses mains avaient effleuré mes seins. J'avais posé ma joue contre sa poitrine, tandis qu'il parcourait du doigt les lignes de mes paumes, et que nos pieds nus s'entremêlaient. Nous n'étions pas allés plus loin. Tashi n'était pas la brute concupiscente que les gens s'imaginaient. Il avait le cœur d'un enfant, et le tempérament allant de pair, peut-être. Pourtant, être aimée de lui était merveilleux. Il me contemplait avec un sentiment intense de découverte, comme s'il m'étudiait. Dans une autre vie, il aurait pu me connaître, et je l'aurais connu aussi. Mais je ne pouvais pas simplement rester au camp et devenir sa femme.

Kiran ne savait pas qu'il était le premier à partager mon lit. Quand il m'avait demandé si je me retournais toujours sans arrêt en dormant, je lui avais répondu dans mon mauvais hindi que j'avais le sommeil agité. J'ignorais si cette réponse l'avait convaincu, mais il ne m'avait pas posé d'autres questions. Il s'était collé contre mon dos, et même si nous étions tous les deux entièrement habillés et venions de nous écrouler sur le matelas après une nuit de beuverie, il avait poussé un soupir en caressant et en serrant mon épaule, mon bras, mes hanches. Un sourire irrépressible m'était venu en pensant qu'il me désirait. Ce n'était que lorsqu'il avait plaqué son corps entier contre le mien que j'avais senti ma propre ivresse faire surface entre mes jambes. Il avait relâché son étreinte après s'être assoupi, et je m'étais assise pour regarder par la petite fenêtre à côté de son lit. Alors que le dortoir de Palzom donnait sur une ruelle abritée par une bâche bleue, les épais volets en bois de l'appartement de Kiran présentaient la ville comme un vaste océan de minuscules lumières dans le brouillard de pollution. Je m'étais de nouveau sentie dépassée par l'immensité de Delhi, même si à présent je ne percevais pas simplement son ampleur depuis le cœur de la forêt : j'observais cette vie de loin, tandis qu'elle grouillait et scintillait sous un croissant de lune. J'avais grimpé sur Kiran encore une fois. À mon départ, il était plongé dans un second sommeil.

Avant de nous séparer, la veille, Palzom et moi avions convenu de nous retrouver dans un restaurant de Majnu-ka-tilla pour le petit déjeuner. Je m'attendais presque à ce qu'elle me fasse faux bond, comme cela lui arrivait souvent quand elle voyait Raj. J'avais donc été soulagée de trouver mon amie assise dans un coin, sous un poster à moitié décollé. Elle semblait toutefois d'humeur grave, les yeux rivés sur une affiche montrant une maison beige en équilibre précaire au-dessus d'une cascade. On pouvait entrer directement dans la rivière depuis l'un des étages inférieurs. Je m'étais demandé si les habitants des lieux passaient des soirées assis sur cette saillie, les pieds dans l'eau noire. Je m'étais demandé s'ils faisaient l'amour là, le bout des doigts plongé dans le courant, pour sentir les flots glacés et constants pendant leur bref assaut de désir.

Comme si elle lisait dans mes pensées, Palzom avait déclaré :

« Oublie. C'est une illusion.

– La maison ?

– Tout est faux, avait-elle répondu en secouant la tête. Pour les gens comme nous, ces maisons seront toujours une illusion. »

J'avais attrapé le menu coincé entre des fleurs en plastique et une bouteille de sauce pimentée. Les seins endoloris, je creusais la poitrine. Je me demandais si j'avais changé ; mais Palzom gardait les yeux baissés, plongée dans ses pensées, malheureuse et refusant de révéler la source de sa peine. J'avais décidé de tenter ma chance, en l'interrogeant avec un sourire pour savoir si Raj avait fait quelque chose de mal. Palzom avait grommelé sans lever la tête. Derrière la fenêtre, un arc-en-ciel se dessinait. Seule une partie de sa courbe apparaissait entre le toit en tôle d'une petite baraque et un balcon en ciment, mais ses couleurs étaient particulièrement éclatantes, presque à la hauteur des fleurs sur l'affiche. Je m'étais demandé si Palzom avait la moindre conscience de sa présence. Je m'étais demandé si Kiran s'était déjà réveillé, et si oui, s'il pouvait voir l'arc-en-ciel depuis la fenêtre de sa chambre.

Un jeune serveur était venu prendre notre commande. Il avait une vingtaine d'années et, comme ses collègues, il affichait un air sérieux, respectueux. J'avais remarqué son corps, mince mais musclé. J'avais fixé ses ongles sales quand il avait rempli nos verres d'eau. Ses mains étaient chaudes, et avaient brièvement embué le verre. Je m'étais calée contre le dossier de ma chaise, tendant les jambes à l'extérieur de la table. Quand il était reparti, son mollet avait effleuré le mien.

Je n'avais même pas appris son nom. Nous avions grimpé l'escalier en métal jusqu'à une réserve où des lamelles de viande séchaient sur un fil. Le sol était couvert de seaux blancs remplis de bière en train de fermenter. Je ne me souviens pas non plus de son visage. Rien que de la chaleur étouffante de la petite pièce sans fenêtres, de l'odeur de chair et d'orge sucrée, du spectacle de sa bouche lapant avidement mes seins. Quand il m'avait retournée pour remonter ma jupe, j'avais senti les poils de ses jambes frôler les miens de nouveau, comme au rez-de-chaussée. La pensée que des gens étaient assis sous nos pieds, en train de manger des nouilles, de boire du thé, sans la moindre idée de ce qui se passait au-dessus d'eux – c'était presque trop. En moins de vingt-quatre heures, j'avais couché avec non pas un, mais deux hommes. Après, j'étais sortie dans une ruelle déserte près de la rivière, pour me soulager sur un tas d'ordures. Je m'étais accroupie, et avais ressenti une profonde satisfaction tandis que le jet s'écoulait. La fournaise des mois d'été me desséchait tellement que j'arrivais à peine à uriner une fois par jour. Je m'étais mise à rire, en repensant à l'étrangeté de cette nuit et de cette matinée.

Mon histoire avec Kiran avait pris fin au bout de quelques mois. Les choses s'étaient conclues rapidement, sans grand éclat. C'était comme si nous avions tous les deux abordé cette relation de la même manière qu'on abordait le lieu d'une fête – en sachant exactement où nous avions laissé nos sacs, notre parapluie et nos chaussures, pour pouvoir nous éclipser dès que nous serions prêts. C'était Kiran qui avait donné le ton. Moi, l'élève, j'avais suivi son exemple.

« Comment te sens-tu ? » m'avait-il demandé lors de notre dernière rencontre.

J'avais souri, et répondu que j'allais bien.

« Bien ? avait-il répété, apparemment surpris.

– Oui. »

J'avais lissé mes cheveux, pour qu'il garde de moi l'image d'une jolie fille. Palzom m'avait expliqué qu'il était important de laisser une bonne impression. Même le jeune serveur de l'échoppe de nouilles aurait dû éprouver de la nostalgie à mon souvenir. Je me demandais si Tashi ressentait la même tendresse, quand il pensait à moi.

Je comprends à présent que j'avais tenté une expérience, à l'époque. Avec Palzom à mes côtés, je m'étais sentie prête à essayer une identité après l'autre. À travers les yeux de mes amants, j'avais voulu me voir moi-même. À travers leurs mains, sentir ma propre chair. Avec leurs langues, goûter ma propre peau et ma sueur. À travers leur sexe, découvrir la forme de mon plaisir. Trouver la limite. Puis dépasser cette limite, la mienne et la leur, parfois avec brutalité.

Aujourd'hui encore, sans Palzom, je peux trouver mes limites. Je peux les franchir. Je peux courir en riant.

« Shumo, Shumo ! »

C'est Dolma qui arrive à ma rencontre.

« Oh, tu es là.

– Je t'ai vue depuis l'autre côté de la rue. Je te cherchais ! »

De l'eau de pluie s'est infiltrée dans mes chaussures. Le froid me brûle la peau, mais mon sac à dos est toujours sec.

« Le *ku*, dis-je dans un murmure.

– Il y a un autre problème maintenant. Viens », déclare ma nièce en me raccompagnant chez nous.

Tandis que nous descendons l'escalier de notre appartement, je sens son regard sur ma nuque. J'enlève mes bottes et mes chaussettes mouillées, puis les jette de côté.

Mes mains sont rouges et tremblantes.

« Je n'ai pas pu le rendre », dis-je.

Dolma secoue la tête, et lève les yeux vers moi. Ses paupières sont rougies. Elle a pleuré.

« La police est venue ? demandé-je.

– C'est Ama. Elle est à l'hôpital. »

Je lâche un petit rire.

« Quoi ?

– C'est tout ce que je sais. Ani Dawa m'a laissé un message. Elle ne répond pas. Tu ne répondais pas non plus. »

Je fouille dans mon sac à dos. Mon portable n'a plus de batterie. Je vais brancher le chargeur à la prise murale, et attends sans bouger, pour mieux réfléchir. Dawa est la plus vieille amie d'Acha Lhamo, son ancienne partenaire à l'atelier de tissage. Aujourd'hui, c'est une femme d'affaires importante à Katmandou.

L'écran s'allume. Trois appels manqués, dont deux de Dawa. Je la rappelle aussitôt.

« Allô ? Tenkyi ? Qui est-ce ? »

Je me racle la gorge. Je ne m'attendais pas à ce que Dawa paraisse aussi affolée.

« Oui, c'est moi. Qu'est-ce qui se passe ?

– Attends. Attends une minute, d'accord ? Ashang Migmar veut te parler. »

J'entends Dawa remonter en courant plusieurs volées d'escaliers, ses chaussures claquant avec force sur les marches. En arrière-fond, des hommes parlent népalais.

« Ma sœur a juste des soucis d'arthrite, dis-je, mais elle ne répond pas.

– Ma petite ? demande mon oncle d'un ton inquiet.

– Qu'est-ce qui ne va pas ?

– Est-ce que Dolma et toi pourriez venir ? » Sa voix devient ténue lorsqu'il ajoute : « Il est arrivé quelque chose à Lhamo.

– Explique-moi, s'il te plaît.

– Elle faisait ses prières à la maison. Le toit avait commencé à pourrir, je n'arrêtais pas de le lui dire. Une poutre a dû se déchausser. Elle est tombée. Lhamo a été touchée à la tête.

– Que disent les médecins ?

– Je ne sais pas. Ils me disent qu'elle s'en sortira. Et l'instant d'après, ils me disent qu'on devrait se préparer à lui dire au revoir. »

Je sors ma carte de crédit de mon porte-monnaie, et la fourre dans la main de Dolma. J'ai assez d'argent pour un billet aller-retour. Ensuite, il faudra que je demande une avance à l'hôtel.

« Va à l'agence de voyages, dis-je. Je prendrai mon billet dans quelques jours. »

La porte d'entrée se referme, et le silence envahit mon esprit. Un silence si complet qu'il m'effraie, comme si mes oreilles étaient bourrées de coton. Les os de mes mains et de mes membres se sont dissous. J'attends qu'ils se solidifient. Je n'essaie même pas de bouger.

Un long moment passe ; l'appartement est plongé dans une obscurité presque totale.

Enfin, un bruit de circulation me parvient depuis la route.

Je repense aux sacs dans mon placard, remplis de cadeaux pour ma sœur. Des cols roulés, des mocassins, des doudounes, tellement de chaussettes. Une centaine d'heures passées à explorer les magasins, levant chaque article devant moi, essayant de prédire la réaction de ma sœur. Je rêvais de la faire venir dans ce pays. Je rêvais de rentrer. Pendant ce temps, les cadeaux se sont accumulés. De petites touches de réconfort personnel, pendant que j'attendais d'avoir les moyens de la tirer vers moi.

Le soleil se lèvera bientôt, et l'avion de Dolma décollera au-dessus du lac, en direction de l'est. J'avale deux verres tièdes d'eau du robinet, et cinq cuillerées de yaourt. J'ai encore faim, alors j'enroule un vieux bout de pain sans levain et l'entame à une extrémité, mâchant pendant que j'enfile mon uniforme de travail, peigne mes cheveux en arrière et les attache en demi-queue avec une barrette dorée. Puis j'allume la télévision, et zappe jusqu'à la chaîne de télé-achat. Je retrouverai des gens en train de parler à mon retour. Je ne rentrerai pas dans un appartement vide.

J'enfile mes bottes et mon manteau avant de sortir. En grimpant l'escalier qui mène à la rue, je tends la main au-dessus de la pelouse. Les brins d'herbe rebiquent et bruissent au bout de mes doigts. Sur Springhurst, les ombres habituelles attendent qu'on les conduise à l'usine de pain ; à la différence qu'aujourd'hui, une de ces ombres agite le bras à mon intention.

« Gen Tenkyi ! » s'exclame la mince silhouette.

Un sourire s'épanouit sur mon visage. Je ne devrais ni sourire ni rire, mais c'est plus fort que moi. Quelqu'un m'a appelée *professeur*.

« Qui me parle ? dis-je en m'approchant.

– Wangyal Lodoe, répond mon interlocuteur, dont la figure se précise sous le réverbère. De Boudha.

– Mais oui ! dis-je, incapable de me souvenir de cet homme. Tu es arrivé jusqu'ici... très bien. »

Nous nous étreignons, et je sens la poitrine de Wangyal se soulever contre la mienne. Il pleure. Je ne sais pas ce qui cause ses larmes. La même chose qui cause souvent les miennes, peut-être ? Le passage du temps, tout ce qu'il inflige aux gens, et la difficulté de raconter cette histoire ? Ou bien pleure-t-il parce que nous nous sommes retrouvés dans cette vie – une vie somme toute extraordinaire, dans ces moments-là ? Nous nous reculons pour nous observer l'un l'autre.

« Tu es au Canada aussi, Genla. Je suis si heureux de l'apprendre. Ma femme et moi cuisinerons pour toi. »

Je voudrais lui dire que mon unique sœur est entre la vie et la mort. Je ne mangerai plus aucun repas avec joie tant qu'elle ne sera pas rétablie.

« Nous habitons juste en haut de la rue, Genla. Dans le bâtiment vert. Au numéro vingt-deux. Je serais ravi que tu nous rendes visite.

– D'accord, je viendrai, dis-je d'une voix fêlée.

– Je suis si heureux de te revoir, après toutes ces années, déclare-t-il en laissant ses larmes couler. Rends-nous visite, vraiment. Je veux tout savoir de ta vie.

– C'est entendu », dis-je en hochant la tête, et, quelque part, je suis sincère.

Un avion passe au-dessus de notre tête. Je lève les yeux, m'attendant à ce qu'un signe ou un autre m'indique que ma nièce se trouve à bord. Cependant, l'oiseau en métal pâle poursuit sa route, se glissant entre les nuages. Dans son sillage, quatre minces lignes fendent le ciel. C'est alors que je remarque, loin à l'est, une étoile très vive, qui scintille dans l'obscurité. Pour la première fois depuis des années, je me rappelle son nom.

« Tu vois cette étoile au sud-est, juste à gauche de la lune ? dis-je en tendant le doigt. C'est Vénus, et un peu plus bas, il y a une deuxième étoile, pas aussi brillante. Elle fait partie de la constellation de la Vierge.

– Oui, je vois les deux étoiles, répond Wangyal, les yeux plissés. Genla, ça me rappelle tes leçons dans la cour de l'école. Tu arrivais toujours à repérer les constellations, et je trouvais ça épatant. C'est réconfortant, de voir que tu n'as pas changé. »

Avec un sourire, j'attire de nouveau son attention vers le ciel.

« Maintenant, en partant de la deuxième étoile, trouve la boîte qu'elle forme, et les membres qui en dépassent. On dirait une personne qui se dresse vers le ciel, tu vois ? Elle écarte les bras et les jambes, et directement en dessous de son genou droit, on trouve une autre étoile brillante. Celle-là est très petite, quasiment sur la ligne d'horizon, là où la lumière du soleil apparaît. C'est Saturne.

– Oh, je vois Saturne et la constellation ! » s'exclame Wangyal, excité.

L'espace d'un instant, je discerne son visage d'enfant, et je le reconnais. Un gentil garçon, plus petit que tous ceux de son âge. Dévissant le cou, je cherche autre chose à lui apprendre. Le Lion se trouve juste au-dessus de nous, au milieu du ciel, sa patte avant s'approchant de Mars. Tout à côté, c'est la Grande Ourse, qui traverse l'univers. Mais la camionnette de l'usine de pain est arrivée, et Wangyal va devoir y monter.

« Les étoiles sont toujours là, dis-je. Face à nous. Ce sont nos plus vieilles compagnes. Intéresse-toi à elles, de temps en temps.

– Bien des années ont passé, n'est-ce pas ? soupire-t-il. Nous avons pris de l'âge tous les deux.

– Oui, mais nous sommes encore jeunes, dis-je en me reculant, tandis que des gens grimpent un par un dans la camionnette. Prends soin de toi, Wangyal. Travaille bien.

– Merci, Genla. J'essaierai », répond-il avant de s'engouffrer dans le véhicule.

En franchissant le pont routier vers le lac, je me mets à imaginer un scénario dans lequel je ne retournerais pas à mon appartement ce soir. Et si je prenais un taxi pour l'aéroport, et qu'on me permettait miraculeusement de monter dans le prochain avion en partance pour l'est, puis dans un autre avion, et un autre encore ? Petit à petit, je parviendrais à rentrer chez moi. À rentrer au camp, auprès de ma sœur.

Combien de gens font-ils la même chose en ce moment ? Ils s'acheminent d'un endroit à un autre, d'innombrables fourmis traversant la planète, certains sur des bateaux au milieu de l'océan, d'autres sur des cols de montagnes, d'autres cachés dans les cuisines de restaurants en ville, ou pelotonnés dans une boîte noire. Même les cendres de Palzom ont flotté du Gange à l'océan Indien. Tous ces voyages… Prédestinés à aboutir, peu importe combien de vie cela prendra. De loin, nous donnons peut-être l'impression d'être immobiles, mais nous parcourons tous de grandes distances, forgeant notre destin.

Chez moi, mon sac à dos m'accueille, affaissé sur le lit. J'ouvre la boîte contenant le Saint ; mais alors que je le sors, quelque chose glisse et se déloge à l'intérieur. Je lâche brusquement la statue, et fixe le mur face à moi. Qu'ai-je fait ? J'inspecte mes doigts. Ils sont propres. Pas d'éclats d'argile, même sous mes ongles. À l'intérieur de la boîte, le Saint est toujours intact, toujours parfait.

Pourtant, un changement s'est opéré. Son expression est différente, ou peut-être est-ce moi qui l'observe avec des yeux différents. Mystérieusement, la douleur que je lisais autrefois sur son visage a disparu, de même que l'objet lointain qu'il contemplait. Son regard est désormais planté dans le mien. D'une façon presque enjouée, il s'adresse à moi, me demandant d'écouter son histoire.

Je m'agenouille, me prosterne devant la terre qui l'a créé, devant les forces qui nous ont menés ici, et je l'écoute. Il veut que je réfléchisse à la succession d'événements qui nous ont conduits à cet instant – pour qu'une fragile statue en argile survive au saccage d'un monastère, soit recueillie par un homme qui s'apprêtait à mourir, puis emportée en exil, cachée par ma sœur, vendue à une famille d'Enjis, et se retrouve enfin entre mes mains. Chaque déplacement a été un nouveau portail franchi. Tout comme il a veillé sur tant d'entre nous pendant nos pérégrinations, le Saint a traversé un millier de frontières. C'est son domaine, même de l'autre côté de l'océan. Il est libre de voyager comme il l'entend. Pour l'instant, il voyage avec nous. Voilà son enseignement.

Oui, lui dis-je. J'ai conscience de la distance que tu as parcourue pour me rejoindre. Si soigneusement, si lentement. Car moi aussi, j'ai voyagé pour te rejoindre – guidée par des motivations que je ne comprenais pas moi-même. À présent, tout me semble si clair. Il y a une raison pour laquelle j'ai survécu, année après année, errant loin de chez moi. J'étais destinée à prendre soin de toi, car je suis attentive – à ce que les autres ne remarquent pas, aux instants où un scintillement surgit dans le ciel nocturne ou dans des eaux agitées. Je t'écoute lorsque tu parles, car je sais que je n'aurai jamais fini de te découvrir.

Je lève le Saint loin au-dessus de ma tête, pose le socle du *ku* sur mon front, mon sternum, ma colonne vertébrale. *Peh*, *peh*, *peh*. J'entends le son de la trompe en os de jambe, transperçant toutes les dimensions. Viens, viens, viens à moi. N'aie pas peur. Ne te sens pas seul. Tu as beau être capable d'endurer cette douleur, rien ne t'y oblige. Laisse-moi prendre ta peine. Laisse-moi faire.

TROISIÈME PARTIE

Amants

LHAMO

1

Phewa Tal, Pokhara, Népal

1984

Un fantôme vient de ressurgir de mon passé. Il se tient de l'autre côté de la route, devant une enfilade de boutiques de souvenirs. Si grand et clair de peau, vêtu d'un pantalon beige et de chaussures en cuir cirées. Je l'aurais pris pour un étranger, si je n'avais pas jeté un coup d'œil à son visage. Bien que le bruit de la circulation couvre sa voix, je le regarde discuter avec un vieil homme au teint cuivré, portant des cordelettes bénies autour du cou – incontestablement l'un des nôtres. Qui est cet homme à qui tu parles ? Et toi, es-tu celui que je crois ? Je voudrais traverser la route pour m'en enquérir, mais je reste assise sous un pipal, subjuguée, incapable de bouger.

Il y a un bruit de déchirure, suivi par un grondement dans le ciel derrière moi. L'air devient soudain léger et piquant. Certains des ouvriers assis à côté de moi sur la dalle en béton scrutent l'épaisse voûte des arbres, s'attendant à voir des gouttes tomber, tandis que d'autres se retournent vers le lac Phewa. Nous entendons maintenant les pêcheurs faire claquer leurs filets dans l'eau, s'apprêtant à rentrer pour la journée.

« S'il pleut encore, on pourra être sûrs que la mousson a commencé, déclare un jeune garçon non loin de là.

– Chh chh », fait un prêtre, arrivant de l'autre côté de l'arbre avec un fil rouge dans ses mains.

Il devra encore enrouler la ficelle des dizaines de fois autour du tronc avant d'avoir terminé, alors nous descendons tous de la dalle pour le laisser passer.

« Les riches ont toujours un drôle d'air, non ? » remarque un vieil ouvrier en train de fumer une cigarette. Il s'avère qu'il observe Samphel aussi. « On se demande pourquoi ils froncent les sourcils comme ça sans arrêt.

– Oui, on se le demande », dis-je.

Une fois de plus, après tant d'années, le monde se dissout autour de lui. Je contemple Samphel dans le plus délicieux secret – la lumière qui se reflète sur sa montre en or, ses cheveux d'un noir de jais qui tressautent quand il hoche la tête –, avec l'intime conviction que s'il se tournait vers moi, ses yeux m'aveugleraient par leur beauté. Même à cette distance, le désir me transperce.

« D'un autre côté, ces gens passent leur temps à s'inventer de nouveaux problèmes, juste pour compenser leur chance, reprend le vieil homme. Je le sais bien. J'ai commencé à travailler pour eux tout petit, quand je ne parlais même pas encore, ce qu'ils préfèrent de toute façon. C'est un fait.

– La vérité vraie ! acquiesce son ami.

– Pas lui », dis-je brusquement.

Le vieil homme me regarde avec surprise, attendant que je poursuive.

« Je le connais depuis l'enfance. »

Un nouveau bruit de déchirure résonne dans le ciel, plus proche de nous, cette fois. Une bourrasque chaude déclenche une pluie de feuilles, et entraîne des sacs plastique sur la route. Je cale mon sac de colliers et de bracelets en tissu contre moi. S'ils prennent la pluie, je n'arriverai jamais à les vendre.

« Petite sœur, tu es en train de me dire que tu es amie avec cet homme riche ? demande le vieillard.

– Je l'ai été presque toute ma vie.

– Pourquoi restes-tu là dans la poussière avec nous, alors ? Si tu dis la vérité, va le saluer. N'attends pas », réplique-t-il en indiquant Samphel du menton. Comme je ne bouge pas, il donne un coup de coude à son ami en riant. « Allez, petite sœur, ça fait des mois que je te vois vendre tes babioles aux touristes sur cette route. Toi et ton amie… Elle arrive, d'ailleurs. Demandons-lui.

– Te voilà ! » s'exclame Dawa, qui me rejoint avec un grand sourire aux lèvres. « Je viens de vendre trois pierres à des têtes jaunes d'Allemagne. Trois ! Allons fêter ça chez Bina. C'est moi qui offre. »

J'agrippe son poignet.

« Regarde là-bas. »

Elle plisse les yeux un long moment. Sa vue a souffert des années que nous avons passées à travailler dans la fabrique de tapis sombre, une seule ampoule au-dessus de nos têtes.

« Qui, ce type-là ? Ne te fatigue pas. C'est sûrement un travailleur de l'ONU, il n'achètera rien.

– Non, regarde bien… c'est Samphel. »

En prononçant son nom à voix haute pour la première fois depuis des décennies, je commence à me demander ce qu'il est devenu. Ce n'est pas le jeune garçon qui m'a prise par la main pour me guider dans la capitale autrefois, ni le moine dont j'avais rêvé nuit après nuit quand j'habitais chez la mère de Gen Lobsang. C'est comme si, dans l'espace lent et immuable de ma vie, Samphel en avait vécu trois. C'est un homme, à présent. Bien habillé et sûr de lui, avec une large poitrine et des bras forts. Je me demande à quoi sa voix ressemble maintenant.

« Je croyais qu'il était moine, commente Dawa. On dirait qu'il a troqué sa robe pour une montre en or. Quel petit malin ! Allons le saluer. Il sera content de te voir, c'est sûr. »

Elle sourit, et m'attrape par le poignet.

« Qu'est-ce que tu fais ? dis-je, manquant perdre mes sandales quand elle m'entraîne derrière elle.

– Je t'emmène le voir, qu'est-ce que tu crois ?

– Dawa, non. Attends.

– Combien de temps ? Vingt ans de plus ? Voyons voir s'il nous paiera un repas de luxe. »

Je voudrais rétorquer : *J'ai trente-six ans, je suis mariée, et mon rêve d'enfance est parti en fumée.* Au lieu de quoi je laisse Dawa me guider de l'autre côté de la rue.

Samphel nous jette à peine un coup d'œil avant de reprendre sa conversation, comme si nous n'étions pas là. Un doute fleurit soudain dans ma poitrine.

« Attends, Dawa, chuchoté-je d'un ton implorant. Il ne se souvient pas de nous. »

Il pivote de nouveau dans notre direction, fronçant les sourcils. Nos regards se croisent, et il ne détourne pas les yeux.

« *Tai' Delek !* s'exclame Dawa. Tu te souviens de nous ? »

Je la regarde serrer la main de Samphel. Alors même que mes pieds avancent vers lui, mon esprit se change en brume.

« C'est toi, Lhamo ? » demande Samphel.

Sa voix est ferme et grave, éraillée d'une façon très légère, agréable.

« Tu n'as pas oublié », dis-je, incapable de contenir mon sourire.

Nous nous rapprochons, et nous tenons les mains pendant que nous nous dévisageons l'un l'autre, soupirant et riant, nos cœurs débordant de joie et de soulagement. *Toutes ces années, toutes ces années*, semblons-nous dire à travers nos sourires. Enfin, nous nous lâchons les mains et reculons.

Samphel se tourne brusquement vers l'autre homme.

« À demain, alors. »

L'homme s'éloigne à pas rapides, et nous restons tous les trois sur la route.

« Tu as froid ? me demande Samphel, en regardant mes bras nus et rougis.

– Ce n'est rien, dis-je, gênée.

– Tes grelottements disent le contraire, réplique-t-il avec un rire taquin.

– Quand viendras-tu au camp ? demande Dawa. Tout le monde voudra te voir.

– Allons nous asseoir quelque part, déclare-t-il en se tournant vers moi. Tu peux ? »

Le vent se lève, me faisant frissonner. Ma jupe se gonfle et se plaque contre mes jambes, comme pour me dire : *Vas-y. Va avec lui.*

Samphel ouvre la marche, et je m'agrippe au bras de Dawa, pleine de gratitude envers mon amie. Sans elle, je serais peut-être encore debout sous le pipal. Nous nous engageons à la suite de Samphel dans une embrasure de porte sombre, puis un étroit couloir. Nous débouchons sur une jolie cour carrée, au centre d'un bâtiment à un étage. On y trouve des tables blanches, des plantes, et un petit jardin aquatique au milieu.

« Est-ce que ça vous va ? demande Samphel.

– Nous pourrions aller ailleurs, dis-je, en regardant les jolies nappes.

– Ça ne te plaît pas ?

– Ce n'est pas ça. »

Deux serveurs se matérialisent, et nous avancent des chaises. L'un d'eux frappe la table avec un torchon drapé sur son épaule. L'autre apporte des couverts enveloppés dans des serviettes en papier. Quand nous nous asseyons, le ciel craque, comme si une hache s'était abattue sur un arbre, et la pluie se déverse enfin de toutes ses forces sur l'auvent, créant d'épaisses rigoles depuis les bords pointus du toit. Nous sommes cependant installés confortablement, à l'abri sous la grande toile. Samphel nous lit le menu – il a sûrement deviné que ni Dawa ni moi ne savons lire l'alphabet anglais. Je le regarde avec stupéfaction parler au serveur, donner des ordres, sans paraître le moins du monde préoccupé par le prix. Il a réussi dans la vie. Il est devenu quelqu'un.

« Chaque fois qu'il pleut comme ça, je repense au camp de Jawalakhel, dit-il en se penchant en avant, pour que nous puissions l'entendre. Tu te rappelles, Lhamo ? Cette matinée où nous avons couru en tous sens, toi et moi, pour nous laver sous les auvents ? Nous nous passions un petit pain de savon.

– Quand était-ce ? demandé-je, fouillant dans ma mémoire.

– Probablement vers la fin de notre séjour ensemble. Oh, et tu te souviens de toutes les lampes à beurre que nous avons fabriquées là-bas ? Nos mains sont restées noires et engourdies pendant des semaines. »

Il s'exprime avec une intelligence discrète. Ses mots sont clairs et soigneusement choisis ; son attitude, posée et sophistiquée. Personne au camp ne se comporte comme lui. Dawa et moi devons lui sembler bruyantes, maladroites et gamines. Même Gen Lobsang paraîtrait simple d'esprit à côté de lui.

« Oh, oui…, dis-je, triste de n'avoir conservé aucun souvenir de cette journée sous la pluie. Je ne pensais pas que tu te souviendrais si bien de moi. »

Il rit doucement, les yeux baissés. Se tournant vers Dawa, il explique :

« Quand je repense à ma jeunesse, mes souvenirs les plus heureux sont ceux avec Lhamo. Et on a passé, quoi… un mois ensemble en tout ?

– Seulement ? demandé-je.

– C'est étrange, non, comme quelques fractions du passé semblent se dilater dans notre esprit, alors que tant d'autres s'évaporent ? »

Ses paroles pénètrent droit dans ma peau, se logent au plus profond de mes organes. Je sais déjà qu'elles resteront en moi pendant des années, comme du limon déposé dans le lit d'une rivière. Je scrute la table, cherchant quoi répondre. Ce que je souhaite révéler, ce que je souhaite offrir en retour à Samphel, c'est mon secret : le *ku* du Saint Sans Nom. Je veux lui dire que j'ai pris la statue pour lui, que je l'ai gardée à l'abri, cachée dans la charpente de ma maison, sans en parler à quiconque.

Je ne peux cependant rien lui avouer de tout ça, pas devant Dawa. Si elle apprenait ma conduite, elle serait choquée. Pire, elle éclaterait de rire et se moquerait de moi, comme elle se moque volontiers des autres, pour m'être comportée en adolescente transie d'amour. Samphel en ferait peut-être autant. Si cela n'arrive pas ici, il rira peut-être de moi plus tard, en tête à tête – en se demandant ce qui a bien pu me prendre, d'accomplir une action aussi risquée et irréfléchie pour lui.

« Elle est partie te chercher. Jusqu'à la capitale, déclare Dawa à ma grande horreur. Mais tu étais allé vivre dans un monastère !

– Tu es venue me voir ? Quand ? »

Je ne parviens même pas à lever les yeux quand je réponds :

« C'était il y a longtemps. Plus de dix ans.

– Oui, j'étais au monastère à l'époque.

– Pourquoi ne nous as-tu pas dit que tu avais quitté les ordres ? demande Dawa en tapotant sa main. Nous ne t'aurions pas jugé.

– J'ai failli envoyer une lettre pour en informer votre camp, répond-il avec un sourire, avant d'ajouter, avec une pointe de regret : je suppose que j'étais le candidat idéal pour devenir moine. Je n'avais pas de famille, pas d'attachements terrestres auxquels renoncer. Mais je n'ai jamais aimé qu'on me dise quoi faire, où aller, quand me lever. Alors j'ai dû partir, et essayer de me construire une vie à ma façon, même si je devais mourir miséreux au bord d'une route. Je me rapproche peut-être de mon père, de ce côté-là. Quand je suis parti, j'avais presque trente ans, mais je ressemblais à un enfant. Je ne savais pas où aller, ni comment gagner ma vie. »

Samphel a quitté son monastère deux ans après mon mariage avec Tashi. Je me rappelle à quel point j'avais voulu qu'il rentre au camp, dans les jours qui avaient précédé la cérémonie. Les rêveries fiévreuses que j'entretenais. Pendant ce temps, Samphel cherchait sa propre liberté. Si seulement j'avais attendu.

« Tu n'as pas l'air miséreux aujourd'hui. Tu es un homme d'affaires ? demande Dawa.

– Moi ? s'esclaffe-t-il. Non, je suis seulement comptable. Pour une entreprise de taxis.

– Tu devrais t'occuper de notre comptabilité, si tu veux. Nous sommes des femmes d'affaires.

– Je n'en doute pas ! Que vendez-vous ? »

Dawa pose son lourd sac à dos sur ses genoux. Un par un, elle en sort des fossiles noirs, qu'elle place sur la table. Ouvrant l'une des pierres, elle révèle l'empreinte d'un animal en colimaçon.

« Je les ai achetés à un marchand, explique-t-elle. Il ramasse des fossiles dans le lit de la rivière, près de Muktinath. Tu sais ce que c'est ? »

Samphel secoue la tête.

« Dis-moi.

– À l'époque des dieux, quand Vishnu arpentait la terre, les mers sont montées, et les montagnes ont été créées. Des animaux marins se sont échoués au pied des nouvelles montagnes, et quand ils sont morts, leurs corps ont été piégés à jamais dans ces pierres. À l'époque des rois Rana, des affiches avertissaient la population qu'on trancherait les mains de ceux qui briseraient les coquilles. Les gens s'en moquaient, évidemment. Ils donnaient même à leurs parents malades de l'eau où l'on avait fait macérer ces objets. Aujourd'hui, les étrangers adorent les acheter.

– J'en ai déjà vu, dit Samphel, en se penchant vers les empreintes fossiles. Qu'est-ce que les Enjis en font ?

– Qui sait ? réplique Dawa. Mais tu devrais voir leur tête quand j'ouvre les pierres !

– Tu poses les mêmes questions qu'Ashang Migmar, dis-je à Samphel. Il se demande souvent pourquoi les étrangers s'amusent à escalader une montagne, tout ça pour faire demi-tour et redescendre.

– Tous les anciens parlent comme ça, renchérit Dawa, ajoutant d'une voix d'homme : ils ne prennent même pas la peine de brûler de l'encens et d'accrocher des drapeaux de prières au sommet. Ces Enjis aiment juste grimper sur des choses et prendre des photos d'enfants morveux dans les villages, avant de passer au pays suivant.

– Quand on y pense, la plupart de nos coutumes paraîtraient sûrement absurdes aux yeux des autres, remarque Samphel.

– Comme remplir sept bols en argent avec de l'eau, et allumer une lampe à beurre pour nos dieux tous les matins, dis-je.

– Et puis vider ces bols au coucher du soleil, et les remplir de nouveau le lendemain matin, poursuit-il en m'adressant un sourire.

– Trêve de bêtises, coupe Dawa. Les dieux ont besoin d'eau, comme tout le monde. Lhamo, montre-lui tes marchandises. Allez. »

Je n'ai aucune envie de montrer mes colifichets à Samphel, mais je ne veux pas non plus me disputer avec Dawa devant lui. Ramassant ma sacoche humide, j'en sors mes paquets de bracelets en tissu, de colliers, et d'autres bijoux sertis d'imitations de pierres semi-précieuses.

« C'est toi qui les as fabriqués ?

– Oui.

– Quelqu'un t'a appris à le faire ?

– Non, c'est bête comme tout. Plus facile que de tisser des tapis, ce qui était notre gagne-pain avant. Quand les touristes ont commencé à venir en plus grand nombre, Dawa m'a convaincue d'essayer de confectionner des objets plus petits, pour pouvoir me mettre à mon compte comme elle. » Après une hésitation, je poursuis : « Je préfère ce travail. Je peux choisir mes propres motifs et couleurs, et laisser mes pensées vagabonder en tissant.

– Tu n'as pas changé, dit Samphel, qui s'empare d'un bracelet en tissu rouge et noir. Je peux t'acheter celui-ci ?

– Je te l'offre. Nous sommes de vieux amis, non ?

– Les plus vieux du monde. »

Je place le bracelet autour de son poignet. Sa peau est si lisse et rose, comme fraîchement lavée. Je pourrais admirer ses mains pendant des heures. Mais en attachant le bracelet, j'aperçois les miennes, épaisses et calleuses. Si seulement j'avais les mains de ma sœur, je pourrais poser des doigts fins et féminins sur cette table, à côté de ceux de Samphel. Je termine le deuxième nœud à la va-vite, et cache mes mains sur mes genoux.

Les serveurs arrivent avec un plateau contenant de petits bols en cuivre, remplis d'eau et de rondelles de citron. Samphel plonge sa main droite entière dans le sien, et presse le citron entre ses doigts. Dawa et moi échangeons un coup d'œil pendant que nous l'imitons, tâchant de réprimer un fou rire. Quand nous avons terminé, l'un des serveurs emporte les bols tandis qu'un autre entreprend de nous servir le poulet au curry, le riz, le bœuf grillé, le pain et la salade de concombres. Dawa attaque son repas avec enthousiasme, mais Samphel se contente de fixer son assiette, en déplaçant la nourriture ici ou là.

« Est-ce que tu viendras au camp aujourd'hui ? demandé-je. Il a beaucoup changé depuis notre enfance. »

Il pose sa cuillère, et me regarde.

« Pourrait-on y aller ensemble ? Pour être honnête, j'avais prévu de m'y rendre, mais je n'ose pas trop le faire tout seul.

– Tu n'oses pas ? répète Dawa, les yeux écarquillés, tout en rongeant un pilon de poulet. Pourquoi donc ? Nous ne sommes pas des gens chics comme toi. Mince alors, ce poulet est un délice ! Il faut que je devienne riche, pour pouvoir manger du poulet tous les jours.

– Lhamo, dit Samphel en se penchant vers moi. J'ai besoin de ton aide. C'est à propos de mon père. Avant notre fuite, il a enterré nos objets de valeur, rangés dans trois malles. L'une de ces malles contient un portrait de ma mère. Je ne l'ai pas connue. Elle m'a eu hors mariage, et m'a abandonné dès ma naissance.

– Mon pauvre, soupire Dawa.

– De temps en temps, quand je croisais une femme que je n'avais jamais vue dans notre village d'hiver, je me disais que c'était peut-être elle. Il m'arrivait même parfois de soutenir son regard, pour voir si elle me montrerait d'une manière ou d'une autre que j'étais son enfant. Quand je pensais qu'une de ces femmes pouvait être la bonne, je demandais à mon père : est-ce que c'est elle ? Est-ce que c'est ma mère ? raconte Samphel en riant doucement.

– Pourquoi ne t'a-t-il jamais montré son portrait ? demandé-je, peinée d'apprendre qu'il avait tant souffert.

– Il affirmait que j'étais trop jeune, à ce moment-là. Mais la veille de notre fuite, quand nous enterrions nos affaires, il m'a promis qu'il me laisserait voir son portrait à notre retour. Je pleurais parce que je ne voulais pas partir, je m'en souviens ; mais quand il m'a annoncé cela, je suis devenu fou de joie. J'ai contemplé le ciel nocturne avec un grand sourire, en pensant : ce ciel aura juste un peu changé quand nous reviendrons ici pour déterrer le portrait de ma mère. À l'époque, nous étions tous persuadés que nous rentrerions rapidement – au bout de quelques semaines, peut-être.

– Et ton père ? demande Dawa à voix basse.

– On m'a dit qu'il travaillait sur le chantier d'une route en Inde quand il est mort. Il était suspendu à flanc de colline, et sa corde a lâché. »

Quelle mort terrible. Je prononce une prière.

« Il est possible que ma mère soit encore en vie, par contre. J'aimerais la retrouver si c'est le cas. Ou du moins, apprendre son identité. Je sais que certaines personnes ont récupéré les affaires qu'ils avaient enterrées. »

Cela me rappelle les objets que nous avons mis à l'abri dans la terre. Aujourd'hui encore, Ashang Migmar soutient qu'il sait exactement où nous devrons les chercher, quand nous rentrerons au pays.

Samphel me prend la main.

« Crois-tu que mon père aurait expliqué à Po Dhondup où il avait caché nos biens ? Il en aurait sûrement parlé à son propre frère, non ? Et dans ce cas, n'est-il pas possible que Po Dhondup ait confié des informations à ton oncle ? Lhamo, pourrais-tu m'aider à discuter avec Ashang Migmar ? Ma mère est peut-être encore en vie. Quand je pense qu'elle pourrait être devant moi, à me regarder… »

Je ne sais pas comment réagir. Même Dawa se tait. Samphel secoue la tête en souriant.

« Je suis devenu émotif, avec l'âge. Le temps a beau passer, j'ai toujours l'impression d'être un enfant, quand il s'agit de ma mère.

– Lhamo et moi sommes certaines que nos parents sont morts, déclare Dawa. Mais si nous pensions que l'un d'eux pouvait être en vie, nous ferions probablement n'importe quoi pour les retrouver.

– Ashang sait peut-être quelque chose, dis-je en posant ma main sur la sienne. Allons le voir ensemble.

– D'accord ! » répond-il, soulagé. Avalant sa première bouchée, il ajoute joyeusement : « Mangeons. Fini les histoires tristes, allez ! »

Pour ma part, je suis aux anges. Je serais prête à tout pour apaiser sa douleur, et j'ai désormais une chose à lui offrir. J'imagine d'ici son soulagement, quand il découvrira le Saint après toutes ces années. Nous serons tellement heureux. Samphel de retour près de moi, et le Saint près de lui. Nos vies rétablies. Très vite, notre séparation ne signifiera plus rien. Si j'envisage notre existence du point de vue du Saint, selon sa mesure de l'histoire et ce qu'il sait de nos destins entrelacés, ces deux dernières décennies ont à peine duré le temps d'un souffle. Oui, je peux nous voir à travers les yeux du destin. Même si ma jeunesse s'est fanée, ce que nous sommes à présent est plus honnête. Ce que nous avons subi, ce que nous avons supporté, nous a préparés l'un pour l'autre. Cette fois, nous ne gaspillerons pas le don qu'est notre amour.

2

Nous baissons les vitres du taxi au maximum, et le chauffeur règle la radio à un tel volume que des parasites grésillent en même temps que la musique. En quelques minutes, nous avons quitté le lac Phewa, et filons au milieu des collines. Le chauffeur klaxonne dès que nous croisons le moindre signe de vie – des piétons, des charrettes, même des chiens errants. Parfois, il klaxonne simplement au rythme de la radio. Tout le monde se retourne pour voir qui arrive sur la route, et certaines personnes nous saluent de la main. Dawa sort son bras entier par la fenêtre pour leur répondre. Un vent cinglant traverse le taxi, et mes cheveux dansent dans l'air tandis que ma robe se gonfle. Tout mon corps pourrait s'envoler. J'imagine Samphel en train de me regarder flotter au-dessus de la vallée, dérivant vers les montagnes. J'aplatis le tissu, et observe à la dérobée ses yeux dans le rétroviseur. Il contemple la gorge.

À l'approche du camp, je repère Bhu Tsering, qui travaille au bord de la route. Il émerge du fossé obstrué qu'il déblaie, et scrute notre voiture, essayant de distinguer l'intérieur. Pendant ce temps, des enfants accourent vers nous et se mettent à marteler le taxi en criant : « Une voiture est arrivée ! Une voiture est arrivée ! »

« Bas les pattes ! » s'écrie le chauffeur. Il écarte vivement les petites mains qui tambourinent sur la carrosserie de sa voiture, puis ralentit et demande : « Est-ce que ça va ici ?

– Entre dans le camp », lui ordonne Samphel.

Je me cramponne à l'appuie-tête de son siège lorsque le taxi s'engage sur la route principale, sous le regard de plusieurs hommes assis à l'ombre du pipal.

« Qu'est-ce que tu en penses ? demande Dawa, criant au milieu de la musique. Notre camp a fière allure maintenant, non ?

– Ça a tellement changé », commente Samphel, qui observe les magasins de nourriture et d'ustensiles au bord de la route.

À l'échoppe de thé, quelques personnes tendent le cou et pointent leurs moulins à prières vers le taxi.

« Qui est avec vous ? nous interroge Pema Lhakpa en grattant sa jambe – des années plus tard, ses vieilles blessures par balle le gênent encore.

– Lhamo et Dawa sont rentrées avec un étranger, annonce Hring-Hring.

– On dirait un Japonais, déclare Pema Lhakpa, avant de bramer : n'oubliez pas de l'emmener à l'atelier d'artisanat !

– C'est le neveu de Po Dhondup, répond Dawa en passant la tête par la fenêtre. C'est l'un des nôtres ! L'un des nôtres est devenu un vrai héros ! »

Samphel baisse les yeux, comme s'il était gêné par l'intérêt qu'il suscite. Je me demande cependant si c'est bien le cas, en le voyant ensuite fixer d'un air impassible les baraques faites d'un assemblage de terre et de pierre au bord du chemin, les clôtures construites à partir de boîtes de conserve découpées et de bois de récupération, les chèvres mangées de puces debout dans leurs déjections. C'est un homme riche, dois-je me rappeler. Pour quelqu'un comme lui, cet endroit paraît sûrement pauvre, étriqué et étouffant. Au moins, ma maison a belle allure. Je la range tous les jours, et hier j'ai placé des soucis dans un bol d'eau pour embaumer l'air. Heureusement, il me reste assez de lait dans ma jatte en terre cuite pour faire du thé – au beurre ou au lait, selon sa préférence.

Bien sûr, nous devons rendre visite à Ashang d'abord. J'indique au chauffeur comment rejoindre l'arrière du camp. La route devient bientôt trop étroite pour la voiture, alors nous continuons à pied, entre les murs en pierre. Dawa part chez elle pour préparer le dîner, mais promet de nous rendre visite plus tard. Pour la première fois, Samphel et moi nous retrouvons seuls, et la nervosité me gagne. Il est plus grand que la majorité d'entre nous, d'au moins une tête. Je lui jette un coup d'œil furtif, et le vois parcourir nos maisons du regard. Bien qu'il ne révèle pas ce qu'il éprouve, quelque chose me dit qu'il est à la fois ému et attristé. Cela me fait penser à la façon dont Professeur Mark nous avait contemplés, à son arrivée sur cette colline.

Nous pénétrons dans la cour d'Ashang. Mon oncle ne se trouve pas sous l'auvent, où il a l'habitude de filer de la laine et réciter des prières, ni à l'intérieur de la maison.

« Attends ici. »

Je contourne rapidement le bâtiment, pour rejoindre le petit champ de maïs que nous avons planté il y a des années. Ashang est peut-être là-bas, ou bien sur la colline qui domine notre camp.

Je sens qu'on effleure mon bras. C'est Samphel. Il m'a suivie, et essaie à présent de me parler, mais le coassement des grenouilles m'empêche de l'entendre. Je lui fais signe de me suivre au milieu des plants de maïs, qui s'élèvent loin au-dessus de nous, dansant ici ou là à l'unisson.

« Voilà, c'est un peu plus calme ici. Qu'est-ce que tu disais ? demandé-je, debout près de lui.

– Oh, je voulais simplement voir où tu étais, répond-il. L'air est si pur dans les collines.

– Je suis d'accord. J'ai toujours aimé le parfum qui se dégage ici l'après-midi, quand il ne fait pas trop chaud. » Cherchant un sujet de conversation, je parle à Samphel de notre nouveau monastère. « Le chantier a commencé de l'autre côté du camp.

– Je ne me souviens pas de l'ancien monastère.

– Oh, c'est vrai. On l'a construit l'année après ton séjour ici. Notre Rinpoché était un grand maître originaire de Ngari. Il est venu ici pour rebâtir son monastère en exil, car le sien avait été rasé par les Gyamis. Nous étions tous si heureux de son arrivée. Beaucoup de familles ont envoyé leurs fils cadets vivre au monastère. Quand notre Rinpoché est décédé, il y a quelques années, il est resté assis dans une posture de méditation trois jours entiers après avoir poussé son dernier soupir. Nous avons même vu des empreintes de pied dans ses cendres après sa crémation, qui indiquaient la direction de sa réincarnation. On cherche encore l'enfant. Avec un peu de chance, le sanctuaire sera fini quand nous le retrouverons, et nous connaîtrons de nouveau la paix. » En riant, j'ajoute : « Ashang Migmar n'arrêtait pas de dire qu'il aurait voulu que l'une de nous soit un garçon, pour pouvoir intégrer le monastère.

– Je suis content qu'il ne vous y ait pas envoyées, répond Samphel. Où est ta sœur, au fait ?

– Tenkyi est à la capitale, dis-je, fixant le sol. L'année dernière, elle est rentrée au camp pendant un temps. Elle n'allait pas bien.

– C'était grave ? »

Même maintenant, je peine à trouver les mots pour décrire la maladie de ma sœur.

« Tenkyi a toujours eu des difficultés, mais elle les cache bien. Parfois, j'ai l'impression que les gens veulent seulement voir ses dons. Ils veulent qu'elle prouve ce dont nous sommes capables. C'est un lourd fardeau à porter, tu ne crois pas ?

– Oui, mais ce que les autres veulent ne compte pas. Aucune de ces personnes ne nous aidera, à l'instant décisif. Nous devons nous débrouiller seuls. Chacun de nous doit vivre sa propre vie.

– Tu as peut-être raison, dis-je, sans être sûre de ce qu'il entend par là. En tout cas, je ne voulais pas qu'elle quitte le camp de nouveau, mais tu connais Tenkyi. Elle est repartie dès qu'elle a pu.

– Elle est mariée ?

– Non. Mais moi si. »

Il garde le silence. Plus j'aurais attendu pour l'avouer, plus cela aurait fait mauvais effet.

« Mon mari n'est plus dans les parages en ce moment, dis-je.

– Je suis désolé de l'apprendre.

– Ah oui ? La dernière fois que Tashi est rentré, il a bu deux bouteilles de raksi, couru nu à travers le camp, et s'est endormi enroulé dans une natte.

– Dans ce cas, je retire ce que j'ai dit. »

Dans un mois, nous récolterons le maïs, et je repenserai à cet instant. Encore plus tard, quand ces tiges seront réduites à un amas desséché sur le sol, quand nos vaches viendront les brouter, je me rappellerai que Samphel et moi nous sommes tenus ensemble ici. Je me rappellerai le parfum qui planait dans l'air, et ce que j'ai ressenti en étant si proche de lui. J'ai déjà la nostalgie de ce moment. Pourtant, Samphel est encore là. Pourquoi ne lui parlerais-je pas franchement ? Pourquoi ne lui demanderais-je pas s'il restera avec moi ?

« Où crois-tu qu'Ashang est allé ? m'interroge Samphel, me rappelant pourquoi nous sommes dans ce champ.

– Retournons voir à la maison. »

Quand nous regagnons la cour, nous trouvons mon oncle en train de répandre du vieux riz par terre pour les oiseaux. Pendant que Samphel et lui s'installent sur des tapis abrités par l'auvent, je rentre préparer une nouvelle Thermos de thé. Je veux que ce soit le meilleur thé que Samphel ait jamais bu, et mon projet s'annonce bien, jusqu'à ce que je doive ajouter le beurre. Dès que j'ouvre le sac plastique, une odeur rance s'échappe du bloc jaune foncé. Ashang perd autant l'odorat que la vue. Ce sera donc du thé au lait sucré.

J'ouvre un paquet de biscuits avec précaution, les arrange d'une façon puis d'une autre sur une assiette, pour les présenter joliment. Quand j'emporte le plateau de thé sucré et de biscuits dehors, mon oncle contemple Samphel avec des yeux rouges et embrumés.

« Je regarde ton visage, et je vois ton oncle, dit-il. C'est incroyable…

– Tu as été un bon ami pour lui, déclare Samphel.

– Le jour où il est arrivé dans notre tente, il m'a paru si grand et impressionnant. J'ai cru que c'était l'un des combattants du Chushi Gangdruk, en quête de nourriture. Mais il était seul, n'est-ce pas… Toute sa famille était morte – enfin, à part ton père et toi. Et sitôt après t'avoir retrouvé, il est mort à son tour.

– Tu t'es chargé de ses rites funéraires. Je ne l'oublierai jamais.

– Ton oncle affirmait toujours que nous lui avions rendu service en le laissant camper avec nous. En réalité, c'est lui qui nous a sauvés. Le père de Lhamo était malade, et nous serions morts de faim, sans aide extérieure. Et s'il n'y avait pas eu le Saint… oh, misère. »

Ashang affiche un air bouleversé, comme chaque fois que la question du Saint ressurgit. Cependant, Samphel a d'autres préoccupations en tête.

« Pendant la période où tu as côtoyé mon oncle, t'a-t-il jamais parlé des affaires que mon père avait enterrées ?

– Il avait enterré ses biens, lui aussi ? Quel dommage…

– Mon oncle n'en a jamais discuté avec toi ?

– Laisse-moi réfléchir…

– N'importe quel détail m'aiderait.

– Le village de ton oncle se trouvait à l'est. Il a été bombardé, complètement rasé par ces soldats impies. Ton oncle racontait qu'ils s'étaient servis de nos livres de prières comme de papier toilette… *Om mani padme hum*, quels barbares.

– Mais je parle du village de mon père, pas de mon oncle. Essaie de te souvenir, s'il te plaît. Il doit bien t'avoir dit quelque chose.

– Même si Po Dhondup… tss, je ne devrais pas prononcer son nom… même si le défunt m'avait révélé des informations, ce serait difficile de retrouver des objets enterrés, sans en savoir davantage. Il y a le problème des pillards, aussi. Le père de Bhuchung est rentré clandestinement il y a deux ans pour exhumer les biens de sa famille. Il se souvenait de leur emplacement exact, comme je me souviens de celui de nos affaires. Il a creusé pendant une semaine, sans découvrir le moindre objet dans la terre. Il s'est dit que des pillards devaient les avoir emportés, mais il est possible qu'il ne les ait pas bien cachés. Le père de Lhamo et moi avons creusé très profond. Je suis sûr que nos biens sont encore là-bas… »

Ashang s'interrompt, en se grattant la tête. La plupart des hommes du camp ont coupé leur chevelure au fil des années, mais mon oncle refuse obstinément de le faire, décrétant qu'il ne rentrera pas au pays avec des cheveux courts. Comme il tient à garder ses longues nattes, dans lesquelles il tresse un ruban noir orné de perles de corail, il n'arrive pas à les laver suffisamment bien pour éviter les poux.

« Et les affaires de mon oncle ? demande Samphel. Il possédait peut-être une carte ?

– Demande à Po Rithar, répond Ashang Migmar, qui tente à présent de paraître optimiste. Il saura peut-être. Il travaillait à l'administration du camp, à l'époque.

– Je peux t'accompagner, dis-je. J'ai des feuilles de thé à lui donner. »

Alors que je rentre chercher la brique de thé dans la maison, Ashang me rejoint, et me prend le bras.

« Lhamo, je n'ai pas eu le cœur de lui avouer que je n'avais pas réussi à protéger le *ku*. Son oncle ne me pardonnerait jamais.

– Je le lui expliquerai, dis-je.

– Tout ça est arrivé par ma faute, parce que je n'ai pas gardé le Saint chez nous… Cela a brisé mon vieux cœur, d'entendre les suppliques de ce garçon.

– Ne t'inquiète pas. Il s'en remettra.

– Reste sur tes gardes, chuchote Ashang. Quelque chose ne tourne pas rond chez lui. S'attacher à ce point à un rêve sans espoir… ce n'est pas normal. »

Samphel me suit dans les étroites ruelles du camp, comme des années auparavant, même s'il a désormais les cheveux poivre et sel, et le teint si clair qu'il semble presque transparent. Tandis que ma peau est d'un brun foncé uniforme, la sienne est parsemée de veines bleues et de mouchetures de sang accumulé. Chaque fois que je ferme les yeux, je le sens m'observer, et me rappelle ce que j'avais éprouvé face à lui lors de notre rencontre ; la façon dont mon corps entier avait tressailli, comme si quelque chose à l'intérieur de moi avait besoin d'être délogé. Je n'avais pas les mots pour exprimer mes sentiments à l'époque, mais maintenant, si. J'ai beau n'avoir été à l'école que quelques années, j'ai écouté une centaine d'histoires d'amour racontées par mon oncle, et vu assez de films indiens. J'ai aussi épousé la mauvaise personne. Pendant ce rite de passage, j'ai brisé cet homme, et je me suis brisée moi-même ; et à cause de cela, l'identité que je me connais est celle d'un commérage dans la bouche des autres. Sur cette colline, les gens évoquent toujours mon mariage avec pitié. « Où est Tashi ces temps-ci ? » demandent-ils au moins une fois par semaine ; mais ils ne déplorent plus mon étrangeté. À leurs yeux, je suis installée, casée, et donc comprise, d'une certaine manière. Chaque vallée a son lot de couples malheureux, affirment-ils ; par chance mon mari vient me déranger seulement quelques fois par an. Ce soir, une autre vie se profile devant moi, brillant de mille feux. Je n'ai qu'un mot à dire.

Nous marchons en silence sous un ciel rose et orange, qui gronde du plus profond de son ventre, tandis que les grillons et les grenouilles ont entamé leur chant nocturne. Le camp paraît désert, car la plupart des habitants ont regagné leur maison pour le dîner et les prières du soir. Un léger grondement retentit de nouveau au-dessus de nos têtes, et je souhaite qu'il pleuve, comme lors de ce jour de notre enfance que Samphel m'a décrit, où nous avions partagé un pain de savon. Au ciel bas et obscurci, je demande : vas-y. Décharge toute l'eau que tu nous as apportée. Renvoie les autres chez eux, et Samphel et moi courrons sous la pluie, jusqu'à la gorge, là où tout a commencé.

Cependant, le ciel se tait. Une unique traînée de nuages se désintègre au-dessus du chemin devant nous. Cette route que je parcours tous les jours ne m'a jamais semblé si brève.

La maison en brique de Po Rithar apparaît à notre droite. Sa petite-fille est dehors, en train de traquer deux poulets.

« Yangzo, Popo est là ? » lui demandé-je depuis la clôture.

Elle se tourne vers nous, hoche la tête, puis repart à la chasse aux poulets. Je pousse le portail, et nous remontons l'allée en pierre jusqu'à l'entrée ouverte, où un rideau se soulève dans le vent. Po Rithar est allongé sur le lit au fond de la pièce, le front couvert d'un torchon rose humide. Cela fait trois ans qu'il est souffrant, et la cause de son mal change sans arrêt : quand ce n'est pas la jaunisse ou des calculs rénaux, c'est son estomac qui le dérange.

« Po Rithar, c'est Lhamo.

– Oui, je te vois, dit-il en me scrutant sous son torchon. Est-ce que ton oncle est allé chercher du beurre chez Datsing ? Tout le monde dit qu'il est bon, cette fois. Presque autant qu'au pays. Le dernier lot a coûté très cher à Datsing.

– Je le lui rappellerai. Je t'ai apporté une brique de thé, dis-je, avant d'ajouter : Je t'ai aussi amené Samphel. Tu te souviens de lui ? C'est le neveu de Po Dhondup.

– Le neveu, tu dis ? Approche-toi. »

Samphel s'assied au bord du lit, puis se baisse vers Po Rithar, pour qu'il puisse examiner son visage.

« Qu'est-ce que ton oncle a mangé ? lui demande Po Rithar.

– Comment ça ?

– En rentrant au camp. Il a dû manger quelque chose de pourri. Il ne serait pas mort, sinon. Mon fils a perdu la vie en effectuant le même voyage, mais il avait toujours été très maigre. »

Je décide d'intervenir :

« Samphel a quelques questions à te poser. Mon oncle affirme que si quelqu'un connaît la réponse, ce sera toi.

– Lhamo, il y a du thé dans la Thermos », m'indique Po Rithar.

Passant dans la cuisine, j'ôte le bouchon de la bouteille, et fais tournoyer le thé tiède à l'intérieur. L'épais breuvage luit dans l'ouverture sombre de la Thermos, alors que des feuilles de thé échappées remontent à la surface et se collent sur les côtés.

« Il y a trop de beurre là-dedans. Comment peux-tu boire ça ?

– Les jeunes ne savent pas ce qui est bon », lance-t-il d'un ton malicieux.

Emportant la Thermos à l'évier, je dilue le liquide avec un peu d'eau, puis le filtre une nouvelle fois. Ce sera buvable, mais pas ce que je voudrais servir. Tout en m'affairant, j'observe régulièrement la pièce principale. Les deux hommes sont assis, têtes rapprochées, et discutent à voix basse. Lorsque je reviens avec la Thermos pour nous servir trois tasses, Samphel est en train de passer ses doigts sur le lit, traçant le cours d'une rivière qui se sépare en trois branches.

J'étudie rapidement les lignes qu'il a dessinées sur la couverture.

« Essayez ça », dis-je en tendant une tasse à Po Rithar, puis à Samphel.

Po Rithar prend une gorgée, et se remet aussitôt à étudier le lit et la rivière imaginaire dont ils parlaient. De son côté, Samphel m'adresse un petit hochement de tête après avoir bu.

« C'est là, entre ces ruisseaux, explique-t-il à Po Rithar.

– Ce n'est pas possible. Le sol serait trop instable.

– Non, je m'en souviens bien. De l'eau coulait tout autour de moi, insiste Samphel.

– Il a une excellente mémoire, dis-je à Po Rithar.

– Hmm, marmonne-t-il en fronçant les sourcils. Va voir Dhargye, à la capitale. Il a des employés qui peuvent sortir des choses du pays. Va chez lui, montre-toi utile, et gagne sa confiance. Dis-lui que je t'ai envoyé, mais ne demande rien tout de suite. Tu te souviens de l'adresse que je t'ai indiquée ? Il ne vit pas avec les nôtres.

– Oui, mais quelles informations pourrait-il avoir ? demande Samphel.

– À propos des affaires de ton père ? Aucune ! Mais s'il reste encore des objets chez toi, il pourra les récupérer. »

Il fait nuit quand nous quittons Po Rithar. Samphel et moi nous arrêtons près du portail de la maison, chacun tourné vers la silhouette de l'autre, pendant que des nuages filent au-dessus de nos têtes. La lune est pleine et lumineuse, baignant nos corps d'un éclat pâle.

« Est-ce que tu as ce qu'il te faut maintenant ? demandé-je à voix basse pour que personne ne m'entende.

– Je ne sais même pas s'il est possible de se rendre là-bas, et encore moins d'y farfouiller dans la terre. Ce n'est peut-être qu'un rêve idiot.

– Beaucoup de gens ont enterré leurs biens.

– Y en a-t-il qui ont réussi à les récupérer ?

– Même si c'était le cas, ils n'en ont peut-être parlé à personne.

– Pourquoi ? demande-t-il.

– On peut avoir bien des raisons de taire une chose pareille. »

Une chèvre solitaire passe près de nous, le bruit de sa clochette et de ses pas couvrant notre conversation – ou ce que je m'apprête à dire.

« J'ai quelque chose qui t'appartient. »

3

« Est-ce que tu préfères du thé au beurre ou du thé sucré ? dis-je en sortant une casserole.

– Tu vas finir par changer mon sang en thé, réplique Samphel en souriant. Essayons donc ton thé au beurre.

– Il est bon. Meilleur que ce que j'ai pu t'offrir chez Achang ou Po Rithar, promis. »

Je craque une allumette, tourne le bouton, et le réchaud à pétrole s'allume.

« C'est si facile de faire un feu aujourd'hui. Tu te rappelles comme on avait du mal avant ? »

Samphel acquiesce, passant les mains sur mes draps. Comme le lit de Tashi est couvert de fils et de fausses pierres, il a pris place sur le mien. La pièce est plongée dans l'ombre, à l'exception du réchaud et de deux lampes à beurre qui vacillent sur l'autel. Bien que la lune brille ce soir, je garde les rideaux fermés. Des hommes discutent dehors, et juste à côté quelques enfants font des allers-retours avec une corde à sauter qui frappe le sol à intervalles réguliers. Si quelqu'un a vu Samphel entrer chez moi à cette heure, on m'en rebattra les oreilles toute l'année.

Je jette une poignée de thé dans l'eau bouillante. Les feuilles tournoient dans la casserole, inondant aussitôt la pièce d'une douce odeur.

Samphel a maintenant les yeux levés vers les poutres en bois.

« Qu'est-ce qu'il y a ?

– Des fleurs te regardent. »

Il a raison. Deux pissenlits pendent par les trous de rouille dans la boîte en fer-blanc.

« C'est embarrassant.

– Non, c'est parfait. Je n'ai pas de fleurs là où je vis.

– À quoi ressemble ton chez-toi ?

– Oh, il n'a rien de spécial.

– Décris-le-moi. »

Il doit deviner pourquoi je lui pose cette question. Il doit deviner que je veux imaginer l'endroit où il dort, où il laisse son visage se détendre sans aucune inhibition.

« C'est un deux-pièces à Thamel. Je suis entouré de touristes toute la journée. Quant à l'appartement lui-même, les propriétaires l'avaient déjà meublé. Je n'ai eu qu'à y apporter mes vêtements. Je ne m'en suis pas vraiment occupé. Je n'ai pas de talent pour ça, contrairement à toi.

– Tu me taquines », dis-je, intimidée.

Deux feuilles de thé se rejoignent en tournoyant et restent collées, cramponnées l'une à l'autre dans les remous étourdissants de l'épais breuvage.

« C'est vrai ! Je n'aurais jamais imaginé ta maison exactement comme ça, mais maintenant que j'y suis, il ne fait aucun doute que c'est la tienne. Tout ce que j'y vois me donne l'impression de te regarder, toi. »

Il se remet à examiner le toit. Évidemment, me dis-je. Évidemment, il perçoit sa présence. Bien qu'il ne puisse pas encore lui parler, il sait que quelque chose se trouve là-haut – pas seulement les mauvaises herbes qui nous contemplent. Le Saint se situe juste au-dessus de lui, à sa gauche, dans un bidon en fer-blanc glissé sous les poutres. Cela fait des années que je sais que ce moment arrivera. Je le savais avant que mon oncle envisage d'offrir le *ku* à un monastère, peut-être même avant que Samphel et moi soyons séparés par ma maladie.

En secret, j'ai agi. J'ai attendu.

« J'ai toujours aimé le bruit de la pluie sur les toits en tôle, remarque Samphel.

– Moi aussi. À la saison des pluies, je dors mieux grâce à ça, à la brume et au vent. C'est encore mieux chez Ashang, parce qu'on sent la brise qui monte de la gorge. »

Après avoir versé le thé et le lait dans une longue baratte en bois, j'y ajoute une bonne cuillerée de beurre et une poignée de sel, et commence à tirer et pousser le manche de haut en bas. Lutter contre la résistance du thé et de l'air dans le récipient requiert la force de tout mon corps, et ma maison s'emplit de la clameur du liquide à l'intérieur du cylindre. Des perles de sueur ne tardent pas à rouler sur mes tempes. Quand j'ai terminé, je pose la Thermos par terre, lève la baratte au niveau de mes épaules, et verse le breuvage dans l'étroit goulot de la Thermos. À son odeur, je sais que le thé sera parfait. Sucré, mais aussi salé. À la fois léger et nourrissant.

« Maintenant, le pain. J'ai presque fini », dis-je en m'accroupissant de nouveau.

Samphel me retient par la main.

« Non, attends. Assieds-toi ici. Dis-moi ce que tu voulais me montrer. »

Je m'exécute, sentant une fois de plus à quel point j'ai désiré être près de lui toute la journée.

« J'ai eu envie de rentrer ici tant de fois, déclare-t-il.

– Tu es venu au bon moment », dis-je d'un ton jovial.

Sa main tremble. Je la recouvre de la mienne, pour apaiser son cœur et le mien. Je voudrais lui expliquer que nous n'avons rien à nous cacher. Cependant, les mots ne suffiront pas pour tout ce que j'ai à lui communiquer. Non : je vais lui montrer.

Je grimpe sur le lit de Tashi, puis tends les bras vers les poutres, tâtant le bois rugueux jusqu'à rencontrer du métal froid. Je descends le bidon poussiéreux et, après l'avoir nettoyé avec ma manche, j'ouvre le couvercle. Niché à l'intérieur de la vieille boîte de lait en poudre, le *ku* du Saint est enveloppé dans plusieurs couches de khatas en soie.

« C'est à toi », dis-je à Samphel en lui présentant la boîte.

Il la prend, et regarde à l'intérieur. Sans un mot, il la dépose sur la petite table à côté de mon lit. Quand il se tourne vers moi, il fronce les sourcils d'un air perplexe.

« Qu'est-ce que c'est ? Le *ku* de mon oncle ?

– Après tout ce qui est arrivé, nous l'avons gardé chez nous. Ensuite, Ashang a voulu l'offrir à un monastère loin d'ici, mais j'ai toujours su que sa place était auprès de toi. Pendant ma nuit de noces, je suis allée le récupérer en secret. Je savais qu'un jour tu reviendrais, et que je te rendrais le Saint Sans Nom. »

Samphel observe un nouveau silence, en étudiant le Saint.

« La première fois que j'ai vu ce *ku*, j'ai pensé qu'il était laid. Que c'était une erreur. Cet homme émacié, avec son expression grotesque… Je ne comprenais pas pourquoi quelqu'un aurait fabriqué une statue pareille. Ni pourquoi les gens de ce camp le vénéraient. »

Sa franchise me déroute. Il n'a pas tort, pourtant. Moi aussi, j'avais été alarmée quand j'avais découvert le Saint.

« Et maintenant ? dis-je.

– Maintenant, j'ai quelques années de plus. J'ai constaté ce que la vie recèle. Même dans les instants de bonheur, la peine est toujours là. Toujours. Alors quand je regarde cette petite statue à présent, je ne vois plus de laideur : je vois la vérité. Un être qui me montre ce que cela fait d'être vivant. » Il m'observe, et poursuit : « Mais je ne peux pas prendre cet objet.

– Il le faut, dis-je, avant de vider ma sacoche en laine. Tiens, tu peux l'emporter là-dedans. »

Samphel admire le motif sur le côté de la sacoche.

« Le nœud sans fin, dit-il.

– Sans début ni fin.

– C'est toi qui as tissé ce sac ?

– Oui, alors tu ne dois pas refuser mon cadeau. »

Fixant le Saint Sans Nom, il répond :

« Je le prendrai, parce que c'est toi qui me l'offres. Parce que personne ne s'est jamais soucié de moi comme ça. »

Sa voix se brise, et il détourne les yeux.

« Je t'ai fait de la peine », dis-je.

Je voudrais l'aider à retrouver son sourire, à comprendre que nos vies peuvent être différentes.

« Non, non. Je suis fâché contre moi-même. Contre ma propre incompétence. Au moins, quand j'étais jeune, j'étais capable d'inventer de nouveaux rêves. Une fois, je m'étais imaginé que nous rentrerions à la maison ensemble, toi et moi. Je l'avais vu. Je t'avais vue monter à cheval, pendant que je barattais le lait pour le fromage.

– C'est vrai, tu m'en avais parlé, dis-je avec un pincement de cœur.

– Maintenant, tous mes rêves regardent en arrière. Je ne les qualifierais même pas de rêves. Ce ne sont que de vieux mots, qui résonnent sans arrêt dans ma tête. L'idée de voir le visage de ma mère… » Il rit de nouveau, plus doucement. « C'est absurde, non ? Il y a peu de chances qu'elle soit encore en vie. Elle aurait à peu près l'âge de ton oncle. Et si elle était seule, comme moi ?

– Oui, c'est possible », dis-je.

À cet instant, une image m'apparaît. Elle est si claire, si précise qu'elle ressemble à un souvenir. Samphel et moi marchons ensemble sur une vaste plaine. Une jeune femme se tient entre nous. Son visage ne m'est pas familier, mais je sens que je la connais. À côté de nous, d'immenses montagnes se dressent vers un ciel d'un bleu profond. Nous avançons lentement, le souffle court. Nous sommes épuisés – mais aussi soulagés, car nous arrivons au terme d'un très long voyage. Soudain, une rafale nous frappe. Elle m'emporte loin du sol, de plus en plus haut.

« Qu'est-ce qu'il y a ? » me demande Samphel.

Je ne sais pas trop quoi répondre, après cette étrange vision. Je referme ma main sur la sienne, douce et froide, et chuchote :

« Samphel, j'ai tellement de choses à te dire.

– Alors raconte-moi tout », répond-il.

Lentement, je glisse sa main dans l'encolure de ma robe, juste au-dessus de ma poitrine. Il lève les yeux vers moi, surpris. Il est démuni, me dis-je. C'est un homme riche, éduqué. Assez volontaire et capable pour repartir de zéro, encore et encore. À cet instant, il est pourtant si vulnérable, si soumis – mais pas comme Tashi, avec ses yeux mi-clos, qui ne semble jamais si éloigné de moi que lorsque nous sommes au lit. Face à Samphel, mon propre courage m'étonne. Je me lève pour me déshabiller, puis l'entraîne avec moi sur le lit. Je repense aux feuilles de thé, qui tournoient jusqu'à se fondre dans une étreinte. Invraisemblablement, inévitablement.

4

Je me lève juste avant l'aube, pour rejoindre Dawa au bord de la grande route. Tous les jours, nous nous rendons au lac Phewa ensemble. Tandis que je traverse le camp bleu-noir, quelques ombres bougent ici et là, vaquant à leurs occupations matinales. Même si certaines des maisons ont l'électricité, la plupart d'entre nous préférons commencer à travailler dans le noir, attrapant nos petites cruches d'eau et allumant le réchaud à tâtons.

Dawa est debout sur un rocher, en train de se dévisser le cou pour voir si un bus approche.

« Ça s'annonce bien ?

– À cette heure ? Après ce qui est arrivé hier, tu commences à croire à toutes sortes de miracles. Où est ton héros, d'ailleurs ? »

Je réprime un sourire.

« Au lac. Il m'a invitée à prendre le petit déjeuner à son hôtel. Ensuite, on passera la journée ensemble.

– Comme dans les films ! soupire-t-elle. Alors tu ne courras pas après les touristes avec moi ?

– Pas aujourd'hui. »

Nous partons à pied, comme d'habitude. La route est silencieuse, en dehors de la rumeur constante de la rivière, et d'une chouette qui hulule quelque part dans les collines. Au bout d'une demi-heure, nous croisons un vieux villageois qui chemine en sens inverse. Il est aussi mince qu'un brin d'herbe sauvage, pieds nus, et porte sur son dos un grand panier en osier chargé de briques.

« Grand-père, avez-vous vu un bus passer ? demande Dawa.

– Pas ce matin, petite sœur. »

Il gravit la colline à une allure régulière, tête baissée pour essayer d'éviter que la courroie du panier glisse de son front.

« Où allez-vous, les filles ?

– À Phewa Tal, dis-je, marchant à reculons pour rester à sa hauteur. Vous n'avez pas vu de voitures qui se dirigeaient par ici ?

– Il y en a peut-être une qui m'a doublé. » Il s'arrête brusquement. « Tu ressembles à une chanteuse, avec cette robe bleue. »

Ma robe est rose. Dawa éclate de rire, et nous laissons le vieil homme poursuivre sa route en paix. Il prend un virage, puis disparaît de notre vue.

Au même instant, une charrette à âne transportant une famille arrive cahin-caha du haut de la colline. Le conducteur ralentit pour que nous puissions y grimper. Nous nous retrouvons en compagnie d'un père, une minuscule grand-mère qui semble assez endurcie pour vivre encore cent ans, et une adolescente vêtue d'une tenue de mariée.

« Ah-ha, quelle belle robe ! s'extasie Dawa en attrapant sa jupe rouge, pour passer les doigts sur le liscré doré.

– Tu entends ça ? lance la grand-mère à la jeune fille, qui continue à fixer l'horizon. Elle a pleuré toute la matinée.

– Pauvre petite. Vous allez sûrement lui manquer », répond Dawa.

La grand-mère lui décoche un regard.

« Évidemment que je vais lui manquer. Mais c'est notre sort, à nous les femmes. Quand je suis arrivée dans mon nouveau foyer, j'ai pleuré pendant des jours. Je me suis même enfuie à une période », déclare-t-elle d'un air sombre.

J'admire la parure de la jeune fille : un grand anneau de nez en or, de la taille d'un petit poing, et un voile rouge translucide fermement attaché au sommet de son crâne. Son père aussi la scrute en silence. De profondes rides sillonnent son visage, semblable à un bout de papier froissé. Il passe le reste du trajet à contempler la gorge. Pendant ce temps, la mariée dégouline de sueur dans sa tenue, les gouttes formant des taches noires qui s'étalent sur son jupon rouge.

« Où est ton nouveau foyer ? lui demandé-je.

– Je ne sais pas, répond-elle.

– Pas trop loin », décrète la grand-mère.

Le soleil levant éclaire soudain la boucle d'oreille droite de la jeune fille, créant un reflet si vif que j'ai un mouvement de recul. Quand je tourne de nouveau la tête vers elle, une pauvre mariée lugubre et transpirante croise mon regard pour la première fois. Son petit corps est bringuebalé de gauche à droite, d'avant en arrière, tandis qu'elle s'éloigne lentement de sa maison d'enfance. Cet éclat doré m'a donné une curieuse impression. Est-ce un mauvais présage ?

« Qu'est-ce qui t'arrive ? me demande Dawa. Tu avais un drôle d'air, tout à coup. »

À la pointe du lac Phewa, Dawa et moi sautons de la charrette, saluant la mariée de la main lorsque le véhicule repart. Nous faisons halte dans plusieurs boutiques sur la route principale pour demander le chemin de l'hôtel Mountain View. Enfin, nous atteignons un bâtiment neuf de quatre étages, peint en bleu clair.

« On dirait le paradis », lâche Dawa.

Nous franchissons le portail, et nous nous arrêtons devant l'hôtel, avec sa belle fontaine et son jardin en bordure du lac. C'est le genre d'établissement où seuls les étrangers peuvent se permettre de séjourner. À travers une fenêtre à deux battants, nous apercevons un jeune garçon aux cheveux jaunes. Assis à une table, ses longues jambes tendues devant lui, il lit un ouvrage épais et usé. S'étant peut-être senti observé, il lève la tête et nous découvre debout sur la pelouse, en train de le fixer comme des gamines de village.

« Oh, il nous a vues ! dis-je.

– Bien sûr. On n'est pas des moustiques ! Qu'est-ce qui te prend ?

– Entrons, alors. Samphel m'attend.

– Quoi ? Qu'est-ce que j'irais faire là-dedans ? Je t'attendrai ici.

– Je ne peux pas y aller toute seule !

– Ils ne nous laisseront jamais passer toutes les deux. »

Même Dawa perd ses moyens, face à cet hôtel luxueux.

« Bon, garde mon sac. »

Je me recoiffe rapidement, époussette ma robe. J'imagine les regards que les étrangers me lanceront, en se demandant ce que cette colporteuse de babioles fabrique là. Les employés risquent de me refouler avant même que je parvienne à la réception. Et si Samphel arrivait au moment où ils m'ordonnent de décamper ? Il les verra me traiter comme une mendiante. Il me verra comme eux me voient. Non, je ne peux pas entrer dans cet hôtel.

« Dawa, s'il te plaît, va le chercher. Je t'en supplie. »

Mon amie pousse un soupir exaspéré, mais finit par céder. Je lui dis de demander un client du nom de Samphel Gyatso. Quand il descendra, elle lui indiquera de se rendre au bord du lac, à l'endroit où les pêcheurs amarrent leurs bateaux. Nous nous retrouverons là, comme les couples que j'ai observés au fil des années. Nous louerons une petite barque pour nous promener sur le lac, laissant traîner nos doigts à la surface de l'eau, nous éclaboussant, si soulagés et heureux que le destin nous ait enfin réunis.

Je ne suis pas encore arrivée aux bateaux lorsque Dawa me rejoint en courant, nattes défaites.

« Il est parti ! Lhamo, il est parti !

– Comment ça ?

– Samphel a réglé sa note il y a une heure, et a quitté l'hôtel. Personne ne sait où il est allé, ni même la direction qu'il a prise en sortant.

– Il a dû se rendre au camp, dis-je. Est-ce qu'il a parlé du camp à l'hôtel ?

– Je n'ai pas demandé…

– Pourquoi n'y as-tu pas pensé ? » Je scrute la rue, où un taxi arrive. « Je vais prendre un taxi. Il est probablement en route vers le camp à l'instant même. Combien d'argent as-tu sur toi ? »

Je sors mon porte-monnaie, et commence à compter les billets.

« Lhamo…, dit Dawa avec un regard de pitié, comme si l'évidence m'échappait.

– C'est bon, j'ai ce qu'il faut. À plus tard. »

Je me dirige vers le taxi, qui ralentit brièvement à ma hauteur, puis poursuit son chemin. Deux autres taxis passent devant moi, les chauffeurs accélérant après m'avoir jeté un coup d'œil. Je me résous à mettre le cap sur la gare routière, non loin de là. Arrivée en face, j'attends que la circulation se réduise pour traverser la route.

C'est alors que je l'aperçois, assis dans un car de tourisme vert citron. Je grimpe sur un muret en pierre pour mieux voir, et vérifier qu'il s'agit bien de Samphel. Il lit quelque chose, un journal. Son expression est neutre, presque satisfaite. Devant le car à peu près vide, un jeune vendeur de billets s'époumone : « Car express grand luxe ! On vous emmène jusqu'à Katmandou ! Montez, montez ! »

Deux étrangers aux cheveux noirs se précipitent vers le véhicule et grimpent à bord, l'air soulagés. Ils choisissent leurs sièges, trois rangées devant Samphel, dont le visage est divisé en deux moitiés pratiquement égales par l'ombre d'un rideau. Ses lèvres sont illuminées par le soleil, légèrement écartées et molles. Il m'a dit, demain matin. Il m'a dit, retrouvons-nous demain.

Le moteur démarre. Brusquement, tout tremble – le car, le muret sous mes pieds, même mes dents.

« Regarde-moi, dis-je, les yeux rivés sur lui. Regarde-moi. »

Le car décrit un virage périlleux dans la gare avant de rejoindre la route principale, et de s'éloigner. Si je me mets à courir maintenant, je peux peut-être encore le rattraper. Mais je saute du muret et m'engage lentement et prudemment dans une ruelle, comme si mes os risquaient de se briser.

Le car continue de rouler, et il me semble entendre quelqu'un crier mon nom. Je ne me retournerai pas. Même s'il m'appelle, je ne tournerai pas la tête. Les fantômes tendent des pièges aux faibles, affirmait souvent Tenkyi. Ils appellent les gens par leur nom, puis dévorent ceux qui répondent. Pourquoi ? lui demandais-je. Parce que seuls les faibles et les idiots répondent à l'appel d'un étranger.

« Déjà de retour ? »

Ashang Migmar est assis dans la cour, à côté de mon rouet en bois et d'un grand paquet de laine brute. Des ruisselets de sueur marbrent son visage et son cou tandis qu'il transforme progressivement les nuages de laine en un long fil.

« J'ai terminé tôt. »

J'éponge le front de mon oncle avec un torchon. Pourquoi ne prend-il pas soin de lui-même ? Les pointes de ses cheveux sont emmêlées, et un cercle brun macule l'encolure de son maillot de corps blanc.

M'installant à côté de lui, j'entreprends de refaire une pelote de laine mal ficelée par endroits. Ashang ne se montre plus aussi minutieux qu'avant.

« Ça nous rend la tâche plus difficile, quand les pelotes ne sont pas bien formées, dis-je.

– Ce n'est pas si terrible, si ? Je n'arrête pas de me frotter les yeux pour y voir un peu plus clair, ack ! »

Je travaille d'abord rapidement, dévidant la pelote de laine d'une longueur de bras à la fois. Le soleil a quasiment atteint son zénith. Il est étrange de penser que tant de choses se sont déjà produites, alors qu'il n'est même pas encore midi. J'ai la tête chaude, mais le reste de mon corps est engourdi. En l'absence presque totale de nuages, le soleil écrase cette colline. Je devrais rincer le riz, sans oublier de le trier pour ôter les insectes et les cailloux. Il faudra ensuite que j'aille cueillir du chou dans le jardin de derrière, en cherchant les feuilles arrivées à maturité, que les chèvres et les chenilles n'ont pas grignotées. Ashang a une pile de vêtements sales à laver ; moi aussi. Une fois que le riz sera en train de bouillir, mais avant de faire cuire le chou, j'emporterai les vêtements au grand robinet au milieu du camp, pour les mettre à tremper. S'il fait encore beau, j'étendrai le linge après le déjeuner. L'autel de prières d'Ashang a également besoin qu'on le nettoie. Les bols à offrandes sont devenus noirs. Je pourrai les astiquer avec de l'huile, après avoir laissé les vêtements sécher. Puis je préparerai notre dîner, et rentrerai chez moi pour laver la vaisselle que Samphel et moi aurons utilisée. La liste des corvées s'allonge. Je suis fatiguée. Enroulant la pelote de laine, je remarque que mon travail est bâclé, encore pire que celui de mon oncle.

« Alors, tu es allée voir Samphel ? » demande Ashang, qui continue à actionner le rouet et tirer des fils de laine.

Je pose les mains sur mes genoux pour les empêcher de trembler, en faisant mine de ne pas avoir entendu mon oncle. Nous reprenons nos tâches en silence. Mes doigts sont devenus cotonneux, et je dois m'adosser à la maison pour ne pas m'effondrer.

« Ça vaut mieux, dit-il finalement. Ce n'est pas normal de vouloir quelque chose à ce point. »

J'ignore si mon oncle parle de l'attitude de Samphel ou de la mienne. Peu importe. Samphel doit se trouver à mi-chemin de Mugling à l'heure qu'il est. D'ici ce soir, il sera de retour à la capitale avec la statue du Saint, et partira à la rencontre de Dhargye, l'homme qui l'aidera à récupérer le portrait de sa mère. Tout ce qu'il voulait, il l'a obtenu. En l'espace d'une seule journée.

« Je ferai du chou pour midi, quand on aura terminé, dis-je à mon oncle.

– D'accord. J'irai acheter de la viande de buffle pour le dîner. On pourra manger dehors ce soir. »

La dernière fois qu'Ashang a acheté du buffle remonte à mes noces. Avec l'aide d'amis, il avait réussi à réunir assez d'argent pour trois nuits de festin. Ma fille aînée se marie, répétait-il sans cesse.

Je regarde mon oncle en face, souhaitant l'entendre prononcer des paroles qui soulageraient ma douleur. Une cataracte l'empêche pratiquement d'ouvrir l'œil droit, et des sécrétions s'écoulent constamment au coin interne de ses paupières. Il faut que je lui achète des lunettes de soleil.

« J'ai une idée, déclare-t-il. Je devrais me couper les cheveux.

– Très drôle. »

Cela fait près de vingt-cinq ans que mon oncle porte de longues tresses. Combien de matins l'ai-je regardé les enrouler autour de sa tête, avant de coincer les pointes sous sa couronne ?

« Va chercher un rasoir.

– Arrête de me faire marcher.

– Mes mains ne sont pas assez fermes pour que je me rase la tête tout seul », répond-il.

Il est sérieux. Je me relève lentement, prenant appui sur le mur, et vais chercher un rasoir et un peigne à l'intérieur. Quand je reviens, Ashang a replié le tapis pour s'asseoir à même la terre. Tandis que je me poste au-dessus de lui, il défait ses tresses. Elles se dénouent aisément, les fines mèches grises se séparant les unes des autres. Je repère des zones dégarnies sur son crâne au milieu. Ashang retire le ruban noir et les deux perles de corail qui ornaient ses tresses, puis me prend le peigne, et le passe soigneusement dans ses cheveux. Il les a toujours coiffés d'une main aussi légère que possible, pour ne pas en perdre davantage. Même à présent qu'il s'apprête à les raser entièrement, il les peigne avec lenteur, formant une boule avec les cheveux qui se détachent pour les jeter plus tard, et éviter que des oiseaux ou des insectes ne s'étouffent en les ingérant par erreur. Il mouille ensuite ses mèches avec de l'eau et y applique un peu de shampoing, qu'il fait mousser sur son crâne.

« Tu es sûr de toi ? » demandé-je.

Il grogne. Je pose la lame sur le sommet de sa tête, et tire. Un premier passage sur la surface inégale. Je continue. Les cheveux glissent facilement le long de mon bras et atterrissent sur le sol, révélant progressivement le crâne d'Ashang. Je suis frappée par sa pâleur, si différente de la teinte brune de son visage et de son corps. Je me rends compte qu'il s'agit d'une partie de mon oncle que personne n'a vue depuis des décennies. Il faudra attendre des années avant que ses cheveux repoussent, et encore plus longtemps avant qu'il puisse y tresser à nouveau le ruban et les perles de corail. Pourquoi fait-il cela ? Mon oncle, qui a gardé ses nattes pendant près de trois décennies dans ce pays, plus longtemps qu'aucun autre homme du camp. Mon oncle, qui a juré qu'il regagnerait ses pâturages pour mourir, avec ses cheveux longs et tressés.

J'entaille son crâne. Du sang s'accumule en une petite flaque, puis coule sur sa tête. En voyant le filet rouge glisser le long de son oreille droite et tomber sur le sol poussiéreux, je me laisse aller à pleurer, pour la première fois de cette étrange journée.

5

Quelques jours plus tard, Tashi se présente à ma porte, un sac à dos jeté sur l'épaule. Une fois à l'intérieur, il cherche d'un air mal à l'aise un endroit où s'installer. Nos lits sont séparés, et du matériel de tissage couvre le sien.

« Tu peux t'asseoir sur mon lit », dis-je en le lui indiquant depuis le seuil.

Il s'exécute, puis tend la main en déclarant :

« Je sais que tu te demandes où j'étais, Lhamo. »

Je garde mes distances.

« Tu es arrivé à court d'argent ?

– Non, non, ce n'est pas ça. J'ai passé du temps à Namche, pour discuter avec des Sherpas de mon entreprise de trekking. »

Ses yeux ont pris une teinte jaunâtre, et sa main droite tremble, posée sur son genou. On trouve quelques tavernes à Namche, et assez d'étrangers de passage pour retenir son attention quelques mois.

« Les hommes que j'ai rencontrés ont de l'expérience, pas comme ces amateurs d'il y a deux ans. Ces gens ont été guides sur l'Annapurna, l'Everest, le Manaslu.

– Tu ne vas pas recommencer, dis-je en gémissant. Ça fait six ans, Tashi. Si rien n'a abouti entre-temps…

– Ce n'est pas si simple, Lhamo. Pas comme fabriquer des breloques pour les vendre à Phewa Tal. C'est bien plus complexe que ça. Il faut mettre en place les permis, les relations avec les hôtels et les agences de voyages.

– Mon commerce de breloques subvient à nos besoins depuis des années…

– Mais est-ce que ça te suffit ? demande-t-il, en se levant pour me rejoindre. Tu as trente-six ans, et j'en ai presque quarante. Nous devrions avoir un enfant. Fonder une famille. Je suis plus que prêt pour tout ça. J'ai juste besoin de savoir que tu me fais encore confiance. »

Il attend ma réponse, un entrelacs de nouvelles rides encadrant ses yeux noirs. Ces dernières années ont mis le corps de Tashi à rude épreuve : ses joues hautes se sont creusées, sa peau est cireuse et lâche sur sa frêle ossature. Cependant, ses yeux sont toujours doux, et sa voix replonge dans mon passé. Une vague de tendresse me submerge. Aujourd'hui encore, je le désire.

« Oui, je te fais confiance, lui dis-je.

– Tu vois. Ce n'était pas si dur, hein ? » réplique Tashi avec un sourire, les yeux brillants d'espoir.

Quatre mois après l'arrêt de mes menstruations, une lettre portant mon nom arrive à l'administration du camp. Elle vient de Samphel. Il l'a rédigée dans l'alphabet classique, que je ne sais pas lire. J'admire néanmoins les caractères, encore plus élégants et assurés que ceux de Tenkyi. En dépit du reste, je ne peux pas m'empêcher d'aimer contempler l'écriture de Samphel.

Dawa m'aide à déchiffrer une partie de la lettre ; mais à mesure que son sens s'éclaircit, le désespoir me gagne. Ce que nous parvenons à lire est décevant – guindé, distant, très différent de ce que j'avais imaginé. Samphel n'évoque pas les moments que nous avons passés ensemble, ni son départ précipité. Ses derniers mots restent cependant trop difficiles à décrypter, même pour Dawa. Ne voyant qu'une seule solution, je recopie les phrases sur un bout de papier, pour préserver une certaine confidentialité, et vais consulter Gen Lobsang.

Celui-ci déchiffre l'écriture en un rien de temps. Après avoir parcouru la page, il déclare avec un haussement d'épaules :

« C'est une formule de conclusion typique. Un adieu.

– Tu es sûr, Genla ? demandé-je.

– Je suis tombé sur Tashi l'autre jour, reprend-il en fronçant ses sourcils gris. Il m'a dit qu'il logeait au centre-ville, dans une maison de thé derrière un cinéma.

– Il va et vient à sa guise. Je n'ai pas changé les serrures de ma maison.

– Il n'avait pas l'air en forme. Si tu veux, je peux aller le chercher, avoir une conversation sérieuse avec lui.

– Ce n'est pas la peine, Genla, dis-je en enfilant mes chaussures près de la porte. Merci. Je vais y aller. »

Je tourne les talons et m'engage dans le champ, l'esprit en ébullition. La lettre se trouve encore dans les replis de ma chuba. Sa signification est désormais parfaitement claire, et sans appel : un dernier adieu, formulé avec la voix d'un étranger. Les paroles que nous avons échangées chez moi étaient vides de sens. Toutefois, mon intuition me souffle que Samphel ne m'aurait pas écrit sans raison. Ce n'est pas comme cela qu'il fonctionne. Je me demande s'il a appris que Tashi était reparti, et s'il s'agit de sa façon de relancer le dialogue entre nous. C'est une possibilité bien mince, mais comme un joyau dont l'éclat se reflète sur la personne qui l'admire, elle m'apaise. J'ai envie de croire que Samphel cherche à renouer le contact, à sa façon. Après tout, une lettre est un souvenir. Un objet concret que je peux tenir, et qu'il a tenu aussi. Elle m'indique que nous faisons encore partie de la vie l'un de l'autre. Que nous pouvons encore nous parler, même si nos mots sont bridés.

Tout cela n'est cependant qu'un doux rêve de plus, que je me suis inventé. À présent que j'attends un enfant, je dois vivre dans la réalité qui m'entoure. Je repense à Tashi, la seule autre personne au courant de ma grossesse. Il en a pris conscience quand je me suis ruée vers le caniveau il y a quelques semaines, dégoûtée par l'odeur du thé au lait sucré. Cela faisait au moins un mois que ma nausée durait. Tashi et moi n'avons pas partagé de lit depuis près d'un an, peut-être deux. Pourtant, au lieu de me soumettre à un interrogatoire ou de disparaître une fois de plus en claquant la porte, Tashi a adopté une nouvelle attitude. Il s'est mis à découcher plusieurs nuits par semaine. Je ne lui ai pas demandé où il allait, et il n'a pas cherché à le cacher non plus. On aurait presque dit qu'il me mettait au défi de lui poser la question. Dawa m'a rapporté que désormais il parle ouvertement de ses maîtresses aux autres joueurs du camp.

En arrivant près de chez moi, j'entends des aboiements. Mo Yutok se tient au bas de la colline, entourée d'une meute de chiens. Elle leur donne du vieux pain, en essayant apparemment de s'assurer que les plus petits obtiennent quelques morceaux. Pendant ce temps, des corbeaux attendent leur tour, perchés sur la pente douce de la colline. J'étudie la silhouette tassée et voûtée de Mo Yutok, ses poignets grêles, ses longues tresses grises. Une douleur étrange et complexe me serre la poitrine. Mo Yutok est ce que j'ai de plus proche d'une mère. De mon côté, j'ai comblé un vide pour elle, pendant les années qui ont suivi la mort de sa fille. Quand je songe à ma vie jusqu'ici, je me rends compte qu'elle a été peuplée de femmes qui ont enduré de terribles deuils – Shumo Yangsel, la mère de Gen Lobsang –, et qui ont voulu prendre soin de moi comme d'une fille adoptive. En fin de compte, c'est peut-être comme cela que nous survivons. En ramassant les miettes de nous-mêmes, pour les offrir avec sincérité à quelqu'un d'autre. Alors je rejoins Mo Yutok, lui prends la main, et lui parle de mon bébé.

Je demande à accoucher sans que l'on m'ouvre le ventre, mais le médecin refuse. Il ne veut pas me dire pourquoi, et je suis trop effrayée pour l'interroger de nouveau. La pièce est remplie de personnages masqués qui s'agitent autour de moi, en prononçant des paroles que je ne comprends pas. Ils posent leurs mains sur mon ventre, et appuient à plusieurs reprises. Je gémis de douleur, fixant le haut de leur tête. Une substance froide s'étale sur mon ventre, dégouline entre mes cuisses. Une aiguille s'enfonce dans mes veines, puis on abaisse un objet sur mon nez et ma bouche. C'est un masque, où de l'air circule. Je prie Cherensig, mais mon esprit devient brumeux, mes membres s'alourdissent. Je visualise le Saint Sans Nom, qui veille sur moi. Sa lumière protectrice inonde mon corps. Après cela, je ne peux plus bouger du tout. Même mes yeux sont fermés. Ne reste que le son : une machine tinte, des instruments métalliques s'entrechoquent. Puis le silence se fait.

Quand j'ouvre les yeux, un feu brûle dans mon abdomen. Quelque chose a plongé tout au fond de moi, sorti mon bébé, et tracé une ligne de points de suture jusqu'à mon nombril. Je distingue de vagues formes dans la pièce. Des toussotements et des bruits de pas s'élèvent. Peinant à respirer et à parler, je gémis pour appeler à l'aide. Dawa et Ashang Migmar apparaissent dans mon champ de vision, se levant de leur chaise. Ils commencent à ouvrir des Thermos de nourriture. Ils déclarent que Tashi n'a pas voulu se montrer, mais qu'il finira par changer d'avis. Le bébé, parvins-je à dire. La petite fille va bien, me répond Ashang. Elle est avec la sage-femme. L'émotion me submerge. Je réclame ma mère.

Le matin suivant, je suis encore trop faible pour porter mon enfant, alors Dawa s'en charge pendant qu'Ashang m'emmène en fauteuil roulant jusqu'à un taxi, puis m'installe sur la banquette. Dans la voiture, je peux tenir mon bébé contre moi pour la première fois. Rien d'autre ne me rend heureuse. La route est accidentée, et quelque part au milieu des collines rocailleuses, mes points de suture cèdent. Une douleur fulgurante me traverse, du sang trempe ma robe. Quand j'aperçois le camp, je me mets à pleurer de soulagement. Toutefois, un branle-bas de combat s'organise autour du taxi. Mo Yutok récupère le bébé, et Ashang me dit que je dois retourner à l'hôpital avec Dawa. Je les supplie de me laisser rester, mais personne ne m'écoute.

Je dors à présent dans une chambre avec quatre autres patientes. Un liquide jaune s'évacue de mon corps, tandis qu'un liquide clair entre par mon bras. Les machines de l'hôpital émettent des bips en cadence. Je les entends nuit et jour. Je distingue également d'autres bruits la nuit, quand je suis la seule patiente éveillée, et que les infirmières sont parties. D'abord légers, ils deviennent plus forts lorsque je tends l'oreille. Une clochette qu'on agite à la main, un doux murmure de prières, une femme qui psalmodie.

Ama m'aperçoit de l'autre côté de la foule. Elle sait que j'ai besoin d'aide aussi. Baissant la main vers sa table, elle s'empare du miroir, le pose sur le sol, et lui donne un coup de pied. Le miroir glisse longtemps. Il passe au-dessus de nombreuses montagnes, de gorges désertiques et de forêts. Il traverse de nombreuses années. Puis il s'arrête, tintant contre le pied métallique de mon lit. J'essaie de me redresser, mais mon abdomen n'arrive pas à me soutenir. Je me recouche, et me déplace petit à petit vers le bord du matelas. Je tends le bras pour tâtonner par terre. Les tubes en plastique me tirent la peau, mais je ne peux pas m'arrêter maintenant. Mes doigts se referment sur l'objet ; je le ramène vers moi. Les rayons de la lune pénètrent par la fenêtre, éclairant le miroir d'Ama et le rendant aussi brillant qu'une deuxième lune. Je vais regarder ce qu'il me renvoie. Enfin, je vais découvrir ce qu'il a à me montrer. Ma main a beau trembler, je ne le lâche pas. Je l'incline, et scrute attentivement sa surface.

Je vois une fille aux joues brûlées par le vent et aux cheveux emmêlés. Bien plus loin, en haut d'une montagne escarpée et criblée de grottes, j'aperçois un garçon. Il se tient seul à l'entrée de la grotte la plus élevée. Je pense dans un premier temps qu'il fixe l'horizon, mais, en l'étudiant de plus près, je constate qu'il contemple la fille.

Est-ce mon passé ou mon avenir ? Je l'ignore. Tout ce que je sais, c'est que Samphel et moi n'en avons pas fini l'un avec l'autre.

SAMPHEL

1

Katmandou, Népal

2012

Le laisser-faire n'est pas dans ma nature. Pourtant, le jour où j'ai emménagé dans cette maison il y a vingt ans, je me suis arrêté face à un bananier malade dehors, et j'ai décidé de le laisser tranquille. Baji, mon vieux jardinier, m'a dit : « Les bananiers sont comme les maladies. Mieux vaut éviter d'y toucher, si on ne veut pas qu'ils se propagent. » Pendant l'année suivante, le jardin s'est épanoui grâce à ses soins. Ce petit arbre tordu s'est redressé, et a produit plusieurs rejetons. Aujourd'hui, toutes les plantes qui se trouvaient là – les rhododendrons, les soucis, les rosiers blancs et roses – ont périclité, à l'exception des bananiers.

Le vent tombe, puis choisit une nouvelle trajectoire, secouant les buissons autour du terrain et envoyant une légère averse dans ma direction. Essuyant les gouttes sur mon visage, je prends une gorgée de whisky. Baji ne savait pas que le bananier me rappelait les tristes mois qui avaient suivi ma fuite du monastère. J'étais parti sans un mot, après avoir décidé que je ne pouvais pas passer ma vie à méditer sur des principes de métaphysique, en faisant abstraction de mon existence misérable. Je voulais acquérir une nouvelle place dans le monde, dans l'ordre des choses. Je voulais de la viande tous les jours, des douches chaudes, des vêtements lavés et repassés par quelqu'un d'autre. Au lieu de cela, je m'étais retrouvé à manger des bananes volées au bord des chemins. Même lorsque je parvenais à obtenir un repas gratuit dans un temple, on me l'offrait sur des feuilles de bananiers. Assis par terre au milieu d'une longue file de croyants et d'indigents, je regardais le riz, le daal et les légumes tomber sur les larges feuilles. Je mangeais à toute vitesse pour pouvoir profiter du deuxième service, avalant les sauces avant qu'elles coulent sur le sol poussiéreux. Des années plus tard, devenu encore plus pauvre que je ne l'étais en tant que moine défroqué, je reste entouré par ces feuilles paresseuses et dociles.

Le fauteuil en rotin craque quand je me recule, pose la tête sur le dossier, et ferme les yeux.

« Monsieur, monsieur ! » crie Parvati, quelque part dans la maison.

La lumière se fait dans l'escalier, le long de trois étages de vérandas et de fenêtres superposées. Parvati doit être en train de monter à ma chambre. Pour sonner l'alarme ? La résidence du diplomate français d'à côté a été mise à sac le mois dernier, au milieu de la nuit. La mienne est probablement la prochaine sur la liste. Cette belle maison pâle, preuve la plus manifeste de ma réussite. Achetée comptant en guise de surprise pour Sonam et sa fille, Cheche. Cette maison silencieuse et vide, peinte d'une teinte plus blanche que la lune. N'appelle-t-elle pas les créatures miséreuses de la ville à venir y fourrager ?

Que ferais-je, si j'apercevais des voleurs en train de se glisser dans les buissons ? Du temps où ma femme et son enfant vivaient là, je me serais peut-être jeté à la gorge des intrus. Maintenant que je suis seul, je leur dirais, je vous comprends. Je suis exactement comme vous ! Puis je me rassiérais pour les observer, curieux de voir ce qu'ils emporteraient, ce qui vaudrait à leurs yeux la peine d'être volé.

Tout ce qui se trouve ici appartient à la banque, de toute façon. Il en va de même pour mes deux boutiques, les voitures, et un petit terrain vallonné en bordure de Katmandou ; des garanties associées à un prêt qui arrivera à échéance dans quelques mois. Quand bien même on me prendrait l'intégralité de mes biens, cela ne suffira pas : leur valeur accumulée ne couvrira qu'un tiers de ma dette. Trouverai-je un autre moyen de subvenir à mes besoins ? Combien de fois peut-on repartir de zéro ? Je n'ai plus grand-chose à donner, et je suis fatigué de me battre.

« Monsieur ? Vous êtes là ? »

Parvati surgit dans le jardin, pieds nus. Ma fidèle domestique. Ma fille népalaise, en pratique, depuis neuf ans qu'elle travaille chez moi. Nous l'avions choisie parce que sa famille vivait à Biratnagar, dans la partie sud-est du pays – assez loin pour qu'elle n'y retourne pas souvent, avait conclu Sonam.

Non loin de là, mon gardien tibétain, Kunga, titube légèrement dans son maillot de corps et son short bleu marine, ivre comme toujours. Je me rappelle alors qu'on est dimanche soir. C'est son jour de congé ; s'il est rentré debout et non à quatre pattes, c'est un succès. L'homme a tout juste soixante ans, quelques années de plus que moi, et a eu la présence d'esprit de ne jamais se marier. Les dimanches matin, il rend visite à sa mère dans le camp de Jawalakhel, pour lui remettre une portion de son salaire. Il passe ensuite sa journée dans les débits de boisson des ruelles. Le soir, il rentre avec des sacs plastique noirs distendus par des bouteilles. Il les emporte tout droit à sa chambre à côté du portail, et veille pendant le reste de la semaine. L'alcool emplit sa tête de chansons et de plaisanteries qu'il est le seul à connaître. Tout cela fait de lui un gardien essentiellement inutile. Au moins une fois par semaine, Parvati doit venir m'ouvrir le portail, car Kunga s'est endormi sur son lit de camp. C'est comme ça depuis que nous l'avons embauché. Au début, je me mettais systématiquement en colère. Il m'est arrivé plusieurs fois de déclarer au vieil homme que j'allais le flanquer à la porte – qu'il vienne du même camp que moi ou pas. Il a encaissé mes remontrances en silence, hochant la tête, mais n'a pas modifié son attitude d'un iota. Son silence ne reflétait ni regrets ni honte, mais sa résignation : il savait qu'il ne changerait plus, et demeurerait là tant que je le tolérerais. Avec le temps, j'ai fini par comprendre que son intransigeance le rendait également digne de confiance. Il ne parlait quasiment jamais à personne, et ses dimanches étaient réglés comme du papier à musique. Il se montrait parfaitement fiable dans ses habitudes, et c'était une qualité à laquelle j'accordais de la valeur.

« Monsieur, répète Parvati.

– Qu'est-ce qu'il y a ?

– Téléphone, monsieur. »

Elle me tend le combiné sans fil, attendant que je vienne le chercher. Cette fille a traversé en courant toute la maison puis le jardin, et à deux mètres de moi, elle a décidé qu'elle en avait assez.

« D'accord, comme tu voudras », dis-je en me levant avec difficulté.

Le sol tangue sous mes pieds. La bouteille fraîchement entamée de Black Label gît dans l'herbe. Sans que je sache comment, elle est déjà à moitié vide. Je m'assieds de nouveau, et sens le fauteuil en osier s'enfoncer dans l'herbe. Je me concentre sur les corps de Parvati et Kunga, qui oscillent dans la lumière de la lune, comme de petits canards à la surface d'une mare.

« Apporte-le-moi.

– Monsieur.

– Quoi ?

– Je lui demanderai de rappeler demain matin.

– Après tout ça ? »

Je lui fais signe d'approcher. L'ombre de Parvati s'avance prudemment, semblable à une biche. Elle a toujours été trop maigre. Se nourrit-elle assez ? Je ne l'ai jamais vue assise devant une assiette. Est-elle malheureuse ? Sa famille lui manque-t-elle ? Qu'est-il arrivé à ses parents ? Elle n'en parle pas. Cela dit, je ne l'ai pas non plus interrogée à ce sujet. Sonam l'a peut-être fait une fois, mais cela semble peu probable. Ni ma femme ni moi ne sommes du genre à évoquer le passé – que ce soit le nôtre ou celui des autres. Nous nous sommes choisis en pleine conscience de nos limites, sachant que nous traversions tous les deux la vie avec le regard tourné vers l'arrière. Quand le passé exerce un tel pouvoir sur vous, allant jusqu'à menacer le présent, mieux vaut éviter d'en parler. Vous le laissez en paix, niché dans les silences de vos pensées.

Quoi qu'il en soit, Sonam n'est plus là pour répondre à mes questions. Cheche et elle se sont installées dans une ville aux abords de Boston, où elles louent un studio en sous-sol. Sonam occupe un emploi de couturière, tandis que Cheche étudie dans un lycée des environs. C'est moi qui ai besoin que Parvati reste ici, maintenant.

Quand j'ouvre les yeux, la jeune femme attend encore devant moi avec le combiné. Je le porte à mon oreille.

« Allô ?

– Samphel la ? C'est Dawa Tsomo. Du camp de Pokhara. »

Dawa était l'amie de Lhamo. Elle a toujours eu un visage intéressant. J'essaie de me redresser, et me racle la gorge.

« *Tashi Delek* », dis-je, lentement et distinctement.

J'ai vu Dawa bien des fois au fil des années. Son mari Jangchup et elle possèdent l'un des rares commerces de tapis tibétains encore en activité à Katmandou. Comme moi, ils ont leur carte de membre au spa de l'hôtel Yak & Yeti et au golf Hattiban. À l'époque où je participais encore à des soirées, je les croisais régulièrement lors de galas de bienfaisance et de spectacles. Nous nous saluions d'une poignée de main ou d'un hochement de tête, mais discutions rarement. En tant que couple influent mais sans enfants, Dawa et Jangchup attiraient l'attention ; et avant de partir en Amérique, Sonam avait toujours pris soin de m'informer des dernières nouvelles de la communauté. Un soir au dîner, elle m'avait raconté que Jangchup avait apparemment eu plusieurs enfants avec d'autres femmes, qu'il avait installées dans des maisons de ville en périphérie de la capitale. Quand je lui avais reproché de participer à colporter ces ragots, Sonam avait rétorqué que Dawa et Jangchup me prenaient de haut à cause de la nature de mon commerce, et que nous ne leur devions rien. J'avais gardé le silence. Dawa avait de bonnes raisons de me traiter avec froideur. Elle sait comment je me suis comporté avec Lhamo.

« Samphel la ?

– Oui, Dawa la. Qu'est-ce qui se passe ?

– Lhamo a eu un grave accident. Une partie de son toit s'est effondrée, et elle a été blessée à la tête. »

Je demande à Dawa de répéter, et de me dire clairement où Lhamo se trouve. Une sensation d'hébétude m'envahit, en entendant sortir de ma bouche ce nom que je n'ai pas prononcé depuis tant d'années.

« Lhamo est à l'hôpital… en soins intensifs. Ce serait bien que tu viennes la voir. »

Je me racle la gorge pour indiquer que je suis toujours au bout du fil, incapable de formuler une réponse.

« Jangchup et moi sommes déjà à l'hôpital, poursuit Dawa. Nous essayons d'obtenir des informations. »

Je suis reconnaissant à Dawa de ne pas s'être mise à pleurer, et en l'écoutant je remarque le tact avec lequel elle me dévoile chaque nouveau détail.

« Les médecins ne voulaient pas dire grand-chose à Ashang Migmar, mais c'est un vieil homme modeste. J'ai peur qu'ils n'accordent pas toute l'attention qu'ils devraient à Lhamo. Tu sais comment ils sont avec les pauvres. » D'une voix plus basse, comme si elle allait finir par fondre en larmes, Dawa ajoute : « Lhamo t'a réclamé. Elle m'a dit qu'elle voulait te voir.

– Lhamo a dit ça ? D'accord, j'arrive tout de suite », parvins-je à répondre, alors que ma voix se brise.

Je raccroche, et mes mains tremblent quand je porte mon verre à mes lèvres. Parvati et Kunga se tiennent non loin de là, veillant sur moi comme des lions de pierre. Sans eux, je n'ai personne. Le savent-ils ? Ils dépendent de moi pour leur subsistance ; même leurs familles dépendent du salaire mensuel que je leur verse. Mais sans eux, je n'ai personne. Que puis-je vendre de plus pour les garder près de moi, et ne pas me retrouver seul ? Toute ma vie, la même question.

Une image très claire me vient de Lhamo au lac Phewa. Elle est assise en face de moi à la table. La pluie vient de s'arrêter, et le soleil brille derrière elle, révélant les reflets roux et bruns de ses cheveux, les taches de rousseur sur ses joues. Son visage, sa chevelure, ses yeux brillants – tout est illuminé par le soleil. Elle était si belle ce jour-là que cela m'avait rendu nerveux, et je m'étais montré exagérément aimable pour compenser. Elle parlait d'une façon enfantine, employant les expressions charmantes dont les gens de son camp émaillent souvent leurs conversations. Puis elle avait souri, et j'avais volé en éclats. Nous étions des étrangers, et pourtant aussi proches que deux personnes pouvaient l'être.

« D'accord », dis-je en m'extirpant du fauteuil, pour rejoindre la maison.

La jeep est garée dans l'allée. Je tâtonne dans le noir, jusqu'à trouver le rebord inférieur de la vitre, puis la poignée de la portière. J'ai besoin de m'adosser à quelque chose un instant, de poser la tête sur le volant. Je fermerai les yeux une minute, puis j'irai voir Lhamo. Lhamo, qui ne peut pas se réveiller en ce moment.

Lorsque j'ouvre les yeux, une odeur de bière rance m'enveloppe. Le menton de Kunga plane au-dessus de moi, tandis qu'il passe mon bras autour de ses épaules. Le gardien respire avec difficulté, ployant sous mon poids. Il parvient tout de même à m'entraîner à sa suite.

« Qu'est-ce que tu fais ?

– Je vous emmène au lit. Vous partirez demain matin », répond Kunga alors que nous pénétrons dans le vestibule.

J'acquiesce en grognant, incapable d'opposer la moindre résistance.

Nous traversons le vestibule, et grimpons trois volées d'escaliers, tournicotant en direction de la lune, qui ricoche sur la lucarne couverte de toiles d'araignée au-dessus de nos têtes. C'était l'idée de Sonam, de percer un trou dans le plafond. À l'époque, j'aurais été prêt à tout pour leur plaire, à elle et Cheche. Elles venaient d'arriver dans ma vie – une famille toute faite, m'étais-je dit –, elles portaient encore le deuil du défunt mari de Sonam et du père de Cheche, Ling Gesar. Ce n'était pas son vrai nom ; on l'appelait seulement comme ce grand roi du Tibet. Un sobriquet bien noble, pour un marchand de biens. Sonam l'avait rencontré et épousé dans son adolescence. Les gens remarquaient souvent que Cheche était le portrait craché de son père. Je comprenais par là qu'il n'y avait aucune possibilité pour que j'imprime ma marque sur l'enfant, aucune chance qu'elle me ressemble un jour. De mon côté, je ne pouvais pas lui avouer, ni avouer à quiconque que j'avais déjà une fille – une fille qui parcourt Toronto avec mes yeux. Une fille qui est indéniablement mienne, d'un million d'autres façons.

Kunga s'arrête pour reprendre son souffle. Chaque marche lui a demandé plus d'efforts que la précédente.

« Je peux monter seul, maintenant, dis-je. Tu n'as qu'à rester à côté de moi.

– Oui », répond-il.

De près, avec ses yeux sombres et ronds, Kunga me rappelle soudain mon père. Je détourne le regard, étonné. Lui a-t-il toujours ressemblé, ou avons-nous simplement vieilli ? Évidemment, mon père ne devait pas avoir plus de quarante ans au moment de sa mort.

Lorsque nous arrivons au dernier étage, la lune donne l'impression d'avoir transpercé la lucarne, flottant désormais sur le plafond. Je tends la main pour essayer de l'attraper. Un mur de couleur surgit dans mon esprit – une fresque qui apparaît souvent devant moi sans crier gare, aussi bien dans mes rêves qu'en plein jour. D'une vaste ampleur, elle se déploie de mes pieds à un plafond assez haut pour s'estomper dans la pénombre, et se perd dans les ténèbres à ma gauche et à ma droite. Lors de ses apparitions, j'observe invariablement la même section : un assemblage de centaines de bouddhas blancs de la taille d'une paume, éclairés par un rayon de lumière émanant d'une haute fenêtre quelque part dans mon dos. En les scrutant plus attentivement, je constate que même si tous les bouddhas sont assis en tailleur sur un lotus, leur expression est singulière, et leurs mains positionnées de différentes façons. Certaines touchent le sol ; d'autres sont jointes, ou figées en diverses mudras. Chaque silhouette est tracée à la peinture dorée par touches extrêmement légères, et remplie d'un blanc si lisse et crémeux qu'il pourrait s'agir d'ivoire. Bien que je ne distingue jamais que cette petite partie de l'œuvre, je sais que d'innombrables autres divinités sont cachées dans l'obscurité qui m'entoure. J'aimerais toucher la fresque, mais surtout j'aimerais la goûter. Je ne sais pas pourquoi. Une seule goutte de salive pourrait endommager ce fragile segment pour toujours. Au fond de moi, je me soupçonne cependant de vouloir le détruire. Peut-être qu'alors j'en serais enfin délivré.

Au-dessus de ma tête, la lune s'efface de la lucarne, temporairement masquée par des nuages bas. Sa lueur est maintenant diffuse, presque indétectable. Comme c'est généreux, de nous avoir donné une lune. Cette présence constante planant dans le noir ; si proche de nous, même cachée. Exactement comme Lhamo l'a été. Ma compagne de vie, ne serait-ce que dans mon esprit. Et tout cela – la maison, les voitures, la réussite dont je pensais autrefois bénéficier à jamais – a commencé avec elle. Lhamo m'a emmené voir Po Rithar, qui m'a donné le nom de Dhargye. En outre, elle m'a offert le Saint Sans Nom. Avant ce soir-là, la statue m'avait laissé indifférent. Étant enfant, j'éprouvais un pincement au cœur en observant à quel point les gens la vénéraient. Je pensais à mon père, seul même à l'heure de sa mort, tandis que cet objet inerte ne se trouvait jamais très loin d'un adorateur. Malgré cela, quand Lhamo m'a annoncé qu'elle avait caché le *ku* pour moi, le Saint Sans Nom a pris un nouveau sens. J'ai été ému par son état délabré, les minces plaques de pigments dorés, plus délicates que dans mon souvenir. J'ai pris conscience de la fragilité de cet objet ; si sacré qu'il soit pour certains, le *ku* s'userait. La seule constante résidait dans nos cœurs obstinés : celui de Lhamo, qui l'avait poussée à protéger ce qu'elle pensait m'appartenir. Et le mien, qui exigeait que je retrouve ma mère.

J'ai quitté Pokhara le matin suivant. Suivant les conseils de Po Rithar, je suis parti à la rencontre de Dhargye et des autres hommes qui intégreraient mon équipe, un par un. Deux ans plus tard, en 1986, j'ai récupéré le premier de mes trésors : sept bols à offrandes en or du quatorzième siècle, oubliés dans un placard poussiéreux du temple de Taer, jusqu'à ce qu'un moine les découvre. Enfin, c'est une autre histoire.

Arrivé à la porte de ma chambre, je cherche le mur à tâtons, et le laisse me guider jusqu'à mon lit. Demain, décidé-je. Demain, j'irai rejoindre Lhamo.

2

Le matin venu, je remplis un petit sac, monte dans ma jeep, et entame le voyage d'une journée jusqu'à Pokhara. À l'extérieur de mon portail, la ville se présente dans toute sa splendeur, fourmillant de poussière, de vaches et de cloches de prières. Des vendeurs de légumes sont accroupis contre un haut mur en brique, tandis que des chalands passent de l'un à l'autre, négociant l'achat de leurs provisions du jour. Je tourne dans une nouvelle rue, et un doux arôme de maïs grillé s'infiltre par mes fenêtres. Une femme est assise par terre, en train d'éventer un bac en métal peu profond qui servait auparavant à préparer du ciment, et qui accueille désormais du charbon de bois et du maïs. Un jour, Lhamo et moi avions partagé un épi de maïs près du stupa de Swayambhunath. Nous avions cinq roupies à dépenser, et le maïs ne coûtait qu'une poignée de paisas. Je m'étais senti si satisfait, accroupi dans la poussière avec elle, tandis que nous nous passions cette petite friandise à tour de rôle pour mordre dans les grains. Je m'étais senti tellement libre, ce jour-là, avec toutes ces pièces qui tintaient dans ma poche.

Je remonte des rues étroites et sinueuses, en direction de la rocade. L'air me paraît soudain très lourd ; l'instant d'après, le ciel bas émet trois grondements rapprochés, puis relâche une pluie torrentielle. Mes essuie-glaces sont débordés par le déluge, si bien que je dois m'arrêter au bord de la route. Des gens décampent de-ci de-là aux alentours, journaux au-dessus de leur tête, pantalons relevés, alors que des rivières déferlent dans les rues. Une averse de ce genre est un soulagement pour la ville entière, même si elle envoie tout le monde se terrer sous les auvents. L'eau – comme l'électricité, comme l'essence – est une denrée rare, sur laquelle on peut de moins en moins compter chaque année. Même les riches se plaignent de devoir creuser des puits toujours plus profonds pour atteindre l'eau. Chacun est donc heureux de rester assis en silence, à regarder le rideau de pluie s'abattre du ciel et remplir cent mille seaux dans la vallée. Je me souviens alors que Lhamo m'attend, entre la vie et la mort.

M'engageant sur la rocade, je longe la colline verdoyante de Swayambhunath, couronnée de son stupa blanc et or. Devant moi, deux petits garçons bravent la circulation, courant main dans la main au milieu des flaques, dans leurs uniformes d'écoliers immaculés. Lhamo et moi n'avions-nous pas couru de la même façon sur cette route, agrippés par la main ? Je me rappelle que nous avions gravi les marches des temples, et dévoré toute la nourriture offerte par les pèlerins. Repus, nous nous étions endormis sous la voûte des arbres, aussi libres que les singes autour de nous. Parmi tous les jours oubliés de ma vie, je me cramponne à celui-là.

Je quitte la voie rapide, m'insérant sur la route qui sort de la ville. La descente est lente, dans l'embouteillage habituel de cars, de camions et de voitures. En sens inverse, une file similaire avance à peine sur la colline. Le trafic s'apaise brièvement, et je regarde un chauffeur de camion gravir la pente à vive allure, tournant son volant avec enthousiasme au rythme d'une chanson de Bollywood pendant que des guirlandes dansent à sa fenêtre. Un vrombissement retentit ensuite dans mon dos, et un chapelet de motos double ma jeep, frôlant dangereusement le bord de la falaise. Elles ne semblent pas craindre la chute vers la gorge, jonchée de véhicules accidentés. Il y a des années, je me déplaçais aussi à moto. Parfois, apercevant une trouée dans la circulation, j'étais pris d'un brusque réflexe, et j'accélérais pour tenter de m'engouffrer dans la brèche avant qu'elle se referme. Après cela, mes mains et mes jambes étaient secouées de tremblements incontrôlables, et une sueur froide imprégnait ma peau. Je descendais de ma moto, effrayé par ces aspects de moi que je ne comprenais pas.

J'étais différent, alors. C'était la Katmandou des années 1990 – une nouvelle ère, marquée par un engouement inédit pour le patrimoine tibétain exportable. Notre heure de gloire semblait enfin arrivée. Mon ami Jigme Dorjee avait fondé l'une des nombreuses fabriques qui produisaient des tapis tibétains traditionnels. Il employait huit cents personnes, et envoyait un conteneur de tapis par semaine à ses clients au Japon, en Amérique, en Allemagne. On créait des motifs à une cadence effrénée. Les tapis étaient rasés et enroulés sitôt séchés. Des importateurs du monde entier se rendaient au Népal – certains concluant des contrats d'exclusivité à peine débarqués à l'aéroport. Bientôt, un tiers de la richesse du pays proviendrait de cette seule industrie. Nous, les réfugiés, étions en train de devenir des magnats.

Lors de nos soirées blackjack au casino Everest, Jigme me décrivait les appartements qu'il construisait pour ses employés et leurs familles derrière les salles de tissage. En cas de coupure d'eau ou de courant, ceux-ci pourraient ainsi se reposer dans leur propre logement, puis retourner à leur poste une fois le problème réglé, pour continuer à laver, teindre, nouer et inspecter les tapis. Cette solution les satisfait aussi, ajoutait-il avec fierté. Ils peuvent regarder leurs enfants s'amuser dans les parages, et manger chez eux à midi. Jigme se targuait de verser à ses ouvriers de généreuses primes pour le Nouvel An népalais, et d'organiser régulièrement des pique-niques et des dîners pour ses collaborateurs. Derrière toutes ses fanfaronnades, on percevait un émerveillement sous-jacent, comme s'il n'arrivait pas à croire à son propre sort. *Pas de parents, pas de pays*, soupirait-il. *Mais nous possédons des maisons à côté d'ambassades.*

Je laissais mon ami se rengorger, mais parlais peu de mon propre commerce. Selon toute apparence, Jigme ne savait pas vraiment ce que je trafiquais – pas à l'époque, du moins. Je n'avais pas de fabriques, pas d'ouvriers, pas de collaborateurs avec lesquels pique-niquer. Ma seule possession publique était une devanture de magasin, un bâtiment relativement modeste parmi les demeures de quatre étages qui entouraient le stupa de Bodnath. C'était là, dans l'ombre de l'antique dôme blanc, sous une flèche dorée et les yeux de Bouddha, que se trouvait mon humble boutique de reproductions d'antiquités. En réalité, tandis que des milliers de pèlerins défilaient devant moi, tournant autour du stupa pour accumuler des mérites, j'étais occupé à construire un tunnel à sens unique partant du Tibet. Un passage secret destiné à exhumer et récupérer ce qui nous appartenait.

Les derniers faubourgs de Katmandou s'éloignent. J'avance à présent sur une route tortueuse, creusée à flanc de colline. La gorge apparaît par intermittence à côté de moi, entre les arbres. Cette rivière m'accompagnera pendant le reste du trajet. Je ne peux pas me permettre de penser à ce qui m'attend à la fin de ce voyage.

Cela dit, mes prévisions se sont souvent révélées fausses. Comme Jigme et tant d'autres, j'ai connu une ascension fulgurante ; mais le déclin de mon entreprise a été lent, s'étirant sur des années de déceptions et de lueurs d'espoir. Je peux cependant situer le début de la fin à une date précise : le jour de l'opération du Yumbu Lhakang, à l'été 1993. C'est aussi ce jour-là que j'ai appris que j'avais une fille de sept ans.

Ce matin-là, Tenkyi a surgi dans ma boutique comme un corbeau bondissant dans l'entrée d'une maison. Je ne l'ai pas reconnue tout de suite. Quand son nom m'est revenu, je lui ai serré la main, sans réussir à imiter son attitude décontractée, son bonheur simple. À l'exception d'un journal humide et froissé qu'elle tenait à la main, elle était venue sans rien, pas même un porte-monnaie. Elle m'a expliqué que Dawa Tsomo lui avait parlé de mon magasin. Elle se demandait si je me souvenais de Dawa. J'ai hoché la tête, et lui ai fait signe de s'asseoir sur les tabourets en rotin, en essayant de trouver mes mots. Le ciel grondait, et a déversé une nouvelle ondée. J'ai demandé à mon assistant, Bhim, d'aller me chercher du thé dans un café du quartier.

Pendant ce temps, je ne cessais de regarder ma montre, en songeant que mes hommes allaient peut-être m'appeler d'un instant à l'autre. Ce jour-là, tout était en place. L'opération, que nous avions mis près d'un an à monter, avait été placée sous la responsabilité d'un dénommé Jampa. Celui-ci avait brièvement fréquenté mon père, quand il vivait dans le même camp que lui, et avait gardé des contacts au Tibet. Au fil des années, il avait travaillé sur de nombreuses affaires pour mon compte, supervisant des extractions, transférant des fonds à mes partenaires sur le terrain, et s'assurant que les articles parviennent en sécurité à Canton, puis de là aux marchands à Pékin, Hong Kong et en Occident.

En vue de cette opération, Jampa s'était rendu dans la préfecture de Lhoka des semaines à l'avance, afin de rencontrer nos partenaires sur place, finaliser le plan, et régler chaque détail concernant le transport ultérieur des antiquités à Chengdu. Notre objectif était une trentaine de reliques, dont une grande statue en cuivre de Chenresig et un bas-relief en bronze doré. Les hommes pénétreraient dans le palais de Yumbu Lhakang au petit matin, avant que le soleil se lève sur la vallée. Pendant qu'un groupe emporterait les antiquités, l'autre installerait des copies. Chaque objet devrait être remplacé immédiatement, pour ne pas éveiller les soupçons.

Pendant des années, j'avais gardé une photo du Yumbu Lhakang accrochée au-dessus de mon bureau, sans jamais m'imaginer que je serais un jour si proche de tenir ses trésors entre mes mains. Environ cent ans avant Jésus-Christ, un millénaire avant le début de l'histoire documentée au Tibet, Nyatri Tsenpo, le premier roi du pays, était descendu du ciel jusqu'à ce palais. La légende disait qu'il avait des mains palmées et des yeux pouvant se fermer par le bas aussi bien que par le haut. Le Yumbu Lhakang, sa forteresse blanche solitaire aux pierres peintes en rouge et or, se dressait dans la grande vallée du Yarlung, au sommet d'une colline étroite et isolée dont la forme évoquait la patte arrière d'une biche. Le palais dominait les champs de Zortang, si précieux que des fermiers des quatre coins du Tibet venaient récupérer leur terre pour la répandre sur leurs plantations.

En raison de sa notoriété, le palais n'était pas une cible nouvelle. Pendant la Révolution culturelle, les Chinois l'avaient rasé et mis à sac, pillant la plupart de ses reliques d'origine, dont celles de la tombe de Nyatri Tsenpo. Dans les années 1980, les villageois des environs avaient peu à peu reconstruit le palais, même s'ils n'avaient pas d'idée précise de ce qui avait été emporté, détruit ou fondu. Il ne restait plus au Yumbu Lhakang que de petits objets, maigres vestiges de la collection d'origine, qui suffiraient toutefois à provoquer des remous dans le monde entier.

Pendant que nous attendions notre thé, Tenkyi examinait la boutique avec un sourire éclatant. Elle semblait sincèrement heureuse de me voir et, une fois remis de ma stupeur initiale, j'ai éprouvé le même sentiment. Voilà qu'on se retrouve, après toutes ces années, n'arrêtais-je pas de dire. Elle regardait autour d'elle, contemplant les statues de dieux, les tables en bois ornées de gravures représentant les symboles de bon augure, et les tapis abîmés et déchirés pour leur donner l'air anciens. Je me demandais ce qu'elle pensait de tout ça. Le magasin ne contenait aucune véritable antiquité, rien de réellement précieux. Il était peuplé de reliques fabriquées en exil afin d'évoquer des objets qui auraient pu survivre au voyage – une boutique créée pour répondre aux attentes des touristes.

Tenkyi devait avoir quarante ans cette année-là, un an de moins que moi, mais elle ressemblait encore à la fillette que j'avais rencontrée trois décennies auparavant : les mêmes sourcils sévères, la même bouche expressive. Cherchant les traits de sa sœur sur son visage, il m'a semblé voir Lhamo, d'une certaine façon. Des yeux en amande, un nez en pente douce. Tenkyi possédait toutefois un visage plus rond, et son teint tirait davantage sur le rose que sur le brun. Lhamo était anguleuse, et ses joues formaient la partie la plus large de son visage, terminé par un menton légèrement pointu. Leurs corps divergeaient également. Tenkyi présentait une ossature solide, compacte, tandis que Lhamo était mince et dégageait une impression de souplesse, malgré son petit ventre amolli.

Tu as vu mon corps, maintenant. Lhamo s'était levée du lit puis campée devant moi, nue. Quand elle s'était retournée pour récupérer ses vêtements, je l'avais rattrapée et ramenée à moi. L'entourant de mes bras, j'avais senti les battements de son cœur se propager dans ma poitrine.

Alors que Bhim nous servait du thé et des biscuits, Tenkyi m'a raconté qu'elle avait pris un poste non loin de là, au lycée Songtsen Gampo, où elle enseignait l'anglais aux classes de neuvième et dixième. Elle décrivait son travail avec le genre d'enthousiasme qui devait faire d'elle une excellente enseignante, effectivement. Je l'imaginais aller et venir face à un tableau noir, un livre à la main, récitant des vers à voix haute que ses élèves répéteraient ensuite. Tenkyi respirait l'assurance tandis qu'elle évoquait le potentiel de ces jeunes gens, ainsi que leur paresse. C'était une qualité qu'on avait besoin d'afficher, en tant que professeur – pas seulement dans ses raisonnements, mais dans sa voix, sa démarche, la façon dont on pointait une règle vers un élève. Tenkyi manifestait aussi un désir d'être appréciée, connue. La vulnérabilité totale des enseignants était évidente chez elle.

Cependant, à mesure qu'elle parlait, son comportement devenait plus crispé, comme si elle s'attendait à ce qu'on la chasse à tout moment. L'espace d'un instant, j'ai souhaité que nous redevenions enfants tous les deux. Peut-être pourrions-nous alors nous tendre la main, et nous montrer honnêtes l'un avec l'autre. D'un ton aussi désinvolte que possible, je lui ai demandé des nouvelles de Lhamo. Tenkyi a pris une gorgée de thé, puis a reposé délicatement sa tasse et sa soucoupe sur la petite table. Avec une détermination et une clarté étudiées, elle a déclaré que la vie de Lhamo avait beaucoup changé depuis la dernière fois que je l'avais vue. J'ai accusé le coup, en me demandant ce que Tenkyi savait sur ma visite au camp huit ans plus tôt.

« Lhamo ne voulait pas que je vienne ici, au départ, a-t-elle repris. Mais tu dois t'en douter. »

Encore hébété, j'ai marmonné une vague phrase à propos de la déception que j'avais causée à Lhamo.

« Ma sœur a eu le cœur brisé, a répondu Tenkyi. Elle t'aimait. Elle t'aime encore.

– Mais elle est mariée.

– Tashi est parti il y a des années, a-t-elle rétorqué avec un sourire peiné. Ne vaut-il pas mieux être seule que de souffrir d'un mariage pareil ? »

Je n'ai pas pu répondre. Après avoir partagé le lit de Lhamo, j'étais retourné à mon hôtel au bord du lac, et avais commencé à imaginer notre vie ensemble. J'avais même préparé le discours que je lui tiendrais, pour lui demander de quitter Tashi et de venir vivre avec moi. Au matin, cependant, les doutes avaient inondé mon esprit comme la lumière du soleil. Pourquoi se serait-elle séparée de son mari ? Et pour quelqu'un de mon genre, en plus ? Je n'arrivais tout simplement pas à croire que Lhamo m'aime à ce point.

« Il y a autre chose, a déclaré Tenkyi, en me regardant dans les yeux. Lhamo a aussi une fille qui mérite mieux que Tashi. Tu es son père. Il faut que tu le saches. »

Assis là, j'ai repensé à l'ordre des mots de Tenkyi. Ils s'étaient abattus les uns à la suite des autres comme un bombardement, rapides et dévastateurs. J'avais honte – de ma peur, de mon ignorance. Pour me défendre, j'ai même envisagé de parler à Tenkyi de la lettre que j'avais envoyée à Lhamo après ma visite au camp. C'était une lettre respectable, qui n'entacherait pas sa réputation, si quelqu'un d'autre devait la lire. Toutefois, je m'étais dit qu'elle contenait suffisamment d'indices pour lui révéler mes sentiments. Lhamo parviendrait à lire entre les lignes, et elle me répondrait, si elle éprouvait encore quelque chose pour moi. À présent, je me rendais compte à quel point cette excuse paraîtrait lamentable à Tenkyi ; car en réalité, je n'avais tout simplement pas eu le courage de me montrer sincère avec Lhamo. Je n'avais pas voulu courir le risque de me ridiculiser devant elle.

Malgré tout, on m'offrait peut-être une deuxième chance.

« Est-ce qu'elle veut me voir ? » ai-je demandé.

Tenkyi a haussé les épaules, et répondu que Lhamo n'en était pas certaine. C'était néanmoins une possibilité, pensait-elle. Il y avait même une chance pour que je rencontre ma fille, Dolma. Dans quelques mois, Lhamo l'emmènerait à la capitale pour l'inscrire au collège. Si j'en avais envie, Tenkyi pourrait essayer d'organiser un rendez-vous.

« Vous pourriez peut-être même former une famille un jour », a-t-elle dit.

J'ai lâché un rire abasourdi. Sans hésitation, j'ai accepté.

Tenkyi s'est levée pour partir. Alors que je tendais le bras à côté d'elle pour lui ouvrir la porte, une chose étrange s'est produite. Tenkyi a tressailli et s'est figée, comme si elle s'attendait à ce que je la frappe. Elle s'est à peine détournée, et est restée parfaitement immobile, les yeux fermés, se préparant à la suite. Pourquoi se serait-elle attendue à une telle réaction de ma part ? En y repensant plus tard, assis seul dans mon bureau, ce n'est pas tant sa conviction que j'allais la frapper qui m'a surpris, mais surtout le fait qu'elle n'avait pas du tout tenté de se protéger. Elle avait seulement fermé les yeux, et attendu le coup.

Je pressentais aussi que sa peur ne m'était pas réservée. Tenkyi avait été blessée, peut-être quasiment à mort. Le choc qui avait failli l'achever résonnait encore en elle, et la hantait. Il était invisible et incompréhensible aux yeux des autres, mais j'avais reconnu ce phénomène. J'avais éprouvé la même terreur bien des fois.

Le lendemain matin, Jampa m'a appelé. Il m'a expliqué que ses hommes et lui s'étaient préparés à pénétrer dans le Yumbu Lhakang. Ils se trouvaient dans la jeep, avant même que l'aube se lève. Tout à coup, il y avait eu un bruit semblable à celui du tonnerre, mais plus sourd, comme s'il montait de la terre. Il s'était répercuté à travers la vallée. Jampa m'a déclaré qu'il entendait encore ce bruit dans ses rêves. Il pensait qu'il était venu des dieux de la vallée, courroucés par nos actions. Je l'ai écouté, en me demandant si je pouvais encore me fier à ce vieillard. Il m'a affirmé que quand ses hommes et lui s'étaient précipités vers le palais, ils avaient vu des ombres s'en échapper à toute vitesse, pour rejoindre un camion. Lorsqu'ils y étaient entrés, tout avait été emporté. Tout. Comment était-ce possible ?

Puisqu'il avait échoué, j'ai décidé de rattraper l'expédition en lui confiant une nouvelle mission. Je lui ai ordonné de se rendre au village de mon père, ou ce qui en restait, à une journée de trajet en jeep depuis Lhassa. Il devrait essayer, encore une fois, de retrouver trois malles en bois enfouies à environ deux mètres de profondeur. Il saurait qu'il se trouvait au bon endroit s'il repérait une petite rivière qui se séparait en trois ruisseaux avant de reprendre sa forme. Il y aurait un stupa dans les environs, même s'il avait peut-être été démoli. C'était là que je m'étais tenu, pendant que mon père enterrait nos biens. Il me paraissait désormais plus essentiel que jamais de récupérer ces malles ; pas seulement pour moi-même, mais pour Dolma. Il fallait qu'elle hérite quelque chose de son grand-père. Il fallait qu'elle connaisse l'identité de sa grand-mère.

Jampa m'a répondu qu'il avait tenté de faire cela deux fois déjà. Dans ce cas, la troisième serait la bonne, ai-je rétorqué. S'il persévérait, il trouverait les malles. Je ne me souvenais pas de tout ce que mon père y avait placé, mais j'avais gardé certains objets en tête : des peaux de mouton, les livres de prières et les peintures sur brocart de mon grand-père, les coupes en bois et en argent de ma grand-mère, ses bols, nos statues de dieux en or et en argent, et des tapis sur lesquels plusieurs générations de ma famille avaient dormi. Le plus important était néanmoins une amulette contenant un portrait de ma mère. Elle serait venue nous retrouver, s'il n'y avait pas eu son autre famille, m'avait assuré mon père. Même si les gens du village me traitaient de bâtard, je devais toujours me rappeler que j'avais une mère.

Pourrais-je voir son visage, juste une fois ?

Mon père avait gardé le silence un moment. Puis il avait répondu : *À notre retour.*

Alors que nous repartions chez nous, main dans la main, il m'avait promis qu'il me montrerait sa photo quand les troubles seraient terminés. Il m'emmènerait même lui rendre visite. Marchant dans le noir, guidé par la main de mon père, j'avais adressé un sourire radieux au ciel nocturne. Bientôt, avais-je pensé.

Il ne m'était pas venu à l'esprit que nous ne reverrions peut-être jamais ce pays.

Un mois après notre appel, Jampa est venu à la boutique pour me présenter sa démission.

« Le terrain doit avoir bougé, a-t-il dit.

– Bougé ? Les villageois t'ont dit qu'il y avait eu un tremblement de terre ? » ai-je demandé, en lui faisant signe de s'asseoir.

Il est resté debout.

« Ou bien les objets ont été volés.

– Qui les a volés ? »

Jampa a sorti un mouchoir en tissu, pour éponger la sueur sur son visage.

« Quelle importance ?

– C'est très important.

– Je suis allé à l'endroit que tu m'as décrit. J'ai vu les trois branches de la rivière s'écarter et se rejoindre. Cet endroit existe, comme tu l'as dit. Mais il n'y avait aucune trace des affaires de ton père. J'ai chargé six hommes de creuser, pendant une semaine. Puis nous sommes arrivés à court d'argent, et les autorités ont commencé à poser des questions. J'ai dépensé tout ce qui me restait pour soudoyer les responsables locaux. »

Jampa a observé un long silence avant de reprendre :

« Je ne passerai pas mes dernières années à courir après les affaires de ton père. J'ai enterré mes biens aussi, avant de m'enfuir. J'y ai renoncé. Tu devrais en faire autant. »

Sur ces mots, il est parti.

Il m'a rappelé un peu plus tard, pour corriger mes souvenirs. Les trois ruisseaux ne convergeaient pas. Ils s'incurvaient vers l'intérieur à un endroit, sans se rejoindre. Pour la première fois, l'idée m'est venue qu'il n'y avait peut-être même pas de photo de ma mère dans les malles. Mon père n'avait jamais ouvert l'amulette devant moi. Elle contenait peut-être des rouleaux de prières, selon la coutume. J'avais toujours voulu croire mon père, imaginer que la beauté de ma mère aurait pu justifier qu'on l'ait photographiée, à une époque où cela arrivait rarement. Aujourd'hui encore, je rêve des trois ruisseaux entre lesquels nos biens sont enterrés. Je vois le portrait de ma mère qui attend dans la terre, palpitant doucement. Si seulement je pouvais m'allonger là, l'oreille au bon endroit.

3

À une aire de repos à Mugling, une notification de message vocal apparaît sur mon portable. C'est Dawa.

« S'il te plaît, viens tout de suite chez Ashang Migmar, dit-elle d'une voix tendue. Lhamo est à la maison. »

Si Lhamo n'est pas à l'hôpital, c'est qu'elle est guérie, ou qu'on ne peut plus la sauver.

« Une bouteille d'eau et une bouteille de whisky », dis-je aux employés de restaurant qui accourent vers ma voiture.

Un garçon m'apporte les bouteilles dans un sac plastique menaçant de se déchirer. Je repense à Kunga et son rituel du dimanche. Combien de temps s'écoulera-t-il avant que je ressemble au vieux gardien ? Je dévisse la capsule en métal, qui s'ouvre avec un craquement. Une longue gorgée, puis une autre. La brûlure est un soulagement. Je resterais ici si je pouvais, dans cette poussière, entouré de mouches. Parfois, j'ai le sentiment que tout s'assemble d'une façon qui a du sens – ma vie, mes entreprises, mes connaissances. C'est peut-être seulement un résidu de mon arrogance de jeunesse, les échos de l'homme qui filait avec sa moto au milieu du trafic ; car ensuite, les échecs commencent, l'un après l'autre. J'ai observé avec ébahissement, presque ébloui, cette accumulation d'échecs – comme si je regardais un dieu vengeur faire irruption dans ma vie pour détruire tout ce que j'avais peiné à construire. J'ai observé cela, en espérant que quelque chose survivrait au naufrage – peu importait quoi. Une partie de moi. Ne serait-ce qu'un souvenir de l'enfant qui avait jadis lutté pour survivre, qui avait jadis aimé une fille éperdument.

Après la visite de Tenkyi, ses paroles avaient résonné dans ma tête bien des semaines. Oui, tout était possible. Je pouvais entamer une nouvelle vie, celle que j'aurais dû avoir, avec Lhamo et notre enfant. Nous finirions peut-être même par former une famille. Elles devaient venir à la capitale quelques mois plus tard, ce qui me laissait une dernière chance de réaliser une acquisition cruciale.

À cette époque, la Chine s'était lancée dans une chasse à l'homme pour sévir contre les revendeurs d'antiquités. Sherab Wangyal, l'un des marchands les plus importants de Katmandou, avait été arrêté alors qu'il travaillait sur un ensemble de tombes tibétaines localisées sur l'ancienne route de la soie, chaque sépulture débordant d'anciennes monnaies perses et romaines. Les sites étaient dispersés sur les versants des montagnes, dans la partie désertique du pays. C'était un chantier complexe, rendu encore plus ardu par le fait que le chef du district avait déjà pillé une bonne partie des tombes, ce qui rendait l'avancement des fouilles laborieux et imprévisible. Wangyal s'était rendu à Lhassa dans l'espoir d'arranger la situation avec les autorités locales, mais il avait aussitôt été arrêté et jeté en prison pour deux ans. Il vivait désormais dans les collines à l'extérieur de Katmandou, où il se consacrait à la prière.

J'avais écarté l'arrestation de Wangyal de mes pensées quand deux de mes hommes à Chengdu m'avaient fait savoir qu'ils avaient redécouvert les lions en pierre de la tombe de Songtsen Gampo, perdus depuis des lustres. Premier empereur du Tibet, Gampo était parvenu à contrôler un territoire qui s'étendait du désert du Taklamakan au nord-est, quasiment au niveau de l'actuel Tadjikistan, jusqu'au Yunnan au sud-ouest, et aussi loin que Gansu, en Chine. Il avait été enterré dans la nécropole royale des souverains tibétains, au cœur de la vallée du Yarlung. Sa tombe était à présent un site ordinaire, anonyme. Un néophyte n'y aurait vu qu'un monticule de terre, bordé de drapeaux de prières et d'un humble monastère. L'endroit avait été pillé plus de mille cent ans auparavant, peu après la chute de la dynastie Pugyel ; les lions et la stèle décrivant les mérites de Gampo avaient été dérobés. Cependant, mes hommes avaient remonté la piste des statues jusqu'à un magasin d'antiquités bon marché à Hong Kong, où on les vendait pour quelques milliers de dollars. Si leur authenticité était avérée, cela les inscrirait parmi les plus anciens vestiges existants de l'empire tibétain unifié. Je pourrais en tirer de quoi assurer une existence confortable non seulement à Lhamo et Dolma, mais aussi aux générations à venir de ma famille.

C'était Henri Giroux, mon vieil ami, qui avait identifié l'indice exquis révélant leur âge : une queue collée contre leur corps, qui remontait sous leur patte arrière et le long de leur flanc droit – un style en vogue au début du neuvième siècle. Je m'apprêtais donc à prendre possession des statues qui avaient protégé l'empereur à l'origine de notre histoire écrite. L'empire tibétain s'était formé à l'époque de ces lions, à partir du premier document connu, retraçant une mission pour améliorer le commerce des chevaux entre le Tibet et la Chine, jusqu'aux poèmes d'une modernité provocante de Dhondup Gyal. Le corps de Songtsen Gampo avait été réduit en cendres il y avait bien longtemps, mais les gardiens en pierre de son âme se trouvaient encore là, à portée de main. Cela m'avait rendu téméraire. Voyager à Hong Kong impliquait des risques, mais les lions étaient si précieux que j'avais décidé de m'assurer moi-même qu'ils parviendraient à bon port. Cependant, je m'étais à peine présenté devant un douanier adolescent à Hong Kong qu'on m'avait arrêté pour m'interroger. Comparé à Wangyal, j'étais un quasi-inconnu, sans lien direct avec le secteur, et, au bout d'une semaine de détention dans une cellule sans fenêtre située aux tréfonds de l'aéroport, on m'avait déporté.

À mon retour au Népal, j'avais fait profil bas, gardant ma boutique fermée la plupart du temps. Enfin, le jour de la visite de Lhamo et Dolma était arrivé. Tenkyi m'avait donné des instructions précises : je devais les retrouver derrière le stupa à midi, au salon de thé Buddha Friendship. Je m'y étais rendu à onze heures et demie, et avais patienté dehors, observant régulièrement l'échoppe de l'autre côté de la promenade circulaire du dôme. Deux boîtes à bijoux se trouvaient dans les poches de ma veste : un collier en or agrémenté d'une clochette pour Dolma, et un bracelet en diamant pour Lhamo. Je les triturais, en craignant d'avoir mal choisi mes cadeaux – étaient-ils excessifs, révélant trop clairement mes espoirs ?

C'est alors que je l'avais vue. Lhamo avançait sur la route du stupa. Une petite fille sautillait derrière elle, tenant la main de Tenkyi. Lorsqu'elles s'étaient approchées des chaises en plastique du salon de thé, un garçon était venu prendre leur commande. J'avais regardé leurs têtes se tourner vers lui d'un même mouvement, et m'étais imaginé à sa place. Le garçon s'était engouffré dans l'entrée sombre de la cuisine. De loin, je ne distinguais que vaguement les silhouettes de Lhamo et Dolma. Lhamo avait les cheveux longs, comme il y avait des années, tandis que Dolma les portait courts sur la nuque, à la façon des écolières.

Tenkyi m'avait aperçu, et m'avait fait signe d'attendre. Elle s'était levée pour me rejoindre, en prenant soin de longer le stupa dans le sens des aiguilles d'une montre, plutôt que d'emprunter un itinéraire plus direct. Ces rituels religieux avaient le don de m'impatienter ; mais ce jour-là, j'avais senti que quelque chose n'allait pas.

« Tu n'as pas eu mon message ? m'avait demandé Tenkyi, l'air tendue. Je l'ai laissé à ton vendeur, le Népalais.

– Bhim n'est pas là aujourd'hui. Quel message ?

– Je ne pense pas que tu devrais les rencontrer. Vu ce qui s'est passé récemment. »

Ainsi, la nouvelle de mon arrestation à Hong Kong était parvenue jusqu'aux enseignants de la vallée. J'avais jeté un coup d'œil au salon de thé. Dolma était descendue des genoux de sa mère, pour s'asseoir par terre. Elle scrutait la promenade en briques, comme si elle suivait un défilé de fourmis.

« Quand pourrai-je leur parler ? avais-je demandé.

– Tu devrais réfléchir aux conséquences que ça aurait pour elles, d'être associées à quelqu'un qui trafique des objets sacrés. Nous ne sommes peut-être pas riches, mais nous avons une réputation à préserver. »

Je fixais toujours Dolma, trop éloignée pour que je distingue ses traits.

« À quoi ressemble ma fille ?

– À Lhamo. Elle me rappelle aussi ma mère, d'une certaine façon, même si je ne me souviens pas de son visage.

– Il aurait mieux valu que je ne les voie pas. Pourquoi les as-tu amenées ici ?

– Pour faire le tour du stupa et visiter les temples, avait rétorqué Tenkyi, interloquée. Tu devrais renoncer à ce commerce. C'est un péché de vendre des objets sacrés.

– Tu as de la chance de pouvoir vivre avec la conscience tranquille – même si c'est moi qui ai financé l'achat des manuels scolaires de ton lycée.

– Un homme bien trouverait un moyen de gagner sa vie honnêtement. »

J'avais envisagé une dizaine de répliques possibles : que je n'avais pas besoin de sermon sur les gagne-pain honnêtes, moi qui avais dû mendier dès ma naissance ; que mon père était mort au bord d'une route poussiéreuse en Inde, à essayer de gagner honnêtement quelques roupies ; que personne au monde ne se souciait de la pureté de nos intentions bouddhistes. Qu'on m'avait volé tant de choses, qu'on nous avait volé tant de choses – bien plus que je ne parviendrais jamais à en recouvrer ; alors si quelqu'un devait vendre des statues de nos dieux pour survivre, c'était bien nous, parce que les dieux nous avaient abandonnés en premier. Cependant, je savais que je ne parviendrais pas à convaincre Tenkyi, ni personne d'autre.

« C'est mon enfant, avais-je dit finalement.

– Je comprends, avait acquiescé Tenkyi. Si tu veux faire partie de la vie de Dolma, si tu veux l'aider, je connais une bonne école dans la vallée. Elle est bien trop coûteuse pour que nous arrivions à la payer seules.

– Je paierai. »

Quand Tenkyi s'était retournée pour partir, je lui avais demandé si Lhamo savait que j'étais là, si près d'elle. Secouant la tête, elle avait répondu que ni Lhamo ni Dolma n'étaient au courant. Puis elle avait regagné le salon de thé, dans le sens des aiguilles d'une montre.

Pendant les six années qui avaient suivi, jusqu'à son départ pour Toronto, Tenkyi était venue deux fois par an à ma boutique, pour me parler de la scolarité de Dolma et récupérer l'argent de ses études. Comme ma curiosité au sujet de Dolma dépassait ces rapports sommaires, je m'étais arrangé pour qu'elle prenne des cours particuliers auprès d'Henri, sachant qu'il me décrirait avec perspicacité l'évolution de ses dons et intérêts. Malgré tout, je n'avais pas réussi à me tenir à distance de Lhamo et Dolma. Peu après notre rendez-vous manqué au salon de thé, je m'étais bêtement rendu au camp, voulant m'expliquer auprès de Lhamo, ou simplement la voir en personne. À la place, j'avais trouvé une colline assiégée par une panthère errante, et au milieu de ce chaos, j'avais rencontré notre fille.

Le camp se profile devant moi. Je m'arrête au bord de la route, et décide de terminer les cinquante mètres restants à pied. Mieux vaut que j'arrive discrètement, sans attirer l'attention. En avançant, j'entends la rivière familière qui poursuit son chemin de toujours et, non loin de là, quelques caquètements de poulets. À ma droite, le Machapuchare n'a rien perdu de son immensité, découpant les nuages qui passent sur ses arêtes tranchantes. Notre pays se trouve juste derrière cette belle chaîne de montagnes.

Alors que je m'engage sur une petite route, je constate que le camp a changé. Les logements se sont multipliés, et les plus récents ont été construits avec des piliers en ciment et des briques, comme à la capitale. Plusieurs maisons à étages se dressent le long de la rue principale, où une demi-douzaine de boutiques vendent des légumes et de l'artisanat. Avant, il n'y avait rien d'autre qu'une poignée de cabanes à cet endroit, qui offrait une vue dégagée de la vallée. On y trouve à présent une enfilade de bâtiments trapus. Le seul point de repère que je reconnaisse est le vaste pipal, avec sa base en ciment circulaire, où plusieurs vieux habitants du camp sont assis, certains en train de fumer, d'autres de tourner des moulins à prières. Même le terrain au-delà de la gorge s'est transformé. La vallée est désormais un océan de rizières, qui se déploie jusqu'à l'horizon. On a presque l'impression que le camp se situe entre deux ciels :

minute par minute, à mesure que les nuages défilent, les mouvements de celui du haut se reflètent dans les champs inondés en bas.

Plus je m'enfonce dans le camp, plus je me perds au milieu de cet assemblage serré de maisons. En avançant sur les petits sentiers boueux qui s'éloignent de la rue principale, je me demande comment je vais retrouver le logement d'Ashang Migmar. C'est alors que je repère la maison en pierre et mortier de Mo Yutok, et le toit où j'ai vu Dolma de près pour la première fois. Avant ce jour-là, c'était une enfant dont je n'avais eu qu'un aperçu lointain, et des échos par Tenkyi.

Je dépasse la maison de Mo, remarquant sa vieille pancarte à la fenêtre : « ONU : Aidez le Tibet ». Contournant le bâtiment, j'arrive dans l'ancienne cour qui sépare celui-ci de la maison d'Ashang Migmar. Il s'agit désormais d'un espace étriqué, coupé en deux par un autre logement d'une pièce. Quel dommage d'entasser autant de constructions sur ce petit lopin de terre, me dis-je. C'est oppressant. Mais où sont les gens ? J'entends seulement des rires d'enfants non loin de là, et des corbeaux qui s'interpellent en croassant.

La porte d'Ashang Migmar est entrouverte. Je frappe doucement sur le bois. Silence. Je passe la tête dans la pièce, puis attends que mes yeux s'accoutument à l'obscurité.

Il y a quelqu'un au fond, sur un lit.

« Ashang Migmar ? »

La personne ne bouge pas. Elle est allongée sur le côté, dos à moi, calée de façon incommode sur des oreillers. Des couvertures sont drapées sur elle, et empilées à ses pieds.

« Lhamo ? »

Pas de réponse ; pas de mouvement non plus. Est-ce bien elle ? On croirait qu'elle s'enfonce progressivement dans une bouche invisible au milieu du lit. Une ampoule nue pend au plafond. Je cherche à l'aveuglette un interrupteur sur le mur, et trébuche sur un chien en peluche. Il doit être tombé de l'étagère remplie de jouets. J'époussette le chien gris, puis le repose entre une poupée en plastique et des lunettes de soleil pour enfants à monture orange. Je tâtonne sur l'autre mur, remonte un mince câble électrique jusqu'à l'interrupteur, que j'actionne. Rien. Je réessaie plusieurs fois. C'est sûrement l'heure du délestage.

Il n'y a toujours personne dans la cour, à part deux corbeaux qui sautillent autour de vieux grains de riz. Une cocotte-minute soupire avec force dans une maison des environs. Des voix murmurent quelque part, je n'arrive pas à savoir si elles viennent vers moi ou restent au même endroit. Quelqu'un arrivera bientôt, me dis-je en retournant dans la maison. Ils ne la laisseraient pas seule longtemps.

En réalité, j'ai peur de m'approcher d'elle – parce que cette personne doit être Lhamo, et que je dois essayer de lui parler tant que nous sommes seuls. Je me dirige lentement vers le lit, mes pieds traînant sur le sol, acceptant à peine de se soulever. Un côté de son visage apparaît. Ses paupières sont closes, fermées depuis si longtemps qu'une mince croûte s'est formée au bord. De la sueur perle sur son front, au-dessus de rides profondes et de taches de soleil foncées. De la peau molle pend sur ses bras maigres, jusqu'à ses petites mains fortes. *Quelle vie difficile tu as menée, Lhamo. Tu as vieilli, et moi aussi. Toutes ces années gâchées à la poursuite d'un fantôme, alors que tu n'as jamais cessé d'être là, à ma portée. Maintenant, il n'y a plus rien que l'on puisse faire, donner ou dire pour changer le passé. Nous ne pouvons pas revivre nos vies.*

Remontant ma manche, j'essuie délicatement les sécrétions de ses yeux. Ses sourcils se froncent, mais elle ne manifeste pas d'autre réaction. Mes jambes se dérobent. Je trouve un petit tabouret en osier sous son lit. Quand je m'y assieds, mon corps rétrécit soudain, tordu et ramassé face au sien. Je regarde ses flancs monter et descendre doucement.

Ouvre les yeux. Je suis là.

Une lampe à beurre crépite dans un coin, ravivée par le vent qui souffle à la porte. Sa chaleur fait tourner un abat-jour en papier soutenu par une armature métallique et orné de prières, projetant des ombres intermittentes qui dansent sur les murs, le plafond, le visage de Lhamo. Je touche sa main. Elle est sèche, et si légère. Un oiseau de papier. La dernière fois que je l'ai touchée remonte à vingt-sept ans. Et si je l'avais attendue, ce matin-là ? Et si je m'étais laissé l'aimer sans crainte ?

Ses doigts remuent faiblement sur ma paume. Je me lève pour scruter son visage. À présent, je distingue un mouvement sous ses paupières. Elle rêve. Essaie-t-elle de se réveiller ?

« Samphel la. »

Une femme mince se tient sur le seuil. C'est Dawa. Elle a beaucoup vieilli aussi. Avant que je puisse répondre, Ashang

Migmar entre dans la pièce avec Jangchup, le mari de Dawa. Je me lève pour saluer l'oncle de Lhamo, qui doit avoir près de quatre-vingts ans maintenant. Le vieux nomade endurci.

« *Tai' Delek* », dis-je en souriant.

Ashang et Jangchup hochent la tête d'un air sombre. Quelle idiotie, d'avoir souri. Je m'avance pour leur serrer la main et appuyer mon front contre le leur. L'oncle de Lhamo se dirige vers son autel, et entreprend de vider l'eau restée toute la journée dans les bols en cuivre.

« Comment s'est passé ton voyage ? » me demande Jangchup.

Il m'a toujours fait l'effet d'un homme gentil, incapable d'artifice. Tout le succès que le couple a rencontré dans le commerce des tapis doit être dû à Dawa.

« J'ai eu les cheveux comme toi pendant un moment, commente Ashang, en essuyant l'autel. Mais ils ont repoussé. »

Même après des décennies au Népal, il tresse encore ses longs cheveux, porte des rubans rouges et noirs dans ses nattes, des pierres précieuses aux oreilles, une ceinture en soie rouge ; sur le mur, un couteau glissé dans un fourreau pend à un clou, à côté d'un chapeau à large bord. Ashang Migmar pourrait retourner au Tibet demain sans que personne ne se doute qu'il en est parti un jour, et qu'il a passé presque toute sa vie sur une colline subtropicale dans un autre pays.

« Qu'a dit le médecin ? demandé-je à Jangchup. Que s'est-il passé ?

– Quoi, qu'est-ce qu'il dit ? intervient Ashang Migmar, tendant l'oreille.

– Il demande ce qui est arrivé à Lhamo.

– Tout est tombé », répond Ashang Migmar. Il se met à tousser. « Nous avons couru. Des balles pleuvaient du ciel. J'ai abandonné mes yacks, ma vie entière. J'ai regardé une dernière fois mes pâturages. Ma sœur et son mari sont morts. Je l'ai enterrée au bord d'une rivière, de mes propres mains. Sous des cailloux ! Nous n'avons même pas pu allumer de bougie pour eux. J'ai dit, ma sœur, je prendrai soin de ta famille. Tu peux partir. J'ai emmené les filles. J'ai cassé des pierres tous les jours pendant douze ans. J'ai dit aux filles, nous avons souffert pour vous éviter de souffrir. N'est-ce pas la vérité ? Nous avons pris la fuite et vécu comme des mendiants, alors que nous avions un foyer. Maintenant, tout le monde est parti. Où est ma petite fille ? Qu'est-il arrivé à ma pauvre fille ? Je ne la laisserai pas mourir dans ce pays ! Ma pauvre fille ! »

Cet accès d'émotion me sidère. Pas seulement parce que j'ai gardé d'Ashang le souvenir d'un homme stoïque, qui a porté le cadavre de mon oncle jusqu'à Katmandou ; mais aussi parce que j'ai l'impression de voir mon propre père, ressuscité sous la forme d'un vieillard pour reprendre ses lamentations nocturnes, imbibées d'alcool.

« Viens, assieds-toi », dit Dawa, les yeux remplis de larmes, avant de guider Ashang Migmar vers le lit.

Perdu dans ses pensées, il s'affaisse en silence près de Lhamo. De son côté, Jangchup se détourne pour s'essuyer les yeux, puis contemple le tapis. Le calme rétabli, Dawa s'assied pour m'expliquer tout ce qu'elle sait sur l'accident. Lhamo était en train de réciter des prières chez elle – une façon habituelle de gagner de l'argent pour les personnes âgées du camp. Par ailleurs, cela faisait trois mois que la pluie tombait sans discontinuer. Je connais les toits de ces camps. Ils sont fragiles, complexes. Garnis à l'intérieur de plastique, de tissus et de journaux. Ils cachent ce qui croupit au-dessus jour et nuit. Les chevrons ont dû pourrir, en même temps que des centaines de plus petits bouts de bois, coincés sous la tôle.

L'extrémité de la poutre a heurté la tête de Lhamo, lui ouvrant le crâne.

Elle est sortie dans la cour, les cheveux englués de sang. Mo Yutok priait dehors quand Lhamo s'est approchée d'elle avec du sang dégoulinant sur son visage. Elle lui a demandé un miroir. Elle lui a dit qu'elle voulait examiner sa tête à la lumière du soleil.

4

« Ça fait longtemps que je n'ai pas nagé dans la rivière, dit-elle.

– Moi aussi.

– Tu as une meilleure excuse. » Après un silence, elle ajoute : « Ton oncle y nageait à la moindre occasion. On le surnommait "le poisson".

– Hmm. Je me souviens seulement de Tenkyi et toi ici.

– On s'était tellement amusés… »

Le soleil se couche au-dessus de la vallée. Dans la rivière en contrebas de la crête, deux buffles se tiennent immobiles, près d'une jeune femme qui nettoie des casseroles. De longs saris transparents sèchent lentement sur la berge à côté d'elle, drapés sur plusieurs rochers.

« C'était le bon temps, dis-je.

– La belle époque. Une époque sereine.

– Tu te moques de moi, maintenant…

– Une femme malade comme moi ? Et dans ton propre rêve ? Jamais. D'ailleurs, est-ce qu'il n'y a pas de rivières comme ça à Katmandou ?

– Tu as changé.

– Vraiment ? Asseyons-nous une minute. Ici, c'est agréable.

– Oui, vraiment. Ça te paraîtra peut-être étrange, mais j'ai l'impression que tu sais des choses à mon sujet que j'ignore moi-même. »

La femme dans la rivière se met à fredonner à voix basse tandis qu'elle gratte le fond d'une casserole, un bras plongé dans l'eau jusqu'au coude. Son chant monte faiblement vers la crête. La mélodie est rythmée, comme une prière.

« Eh non, il n'y a pas de rivières comme ça en ville. La Bagmati n'est pas plus profonde qu'une main, remplie d'ordures, et charrie des eaux usées…

– Ça fait un moment que je n'ai pas vu Katmandou. Je suis allée t'y chercher, un jour.

– Oui, Dawa me l'a dit.

– J'ai pris l'avion, et la mère de Gen Lobsang m'a hébergée. Je me suis rendue à la maison de ton père, mais une autre famille y vivait.

– En quelle année était-ce ?

– Ne parlons pas du passé. Qu'as-tu fait ces derniers temps ? Tu as visité de nombreux pays, n'est-ce pas ?

– On m'a arrêté à l'aéroport de Hong Kong une fois. Ils ont failli m'envoyer en Chine…

– J'ai entendu dire que tu avais dû verser beaucoup d'argent.

– Non, non, je suis juste resté en détention provisoire à l'aéroport quelques jours, avec les autres pauvres aux cheveux noirs.

– Comment c'était ?

– La cellule ? Une pièce sans fenêtres d'où partaient d'autres pièces, quelque part au fond de l'aéroport. Mon nom avait dû leur mettre la puce à l'oreille. J'ai cru que mon commerce d'antiquités avait fini par me rattraper, mais c'était peut-être seulement la faute de mon identité tibétaine, si ça se trouve. Le deuxième jour, deux hommes très grands sont entrés dans une fureur noire. Ils se sont mis à jeter des chaises, en hurlant qu'ils croupissaient là depuis un mois. Ils n'avaient pas de quoi payer leur billet de retour, parce qu'ils avaient prévu de trouver du travail et de gagner de l'argent à Hong Kong.

– Les pauvres…

– Il y avait beaucoup d'Asiatiques à la peau brune comme nous. La plupart étaient silencieux et fatigués. Je crois que c'étaient de jeunes ouvriers.

– Certaines personnes n'ont pas de chance. Tous les jeunes de notre camp sont sans papiers. Ils peuvent seulement vendre des babioles, comme leurs mères et leurs pères. C'est bien dommage qu'ils ne puissent pas devenir employés de bureau.

– Nous avons une fille. Ta sœur me l'a dit. »

Elle baisse les yeux.

« J'aurais voulu que tu la connaisses dès le début.

– Comment est-elle ?

– C'était un vrai garçon manqué, petite. Elle passait son temps à jouer à la balle, comme toi. Tu te rappelles, quand tu es arrivé au camp avec un ballon crevé sous le bras ?

– Mes amis Polo et Golok l'avaient repéré dans un buisson d'orties à l'extérieur du zoo. J'ai plongé les bras à l'intérieur pour le récupérer. Ma peau est restée rouge pendant des jours.

– Elle ne va pas tarder à arriver. D'un pays appelé Canada, que je n'ai jamais vu.

– Il y a des années, je suis venu ici pour vous voir, Dolma et toi. Mais le camp était sens dessus dessous, à cause d'une panthère qui rôdait dans les parages. Je me suis réfugié sur un toit, comme tout le monde. C'est là que je l'ai rencontrée. »

Les yeux de Lhamo sont embués, et paraissent aussi grands que ceux d'un enfant.

« Je regrette de ne pas avoir été au camp ce matin-là. »

Sa voix s'étrangle. La tristesse que j'y entends me déchire le cœur.

Une fois le grand animal capturé, Dolma avait fendu la foule de son petit corps, voulant voir la créature – pour la toucher, avait-elle expliqué plus tard. Toute peur semblait l'avoir quittée, face à son envie de contempler cet animal rare de près. J'avais commencé à m'inquiéter pour elle. Finirait-elle comme moi, obnubilée par des objectifs inatteignables ? C'était aussi à ce moment-là que j'avais choisi de garder mes distances.

Quelqu'un appelle la femme à la rivière, une personne que nous ne voyons pas, depuis notre perchoir sur la crête. La femme attend, avant de crier qu'elle a presque fini. Sa voix s'envole droit vers le ciel assombri, où ses paroles résonnent un instant.

« La dernière fois que nous avons discuté, ma sœur m'a déclaré que Dolma allait sauter dans un avion, mais qu'elle ne pouvait pas l'accompagner tout de suite. Elle sanglotait. Je lui ai dit de sécher ses larmes, parce que je me sens encore forte, comme si j'avais encore dix ou quinze ans devant moi.

– Tu les as, dis-je, éprouvant un vide immense.

– Nous sommes encore jeunes, non ? répond-elle en riant. À mon réveil ce matin, j'ai pensé que cet appel de ma sœur avait été un rêve. Mais qui peut dire ce qui est réel, et ce qui ne l'est pas ? Je n'ai plus toute ma tête. Au moins, mon enfant sera bientôt là.

– J'enverrai quelqu'un la chercher à l'aéroport.

– Tu ne pourrais pas y aller ?

– Je resterai ici avec toi. Mais j'enverrai quelqu'un. Ne t'inquiète pas. »

La femme à la rivière a repris sa mélopée, elle s'interrompt à présent de temps à autre, comme si elle avait besoin de respirer. S'appuyant sur un rocher, elle s'essuie les yeux.

Nous l'observons en silence. Ses bras et ses épaules nues brillent au soleil pendant qu'elle travaille debout dans la rivière, le souffle court. Ses longs cheveux noirs sont détachés, les pointes trempant ici ou là dans l'eau.

« Est-ce qu'elle pleure ? demandé-je.

– On dirait.

– Je me demande ce qui s'est passé.

– La vie d'une femme est une suite d'épreuves. Il va bientôt pleuvoir, j'ai l'impression.

– Ces nuages avancent si vite, dis-je.

– Oui, il va pleuvoir.

– J'ai quelque chose à t'expliquer. Ce matin où je suis parti…

– Je me doutais que c'était pour ça que tu m'avais fait venir ici. Je t'écoute.

– J'avais peur.

– De moi ?

– Non. Peut-être. J'avais peur que tu changes d'avis, après m'avoir vu clairement. Ou peut-être que je me demandais si c'était une bonne chose que tu quittes ton mari pour moi. Je me suis dit : pourquoi ferait-elle autant de sacrifices, et risquerait-elle de bouleverser sa vie, juste pour moi ? Je ne le mérite pas. Je n'ai jamais rien fait d'autre que prendre. Ma soif n'a jamais été rassasiée, Lhamo. J'ai même pris le *ku* du Saint que tu m'as offert, alors que je n'aurais pas dû.

– Le *ku* te revenait de droit. Il appartenait à ton oncle.

– Mais au bout du compte, je l'ai vendu.

– Je vois.

– J'avais besoin d'argent. Pour Dolma, et pour d'autres personnes qui dépendent de moi. J'ai tout vendu.

– Ce qui est bien, c'est que nous pouvons connaître la paix, maintenant que nous savons comment tout s'est terminé. »

Je suis incapable de répondre.

« Nous avions de beaux rêves, n'est-ce pas ? Nous parlions de rentrer dans nos villages ensemble. Tu fabriquerais du fromage. Je monterais à cheval. Tu te rappelles ? »

Elle me regarde. Je me détourne, les yeux remplis de larmes.

« Le soleil doit se coucher bientôt, et ma vie s'achève aussi. Personne ne peut rien y faire. »

Je pose la main sur le sol dur. Il conserve encore la chaleur de la journée. Je peux me raccrocher à ça.

« Oh, dit-elle, avec un sourire. As-tu fini par retrouver les objets de ton père ?

– Non.

– Tu avais toujours voulu le faire. Et voir le visage de ta mère.

– Pendant longtemps, j'ai cru que j'y parviendrais. D'une certaine façon, j'ai orienté toute ma vie vers ce souhait.

– Mais j'imagine que nous devons tous accepter ce que nous ne pouvons pas avoir.

– Oui, dis-je. Maintenant, je veux seulement rester assis au bord de cette rivière, avec toi. »

Elle hoche légèrement la tête.

« J'ai toujours souhaité que nous nous asseyions comme ça, tous les deux, pour discuter franchement. » Après un silence, elle reprend : « Je sais ce que je veux que tu dises à Dolma quand tu la rencontreras.

– D'accord.

– Parle-lui de ta vie. Parle-lui de la mienne. Exprime-toi sans retenue. Je n'y suis pas arrivée, malgré tous mes efforts. Ma gorge était simplement bloquée. Mais je ne veux pas de ça pour ma fille. Je veux qu'elle s'exprime librement. Tu comprends ? »

5

Quand les moines du monastère nous disent qu'il est temps, nous effectuons la crémation au bord de la rivière, à un court trajet en voiture du camp. De grands oiseaux de proie noirs tournoient au-dessus de nos têtes, redescendant de temps à autre pour sautiller à la lisière des berges écrasées de soleil. Presque tous les habitants du camp sont là, grimaçant et protégeant leurs visages de la chaleur. Je me tiens à l'arrière de la foule, dans l'espoir qu'on me laissera tranquille. Au milieu des flammes, je distingue le corps de Lhamo sur le bûcher. Je me dis : Lhamo se consume dans ce brasier. Ma Lhamo.

Je me détourne.

Ashang Migmar me rejoint, et attire mon attention vers l'autre côté du bûcher.

« C'est lui. Tashi Tamding. Le mari de ma fille. »

Un homme pâle et mince se tient dans l'assistance, inexpressif face au feu. À sa silhouette émaciée, je devine que son teint clair n'est pas le résultat d'une existence facile. Il semble être le genre d'homme à rester terré dans des lieux obscurs, à l'intérieur de lui-même. Je voudrais l'entendre parler. Je voudrais connaître la voix que Lhamo a entendue pendant des années, la voix qu'elle a choisie pour sa vie.

Puis Tashi me décoche un regard. À voir son air lugubre, je préfère garder mes distances.

« Est-ce qu'il sait qui je suis ? demandé-je.

– Il ne sait rien, répond Ashang Migmar, en tapotant sa tempe. Il est tombé trop de fois en étant ivre. Il aurait dû rentrer de prison en meilleure forme, mais j'imagine qu'il a trouvé un moyen de s'y procurer de l'alcool. En tout cas, il a perdu la tête. »

J'observe le feu. Je reconnais les épaules affaissées de Tashi, ses yeux toujours baissés, ses mains si molles et tremblantes que je me demande comment elles ont pu tenir une bouteille. Je sais que cet homme contemple un puits noir que personne d'autre ne peut voir – un puits dans lequel il risque sans cesse de basculer. Il m'inspire un chagrin inattendu, soudain. Pas seulement à cause de son état. C'est ce nouveau détail de la vie de Lhamo qui me blesse, cet aperçu du sentiment d'isolement qu'ils ont dû éprouver tous les deux. Lhamo, en étant mariée à un homme tourmenté. Tashi, en étant enfermé dans ses difficultés.

Un autre bûcher se trouve plus loin sur la berge. Il est bien plus petit que celui de Lhamo, et quasiment réduit à des braises. Ce doit être celui d'un enfant. Trois jeunes hommes au crâne rasé sont assis à côté. Ils se ressemblent, et ont l'air de partager la même douleur profonde. Aucun ne fait face au bûcher. Ils fixent la rivière, chacun avachi dans une position différente, fumant en silence. Le responsable de la crémation s'avance pour recueillir les cendres brûlantes. Le plus jeune des garçons verse la fine poussière dans une urne en cuivre, qu'ils recouvrent d'un tissu blanc, attaché avec un élastique. Puis, sans un mot, les trois hommes grimpent sur une moto, et s'éloignent.

Quand je reporte mon attention sur le bûcher de Lhamo, la partie inférieure de son corps s'est désintégrée. Comment est-ce possible ? Un instant plus tôt, les flammes semblaient la consumer lentement et uniformément, couche par couche ; mais sa crémation paraît s'être accélérée, me donnant l'impression qu'on m'a volé du temps pour faire mes adieux. Évidemment, je n'ai aucun moyen de protester, nul endroit où adresser mes plaintes. Quel pouvoir a-t-on contre le feu ? Comme la mort, il prend ce qu'il veut.

Je regarde ma montre. L'avion de Dolma a atterri il y a cinq heures. Bhim m'a informé qu'il l'avait récupérée avec ma deuxième voiture, et ils doivent s'approcher du camp à présent. On dit que pleurer ouvertement les morts pourrait les empêcher de se réincarner rapidement, alors Ashang Migmar a jugé plus sage d'épargner la crémation à Dolma. Elle pourra faire son deuil avec les autres femmes du camp.

La fumée s'élève en nuages dans le vent, et commence à éparpiller des cendres sur l'assistance. Ouvrant les mains, je regarde la neige grise tomber doucement sur mes paumes. Autour de moi, tout est saupoudré des cendres de Lhamo – la rive, la foule endeuillée, même les corbeaux.

Plus tôt, le bûcher embaumait le bois de santal, le pin et l'encens, mais les sources de ces parfums ont brûlé.

Je suis entouré de fumée, qui pénètre dans mes poumons ; je tousse, les paupières brûlantes. Les gens se dispersent peu à peu, retournant au camp pour réciter des prières. Bientôt, le bûcher de Lhamo a quasiment disparu, réduit à un amas de cendres grises fumantes, parsemées de charbon de bois.

« Je m'occupe de la fin, dis-je à Ashang Migmar. Va te reposer, maintenant.

– Les cendres, répond-il, avant de me tendre un sac plastique contenant un récipient en bronze.

– Je te les rapporterai, dis-je en prenant l'urne.

– Bien. Je devrais rentrer pour les cérémonies… »

Sa voix se perd, tandis qu'il marmonne quelque chose à propos des rituels nécessaires pour aider Lhamo à traverser le monde intermédiaire.

Son voyage dans le bardo durera encore bien des semaines. Les vivants doivent veiller sur elle, jusqu'à ce que son cycle karmique soit accompli. Pour ma part, je sais qu'il ne me suffira pas d'allumer des bougies et prier pour Lhamo.

« Attends, dis-je, en sortant une enveloppe de la poche intérieure de ma veste.

– Qu'est-ce que c'est ? demande Ashang Migmar.

– Prends-la. Tu pourras l'ouvrir plus tard. »

Il palpe l'enveloppe, comprend qu'elle contient des billets. Il laisse échapper un sourire furtif, puis rougit aussitôt, en m'assurant qu'il n'a pas besoin de ça. Je sais que j'aurais dû lui remettre l'enveloppe en tête à tête au camp, mais je n'y retournerai pas. Que le vieil homme en ait conscience ou pas, c'est la dernière fois que nous nous voyons.

« Je pourrai faire faire un thangka et une statue de la Tara verte pour Lhamo avec ça, déclare-t-il gaiement.

– C'est bien », dis-je.

Je le regarde remonter la route.

« Où dois-je mettre les cendres ? » me demande l'homme chargé de les recueillir.

Je lui tends l'urne en bronze d'Ashang Migmar. De la fumée s'élève encore des cendres de Lhamo. Alors que l'homme les place dans le récipient, je suis submergé par le besoin de quitter cet endroit, de m'en éloigner aussi vite que les trois frères l'ont fait. Je ne veux plus jamais revoir cette berge de ma vie.

L'urne pleine à la main, je me dirige vers le bord de la rivière. Les cendres ressemblent exactement au sable ici. J'ouvre le couvercle du récipient, verse les cendres dans le sac plastique, noue ses poignées. Puis je m'accroupis, enfonce les doigts dans le sable froid et humide, et en remplis l'urne en bronze. Dans un état second, je me dirige vers ma jeep, tenant l'urne de sable d'une main et le sac plastique de cendres chaudes dans l'autre. Un crépitement aigu s'élève à l'horizon, alors qu'une voiture blanche apparaît sur la route caillouteuse qui borde la gorge. Elle roule trop vite pour ce terrain accidenté.

À son approche, je m'aperçois qu'il s'agit d'une de mes voitures. Bhim a donc amené Dolma ici, et non au camp. Cela n'a plus d'importance. La crémation est terminée ; on a épargné à l'enfant le spectacle de sa mère en train de brûler.

Je pose le sac et l'urne sur mon siège, protégeant mes yeux du soleil aveuglant, tandis que Bhim écrase les freins pour arrêter le véhicule. Avant que je puisse dire quoi que ce soit, il bondit à l'extérieur et se dépêche d'aller ouvrir la portière arrière.

Une jeune femme de petite stature, avec une queue de cheval défaite et des cernes sous les yeux, émerge de la voiture. Elle croise mon regard un bref instant, puis se détourne brusquement pour observer le site funéraire en contrebas, où quelques bûches calcinées fument encore près de la rivière. Même de loin, je remarque qu'elle a les yeux rouges. Grimaçant face à la lumière du soleil, elle étudie les mouvements du vieil homme qui nettoie le bûcher. Elle est manifestement engagée dans une lutte intérieure pour paraître aussi raide et calme que possible. J'ai l'impression de voir une branche fragile, prise dans un orage.

Bhim me rejoint en courant.

« Pourquoi l'as-tu amenée ici ? dis-je, désarmé.

– Je l'ai conduite au camp d'abord, monsieur, mais elle a appris pour les rites funéraires, et elle a insisté… »

Bhim se tait, l'air de ne pas savoir s'il fait bien de rejeter la faute sur la jeune fille.

« C'est fini ? » me demande-t-elle.

Elle a une voix mûre et agréable, malgré son apparence d'adolescente. J'acquiesce.

« Est-ce que tu sais qui je suis ?

– L'amoureux de ma mère », répond-elle.

C'est comme si un couteau éraflait mon cœur.

« C'est ton Ama qui t'a dit ça ? demandé-je, malgré moi.

– Elle ne m'a jamais rien dit. »

Il y a une pointe d'amertume dans sa voix.

« Cela fait longtemps que je voulais te rencontrer... », dis-je, avant de m'interrompre.

Ce n'est pas ce qu'elle veut entendre.

« Quand es-tu arrivé ici ? me demande-t-elle.

– Ça doit faire trois jours.

– Est-ce que mon père est là ? reprend-elle d'un ton las, semblant se préparer à une déception.

– Oui, depuis le début. Il aide Ashang Migmar maintenant, pour la suite des prières. »

Ses larmes jaillissent tout à coup. Elle est si clairement l'enfant de Lhamo, si clairement la mienne. Même Bhim doit s'en rendre compte. Cependant, ni lui ni Dolma ne peuvent s'imaginer le vertige qui m'emporte. C'est comme si la terre et le ciel avaient échangé leur place. La femme dont le corps a succombé aux flammes, dont les cendres volaient au-dessus de moi il y a un instant à peine, est revenue. Sa bouche, ses petites mains, ses épaules étroites. Oui, elle est là. Debout à ma portée, contemplant la berge où son corps est devenu cendres, pleurant sur tout ce qui a été irréparablement perdu. Maintenant, au moins, elle est prête à montrer sa colère. Je pressens que nous pourrions même parler sans détour, honnêtement. Je crains cependant ce qu'elle risquerait de me dire, et ce que je risquerais de lui dire.

« Ramène-moi au camp », demande-t-elle à Bhim, achoppant sur les mots népalais.

Il m'interroge du regard.

« Allez-y, dis-je. Je vous suivrai. »

À présent que je l'ai vue, je ne dois pas la quitter. Même si elle n'a pas besoin de moi, je resterai à ses côtés.

QUATRIÈME PARTIE

Soi

DOLMA

1

Pokhara, Népal

2012

Je me tiens devant la porte cadenassée, les clés de la maison d'Ama à la main. Samphel attend derrière moi. Il m'a suivie à chaque pas depuis mon arrivée, comme si c'était son devoir.

« Je vais m'occuper de ses vêtements, dis-je en tournant la clé dans la serrure. Tu n'as qu'à t'asseoir. »

La porte s'ouvre, et un vide humide nous accueille, suivi d'une odeur de bois de santal, de genévrier et de beurre. Les vestiges scellés de la dernière journée d'Ama ici. Je voudrais faire demi-tour et refermer la porte immédiatement, pour préserver cet air sacré. Mais déjà, le vent de la gorge s'engouffre à travers mes membres, tournoyant entre ces murs, emportant l'odeur de ma mère dans la vallée. Avait-elle cadenassé la porte après l'accident, pensant revenir rapidement ? Croyait-elle que ce serait l'affaire d'un saut à l'hôpital ?

Lorsque Po Migmar m'a remis les clés dans sa cour, il était entouré de monde, accaparé par une suite incessante de tâches à effectuer pour les rites funéraires. Je me suis approchée de lui, et l'ai interrogé : « Est-ce que c'est vrai ? Ma mère est morte ? » J'ai su que son cœur était brisé parce qu'il n'a pas réussi à me répondre. Détournant le regard, il m'a demandé si je voulais aider. « Oui, donne-moi quelque chose à faire », ai-je déclaré. Alors il m'a dit de retourner chez Ama, pour trier ses vêtements, et décider d'à qui donner quoi. Pendant que je l'écoutais, plusieurs femmes présentes dans la cour sont venues m'étreindre, munies de mèches de bougie et de lampes à beurre. Quelqu'un a prévenu Mo Yutok de mon arrivée. Elle est venue à ma rencontre, le front plissé, tandis qu'elle avançait à petits pas avec sa canne. En pleurant, elle a pris mon visage entre ses mains, et m'a dit que je ressemblais en tous points à ma mère. J'ai eu peur de m'effondrer à ces mots, mais mes jambes m'ont portée jusqu'à la maison d'Ama.

Je n'ai envie que d'une chose, rester assise ici en silence, seule entre ces quatre murs. Je me retiens cependant de renvoyer Samphel. J'ai des questions à lui poser.

Le petit lit d'Ama se trouve au fond de la pièce, sous une fenêtre encadrée de courts rideaux à carreaux. Deux couvertures soigneusement pliées sont posées au bout. Un oreiller est placé à l'autre extrémité, près d'un chapelet. Mon propre lit, perpendiculaire à celui d'Ama, est à peu près tel que je l'ai laissé, encore garni des draps bleus à fleurs que j'ai choisis il y a six ou sept ans. Malgré tout, j'ai l'impression d'avoir atterri dans une reconstitution de notre maison, créée par quelqu'un d'autre. Cela ne peut pas être la pièce où nous avons vécu tant d'années. Elle est trop exiguë ; le plafond est trop bas. Ces quatre murs n'auraient pas pu contenir une personne comme ma mère.

Je remarque une flaque de soleil par terre. Les rayons pénètrent à travers le bois arraché d'une poutre pourrie. Je me poste dans la lumière pour examiner le trou, qu'on a recouvert d'une bâche en plastique transparente, probablement maintenue en place par quelques briques sur le toit. Ama s'était assise à cet endroit – dans une profonde tranquillité, et l'instant d'après, le crâne fracassé. Une douleur vive palpite derrière mes yeux. Cela fait maintenant deux jours que je n'ai pas dormi, peut-être trois. Il n'y a eu qu'un instant, juste avant que l'avion entame sa descente vers la vallée de Katmandou, où j'ai sombré dans un abîme sans rêves. Je suis revenue à moi tout aussi brusquement, sans raison apparente. À l'extérieur du hublot, des nuages gris filaient, denses et infinis, me donnant l'impression que nous pourrions continuer à chuter pendant des années dans cette brume suffocante, sans jamais rencontrer la terre. Soudain, une douleur intense a irradié depuis l'arrière de ma tête, insoutenable au point que j'ai porté la main à mes cheveux ; mais il n'y avait pas de blessure, pas de sang. Une vague d'épuisement m'a terrassée. J'ai baissé les mains, et vu que ma peau était désormais aussi grise et terne que les nuages dehors. D'une certaine façon, j'ai su que ma mère avait quitté son corps.

Je me détourne du trou dans le toit, pour faire face au plan de travail de la cuisine. Une grande casserole vide est posée sur la plaque de gaz, avec un paquet de farine et un pot de sucre ouvert. Elle s'apprêtait à préparer du pain brioché. Un en-cas pour l'après-midi, peut-être, après ses prières. Je referme le pot de sucre, puis le repose sur l'étagère de la cuisine, à côté d'une motte de beurre fraîche enveloppée dans du plastique. Près de moi, des lamelles de viande séchée pendent à une ficelle tendue entre deux clous. Au bout de l'étagère, une carte de vœux Mickey Mouse, jaunie et délavée, accueille joyeusement 2007 – l'année où je suis partie pour le Canada. Elle est accompagnée d'une vieille photo d'Ama et Shumo Tenkyi. Très jeunes, probablement dans la vingtaine, elles se tiennent debout devant un décor peint représentant des collines et des montagnes – toute leur vie devant elles. Plus bas, sur une autre étagère, trois bocaux de radis neufs fermentent lentement, mis à vieillir pour un repas que ma mère ne mangera jamais.

« Est-ce que tu veux boire quelque chose ? » dis-je en me retournant.

L'homme est assis au bord du lit d'Ama. Je remarque qu'il agrippe le matelas, et un élan de rage me traverse. Je veux lui hurler de descendre de là.

« Ça ira, répond-il, l'air étrangement docile. J'aimerais aider. »

Je me dirige vers l'armoire en métal où Ama rangeait ses vêtements.

« On les proposera d'abord aux familles les plus pauvres du camp, dis-je. On donnera le reste aux mendiants en ville.

– C'est bien », acquiesce-t-il.

J'ouvre les portes en métal raides, jette les habits pêle-mêle sur le sol. J'extirpe ensuite les valises coincées loin sous le lit d'Ama. Une dizaine d'autres robes et chemisiers imprégnés d'une odeur de renfermé atterrissent sur la pile. M'asseyant à côté de Samphel, je détecte un fort relent de fumée, presque douceâtre. Évidemment. Il a assisté à la crémation. Même lui a eu l'occasion de lui dire adieu.

J'inspecte les vêtements le plus vite possible, avant de les tendre à Samphel pour qu'il les plie et les répartisse en différents tas. J'avais oublié beaucoup de ces tenues, mais à mesure que je les passe en revue, des souvenirs ressurgissent, vifs et impitoyables. Un chemisier en soie lilas qu'Ama avait mis à ma rentrée au collège ; en la contemplant ce jour-là, je lui avais trouvé des airs de créature céleste. Une robe jaune pâle à petites fleurs orange, qu'elle portait pour les pique-niques à la saison chaude. Le châle vert foncé qu'elle drapait sur ses épaules tous les hivers, et dont elle m'avait enveloppée tant de soirées. Il y a aussi des acquisitions plus récentes, que je ne reconnais pas. Des robes simples et austères, dans diverses teintes de gris et de marron. À quel moment ma mère est-elle devenue vieille ? Comment ai-je pu manquer ces dernières années avec elle ?

En fin de compte, il ne reste qu'un modeste assortiment de vêtements. L'étoffe entière de la vie de ma mère ne revient pas à grand-chose. Quatre ou cinq châles. Un pull, bouloché et élimé au niveau des poignets et sous les bras. Quelques chemisiers en soie et en lin. Huit robes, dont certaines remontent à bien des années. Quatre tabliers de femme mariée à motifs, qu'elle avait continué à porter au quotidien longtemps après le départ de Tashi. Je pourrais me débarrasser de tout ça en une journée, mais si elle revenait ? Est-il possible qu'elle soit encore ici, quelque part sur cette colline ?

J'aperçois une robe remisée toute seule dans un coin de la pièce. Elle est en laine noire, si vieille et épaisse qu'il pourrait s'agir d'une guenille d'un autre temps. Je l'attrape, et la lève devant moi. On l'a coupée à hauteur de genoux, en laissant le tissu effiloché.

« Fais-moi voir ça », dit Samphel en tendant la main.

Je lui passe l'habit, puis entreprends de remettre de l'ordre dans le reste des vêtements, qu'il a mal pliés.

« Ta mère portait cette robe le jour où je l'ai rencontrée. Elle avait appartenu à sa propre mère. »

Je suis stupéfaite. Ama ne m'a jamais rien dit sur ma grand-mère, sans parler de me montrer une de ses possessions.

« À l'époque, elle nouait la ceinture rouge de son père à sa taille. Et elle portait un petit ruban rouge dans ses cheveux. C'est la première chose que j'ai vue à mon arrivée dans ce camp. Ce ruban rouge. Il accrochait sans cesse la lumière du soleil au loin. Et puis ta mère a couru vers nous, sans peur et ouverte, et elle m'a regardé droit dans les yeux.

– Est-ce que vous êtes devenus proches tout de suite ? »

Il sourit, avec un chagrin que je n'avais pas décelé jusqu'alors.

« La rencontrer, c'était comme plonger dans une rivière profonde et fraîche.

– Est-ce que tu as des photos ?

– De ta mère ?

– J'en ai trouvé quelques-unes du camp dans les années 1970, mais aucune d'Ama, de ma tante, ni de Po Migmar.

– Pourras-tu me les montrer plus tard ? demande-t-il. Je n'ai pas de photos de cette époque. »

Nous allons faire une pause dehors, assis sur des baquets en plastique, dos à la maison. Je sors une cigarette, avant d'offrir le paquet à Samphel. Curieux d'essayer les cigarettes canadiennes, il en prend une à son tour. Nous inhalons la fumée en silence, tandis que des voix diffuses s'élèvent puis se perdent sur le chemin voisin. Quelques grillons annoncent le coucher du soleil.

Nous sommes enfin face à face. Pourquoi continuer à garder des secrets ?

« J'ai quelque chose à toi, dis-je. À Toronto.

– À moi ?

– Le Mahasiddha en argile que tu as vendu. Le Saint Sans Nom. »

Il cligne rapidement des yeux, tout en prenant une longue bouffée de tabac.

« Comment l'as-tu trouvé ?

– Par un enchaînement de circonstances improbable que ma mère aurait appelé “karma”. Je l'ai vu chez une riche famille d'Enjis. » Je m'interromps le temps de tapoter ma cigarette. « Je n'ai qu'une question : comment as-tu pu faire ça ?

– J'ai gardé cette statue aussi longtemps que possible.

– Mais comment as-tu pu les vendre ? Pas seulement le *ku*, mais toutes les reliques que tu as dérobées ?

– Tu me considères comme un voleur.

– Quel autre nom te donnerais-tu ?

– Dolma, quand on arrive à mon âge, on se rend compte que le monde ne tourne pas sur un principe de charité, déclare-t-il d'un ton plus assuré. Il faut mettre la main sur quelque chose de précieux, quelque chose que les autres veulent. C'est comme ça qu'on survit. Si le destin te permet d'éviter cette façon d'avancer dans la vie, c'est que tes ancêtres se sont suffisamment servis avant la tienne.

– Je ne suis pas d'accord. Même si tout le monde est impliqué, ça ne nous empêche pas d'être responsables de nos propres actes.

– Je ne prétends pas être innocent. Qui l'est ?

– Notre camp tenait à ce *ku*. Po Migmar en parle encore aujourd'hui.

– Crois-moi, je ne voulais pas vendre cette statue. Et pas à cause de ces chimères sur ses apparitions et disparitions au fil des années, mais parce que ta mère me l'a donnée.

– Tout le monde est persuadé qu'elle s'est volatilisée par magie, et tu essaies de me dire que ma mère l'a pris ?

– Je ne sais pas, soupire-t-il. Ce que je sais, c'est que la survie est un jeu répugnant, et que nos objets sont la seule chose que le monde estime réellement chez notre peuple. Nos objets et nos idées. Mais pas nous, et pas nos vies. Que l'on reste ici encore deux cents ans ou qu'on disparaisse de la surface de la Terre, personne ne s'en soucie vraiment.

– Les gens apprécient la beauté de notre culture, dis-je. Mais pas notre souffrance. Personne ne veut la mettre dans une vitrine. Personne ne veut se l'approprier.

– Il faut que tu comprennes… J'ai pleuré la perte de cette statue, comme celle de tous les objets que j'ai vendus, déclare-t-il doucement.

– J'ai pris le *ku* à ceux qui te l'ont acheté, admets-je. Ils ne le savent pas, mais j'ai vu le code de leur coffre-fort. »

Il se tourne vers moi, me dévisageant d'un air grave.

« Où est-il maintenant ?

– Chez Shumo Tenkyi.

– Quelqu'un t'a vue le prendre ?

– Non, je suis retournée le chercher pendant une fête. La maison était pleine de monde.

– Ta tante est la seule au courant ? »

J'acquiesce.

« Il y avait des caméras ?

– Si c'est le cas, la gestionnaire de la collection de la famille va avoir de graves ennuis.

– Quoi ? Écoute, c'est encore réparable.

– Tu vas rendre le *ku* aux acheteurs ? »

Samphel secoue la tête.

« J'enverrai quelqu'un le chercher chez ta tante à Toronto. Il mettra le *ku* dans un conteneur, et le renverra au Népal. Sans se presser, à travers l'océan, il retournera discrètement au camp. »

Nous éclatons de rire, puis plaquons la main sur notre bouche et baissons les yeux, penauds. Si quelqu'un passait par là, nous ne pourrions jamais expliquer ce qui nous a pris.

Un coq saute sur le toit en face de nous, et s'engage avec précaution sur son arête glissante. Nous l'observons dans un silence prolongé, écoutant ses pattes gratter sur la tôle, en nous demandant s'il parviendra au bout. J'ai passé bien des après-midi assise à cet endroit précis, à regarder la pluie dégouliner sur ce toit en tôle ondulée, à suivre la trajectoire du soleil dans ce carré de ciel. C'est là que Tashi était réapparu, après une absence d'un an.

« Je suis venu fêter Losar ! » avait-il annoncé.

Ama était sortie sur le seuil, et sans presque lui accorder un regard, elle m'avait ordonné : « Dis à ton père que je suis partie cuisiner à la salle commune pour la fête. » Je m'étais approchée de lui, afin de lui répéter les paroles de ma mère. En riant, il avait répliqué que cela faisait des années que nous n'avions pas célébré Losar comme il se devait. Maintenant qu'il était rentré, cela allait changer. Nous avions donc entamé les préparatifs. Tandis qu'il s'occupait de la maison, nettoyant le sol et battant les tapis dehors, j'étais allée chercher des provisions pour le guthuk, le plat typique de la fête. J'avais mémorisé les instructions : nous aurions besoin de farine pour former des boulettes de pâte, de papier pour écrire les mots à cacher à l'intérieur, de bœuf pour préparer un bouillon salé, et de n'importe quels légumes frais. En route vers les boutiques, j'avais espéré que je trouverais un mot de bon augure comme *soleil* ou *lune* dans la soupe cette année, et que mon père ne tomberait pas sur *charbon*, comme c'était arrivé une fois. Ce divertissement bon enfant avait tourné à l'aigre, quand Tashi avait expliqué avec un sourire amer que le charbon symbolisait un cœur noir. Le guthuk l'avait blessé par une accusation qu'il n'avait pas pu prendre sur le ton de la plaisanterie.

En rentrant, j'avais trouvé le balai en paille par terre, à côté d'un baquet d'eau sale et de serpillières trempées. Tashi, lui, n'était plus là. J'avais posé mes courses pour le chercher à l'arrière de la maison, où seuls une chèvre et des poulets vagabondaient. J'étais allée voir chez les voisins, l'avais appelé sur les chemins du camp. À la maison, le jus du bœuf avait traversé le papier journal, formant une flaque sur le lino. Hébétée, j'avais tout fourré au congélateur, gâchant les pommes de terre et la coriandre – une erreur dont j'avais rejeté la faute sur Tashi.

Deux jours avaient passé sans signe de lui, et j'avais commencé à me demander si j'avais imaginé son retour. Puis, le troisième jour de Losar, il s'était présenté à la salle commune, le visage noir et luisant de sueur. Il s'était précipité sur l'estrade, où il s'était mis à gesticuler devant le décor peint du Potala et à crier le nom de ma mère, pour lui demander si elle voulait partir en pèlerinage là-bas. Titubant, il avait pointé la peinture du doigt et fixé les escaliers du palais, avant de déclarer qu'il y était allé une fois, mais que l'endroit avait un peu changé. Certains des enfants plus âgés s'étaient roulés par terre de rire, alors que je me réfugiais derrière la porte, mortifiée. Tashi avait trébuché, et manqué d'arracher la peinture entière du mur. Quatre hommes s'étaient dépêchés de monter sur l'estrade pour le faire sortir de la salle, pendant que ma mère se cachait dans la cuisine. Chez nous, les hommes m'avaient dit de fermer les portes à clé et de préparer de l'orge et de l'eau chaude. Ils avaient maintenu Tashi sur le lit pour lui faire boire du bouillon, tandis que je le regardais sangloter éperdument sur leurs épaules.

Il avait passé les jours suivants à dormir par longs intervalles. Il se réveillait avec un besoin désespéré d'alcool, et farfouillait dans la pièce, en me suppliant d'aller lui acheter une bouteille. Pendant que ma mère vendait ses colifichets au lac Phewa, j'avais pris soin de lui, lui préparant à manger, l'aidant à marcher jusqu'aux toilettes, épongeant son visage et ses membres avec un linge humide pour effacer son odeur âcre. Quand il avait perdu le contrôle de ses intestins, c'était moi qui avais lavé le sol. Alors qu'il me regardait nettoyer, j'avais éprouvé une sorte de fierté, à l'idée qu'il puisse voir comme sa fille avait grandi. Dans mon enfance, Tashi m'avait souvent défendu de l'appeler « père ». Ma mère traitait cela comme une coquetterie, en déclarant qu'il n'arrivait tout simplement pas à accepter son âge. J'espérais toutefois qu'il n'oublierait pas cette période. Restant à son chevet, je faisais mes devoirs près de la fenêtre, et examinais parfois son visage quand il était plongé dans un sommeil fiévreux. Un jour, pendant qu'il dormait, j'avais pris le miroir de poche de ma mère et m'étais approchée de lui discrètement pour comparer nos traits. Le bout de son nez était semblable au mien, mais mon arête était plus proche de celle de ma mère. La naissance de ses cheveux formait une pointe au milieu de son front, tandis que la mienne était arrondie. Ses yeux étaient brun clair, presque dorés à la lumière du soleil, et s'affaissaient sur les côtés. Mes yeux étaient foncés, et se relevaient comme ceux d'un chat, chose que même ceux de ma mère ne faisaient pas. Mais le bout du nez, oui, c'était bien un trait commun. Je le lui avais fait remarquer en lui tendant un gobelet de bouillon d'os : « Pala, nos nez se terminent pareil. Regarde. » Il s'était détourné vers le mur, en répondant : « Ne m'appelle pas comme ça. »

À présent, je suis assise à côté d'un homme dont les yeux sont foncés et relevés comme les miens, dont l'implantation des cheveux légèrement arrondie correspond à la mienne. Un homme chez qui je retrouve enfin toutes les parties de moi que je n'ai jamais comprises.

S'apercevant que je l'observe, Samphel remue d'un air gêné.

« Comment va ta tante ? me demande-t-il.

– Elle est fidèle à elle-même. Autrement dit, un mystère pour moi.

– C'est une particularité de ta famille.

– Je ne sais pas comment je dois le prendre, venant de toi », rétorqué-je, avant d'ajouter : « Tu sais, je me souviens de t'avoir vu. Le jour de la panthère.

– Je pensais que tu avais oublié. » Il s'interrompt. « J'avais eu tort de venir.

– Pourquoi ? »

Je me rappelle la colère d'Ama, quand j'avais prononcé son nom ce soir-là à la boutique. Nous n'avions plus jamais parlé de lui.

« Je n'étais pas à ma place..., répond-il, sans terminer sa phrase.

– Il y a une question que j'ai toujours voulu te poser, à propos de cette journée. » Je m'interromps à mon tour, attendant que les mots se délogent de ma gorge. « Ce soir-là, est-ce que tu es parti parce que tu étais déçu ? » Son expression perplexe m'oblige à réessayer : « Est-ce que je t'avais déçue ? Est-ce que je n'étais pas ce que tu espérais ? Est-ce que c'est pour ça que tu es parti, et que tu n'es jamais revenu ? »

Il secoue la tête, cherchant ses mots.

« La vérité est tellement éloignée de ça, Dolma. Toute ma vie… Ce que je veux dire, c'est que j'ai grandi en me posant les mêmes questions à propos de ma mère. Elle m'a abandonné à ma naissance, parce que j'étais né hors mariage. Je n'ai aucun souvenir d'elle. Je ne connais même pas son nom. Plusieurs fois, mon père m'en a parlé avec tendresse. Et c'était un homme dur, alors j'ai compris à quel point ma mère devait avoir été merveilleuse, pour qu'il l'évoque de cette façon. Comme je le suppliais, il m'a promis que je la rencontrerais un jour, quand les combats seraient finis, quand la paix serait rétablie. Nous irions la voir à ce moment-là. Mais mon père est mort en faisant une chute sur le chantier d'une route de montagne en Inde.

– Est-ce que les gens t'insultaient ? Parce que tu étais né hors mariage ?

– Quand nous vivions au camp de Jawalakhel, mon père buvait tous les soirs, et parlait aux ombres dans notre cabane. Lorsqu'il s'endormait, il était transporté au marché de fourrure poussiéreux de notre village, où les gens s'étaient moqués de moi et m'avaient traité de bâtard pendant qu'il gardait le silence, tremblant de rage. Mais dans ses rêves, il semblait leur répondre, se quereller avec des gens d'autrefois. »

La voix de Samphel devient plus basse lorsqu'il poursuit :

« J'avais toujours pensé qu'il m'en voulait, parce que je l'avais couvert de honte. Mais quand on a un enfant, on commence à comprendre ce que nos parents ont vécu. Tout ce que je voulais, c'était t'éviter de souffrir comme nous.

Le jour où ta tante m'a dit que tu allais faire des études supérieures au Canada, je n'ai pas pu m'arrêter de sourire. Tu dois continuer sur cette voie. Ne t'inquiète pas pour l'argent. Il y a toujours un moyen de s'arranger. »

Je ne réponds pas. La British School, Henri, le professeur Wallace, toutes ces années à m'efforcer d'atteindre un rêve. Les années que j'ai passées loin de ma mère, convaincue que nos sacrifices seraient récompensés. Le prix que nous avons payé était-il justifié ?

« Le camp a beaucoup changé, commente Samphel, que le silence semble gêner pour la première fois.

– Ce n'est toujours qu'une colline peuplée d'apatrides. Le camp entier m'enviait, avant mon départ. Imagine ça : des centaines de cœurs rêvant de leur nom à la place du mien sur un visa.

– Dolma, écoute-moi. Je dois partir demain pour régler une affaire. Mais je peux revenir. Est-ce que ça te plairait ?

– Où vas-tu ? »

Il m'observe, réfléchissant à sa réponse.

« Je ne veux pas te mentir.

– Alors ne mens pas. Explique-moi.

– J'ai les cendres de ta mère. L'urne que j'ai donnée à ton oncle contient seulement du sable de la rivière.

– Tu as pris les cendres d'Ama, répété-je, un peu interloquée qu'il parvienne encore à me surprendre. Que comptes-tu en faire ?

– Il faut que je la ramène chez elle, d'une façon ou d'une autre.

– Elle est chez elle.

– Non.

– Je viendrai avec toi, alors.

– C'est trop dangereux.

– Après tout ce que tu as pris, si tu crois que je vais te laisser filer avec les cendres de ma mère… »

Il ne proteste plus.

« D'accord, nous partirons demain matin. »

Un autre coq, plus gros que le précédent, a sauté à l'autre bout du toit.

« Alors, où va aller le premier coq maintenant ? demandé-je.

– Il va faire demi-tour.

– Ou bien il devra trouver un nouveau chemin. »

2

Notre avion part pour Jomsom à l'aube. Nous formons un étrange duo à l'aéroport, parents mais pas proches, debout côte à côte sans rien avoir à nous dire. Autour de nous, les gens remorquent d'énormes sacs en toile et des valises pleines à craquer. Ils nous observent avec curiosité, nous qui ne portons que deux sacs à dos. Le mien contient des vêtements de rechange pour quelques jours, celui de Samphel les cendres d'Ama. L'expédition sera rapide, et à notre retour notre fardeau aura encore diminué. Nous serons peut-être même délivrés l'un de l'autre. Nous ne nous adresserons peut-être plus jamais la parole.

Au comptoir de la compagnie aérienne, Samphel sort une liasse de billets pour payer notre voyage.

« Tiens, dit-il en me tendant une enveloppe remplie d'argent avec ma carte d'embarquement.

– Je n'en ai pas besoin.

– Prends-le. Ça te servira. »

Détournant les yeux, j'accepte l'argent, mais les billets glissent de ma main et s'éparpillent par terre. J'ai déjà fait tomber une tasse ce matin, envoyant des éclats de porcelaine sur le sol. Encore une nuit d'insomnie, passée cette fois à fixer le lit vide de ma mère.

L'avion branlant décolle avec douze passagers et une hôtesse de l'air qui remonte l'étroit couloir en se tenant aux appuie-tête, munie d'un plateau en plastique chargé de bonbons à croquer. Tandis que nous filons entre les collines, je remarque que Samphel scrute le hublot de l'autre côté de la cabine. Il étudie la scène en contrebas comme s'il cherchait un détail familier. Il est possible qu'il ait traversé cette région pendant sa fuite du Tibet ; ma mère aussi. Quelque part le long de ces ravins, cachés par les forêts. Cela doit être bien étrange, de tout contempler de ce point de vue. En moins d'une heure, nous franchirons une distance que l'on aurait mis des semaines ou même des mois à parcourir à pied il y a une cinquantaine d'années. Le fait qu'un tel voyage puisse à présent être si rapide, si peu mémorable, semble presque cruel. Comme si toutes ces difficultés ne signifiaient rien. Je repense au dernier vol que j'ai effectué ; à l'épuisement qui m'a gagnée quand l'avion descendait vers Katmandou, à la douleur lancinante à l'arrière de mon crâne. D'où venaient ces sensations ?

Nous opérons une brusque et rude plongée vers une étroite vallée. L'avion dérape à l'atterrissage, tangue d'un côté à l'autre en freinant, puis s'arrête. Alors que nous attendons de sortir, debout dans le couloir, de violentes bourrasques s'engouffrent par la porte, et une pulsion insistante s'empare soudain de moi. J'ai besoin de voir ce qui se trouve dehors, j'ai besoin de voir la terre. Dès l'instant où je pose un pied à l'extérieur, le vent glacial me transperce d'un million d'aiguilles. D'énormes montagnes se dressent dans toutes les directions, atteignant une telle altitude qu'il me faut basculer la tête en arrière pour apercevoir leurs crêtes enneigées et scintillantes. Plus proche de moi, dans les ombres des montagnes, se trouvent des collines rocheuses et sablonneuses dépourvues d'arbres, tout aussi gigantesques à leur échelle. Je me tourne à gauche et à droite sur le tarmac, essayant de concevoir la taille de ces sommets. Ils semblent submerger le ciel, brillant d'une lumière si vive que même le soleil paraît terne et petit à côté. Sous leur regard sans âge, je me sens à la fois minuscule et apaisée – comme si j'étais redevenue une enfant, levant les yeux vers ma mère. De son côté, Samphel ne s'intéresse pas au paysage. Il se tient à l'entrée de l'aéroport, attendant que je le rattrape.

Lorsque nous débouchons sur la route principale de Jomsom, la raison de son impatience devient claire. Les autres passagers de l'avion ont déjà entamé la suite de leur programme. Certains montent rapidement dans une rangée de jeeps blanches, pendant que d'autres s'éloignent à pied en compagnie des parents venus les chercher. Il reste un chauffeur libre, mais il ne veut pas nous déposer plus loin que Muktinath, où il a prévu d'aller chercher de l'eau bénite. Il ne nous emmènera pas au nord.

« Il n'y a pas de vraies routes là-bas, et je ne veux pas conduire sur les berges », déclare-t-il. Indiquant la vallée désolée où coule une rivière peu profonde, il reprend : « Avant que la neige arrive, vous pourrez marcher jusqu'à Kagbeni et y trouver de l'aide.

– Combien de temps est-ce que ça prendra ? demande Samphel.

– Une heure pour nous, mais peut-être deux ou trois pour vous, répond l'homme, qui nous étudie d'un œil curieux. Qu'allez-vous faire au nord ?

– Rendre visite à quelqu'un, réplique sèchement Samphel avant de se tourner vers moi. Allons-y. »

Au sortir de l'enfilade de magasins et de maisons d'hôte, nous nous engageons sur une route en terre, et repérons un village à l'horizon : une tache d'un vert éclatant, nichée au milieu des collines grises désertiques. L'endroit doit se trouver à quelques kilomètres à peine, me dis-je ; mais dès que nous atteignons le sentier exposé aux éléments, le vent nous enveloppe, luttant contre nous à chaque pas. Le sable qui souffle de toutes parts nous empêche de redresser la tête plus de quelques secondes d'affilée. La marche est laborieuse, et me vaut une ampoule presque aussitôt.

« Tu es sûre que tu veux faire ça ? me crie Samphel, la main en visière. Tu peux m'attendre dans une maison d'hôte ici.

– C'est toi qui portes des chaussures de ville. Je m'en sortirai. »

Il émet un rire, puis déclare après un silence :

« Mon père et moi avons vécu ici. Mais il était souvent absent.

– Combien de temps êtes-vous restés ? dis-je, en me rapprochant de lui pour mieux l'entendre.

– Quelques années. Il y avait deux femmes, des sœurs, qui s'occupaient de moi quand mon père n'était pas là. Il retournait souvent à la frontière – je ne sais pas ce qu'il y faisait, mais il me manquait énormément. Il était tout ce que j'avais dans la vie. Quasiment tous les jours, je demandais aux sœurs : quand est-ce que mon père reviendra ? Elles répondaient sans cesse : demain, demain. Alors je scrutais l'horizon, en espérant le voir arriver. Parfois, mes yeux me jouaient des tours. Je l'apercevais au loin en train de marcher avec un beau yack qui nous donnerait du fromage et du lait. D'autres fois, je le voyais avec ma mère. » Il rit de nouveau. « Je croyais vraiment qu'ils rentreraient ensemble. »

Il se tait après cela, comme si ses paroles l'avaient surpris lui-même.

Au bout de plusieurs heures, nous parvenons aux champs en terrasses de Kagbeni. Cachées au milieu de l'orge oscillant, quelques femmes vêtues de robes colorées cultivent la terre. Face aux collines d'un gris austère, le village paraît surnaturel, un sentiment d'irréalité renforcé par l'architecture tibétaine. C'est la première fois que je contemple des maisons de ce genre. Remontant les étroits chemins empierrés, nous découvrons des fenêtres encadrées de couleurs vives, des toits bordés de bois de chauffage, des drapeaux de prières qui flottent dans le ciel. Un petit stupa se dresse plus loin sur le chemin, et lorsque nous le traversons, des fresques de dieux et des symboles bouddhiques se révèlent à l'intérieur. Nous atteignons un grand et vieux monastère en terre, couvert de peinture rouge. Deux moines qui discutent au soleil nous sourient, hochant la tête avec amabilité. Je voudrais entrer dans le bâtiment, mais Samphel poursuit sa route, m'entraînant dans un complexe labyrinthique. Cela semble être un palais à moitié écroulé, qui abrite désormais des chèvres et des gens ordinaires. À chaque tournant, des murs à taille humaine nous enserrent, nous abritant du vent, tandis que des échelles taillées dans un seul tronc d'arbre mènent à d'étroites ouvertures. Parmi ces vieilles galeries, nous croisons ici ou là des habitants qui réparent des façades, se construisant des maisons au milieu des ruines. Certains nous saluent même dans notre langue. Jamais je n'ai pénétré dans un village aussi semblable à notre pays. Le monde qui s'étend au-delà me paraît à la fois inconnu et familier, onirique mais réel.

De l'autre côté du palais, nous trouvons un garage avec une jeep, et une pancarte peinte à la main annonçant en anglais la présence d'un tour-opérateur. Il n'y a personne aux alentours, à part un petit groupe d'enfants et l'une des vaches miniatures de la région, qui m'arrive à la taille. Un jeune garçon vient nous dire que quelqu'un finira bien par se montrer, alors nous attendons à côté de l'accueil pendant une demi-heure. Enfin, un homme apparaît. Parlant en népalais, il nous explique qu'il s'appelle Tseten, et qu'il nous a aperçus depuis sa fenêtre dans la maison voisine. Il se demande s'il peut nous aider. Je devine à son nom et ses traits qu'il s'agit peut-être d'un Tibétain, qui ne veut pas se risquer à parler notre langue. Henri venait régulièrement faire des recherches dans cette zone frontalière, et il avait entendu de nombreuses rumeurs troublantes sur les espions qui y rôdaient. Il affirmait qu'un peu plus loin dans la région de Lo Manthang, aux abords du Tibet, il était courant que des patrouilles chinoises s'aventurent au Népal pour interroger les habitants sur leurs activités et leur fidélité envers le Dalaï-Lama.

« Nous devons nous rendre à Lo Manthang, explique Samphel, en népalais également.

– D'où venez-vous, tous les deux ? » demande l'homme, en regardant les mocassins en cuir et le pantalon bien repassé de Samphel.

Mes baskets en toile ne sont pas davantage adaptées à ce terrain.

« Je suis de Pokhara, dis-je.

– De Pokhara ? Tu ressembles à une étrangère, répond Tseten, un sourire se dessinant sur son visage. En ce moment, on ne peut rejoindre Lo qu'à pied ou à cheval. Tous ceux qui savent conduire sont à un mariage plus haut sur la rivière.

– Combien de temps faut-il à pied ? demandé-je.

– Vous feriez mieux d'y aller à cheval. Vous pouvez prendre les miens. Ça vous prendra trois jours. »

Trois jours jusqu'à Lo Manthang. C'est un soulagement de bénéficier de ce temps pour dire au revoir à ma mère. Cependant, je n'arrive pas à me défaire d'un sentiment vague et diffus d'angoisse. Il recouvre tout.

Tseten nous amène deux chevaux, chacun avec une selle constituée de plusieurs couches de tapis en laine, des étriers en fer richement ouvragés, et des rubans rouges tressés dans leur queue. Le mien est le plus petit des deux, une jument brune aux jambes foncées, dont la crinière retombe sur le front. Tseten me dit qu'elle s'appelle Zema, un nom choisi par sa fille en raison de ses beaux yeux. Elle porte une amulette autour du cou en guise de protection, mais ses yeux sombres et expressifs semblent me contempler sans peur, comme ils contemplent le monde. Samphel hérite d'un cheval pommelé de couleur claire baptisé Jha, parce qu'il peut voler comme un oiseau.

« J'ai besoin de passer un coup de fil avant qu'on parte », déclare Samphel.

Guidant les chevaux, Tseten nous emmène à une boutique dans une maison en terre, où l'on peut effectuer des appels longue distance. Je reste près de Samphel, écoutant sa conversation.

« As-tu eu des nouvelles de Nawang Dorjee ? demande-t-il à la personne au bout du fil. Dis-lui de réessayer. Qu'il lui laisse quelques jours pour se calmer et, la prochaine fois, il n'aura qu'à lui expliquer qu'il vient de ma part. »

Samphel raccroche, et paie la communication.

« Nawang travaillait pour moi avant, mais il habite à Toronto maintenant, m'informe-t-il à voix basse. Il s'occupera de tout.

– Tu as dit qu'il fallait qu'il réessaie. Qu'est-ce qui s'est passé ?

– Il a rendu visite à ta tante, mais elle n'a pas voulu lui donner le *ku*. Elle a prétendu qu'elle ne savait pas de quoi il parlait. »

Imaginer ma tante en train d'éconduire cet homme me satisfait étrangement.

« Ne t'inquiète pas, me dit Samphel. Nous le ramènerons ici. »

Nous montons sur les chevaux et partons pour le village suivant, nos corps tressautant doucement tandis que Tseten marche devant nous. Les champs verdoyants de Kagbeni touchent à leur fin ; nous longeons le lit asséché de la Kali Gandaki, qui a creusé ce passage entre les montagnes. Autour de nous, les gorges en grès semblent se désintégrer à chaque souffle de vent, sapant et déplaçant la terre. À mesure que nous avançons entre ces immenses falaises effritées, je me sens devenir tout aussi éphémère. Le lit de la rivière se remplit d'eau, puis nous gravissons un étroit sentier tracé à flanc de montagne. En chemin, nous croisons des hommes accompagnés d'une centaine de chèvres attroupées, dont les tintements de clochettes résonnent sur les collines. Ils échangent des salutations avec Tseten, et nous observent, essayant de percer notre identité à jour. Bien que nos visages et notre peau soient identiques aux leurs, nos vêtements et nos chaussures appartiennent à un autre univers. Tseten et Samphel se remettent en route, mais je veux dire à ces hommes que nous transportons les cendres de ma mère. Je veux que le monde entier apprenne sa disparition.

Au coucher du soleil, nous remontons en zigzaguant une colline escarpée, envoyant des pierres dévaler la pente ici ou là. Mon dos se bloque, mes mains engourdies agrippent la selle. Alors que je peine à rester droite, Zema grimpe d'un pas assuré. Elle semble savoir à quel point j'ai besoin d'elle. L'ascension terminée, nous parvenons à un village perché au sommet de la falaise. Tseten nous conduit à une maison d'hôte familiale, où on nous montre rapidement deux chambres libres. Samphel me laisse la plus grande, et prend le lit restant dans la salle de prières à l'étage supérieur. Il déclare qu'il a trop mal au ventre pour manger, et va se coucher presque aussitôt arrivé.

Pendant le dîner, la propriétaire des lieux explique qu'elle parle la langue de Beni, mais que dans le nord, à Lo Manthang, la langue est différente. Un des porteurs, apparemment ivre, n'apprécie pas qu'elle compare le dialecte de Gurung avec celui de Beni. Les deux n'ont rien à voir, insiste-t-il. La discussion se poursuit longtemps après que nous avons vidé nos assiettes, mais je monte me coucher. Épuisée et couverte de poussière, je fais ma toilette à l'aide d'un seau, puis regagne ma chambre. Depuis la fenêtre, je distingue une colline rocheuse, dressée face à moi sous la lune. Comme tout ici, cette colline paraît infranchissable. Sous sa garde, les maisons du village se déploient comme un éventail en papier. Leurs toits plats en argile sont couverts de bois de chauffage, accumulé pour le long hiver à venir, et de centaines de drapeaux de prières, chaque guirlande s'étendant en travers de trois ou quatre bâtiments. Les drapeaux sont abîmés par le vent, leurs couleurs effacées, leurs bords effilochés ; certains sont pratiquement décomposés. J'imagine qu'ils ne doivent pas tenir plus de quelques mois avant d'être dévorés par le vent. En observant le paysage, cela me paraît miraculeux que ma mère et ma tante aient pu survivre à une enfance dans ce pays il y a tant d'années.

Je m'allonge dans l'étroit lit en bois, ensevelie sous un tas de couvertures à l'odeur de renfermé. J'ai désespérément besoin de sommeil, mais un flot de pensées m'assaille. Il faut que je grandisse, que j'aide ma famille. Je devrais gagner beaucoup d'argent, renoncer à ce doux rêve d'études interminables. Tant que Po Migmar et Shumo sont en vie, je devrais leur assurer une existence confortable. Des emplois de bureau lucratifs me viennent à l'esprit. N'ayant pas de papier, je griffonne des notes sur mon bras dans le noir. Mes paupières s'alourdissent, et je remarque que ma gorge me pique. J'espère que je ne suis pas en train de tomber malade, mais cela expliquerait pourquoi mon corps me fait si mal. L'instant d'après, je me réveille sous une lune blanche éclatante et un ciel indigo. J'ai terriblement envie de faire pipi. M'extirpant des lourdes couvertures, je marche sur la pointe des pieds jusqu'à la porte, et ouvre le verrou.

La scène qui m'accueille semble sortie d'un rêve. Plus d'une dizaine d'hommes, dont certains porteurs que j'ai croisés au dîner, dorment par terre. Ils occupent presque chaque centimètre carré du couloir. En fait, je n'ai aucun moyen d'atteindre les toilettes sans sauter par-dessus trois corps étendus à mes pieds. Plus tôt, en écoutant ces hommes dans la cuisine, je ne m'étais pas demandé où ils allaient dormir. J'avais seulement envié leur discussion animée.

Refermant la porte, je me dirige vers le lit, et observe par la fenêtre la lune qui illumine le monde en contrebas. Je lève le loquet, puis pousse une des vitres. Elle s'ouvre juste assez pour me permettre de me faufiler sur le toit. Une fois parvenue en haut, je me retrouve debout dans un monde bleu foncé, seule, les cheveux ébouriffés par le vent. Je repère un coin sans bois, et m'y accroupis pour uriner, prise de frissons incontrôlables.

Quand je me lève, l'arrière de ma tête m'élance. Une chaleur soudaine m'envahit, s'arrêtant dans ma poitrine et au bout de mes doigts. Je ne suis pas seule ici. Scrutant les environs, je ne remarque personne d'autre. Rien que la silhouette des montagnes et les drapeaux de prière. Malgré tout, il ne fait aucun doute que quelqu'un ou quelque chose de très âgé se trouve aux alentours. Je sens sa présence émaner de nulle part et de partout. Je repense à la panthère qui avait rôdé devant notre maison.

Je retourne à la fenêtre, lentement. À chaque pas, j'ai le vif pressentiment qu'on me regarde. Le vent incessant augmente en force quand je me glisse par l'ouverture. Il siffle à travers les fissures des murs et des fenêtres, comme pour me rappeler dehors.

3

Au matin, il n'y a plus aucune trace des dormeurs devant ma porte. Le plancher a été balayé, et le couloir est vide aussi. En bas, certains des hommes soignent leur gueule de bois à l'aide de thé ; d'autres sont déjà partis. Samphel est assis seul près du fourneau, avec une tasse et une assiette d'œufs et de pain qu'il n'a pas entamée. Je m'assieds à côté de lui pendant que la propriétaire prépare mon petit déjeuner. En m'apportant mon thé, elle jette un coup d'œil à mon bras. Il est couvert de marques de stylo illisibles. Je lèche mon pouce pour effacer l'encre, en essayant de me rappeler ce que j'ai écrit. Cependant, l'apparition de la veille plane encore derrière mes paupières : le vent semblable à un langage, la présence sans âge à mes côtés.

« Tu as bien dormi ? me demande Samphel, en se tournant vers moi.

– Oui, et toi ? » dis-je d'une voix rauque.

Ma gorge me fait encore mal. Je couve peut-être bien quelque chose.

« Oui », répond-il, l'air vaseux.

Même sa peau semble abîmée aujourd'hui, fripée et pendant sur ses joues. Une fois de plus, à part quelques bouchées de pain, il ne touche pas à son assiette. J'ai beau essayer, je n'arrive pas à imaginer Samphel jeune – jusque dans mes souvenirs du jour de la panthère, où je m'aperçois que je l'ai remplacé par l'homme que je contemple à présent : un individu au début de la soixantaine, usé mais endurci, seul depuis trop d'années. Manifestement à la peine, il semble malgré tout résolu à aller de l'avant. Cette qualité me rappelle ma mère, d'une certaine façon. C'est peut-être cela qui les a rapprochés. *Et quoi d'autre, Ama ? Maintenant que je suis assise près de ton amoureux, que puis-je apprendre d'autre sur toi en étudiant cet homme ?* Je fixe le sac à dos de Samphel, les cendres silencieuses à l'intérieur.

Tseten est impatient de reprendre la route. Nous remontons sur les chevaux, et regagnons le sentier qui borde une gorge raide. Nous passons la matinée à franchir une infinité de collines désolées, avant de nous arrêter pour déjeuner dans un village constitué de deux maisons qui semblent exister uniquement pour nourrir les voyageurs. Tseten nous emmène dans une cuisine où a déjà pris place un groupe de randonneurs français âgés, occupés à mélanger des comprimés à l'eau de leur gourde tout en discutant joyeusement dans leur langue. Au milieu de la pièce, une jeune fille nous sert un repas simple cuisiné dans son âtre.

Les murs en terre sont ornés d'énormes affiches représentant de belles maisons occidentales, une photographie panoramique du Potala et plusieurs portraits du Dalaï-Lama.

L'élément le plus précieux du décor semble toutefois être une étagère contenant des gobelets et des assiettes en cuivre et en acier, brillants comme des sous neufs et soigneusement présentés. Samphel et moi mangeons rapidement, sans dire grand-chose, pendant que les autres voyageurs nous observent discrètement. Il me vient à l'esprit que parmi les habitants de la région et les étrangers qui la traversent lors de brèves vacances, nous sommes ceux dont la présence paraît la plus incongrue en ces lieux, n'étant à notre place ni ici ni ailleurs. Qui plus est, malgré notre ressemblance physique, nous nous adressons à peine la parole. Entre nous, il y a tout – mes os, ma peau, tant de traits qui me viennent de lui –, et pourtant il n'y a rien.

Cependant, nous voyageons ensemble. Même quand nous terminons nos assiettes, nous sommes en phase, nous échappant de l'étrange aquarium de la cuisine pour sortir nous laver les mains aux robinets. La fille qui a préparé notre repas est là, en train de nourrir Zema et Jha avec une casserole de restes. Lorsqu'elle nous entend parler tibétain, elle devient amicale, animée. S'approchant de nous, elle déclare qu'elle s'appelle Kesang, et me demande d'où nous venons.

« Pokhara », dis-je.

Je remarque la montagne derrière sa maison, dont la paroi abrupte s'élève à des centaines de mètres dans le ciel.

« Tu as toujours vécu ici ?

– Je suis née ici, répond Kesang. Il n'y a pas si longtemps, ce village était encore plus petit. Il n'y avait qu'une seule maison à l'époque, la mienne. »

Ma surprise doit être évidente, car elle éclate de rire avant de poursuivre :

« Ma mère était arrivée du Tibet. Elle a choisi cet endroit parce qu'il y a un dieu sur cette montagne, qui lui a rendu visite une nuit. Quand elle est morte, je ne voulais pas quitter la montagne, alors j'ai trouvé un mari qui était prêt à s'installer ici.

– Ma mère vient de mourir. »

C'est la première fois que je prononce ces mots face à une inconnue. Kesang hoche la tête, et place sa casserole sous le jet d'eau.

« J'ai un fils. Il ne peut pas marcher aussi bien que toi et moi. Être mère est difficile : on s'inquiète pour son enfant dès sa naissance. C'est dur, parce qu'on ne leur donne pas que notre corps. Notre esprit leur appartient aussi. »

J'ai du mal à trouver quoi répondre. Mes pensées sont devenues brumeuses et confuses ces derniers jours.

« Est-ce que tu te souviens de choses que ta mère t'avait racontées sur son installation ici ? demandé-je.

– Non, c'était il y a un bout de temps, alors j'ai oublié. Rien ne dure longtemps ici, même pas le passé. » Elle lève les yeux vers le ciel. « Il pleuvra peut-être demain. »

Le ciel est d'un bleu vif et dégagé, mais le vent s'est levé. Tseten vient nous demander de nous remettre en selle. J'enfourche Zema, caresse la crinière rêche sur son encolure. La jument m'emporte en avant, sur une colline en pente douce. Nous perdons bientôt le village de vue, mais je continue à penser aux paroles de Kesang : au fardeau d'une mère, mais aussi au poids qu'elle possède – exigeant que sa fille demeure dans un tel isolement.

En chemin, nous rencontrons une jeune femme habillée d'une chuba en laine. Elle accompagne un yack à poil noir. Après en avoir entendu parler pendant des années, je découvre enfin cette bête à cornes placide. Po Migmar évoquait toujours ses yacks avec affection – chacun avait sa personnalité et sa beauté particulière, affirmait-il. Le yack devant moi s'orne de tresses décorées de pompons rouges, d'une cloche en cuivre et d'une selle en tapis colorée, proche de celle de nos chevaux.

Quand nous nous croisons, la jeune femme, qui pourrait avoir à peu près mon âge, me fixe avec une vive curiosité. Je me retourne, soutiens son regard. Elle me rappelle ma tante. Shumo lui ressemblait peut-être à mon âge. L'expression de la fille me paraît à présent vaguement accusatrice, comme si elle se demandait pourquoi je vis ma vie, et pas la sienne.

Cette accusation ne vient pas de la fille au yack, mais de moi-même. Toute ma vie, j'ai porté cette culpabilité silencieuse. Pendant mon enfance, Po Migmar n'a eu de cesse de me vanter l'intelligence de Shumo – elle avait l'esprit de ma grand-mère, déclarait-il –, et j'éprouvais une grande fierté en contemplant ma tante, l'enseignante. Tout le monde disait que je lui ressemblais. Néanmoins, nos vies ont pris des directions diamétralement opposées. En Occident, j'ai pu devenir une nouvelle personne, chercher à réaliser mon potentiel supposé sans véritable difficulté. Ça n'a pas été le cas de Shumo. Elle n'a pas réussi à diriger son identité sur la voie qu'elle souhaitait. En réalité, tout cela m'a conduite à me méfier de ma propre nature, à remettre en question l'idée même que je possède un sens fondamental de qui je suis. Si j'ai été capable de changer ma façon de parler en un clin d'œil pour imiter celle d'Henri, si j'ai pu me remodeler pour trouver ma place dans le monde universitaire, c'est peut-être parce qu'il n'y a jamais rien eu de stable en moi. À présent que je regarde le sable s'envoler de ces collines, je reconnais que ma personnalité est faite sur le même modèle. Elle est éphémère, fuyante. Malgré tout, je ne suis pas rassasiée. D'où me vient cette soif ? Je souhaite être délivrée de moi-même, apaiser mon esprit, lui échapper.

La fille au yack finit par se retourner pour continuer sa route, et je me détourne aussi. Nos ombres avancent sur les collines, se séparant lentement.

À la fin de l'après-midi, nous atteignons le sommet d'une colline, et une vallée de plus s'ouvre sous nos pieds, vers un horizon de montagnes infinies. Un grand mât couvert de drapeaux de prières se dresse non loin de nous. Il est si chargé qu'il penche vers le sol, semblant près de se rompre. Alors que Zema poursuit sa marche laborieuse, ses sabots écrasant la terre à un rythme lent, je perçois mon propre poids sur son échine. Cette pauvre créature, qui porte en silence un tel fardeau. Ma poitrine se resserre, comme si elle se rétrécissait, et le souffle me manque. J'ai peur de m'effondrer.

« Où vas-tu ? » me demande quelqu'un.

Je descends du dos de Zema. Passant devant les drapeaux de prières, je m'approche du bord de la colline. J'appuie les mains sur mes genoux, tête baissée, m'efforce d'inspirer autant d'air que ma poitrine le permettra. Des larmes coulent sur mon visage, mais je n'émets pas un bruit.

« Assieds-toi une minute », me dit Samphel.

Je le chasse d'un geste. Il recule, mais reste dans mon champ de vision. Je m'accroupis lentement jusqu'au sol, enfonce mes doigts dans la terre pour ne pas tomber. Quelques nuages se sont installés, projetant des ombres qui s'étalent sur des centaines de kilomètres en travers des montagnes lointaines. Si je devais hurler quelque part, ce serait ici.

« Il va faire nuit avant qu'on arrive à Tsarang, lance Tseten. On devrait se remettre en route.

– Un instant, répond Samphel, qui s'assied près de moi.

– Allons-y », dis-je.

Je me relève, époussette mes mains sur mes jambes.

« On peut toujours se reposer, tu sais, déclare Samphel. Maintenant, ou à n'importe quel autre moment. Le monde ne va pas s'écrouler parce que tu as besoin de souffler un peu.

– Non, repartons. Si je m'arrête maintenant, je ne suis pas sûre de pouvoir continuer. »

Une heure plus tard, nous découvrons une rangée d'immenses falaises rouges qui s'élèvent droit vers le ciel, surmontées de crêtes dentelées. Au milieu des montagnes grises environnantes, ces formations surnaturelles semblent avoir été couvertes de peinture rouge. Des grottes s'ouvrent ici ou là sur la paroi à pic, certaines à une hauteur vertigineuse. Plus près du sol, on aperçoit un vieux stupa en terre entouré de stupas miniatures, et un assemblage épars de maisons. Quand je demande à Tseten où nous sommes, il me décoche un regard étonné.

« Il y a très, très longtemps, dit-il, Guru Rinpoché supervisait la construction de Samyé, le premier monastère du Tibet. Mais un démon n'arrêtait pas de lui causer des difficultés, détruisant le bâtiment chaque nuit pour empêcher le dharma de se propager. Alors Guru Rinpoché a commencé à bâtir un autre monastère, appelé Lo Gekar. Il ne se trouve pas loin d'ici. Quand le démon a commencé à démolir Lo Gekar, Guru Rinpoché n'a pas eu d'autre choix que de le tuer, avant de le découper en morceaux qu'il a éparpillés dans cette région. Il a construit Lo Gekar sur le cœur du démon, et ce stupa a été bâti au-dessus de sa tête. Vous voyez le long mur de prières là-bas ? Il a été érigé sur ses intestins. Et toutes ces falaises ont été aspergées du sang du démon. »

Même sans connaître l'histoire de Guru Rinpoché et du démon, j'aurais eu conscience des conflits qui ont meurtri cette terre. Des combats mythiques et modestes, sacrés et profanes. Si près de la frontière, nous nous retrouvons au cœur d'un million de petites batailles – depuis les guerriers khampas qui se sont cachés dans ces grottes pendant qu'ils affrontaient une armée entière, jusqu'aux innombrables familles qui se sont enfuies à pied tout en souhaitant faire demi-tour à chaque pas, et aux personnes qui attendent encore le jour où elles pourront retraverser ces montagnes.

Alors que nous passons dans le village, Tseten lève le regard vers les falaises.

« Elles sont rouges même en hiver. Quand toute cette zone disparaît sous la neige, on les distingue encore.

– Cet endroit a quelque chose d'étrange, note Samphel. J'ai l'impression d'être observé, mais pas par des yeux humains.

– Bien sûr, répond Tseten. Nos dieux vivent dans ces grottes. Certains Occidentaux croient qu'on leur raconte des histoires, quand on le leur explique. On a beau les mettre en garde, ils essaient d'escalader les montagnes, ou de pénétrer dans les grottes. Inévitablement, ils tombent malades, ou rencontrent d'autres problèmes.

– Et toi ? dis-je. Est-ce que tu as été dans les grottes ?

– Oui, mais pas celles-ci. Il y en a où on trouve de très belles peintures de divinités et de Mahasiddhas. D'autres sont des tombes, ou des réserves pour les textes sacrés. Allez, suivez-moi. »

Nous entamons une nouvelle ascension, longue et raide. Remarquant que nos chevaux ont besoin de repos, Samphel et moi sautons à terre pour marcher à côté de Tseten, qui semble plus détendu en notre présence, maintenant.

« Quel est ton nom de famille ? lui demandé-je.

– Gurung, même si ce n'est pas mon ethnie, répond-il, parlant tibétain pour la première fois. Quand la police m'interroge, je leur dis que je suis gurung. Affirmer être tibétain n'apporte que des ennuis. C'est comme ça. » Après un silence, il reprend : « Qu'allez-vous faire à Lo ?

– Juste visiter », répond Samphel.

Tseten rit, l'air peu convaincu, mais il n'insiste pas. Il semble posséder la même patience que les autres ici. C'est peut-être cette terre qui l'exige. Les choses se révèlent à leur rythme, ou pas du tout.

L'après-midi nous emporte à travers de profondes gorges désertiques et des superpositions de montagnes sablonneuses. Avec leurs arêtes érodées et leurs teintes sans cesse changeantes sous les nuages, ces montagnes semblent capituler silencieusement devant chaque force – y compris nos pas, qui marquent leur surface encore et encore. Bien que les maisons deviennent rares, on trouve davantage de grottes ici. Certaines sont creusées en lignes précises, géométriques, à des centaines de mètres de hauteur sur des parois abruptes, comme si elles étaient destinées à la méditation solitaire. D'autres parsèment les montagnes en grosses grappes, laissant penser que des villages entiers vivaient autrefois dans le ciel.

Au coucher du soleil, nous arrivons au village de Tsarang. C'est le lieu le plus agréable où nous nous soyons arrêtés jusqu'à présent, protégé du vent dans une vallée en pente douce, avec de hauts champs d'orge et de blé entourés de bosquets de peupliers. Au loin, une vieille forteresse repose sur un promontoire. Des chevaux vagabondent aux alentours, s'abreuvant au ruisseau soigneusement irrigué que l'on a détourné pour border les chemins du village, tandis que des chiens sommeillent dans des niches parfaites entre les murs en pierre. Les maisons en terre et en pierre sont joliment entretenues, avec des façades colorées, et un imposant monastère peint en blanc et rouge trône derrière.

Le hasard fait que nous tombions sur le propriétaire de l'unique auberge des lieux. Quand Tseten s'enquiert des chambres disponibles pour la nuit, l'homme nous raccompagne jusqu'à sa maison. C'est une belle bâtisse de style tibétain, dotée d'une cour, de détails en bois sculptés chaleureux et d'un étage où l'on trouve deux chambres vides. La première sera pour moi, la deuxième pour Samphel ; Tseten dormira près du poêle dans la cuisine. Une heure plus tard, alors que nous buvons du thé ensemble, j'aperçois en regardant par la fenêtre les randonneurs français qui montent leurs tentes sur l'herbe.

Le propriétaire éclate de rire.

« Ces étrangers sont mieux préparés que vous. Heureusement que vous êtes arrivés en premier.

– C'est comme ça que les leurs ont dévoré le monde », affirme Samphel, ce à quoi le propriétaire acquiesce.

Un vieil homme entre dans la pièce en tournant un moulin à prières, et s'assied à côté de moi. Le propriétaire lui apporte une tasse de thé, puis lui demande s'il veut manger un morceau. Son père secoue la tête. S'adressant à nous en tibétain, il déclare qu'il s'appelle Pemba, et nous demande d'où nous venons.

« Bhayul, répond Samphel.

– Il est de la capitale. Je suis de Pokhara », dis-je.

Po Pemba sourit, révélant une dent en or.

« Je connais les camps à Pokhara.

– Vous connaissez celui près de la gorge ?

– Bien sûr, déclare-t-il d'un air réjoui. Tout là-haut dans les collines ? L'air y est si froid et pur la nuit, surtout après un orage. Presque comme ici. »

Les larmes me montent aux yeux, à l'entendre se remémorer le camp avec tant d'affection.

« Je viens de là-bas, dis-je en hochant la tête.

– C'est agréable de rencontrer quelqu'un qui connaît les mêmes endroits que nous, hein ? J'ai l'impression d'y être à nouveau. Que faites-vous ici ?

– Ma mère est morte. Nous transportons ses cendres.

– Je comprends, répond Po Pemba, d'une voix plus faible et mélancolique. C'est une bonne action.

– Vous voulez aller jusqu'à la frontière ? demande Tseten, en reposant sa tasse.

– Il y a des patrouilles, intervient le propriétaire. C'est trop dangereux.

– Vous feriez mieux de trouver quelqu'un pour vous aider, renchérit Po Pemba.

– C'est prévu, dit Samphel. Nous trouverons quelqu'un à Lo Manthang.

– Ma femme habitait de l'autre côté de la frontière, avant, explique Tseten en déplaçant la tasse devant lui. Nous nous sommes rencontrés quand le passage entre les deux pays était encore ouvert, il y a des années. Mais ensuite, nous avons appris que les Chinois allaient installer une clôture et un poste militaire. Ma femme a donc quitté sa famille pour venir vivre avec moi de ce côté. Elle ne pourra jamais retourner chez elle. De temps à autre, les autorités permettent aux gens de se retrouver à la frontière un bref instant. À ces moments-là, elle peut voir sa sœur quelques heures. » Me regardant, il ajoute : « J'ai eu un pressentiment, quand je vous ai vus par ma fenêtre. J'ai deviné que vous vouliez aller là-bas, alors je suis descendu.

– C'était une chance pour nous », dis-je, un peu gênée d'avoir supposé que Tseten nous avait abordés dans le seul but de gagner de l'argent.

La conversation dérive vers un sujet apparemment controversé : la nouvelle route que l'on construit de Jomsom à Lo Manthang. Le propriétaire de l'auberge pense qu'elle sera utile pour obtenir des soins médicaux et des provisions sans avoir à faire le trajet à cheval, surtout en hiver. Po Pemba secoue vigoureusement la tête, taxant toute l'entreprise d'idiotie.

« Nous avons réussi à préserver notre mode de vie pendant des milliers d'années, dit-il. Une route ne nous apportera rien de bon. Il n'y a qu'à voir tous les camions chinois qui passent par ici maintenant. À ce propos, sait-on ce qu'est devenue la nonne qui s'est sacrifiée ? *Om mani padme hum.*

– Pala, s'il te plaît, coupe le propriétaire, exhortant son père à baisser d'un ton.

– Il y a eu tellement d'immolations par le feu », dit Tseten doucement.

Po Pemba se tourne vers moi, et déclare :

« Si je ne peux pas parler librement alors que la situation est encore calme ici, je devrais peut-être creuser un trou et parler dans la terre. »

Un bruit de cloche et de prières me réveille. L'espace d'un instant, je me crois revenue au camp, tandis que ma mère effectue ses rituels du matin près de moi. Un sursaut d'angoisse me tire de mon illusion. J'ai affreusement mal au crâne, et chaque battement de paupières me brûle. De longues heures de sommeil doivent avoir passé, mais j'ai l'impression que je viens de fermer les yeux. Aucun rêve ne m'est resté en tête, pas même un vague détail. Descendant le couloir en direction de l'escalier, je m'arrête à la salle de prières attenante au palier. À l'intérieur, Po Pemba psalmodie devant un autel, en faisant tinter une cloche en cuivre de temps à autre. Il perçoit ma présence à la porte, et m'invite à le rejoindre près de la table basse. Quand je m'agenouille à côté de lui dans la pièce, mes membres me semblent avoir été totalement anesthésiés.

« J'ai quelque chose pour toi », déclare Po Pemba.

Il pose la cloche, plonge la main dans une fente sous la table, et en sort un paquet de cordelettes rouges.

« Elles ont été bénies par mon maître racine l'année dernière. Prends-en une, et attache-la autour de ton cou. Quand tu la porteras, les dieux te protégeront. Abandonne toute peur. Tu as une tâche importante à accomplir.

– Merci », dis-je, secrètement émue par la sollicitude du vieil homme.

Je noue une des cordelettes autour de mon cou, sans trop la serrer.

« Ton corps est affaibli, remarque Po Pemba, en tournant une page du livre de prières devant lui.

– Est-ce que c'est possible que je ressente la douleur de ma mère ? J'ai des élancements qui me prennent de temps en temps à l'arrière du crâne.

– Elle est la base de ton corps, déclare-t-il. Mais rappelle-toi : ce que tu es en train de faire, tu ne le fais pas seulement pour ta mère. Tu le fais aussi pour ton propre bien.

– Il vaut mieux que j'y aille », dis-je, un peu déroutée par ses paroles.

Avant que je parte, Po Pemba me prend la main, et récite une prière pour me souhaiter bon voyage et longue vie. Nous nous touchons le front, nous nous disons adieu.

Nous entamons l'ascension progressive qui mène hors de la vallée de Tsarang, et sommes bientôt de retour sur le sol gris du désert, cernés de collines. La montée suivante est raide, et nous paraît oppressante, sur nos chevaux en difficulté. Samphel et moi décidons une fois de plus de continuer à pied. Quand nous arrivons en haut de la troisième colline, Tseten s'immobilise.

« C'est la frontière de Lo, annonce-t-il. Nous atteindrons bientôt Lo Manthang. »

Il prononce une prière, puis dépose une pierre sur le cairn qui marque la frontière. J'en ramasse une à mon tour et la place sur la pile, en priant à voix haute pour une traversée sans heurts. Samphel m'observe avec surprise.

« Tu connais tes prières, dit-il.

– J'en ai oublié la plupart. Shumo Tenkyi a peur que je ne sois pas une bonne Tibétaine.

– Et qu'est-ce qu'une bonne Tibétaine, au juste ?

– Une personne qui connaît nos prières et parle notre langue. Une personne pieuse, discrète, féminine. Comme les femmes de sa génération, j'imagine.

– Je me demande toujours d'où viennent ces idéaux, rétorque-t-il. Pour tout te dire, ta mère et ta tante n'ont jamais correspondu à ce portrait. Elles m'ont laissé le souvenir de femmes fortes, intelligentes, pleines de franc-parler et aimantes, même étant petites. En tout cas, oublie ces bêtises. Vis ta vie comme tu l'entends.

– Tu dis ça parce que tu as abandonné ta robe de moine pour devenir trafiquant.

– Tu as sûrement raison, dit-il en riant. Ne suis pas mon exemple non plus. »

Nous poursuivons notre route au milieu d'un paysage plat et sans couleur, qui semble ne jamais vouloir finir. Les montagnes ont disparu, remplacées dans chaque direction par un enchaînement de murs de poussière. La monotonie du relief me conduit à m'assoupir plusieurs fois, mais les mouvements énergiques de Zema me réveillent brutalement. Après une courte montée, nous prenons un virage, et découvrons une vague de drapeaux de prières accrochés entre deux rochers.

« Nous y sommes », déclare Tseten.

Une immense vallée se déploie à nos pieds, encerclée par d'interminables strates de montagnes désertiques. C'est Lo Manthang, que l'on appelle la plaine des aspirations spirituelles. Une ville fortifiée se dresse au centre, au bord de la Kali Gandaki, la rivière qui passe devant notre camp. De l'autre côté de la ville, on aperçoit des champs d'orge en terrasses, quelques arbres, et des tours de guet en ruine perchées dans des collines non loin de là. Des sentiers partent d'un coin des remparts où les gens entrent et sortent par une unique porte. Ancien siège d'un puissant royaume qui contrôlait les échanges entre le Tibet et le Népal, la ville fait désormais figure de vieillard robuste mais diminué, sept cents ans de souvenirs contenus entre ses murs.

« Dolma, regarde là-bas », me dit Samphel, en indiquant l'horizon.

Une bande blanche de montagnes s'élève loin au-dessus de la vallée, plus haut que tout ce que nous avons pu voir jusqu'à présent. Des nuages s'attardent à leur cime, comme en pleine conversation avec les massifs.

« C'est notre pays ? demandé-je.

– Oui, en un sens, répond Tseten. Toute la terre dans cette région est notre pays. Nous montons vers ces sommets depuis quatre jours.

– Ça a encore l'air loin, dis-je, incapable de cacher ma déception.

– Nous sommes tout près », rétorque Samphel.

Il observe les montagnes fixement, comme s'il tentait de voir à travers.

Je me mets à penser à la pluie qu'a prédite Kelsang. Les nuages se déverseront-ils au-dessus des crêtes, jusqu'à son village de deux familles, pour laver sa maison avec la pluie de notre pays ? Ou bien viennent-ils des basses terres, essayant comme nous de pénétrer au Tibet ?

« Je vous laisse ici, dit Tseten.

– Tu ne veux pas rester pour la nuit ? demandé-je.

– Non, je dois retrouver ma famille. Quelqu'un de Lo vous ramènera. »

Samphel lui tend des billets, que Tseten empoche sans les compter.

« Soyez prudents », dit-il.

Il attache les chevaux ensemble, puis s'éloigne sur Jha en tirant Zema derrière lui, à une allure au moins deux fois plus rapide que celle que nous avions adoptée.

Je m'attendais à ce que Lo Manthang ressemble à tous les autres villages que nous avons traversés : un endroit tranquille où les gens remarqueraient notre arrivée, nous demanderaient d'où nous venons et où nous allons. Cependant, la ville fortifiée fourmille d'activité. Tout le monde semble pressé. Alors que nous parcourons le labyrinthe de ruelles, certaines si étroites que nous devons y passer en file indienne, je suis soulagée de me retrouver à l'abri du vent. Même le soleil ne nous atteint pas. Et tout autour de nous, les gens parlent notre langue sans peur. C'est curieux à dire, mais je ne me suis jamais sentie si en sécurité, si à l'aise. Est-ce ce que l'on éprouve quand on est chez soi ?

Nous nous arrêtons à une papeterie, et demandons conseil à la vendeuse pour embaucher un chauffeur. La femme termine d'astiquer une vitrine contenant des stylos, avant de répondre :

« Tout le monde est au monastère pour la fête de l'école. Essayez là-bas. »

À notre arrivée, de jeunes moines nous emmènent aussitôt à l'intérieur du bâtiment. Dès que nous sommes assis par terre, un moine de haute taille place un gobelet en plastique dans mes mains, puis un autre le remplit de thé.

Un troisième vient nous distribuer des assiettes en carton chargées d'une montagne de riz sucré aux raisins secs. Pendant ce temps, un homme prononce un discours au milieu de la pièce bondée, tandis qu'un policier népalais trône au-dessus de nous tel un roi, installé sur l'unique chaise en plastique des lieux.

« Ailleurs au Népal, tout part à vau-l'eau parce que le dharma du Bouddha se perd, déclare l'homme en tibétain. Par ici, en revanche, on vénère un peu trop les moines. Vous devriez autant vous démener pour vos enfants que pour les monastères. Par ailleurs, j'aimerais rappeler aux jeunes moines qui m'entourent que puisque cet événement a lieu une fois par an à huit heures, vous devriez tous arriver à l'heure. Pas à huit heures et demie, pas à neuf heures. À huit heures. Ce n'est pas parce que vous êtes nourris et logés gratuitement que vous pouvez fainéanter, sinon le monastère périclitera. » Passant au népalais, il poursuit : « Et vous devriez tous parler népalais davantage, et vous réjouir que la police locale soit là. Merci, monsieur. »

« J'ai lu des choses sur ce monastère », chuchoté-je.

Ce doit être celui où travaillait l'ami d'Henri. Il avait passé plus d'une décennie à y restaurer des fresques.

« Des fresques majeures se trouvent ici, vieilles de plusieurs siècles..., dis-je, m'interrompant pour regarder autour de moi.

– Cherchons-les », répond Samphel.

Nous nous éclipsons par une petite porte, entrons dans la cour vide. Après avoir jeté un œil à quelques pièces, nous finissons par atteindre un bâtiment à un étage, dont le toit est en cours de rénovation. Nous nous baissons pour pénétrer dans une salle où règne une obscurité presque totale. Nos pas hésitants résonnent dans le noir, tandis qu'un courant d'air nous parvient depuis un lieu invisible. Je devine que le plafond s'élève jusqu'au premier étage, et que les murs se poursuivent sur bien des mètres encore. Lorsque mes yeux s'accoutument aux ténèbres, je constate que la seule source de lumière se situe loin au-dessus de nous, à notre droite. À partir d'une minuscule fenêtre, un unique rayon de soleil s'infiltre dans la pièce, illuminant une tache de couleur sur un mur.

Des milliers et des milliers de bouddhas blancs dansent devant moi. Tracés à la peinture dorée, parés de teintes éclatantes, tous aussi singuliers qu'une empreinte digitale. Mes yeux commencent à me jouer des tours. Les lignes sur le mur semblent onduler comme de l'eau, et je suis à deux doigts de m'enfuir de la pièce, pour retrouver le soleil.

« Je suis déjà venu ici », dit Samphel, qui se déplace le long de la fresque.

Je ne distingue pas son visage dans l'obscurité ; j'entends seulement sa voix. Guidée par celle-ci, je l'écoute poursuivre doucement :

« Il y a cinquante ans, je me suis tenu ici. À l'époque, les rumeurs prenaient toute la place dans notre vie. *Les Américains arrivent, leurs avions atterriront d'un jour à l'autre. Les Gyamis ont été mis en déroute par nos combattants dans les montagnes.* Nous avions même entendu dire que des moutons s'étaient égarés dans une vallée des environs, et attendaient simplement qu'on s'en empare. Mais ce qui me passionnait le plus, c'était la rumeur sur une oracle qui venait d'arriver dans la vallée de Lo. Elle était vêtue d'une peau de panthère, coiffée d'une couronne à cinq pointes. Elle pouvait voler au-dessus des montagnes, ramener les gens d'entre les morts. Un village entier lui devait la vie. Nuit après nuit, j'avais rêvé que je rencontrais cette oracle. Dans mon rêve, je lui demande de me révéler le nom de ma mère et de me montrer son visage. Ma requête est simple ; l'oracle sourit. Sans hésitation, elle se penche vers moi pour chuchoter : *Ta mère t'attend au pays. Voilà un aperçu de son visage. Dès que tu pourras, va la rejoindre.* »

Il s'interrompt pour examiner la partie illuminée de la fresque. Ses yeux révèlent néanmoins le véritable objet de son regard : pas les silhouettes devant lui, mais une chose qu'il est seul à voir. Une chose qui était peut-être enfouie dans son esprit, oubliée jusqu'alors.

4

Au matin, nous trouvons un tracteur qui se dirige vers Chhoser, le dernier village avant la frontière. Nous grimpons à bord pour parcourir la route de montagne rocailleuse. Assis le dos raide, Samphel contemple l'étendue aride. Il n'a pas de plan après Chhoser, c'est évident ; mais si nous parvenons à nos fins, que se passera-t-il ? Je ne suis pas sûre qu'il sache lui-même ce qu'il espère de notre voyage à la frontière.

Face à nous, une vieille femme nous adresse un large sourire.

« D'où venez-vous ? » demande-t-elle ; une question familière.

Ses deux yeux sont occultés par une cataracte. Je me demande ce qu'elle distingue de nos visages.

« Bahul, répond Samphel.

– Tu es un marchand ?

– Oui, Ama la.

– Les gens m'appellent Ama Rinchen. Et ta fille ?

– Elle va à l'école à l'étranger, au Canada », répond-il sans hésiter.

Je croise rapidement son regard, ne sachant pas comment réagir à ses paroles, pendant qu'un murmure de surprise et d'émerveillement s'élève parmi les passagers du tracteur. Au Canada, répètent-ils.

« C'est en Europe ? demande le chauffeur en se retournant.

– Non, c'est près d'Ari », dis-je.

La femme opine du chef.

« C'est très bien. » Avec un sourire joyeux, le soleil se reflétant sur ses cataractes, elle ajoute : « Je serais allée à l'école si j'avais pu. »

Je lui rends son sourire, puis me retourne vers la rivière peu profonde qui borde la route caillouteuse. Ma mère est-elle passée par là étant enfant ? Reconnaîtrait-elle cet endroit aujourd'hui ? Le tracteur s'engage dans une vallée verdoyante, peuplée d'arbres et de champs irrigués. Des maisons en terre blanchies à la chaux s'éparpillent de l'autre côté de la rivière, certaines accolées à une montagne escarpée, où l'on a aussi creusé un monastère. Tous les passagers descendent du tracteur, qui fait aussitôt demi-tour. Pendant que certains d'entre nous traversons le lit asséché et pierreux de la rivière, Ama Rinchen s'agrippe à mon bras avec sa main osseuse. Un peu plus loin, le monastère se détache au-dessus des maisons ; je remarque deux moines penchés à un balcon en terre, qui badigeonnent les murs avec de la peinture rouge diluée.

« Toute ma famille a déménagé, alors j'ai dû demander aux voisins de peindre ma maison pour la fête, commente Ama Rinchen.

– Quelle fête ? » demande Samphel.

Ama Richen lui lance un regard en coin.

« C'est le jour de Guru Rinpoché, petit malin ! Vous feriez mieux de filer au monastère. »

Un rire m'échappe. J'aimerais qu'elle nous invite à prendre le thé, mais Ama Rinchen semble plus préoccupée par le salut de notre âme. Elle nous guide sur les marches raides et anciennes du monastère, jusqu'à la véranda où les deux moines travaillent. Le plus jeune, qui ne doit pas avoir plus de dix ou onze ans, nous adresse un signe de tête. Il passe un chiffon fraîchement trempé dans la peinture à son compagnon, avant d'appeler quelqu'un à l'intérieur. Un grand moine d'âge mûr émerge d'une porte pratiquée dans la montagne. Il nous salue, et nous propose d'entrer dans le sanctuaire ; mais alors que nous nous apprêtons à le suivre, un autre spectacle attire mon attention. À côté du monastère, plus haut sur la montagne, une bonne dizaine d'ouvertures sont percées dans la paroi rocheuse. On dirait un vaste complexe de grottes.

« De vieilles grottes, me confirme le moine, qui a noté mon intérêt. Les membres les plus pauvres de notre communauté y vivent encore de temps en temps.

– De quand datent-elles ? demandé-je. Mille ans ?

– Bien plus que ça, à en croire certains.

– Mes enfants et moi avons habité dans ces grottes pendant plusieurs années après notre fuite, raconte Ama Rinchen. Je les connais bien.

– Peut-on les visiter ? demandé-je.

– Oui, j'aimerais les voir », renchérit Samphel, à ma surprise.

Ama Rinchen offre de nous y emmener, et nous lui emboîtons le pas pour une courte marche jusqu'aux grottes.

Sur la falaise à pic, des dizaines de cavités sont dispersées sans ordre apparent, ce qui laisse penser qu'elles ont été creusées au fil de nombreuses décennies, si ce n'est des siècles. Il semble y avoir au moins six niveaux, et certaines ouvertures se situent encore plus haut, comme pour accueillir des ermites. Une longue et étroite échelle taillée dans un tronc d'arbre mène à l'une des grottes les plus basses.

« Vous devrez grimper », dit Ama Rinchen en nous indiquant un puits vertical, à environ cinq mètres de nos têtes. « Je vous attendrai ici. »

Samphel s'engage sur l'échelle en premier, ses talons dépassant des barreaux, son sac à dos s'élevant petit à petit au-dessus de moi. Quand je m'y engage à mon tour, l'échelle tangue, alors que le vent semble m'emporter vers le ciel. L'ouverture au sommet est bien plus petite qu'il n'y paraissait d'en bas. Je me faufile dans la galerie, dont le plafond n'est pas assez haut pour me permettre de tenir debout. Je dois avancer pliée en deux vers la première cavité, où la voûte remonte légèrement. Les parois de cette salle sont claires, illuminées par une cheminée ronde qui laisse pénétrer les rayons du soleil. En m'approchant, je découvre que la roche est rugueuse et bosselée à cet endroit, comme la surface d'une mare sous une pluie d'orage, même si on ne trouve pas une goutte d'eau dans ces grottes. Trois autres ouvertures m'entourent : une de chaque côté, et une au-dessus de ma tête. Je jette un coup d'œil à la cavité à ma droite, où Samphel examine quelque chose dans un coin.

« On dirait une cuisine. Tu vois ce four en terre ? dit-il. Il est quasiment intact. »

La fumée a noirci les murs à hauteur de ma taille. Le four, ou ce qu'il en reste, est constitué de briques d'argile pâles, grossièrement empilées en demi-cercle. Le mortier qui les maintenait en place a presque disparu. Combien de personnes ont cuisiné là au fil des siècles ? Cette pièce mène à une autre cavité, dont je ne distingue pas l'intérieur, car l'entrée fait face à une paroi. Je me retourne pour scruter la deuxième ouverture, qui débouche sur une série de salles en enfilade. Cependant, c'est le puits dans le plafond qui m'attire. Il me semble qu'un léger bruit en émane : un battement d'ailes ou un claquement de drapeau. Un oiseau est peut-être piégé là-haut.

« Je monte », dis-je à Samphel.

Tendant les bras par l'ouverture, je me hisse dans la cavité. Quand je me redresse, je remarque que ma veste et mon pantalon sont couverts d'une poussière pâle. Le battement paraît plus proche, à présent. Il semble provenir d'une salle à ma gauche. Son entrée est la plus petite que j'aie vue jusqu'alors ; une simple fente, à peu près de la largeur de mon torse. Je passe une jambe à l'intérieur, puis la tête, et parviens à m'y insérer. Malgré son accès étroit, la salle est spacieuse, elle aussi percée d'un grand puits de lumière. Des fragments pointus d'argile sont entassés dans un coin. Dans un autre, on trouve un bloc de pierre dont l'utilité m'échappe. Le bruit rythmé s'élève de nouveau.

Cherchant à le suivre, je pénètre dans une nouvelle enfilade de pièces, mais le bruit commence à s'estomper. Un vent frais m'entoure, et je repère une autre cheminée au-dessus de ma tête. Je n'ai pas la force de me remettre à grimper. Mes jambes sont devenues lourdes, mes pieds m'élancent à chaque pas, et mes paumes sont éraflées et meurtries après mon escalade. Je me rends compte que nous n'avons pas mangé de la journée. Portant la main à mon ventre, je le sens se tordre sous l'effet d'une faim grandissante.

« Dolma, par ici. »

Samphel m'appelle depuis une galerie sombre derrière moi. Il a dû atteindre ce niveau par un autre puits. Le plafond est encore plus bas dans ce couloir, nous forçant à avancer courbés le long de cavités obscures.

« Je connais ces grottes », explique Samphel, en me guidant vers une salle éclairée. Il appuie les doigts sur la roche. « Ces parois dures et pâles... Je les griffais, juste pour essayer de détacher un morceau à manger. J'avais tellement faim à cette période. Écoute », dit-il, en se figeant.

C'est le battement d'ailes. Je ne l'ai donc pas imaginé. Il m'évoque plutôt un moulin à prières, maintenant, bien qu'il reste hors d'atteinte.

« On entendait ce bruit partout, même à l'époque, chuchote Samphel. Je l'ai suivi de pièce en pièce, pensant qu'il s'agissait d'un oiseau que je pourrais attraper. J'ai remonté ce couloir, et à mesure que je m'approchais de la salle au bout, le son devenait plus fort.

– Qu'est-ce qu'il y avait à l'intérieur ?

– Viens. »

Je suis Samphel dans la cavité éclairée, puis attends que mes yeux s'habituent à la lumière. À part de vieilles casseroles en métal cabossées qui jonchent le sol, l'endroit est vide. Une ouverture de la taille d'un enfant est percée dans le mur du fond, laissant voir le ciel, les montagnes environnantes et la rivière au loin.

« Il y avait un énorme tas de feuilles volantes ici, dit-il en tendant le doigt. Il était si haut que je n'arrivais même pas à distinguer l'autre bout de la pièce. Ça faisait si longtemps que je n'avais pas vu de papier, et jamais autant d'un seul coup. J'ai commencé à marcher autour de cette montagne, les yeux écarquillés. Elle était couverte d'une épaisse couche de poussière, de quelques plumes et de fientes d'oiseaux. Lorsque le vent soufflait, les pages craquelaient et remuaient ensemble comme un animal endormi. Même si je ne savais pas lire, j'avais conscience que les feuilles contenaient des prières. Mais la seule chose à laquelle je pensais, c'était que mon père et moi pourrions vivre pendant des mois avec une telle quantité de papier. »

Il rit doucement, et poursuit :

« Alors j'ai commencé à avoir peur que quelqu'un d'autre trouve cette salle. Ce n'était qu'une question de temps. Il y avait au moins vingt familles qui campaient avec nous. J'allais demander quoi faire à mon père ; mais d'abord, il fallait que je mange. M'emparant d'une feuille, j'ai observé les belles lignes d'écriture sacrée. Je n'ai pas réfléchi plus longtemps. Après avoir jeté un dernier coup d'œil aux alentours, j'ai mordu dans le papier, et déchiré un bout. De la poussière a envahi mon palais et ma gorge. Réprimant ma toux, j'ai poussé le papier dans ma bouche, et attendu que ma salive vienne le ramollir. Mais ma gorge me brûlait, et je n'ai pas réussi à l'avaler. Alors je l'ai recraché. Le pauvre bout de papier chiffonné a roulé par terre. Je l'ai fixé, de plus en plus affamé. Je m'apprêtais à le fourrer de nouveau dans ma bouche quand j'ai entendu un bruit.

« Dans la salle adjacente à celle-ci, une silhouette imposante se tenait dos à moi, en train de tourner rapidement un petit tambour. Elle portait une couronne à cinq pointes sur la tête et une peau de bête autour des épaules. Soudain, elle a fait volte-face. J'étais si terrifié que j'ai cru être devenu aveugle. Je ne percevais que la lumière blanche de ma peur. Quand ma vision s'est éclaircie, j'ai finalement distingué une femme. Elle s'est dirigée vers moi pour me demander qui j'étais. Je me rappelle avoir trouvé étrange qu'elle ne s'accroupisse pas à ma hauteur, et ne me parle pas doucement comme une mère. Elle s'exprimait d'une voix sévère et forte, ni masculine ni féminine.

« Alors j'ai pensé : les rumeurs disaient vrai. L'oracle est là. Je l'avais bêtement cherchée dans le vieux monastère, alors qu'il était évident qu'elle se trouverait dans les grottes, à la façon des saints et des ermites. Lorsqu'elle s'est approchée de moi, j'ai reculé. Elle était capable de faire tomber une pluie de grêle sur ses ennemis. Le temps entier tournoyait dans ses yeux. Plus elle avançait, plus elle paraissait grande. Ses doigts ressemblaient aux serres d'un aigle ; ses pieds nus et pâles étaient presque transparents sur le sol rouge. Même la lumière du soleil se couchait sur ses longs cheveux noirs, désirant seulement s'y reposer. Je suis tombé à genoux, et j'ai pris ma juste place à ses pieds, joignant les paumes sur mon front.

« “Qu’est-ce que c’est ?” a-t-elle demandé, en fixant la petite boule de papier devant moi. “Quel dommage, a-t-elle repris. Les prochains à voir ça ne le laisseront pas ici.” Je n’avais aucune idée de ce que cela signifiait ; mais c’était le genre de paroles qu’une médium aurait prononcées, alors je lui ai expliqué que je l’avais cherchée. Je lui ai dit que ma mère et moi avions été séparés. Ma mère était piégée auprès d’un mauvais mari, mais je ne connaissais ni son nom ni son visage. L’oracle s’est détournée pour regarder à l’extérieur de la grotte, en direction de la vallée désolée. Elle a marqué un long silence, avant de répondre qu’elle ne pouvait plus parler aux dieux. Sur ces mots, elle a rejoint l’entrée de la grotte, et a entrepris de descendre de la montagne. Je suis allé m’agenouiller au bord de la falaise, et l’ai vue s’éloigner sur l’échelle. Je l’ai suppliée de revenir, mais dans le vent, ma voix portait à peine plus loin que mon nez.

« Une fois en bas, elle a ôté sa peau de panthère et sa coiffe, et s’est dirigée vers une tente de nomade noire près de la rivière. La tente était grande, mais il n’y avait pas d’animaux autour. L’oracle est devenue pauvre, ai-je pensé. Sans sa tenue d’apparat, elle semblait parfaitement ordinaire. Puis j’ai entendu une enfant crier, et l’appeler Ama. Deux petites filles sont apparues, surgissant de derrière des rochers. Je n’en croyais pas mes yeux : la grande oracle était une mère. Un vieux sentiment de jalousie s’est réveillé en moi, s’extirpant de mon cœur. Je n’arrivais pas à détacher les yeux de ces filles. Tout ce qu’elles possédaient, elles le devaient à leur mère, de même que je devais tout ce qui me manquait à l’abandon de la mienne. J’ai crié depuis la grotte : “Est-ce qu’elle me voulait, au moins ?” Mais je n’ai pas obtenu de réponse. La plus petite des fillettes a couru vers sa mère, tandis que son aînée la suivait en marchant. Je m’apprêtais à me détourner, quand l’aînée s’est figée. Puis, comme sous l’impulsion d’un pouvoir invisible, elle a levé la tête vers les grottes, et regardé droit vers moi. Un tremblement m’a parcouru, atteignant un endroit au-delà de ma faim. Un vaste océan de calme. »

Samphel se redresse, et s’approche de l’entrée de la grotte pour contempler les falaises environnantes, puis la rivière asséchée que nous avons traversée pour atteindre le village. Prenant appui sur la paroi, il s’assied par terre, toujours face à l’ouverture. Je repense à la panthère qui avait rôdé autour de notre maison.

« Est-ce que c’était ma mère, à l’extérieur de ces grottes ? demandé-je. Et Shumo Tenkyi ?

– Pour être très franc, je n’en sais rien, répondit-il avec une grimace, en secouant la tête. Nous étions tellement nombreux ici à l’époque. Nous nagions tous dans le brouillard. Parfois, je me dis que j’y nage encore. »

Il ferme les yeux. Puis un bref sourire apparaît sur son visage, comme s’il pouvait encore voir les fillettes.

« Mais oui, c’était peut-être ta mère. »

Quand Samphel et moi redescendons des grottes, nous trouvons Ama Rinchen assise sur un rocher, lunettes de soleil sur le nez.

« Vous en avez assez vu ? demande-t-elle.

– Nous devons nous remettre en route, répond Samphel.

– Déjà ? Vers où ?

– La frontière, dis-je, même si je sais qu'il est imprudent de me montrer aussi franche avec une inconnue.

– C'est interdit. Personne ne peut y aller. Et puis, des milliers de soldats y sont postés. On est pratiquement chez nous, ici. Vous n'avez qu'à vous dire, “Je suis là-bas”, dit-elle en tapotant sa robe.

– Nous devons y aller, grand-mère, lui dis-je.

– Dans ce cas, c'est votre destin d'y aller. »

Remontant ses lunettes de soleil sur sa tête, Ama Rinchen récite une prière pour notre sécurité, et pour que nos souhaits soient exaucés. Elle prie pour que nous soyons délivrés de la souffrance et du désir, et tous les êtres doués de sens aussi. Nous nous touchons le front en nous tenant la main. Cette femme me manquera. J'ai beau la connaître depuis très peu de temps, sa présence me réconforte d'une manière indescriptible. Contemplant ses cataractes, je me rends compte que si quelque chose arrive à la frontière, ce visage amical pourrait être le dernier que je verrai jamais.

5

Maintenant que nous sommes si proches, chaque pas me coûte. Je n'ai jamais été si sale ou fatiguée, à ce point en manque de repos et d'une douche chaude. Mon corps est devenu un fardeau, que je dois pousser jusqu'en haut de cette montagne rocailleuse. La faim me tord le ventre, et une rangée d'ampoules colle à mes chaussettes élimées. Je ne cesse de penser que le prochain tournant sera le dernier ; que nous nous apprêtons à découvrir je ne sais quel spectacle immense, qui nous indiquera sans doute possible que nous sommes arrivés. Mais à chaque virage, le chemin continue à grimper, et mon excitation initiale s'amenuise. Je commence à remettre en question notre choix téméraire de rejoindre cet endroit où tant de personnes nous ont déconseillé d'aller.

En revanche, les yeux de Samphel restent concentrés sur ses pieds, sa détermination aussi acérée qu'un poignard. Je parviens à l'imaginer enfant, à présent, à voir l'intensité constante de son regard, son obstination. Si l'histoire qu'il m'a racontée est vraie, cela signifie que ma grand-mère était une oracle. Pourtant, personne n'en parle jamais. Qu'est-elle devenue ? Et mon grand-père ? J'aimerais tellement pouvoir le demander à ma mère ; mais il est trop tard pour cela. Ses connaissances, ses souvenirs, tout a disparu. Une vague de chagrin déferle en moi, me frappant avec une telle force que je dois m'arrêter pour reprendre mon souffle.

« Qu'est-ce qui se passe ? » me demande Samphel.

Je secoue la tête, et demande :

« Laisse-moi la porter. »

Le sac à dos est plus léger que je ne m'y attendais. J'ouvre la fermeture Éclair, sors le sac plastique rempli de cendres. Il est froid, mou et lâche dans mes mains. Ce qui reste de ma mère. Comme elle est devenue petite, si humble et malléable… Alors que toute ma vie, elle m'a paru être la personne la plus imposante qui soit. La plus mystérieuse. Je comprends désormais que mon désir le plus profond était de connaître ma mère – ses rêves, ses chagrins, les fantômes qui vivaient seulement dans son esprit. Je la porte à mes joues, mes paupières, mon front. Je la tiens contre moi, pour qu'elle puisse me dire maintenant ce qu'elle n'a pas pu me dire de son vivant.

Passer sa vie à tourner autour d'un endroit où l'on ne peut pas entrer est une chose. C'en est une autre d'être obligé d'abandonner tout ce que l'on a connu, projeté vers un abîme, sur cette terre rocailleuse qui s'effrite et se désagrège sous nos pieds comme pour nous indiquer qu'ici, même le sol est instable. Où en as-tu trouvé la force, Ama ? Et Shumo Tenkyi, Po Migmar, et tous ceux qui ont effectué la traversée jusqu'à cette contrée étrangère ?

Je repense au Saint Sans Nom. À sa promesse d'un retour perpétuel. Sa liberté de se déplacer. Sa fragilité. Sa persistance. Cet infime mais antique reflet de notre humanité. Je repense à ma tante. À la façon dont elle s'était agenouillée devant le *ku*, son expression se transformant tandis qu'on la ramenait à un passé enfoui dans son esprit. À la façon dont elle avait regardé autour d'elle en me demandant, *Tu as senti ça ?* Je n'avais rien senti, mais je m'étais rendu compte alors de tout ce que je ne comprenais pas – sur ma tante, sur le monde qui l'a créée. Un monde qui vit encore en elle. Comment puis-je la priver du Saint Sans Nom ?

« Je ne veux pas que le *ku* retourne au camp, dis-je, en recommençant à grimper. Il devrait rester où il est, avec Shumo Tenkyi.

– C'est dangereux, Dolma. Pour toi, et pour ta tante.

– Shumo le cachera. Elle en prendra soin. »

Il me jette un coup d'œil, mais ne répond pas tout de suite. Je devine qu'il se demande s'il y a la moindre chance que je change d'avis.

« D'accord, dit-il finalement. Et toi ? Que vas-tu faire ?

– Je resterai au camp un moment, pour aider Po Migmar avec les prières.

– Et ensuite, tu iras reprendre tes études au Canada ?

– Ça te plairait, hein ? Que je regagne la terre promise.

– Bien sûr que oui. Regarde autour de toi, Dolma. C'est ici que nous étions il n'y a pas si longtemps – affamés, perdus, terrifiés. Ton avenir est en Occident.

– Si cet endroit n'a rien à nous offrir, pourquoi sommes-nous revenus ? Pourquoi y ramenons-nous Ama ? Nous devrions simplement oublier ce pays. »

Samphel pousse un profond soupir.

« Tu as raison, dit-il. Nous n'arrivons pas à nous en détacher. Et ce pays ne veut pas se détacher de nous non plus. »

Nous poursuivons notre marche, dans une fatigue pesante et silencieuse. Chacun de mes pas soulève un nuage de poussière. Je suis de nouveau obligée de m'arrêter. Cette fois, je me retourne, et prends conscience de la distance que nous avons parcourue. Nous sommes loin au-dessus des grottes et du village où vit Ama Rinchen.

« Baisse-toi », m'ordonne Samphel en m'entraînant derrière un rocher.

Une petite guérite en pierre se profile devant nous, entourée d'un muret. Deux policiers népalais se tiennent à l'extérieur. L'un est en uniforme, en train de laver ses vêtements à un robinet surélevé. L'autre, vêtu d'un simple maillot de corps et d'un short, se savonne les cheveux. Ce doit être le dernier poste de contrôle.

« Nous sommes près de la frontière, chuchote Samphel.

– Ils ne nous laisseront jamais passer.

– Quand ils rentreront, il faudra courir. D'accord ? »

Je hoche la tête, et nous nous remettons à observer les hommes qui vaquent à leurs occupations. Je me fais la réflexion qu'ils ne retourneront peut-être pas dans la guérite avant un moment. Nous en avons peut-être pour des heures. C'est alors que le sol commence à trembler. Un bruit de ferraille résonne sur la montagne, s'élevant dans notre direction. Nous apercevons d'abord un pot d'échappement, puis le reste d'un tracteur. Nous n'avons pas le temps de nous cacher, nulle part où nous abriter. Tandis que le véhicule s'approche, je remarque un moine debout à l'arrière. Un moine plus âgé est assis au volant. Il ne manifeste aucune réaction à notre vue, poursuivant simplement sa route.

« Où allez-vous ? demande le jeune moine à l'arrière, quand le véhicule passe à côté de nous.

– Nous emportons les cendres de ma mère à la frontière, dis-je. Vous pouvez nous emmener ? »

Le moine frappe sur le côté du tracteur, qui ralentit légèrement.

« Dépêchez-vous », dit-il, en surveillant la guérite.

Nous grimpons le plus rapidement possible à l'arrière du véhicule, qui continue de rouler.

« Nous allons à la frontière pour récupérer les provisions que nous avons commandées, explique le jeune moine. Nous aurons quelques minutes là-bas, pas plus.

– Merci, dis-je.

– Laissez juste mon frère parler », répond-il.

Ses traits délicats suggèrent qu'il est encore adolescent, peut-être âgé d'à peine quinze ans.

Quand nous nous arrêtons au poste de police, le plus vieux des deux moines se charge de répondre aux questions. D'un ton désinvolte, il déclare aux policiers que Samphel et moi sommes des employés du monastère, et que nous allons chercher des provisions à la frontière.

« Nous vous rapporterons des petits cadeaux, ajoute-t-il d'un ton guilleret.

– On ne veut pas de mauvais whisky, cette fois, réplique le policier qui lave son linge.

– D'accord, de la vodka chinoise alors.

– Elle est bonne ?

– Délicieuse, mais je ne l'ai jamais goûtée. »

Ils s'esclaffent tous bruyamment, puis le tracteur repart.

« Faites vite ! crie quelqu'un derrière nous. Je ne plaisante pas. »

Nous prenons un virage, et le poste de police s'efface. Debout à l'arrière du tracteur, je tourne la tête en tous sens, impatiente de voir le paysage changer. Le relief aride reste cependant le même : une pente laborieuse enserrée de collines. Les montagnes que nous avons découvertes à Lo Manthang ont disparu, de même que les nuages qu'elles retenaient à leur cime. Il n'y a plus que le vent et la poussière. Le tracteur se propulse en avant, envoyant des pierres déchaussées rouler sur le bas-côté.

La montée s'achève, et le tracteur se stabilise. Le sol devient parfaitement plat, comme si on l'avait étiré. Nous avons peut-être atteint les terres élevées de notre pays, me dis-je. Comme Samphel, le moine adolescent scrute l'horizon, regardant une biche solitaire brouter dans l'herbe haute. Je me demande si son frère et lui ont des parents de l'autre côté, mais j'ai peur de leur poser la question, si près de la frontière. Je repense à la femme de Tseten. Je suis peut-être plus proche de sa sœur et du reste de sa famille qu'elle ne l'a été depuis longtemps. Suis-je proche de ma famille perdue, aussi ?

Nous avançons dans un grondement métallique sur la route en terre. Une arche en béton peinte d'un ton vif surgit soudain, comme un feu de signalisation solitaire au milieu d'un champ. Alors que nous nous en approchons, des inscriptions en chinois et en népalais se profilent. Le jeune moine nous lit le texte dans les deux langues, et nous explique qu'il célèbre l'amitié entre les deux nations. Que peut-on ajouter ? Nous passons en silence sous la mince courbe en béton.

Le tracteur contourne lentement la colline. Un nouveau paysage se dessine. Un terrain plat se déploie sur des centaines de kilomètres dans chaque direction, reflété par un ciel infini. Je n'ai jamais rien contemplé d'aussi immense. D'un côté de la plaine, une chaîne d'énormes montagnes couronnées de neige s'élève droit depuis le sol. Il n'y a pas de collines en grès, pas de strates de plus petits sommets. Le spectacle me rappelle la montagne derrière la maison de Kesang : une déité qui voit le monde défiler sous son regard. Oui, il émane des montagnes une lucidité divine. Une sorte de quasi-permanence. Après des jours dans un paysage en dissolution, cette solidité me fait l'effet d'un soulagement. Je remarque ensuite les nuages, qui sont omniprésents. Certains planent au ras des cimes, y projetant de larges ombres, tandis que d'autres les enveloppent entièrement.

Je me retourne, et constate avec quelle brutalité le relief chute derrière nous. On croirait une falaise, me dis-je. C'est ce que ma famille a vu. C'est ce que Samphel et son père ont vu. Arrachés à leurs foyers, dépouillés de leurs biens, ils ont fait face à une vallée profonde et inconnue, et entamé leur descente vers les basses terres.

Nous devons y être, alors, dans ces terres élevées. Le pays des neiges.

Malgré tout, je ne me fie pas à mes sens. J'ai du mal à croire que j'ai atteint la terre de mes ancêtres. Toute ma vie, l'idée de parvenir ne serait-ce qu'à ses abords m'a paru impossible. À présent, je ne me sens pas prête.

« Ça y est ? On est là-bas ? » demandé-je, sans savoir pourquoi je dis encore *là-bas*.

Personne ne m'a entendue. Les yeux fermés, les mains jointes en prière, le jeune moine psalmodie rapidement. Samphel continue à scruter intensément l'horizon, comme s'il essayait encore de voir au-delà du visible. Je décèle de la peur chez lui, maintenant. Se peut-il qu'il redoute aussi de rentrer au pays ? La perspective d'un retour, si improbable soit-elle, l'emplit-elle d'une crainte dure et inextricable ?

Le tracteur s'arrête dans une secousse. À côté de la route, des cartons s'empilent jusqu'à hauteur de taille. Un assemblage de réchauds, de caisses d'alcool, de matelas enveloppés dans du plastique – simplement posés là, sur le sol du désert.

« Faites ce que vous avez à faire, déclare le moine en descendant. Mais restez dans les parages. »

À gestes rapides, les deux hommes commencent à charger la benne du tracteur. Samphel et moi descendons du véhicule, et regardons autour de nous. Ni lui ni moi ne savons quoi faire, comment nous comporter.

« Est-ce qu'on peut aller un peu plus loin ? demandé-je au jeune moine.

– Plus d'un millier de soldats sont stationnés là, juste pour surveiller la frontière », dit-il avec un signe du menton.

À cinq ou six kilomètres de distance, je repère une clôture grillagée. Elle barre l'horizon, depuis les montagnes à notre gauche jusqu'aux collines à notre droite. Curieusement, je ne l'avais pas remarquée avant ; mais maintenant, je ne peux plus faire abstraction de sa présence. Un bâtiment rectangulaire quelconque se profile juste derrière. Il pourrait se fondre dans le décor, sans son toit bleu turquoise.

« Si on ne se dépêche pas, ils viendront nous arrêter », ajoute le jeune moine avant de reprendre son travail.

L'appréhension se mêle à un sentiment de révolte dans ma poitrine. Tout cela semble si futile, si mesquin. Face aux montagnes, à la terre et au ciel, le grillage et la caserne semblent insignifiants ; une pauvre construction humaine. Mon regard est même capable de traverser ce grillage, vers les plaines qui s'étendent sur des centaines de kilomètres. Si j'étais un insecte, je pourrais voler d'un côté à l'autre toute la journée.

C'est peut-être l'effet recherché. Après tout, quoi de mieux pour nous prouver notre impuissance ? Oui, c'est comme ça qu'on brise un cœur. Avec un grillage qui montre tout ce que l'on ne peut pas toucher. Alors que le vent balaie le paysage, que les nuages de pluie vagabondent, libres comme toujours – on nous accorde un aperçu, et rien d'autre.

« C'est bon, allons-y, déclare le moine plus âgé, en rangeant le dernier carton dans le tracteur.

– On vient d'arriver, réplique Samphel, tiré de sa stupeur.

– On a fini », répond le moine en ouvrant la portière.

Je veux faire quelque chose. Je veux hurler vers cette caserne, ne serait-ce que pour leur montrer que nous sommes là, que nous avons osé venir. Mais ma voix ne porterait pas loin, dans ce vent. Je regarde autour de moi, cherchant un caillou ; n'importe quel objet que je pourrais jeter, juste pour me rapprocher un peu. Il n'y a pas de cailloux dans le sol ici. À quelques pas de là, je repère des pierres de la taille d'un poing. Quand je m'en approche, je me rends compte qu'il s'agit de stupas miniatures : les restes de corps incinérés, façonnés à la main en forme de cône. Certains sont encore intacts, d'autres ont commencé à se dissoudre dans la terre. Nous ne sommes pas les premiers à apporter les cendres d'un être cher à cet endroit.

Le hayon du tracteur se referme en claquant. Tous les cartons sont empilés dans la benne.

« Allez, en route, crie le moine plus âgé en démarrant le moteur.

– Encore un instant », dis-je d'un ton implorant.

Le jeune moine grimpe à l'arrière du véhicule, et nous lance :

« Je vous avais prévenus. On ne peut pas rester plus de quelques minutes à chaque fois. »

Et si j'habitais près d'ici ? En une vie de courtes visites, parviendrais-je à reconstituer une année entière sur cette terre ?

Le tracteur opère un demi-tour.

« Allez, Dolma », dit Samphel.

Il commence à triturer les nombreux nœuds du sac plastique. Mais je ne suis pas prête. Mes mains n'arrêtent pas de trembler, m'empêchant d'agripper les nœuds.

« Fais juste un trou, dit-il. On pourra sortir les cendres par poignées. »

J'enfonce mes ongles dans le plastique, mais nos mains maladroites tirent trop fort, et le sac craque. Nous n'avons plus le temps. Maintenant, me dis-je. Il faut que ce soit maintenant. Nous déchirons le sac, et laissons les cendres s'envoler.

Ama. Une colonne éphémère dans le ciel. Ama.

Elle s'élève en tournoyant, puis est emportée.

Samphel s'agenouille, place les paumes sur le sol du désert. Je l'imite. Côte à côte, nous faisons face aux montagnes et à la terre au-delà du grillage. Nous nous prosternons, posons le front contre le sol. Tout ce qu'il contient, tout ce qu'il préserve.

« Dans une autre vie, nous traverserons cette frontière, toi et moi, déclare Samphel. Nous irons là où tes grands-parents ont enterré leurs biens. Tu reprendras possession de ton héritage, et tu choisiras la vie que tu souhaites.

– Nous bâtirons nos maisons là-bas, dis-je.

– Nous élèverons du bétail, et fabriquerons du fromage, ajoute-t-il en souriant.

– Et personne ne restreindra notre temps, nos mouvements, ou nos mots. Personne ne nous demandera si nous sommes à notre place.

– Cette question sera bannie de la terre, affirme-t-il, en se tournant de nouveau vers le grillage. Les gens arpenteront ces lieux aussi librement que nos ancêtres l'ont fait pendant des milliers d'années. Et ce spectacle devant nous, cette barrière stupide, deviendra une anecdote que nous nous raconterons. Une simple anecdote, à propos d'une période brève et terrible de notre histoire.

– Mais pas maintenant, dis-je, acceptant enfin la vérité.

– Pas maintenant », répète Samphel. Il me regarde et, laissant son chagrin briller dans ses yeux, il reprend : « Pour l'instant, nous devons partir. Mais nous continuerons à tourner autour de cette terre, dans cette vie et la suivante. C'est notre douleur et notre espoir. »

Puis il contemple le sol, et prend de la terre dans ses paumes. Il replie les doigts, appuie aussi fort qu'il peut. Si fort que sa peau pourrait éclater. Levant les mains à son visage, il ouvre la bouche, et absorbe la terre.

6

Ama, baisse les yeux. Nous vois-tu ? Ne pars pas tout de suite. Reste un moment. Je suis ta fille, dans une vie que tu oublies déjà. Ton amoureux se trouve à côté de moi. Regarde-le empoigner la terre. Regarde-le voyager vers son passé, la personne qu'il a été.

Nous sommes à la frontière. L'embouchure de notre pays. Le reconnais-tu ? Ces dimensions mythiques, cette beauté tourmentée ? Un grillage découpe la terre, mais un grillage ne peut pas arrêter les morts. On en trouve la preuve tout autour de nous, dans ces cendres libérées en silence, ces derniers gestes de dévotion.

Et les vivants, alors ? Pendant des années, j'ai entretenu le rêve d'un retour au pays. À présent que je suis là, je prends conscience de mon statut d'étrangère ; car que sais-je de cet endroit, de ce qui s'étend au-delà du grillage ? Même ma question est erronée. Le savoir. Une divinité si dérisoire, que j'ai vénérée pendant des années. Tous les livres du monde mis bout à bout ne signifieraient rien, dans cette immensité.

Pourtant, debout là sur la brèche entre deux mondes, j'éprouve une certaine stabilité. C'est un seuil familier, qui débouche sur des directions opposées : devant, un pays où je ne peux pas pénétrer. Derrière, un monde qui ne peut pas être le mien. Que j'avance ou que je recule, aucun mouvement n'a de sens. Je dois donc rester entre deux sphères. Ce grillage sous mes pieds est une corde raide que je ne peux jamais quitter.

Ama, je comprends enfin d'où viennent mes difficultés. Je suis née à cette frontière, et j'ai vécu à cette frontière. Dans notre camp, dans mon école à Katmandou, en Occident : je me suis toujours tenue là. Au bord du devenir. À l'endroit où l'aiguille tremble, sans toutefois pouvoir bouger.

Est-ce que tu entends ce bruit ? Un moteur vibre dans sa gangue métallique. Des pneus écrasent la terre sèche. Ils disent qu'il est temps. Ils disent que nous n'avons plus de temps. Mais je ne les écouterai pas. Je me coucherai sur le sol, nicherai ma tête entre mes bras, et replierai les jambes contre ma poitrine. Je sentirai la douleur dans ma tête, mon dos, mes pieds. Et je laisserai cette douleur aller et venir, comme l'air dans mes poumons, comme tout dans cette vie. Le soleil se couchera, étirant les ombres des montagnes. Le ciel se teintera de rose et d'orange, tandis que des oiseaux fileront au-dessus de moi par vagues. La nuit jettera son regard sur la terre, révélant un million d'étoiles. Même les confins de notre univers se dessineront, rattachés à notre destin pour l'éternité. La lune se lèvera, me montrera son visage, et s'estompera. Le soleil reviendra, réchauffera ma peau, et disparaîtra. Des rideaux de pluie baigneront mon corps. Le soleil brunira ma peau. Le vent brûlera mes joues. Et j'endurerai chaque jour et chaque nuit, parce qu'il n'y a pas d'autre endroit où aller. Parce que c'est ma place.

Ici, je cesserai de m'interroger sur mon passé ou mon avenir, car je verrai les choses différemment. Je les verrai à la façon du Saint Sans Nom, avec des souvenirs infinis et une liberté intemporelle. Ta maison d'enfance. Tes pâturages. Tes parents que je n'ai jamais rencontrés. Tous nos ancêtres. J'ai enfin trouvé un moyen de les entendre. Enfin, leur message est clair. Cette terre restera. Quand nos lumières fugaces et vacillantes se seront éteintes depuis longtemps, ces montagnes, ces plaines, ce vent perdureront. Et parce que cette terre est la source de tout ce qui nous constitue, nous serons encore là.

REMERCIEMENTS

La colonisation, les déplacements forcés et l'exil ont bien des coûts, notamment celui de la proximité et de l'accès à notre propre histoire, notre culture et notre langue. Cependant, au fil des dix années que j'ai passées à écrire ce roman, certaines de mes plus grandes joies m'ont été apportées par le fait d'en apprendre plus sur mon peuple, ma famille et moi-même. Je dois cela à une multitude de sources, savantes ou non, comprenant des proches, des amis, des écrivains, des chercheurs et des organisations, qui m'ont aidée à reconstituer petit à petit la fresque de notre passé et de notre présent. Bien que je me sois énormément inspirée de ces professeurs, toutes les erreurs qui subsisteraient sont de mon fait. Je partage mes sources ici à l'intention des Tibétains qui, comme moi, cherchent à apprendre ce que l'histoire tait et efface. Nos histoires sont notre survie.

J'ai tiré mes informations sur les oracles tibétains de « Female Oracles in Modern Tibet », d'Hildegard Diemberger ; « Nechung : A Modern Parallel to the Delphic

Oracle », de W. Geofrey Annott ; *Spirit-mediums, Sacred Mountains and Related Bon Textual Traditions in Upper Tibet*, « The Voice of the Gods in Upper Tibet : The Trance-induced Invocations and Songs of Praise of the Spirit-medium Phowo Srigyal » et « The Liturgies and Oracular Utterances of the Spirit-mediums of Upper Tibet », de John Vincent Belleza ; *Oracles and Demons of Tibet*, de René de Nebesky-Wojkowitz ; le documentaire de Tsering Rithar Sherpa *The Spirit Doesn't Come Anymore* ; « Spirit-possession in Theory and Practice – Séances with Tibetan Spirit-mediums in Nepal » et « To Tell the Future by Using Threads – And Some Reflections on Tibetan Divination », de Per-Arne Berglie ; « The Soteriological Context of a Tibetan Oracle », de Katarina Turpeinen ; et « The State Oracle of Tibet, Spirit Possession, and Shamanism », de Homayun Sidky.

Concernant les conditions de vie des premiers réfugiés tibétains au Népal dans les années 1960, j'ai consulté : « Aid to Tibetan Refugees : An Agricultural Colony in Nepal », publié par le Comité international de la Croix-Rouge ; *The International Review of the Red Cross*, Second Year – N° 20, November 1962, édité par J.-G. Lossier ; « Battle Against Despair », de Peter Larson ; « Cultural Survival : The Tibetans in Nepal » et « Exiles from the Land of Snows : Survey of a Tibetan Refugee Community », de Carol Rose ; et « Tibetan Settlements in Thangboche and Jawalakhel : Report-I », dans *Refugee Watch*. Je suis particulièrement reconnaissante aux membres du Tibet Oral History Project, pour avoir recueilli les récits de nos anciens dans ce précieux puits d'histoires. Concernant l'histoire des premières années de l'occupation et de la résistance tibétaine, j'ai consulté la *Pétition en 70 000 caractères* du Panchen-Lama, ainsi que *Arrested Histories : Tibet, the CIA, and Histories of a Forgotten War* de Carole McGranahan, et *Mémoire interdite : Témoignages sur la Révolution culturelle au Tibet*, de Tsering Woeser. J'ai également lu « The Tibetan Rebellion of 1959 and China's Changing Relations with India and the Soviet Union », de Chen Jian, et « Tibet and the Chinese People's Republic », publié par la Commission internationale de juristes.

Concernant le commerce des antiquités tibétaines, je me suis reposée sur des conversations avec des amis, ainsi que *The Museum on the Roof of the World : Art, Politics, and the Representation of Tibet*, de Clare E. Harris. Deux textes m'ont été d'une aide essentielle pour les références à la métaphysique bouddhiste : *Hidden Teachings of Tibet : An Explanation of the Terma Tradition of Tibetan Buddhism*, de Tulku Thondup Rinpoche, et le *Bardo Thodol*, ou *Livre des morts tibétain*. Gloria E. Anzaldúa, Homi K. Bhaba et Edward Said m'ont fourni des cadres importants pour les thèmes de mon roman.

Merci à mon agente, Michelle Brower, qui m'a fait confiance sur la base d'un manuscrit partiel, m'a guidée au fil des diverses versions de travail, et a trouvé de merveilleuses maisons pour ce livre ; à Rob Arnold, pour sa gentillesse et pour avoir cru dès le début à mon projet ; et à Danya Kukafka, pour ses excellentes remarques. Merci également à mes formidables éditrices Anita Chong et Grace

McNamee, pour le dévouement, l'attention et l'impeccable savoir-faire avec lequel elles m'ont aidée à faire briller ce livre. Grace, après toutes nos révisions, il est évident que ton intuition concernant mon travail a toujours été irréprochable ; Anita, tu as passé ce texte au peigne fin, et placé la barre au plus haut pour chaque ligne. Je tiens à exprimer ma gratitude à toute l'équipe de Bloomsbury, et en particulier à Lauren Dooley, Paula Dragosh, Akshaya Iyer, Myunghee-Kwon, Jonathan Lee, Nancy Miller, Lauren Ollerhead, Valentina Rice et Ellen Whitaker. Merci à l'équipe de McClelland & Stewart et en particulier à Tonia Addison, Jared Bland, Jennifer Griffiths, Sarah Howland et Ruta Liormonas, et Kimberlee Kamp. Je dois également remercier plusieurs institutions qui ont joué un rôle essentiel dans la création de cet ouvrage. Merci à : Art Omi : Writers ; au Banff Centre for Arts and Creativity ; au Catwalk Institute ; à l'université Columbia, à travers les TOMS Fellowship, Writing Fellowship et Teaching Fellowship ; à Hedgebrook ; à Monson Arts ; à PLAYA Summerlake ; au Barbara Deming Memorial Fund ; au Conseil des arts du Canada ; au Lillian E. Smith Center ; à Tin House ; au Vermont Studio Center ; au Virginia Center for the Creative Arts, Wildacres ; et à Willapa Bay AiR.

Mes premiers lecteurs et chers amis Tenzin Dickie, Julie Kantor, Dhondup Tashi Rekjong et Sarah Ulicny ont beaucoup donné pour ce manuscrit, et je leur en serai toujours reconnaissante. J'ai aussi bénéficié des conseils, des encouragements et du soutien d'un groupe d'amis pendant l'écriture de ce roman, notamment Jessamine Chan, Tomomi

Chu, Paige Cooper, Padma Dolma, Rinchen Dolma, Christy Jung, Bhutila Karpoche, Yewande Omotoso, Madalina Preda, Alessandro Ricciarelli, Clarisse Baleja Saïdi, Anakana Schofield, Shruti Swamy, Tenzin Nawang Tekan, Xuan Juliana Wang, et David Wu. Merci à mes nombreux professeurs au fil des années, en particulier Donald Antrim, Dennis Bock, Jonathan Dee, David Ebershoff, Binnie Kirshenbaum, Hari Kunzru, Victor LaValle, Maureen Medved, Maaza Mengiste, Jay Neugeboren, Barbara Parkin, John Reed, Gary Shteyngart, Rhea Tregebov et Leni Zumas. Je dois également remercier tous les autres écrivains tibétains, passés et présents, vivant dans le Tibet occupé et en exil, qui m'ont montré ce qui était possible. Je ne pourrais pas tous les citer mais, en tête de la liste, j'ai tiré du réconfort et de l'inspiration des œuvres de Tsering Wangmo Dhompa, Rinchen Lhamo, Jamyang Norbu, Bhuchung D. Sonam et Tenzin Tsundue. À mes camarades de Greenpeace, je veux dire que cela a été un honneur de rêver d'un monde meilleur et d'œuvrer à le créer avec vous.

Enfin, je veux remercier mon défunt père, qui m'a appris à aimer les livres, rire aux éclats et rêver sans limites. Bien que tu ne puisses pas tenir ce livre dans tes mains, ton amour est présent à chaque ligne. Merci à ma mère, qui a traversé tant d'épreuves dans cette vie, sans perdre son sens de l'humour taquin et son cœur d'or : tu es mon héroïne. Merci à mes frères et sœurs, qui ne me laissent jamais me sentir seule, et me permettent de rester le bébé de la famille ; et aux vrais bébés de la famille, Karma et Dorje : nous vous aimons pour toujours. Merci à tous mes parents de par le monde et au Tibet : vous me manquez, et je vous aime – même si je ne vous ai jamais rencontrés. Barbara et Michael, merci d'avoir élevé mon compagnon. Et enfin, merci, Charles, d'avoir été un lecteur, correcteur et partenaire indéfectible et dévoué dans cette entreprise pendant ces huit dernières années. Quel privilège cela a été de vivre cette aventure ensemble – notre premier livre.

COMPOSITION ET MISE EN PAGES
NORD COMPO À VILLENEUVE-D'ASCQ

ACHEVÉ D'IMPRIMER PAR CPI
EN MARS 2023

N° d'impression : 174275
Dépôt légal : février 2023
Imprimé en France